KNAUR

Von Tami Fischer sind bereits folgende Titel erschienen:
Burning Bridges
Sinking Ships

Über die Autorin:
Tami Fischer ist Anfang zwanzig, gelernte Buchhändlerin und Buchbloggerin auf YouTube und Instagram (@tamifischerr). Sie hat eine Schwäche für Ukulelen und romantische sowie fantastische Literatur. Am liebsten schreibt sie bei Kerzenlicht, mit einer großen Tasse Tee neben sich, oder füllt Notizbücher mit neuen Ideen.

TAMI FISCHER

Hiding HURRICANES

ROMAN

KNAUR

Bei Bedarf findest du am Ende des Buches eine Inhaltswarnung.

Besuchen Sie uns im Internet:
www.knaur.de

Aus Verantwortung für die Umwelt hat sich die Verlagsgruppe Droemer Knaur zu einer nachhaltigen Buchproduktion verpflichtet. Der bewusste Umgang mit unseren Ressourcen, der Schutz unseres Klimas und der Natur gehören zu unseren obersten Unternehmenszielen. Gemeinsam mit unseren Partnern und Lieferanten setzen wir uns für eine klimaneutrale Buchproduktion ein, die den Erwerb von Klimazertifikaten zur Kompensation des CO_2-Ausstoßes einschließt.
Weitere Informationen finden Sie unter: www.klimaneutralerverlag.de

FSC® www.fsc.org
MIX
Papier aus verantwortungsvollen Quellen
FSC® C083411

Originalausgabe Oktober 2020
Knaur TB

Ein Imprint der Verlagsgruppe
Droemer Knaur GmbH & Co. KG, München

Covergestaltung: ZERO Werbeagentur, München
Coverabbildung: PixxWerk®, München unter Verwendung von Motiven von shutterstock.com
Satz: Sandra Hacke
Druck und Bindung: CPI books GmbH, Leck
ISBN 978-3-426-52554-8

2 4 5 3 1

Für Anabelle, Ava, Alexander, Bianca,
Klaudia, Laura, Laura-Jesus, Marie, Nicole und Nina.
Danke, dass es euch gibt.
Ihr seid wundervoll.

kling

PROLOG

DAISY

Ich lehnte mich gegen die kühle, gläserne Bar. Mein Blick glitt suchend durch den vollen Club. Die schwarze Maske aus Spitze saß weich auf meinem Gesicht, verdeckte meine Augen und meine Wangenknochen, und meine blonde Perücke fiel in Wellen bis unterhalb meiner Brüste. Das heutige Kostüm war gewagt. Roter Samt, rote seidene Handschuhe und falsche Diamanten.

Ein Mann sprach mich an, doch ich würgte das Gespräch bereits nach wenigen Minuten ab. Für die Gäste im Club war es ungewöhnlich, mich hier im Barbereich anzutreffen, da ich mich normalerweise sofort auf die Bühne begab, Privatshows veranstaltete oder an einer der Stangen tanzte. Doch seit ein paar Wochen hatte ich eine neue Lieblingsbeschäftigung, und dieser konnte ich nur hier nachgehen: Ich beobachtete meinen Stammkunden – den treuesten von allen.

Ehrlich gesagt, war ich mir gar nicht sicher, ob ich ihn wirklich als meinen *Kunden* bezeichnen konnte, denn er hatte noch nie mit mir gesprochen, geschweige denn mich gebucht oder mir Trinkgeld gegeben. Er war mir noch nie näher als fünf Meter gekommen – denn ich ließ es nicht zu. Und dennoch kam er immer wieder, fast jeden Abend. Als ich ihn hier zum ersten Mal gesehen hatte, war ich aus allen Wolken gefallen. Seine Freunde hatten ihn mitgeschleppt – meinetwegen. Weil sie meine Show sehen wollten und ihm so lange von mir erzählt hatten, bis er sich selbst von mir überzeugen wollte – von *Daisy*, der bekanntesten Tänzerin der Stadt. Und das wollte schon etwas heißen, denn der Club war vielleicht schick und luxuriös, aber immer noch ein Stripclub; viel nackte Haut, Mädchen an Stangen, Lapdances, Drinks.

Seit jenem ersten Abend schien er wie verzaubert zu sein. Nicht nur von mir, sondern auch vom *Dolly House*. Es musste ein Zauber sein, denn tagsüber, wenn ich nicht Daisy war, hätte er mich nie so angesehen wie hier. Jede Nacht war sein durchdringender Blick quer durch den Club erfüllt von Faszination, Neugierde – und Verlangen. Ich war süchtig geworden nach diesen Momenten. Diesen energiegeladenen Augenblicken, in denen sich die Welt nur auf ihn und mich reduzierte. Und jedes Mal, wenn sie vorüber waren, floh ich vor ihm, wie Cinderella, die pünktlich um Mitternacht zurück zu ihrer Kutsche eilen musste – nur dass ich nicht Cinderella war, sondern, … na ja, eine Stripperin.

Danach war ich jedes Mal so von Sehnsucht nach ihm erfüllt, dass ich kaum atmen konnte, und diese Nachwirkung hielt stundenlang an, wie eine Droge.

Das hier war unser Geheimnis. Und das musste unter allen Umständen auch so bleiben, auch wenn ich immer wieder versucht war, zu ihm zu gehen, mit ihm zu sprechen und ihn zu berühren. Alles, was ich mir in den letzten Jahren so mühevoll aufgebaut hatte, würde zusammenbrechen, denn er würde mich sofort entlarven, sollte er mein Gesicht genauer betrachten. Trotz der schwarzen Maske. Meine schillernde, aufregende geheime Welt, meine Zuflucht – *Daisy* –, all das würde in Flammen aufgehen. Und nichts würde übrig bleiben bis auf kalte Asche.

Deshalb drehte ich mich auf meinen Stilettos um und verschwand in der Menschenmenge, als sich Creed Parker auf der anderen Seite des Raumes von der Wand abstieß, um sich einen Weg zu mir zu bahnen.

KAPITEL 1

LENNY

Ella stieß einen so lauten Jubelschrei aus, dass ich zusammenzuckte. Summer folgte ihrem Beispiel, was mich erneut zusammenfahren ließ, ehe sie abklatschten und beide von der riesigen Picknickdecke aufsprangen, auf welcher der Rest unserer Truppe saß. Sie lachten und führten einen Siegestanz auf.

Bei dem Anblick verzog sich mein Mund zu einem Lächeln, und ich verdrehte die Augen. Es war immer wieder das Gleiche, bei jeder Runde.

Ich lehnte an der Steinwand von *King House*, einem der Wohnheime auf dem Campus der Fletcher University, und beobachtete das rege Treiben meiner Freunde aus sicherer Entfernung. Barbecues waren auf dem Campusgelände nicht gestattet, weshalb wir uns für ein Picknick entschieden hatten. Es war schon das vierte Kartenspiel, das sie spielten, und die Sonne stand noch immer am Himmel, wenn auch nicht sonderlich weit oben.

Eine Brise wehte durch die majestätischen alten Bäume, und Insekten zirpten im knorrigen Geäst. Der Luftzug war mehr mit heißer Föhnluft vergleichbar als mit einer wirklichen Brise. Es war so heiß, dass es sogar hier im Schatten kaum auszuhalten war. Laut Wetterbericht war in unserem Bundesstaat der heißeste Sommer seit sieben Jahren ausgebrochen. Man musste nur einen Schritt vor die Tür machen und hatte sofort das Bedürfnis, kalt zu duschen. Meine schwarze Kleidung wurde mir diesen Sommer so was von zum Verhängnis – und dabei hatte ich mich bereits dazu durchgerungen, meine dicken, übergroßen Pullover gegen T-Shirts auszutauschen. Nur die schwarzen Jeans oder Anzughosen waren immer noch dieselben. Jetzt war mir aber so heiß, dass ich am liebsten nackt gewesen wäre. Oder in einer Eistruhe. Oder nackt in einer Eistruhe.

Ich seufzte schwer und trank einen großen Schluck von meinem Bier.

Plötzlich hörte ich Savannah spitz aufschreien.

Ich sah nur noch, wie Mitchell grinsend die Wasserflasche senkte, deren Inhalt er soeben über ihren Rücken geschüttet hatte.

»Du bist so ein Blödmann!«, rief sie, rappelte sich in ihrem pinken Sommerkleid auf, welches nun einen dunklen Fleck am Rücken aufwies, und verpasste ihrem Bruder einige Schläge gegen den Arm. Im Normalfall hätte er ihre Hiebe wohl kaum gespürt, weil Savannahs Fäuste höchstens so gefährlich waren wie ein Babykaninchen im Halbschlaf, aber selbst von meinem Standpunkt aus konnte ich sehen, dass Mitchell an den Armen, am Hals und im sommersprossigen Gesicht krebsrot war. Deshalb krümmte er sich zusammen und stieß einen schmerzerfüllten Laut aus.

Savannah schnappte vor Schreck nach Luft. »Oh, Gott, tut mir leid! Tut mir leid!«

»Das hast du verdient, Hollister«, bemerkte Carla, ohne aufzublicken. Der Satz bescherte meiner Mitbewohnerin von Mitchell einen empörten Blick, aber das schien sie nicht zu kümmern – oder sie sah es schlichtweg nicht. Mit ihrer großen Sonnenbrille auf den Augen lag Carla im Gras neben der Picknickdecke und rührte sich nicht einen Zentimeter, während sie ihrem Lieblingslied von Luis Fonsi lauschte. »Du hast dich selbst verflucht, indem du das Karma herausgefordert hast«, erklärte sie nur und verschränkte die Hände auf dem Bauch.

»Wieso, was hat Mitch gesagt?«, fragte Ella, die im Schneidersitz an der Bluetooth-Box herumhantierte.

»Er hat behauptet, er würde diesen Sommer keinen Sonnenbrand bekommen. Und dass er braun wird, nicht rot. Ich habe ihm sowieso nicht geglaubt.« Die Mädchen lachten, und selbst Ches und Todrick fielen mit ein.

»Hey, so läuft das nicht, Prinzessin!«, rief Mitchell, noch immer mit gequältem Gesichtsausdruck. Er bückte sich, griff in eine der Kühltaschen und holte eine weitere Wasserflasche hervor. »Als meine Freundin sollst du mir den Rücken stärken und nicht draufschlagen, sobald ich einen Sonnenbrand habe.«

»*Ay*, das war nicht ich, sondern deine Schwester. Außerdem ist Schlagen nicht mein Stil.«

»Stimmt, du bist eher der hinterlistige Typ.« Mitchell grinste. Dann drehte er die Wasserflasche über Carla um.

Ich verdrehte die Augen, als Carla einen noch spitzeren Schrei als Savannah zuvor ausstieß und sich hektisch die Sonnenbrille vom Gesicht riss. Ihre Beine und der gesamte Rock waren durchnässt, und Mitchell schüttete den Rest aus der Flasche auf ihren Füßen aus, ehe sie fluchte und sich aufrappelte. »Das kostet dich deinen Kopf!«

Eine Wasserschlacht brach auf der Picknickdecke aus, vor welcher nur Summer unversehrt fliehen konnte, weil sie die Smartphones in Sicherheit brachte. Grinsend und aus sicherer Entfernung richtete sie ihr riesiges Telefon auf das Durcheinander, was die bunte Stoffkette um ihren Hals, die mit ihrem Smartphone verbunden war, gefährlich spannen ließ. Vermutlich war es von größter Wichtigkeit, einen solchen historischen Moment in Form einer Instagram-Story oder eines TikTok-Videos festzuhalten. Bei dem Anblick machte die Stimme in meinem Kopf sehr authentische Würgegeräusche. Ich bemühte mich mittlerweile zwar sehr, Summer zu mögen, aber das hier ging zu weit. Da konnte nicht mal ich beide Augen zudrücken. Es war eine Sache, dass sie sich ständig *einem gewissen Typen* an den Hals warf. Ich hatte gelernt, damit umzugehen und es nicht mehr zu beachten. Aber Handys, die an Ketten um den Hals lagen? Scheiße, nein. Nicht mit mir.

Ich beobachtete das Geschehen weiter und trank den Rest meines Biers in einem Zug aus. Wenn das so weiterging, würde ich noch viele Drinks benötigen. Schön, eigentlich durfte ich mich ja gar nicht beschweren. Immerhin ließ ich das hier freiwillig über mich ergehen, oder?

»Noch eins gefällig?«

Vor Schreck schnappte ich nach Luft, wobei ich mich beinahe verschluckte. Nicht, weil ich mich erschrak (gut, vielleicht ein wenig), sondern wegen der tiefen, vertrauten Stimme, welche die Frage gestellt hatte. Hastig wischte ich mir mit dem Handrücken über den Mund und räusperte mich.

»Klar«, erwiderte ich wie aus der Pistole geschossen, was meine Stimme seltsam hoch klingen ließ. Ich straffte die Schultern. Mein Nacken kribbelte heiß, was nichts mit dem Wetter zu tun hatte, und mein Magen knotete sich nicht einfach nur zusammen, sondern drehte aufgeregte Pirouetten. Er war wieder da! Und ganz offensichtlich hatte er, wie versprochen, noch ein Sixpack Bier besorgt.

Creed lehnte sich neben mich an die Steinwand des Wohnhauses und füllte meinen roten Becher, so wie seinen eigenen, auf dessen geriffelter Oberfläche bereits Kondenswasser glitzerte. Mit einem Räuspern sah ich ihm dabei zu und versuchte, möglichst gelassen zu wirken.

»Cheers«, sagte Creed und zwinkerte auf seine typisch unbekümmerte Art und Weise.

»Cheers«, wiederholte ich mit einem schiefen Lächeln und prostete ihm zu.

Creed Parker war ein großer Kerl mit breitem Kreuz und aufrechtem, selbstbewusstem Gang. Seine dunklen Haare waren militärisch kurz rasiert, was sein Gesicht noch markanter und sein Kinn noch ein wenig eckiger wirken ließ. Er hatte einen schönen Schwung in den Lippen und durchdringende bernsteinfarbene Augen. Sie brachten mich jedes Mal aus dem Konzept, wenn sie meinen Blick zu lange hielten. Obwohl Creed und ich schon seit Jahren befreundet waren, wollte mein Körper einfach nicht aufhören, jedes einzelne Mal so stark auf ihn zu reagieren – es machte nicht einmal einen Unterschied, dass wir heute bereits eine Ewigkeit gemeinsam mit den anderen auf dieser Picknickdecke verbracht hatten. Ich brauchte immer einen Augenblick, bis ich mich so weit zusammenreißen konnte, um ihn normal zu behandeln, vor allem wenn wir unter uns waren, so wie jetzt. Danach klappte es aber ganz gut. Ich hatte mich in den letzten Jahren daran gewöhnt.

Gemeinsam sahen wir zu, wie Ches Ella über die Schulter warf und sie, trotz ihrer Protestrufe, quer über die ordentlich gemähte Wiese trug.

Bei dem Anblick entfuhr mir erneut ein schweres Seufzen.

»Wo wärst du jetzt lieber?«, fragte Creed. »Hier oder barfuß inmitten eines alkoholisierten Moshpits?«

Meine Aufmerksamkeit und mein Blick wanderten augenblicklich zurück zum Kerl neben mir. Ich unterdrückte ein Schmunzeln. »Das ist einfach. Im Moshpit natürlich.«

»Natürlich«, wiederholte er und grinste.

»Ich bin dran. Hierbleiben oder dir ein zweistündiges Video reinziehen, in dem jemand mit Fingernägeln über eine Tafel fährt?«

»Verdammt, das ist ein fieses Bild, Lenny.«

»Du musst dich entscheiden, Parker.«

Er machte ein gequältes Gesicht. »Du bist ein Monster. Na schön, gib mir einen Moment, ich muss nachdenken.«

Ich verbarg mein triumphierendes Grinsen hinter dem roten Becher und trank einen Schluck. Aus irgendeinem Grund spielten Creed und ich dieses Spiel immer wieder, seit wir uns kannten. Ich konnte mich nicht mehr genau daran erinnern, wie es angefangen hatte, doch letztendlich ging es nicht darum, dass wir tatsächlich lieber woanders wären. Mehr darum, dass wir versuchten, uns gegenseitig mit jeder Frage in ihrer Übertriebenheit zu übertrumpfen.

»Okay«, sagte er schließlich und presste mit todernster Miene die vollen Lippen zusammen. Nur das erheiterte Funkeln in seinen Augen verriet ihn. »Ich fürchte, ich muss mich für das Video entscheiden.«

»Irgendwie habe ich genau mit dieser Antwort gerechnet. Du bist so durchschaubar.«

Er lachte auf. »Das sagst ausgerechnet du. Lenny James ist ein offenes Buch.«

»Sicher«, spottete ich und verdrehte die Augen.

Wir beobachteten, wie Savannah Mitchell eine gehörige Ladung Wasser verpasste und anschließend versuchte, sich hinter Summer in Sicherheit zu bringen.

»Wieso genau hängen wir noch mal mit denen ab?«, murmelte ich und trank einen weiteren Schluck.

Creed schnaubte und stieß mich mit dem Ellbogen an. »Sei nicht so ein Griesgram.«

»Ich bin kein Griesgram. Ich finde ständiges Kichern und Umarmen einfach genauso furchtbar wie ›LOL‹ und ›WTF‹ im normalen Sprachgebrauch mancher Leute.«

»In Wahrheit willst du dort drüben doch auch mitmachen. Oder wäre dir eine Bierdusche lieber als Wasser?«

Ich schenkte ihm einen warnenden Blick. »Versuch es, und du bist dein linkes Ei los.«

»Sag so was nicht, Len.« Grinsend lehnte Creed sich näher zu mir. »Sonst werde ich noch neugierig, wie du versuchen willst, mir an die Eier zu gehen.«

Empört schnappte ich nach Luft. »Kennst du noch meine Stahlkappenschuhe? Mit *denen* würden deine Kronjuwelen Bekanntschaft machen, mit nichts anderem, du Widerling!«

Er legte den Kopf in den Nacken und lachte schallend. »Du machst es nicht besser! Ich werde immer neugieriger.«

Bevor ich ihm wieder drohen konnte, warf er mir plötzlich einen Arm um die Schulter und zog mich mit einem Ruck zu sich, was mir ein erschrockenes Grunzen entlockte. (Die Plötzlichkeit war es, die mich überraschte, nicht die Geste. Creed war schon immer ein sehr körperlicher Mensch gewesen, weshalb ich schnell gelernt hatte, nichts hineinzuinterpretieren. Eine Hand auf meinem Knie hier, ein Arm um die Schultern da. Ches, Mitch oder den anderen tätschelte oder streichelte er des Öfteren die Wange, und wenn Creed betrunken war, war ihm danach, die ganze Welt abzuknutschen. Es war schräg. Aber es war auch süß. Ich mochte diese Körperlichkeit. Und ich mochte schräg und süß.)

Creed grinste auf mich herab, und sein strahlendes Lächeln, seine Nähe, sein Geruch … Ich musste mich ziemlich konzentrieren, um nicht aus der Bahn geworfen zu werden. »Zum Glück weiß ich, dass du gar nicht so gewaltbereit bist, wie du immer behauptest.«

Ich hob eine Augenbraue. »Genauso wie du weißt, dass ich ein offenes Buch bin, ja? Ich fürchte, du bist auf einem ganz falschen Pfad, Knirps.« Ein Teil von mir schrie lauthals danach, sich gegen seinen Körper zu lehnen, mich an ihn zu schmiegen – aber das tat ich natürlich nicht.

»*Knirps?* Ich bin älter und mehr als einen Kopf größer als du. Netter Versuch, aber nur Ches kann diesen Spitznamen benutzen, da ergibt er wenigstens Sinn. Verdammt, was ist aus deiner Schlagfertigkeit geworden?« Er seufzte. »Wie auch immer. Taten sagen mehr als Worte.«

»Macho«, stieß ich hervor und verzog reflexartig das Gesicht.

Wieder lachte er. »Ich habe dich schon vor einer Ewigkeit durchschaut, Len. In Wahrheit bist du gerne bei den Spieleabenden und den Barbecues dabei. Du liebst sie alle, selbst Ella und Summer.«

»Falsch, ich hasse sie alle«, widersprach ich. »Ausnahmslos. Und dich hasse ich am meisten.«

»Du bist Lenny James. Hass ist deine Form von Liebe.« Er senkte den Kopf, küsste meine Wange und grinste arrogant. »Das bedeutet wiederum, dass du mich am meisten liebst. Das ist aber in Ordnung, ich liebe mich selbst auch sehr innig.«

Mein Herz blieb stehen, und ich starrte ihn mit großen Augen an. Für einen kurzen Augenblick wurde mir heiß und kalt zugleich.

Hastig stieß ich Creed von mir und wischte mir über die Wange. »Du bist so ein Idiot!«

»Ich weiß. Der größte von allen.« Er zwinkerte mir wieder zu und trank sein Bier in einem Zug leer.

Ein Vibrieren in meiner Hosentasche ließ mich zusammenfahren. Der Rhythmus war unverwechselbar: mein Arbeitshandy.

»Bin gleich wieder da, ich muss telefonieren.« Ich entfernte mich von Creed, bis ich nicht mehr in Hörweite war, zog das Telefon aus der Tasche und hob ab. (So lief es meistens. Niemand wunderte sich mehr über mich.)

»Was gibt's?«, fragte ich in den Hörer.

»Hey, Kid«, sagte die vertraute tiefe Stimme meines Chefs Majid am anderen Ende der Leitung. »Schlechte Nachrichten: Becky, Amy und Jennifer haben sich heute krankgemeldet, und ich muss umdisponieren. Könntest du schon früher anfangen?«

Überrascht hob ich die Augenbrauen. »Was bedeutet für dich früher anfangen?«

»Zwei oder drei Stunden vor deiner eigentlichen Schicht und vielleicht noch eine Stunde danach.«

»Wo genau brauchst du mich?«, fragte ich misstrauisch.

»Auf der Bühne«, erwiderte Majid unschuldig, »und nach deiner Schicht auf dem Dancefloor an der Stange.«

Zusätzlich zu meiner Schicht noch mal drei bis vier Stunden? Nicht dass ich das Geld nicht gebrauchen könnte …

»Unter einer Bedingung. Ich will eine zweite Pause machen. Und zwanzig Prozent mehr Stundenlohn während der heutigen Extrastunden.«

Majid lachte laut. »Scheiße, du hast vielleicht Nerven! Dir ist hoffentlich klar, dass ich sofort ein anderes Mädchen anrufen könnte, das keine Forderungen stellt.«

»Du hast aber mich angerufen«, erwiderte ich mit einem verschlagenen Grinsen. »Überleg es dir. Mein Angebot steht.«

»Jedes Mal, wenn wir über deine Stunden sprechen, habe ich das Gefühl, plötzlich in irgendwelche krummen Geschäfte verwickelt zu werden.«

»Soll ich das jetzt als ein Ja oder ein Nein verstehen?«

»Verdammt seist du, Kid. Wir sehen uns um acht.« Und bevor ich etwas erwidern konnte, legte mein Boss auf.

Ich grinste in mich hinein und schob mein Arbeitshandy zurück in meine Hosentasche, deren schwarzer Stoff durch die sengenden Sonnenstrahlen meine Beine zum Sieden brachte. Hier in der prallen Sonne hatte ich das Gefühl, gegrillt zu werden. Und ich war selbst dran schuld.

Hastig machte ich mich auf den Weg zurück in den Schatten zu Creed – nur um festzustellen, dass er zu den anderen zurückgekehrt war. Die Wasserschlacht war vorbei und sie alle saßen wieder zusammen auf der Picknickdecke. Er und ein pitschnasser Mitchell lachten gerade miteinander und klatschten wegen irgendetwas ab. Niemand wirkte wirklich empört über all das Wasser. Und wenn ich ehrlich war, hätte mich eine kleine Abkühlung wohl doch nicht so sehr gestört, wie ich vorhin noch behauptet hatte. (Außer natürlich die Bierdusche, die hätte mich gestört.)

Ich befahl meinen Beinen, ebenfalls zurück zur Picknickdecke zu laufen.

»Gott, Lenny!«, rief Summer, als ich die Gruppe erreichte, und hob ihr langes blondes Haar an, um sich am Nacken Luft zuzufächeln. »Wie kannst du nur schon wieder so dick eingepackt sein? Stehst du nicht kurz vor einem Hitzschlag?«

»Nope«, log ich bloß und hoffte, dass nicht weiter auf dem Thema herumgeritten würde. Unbekümmert zuckte ich mit den Schultern.

»Eigentlich wollte ich mich nur verabschieden. Mein Boss hat mich gerade angerufen. Ich soll früher anfangen, weil ein paar Kollegen ausfallen.«

»Und da ist er wieder, *der geheimnisvolle Job*«, sagte Mitchell aufziehend, während er sich eine Portion Sonnencreme auf die Hand drückte und auf den roten Armen verteilte.

»Lass sie in Ruhe, Mann«, sagte Creed und stieß ihn mit dem Ellbogen an. »Gönn Lenny das bisschen Privatsphäre. Sie bangt noch um ihr Image, wenn erst mal herauskommt, dass sie Golfballtaucherin im Country Club ist.«

Summer gluckste. »Und ich dachte, sie wäre Puppendoktor.«

»Ich hab's«, sagte Ella. »Sie ist ein Klageweib. Ein professioneller Trauergast auf Beerdigungen. Ich hab darüber mal gelesen, das gibt es wirklich!«

Todrick verdrehte die Augen. »Am Ende räumt sie nur Regale in einem Supermarkt ein oder fährt Gabelstapler in irgendeiner Lagerhalle.«

»Du hast recht, Toddy«, sagte ich und lächelte ironisch. »Und deshalb muss ich jetzt auch gehen.« Bis auf Carla wusste keiner von meinen Freunden, wie mein Job aussah und was ich dort tat, und ich stellte sicher, dass das auch so blieb.

»Musst du nicht andauernd Extraschichten machen?«, fragte Savannah besorgt. Auf den Gläsern ihrer filigranen goldenen Nerdbrille glitzerten noch immer Wassertropfen. »Dein Chef ist echt fies, Len.«

Ich zuckte bloß mit den Schultern. »Was soll's. Dafür bekomme ich mehr Kohle. Ihr wisst ja, Geld regiert die Welt, und diese Schickimicki-Uni will einiges davon haben. Also, wir sehen uns, Leute.«

Wie immer warf mir Carla einen bedeutsamen Blick zu, als ich mich verabschiedete, doch ich ignorierte ihn geflissentlich.

Ich war wohl darauf bedacht, dass ich Creed nicht anders behandelte als die anderen. Denn auch wenn meine Instinkte mich dazu bringen wollten, ihm einen letzten Blick zuzuwerfen, als ich ging, tat ich es nicht. Die Neugierde, ob er diesen Blick auch erwidern würde, brachte mich fast um. Aber ich blieb standhaft und machte mich auf den Weg, an den alten mit Efeu bewachsenen Wohnheimen vorbei, zum Parkplatz. Letztendlich war es ein ganz normaler Tag, so wie jeder andere auch.

Eine weitere Brise rauschte durch die Bäume und spendete nichts als warme Luft. Ich schirmte das gleißende Sonnenlicht mit einer Hand ab und kramte in meinen Hosentaschen nach meinem Autoschlüssel.

Einem Teil von mir gefiel es nicht, dass ich mal wieder als Einzige schon gehen musste. Ich wäre gerne noch länger geblieben. Aber ich freute mich auch auf meine heutige Schicht, war aufgeregt, so als würde ich nicht fast jede Nacht im Club verbringen. Mein Job hatte mir schon immer Spaß gemacht, aber seit Beginn des Sommers war er noch viel besser geworden; mehr gebuchte Privattänze, besser besuchte Shows, mehr Trinkgeld. Überhaupt war dieser Sommer ein Sommer der Veränderungen. Zumindest fühlte es sich so an, seitdem die Temperaturen so höllisch in die Höhe schossen. Ich war nie ein Cliquen-Mensch gewesen, und doch war ich plötzlich in dieser hier gelandet. Und irgendwie war ich … glücklich. Es war ungewohnt für mich, Teil von etwas zu sein, was nichts mit meinem Job zu tun hatte. Wir unternahmen als Gruppe ständig etwas; wir hingen auf dem Campus ab, hatten in der erfolgreich überstandenen Klausurenphase zusammen gebüffelt und spielten jede Menge Darts und Billard im *Leo's*, unserer Lieblingsbar. Ich schob es ebenfalls auf den Zauber dieses Sommers. (Ich bezeichnete den Sommer als *zauberhaft*. Was war nur los mit mir?) Und dann war da noch mein *ganz besonderer Stammkunde*. Der Grund, weshalb ich mich jede Nacht umso mehr auf die Arbeit freute.

Ich wusste ganz genau, dass Creed heute Nacht ins *Dolly House* kommen würde, was ein freudiges Kribbeln meine Wirbelsäule hinunterrieseln ließ. Es brachte meine Brust dazu, sich zusammenzuziehen, und ließ mich nach Atem ringend zurück.

Und genau das gab mir zu denken. Es war zu perfekt. Der ganze Sommer. Er war viel zu ruhig. Fast so, als befände ich mich im Auge eines Hurrikans, ohne mir dessen bewusst zu sein. Und ein Teil von mir wusste, dass es mit der Ruhe und dem magischen Sommer schon bald vorbei sein würde. Denn so funktionierte mein Leben einfach nicht.

Früher oder später ging alles den Bach runter.

KAPITEL 2

DAISY

»Ich hasse diesen Song«, sagte Juicy und befahl dem Lautsprecher per Sprachsteuerung, einen Song in der Playlist weiterzuspringen. Sie brauchte drei Anläufe, bis die kleine Box auf ihre Rufe reagierte, da es durch das Stimmengewirr in der Umkleide ziemlich laut war. Im nächsten Moment wurde irgendein Kesha-Song von einem Lied von Kanye West abgelöst, woraufhin Juicy sich zufrieden tiefer in die pinke Ottomane sinken ließ, auf der sie lag.

Ich lehnte mich vor zum beleuchteten Garderobenspiegel, so wie mindestens zehn andere Mädchen am langen Schminktisch, und trug matten roten Lippenstift auf, der meinen Mund voller und sinnlicher wirken ließ. Diese flüssigen Tinkturen waren gefährlich. Der Kram war nämlich bombenfest. Wenn man einmal ausrutschte oder eine wacklige Linie zog, riskierte man es, das gesamte Make-up um den Mundbereich neu auftragen zu müssen. Aber nicht heute. So perfekt hatte ich meinen Lippenstift schon lange nicht mehr gezogen. Die Form war genauso, wie ich sie haben wollte, und strahlte tiefrot. Deshalb schnappte ich mir mein Settingspray und fixierte mein Make-up, in der Hoffnung, dass es meine nächste Show heil überstehen würde. Man konnte so akribisch sein, wie man wollte, aber wenn einem bei einer Show der Schweiß wie ein Niagarafall über den Körper strömte, dann zerlief selbst das hübscheste Gesicht wie heißes Kerzenwachs.

Ich hatte noch etwa zehn Minuten, bis meine Schicht begann. In der Umkleide roch es nach einer Mischung aus Parfum, Deodorant und Haarspray, überall waren Mädchen, die sich entweder gerade schminkten, in Dessous schlüpften oder sich frisierten. Manche lagen erschöpft auf den Sitzgelegenheiten oder tippten auf ihren Smartphones herum, wie zum Beispiel Juicy, die nach dem Track von Kanye West schon wieder mit der Sprachsteuerung stritt, um einen neuen

Songwunsch zu äußern. Es war ein Schichtbeginn wie jeder andere im *Dolly House*.

Nachdem ich mir braune Kontaktlinsen eingesetzt hatte, drehte ich mich auf meinem Drehstuhl herum und zog mir rote Stilettos an. Sie passten zum ebenfalls roten Dessous-Set mit dem ausladenden Dekolleté, den Strapsen und den Details aus Spitze, welches ich unter meinem kurzen Kleid trug.

Ich stand auf, schob mich an Delicious und Roxy vorbei und trat vor die verspiegelte Wand. Es fehlte nur noch die schwarze Maske aus Spitze, die ich immer trug, dann war mein Outfit komplett. Durch die blonde Perücke, das aufwendige Make-up und die Kontaktlinsen erkannte ich mich selbst nicht wieder.

Ich konnte spüren, wie sich etwas Brodelndes in mir legte, während ich meine Verkleidung betrachtete.

Das hier war Daisy.

Ich war Daisy.

Und für den Rest der Nacht würde Lenny James nicht mehr existieren.

»Computer!«, herrschte Juicy und setzte sich auf der Ottomane auf. »Scheiße noch mal, ich sagte, spiele Songs von den *Fugees*, nicht *The Cookies*!«

Ein sanfter, freundlicher Ton erklang, der den laufenden Track unterbrach. »Okay. *Musik von The Cookies wird abgespielt.*«

Ein paar Mädchen und ich lachten auf. Juicy hingegen stand offenbar kurz davor, auf die kleine Box einzuschlagen.

»Erst werde ich dieses Ding gegen die Wand schmettern, und dann werde ich darauf herumspringen, bis es in all seine Einzelteile zerbrochen ist!«

»Computer!«, rief nun Diamond kichernd, während sie glitzernde Sticker über ihre Brustwarzen klebte, »spiele einen Song von Nicky Minaj!«

Das ließ mich und noch ein paar andere Mädchen erneut lachen. Juicy hatte eine verblüffend große Ähnlichkeit mit Nicky Minaj – weswegen ihr Künstlername auch *Juicy* Minaj lautete. Sie hatte große, gemachte Brüste, einen riesigen Hintern, ein gemachtes Gesicht –

von den Lippen über die Nase bis hin zu ihren Wangen –, trug jede Menge Make-up und grellen Lippenstift und besaß dann noch eine Taille, die den Kardashians Konkurrenz machen könnte. Gigi (ebenfalls eine Kollegin) sagte immer, Juicy würde aussehen wie ein gruseliger Alien mit eingefrorenem Gesicht. Ich hingegen stand zwar überhaupt nicht auf Schönheitsoperationen, doch in meinen Augen sah Juicy großartig aus. Und ihre Ausstrahlung erst – der Wahnsinn – und vermutlich auch der entscheidende Punkt. Ich mochte sie, denn sie war tough, selbstbewusst und sie kümmerte sich um ihren eigenen Kram. Sie sah uns andere nicht als Konkurrenz, sondern schlichtweg als Kolleginnen. Anders war es bei Shelby, Coco und Lola. Für sie war der Job im *Dolly House* so was wie die Teilnahme bei *America's Next Topstripper*. Sie und ein paar andere hatten beispielsweise schon vor einiger Zeit wilde Theorien aufgestellt, weshalb ausgerechnet ich eine eigene Privatshow im Showroom bekommen hatte, in denen Majid sonst nur den Drag-Friday stattfinden ließ. Oder weshalb Diamond oder Angel viel mehr Trinkgeld bekamen, wenn sie ihre Kunden mit ins Separee nahmen. Eine ihrer haarsträubendsten Theorien war sogar, dass ich mit Majid in die Kiste ging, um Vorteile im Club zu erhalten. (Was ziemlich lächerlich war. Majid war glücklich verheiratet und machte absolut keinen Hehl daraus, schwul zu sein.)

Gerade als ich aufbrechen wollte, flog die Tür der Umkleide auf, und Gigi stürmte herein.

»Ich hasse sie alle!«, rief sie, hantierte an ihren Schuhen herum und pfefferte sie einen Moment später auch schon durch die Luft. Mit einem kurzen Schrei wich Marta dem gelben Plateauschuh aus.

Gigi war schlank und groß, selbst ohne ihre High Heels, und ihr Wesen war rasiermesserscharf, genauso wie der giftgrüne Eyeliner um ihre großen, dunklen Augen.

Ihre Wangen waren gerötet und ihre Miene aufgebracht. »Sie sind alle widerliche Schweine, und ich hasse sie!«

»Was ist es diesmal, Gee?«, fragte ich und runzelte die Stirn. »Hat wieder ein Typ von einem Junggesellenabschied versucht, dich dazu zu überreden, die Nacht des Bräutigams *noch etwas aufregender zu gestalten*?«

Gigi stampfte barfuß zum Schminkspiegel und ließ sich auf meinen Drehstuhl fallen. Ihre Atmung ging flach, und sie sah so aufgebracht aus, dass ich mir augenblicklich Sorgen machte.

»Nein!«, fauchte sie. »Irgend so ein Arschloch hat mich geschubst.« Sie machte sich daran, sich die Perücke abzunehmen, einen schwarzen Bob mit geradem Pony. Als sie sie abzog, entblößte sie borstenkurze Haare, die giftgrün gefärbt waren.

Ich stellte mich hinter sie und fing ihren Blick im beleuchteten Spiegel auf. »War es ein Versehen, oder hat er es mit Absicht getan?«

»Absicht.«

»Shit! Komm schon, ich brauche Einzelheiten.«

Juicy kam nun ebenfalls zu uns. Sie verschränkte die Arme vor der Brust und machte ein besorgtes Gesicht. »Fang von vorne an, Gee.«

»Was ist passiert?«, fragte Diamond erschrocken vom Drehstuhl neben uns. Bis vor einer Sekunde war sie ganz in ihr Smartphone versunken gewesen. Jetzt jedoch schenkte sie uns ihre volle Aufmerksamkeit.

Gigi zog sich die künstlichen Wimpern von den Augen und beförderte sie in den Mülleimer. Ihre ganze Erscheinung veränderte sich in unter einer Minute. Besonders als sie sich die Piercings im Gesicht wieder einsetzte. Sie lachte trocken auf. »Es ist dämlich. Ich stand an der Bar, und er hat mich ziemlich aufdringlich angegraben, bis ich ihm gesagt habe, dass er sich verziehen soll. Dann hat er mich geschubst und herumgebrüllt, ich sei eine nutzlose Hure, bis Dean den Kerl rausgeschmissen hat.«

»Gott segne Dean«, murmelte ich. Dean war einer unserer Barkeeper. »Der Typ hat dir aber nicht weiter wehgetan, oder?!«

Mit finsterer Miene hob Gigi die Arme und zeigte uns ihre Ellbogen, die knallrot und aufgeschürft waren. »Das hier reicht mir schon. Meine Knie sehen genauso aus. Dieser widerliche Scheißkerl! Wenn ich den noch mal sehe, ob im Club oder anderswo, wird er sein blaues Wunder erleben. Dieses Arschloch hat außerdem meinen Streak kaputt gemacht!«

»Was für ein Streak?«, fragte Diamond verwirrt.

»Ich hatte keine Arschloch-Kunden in sechsundvierzig Tagen.« Gigi stieß ein Grollen aus, ehe sie sich den letzten Silberring an der Augenbraue einsetzte.

Ich sah, wie Juicy einen verstohlenen Blick zur Tür warf. Dann ging sie zu ihrem Spind und kehrte einen Moment später mit Schnapsgläsern und einer Flasche Hochprozentigem zurück. »Den hast du jetzt nötig, Babygirl.«

Ich öffnete den Mund, um etwas darauf zu erwidern – und schloss ihn wieder. Wenn Majid das mitbekommen sollte, hätten wir ein Problem. Alkohol während der Schicht war strengstens verboten. Ich verkniff mir jedoch einen Kommentar, die Mädchen wussten immerhin selbst, wie die Regeln lauteten, und es war nicht das erste Mal, dass in der Umkleide angestoßen wurde, ob schöner oder unschöner Anlass. Nichtsdestotrotz hatte ich plötzlich Savannahs Stimme im Kopf: *»Alkohol löst deine Probleme auch nicht! Du solltest lieber über sie reden. Ich kann dir die Nummer von meiner Therapeutin geben, wenn du möchtest, und …«* – ich schüttelte mich, bis die Stimme verschwand. Was war nur los mit mir? Wieso geisterte mir Savy ausgerechnet jetzt durch den Kopf? Jetzt war ich Daisy. Und Daisy kannte niemanden namens Savannah. Lenny James würde erst nach Feierabend wieder existieren.

Gigi protestierte nicht im Geringsten, als Juicy ihr etwas von dem Hochprozentigem einschenkte. Sie hob das Glas und kippte den Schnaps hinunter. Ihr Gesicht verzog sich, als würde sie in eine Zitrone beißen, aber das hielt sie nicht davon ab, sich nachzuschenken.

»Ich leiste dir Gesellschaft«, sagte Diamond, schob meine Make-up-Tasche zur Seite und setzte sich genau vor Gigi auf den Schminktisch. Die rothaarige Tänzerin schnappte sich ebenfalls ein Glas und schenkte Gigi ein mitfühlendes Lächeln. Ihre Oberarme waren tätowiert, auf ihren Rippen, dem Nacken und an den Knöcheln prangten ebenfalls kleine Zeichen und Schriftzüge, die von ihrem Freund stammten, der ein Tattoostudio in Coldwater besaß.

Ich warf einen Blick auf die Wanduhr und fluchte, als ich erschrocken feststellte, wie spät es schon war. »Fuck. Ich würde ja auch bleiben, aber meine Schicht fängt jetzt an.« Hastig band ich mir die schwarze Maske über die Augen und zupfte sie zurecht.

»Ich weiß genau, wieso du es so eilig hast«, bemerkte Gigi mit aufblitzenden Augen. »Du kannst es kaum erwarten, jemand ganz Bestimmten nach deiner Show wiederzusehen, was?« Ein wissendes Lächeln erschien auf ihren Lippen.

Ich erstarrte. Mein Herz machte einen Sprung, und ich richtete mich wieder auf. Ich wusste ganz genau, was und wen sie meinte. »Keine Ahnung, wovon du sprichst.«

Juicy lachte und schenkte sich ebenfalls etwas vom Schnaps ein. »Ist klar, *Pretty Woman*. Keine Chance, dich da rauszureden.«

Mein Bauch verknotete sich, was mich dazu brachte, das Gesicht zu verziehen. Ich hatte nie mit den Mädchen darüber gesprochen. Immerhin ging es sie überhaupt nichts an.

Juicy klopfte mir auf den Rücken. »Ich glaube nicht, dass irgendjemand hier noch nicht weiß, wie sehr du in diesen Kerl verschossen bist, Daisy.« Sie grinste breit und entblößte dabei strahlend weiß gebleachte Zähne. »Ich kann dich aber verstehen. Er ist total heiß.«

»Sein Name ist Creed«, sagte Diamond und betrachtete unbeeindruckt ihre Nägel. »Zumindest hat er das behauptet, als ich ihn das eine Mal am Eingang abgefangen habe. Angel und ich haben nämlich beschlossen, ein wenig Amor zu spielen, weil Daisy so verknallt ist.« Sie wackelte mit den Augenbrauen.

Mein Mund klappte auf. »Bitte *was!?*«

»Wir haben ihn für dich auf die Gästeliste gesetzt. Sieh es als deine große Chance auf eine Romanze oder auf eine kleine Affäre!«

»Scheiße, Diamond!«, herrschte ich sie an und ballte die Hände zu Fäusten – während sich mein Magen verknotete. »Misch dich nicht in mein Leben ein!«

Mein Puls begann zu rasen, und mein Ärger war innerhalb von Sekunden plötzlich so groß, dass ich am liebsten … ich hätte am liebsten mit dem Fuß aufgestampft. Sehr erwachsen. Heilige Scheiße! Sie hatten ausgerechnet Creed auf die verdammte Liste gesetzt!? War es wirklich so offensichtlich, weshalb ich nach meinen Shows ständig an der Bar stand?

Ich atmete tief durch, als die Mädchen zu lachen begannen.

»Reg dich ab, D«, sagte Diamond und wickelte eine rote Locke um ihren Finger. »Es war nur für den guten Zweck. Und wenn du die

Initiative nicht ergreifen willst, auch gut – jetzt hat dieser süße Typ wenigstens freien Eintritt. Vielleicht schnapp ich ihn mir einfach und locke ihn ins Separee, damit er sein Geld trotzdem hierlassen kann.« Sie lachte wieder und streckte die Zunge raus.

Es wäre nur allzu leicht gewesen, auf ihre Worte anzuspringen, doch ich wollte nicht, dass die Mädchen bemerkten, wie sehr sie mich damit am Haken hatten. Also atmete ich tief durch und beließ es bei einem Augenrollen. »Gigi, wenn du mich brauchst, komme ich sofort wieder. Und wenn ich irgendwen vermöbeln soll, gib mir Bescheid.«

»Jaja.« Gigi machte eine wegwerfende Handbewegung. »Wir sind hier bestens versorgt, Daisy D. Jetzt geh schon. Je schneller deine Show vorbei ist, desto schneller kommst du zu deinem Romeo!«

»Ich hasse euch alle«, erwiderte ich brummend, drehte mich auf meinen Stilettos um und machte mich auf den Weg zum Club im ersten Stock.

»Wir dich auch, Baby!«, rief Juicy mir hinterher, ehe ich hörte, wie sie, Diamond und Gigi ihre Gläser aneinanderstießen.

Die Show erwies sich als voller Erfolg. Wie auch in all den anderen Nächten der letzten Monate. Jeder Loungesessel, der auf die Bühne ausgerichtet war, jeder Stehtisch und so ziemlich jeder andere Bereich in Bühnennähe waren voller Clubbesucher gewesen – hauptsächlich Männer, aber auch ein paar Frauen. Nachdem ich mir am Bühnenrand wieder meine Kleidung angezogen hatte, halfen Majid und Dean mir, die vielen Eindollarnoten von der Bühne zu holen. Mein ganzer Körper kribbelte, ich war voller Endorphine und Adrenalin. Am liebsten hätte ich sofort weitergetanzt, doch eine Sehnsucht drängte sich wie zu erwarten in den Vordergrund. Und ich war nur allzu bereit, mich dieser hinzugeben.

Etwa zehn Minuten nach meiner Show stand ich wieder genau dort, wo ich mich früher oder später immer wiederfand, genau wie es meine Kolleginnen vorhergesagt hatten: an der Bar.

Die Muskeln in meinen Armen und meine Handflächen brannten, doch es fühlte sich gut an. *Ich* fühlte mich gut, und ich hatte ziemlich viel Trinkgeld gemacht. Das *Dolly House* war heute gut besucht. Der ausladende Clubbereich lag im ersten Stock, welcher über eine breite, mit smaragdgrünem Teppich belegte Treppe zu erreichen war. Im Erdgeschoss befanden sich hauptsächlich unsere Räume wie die Umkleide, Majids Büro und unser Showroom für Privatshows und Veranstaltungen wie die *Ladies-Night* oder den *Drag-Friday*. Der Club hatte eine gut bestückte Bar, dunkle Chesterfield-Sessel, Stehtische, Podeste mit Polestange und die große Bühne, auf welcher nun Juicy und Cillary Hinton twerkend zugange waren. Der Dancefloor nebenan war über eine schwere Doppeltür zu erreichen, die jedoch meistens offen stand. Außerdem führten einige Schwingtüren zu Separees, in denen, abgesehen von den Shows, das meiste Geld gemacht wurde – durch Lapdances. Die Ausstattung des Clubs war durch und durch erstklassig. Die Wände dunkel, das Licht dezent – und ganz selten lief sogar zwischen den Shows mal gute Musik. Das *Dolly House* war beliebt. Und das, obwohl es ein Stripclub war und die eher verpönt wurden. Nein, es war nicht einfach nur beliebt, es war über die letzten Jahre zu einer Art Hotspot geworden. Die Eintrittspreise waren trotz der gehobenen Ausstattung nicht zu hoch, um die Studenten in der Stadt nicht abzuschrecken, und ebenso waren die Getränke nicht schwindelerregend teuer.

Meine Augen suchten den Club ab. Das Licht war schummrig, was mir die Suche ein wenig erschwerte.

Ich konnte Creed einfach nicht finden. Vielleicht war er heute nicht gekommen. Vielleicht hatte ich mich getäuscht. Ich ließ meinen Blick immer wieder hin und her schweifen, doch entweder meine Sicht wurde von irgendwem versperrt, oder ich blieb erfolglos.

Etwa fünf Minuten später gab ich offiziell auf. Es war lächerlich, doch die Enttäuschung verpasste mir einen Stich. Ich wollte mich gerade abwenden und gehen – als ich ihn doch entdeckte.

Ich schnappte nach Luft. Meine Stimmung schlug so schnell wieder um, dass mir schwindelig wurde. Noch bevor ich es verhindern konnte, stahl sich ein Lächeln auf meine Lippen.

Creed lehnte ein paar Meter entfernt an der Wand und sah so umwerfend aus wie immer. Er trug ein graues, eng anliegendes Shirt und dunkle Jeans und hielt ein breites Glas in der Hand.

Als sich unsere Blicke begegneten, hatte ich das Gefühl, den Boden unter den Füßen zu verlieren. Die Welt um uns verblasste, bis ich nichts anderes mehr wahrnahm als ihn. Er war gekommen!

Ich konnte sehen, wie sich sein Mund zu einem schiefen Lächeln verzog. Dann prostete er mir zu, fast so, als wüsste er, was mir gerade durch den Kopf ging.

Ein Kribbeln schoss durch meinen Bauch. Auf diesen Augenblick hatte ich den ganzen Tag gewartet, genau das hier hatte ich herbeigesehnt.

Nicht eine Sekunde lösten wir den Blick voneinander, und mit jedem verklingenden Herzschlag wurde mir heißer. Es kostete mich einiges an Selbstbeherrschung, nicht breit zu grinsen.

Der Moment schien ewig und aufgeladen und magisch zu sein. Nie war ich mir meines Körpers bewusster als in diesen Momenten. Und ich hatte das Gefühl, dass es Creed ähnlich erging. Trotz der lauten Musik, meinte ich, meinen Atem zu hören. Er war flach und fühlte sich glühend heiß an, dort, wo er meine Lippen verließ.

»Hallo, Schönheit.«

Die Stimme neben meinem Ohr erschreckte mich so sehr, dass ich herumwirbelte. »Scheiße!«, entwich es mir. Der Augenblick war vorbei, platzte wie eine Seifenblase, und das Herz sackte mir in die Hose.

Ein großer Mann im Sportjackett und mit zurückgegelten Haaren stand neben mir an der Bar. Er lächelte mich an und runzelte meiner Reaktion wegen die Stirn.

»Sorry. Wollte dich nicht erschrecken, Daisy.« Sein Lächeln wurde breiter, als er sah, dass er meine Aufmerksamkeit hatte – wenn man das so nennen konnte, denn ehrlich gesagt, war ich mehr damit beschäftigt, meine durcheinanderfliegenden Gedanken zu sortieren.

Ich blinzelte ihn an und rang mir ebenfalls ein Lächeln ab. »Schon in Ordnung, Baby«, säuselte ich.

Anfangs waren mir diese Kosenamen nur schwer über die Lippen gekommen, vor allem wenn ein Kerl so alt war, dass er mein Vater hätte sein können. Die Kosenamen waren einfach dämlich. Doch es war erstaunlich, welche Auswirkungen sie auf mein Trinkgeld hatten.

»Was du eben auf der Bühne gemacht hast, war wahnsinnig scharf, Süße«, sagte er mit einem schweren Lächeln. Der Blick meines neuen Freundes glitt an mir herunter und verweilte auf meinen Beinen. Es kostete mich große Mühe, derweil nicht zu Creed zu blicken. Ich fragte mich, ob man seine Reaktion wohl von seiner Miene ablesen konnte, wenn ich mit anderen Männern flirtete.

Nein, ich fragte es mich nicht einfach nur; die Neugierde brannte unter meinen Fingernägeln.

Noch ein Spiel, das ich mit ihm spielen konnte.

»Danke!«, sagte ich und setzte ein verlegenes Lächeln auf. Ich schenkte meinem neuen Freund nun meine volle Aufmerksamkeit. Seine blonden Haare waren nicht mehr sonderlich dicht, und er hatte hohe Geheimratsecken. Doch er wirkte gepflegt in seinem schicken Sportjackett. Ich schätzte ihn auf Mitte vierzig.

Er lehnte sich näher zu mir, bis ich sein teures Parfum riechen konnte, und grinste lässig. »Erinnerst du dich an mich? Du hast schon zwei Mal für mich im Showroom getanzt.«

Jepp, in seinem Atem war definitiv Alkohol zu riechen. Das konnte die ganze Sache erheblich erleichtern.

Ich entspannte mich und stemmte eine Hand in die Hüfte. Auf keinen Fall erinnerte ich mich an ihn, doch ich witterte ein leichtes Spiel. Wenn ich es richtig anstellte, würde er vielleicht noch einen Lapdance im Separee buchen.

»Aber klar doch«, erwiderte ich und berührte ihn beiläufig am Arm. Die kleine Geste erfüllte ihren Zweck, denn ein selbstzufriedener Ausdruck trat in seine Augen.

»Wenn du noch einen Tanz buchen willst, musst du das beim Clubpersonal machen.«

Er lachte. Dann schüttelte er jedoch den Kopf. »Erst will ich dir einen Drink ausgeben.«

»Nichts lieber als das!«, erwiderte ich strahlend. Während Mr Sportjackett sich Dean, unserem Barmann, zuwandte und darauf wartete, seine Bestellung aufzugeben, musste ich mich zwingen, meinen Blick nicht hastig umherschweifen zu lassen, um nach Creed Ausschau zu halten. Je länger ich ihn nicht im Blickfeld hatte, desto größer war die

Gefahr, ihm doch noch direkt über den Weg zu laufen. Und er durfte mir unter keinen Umständen zu nahe kommen. Nicht in tausend verdammten Jahren.

Aber wie verhinderte man etwas unter allen Umständen, wenn man selbst diejenige war, die nach Schlupflöchern suchte?

Ich konnte nicht anders und sah mich um. Creed hatte sich nicht von der Stelle bewegt – und machte keinen Hehl daraus, dass er mich beobachtete. Sein Mundwinkel hob sich erneut, als ich seinen Blick erwiderte, was dafür sorgte, dass auch mein Herz erneut einen aufgeregten Hüpfer machte und sich meine Mundwinkel hoben.

Hastig blickte ich wieder zu Mr Sportjackett. Gerade rief er Dean, unserem Barkeeper zu, dass er gerne zwei Whiskey Sour für uns hätte – eins musste man diesem Schmierlappen lassen: Er war der Erste, der mir Whiskey bestellte. Creed musste sich vorsehen, sonst hatte ich bald einen neuen Lieblingskunden. Schade nur, dass ich keinen Whiskey trinken würde. Alkohol war auch dann verboten, wenn einer der Kerle, die herkamen, uns einen ausgaben (was sehr oft vorkam). Dean würde mir wie immer irgendetwas anderes ins Glas füllen, was zumindest den Anschein erweckte, Alkohol zu sein. Vielleicht so was wie Apfelsaft oder irgendeinen anderen Saft.

Ich griff nach dem Kristallglas, welches Mr Sportjackett mir reichte – da zog er es im letzten Augenblick aus meiner Reichweite. »Eins noch«, sagte er mit einem anzüglichen Grinsen. »Du musst dir deinen Drink verdienen.«

Ich lachte auf. »Ich glaube, du bringst unsere Rollenverteilung ein wenig durcheinander, Baby.«

Er zuckte mit den Schultern. »Willst du denn nicht erst mal meinen Vorschlag hören?«

Beinahe hätte ich die Augen verdreht. Und schon war Creeds Platz als Lieblingsgast wieder unangefochten.

Nach einem kurzen Moment biss ich mir auf die Lippe und lehnte mich näher zu ihm. »Lass hören, Süßer.«

Er grinste breit und leckte sich über die Lippen. »Okay. Also wenn du mir dein Kleid gibst, gehört der Drink dir.«

Ich tat überrascht, auch wenn ich es nicht war. Dabei huschte mein Blick verstohlen in Richtung Creed. Lange genug, um sicherzustellen, dass er noch immer einen gesunden Abstand pflegte.

»Ich brauche schon einen etwas höheren Einsatz«, warf ich ein. »Nur ein Drink für so viel Stoff? Das scheint mir etwas billig.«

Er nickte, als hätte er mit keiner anderen Antwort gerechnet. Er stellte meinen vermeintlichen Whiskey Sour auf dem gläsernen Tresen ab und griff in die Tasche seiner beigen Bügelfaltenhose. Dann zog er ein paar Scheine hervor, hielt sie mir hin und …

Oh. Heilige Scheiße! Das waren dreihundert Dollar.

Diesmal war meine Verblüffung echt.

Mr Sportjackett grinste und wedelte mit den Scheinen vor meiner Nase herum. »Wie wäre das, Schätzchen: ein Drink *und* diese kleinen Freunde hier.«

Ich tat so, als würde ich einen Moment überlegen. Mein Blick glitt wieder durch den Club, diesmal jedoch nicht, um Creed zu finden, sondern um Blickkontakt mit irgendeinem der anderen Mädchen herzustellen. Das waren dreihundert Dollar, die er mir bot, nur damit ich mein Kleid auszog! Das würde mir sonst niemand glauben.

Ich entdeckte Shelby, die ganz in der Nähe auf dem Schoß irgendeines Geschäftsmannes saß – und verzog das Gesicht. Na toll. Ausgerechnet Shelby würde diesen historischen Moment miterleben. Von all den Mädchen aus dem Club konnte ich auf sie am ehesten verzichten. Shelby bemerkte meinen Blick jedoch nicht. Die hübsche Blondine mit den Engelslocken, dem herzförmigen Gesicht und den aufgespritzten Lippen war gänzlich damit beschäftigt, ihrem Kunden Dinge ins Ohr zu flüstern, die ihn vermutlich jeden Augenblick dazu bringen würden, mit ihr für eine kleine Show hinter einer der Schwingtüren zu verschwinden.

Ich blickte wieder zu meinem spendablen Gast und lächelte ihn an. »Na schön. Deal.« Langsam ließ ich meine Hände meine Arme hinaufgleiten, was seinen erwartungsvollen Blick augenblicklich zurück auf meinen Körper lenkte.

Ich konnte nicht anders und sah wieder zu Creed. Ohne seinem Blick auszuweichen, löste ich die Schleifen an meinen Schultern –

und ließ das luftige, kurze Kleid zu Boden fallen, genau wie zuvor auf der Bühne. Ein paar Männer pfiffen, klatschten oder riefen meinen Namen, doch ich tat nichts anderes, als Creed anzusehen. Seine Haltung veränderte sich nämlich. Allem voran sein Gesichtsausdruck. Auch wenn er ein ganzes Stück entfernt stand, und obwohl er meine Show vermutlich gesehen hatte … konnte ich sehen, wie er sich anspannte. Sein Blick schien dunkler, und er presste die Lippen zusammen. Er sah mich nicht einfach nur an – seine durchdringenden Augen ließen meinen Körper Zentimeter für Zentimeter in Flammen aufgehen.

Ich rang nach Luft. Das hier fühlte sich noch viel gefährlicher an als alle vorherigen Nächte. Nun hatte ich nicht einfach nur das Gefühl, dass ich nicht mehr atmen konnte. Nun hatte ich das Gefühl, dass Creed es war, der meinen Atem hielt und entschied, wann es mir wieder möglich werden würde, Luft zu bekommen, und wann nicht. Er hatte die Kontrolle.

Und ich hatte sie verloren.

Etwas kitzelte mich zwischen den Brüsten.

Mein Kopf drehte sich ruckartig zurück zu Mr Sportjackett. Grinsend hatte er mir das Geld in den BH meines roten Dessous-Sets geschoben und wirkte darüber ziemlich stolz.

»Vielen Dank, Baby«, sagte ich mit einem breiten Lächeln und schob das Geld so zurecht, dass es mir nicht einfach so wieder herausgezogen werden konnte. Das war meins.

»Stoßen wir an«, sagte er und reichte mir mein Glas.

Ich nahm es entgegen und warf Dean über den Bartresen einen fragenden Blick zu. Er nickte bloß und hob unauffällig einen Daumen, ehe er wieder damit fortfuhr, Gäste zu bedienen. Dean und die anderen Barkeeper passten auf uns und unsere Drinks auf, wann immer uns welche ausgegeben wurden. (Ein weiterer Grund, weshalb das hier der beste Club überhaupt war. Man fühlte sich sicher. Ein paar der Mädchen, die zuvor in anderen Clubs gearbeitet hatten, konnten bestätigen, dass es nicht überall so zuging wie im *Dolly House*.)

Wir stießen an, und ich trank meinen alkoholfreien Drink in einem Zug aus, während ich mich zwang, nicht wieder zu Creed zu blicken.

Mr Sportjackett begann damit, mir von sich zu erzählen. Offenbar hieß er Stephen, war Investmentbanker und machte gerne Jagdausflüge. Ich gab mich interessiert und hörte ihm zu. Manchmal war das alles, was es zwischen Drinks und Tänzen brauchte. Es würde den einen oder anderen überraschen, wie viele Männer hierherkamen, um zu reden. Sicher, hauptsächlich um jede Menge Brüste herumwackeln zu sehen, aber ein Großteil war auch ziemlich redebedürftig.

Immer wieder glitt mein Blick zu Creed, unauffällig, um Sean nicht zu verärgern. Nein, nicht Sean. Er hieß Stewart. Oder Steve? Stephen? Ja, Stephen.

Als Stephen begann, über all seine teuren, tollen Sachen zu schwafeln, blickte ich (Überraschung) erneut zu Creed – nur, um festzustellen, dass er nicht mehr dort an der Wand stand. Er hatte sich in Luft aufgelöst, war nirgendwo zu sehen.

Das Blut in meinen Adern gefror.

Panisch blickte ich umher. Na schön, entweder ich hatte Glück und er war gegangen, oder aber ich hatte ihn einfach nur aus den Augen verloren. Oh, Gott, das war schlimmer, als eine dicke, haarige Spinne zu entdecken, nur um einen Wimpernschlag später festzustellen, dass sie nicht mehr dort war, wo man sie zuletzt gesehen hatte, sondern einfach weg! Creed war vielleicht keine eklige Spinne (vielmehr genau das Gegenteil davon), aber die Panik, die plötzlich durch mich strömte und meinen Magen zu einem harten, schweren Klumpen verkrampfte, war dieselbe.

»Ach, Gott, schon so spät!«, sagte ich und unterbrach Steve-Stewart-Stephen damit. Ich lächelte, bückte mich, um mein Kleid aufzuheben, und drückte es ihm in die Hand. »Hier, bitte. Ich muss jetzt leider gehen, Stewart.«

»Stephen«, korrigierte er und zwinkerte mir zu.

»Ja, richtig, Stephen!«, sagte ich und kicherte. »Ich hoffe, wir sehen uns wieder. Ich will mehr von deinen Jagdausflügen erfahren.« Vor allem aber wollte ich schnell hier weg. Und zwar sofort.

»Du solltest mich das nächste Mal unbedingt begleiten.« Er leckte sich wieder über die Lippen. Diesmal war sein Blick definitiv auf mein Dekolleté gerichtet. »Ich habe im National Park, nur drei Stunden von Fletcher, eine kleine Hütte im Wald. Die kann sehr gemütlich sein.«

Sehr charmant, Ted Bundy. Aber weder meine Brüste, mit denen du da sprichst, sind interessiert, noch ein anderer Körperteil von mir.

»Vielleicht«, erwiderte ich bloß knapp, mit einem verschwörerischen Lächeln. Dann drehte ich mich um und steuerte auf die offene Doppeltür zum Dancefloor zu. Vermutlich sah mein Abgang genauso fluchtartig aus, wie er sich anfühlte. Mein Atem war flach, und meine Knie fühlten sich weich an. Das war so was von knapp gewesen! Und unelegant.

Ich schob mich zwischen Körpern hindurch, ohne ein genaues Ziel zu haben. Mir war schwindelig vor Schreck. Verflixt, hätte ich zu den Umkleiden gewollt, hätte ich in die andere Richtung fliehen müssen, dafür war meine Flucht jedoch zu blind gewesen. Der Dancefloor war eine Sackgasse.

Gerade als ich mich entschieden hatte, einfach eine Weile an einer der Stangen zu tanzen, bis meine Paranoia abgeklungen war, berührte mich eine warme, große Hand am Arm.

Ich erstarrte.

Da war ein Körper hinter mir. Ich spürte die Hitze, welche er ausstrahlte, auf meinem nackten Rücken.

Es war sein Geruch, der ihn verriet; vertraut, dunkel, sauber. Deshalb dauerte es keinen Herzschlag, bis ich ganz genau wusste, wer hinter mir stand.

»Gewonnen«, flüsterte Creed in mein Ohr. Sein warmer Atem ließ einen Schauer meine Wirbelsäule hinabkriechen.

Ich konnte mich nicht bewegen. Das Adrenalin in meinen Adern sorgte dafür, dass mir noch schwindeliger wurde und meine Haut zu kribbeln begann, besonders da, wo er mich berührte.

Er sah es also auch als ein Spiel. Er hatte mein Verschwinden nach all diesen Abenden als Herausforderung betrachtet. Und nun hatte er es geschafft.

Nicht ein Wort löste sich von meinen Lippen, besonders als mich die nackte Panik durchzuckte. Unter keinen Umständen durfte ich mich zu ihm umdrehen. Er bräuchte nur einen Blick auf mein Gesicht zu werfen und wüsste sofort, wer hier eigentlich vor ihm stand.

Verdammt, verdammt, verdammt!

Mein Herz begann zu rasen. Sollte ich fliehen? Ihn zur Seite stoßen und das Weite suchen? Ich musste sofort hier weg!

… Oder?

Auf der anderen Seite hatte sich noch nie etwas besser angefühlt als Creeds Hand, die langsam und vorsichtig zu meiner Hüfte wanderte, so als wäre er unsicher, ob sie das auch tun durfte. Ich lehnte mich in die Berührung, gab ihm ganz ohne Worte zu verstehen, dass ich es wollte. Auch wenn ich das nicht sollte. Ich sollte es nicht wollen. Es fühlte sich befremdlich und richtig zugleich an. Immerhin war das hier Creed! Es beschwor alle möglichen Fantasien herauf, die nicht gerade dafür sorgten, dass ich klarer denken konnte. *Er war mir so nahe.*

Das hier war gefährlich. Gefährlich verlockend.

Und so machte ich den einen, fatalen Fehler:

Ich blieb genau da, wo ich war.

Daisy übernahm voll und ganz das Ruder, sorgte dafür, dass ich meine vielen Ängste und Unsicherheiten für diesen Moment verdrängte. Lenny James würde erst nach meiner Schicht wieder existieren. Ich, *Daisy*, kannte keinen Kerl namens Creed Parker – das hier war nur der Typ, mit dem ich seit ein paar Wochen nach meinen Shows heiße Blicke austauschte. Es gab für mich keinen Grund, nicht mit ihm zu tanzen, wenn ich mich danach fühlte. Das hier war meine Welt, nicht Creeds. Er sollte mein Gesicht nicht sehen? Er würde mein Gesicht nicht sehen. Ich war stark und unbesiegbar und sexy. Nichts und niemand konnte mir etwas anhaben, und ich würde ganz einfach nicht zulassen, dass er mich enttarnte. Es war ein weiteres Spiel. Ein Spiel, welches *ich* gewinnen würde.

Ich ergriff seine Hand und zog sie über meinen Bauch. Dann lehnte ich mich nach hinten und schmiegte mich an seine trainierte Brust.

Creed verstand sofort, zog mich näher an sich und spreizte die Finger auf meiner Haut. Ein atemloser Laut entwich mir, ehe er auch noch den anderen Arm um mich schlang.

Wenn ich zuvor geglaubt hatte, Creed Parker aus der Ferne zu betrachten, wäre bereits genug, dann hatte ich mich geirrt. An ihn gepresst zu sein und seine starken Arme um mich herum zu spüren – das war unbeschreiblich. So sehr, dass ich unweigerlich die Augen schließen musste, um in diesem Moment zu versinken.

Dann begannen wir zu tanzen. Dieses eine Mal ließ ich es zu. Das hier, dieser Tanz, war alles, was er jemals von mir bekommen würde.

Und ich von ihm.

KAPITEL 3

CREED

Wieder nahm ich den verschlossenen Umschlag in die Hand, betrachtete ihn … und schob ihn zurück in meinen Rucksack. Zum dritten Mal.

»Komm schon«, murmelte ich und ließ mich auf den alten Polsterstuhl im verglasten Büro der Autowerkstatt fallen. Die Jalousien waren heruntergelassen, hingen schief und waren vergilbt, und auf Vincents Schreibtisch türmte sich das reine Chaos.

Meine Unschlüssigkeit ließ mich schwer seufzen, und ich knirschte mit den Zähnen. So schwer konnte es doch nicht sein, einen kleinen Umschlag zu öffnen und zu lesen, was darin stand! Kurz und schmerzlos, wie das Abreißen eines Pflasters. Ich musste einfach nur in diese Tasche greifen, das Teil herausholen und die Unwissenheit würde endlich ein Ende finden.

… Aber was, wenn das Ergebnis nicht das war, was ich mir erhoffte?

Vielleicht hätten meine Eltern mich *Feigling* nennen sollen, denn ich wurde diesem Namen viel mehr gerecht als meinem eigenen.

»Creed?«

Die Stimme riss mich aus meinen Gedanken, und ich blickte auf. Die Tür zum Büro öffnete sich quietschend, und ein großer Kerl in verwaschener Jeans, T-Shirt und mit kinnlangen Haaren lugte in den kleinen Raum. Die Augenbrauen meines besten Freundes Ches schossen in die Höhe. »Was machst du hier in Vincents Büro?«

Ich zog den Reißverschluss meines Rucksackes zu und sprang auf. »Ich habe nur noch etwas nachgeschaut. Wir können gehen.« Ich schnappte mir meine Autoschlüssel vom Schreibtisch, der zwischen Papieren, Ordnern und zwei leeren Kaffeetassen lag.

Ungerührt blieb Ches im Türrahmen stehen und rieb sich über das Kinn. Seine welligen Haare waren noch feucht. Nach jeder Schicht ließ uns Vince in seiner und Almas Wohnung gleich neben der

Werkstatt duschen, und in diesem Sommer hatte man das besonders nötig.

»Wieder der Brief?«, fragte Ches, auch wenn er klang, als würde er die Antwort bereits kennen.

Ich fühlte mich ertappt. War das so offensichtlich? Ich zuckte mit den Schultern, um meine Reaktion zu überspielen, und schob mich an ihm vorbei aus dem Büro. »Ich erhöhe nur die Spannung. Ich muss das Ding noch nicht aufmachen.«

Ches folgte mir durch die Autowerkstatt, ehe wir nach draußen in die trockene Hitze traten. Bis auf meinen schwarzen Jeep, ein paar Paletten und das rostige Wrack eines Civics war der Hof leer. Der blaue Himmel über uns war wolkenlos, und das Zirpen von Grillen, die im vertrockneten Buschwerk saßen, erfüllte die Luft.

»Ich denke schon, dass du ihn öffnen solltest«, sagte Ches. »Du schleichst schon seit fast einer Woche um das Ding herum. Das ist nicht gesund. Ich habe zwar keine Ahnung, was da drinstehen könnte, weil du mir immer noch nicht gesagt hast, um was es geht, aber ich glaube nicht, dass das eine Rolle spielt. Man lässt Umschläge nicht geschlossen, Creed. Wichtige Dinge in Umschlägen haben meistens eine Art Frist, oder?«

»Du bist so neugierig, Chester. Das steht dir nicht. Und ich werde dir erst sagen, was in dem Umschlag steht, wenn ich es selber weiß.«

»Dann öffne ihn.«

Ich lachte auf. »Netter Versuch.« Mein Lachen endete in einem gequälten Laut, als ich in den Hochofen von einem Jeep stieg. »Scheiße, ist das heiß hier drin.«

Ches stieg ebenfalls ein, auch wenn ich sehen konnte, wie er der Hitze wegen das Gesicht verzog. Ich verbrannte mir am Sicherheitsgurt die Finger, und selbst das Lenkrad war glühend heiß, obwohl der Parkplatz seit mindestens einer halben Stunde im Schatten lag. Ich schaltete die Klimaanlage auf Höchststufe, klappte die Sonnenblende herunter und fuhr aus dem Hof.

Es war früher Sonntagabend, und wir waren mit unseren Freunden zum Barbecue verabredet. In letzter Zeit trafen wir uns fast täglich. Ich fühlte mich irgendwie wieder wie ein kleiner Junge, der sich in den Sommerferien mit den anderen Kids in der Nachbarschaft traf – nur dass wir alle längst keine Kids mehr waren.

»Bist du bereit für Maine?«, fragte Ches und ließ sein Fenster herunterfahren.

»Sicher doch, Babyface«, erwiderte ich und spürte, wie sich meine Mundwinkel hoben. Gleichzeitig ließ jedoch auch ein schwermütiges Gefühl meine Brust enger werden. Morgen schon würden Ches und ich wieder nach Maine fliegen. *Nach Hause*. Seit fast zwei Monaten war ich schon nicht mehr dort gewesen, und ich konnte es kaum erwarten. Nachdem wir letztes Jahr wieder damit angefangen hatten, unsere Leben auf die Reihe zu bekommen, waren wir ständig nach Maine geflogen. Nach drei Jahren ohne jeden Kontakt zur Heimat. Bloß waren die Flüge teuer, und mittlerweile neigten sich meine Ersparnisse dem Ende zu. Wir konnten nie lange bleiben, wegen all der Verpflichtungen, die wir hier in Fletcher hatten. Es war nie genug Zeit. Deshalb freute ich mich jedes Mal aufs Neue, meine Familie wiederzusehen – oder wohl eher gesagt *Chesters* Familie.

»Meine Mutter ist nervös«, sagte Ches nach einer Weile, als ich an einer Ampel hielt. Ich warf ihm einen Blick zu und sah, wie er nachdenklich aus dem Fenster starrte. »Ihre Anrufe häufen sich, je näher der Termin rückt. Mittlerweile sind wir bei drei Mal am Tag.«

Ich lehnte mich zurück und stieß den Atem aus. Susan war nicht die Einzige, die zunehmend nervöser wurde. »Verübeln kann man es ihr nicht. Selbst ich bin nervös, und wir haben ihn jetzt schon fünf Mal besucht. Und du weißt, dass ich zur total abgebrühten Knallharter-Kerl-Sorte gehöre. Ich werde nie nervös.«

Das entlockte Ches ein Grinsen. Wir wussten beide, dass ich nicht abgebrüht und knallhart war. Die Ampel sprang auf Grün, und ich fuhr weiter.

Vielleicht war »nervös« tatsächlich das falsche Wort, um zu beschreiben, was in mir vorging. Nennen wir es »gespannt« oder »aufgeregt« – auch wenn diese Begriffe mehr zu einem Kind passen, das am Weihnachtsmorgen aus dem Bett springt und zum Baum flitzt, um Geschenke auszupacken. Je näher der Entlassungstermin von Ches' Bruder rückte, desto aufgeregter wurde ich. Die drei Musketiere würden wieder vereint sein. Und wir würden ein für alle Mal mit der Sache abschließen können, die uns damals nach Fletcher und Maxx ins Gefängnis gebracht hatte. In unserer Kindheit hatten wir uns immer gemeinsam durchgeboxt, trotz der drei Jahre, die Chester Maxx und mir voraushatte – ich wünschte mir nichts mehr, als dass es wieder so werden könnte. Die vielen Erinnerungen hinterließen Wehmut, wann immer ich sie mir ins Gedächtnis rief.

»Bist du es auch?«, fragte ich nach einem Moment.

»Was meinst du?«.

»Nervös.«

Die Frage klang nicht sonderlich bedeutend. Dennoch brauchte Ches einen Moment, um zu antworten.

»Ein wenig.«

Ich nickte, und wir fuhren eine Weile stumm weiter. Vermutlich war er angespannter, als er zugeben wollte, weshalb ich nicht weiter nachhakte. Ches sprach nicht oft darüber, was in ihm vorging. Das war nicht seine Art.

Die Häuser von Fletcher zogen an uns vorbei; Häuser im viktorianischen Stil, im Schatten dichter Bäume, dann wieder moderne Neubauten, die, zumindest wenn sie die Mainstreet zierten, Shops beherbergten.

Ich schaltete das Radio an, bis ein Song von Queen das Wageninnere erfüllte. *Don't Stop Me Now.*

»Also«, sagte Ches. »Um noch mal auf deinen mysteriösen Umschlag zurückzukommen …«

Ich verdrehte die Augen. »Fang bloß nicht schon wieder damit an.«

»Du musst ständig ein Geheimnis aus allem machen.«

»Bitte. Wir reden hier nicht von Lenny und ihrem Geheimjob beim Geheimdienst. Ich bin ein offenes Buch, ich habe keine Geheimnisse, bis auf das.«

»Ach ja? Und wo genau treibst du dich abends rum, wenn du behauptest, nach Hause zu gehen, um deinen Schönheitsschlaf zu bekommen?«

Die Bemerkung ließ mich grinsen – ich konnte nicht anders. Die Bilder von letzter Nacht waren noch immer mehr als greifbar. »Na schön, ich gestehe«, sagte ich. »Ich trage mir jeden Abend eine Gesichtsmaske auf und sehe mir *Sex And The City* an. Manchmal sind es auch schnulzige Romanzen, die treiben einem echt die Tränen in die Augen. *Wie ein einziger Tag*. Mann, Wahnsinnsfilm. Rachel McAdams ist total die Traumfrau.«

»Ah«, erwiderte Ches mit einem spöttischen Schnauben. »Und ich dachte schon, du gehst jeden Abend in diesen Stripclub am Stadtrand. Wie hieß er noch gleich?«

Ich bremste den Wagen ab, und mein Kopf zuckte zur Seite. Erschrocken blinzelte ich meinen besten Freund an.

»Was? Wieso sollte ich da hingehen?« Ich konzentrierte mich wieder auf die Straße. War er mir etwa gefolgt? Woher konnte Chester wissen, dass ich in diesen Club ging?

Hitze schoss meinen Nacken hinauf. Gott, ich war so ein Schmierlappen. Allein die Worte zu denken, ließ mich innerlich zusammenzucken: Ich stahl mich nach langen Abenden mit meinen Freunden mitten in der Nacht ans andere Ende der Stadt, um in einen Stripclub zu gehen.

»Dir ist vor ein paar Tagen eine Stempelkarte aus der Tasche gefallen, und ich wusste, dass die Jungs dich das eine Mal mitgenommen haben, also habe ich meine eigenen Schlüsse gezogen«, erwiderte Ches spöttisch. »Creed, was zum Teufel treibst du?«

Ich lachte auf, um meine Verlegenheit zu überspielen, jedoch klang ich ziemlich nervös. »Du hast mich erwischt. Schuldig im Sinne der Anklage.«

»Seit wann stehst du denn auf Stripclubs?«, fragte er, was nichts weiter als neugierig klang. »Hast du früher nicht immer gesagt, dass das nicht dein Ding ist?«

»Ich stehe auch nicht auf Stripclubs«, widersprach ich. »Ich stehe bloß auf *diesen* Club. Er hat was. Total schick, gute Musik, guter Whiskey. Es gibt sogar einen Dancefloor. Richtig schick. Selbst die Toiletten sind schick. Schicke Atmosphäre.«

Ches lachte auf. »Schick?«

»Total.«

»Na gut. Wie heißt sie?«

Gemächlich bog ich in eine Seitenstraße ab und kräuselte die Lippen. »Du bist ein mieser Hund, weißt du das? Hör auf, mich durchleuchten zu wollen.«

»Hast du nicht eben noch behauptet, ein offenes Buch zu sein? Du solltest zu deinem Wort stehen.«

»Ich bin ein Dummschwätzer, das weißt du doch.«

»Gott, bitte sag mir nicht, dass du dich in eine Stripperin verknallt hast.«

»Ich bitte dich, Chester. Ich habe mich doch nicht verknallt. Kleine Jungs verknallen sich. Ich bin ein echter Kerl, schon vergessen? Knallhart. Ein total männlicher Mann. Und richtig abgebrühte, total männliche Männer verknallen sich nicht.«

Plötzlich prustete Ches los. »Jetzt sag schon, wie heißt sie? Cherry? Baby? Oder hast du gleich nach den Sternen gegriffen und dich in diese maskierte Tänzerin verschossen, von der die Kerle im *Leo's* dauernd reden? Desiree? Destiny?«

Ich fuhr in Carlas und Lennys Straße und blieb auf dem Parkplatz vor dem Wohnkomplex stehen, um den Wagen rückwärts in eine Lücke zu lenken.

Dann stieß ich widerstrebend ein Murren aus und gab mich geschlagen. »Sie heißt *Daisy. Nicht* Destiny oder Desiree. Daisy. Ungefähr jeder in Fletcher spricht von ihr und ihren Shows, als wäre sie eine Volkslegende. Den Namen muss man sich doch wohl merken können, Chester.«

Als ich Daisy zum ersten Mal gesehen hatte, war ich mit Todrick und Brigham unterwegs gewesen. Sie hatten mich zu ihrer Show in den Club geschleppt, den ich wohl sonst nie besucht hätte. An diesem Abend hatte Daisy auf der Bühne getanzt, und mir war nach nicht einmal zwei Minuten glasklar geworden, weshalb sie so bekannt und ihre Shows so beliebt waren. Nichts weiter als ein Stuhl hatte auf der Bühne gestanden. Dann hatte sie angefangen zu tanzen und ihr schillerndes Kostüm Stück für Stück ausgezogen – bis auf die Maske und einen hauchdünnen String. Daisy wusste genau, wie sie ihr Publikum lenken musste. Und mich hatte sie vollkommen in ihren Bann gezogen. Deshalb war ich nach ein paar Tagen noch einmal ins *Dolly*

House gefahren, allein, und sie war nach wie vor eine Wucht gewesen. Höllisch sexy und verwegen und geheimnisvoll. Alles, was über sie gesagt wurde, entsprach der Wahrheit. Wenn Daisy anfing zu tanzen, hatte man gar keine andere Wahl, als die Luft anzuhalten und jede einzelne ihrer Bewegungen zu verfolgen. Deshalb war es irgendwie auch dazu gekommen … dass ich in den letzten Wochen fast jede verfluchte Nacht ins *Dolly House* gefahren war, um sie zu sehen – und mir war durchaus bewusst, wie problematisch es allmählich wurde. Aber nach meinem dritten Besuch bei ihrer Show war etwas passiert, was mir beinahe den Boden unter den Füßen weggezogen hätte. Daisy hatte mich angesehen. Kein flüchtiger Blick durch die Menge an Gästen. Sie hatte mit mir geflirtet, mit mir gespielt. Und dann hatte ich auch noch von zwei Tänzerinnen erfahren, dass sie mich auf die Gästeliste hatte setzen lassen! Das hatte es real gemacht. Ich hatte mir nicht eingebildet, dass sie mich angesehen, mit mir geflirtet hatte. Mein vernebeltes Hirn hatte mir nichts vorgespielt, denn sie hatte mich auf die Gästeliste gesetzt. Das war es, was mich dazu brachte, an der Sache dranzubleiben. Dieses Spiel zwischen uns zog sich nun schon seit Wochen. Ich war total verrückt nach ihr. Und doch, trotz allem hielt Daisy Abstand. Nie sprach sie mich an, kam zu mir oder auch nur in meine Nähe. Sie war wie eine Fata Morgana; immer blieb sie in der Ferne, verlockend, einladend, wunderschön, doch wann immer ich versuchte, mich ihr zu nähern, verschwand sie spurlos – bis gestern.

Allein der Gedanke sorgte dafür, dass mir heißer wurde und mein Blut ganz bestimmte Körperregionen anvisierte. Gestern war ich ihr nicht nur nahe gekommen, ich hatte mit ihr getanzt, hatte ihren Körper an meinem gespürt, und das schien mich nur noch mehr ins Schlamassel geritten zu haben. Seit letzter Nacht konnte ich an kaum mehr etwas anderes als an unseren Tanz denken. In Daisys Nähe zu sein war noch viel gefährlicher, als sie einfach nur zu betrachten. Deshalb konnte ich es kaum erwarten, heute Nacht ein letztes Mal ins *Dolly House* zu fahren, bevor Ches und ich nach Maine fliegen würden. Heute Nacht würde besonders werden. Da war ich mir sicher. Und ich fragte mich, ob sich Daisy bereits so sehr freute, wie ich es tat.

… Oh, Mann. Wenn meine Freunde das herausfanden, würden sie mich höchstwahrscheinlich für noch dämlicher erklären, als ich mich bereits fühlte. Vor allem Lenny.

»Wer hätte das gedacht?«, sagte Ches lachend und schüttelte den Kopf, während ich den Motor abstellte. »Der kleine Creed Parker schwärmt für eine stadtbekannte *Tänzerin.*«

Bevor ich ausstieg, drehte ich mich noch mal zu ihm um. Ein schiefes Grinsen machte sich auf meinen Lippen breit. »Du musst endlich zuhören, Babyface. Daisy ist nicht *eine* stadtbekannte Tänzerin. Sie ist *die* stadtbekannte Tänzerin. Und sie ist viel mehr als das, sie ist der Wahnsinn. Ich hoffe, du begegnest ihr niemals, sonst wird Ella bestimmt eifersüchtig.«

Ches schnallte sich ebenfalls ab und stieg aus. »Wenn du meinst.«

Wir liefen zum linken Hauseingang des Wohnkomplexes. Wie die meiste Zeit im Sommer stand die Eingangstür offen, damit Luft durch das stickige Gebäude ziehen konnte. Das Wohnhaus sowie dessen Nachbarhäuser wirkten ein wenig heruntergekommen, und im Flur roch es nach nassem Hund und Essen, das in irgendeiner der vielen Wohnungen kürzlich zubereitet worden war. Durch die meisten Türen erklangen meist gedämpfte Stimmen, ein weinendes Baby oder die Geräusche eines zu lauten Fernsehers. Trotz allem mochte ich es hier sehr. Das Haus hatte seinen ganz eigenen Charme, war lebendig und bunt. Carlas und Lennys Wohnung lag im Erdgeschoss, war klein, gemütlich und fühlte sich mittlerweile an wie ein zweites Zuhause, so oft, wie ich hier war.

Bevor wir das Haus betraten, drehte ich mich noch einmal zu Ches um. Ich fuhr mir mit der Hand über den Nacken und stieß hart den Atem aus. »Hey, tu mir einen Gefallen. Behalt das für dich. Das mit diesem Club und Daisy.« Ich räusperte mich verhalten und lächelte schief. »Sonst werde ich wieder *Creep* anstatt *Creed* genannt, und ich war nach der Schule ganz froh, diesen Spitznamen los zu sein.«

Ches grinste spöttisch und klopfte mir auf die Schulter. »Meine Lippen sind versiegelt. Und jetzt setz dich in Bewegung, *Creep*. Ich kann die Steaks schon riechen.«

KAPITEL 4

DAISY

Schmerz schoss mir in den Knöchel. Ich fluchte laut, und begleitet von einem quietschenden Geräusch rutschten meine Hände von der sich drehenden Stange. Ich fiel unsanft auf meinem Hintern und fluchte erneut.

Die wummernde Musik wurde ausgeschaltet. Im nächsten Moment erschien auch schon Gigis giftgrüner, kurz rasierter Kopf über mir, und um ihren Mund herum zuckte es belustigt.

»Was bitte war das, Daisy?«

Ich zog vor Schmerz eine Grimasse und rieb mir den Knöchel. »Was glaubst du denn? Ich habe mich falsch gedreht, das Gewicht nicht ordentlich verlagert und mir deshalb den Fuß gegen das blöde Ding geschlagen.«

»Das hast du davon, Dumpfbacke.« Gigi lachte und wandte sich wieder ab. Sie trug nichts bis auf schwarze Panties, einen Sport-BH und pinke, gefährlich hohe Plateaupumps. Angel und Juicy waren ebenfalls hier und trugen Sportkleidung, waren jedoch barfuß, genau wie ich. (Der einzige Grund, weshalb wir beim Training an der Stange so spärlich bekleidet waren, bestand darin, dass man nur mit nackter Haut einen guten Halt auf dem Metall erzielen konnte.)

»Spiel noch mal den ersten Song aus der Playlist.« Ich legte meine Hände an die Polestange und knirschte mit den Zähnen, als die Erschöpfung in meinen Armen sich protestierend meldete. Ich ignorierte es jedoch gekonnt, so wie meistens. Das Ding wollte mir den Krieg erklären? Den konnte es haben. »Ich gehe heute erst nach Hause, wenn ich diesen verfluchten Übergang hinbekomme.«

Wir befanden uns auf der Bühne des *Dolly House*. Majid hatte uns vor Kurzem endlich erlaubt, eine richtige, große Show aufzuziehen, und meine Euphorie darüber war noch nicht einmal ansatzweise abgeklungen. Seitdem nutzten wir jede Gelegenheit, um zu trainieren.

Juicy, Angel und Gigi hatten sich mir sofort angeschlossen, als ich mit der frohen Kunde vor ein paar Wochen in die Umkleidekabine geplatzt war. Bei den anderen Mädchen würde es wohl noch ein wenig Überzeugungsarbeit brauchen, bis sich noch ein paar von ihnen überreden ließen. Nichtsdestotrotz war ich mehr als glücklich darüber, dass die drei mitmachten. Und nicht nur das, sie waren beinahe so Feuer und Flamme für diese Show wie ich, weshalb wir in letzter Zeit immer öfter trainierten. Die Show war *Polesque* – eine Mischung aus Poledance und Burlesque – und momentan der absolute Trend in der Szene. Das war unsere Eintrittskarte, um ein richtiger fester Punkt im Wochenprogramm des Clubs zu werden. Und wenn wir uns dabei auch noch auszogen, wäre es der nächste große Hit, das spürte ich. Ich hatte schon immer eine Schwäche für Showtanz, die alten Pariser Varietés sowie Burlesque gehabt. Abgesehen davon machte sich ein wenig Burlesque gut im *Dolly House*. Seit dem Erfolg von Dita Von Teese und Christina Aguilera im Film *Burlesque* war es viel attraktiver und massentauglicher geworden. Promis schworen mittlerweile in jedem Klatschmagazin auf Poledancing als Fitnessprogramm. Das konnten und sollten wir hier zu unserem Vorteil nutzen. Es war genau die richtige Zeit dafür. Vielleicht war das auch wieder die Magie dieses Sommers. Es war beinahe, als würden all meine Träume in Erfüllung gehen.

(Gruselig. Und kitschig. Hoffentlich verwandelte ich mich nicht in ein drolliges, immer glückliches Teletubby.)

Ich holte tief Luft, ehe ich Schwung nahm und mich an der Polestange hochhievte. Meine Muskeln brannten noch stärker, noch protestierender, was das Ignorieren immer schwieriger machte. Dann sammelte ich meine letzte Kraft und streckte langsam meine Beine in die Luft. Eine menschliche Flagge – zumindest für ein paar Sekunden, ehe ich die Figur wieder in etwas anderes verwandelte. Meine Konzentration war heute wirklich grauenhaft. Nach letzter Nacht, die mit Abstand die beste in meinem ganzen Leben gewesen war, hatte ich kaum mehr an jemand anderes denken können als an Creed. Nur der kleinste Gedanke an unseren Tanz ließ mein Herz aufgeregt flattern. Meine innere Stimme hätte mich normalerweise wieder zur Vernunft bringen müssen, aber selbst die war noch ziemlich durch den Wind. Hatte Creed letzte Nacht wirklich geglaubt, unser Spiel gewonnen zu haben? Er hatte sich geirrt. *Ich* hatte gewonnen! Nicht für eine Sekunde hatte ich die Kontrolle über den Tanz und die Situation verloren. Creed hatte *Daisys* Gesicht nicht gesehen. Wir hatten einfach nur eng umschlungen getanzt, Rücken an Brust. Und es war ziemlich heiß gewesen.

Der Druck auf meinen Unterarmen wurde bestialisch, und meine gesamte rechte Seitenmuskulatur schien sich zu verkrampfen. Ein Schnaufen entfuhr mir, und ich stöhnte auf. Schweiß rann in meine Augen und tropfte von meinem Kinn.

»Na endlich!«, rief Juicy und klatschte Beifall. »Nur an deinem Gesichtsausdruck würde ich noch arbeiten, Babe. Nicht besonders sexy, wenn du aussiehst, als würdest du versuchen, einen Backstein auszuscheißen.«

»Leck … mich …«, knurrte ich durch zusammengebissene Zähne. »… bin noch nicht fertig.«

Ich drückte die Fußzehen durch. Ganz langsam öffnete ich meine Beine zur Grätsche und presste dabei meine Wade gegen die Stange, um mich zu stabilisieren. Mein Herz trommelte gegen meine Rippen, als wollte es herausspringen. In meinen Ohren rauschte es. Als ich versuchte, meinen Fuß an die Stange zu klemmen, um in eine andere Figur überzuwechseln, rutschte ich mit den Händen ab und verlor meine Körperspannung. Diesmal knallte zwar nicht mein Knöchel gegen die Stange, dafür aber mein Kopf.

»Au!«, heulte ich und ließ mich zurück zu Boden sinken – zumindest hatte ich das vor, doch es endete damit, dass ich einfach hinunterplumpste und auf meinem Hintern landete. Der Aufprall auf der Bühne war härter als erwartet.

»Verdammt, alles in Ordnung?« Eilig trat Gigi auf ihren pinken Schuhen neben mich und half mir auf.

Ich hielt mir den Kopf. Mein Atem war noch immer flach, und mir war ein wenig schwindelig. »Wonach sah es denn aus?«, erwiderte ich mit einem ironischen Lächeln.

Sie schnalzte mit der Zunge. »Ich meine, ob du dich verletzt hast.«

»Halb so wild. Das wird nicht mal eine Beule geben.«

»Das da gerade hätte verdammt schiefgehen können, Daisy. Wenn du so einen Mist machst, kannst du dich ernsthaft verletzen! Ich habe dir außerdem gesagt, dass sich ein *Brass Monkey* an dieser Stelle genauso gut machen würde statt erst ein *Chopper* und ein *Sneaky V*. Wechsel die letzte Figur aus!«

»Nein! Und das würde er nicht!«, widersprach ich energisch. »Ein *Sneaky V* ist viel eindrucksvoller. Ich brauche irgendetwas Außergewöhnliches. Keine Anfängerfigur wie einen verdammten *Brass Monkey*. Das kann jeder Idiot.«

»Besonders eindrucksvoll sah dein *Sneaky V* gerade aber nicht aus«, warf Angel ein, während sie auf ihrem Handy herumtippte. Sie saß auf dem Bühnenboden und dehnte sich.

Mit brennenden Wangen warf ich die Hände in die Luft. »Ich bin eben abgerutscht!«

Gigi schüttelte den giftgrünen Kopf. »Nö. Du hast heute ganz einfach mit dem Training übertrieben.«

»Hab ich nicht.«

»Du wirst den Muskelkater deines Lebens haben.«

»Muskelkater macht mir nichts aus.« Ich kämpfte mich auf die Beine und schob mir lose Haarsträhnen aus dem Gesicht, die aus dem Pferdeschwanz gerutscht waren. Meine Haut glänzte vor Schweiß, und meine Arme zitterten. Zwischen meinen Daumen und Zeigefingern pochte es, aber nicht nur dort; auch in meinen Kniekehlen, auf den Fußrücken, Schienbeinen und auf der Innenseite meiner Oberschenkel. All die Stellen, an welchen sich bereits so einige blaue Flecken befanden, die ich vor jeder Show mit Make-up abdecken musste. Meine Handballen und Finger prickelten heiß, besonders dort, wo sich Hornhaut gebildet hatte. Und dort, wo noch keine war, leuchtete meine Hand. Der Schmerz zog sich durch meine Handgelenke bis hoch in meine Schultern. Gott, meine Schultern. Seit ich diesen verdammten Stangensport betrieb, schienen sie dauerhaft verspannt zu sein.

»Ich bekomme das schon hin«, sagte ich und knirschte mit den Zähnen. »Nur noch ein einziges Mal. Vorhin hat es doch auch die ganze Zeit geklappt. Ich verstehe das nicht.«

»Du hast dich verausgabt«, sagte Juicy, die an der anderen Stange gerade ebenfalls Figuren übte. Kopfüber streckte sie die trainierten Beine aus und machte einen Spagat.

Gigi warf mir meine Wasserflasche zu, die ich in der Luft fing und … die mir aus den Fingern glitt. Weil ich sie nicht halten konnte. *Verdammt.*

»Voilà«, sagte sie mit einem selbstgefälligen Lächeln. »Da hast du den Beweis, Schwächling. Du solltest mehr Krafttraining betreiben. Wie viel ist es momentan? Einmal die Woche?«

Ich verzog das Gesicht und hob die Flasche vom Boden der Bühne auf. »Zweimal. Aber dafür arbeite ich bis zu sechs Abende die Woche, das ist genug Auslastung.«

»Aber nicht auf die richtige Art und Weise! Hör auf mich, Süße. Du kannst vielleicht besser tanzen, aber ich bin eine *Polerina*. Ich lebe für diesen Sport, während du ihn nur schamlos benutzt. Du brauchst mehr Krafttraining, vor allem wegen deiner Schultern, und du musst dich länger und öfter dehnen und Übungen dafür machen. Du solltest wirklich mit in meinen Kurs kommen. Wenigstens einmal die Woche. Oder ins Fitnesscenter. Trainier mit mir!«

»Schon wieder die *Polerina*-Leier?«, fragte ich mit einem gequälten Stöhnen. Selbst Angel und Juicy schienen bei dem Kommentar die Augen zu verdrehen und leise zu lachen.

Seit nicht einmal zwei Jahren besuchte Gigi einen Poledancing-Kurs – und ließ das jeden wissen. Ohne Ausnahme. Fast schon wie diese Leute, die nicht einfach nur ins Fitnesscenter gingen, sondern Crossfit betrieben, als wäre es eine Religion. Außerdem versuchte Gigi, jeden im *Dolly House* zu missionieren, so als hätte sie in dieser kurzen Zeit die Weisheit mit Löffeln gefressen. Ich konnte sie ziemlich gut leiden, aber sie war so was wie das Stripper-Äquivalent zu den Hardlinern unter Veganern, die Leute in Pelzmänteln mit Kunstblut bespritzten.

Wie so oft fingen Gigi und ich erneut an, über Figuren, die Choreografie, Stangensport und die Art des Trainings zu streiten. Auch wenn ich mir selten für eine hitzige Diskussion zu schade war, spürte ich, wie die Erschöpfung an mir zerrte.

»Die *Sneaky V* schaffst du trotzdem nicht«, sagte ich herausfordernd und verschränkte die Arme vor der Brust.

Gigi sprang sofort darauf an, genau wie ich wegen meiner Müdigkeit erhofft hatte.

»Ha. Von wegen!« Sie schaltete die Musik wieder ein, und einen Moment später dröhnte *Me, Myself & I* von *G-Eazy* und *Bebe Rexha* durch den leeren, hell erleuchteten Club. Die giftgrüne Nervensäge nahm Schwung, kletterte die Stange hinauf und begab sich in die richtige Position: mit dem linken Bein an die Stange geklemmt, eine Hand darüber und eine weiter unten an der Stange im sicheren Griff und – »Siehst du?«, rief ich grinsend. »Du hast ein mieses Timing!«

Gigi streckte mir die Zunge raus, während ihr Körper sich drehte. »Dafür schmier ich nicht ab wie du!« Sie löste ihr linkes Bein und presste dabei ihre Wade an das Metall. Dann verlagerte sie das Gewicht und öffnete die Beine zum Spagat.

Juicy, die mittlerweile wieder am Boden stand, und Angel klatschten und pfiffen Gigi zu, was mich die Augen verdrehen ließ. »Schön, dann hast du es eben geschafft. Herzlichen Glückwunsch, du Pole-Nervensäge.«

»Neider!«, rief Gigi kopfüber und lachte hell. »Sag, was du willst, Daisy D. Ich bin fabelhaft und heiß!«

Ich wischte mir den Schweiß von der Stirn und versuchte, nicht zu lächeln. Es war kein Geheimnis, dass ich Stangen nur halbherzig in meine Shows einbaute. Ich bevorzugte eben Nummern, bei denen ich frei tanzen konnte, und da fühlte sich eine Stange nicht bei jeder Performance richtig an. Und außerdem bekam ich wirklich bestialische Nackenschmerzen, wenn ich wochenlang neue Figuren übte, so wie momentan.

Sie löste die Figur auf und ließ sich zurück zu Boden gleiten. Mit verschränkten Armen und einem arroganten Lächeln trat sie zu mir. »Sieh's endlich ein, D. Du hast es übertrieben. Wie lange trainierst du heute schon? Drei Stunden? Vier?«

»Vielleicht versuchst du es einfach morgen wieder«, schlug Angel vor und klemmte einen kleinen Holzblock unter ihren Fuß, ehe sie versuchte, mit dem Gesicht neben ihrem Knie den Boden zu berühren. Ihre braunen Haare hatten sich dabei wie ein Fächer auf dem Boden ausgebreitet.

Ich schielte zur Stange und biss mir auf die Lippe. »Nur noch eine Figur für die Choreografie …«

Nun war es Juicy, die die Augen verdrehte. »Schluss jetzt, Daisy. Außerdem nörgelst du doch sowieso nur rum, dass wir unsere Side Splits in den Griff bekommen sollen. Wir kümmern uns darum, und du gehst nach Hause.«

»Ist ja gut«, murrte ich und gab mich geschlagen. Sie hatten immerhin nicht unrecht. Ich trainierte bereits seit Stunden, und erst vor etwa einer Stunde waren die Mädchen dazugestoßen. Mir schwirrte der Schädel. Aber mich hatte mein altbekannter Ehrgeiz gepackt. Mein Hang zum Perfektionismus wollte mich dazu treiben, hierzubleiben und trotz meiner schmerzhaften Erschöpfung dabei zuzusehen, wie meine Kolleginnen tanzten und trainierten. Dann könnte ich Hilfestellungen geben oder gegebenenfalls ihre Haltungen korrigieren. Vielleicht war die Choreografie ein wenig übertrieben, aber ich mochte sie. Sie passte perfekt und würde sich auf der Bühne wahnsinnig gut machen – deshalb wollte ich bleiben und ihnen helfen, damit auch ja alles so wurde, wie ich es mir vorstellte. Die Show war zu einem Traum geworden, den ich mir unbedingt erfüllen wollte. Es fühlte sich gut an, alles dafür zu geben. Es war etwas, worauf ich hinarbeiten konnte. Denn ich hatte mich nie damit zufriedengeben können, einfach nur an einer Stange zu tanzen. Es war nicht genug, weil ich *tanzen* wollte. Ich liebte es, ganz besonders hier mit den Mädchen im *Dolly House*. Mein Job bot mir die einmalige Chance, für das Tanzen bezahlt zu werden. Und wer konnte verflucht noch mal schon behaupten, sich mit seinem größten Hobby, seiner Leidenschaft, das Studium zu finanzieren? Bingo. So gut wie niemand. Ich hatte es nie darauf angelegt, an einem Ort wie diesem zu landen. Eher hatte ein Haufen Zufälle dazu geführt, dass Majid mich entdeckt und ich schließlich angefangen hatte, für seinen Club zu arbeiten. Aber es tat mir gut. *Lenny* war zurückgezogen, kümmerte sich um ihre Pflichten und um ihren eigenen Kram. *Daisy* hingegen war verwegen, sexy und geheimnisvoll. Ich konnte mich fallen lassen, ohne Angst haben zu müssen. (In der Praxis war das viel weniger verkorkst, als es sich anhörte.) Und es fühlte sich verdammt gut an, keine Angst haben zu müssen.

Angel kämpfte sich vom Boden auf und stemmte ihre Hände mit den strassbesetzten Gelnägeln in die Hüften. »Ich kann wirklich nicht verstehen, was du hier willst, Daisy.«

Ich verzog das Gesicht. »Schon in Ordnung, ich verzieh mich ja schon. Ihr könnt euer Mobbing wieder einstellen.«

»Nein, das meine ich ernst«, sagte sie und strich sich die zerzausten braunen Haare hinter die Ohren. »Du könntest so viel mehr haben als das hier. Du könntest irgendwo sein, wo du das Tanzen zum Beruf machen kannst.«

»Aber das habe ich doch schon«, erwiderte ich, noch immer verwirrt. »Ich habe das Tanzen zum Beruf gemacht.«

Viele, die im *Dolly House* arbeiteten, wollten Privatleben von Arbeit strikt trennen – so wie ich. Andere wiederum ließen die Grenzen verschwimmen. *Daisy* war damals Majids Idee gewesen, damit ich zwischen meinem Alltag und meinem Job eine bessere Trennung erlangte. Anonymität, Freiheit und Sicherheit. Bisher hatte das auch wunderbar funktioniert, doch das Training für die Show hatte dazu geführt, dass ich eine Menge Freizeit mit den Mädchen verbrachte. Deswegen war es vielleicht mein eigener Fehler, wenn sie nun damit begannen, mich persönlichen Kram zu fragen, denn bis auf Gigi hatte ich bisher noch nie mit einer der anderen außerhalb unserer Schichten Zeit verbracht. (Gigi studierte ebenfalls an der Fletcher University, und wir boxten uns oft gemeinsam durch. Würde ich mich mehr bemühen, wären wir vielleicht sogar Freundinnen.) Unser neues gemeinsames Training war zwar auch für die Arbeit gedacht, doch es war immerhin unsere Freizeit, die wir dafür opferten.

Angel verdrehte die Augen und schnappte sich ihre Wasserflasche. »Du weißt schon, was ich meine. Du bist verdammt gut. Du könntest an Wettbewerben und so was teilnehmen. Hast du darüber schon mal nachgedacht? Überleg mal, was für Preisgelder du einstreichen könntest. Also, ich würde es sofort tun.« Sie starrte in die Ferne und lächelte verträumt.

Plötzlich wurde mir eiskalt. *Wettbewerb.*

Bei diesem Wort verkrampfte sich mein Magen. Bilder erschienen vor meinem inneren Auge, die ich nie wieder sehen wollte. Bilder, die ich zusammen mit dem Rest meiner Vergangenheit, meiner Kindheit, bei meiner Mutter hatte lassen wollen.

Gigi musterte mich aufmerksam. Was auch immer sie in mir las, ließ ihre Miene weicher werden.

»Bist du nicht noch verabredet?«, fragte sie, bevor ich gezwungen war, auf Angels Frage zu reagieren. Sie spähte auf ihr Handy, das noch immer mit der Anlage verbunden war.

Ich horchte auf und sah sie an. »Ja. Wieso, wie spät ist es?«

»Gleich fünf.«

Mein Herz machte einen Sprung. »Verdammt! Wieso hat mir das keiner gesagt?«

Genervt stieß Gigi den Atem aus. »Geh. Wir sehen uns heute Nacht.«

Hastig verabschiedete ich mich von den Mädchen, kletterte von der Bühne und eilte in Richtung Umkleide.

KAPITEL 5

LENNY

Ich stellte den kalten Wasserstrahl ab und wrang mir die Haare aus. Selbst dabei schmerzten mir die erschöpften Arme. Erst, als ich aus der alten Duschwanne stieg und beim Refrain von *Rocket Man* von Elton John ankam, verstummte ich erschrocken. Blinzelnd starrte ich mein Spiegelbild im kleinen Badezimmer an. Hatte ich gerade ernsthaft gesungen? Unter der *Dusche?*

Ich schüttelte mich und trocknete mich rasch ab. »Gruselig«, murmelte ich. Woher auch immer meine gute Laune kam, sie war da und wollte nicht mehr gehen.

Ich hielt mich nicht lange damit auf, mich fertig zu machen, cremte lediglich mein Gesicht ein und band meine langen, braunen Haare zu einem strengen Ballerinadutt, wie meine Mutter ihn mir früher gemacht hatte. Ich wusste nicht, wieso ich die Frisur noch immer trug, obwohl ich doch sonst alles aus meinem alten Leben hinter mir gelassen hatte. Vielleicht weil es mich an meine Anfänge im Tanzen erinnerte. Und irgendwie war es so was wie mein Markenzeichen geworden, ein Kontrast, den ich zu Daisy brauchte. Je unterschiedlicher meine Erscheinungen als Lenny und die von Daisy waren, desto stärker konnte ich mich in Sicherheit wiegen, nicht aufzufliegen. Vielleicht war das schräg und extrem, aber es half mir irgendwie.

Ich schlüpfte in Unterwäsche, ein luftiges schwarzes T-Shirt, das mir bis zu den Oberschenkeln reichte, und zog mir eine schwarze Anzughose an, die ich an den Beinen ein wenig hochkrempelte – so wie immer. Und schon war ich wieder einfach nur ich. Kein Make-up, keine nackte Haut, die meine unzähligen blauen Flecke hätte preisgeben können (abgesehen von meinen Armen, aber das war jetzt im Sommer einfach nicht zu ändern, wenn ich nicht wirklich eingehen wollte vor Hitze), keine blonden Haare und keine schwarze Maske.

Einfach nur Lenny – ganz besonders nachdem ich mir meine vielen Silberringe in die Ohren gesteckt hatte.

In meinem Kopf lief *Rocket Man* weiter, und ich erwischte mich dabei, wie ich es schon wieder summte, während ich gähnend die Tür entriegelte und in mein Zimmer lief. Wenn ich es hochrechnete, hatte ich in der Nacht zuvor vielleicht vier Stunden geschlafen. Normalerweise machte mir das nicht viel aus, aber wenn ich doppelte Schichten schob, war ich so erledigt, dass mein Körper noch ein wenig mehr Ruhe nötig hatte.

Die Luft war durch die Sommerhitze genauso stickig wie draußen, und der Deckenventilator lief summend auf Hochtouren. Carlas und meine Wohnung war ziemlich klein und chaotisch. Die Möbel waren alt, bunt zusammengewürfelt und standen im Weg, egal wie man sich drehte und wendete. Doch sie war bezahlbar, vor allem dafür, dass es drei Schlafzimmer gab (Fletcher war eine Stadt voll verfluchter Halsabschneider, wenn es um Mietpreise ging). Bis vor Kurzem hatten Carlas kleine Brüder Mateo und Oskar noch bei uns gewohnt. Seit ein paar Wochen verbrachten sie jedoch viel Zeit bei Carlas Tante Alma und meinem Onkel Vince, die die Jungs adoptieren wollten, sobald sie endlich verheiratet waren. Ich war mir nicht ganz sicher, ob die Jungs noch immer bei Carla und mir wohnten, es war ein ständiges Kommen und ein noch häufigeres Gehen. Vermutlich fiel es Carla bloß schwer, ihre Brüder loszulassen, nachdem sie sich doch ihr halbes Leben um sie gekümmert hatte. Wir hatten eine etwas merkwürdige Familienkonstellation. Carla und ich waren Stiefcousinen (oder würden es jedenfalls bald sein). Anfangs war das hier eine reine Zweck-WG gewesen; ich hatte eine Bleibe gesucht, da Vince und ich unter einem Dach nicht gut funktioniert hatten, und Carla hatte jemanden gesucht, mit dem sie sich die Miete teilen konnte, der irgendwie nicht völlig fremd war und mit ihren Brüdern klarkam. Das hatte sich zunächst als die schlechteste Entscheidung meines Lebens entpuppt. Ich konnte gar nicht zählen, wie oft wir uns in den ersten beiden Jahren in den Haaren gelegen hatten, doch irgendwie hatte sich das mit der Zeit geändert. Jetzt waren wir Familie.

Ich hörte durch die dünnen Wände, wie sich die Haustür öffnete und wieder ins Schloss fiel.

»Lenny?«, erklang Carlas Stimme aus dem Wohnzimmer. »Bist du da?«

Ich öffnete meine Zimmertür und steckte den Kopf heraus. »Was willst du, Santos?«

Sie war barfuß, trug nichts weiter als Jeans-Hotpans und ein Bikinioberteil. Ihre vollen dunklen Haare fielen ihr bis unter die Brust, und ihre Wangen waren gerötet, was wohl von der Sonne stammen musste.

Sie streckte sich ausgiebig und kam zu mir gelaufen. »*Ay*, na endlich. Alma, Vince und die anderen sind draußen. Das Barbecue ist schon voll im Gange.«

Lächelnd trat ich aus meinem Zimmer. »Tut mir leid, hab beim Training die Zeit vergessen.«

Carla hob eine Augenbraue. Sie öffnete den Mund, als würde sie etwas sagen wollen, entschied sich dann jedoch dagegen.

Ich lief durch den bunten Perlenvorhang in unsere kleine Küche und holte die Kanne mit dem Cold-Brew-Kaffee aus dem Kühlschrank, füllte ihn mir mit Eiswürfeln und Hafermilch in ein Glas und steckte einen Strohhalm hinein.

»Bist du krank?«, fragte Carla argwöhnisch und folgte mir in die Küche.

Ich schloss die Kühlschranktür. »Was?«

»Du hast gerade gesummt. Und gelächelt. Du hast gute Laune, oder?«

»Ja und?«

Sie verschränkte die Arme und verengte die Augen. »Das war Elton John. Irgendetwas ist mit dir.«

Ein spöttisches Grinsen machte sich auf meinen Lippen breit. »Irgendetwas ist doch *immer* mit mir. Das ist mein Ding, schon vergessen? Daran ist nichts Ungewöhnliches. Außerdem habe ich ein RBF.«

»RBF?«

»Ein ›Resting Bitch Face‹. Ich könnte unschuldig durch die Gegend starren und mich fragen, wie Hummeln es schaffen, mit ihren kleinen, dicken Körpern fliegen zu können, und alle würden davon ausgehen, ich wäre höllisch angepisst auf Gott und die Welt.«

Ihre Miene sagte mir deutlich, dass sie mir kein Wort glaubte. Leider kannte Carla mich besser als jeder andere Mensch – und sie war die einzige Person, die nahezu alles von mir wusste; von meiner Vergangenheit bis hin zu *Daisy*.

»Jetzt spuck aus, Lenny!«, sagte Carla und lehnte sich gegen die vollgestellte Küchenzeile.

»Das heißt ›*Spuck es aus*‹, Santos«, korrigierte ich sie, woraufhin sie diejenige war, die das Gesicht verzog. Ich grinste.

Für einen Moment rang ich mit mir. Ich sollte es ihr nicht erzählen. Das würde aus einer Mücke einen Elefanten machen, da war ich mir sicher. Andererseits war das, was letzte Nacht mit Creed passiert war, keine Mücke. Es war ein Monsterinsekt in der Größe von Godzilla. Viel größer und viel stärker als ein Elefant und …

Wow, ich hatte definitiv keine romantische Ader.

»Na schön«, sagte ich seufzend und gab mich geschlagen. Früher oder später würde sie es sowieso herausfinden.

Argwöhnisch spähte ich durch den bunten Perlenvorhang, doch niemand war zu sehen. Alle waren draußen im Garten, und wir waren allein in der Wohnung.

Dann wandte ich mich wieder an meine Mitbewohnerin. »Wir haben getanzt«, flüsterte ich, während sich meine Mundwinkel erneut nach oben verzogen.

»Du und …?«

»Creed.«

Sie schnappte nach Luft. *»Was?«*

»Wir haben letzte Nacht im Club getanzt.«

Ihre Augen wurden groß, und sie packte mich am Arm. *»Dios mio,* Lenny! Hat er dich erkannt?«

»Schrei nicht so!«, zischte ich und zog den Kopf ein. »Natürlich nicht. Wir haben uns ja nicht mal unterhalten, sondern nur getanzt.« Schnell trank ich einen großen Schluck von meinem Eiskaffee, bevor die Erinnerungen an letzte Nacht wieder zu hell und grell werden konnten.

Carla seufzte schwer und kniff sich mit Daumen und Zeigefinger in die Nasenwurzel. »*Mierda*, das ist so verkorkst.«

»Ist es nicht.«

»Doch, und wie! Wieso sagst du ihm nicht einfach die Wahrheit? Er steht total auf dich.«

Ungläubig lachte ich auf. »Hast du sie noch alle, Santos? Abgesehen davon, dass ich das niemals tun werde, steht er überhaupt nicht auf *mich*, sondern auf Daisy.«

Carla blinzelte mich an. »Hörst du eigentlich, was du da sagst? *Du* bist Daisy!«

Jeder Muskel in mir spannte sich an, und mein Griff um das Glas verstärkte sich. Nicht dieses Thema. Sie wusste genau, wie empfindlich ich war, wenn es darum ging. Daisy war mein Safe Place. Ich hatte diese beiden Leben bewusst getrennt, und das wusste Carla.

»Du verstehst das nicht, Carly. Ich weiß, was ich tue. Creed und ich sind Freunde, und *Daisy* ist bestimmt bald Geschichte. Ich habe alles im Griff, und er wird seine Schwärmerei früher oder später schon überwinden.« *So wie ich. Hoffentlich.*

Carla schürzte die Lippen und verengte wieder die Augen – ich hasste diesen Blick. Es war, als könnte sie mich durch ihn regelrecht röntgen. Und offenbar tat sie das auch, denn im nächsten Moment lächelte sie ebenfalls und tätschelte meine Wange. »Du dummer kleiner Trottel. Vielleicht würde ich dir glauben, wenn du nicht seit Jahren schon total in ihn verschossen wärst. Aber das bist du, und deswegen ist das nur heiße Luft, die eben deinen Schnabel verlassen hat.« Sie nahm mir den Eiskaffee aus der Hand und stolzierte aus der Küche.

»Hey! Das war meiner!«, rief ich ihr hinterher. »Und ich meine es ernst! Es ist alles in bester Ordnung!«

»*Sí, claro!*«, hörte ich sie nur rufen, ehe unsere Haustür mit einem Klicken ins Schloss fiel.

Ich grollte auf und setzte mich in Bewegung, um ihr zu folgen. Das war Irrsinn. Sicher, letzte Nacht war riskant gewesen, aber letztendlich hatte Creed mich nicht erkannt! Wenn ich über das Herzrasen hinwegsah, dann war der Abend mehr als perfekt gewesen. Außerdem war ich vorsichtig. Wenn ich Daisy war, trug ich sogar Parfum auf und nahm selbst nach Feierabend auf dem Weg zu meinem Auto meine Perücke nie ab, so gründlich (und paranoid) war ich. Ich meinte, was ich sagte, ich hatte die Zügel in der Hand. Dann war ich eben in Creed verknallt. Was machte das schon für einen Unterschied? Früher oder später würde das aufhören. Und bis dahin genoss ich die Aufmerksamkeit, die er Daisy entgegenbrachte.

KAPITEL 6

Vier Jahre zuvor …

LENNY

Ich verschränkte die Arme vor der Brust und machte ein böses Gesicht. Leider hatte es nicht den gewünschten Effekt, denn Leo wirkte nicht im Geringsten beeindruckt.

»Vergiss es, Kleine.« Er legte mir die Hände auf die Schultern und schob mich in Richtung Ausgang. »Du hast hier drin nichts verloren. Hast du das Schild an der Tür nicht gesehen? Kein Zutritt für Minderjährige in meiner Bar.«

»Ach, komm schon, ich bin fast achtzehn!«, protestierte ich und schob ihn weg. Dabei versuchte ich zu ignorieren, dass meine Hände noch immer zitterten. Verdammt.

»Achtzehn ist nicht einundzwanzig, Lenny.«

»Ich wollte doch sowieso nur eine Cola bestellen. Kannst du nicht mal ein Auge zudrücken?«

»Nein«, erwiderte Leo trocken und dirigierte mich weiter. »Die Straße runter ist ein Vierundzwanzigstundensupermarkt. Wieso gehst du nicht dorthin, wenn du durstig bist? Hol dir einen Saft oder einen Energydrink, oder was auch immer ihr Kids trinkt.«

Ich fluchte vor mich hin und gab mich mit hängenden Schultern geschlagen. Das *Leo's* war die letzte Station auf meiner Suche nach einem Zeitvertreib für den heutigen Samstagabend gewesen. Obwohl die Gefahr, meinen Onkel hier anzutreffen, groß war, hatte ich es gewagt, denn die Bar war genau mein Geschmack: holzverkleidete Wände, behangen mit angelaufenen Nummernschildern, Dutzenden Fotografien, einem grün leuchtenden Neonlicht in Form eines Kaktus über einer der durchgesessenen Sitznischen und einer amerikanischen Flagge. Dieser Ort war rustikal und voller Charakter, fernab von den heißen Spots, an denen die Leute meiner Highschool herumhingen. Es kotzte mich an, dass Leo mich aus seiner Bar warf. Ich wollte auch Billard spielen, ich wollte Menschen kennenlernen, die spannender waren als die Idioten, die hinter der Tribüne des Footballfeldes einen Joint rauchten oder sich auf lahmen Partys in der Vorratskammer das Hirn rausvögelten. Allem voran brauchte ich nach diesem furchtbaren Tag jedoch einfach nur eine gute Ablenkung. Und das war wohl ein für alle Mal gehörig schiefgegangen. Jetzt würde ich die ganze Nacht die wütenden, ins Telefon gebrüllten Worte meiner Ma nicht mehr aus dem Kopf bekommen, ehe ich in einen ziemlich schlechten Schlaf segeln würde.

Der perfekte Samstagabend.

Sehnsuchtsvoll ließ ich meinen Blick ein letztes Mal durch die Bar wandern. Es war einiges los. Ein beeindruckendes Gitarrensolo vibrierte durch die stickige Luft, wie auch das Gewirr von Stimmen und das klickende Geräusch aneinanderstoßender Billardkugeln.

Als ich mich nicht rührte, drückte Leo mich etwas energischer in Richtung Tür, was mich knurren ließ. Ich warf ihm einen finsteren Blick über die Schulter zu. »Ich komme wieder, alter Mann.«

Er wirkte nicht sonderlich begeistert und ließ mich los. »Kann es kaum erwarten, Kid.«

Gerade als ich die Tür öffnen wollte, um zu gehen, wurde sie mir mit deftigem Elan gegen den Kopf gestoßen. Ein Grunzen entfuhr mir, und der Aufprall beförderte mich hart auf den Boden. Schmerz schoss durch meinen Schädel und meinen Hintern. »Au!«, rief ich und fasste mir an den Kopf.

»Entschuldige, ich habe dich nicht gesehen!« Ehe ich wusste, wie mir geschah, wurde auch schon meine Hand ergriffen, und ich wurde auf die Beine gezogen.

Irritiert blickte ich zu dem Kerl auf, der mich mit der Tür erschlagen hatte … Und ganz vielleicht nur starrte ich ihn auch an wie ein Reh ins Scheinwerferlicht. Er war groß, hatte kurz rasierte dunkle Haare und ein kantiges Gesicht.

»Alles in Ordnung? Ich hätte besser aufpassen sollen«, sagte er mit schuldiger Miene. Er wirkte von unserem heftigen Zusammenstoß mindestens so erschrocken, wie ich mich fühlte.

»Alles in bester, verdammter Ordnung«, murmelte ich und fasste mir erneut an den Kopf. Verstohlen musterte ich ihn. Er sah gut aus. Himmel noch mal, sehr gut sogar. Er ging nicht auf meine Highschool, das stellte ich bereits auf den ersten Blick fest, denn an dieses Gesicht hätte ich mich erinnert. Vielleicht besuchte er ja die Fletcher High.

»Tut dir der Kopf weh?«

Hastig ließ ich meine Hand sinken. Verdammt, ich hatte zu lange gestarrt.

»A-Alles in bester Ordnung«, wiederholte ich, wobei ich mir sehr idiotisch vorkam. Hastig räusperte ich mich. »Es braucht schon mehr als eine dämliche Tür, um meinem Schädel eine Beule zu verpassen.«

Sein Mundwinkel hob sich, was ein schiefes Lächeln auf sein Gesicht zauberte. »Glück gehabt. Ich hätte trotzdem vorsichtiger die Tür öffnen sollen. Jeder weiß ja, dass hinter denen hübsche Mädchen stehen und umgenietet werden könnten.«

Ich verzog das Gesicht, vielleicht sogar auch nur, weil ich spürte, dass meine Wangen heiß wurden. »Dann … ähm, hätten wir das ja geklärt.«

Seine Augen wanderten über meinen Körper und endeten auf meinem Gesicht. Der Moment währte nicht einmal eine Sekunde und hatte dennoch einen ziemlichen Effekt auf mich.

Er rieb sich mit der Hand über den Nacken. »Kann ich dir als Wiedergutmachung vielleicht ein Bier spendieren?«

Mein Herz machte keinen Hüpfer, sondern blieb geradewegs stehen. Bitte was? Wieso um alles in der Welt sollte dieser Typ das denn tun wollen? Nachdem ich den ganzen Tag im Tanzstudio verbracht hatte, sah ich aus wie halb verdaut und wieder ausgewürgt. Unter der übergroßen abgewetzten Jeansjacke trug ich sogar noch immer meine Sportkleidung, und meine noch feuchten Haare steckten in einem unordentlichen Pferdeschwanz.

Vielleicht wollte er bloß höflich sein.

Gerade als ich den Mund öffnete, um etwas zu erwidern – denn ich wollte trotz allem dieses Angebot um jeden Preis annehmen –, kam mir Leo zuvor, den ich ehrlich gesagt schon fast vergessen hatte.

Wieder legten sich seine Hände auf meine Schultern, was diesmal fast schon etwas Väterliches an sich hatte. »Vergiss es, Junge. Sie ist minderjährig und praktisch noch ein Kind, ich war gerade dabei, sie rauszuschmeißen. Siehst du, Lenny? Meine Bar ist kein Ort für kleine Mädchen, die noch auf die Highschool gehen.«

Erneut bedachte ich Leo mit einem wütenden Blick. »Wie oft soll ich dir noch sagen, dass ich fast achtzehn bin?«

»Zutritt ab einundzwanzig, Lenny.«

»Ach ja? Und wieso fragst du deine anderen Gäste nicht nach ihrem Ausweis, mich aber schon?«

»Weil ich den Großteil meiner Kundschaft kenne. Und dich kenne ich auch. Richte deinem Onkel Grüße von mir aus.«

»Leck mich, Leo, den Teufel werde ich tun!« Verdrossen wandte ich mich an den Türen-ins-Gesicht-schlagenden-Unbekannten. »Du hast es ja gehört. Wenn du mir ein Bier spendieren willst, muss das wohl oder übel noch ein paar Jahre warten. Ich kaufe mir jetzt drüben im Supermarkt Babybrei, den ich dann heulend vor dem Fernseher auslöffeln werde.« Wieder sah ich Leo vorwurfsvoll an. Dann öffnete ich erneut die Tür, diesmal, ohne dass sie mir jemand ins Gesicht schleuderte. »Schönen Abend noch, Kumpel. Und trink einen für mich mit.«

Als ich ging, hörte ich ein tiefes Lachen – es stammte definitiv nicht von Leo und klang noch einige Sekunden in mir nach.

Ich seufzte frustriert, als die Tür der Bar hinter mir ins Schloss fiel. Damit verflog meine einmalige Chance, einen Drink von einem Fremden ausgegeben zu bekommen. Ein Fremder, der zur Abwechslung sogar einmal mein Interesse geweckt hatte und verboten gut aussah.

Ich wickelte mich enger in Onkel Vincents Jeansjacke und setzte mich in Bewegung. Der Abend war kühl, und ein paar Blätter der Bäume lagen bereits auf den Gehwegen der schmalen Straßen von Fletcher. Die North Side leuchtete aufgrund ihrer Bars mit den Neonschildern und ihrer Laternen, welche sich am Straßenrand in parkenden Autos und Motorrädern spiegelten.

Mein Samstagabend war gelaufen. Nicht dass er es nicht zuvor schon gewesen wäre, aber das hier war der krönende Abschluss für einen wirklich beschissenen Tag. Ich war müde, meine Muskeln waren vom Tanztraining noch immer erschöpft, und ich hatte zudem einen Kloß im Hals. Nach dem Telefonat mit meiner Ma hätte ich etwas Abwechslung und ein wenig Spaß wirklich nötig gehabt, selbst wenn es nur auf eine Cola hinausgelaufen wäre. Ihre Worte schwirrten mir ununterbrochen durch den Kopf. *»Du miese Verräterin!«* – *»Nur wegen deiner arroganten Undankbarkeit bin ich auf der Straße gelandet!«* – *»Welches Kind lässt seine eigene Mutter so im Stich?«* – *»Herzloses, ignorantes, faules Miststück!«*

Ich knirschte mit den Zähnen und blinzelte angestrengt. Nicht weinen. Ich durfte nicht weinen. Das würde ich ihr nicht gönnen. Heute hatte ich endlich geschafft, was ich die letzten vier Jahre, seitdem ich sie und mein gesamtes furchtbares Leben bei ihr zurückgelassen hatte, immer vorgehabt hatte. Ich hatte verkündet, keinen Kontakt mehr zu ihr zu wollen. Endgültig. Erst hatte sie geweint. Dann geschrien. Und dann hatte sie mir all die bösen Dinge an den Kopf geworfen, die ich mir mein halbes Leben schon hatte anhören müssen. Unter denen ich in meiner ganz persönlichen Hölle gelitten hatte.

Ich sah mich nach fahrenden Autos um und rannte auf die andere Straßenseite.

Nein, ich wollte ihr nicht gönnen, mir den Abend zu vermiesen. Im Gegenteil: Ich hatte ihn feiern wollen. Denn heute änderte sich alles, ich würde die vierzehn Jahre, die ich bei ihr gelebt hatte, ein für alle Mal hinter mir lassen.

Aber was sollte ich nun in dieser verfluchten Stadt anstellen? Ich hatte kein Auto und war den ganzen Weg bis zur North Side hochgelaufen, nachdem Ray, einer der Ballettlehrer im Gemeindezentrum, die Türen wie jeden Abend um acht Uhr geschlossen hatte. Am liebsten wäre ich die Nacht über dortgeblieben, um einfach weiter all diese kochenden Gefühle hinauszutanzen. Aber ich traute mich nicht. Ich war dankbar genug, dass ich überhaupt dort ganz allein trainieren durfte, ohne einer Tanzgruppe anzugehören. Aber zu Hause herumsitzen konnte ich heute auch nicht. Und wenn nicht mal Leo mich in seine Bar hineinließ, würde es vermutlich niemand in Fletcher – und ich würde ganz bestimmt nicht wie ein verlorener Streuner von Bar zu

Bar wandern. Wenn es schiefging, würde einer noch die Cops rufen, oder ein Streifenwagen würde Wind davon bekommen – und schon wüsste Vince Bescheid. Der Streit wäre vorprogrammiert. Und ich war es so leid, zu streiten.

Ich lief die Mainstreet hinunter und betrat den Supermarkt, von dem Leo gesprochen hatte. Eine elektronische Glocke klingelte über mir, und ich nickte der alten Frau hinter dem Tresen zu, die jedoch bloß kurz aufblickte, ehe sie sich wieder ihrer Zeitschrift widmete. Das Brummen der Kühlregale auf der anderen Seite des kleinen Raumes war das Einzige, was die Stille durchbrach.

Ziellos lief ich durch die Gänge zwischen den überfüllten Regalen und ließ den Blick lustlos über bunte Plastikverpackungen wandern.

Gerade als ich mir meine Beute (bestehend aus Junkfood) unter den Arm geklemmt hatte und zum Kühlregal ging, um mir noch ein paar Dosen Cola zu besorgen, quietschte die Eingangstür erneut, und die kleine Glocke erklang.

Ich versuchte, trotz voll beladender Arme die Glastür des Kühlschranks zu öffnen, und fluchte, als mir eine Packung Erdnussbuttercups zu Boden segelte. »Mist!«

»Brauchst du Hilfe?«

Überrascht blickte ich auf – denn die Stimme klang zu tief für die alte Dame hinter dem Verkaufstresen. Ich behielt recht, denn ich begegnete bernsteinfarbenen Augen und hätte vor Überraschung beinahe auch alle anderen Snacks fallen gelassen. Es war der Kerl aus der Bar! Mr Groß-und-gut-aussehend.

»Ich … äh, danke«, stieß ich perplex hervor, während er sich bückte, um meine verloren gegangene Beute wieder aufzuheben.

Er legte die orangefarbene Packung zu den anderen auf meine Arme. »Keine Ursache. Übrigens hast du guten Geschmack. Ich kann Süßkram eigentlich nicht leiden, aber für Reese's hatte ich schon immer eine Schwäche.«

Ich konnte nichts weiter tun, als ihn wortlos anzustarren, während er mich zur Seite schob, die Tür des Kühlregals öffnete und zwei Dosen Cola herausholte. »Bitte schön.«

»Woher willst du wissen, dass ich ausgerechnet das trinken will?«, fragte ich und hob die Augenbrauen.

»Danach hätte ich zumindest gegriffen. Liege ich richtig?«

»Der Punkt geht an dich«, murmelte ich.

Er zuckte lässig mit den Schultern. »Ich dachte mir, wenn ich dich als Entschädigung nicht auf ein Bier einladen kann, dann spendiere ich dir zumindest eine Cola. Brauchst du was zum Kühlen für deinen Kopf? Entschuldige noch mal, dass ich dich so erwischt habe.«

»Meinem Kopf geht es prima, danke«, sagte ich und presste die Lippen zusammen. Er lächelte auf eine Art und Weise, die meinen Magen einen kleinen Purzelbaum schlagen ließ. Dann tippte er auf die Sachen in meinen Händen. »Der Kram geht auf mich.«

»Bist du Fremden gegenüber immer so großzügig?«, fragte ich und folgte ihm durch den Gang mit den Reinigungsmitteln in Richtung Kasse. Dabei beobachtete ich seinen geschmeidigen Gang und den breiten Rücken.

»Nicht immer, aber wenigstens ab und zu. Ist gut für mein Karma«, erwiderte er und warf mir über die Schulter ein Augenzwinkern zu. »Außerdem hat Leo mich eben auch rausgeschmissen.«

Ich schnaubte leise, um meine Überraschung zu kaschieren. »Wieso das denn?«

Wir luden unsere Sachen auf dem Tresen ab, was die Verkäuferin dazu bewegte, ihr Klatschblatt wegzulegen und abzukassieren. Während sie das tat, drehte sich mein Begleiter zu mir um und vergrub die Hände in den Taschen seiner dunklen Jeans. Er trug ein eng anliegendes weißes T-Shirt und einen schwarzen Zip-Hoodie. Mit schief gelegtem Kopf betrachtete er mich, ehe sich wieder die Andeutung eines Lächelns auf seinen Lippen breitmachte – auf diese Art und Weise hatte er bestimmt schon ganze Reihen an Herzen gestohlen. »Na ja … er hat mich nach meinem Ausweis gefragt, und ich werde erst in ein paar Monaten einundzwanzig.«

Ein Lächeln zuckte an meinen Mundwinkeln, und ich schüttelte den Kopf, während ich versuchte, es zu unterdrücken.

Er streckte mir seine Hand hin. »Ich bin Creed.«

»Lenny James. Sehr erfreut.« Ich ergriff seine Hand. Dabei versuchte ich zu ignorieren, wie warm und fest sein Händedruck war.

Creed hielt meine Hand lange genug fest, um Hitze meinen Arm hinaufschießen zu lassen. Er lehnte sich zu mir, fast so, als wolle er mir ein Geheimnis anvertrauen.

»Die Freude ist ganz meinerseits, Lenny James«, sagte er verschwörerisch. Und für einen Moment wusste ich nicht mehr, wie man atmete.

»Das macht elf Dollar.«

Wir drehten uns gleichzeitig zur Kasse um, was mir die Gelegenheit gab, hastig meine Hand zurückzuziehen.

»Oh, Moment! Ich habe etwas vergessen.« Creed verschwand erneut zwischen den Regalreihen.

Als er zurückkehrte, hielt er zwei kleine Gläser und eine Packung Plastikbesteck in den Händen und legte sie auf dem Tresen ab.

»Was ist …« Ich griff nach einem der Gläser und hielt es ungläubig in die Höhe. »Ernsthaft? Babybrei?«

»Mit Keksgeschmack«, erwiderte er stolz, als läge auf der Hand, dass daran nichts ungewöhnlich war. »Du scheinst ihn vergessen zu haben. Immerhin hast du doch gesagt, dass du heute Abend Babybrei löffeln und heulend vor dem Fernseher sitzen willst.«

»Ich glaube, ich mag dich«, sagte ich und biss mir schmunzelnd auf die Lippe.

Creed bezahlte und schnappte sich die Papiertüte. »Natürlich tust du das. Jeder mag mich. Ich bin schließlich ich.«

»Autsch. Das ist Idiotensprache. Sag so was lieber nicht, sonst büßt du die eben verdienten Sympathiepunkte wieder ein.«

Wir verließen den kleinen Supermarkt und schlenderten den Bürgersteig hinunter. »So ein Pech aber auch«, sagte Creed grinsend. »Dabei hast du vermutlich nie einen größeren Idioten als mich getroffen.«

»Ich werde eine Tabelle anlegen, um den Überblick deiner Sympathiepunkte zu behalten«, versprach ich ironisch. »Erdnussbuttercups und Babybrei haben mich aber sehr weich gemacht, das ist heute dein einziger Vorteil. Ich bin normalerweise echt ein harter Brocken.«

»Ich fühle mich geehrt, Lenny James. Ich werde mein Bestes versuchen, nicht allzu sehr den Trottel heraushängen zu lassen. Versprochen.«

»Dann hast du mir vermutlich wirklich den Abend gerettet«, sagte ich und blickte zu ihm auf.

Wir wichen einer Gruppe Studenten aus, die gerade eine Bar verließen, und wechselten die Straßenseite. Die Nacht war kühl und klar.

»Also, Lenny James«, begann Creed, »ich dachte mir, jetzt, wo wir beste Freunde sind, sollten wir irgendetwas anstellen. Es ist Samstag, und so scharf ich auch darauf bin, weinend Babybrei vor dem Fernseher zu essen, finde ich, sollten wir den Abend gemeinsam verbringen. Was meinst du?«

Sein Blick war auf die Straße gerichtet, wo gerade ein großer Truck entlangfuhr und die Umgebung aus offenen Fenstern mit aggressivem Hip-Hop beschallte.

»Dein Plan klingt verlockend«, erwiderte ich betont lässig, auch wenn ich definitiv nervös wurde. »Also, wo gehen wir hin, neuer bester Freund?«

»Wir könnten uns auf die Motorhaube meines Jeeps setzen und unsere Beute vernichten.«

»Wieso nicht in den Jeep?«

Tadelnd schnalzte Creed mit der Zunge. »Oh, Lenny James. Man steigt nicht einfach zu Fremden ins Auto. Ich könnte ein verrückter Killer sein.«

»Du hast mir gerade Babybrei gekauft«, bemerkte ich und hob die Augenbrauen.

Er schüttelte den Kopf, doch ich sah das schelmische Funkeln in seinen Augen. »Das ist reine Taktik gewesen, und die erste Lektion im Handbuch für verrückte Killer: Kaufe deinem potenziellen Opfer Babybrei, um sein Vertrauen zu gewinnen.«

Ich verpasste ihm mit dem Ellbogen einen leichten Stoß. »Du hattest recht. Du bist wirklich ein Idiot.«

Er lachte. »Es gefällt mir, wie schnell du lernst.«

»Wie wäre es mit einem Kompromiss?«, schlug ich vor. »Wir öffnen ein Fenster und setzen uns in den Wagen. Es ist nämlich echt kühl.«

»Oh, gute Idee. Dann würde auch jeder meine Schreie hören, wenn du mir etwas antust.«

In gespielter Entrüstung verpasste ich ihm erneut einen Stoß in die Seite. »Ich dachte, du bist der Killer!«

»Da siehst du mal, wie schnell sich das Blatt wenden kann, Lenny James.« Er blieb stehen. »Wir sind übrigens angekommen. Das hier ist mein Baby. Es hat meinem Dad gehört.« Er deutete auf den schwarzen Jeep, der neben uns am Straßenrand stand, und klopfte stolz auf das Dach.

Verblüfft starrte ich den Wagen an. Das war mal vielleicht ein Auto. Und nicht gerade die Sorte, die sich zwanzigjährige Kerle leisten konnten – es sei denn natürlich, er kam aus einer stinkreichen Familie. Das würde einiges erklären. Vermutlich kam er aus Fletcher, hatte als Ballkönig, Quarterback und Jahrgangsbester die Highschool abgeschlossen und studierte jetzt an einer Schnösel-Universität wie der Fletcher University.

»Wieso wollte dein Dad ihn nicht mehr haben? Das Auto ist der Wahnsinn«, sagte ich, noch bevor ich meinen Mund daran hindern konnte.

Creed zuckte mit den Schultern. »Er fährt jetzt den Wagen von Ehefrau Nummer sechs. Deshalb hat er den Jeep nicht mehr gebraucht, und ich habe ihn sowieso schon immer vergöttert – also den Jeep. Nicht meinen Dad.« Er entriegelte das Auto, öffnete eine der hinteren Türen und holte eine Decke hervor. Dann reichte er sie mir, zusammen mit der Tüte, was sich irgendwie erstaunlich sanft anfühlte.

»Danke«, sagte ich verlegen und nahm die Decke entgegen, ehe Creed mir die Beifahrertür öffnete und ich einstieg, noch immer perplex. Mit dieser Wendung des Abends hatte ich nun wirklich nicht gerechnet.

Creed stieg ebenfalls ein und ließ alle Fenster herunterfahren.

»Danke, übrigens«, murmelte ich und nestelte an der Tüte herum, die auf meinen Knien balancierte. Ich biss mir auf die Lippe. »Du rettest mir wirklich den Abend, Creed.«

Für einen kurzen Moment sagte keiner von uns etwas. Nur das Geräusch vorbeifahrender Autos und das dumpfe Wummern der nächstgelegenen Bar drangen durch die offenen Fenster zu uns.

»Das beruht auf Gegenseitigkeit«, sagte er schließlich. »Danke, dass du mir auch den Abend rettest, Lenny James.« Er schenkte mir wieder diesen durchdringenden Blick und lächelte – und erneut hatte es diesen Effekt auf mich.

Ich schluckte, um die Trockenheit in meinem Hals loszuwerden.

Creed seufzte. »Die Stadt wirkt nicht wie ein Ort, an dem man groß einen draufmachen kann. Ich bin erst vor Kurzem nach Fletcher gezogen, zusammen mit meinem besten Freund.«

»Oh«, sagte ich überrascht. »Dann gehst du gar nicht auf die Highschool?« *Ganz offensichtlich, Dumpfbacke,* mahnte ich mich selbst. *Er ist zwanzig, schon vergessen? Das macht ihn bestenfalls zum Studenten.*

Creed schien es nichts auszumachen, dass meine Frage überflüssig war.

»Nein, nicht mehr«, sagte er. »Die Highschool habe ich schon hinter mir, und ich habe vor einem Monat mein Freshmen-Jahr am College abgebrochen.«

»Wieso?«, fragte ich, ehrlich interessiert.

»Es sind ein paar Dinge vorgefallen. Absoluter Stimmungskiller. Was ist mit dir? Kommst du aus Fletcher? Wieso bist du eigentlich heute Abend nicht mit Freunden unterwegs?«

Ich brauchte einen Moment, um mich daran zu hindern, keine weiteren Fragen zu stellen. Wir kannten uns nicht, und es ging mich nichts an. Ich war ja immerhin selbst nicht scharf darauf, Fragen zu beantworten.

»Ich schlage dir einen Deal vor«, sagte ich und lehnte mich tiefer in den weichen Beifahrersitz. »Über die Vergangenheit zu sprechen ist von jetzt an verboten. Alles andere ist erlaubt.«

Überraschung machte sich auf seinem Gesicht breit. Dann hob sich sein Mundwinkel. »Alles andere ist erlaubt?«, wiederholte er.

»Absolut«, erwiderte ich, wohl bewusst, wie doppeldeutig das klang. Mein Magen verknotete sich. Mit einem Mal kam mir die Fahrerkabine viel kleiner vor als noch vor wenigen Augenblicken.

»Lenny James«, raunte Creed und lächelte wieder träge. »Es ist, als könntest du meine Gedanken lesen und wolltest mir einen Gefallen tun. Deal. Kein Sterbenswort über unsere Vergangenheit.«

Ich biss mir auf die Lippe. »Wenn wir die Themen Eltern und Schule noch auf die schwarze Liste setzen, bist du mein neuer Lieblingsmensch. Ich bin zwar nicht neu in der Stadt, aber bis auf meinen Onkel kann ich eigentlich niemanden hier leiden.«

Creed lehnte sich zu mir, griff in die Papiertüte auf meinem Schoß und holte die kleinen Gläser Babybrei heraus. Er reichte mir eines und stieß sein Glas gegen meines, als seien es Drinks. Ein verschwörerisches Funkeln trat in seine Augen. »Ich glaube, das ist der Beginn einer wunderbaren Freundschaft.«

Ich schnaubte leise, während wir die Gläser aufdrehten. »Hast du gerade *Casablanca* zitiert?«

»Aber so was von.«

Ein Lächeln stahl sich auf mein Gesicht. Denn diesmal konnte ich es nicht unterdrücken. »Noch ein Pluspunkt.«

»Na sieh mal einer an, sie kann auch richtig lächeln. Und sie hat ein umwerfendes Lächeln.« Er sah mich für einen unerträglich langen Moment an. Schließlich, als ich das Gefühl hatte, Tausende von Schmetterlingen in meiner Magengegend zu beherbergen, legte er seinen Arm um meine Lehne. Ich schnappte nach Luft.

»Lass uns jetzt diesen erstklassigen Babybrei essen, Lenny James. Und dann erzählst du mir alles über deine Lieblingsfilme. Wenn du jetzt nämlich auch noch ein Fan von Quentin Tarantino bist und etwas für Horrorfilme übrighast, werde ich dich wohl oder übel heiraten müssen.«

»Dann besorg schon mal einen Ring, Kumpel«, sagte ich und prostete ihm mit dem Babybrei zu. »Cheers.«

KAPITEL 7

CREED

»Cheers«, sagte ich und stieß meine Bierflasche gegen die von Lenny, was das Glas laut klirren ließ. Aus einer kleinen Bluetooth-Box dröhnte Popmusik, und irgendwo im vertrockneten Gras zirpten Grillen ein Konzert. Lenny und ich standen bei Mitchell am Grill, während die anderen am Klapptisch saßen und ordentlich zulangten; Carla, ihre Brüder Oskar und Mateo, Alma, Vince, Ches und Ella. Der Tag war lang gewesen, doch nach genau dieser Art von Feierabend hatte ich mich gesehnt. Sobald ich mit diesen Menschen zusammen war, fühlte es sich an, als wäre ich zu Hause. Sie fühlten sich an wie Familie. Während des Barbecues unterhielten sie sich wild durcheinander, aßen und lachten … Ihnen nur zuzusehen, sorgte dafür, dass mir leichter ums Herz wurde. Und sobald ich heute Nacht noch in den Club ging, würde der Tag auch noch einen perfekten Abschluss erhalten. Meine Gedanken hingen noch Daisy nach. Immer wieder musste ich an sie denken, was mir ein dämliches Lächeln ins Gesicht treiben wollte. Dieses Katz-und-Maus-Spiel war das Beste am ganzen Sommer. Aufregend, verboten, unromantisch und unkompliziert. Genau das, was ich gerade brauchte.

Mit gerunzelter Stirn beobachtete ich, wie Lenny ihr Bier ansetzte und alles auf ex trank.

Ich hob eine Augenbraue. »Durstig?«

Sie stieß lauthals auf und gab sich nicht mal Mühe, das zu unterdrücken, was mich grinsen ließ.

»Klar, kennst mich doch«, sagte sie und wischte sich mit dem Handrücken über den Mund. Dabei sah sie mich jedoch nicht an und wippte ein wenig unruhig vor und zurück.

»Okay«, sagte ich langsam und betrachtete sie. Irgendetwas war im Busch. Lenny verhielt sich in letzter Zeit seltsam, und heute ganz besonders. Aus irgendeinem Grund mied sie durchweg meinen Blick und wirkte so angespannt, als hätte sie Hummeln im Hintern. Ihre braunen Haare waren wie immer streng zurückgebunden, jedoch noch feucht, fast schon nass, so als sei sie gerade erst aus der Dusche gestiegen. Und obwohl sie den Großteil des Sommers bisher im Schatten oder drinnen verbracht hatte, sah es aus, als ob ihr spitzes, markantes Gesicht eine goldene Bräune erhalten hätte. Es sah hübsch aus. Auf den hohen Wangenknochen saß sogar eine zarte Röte, fast wie ein leichter Sonnenbrand. Ich mochte es, wie natürlich und mühelos schön Lennys Gesicht war, ob blass oder nicht.

Erneut betrachtete ich sie nachdenklich. Einerseits war sie cool und unnahbar, doch manchmal sagte oder tat sie Dinge, die einen lauthals zum Lachen brachten oder schlichtweg verwirrten. Wie jetzt zum Beispiel: Sie drehte sich um und huschte davon, ohne ein Wort oder eine Warnung. Die Fliegengittertür quietschte protestierend, als sie kurz darauf im Haus verschwand.

»Lenny!«, rief Mitchell ihr nach, während ich ihr verdutzt hinterherstarrte. Mitch hielt einen Teller mit zwei dampfenden Spießen in der Hand. »Wo will sie hin? Was ist mit ihrem Essen?«

Was zum Teufel war das denn gewesen?

»Die kommt gleich wieder«, sagte Carla unbeeindruckt. Sie saß neben ihrer Tante am Tisch und trank Eiskaffee – es sah zumindest aus wie einer.

»Lenny ist eben manchmal komisch«, pflichtete Carlas kleiner Bruder Oskar ihr kauend bei und zuckte mit den schmächtigen Schultern. Wie seine große Schwester und sein älterer Bruder Mateo hatte Oskar dunkle Haare. Er war jedoch der Einzige, bei dem sie wild und wuschelig in alle Richtungen abstanden.

»Auch wieder wahr«, sagte ich schmunzelnd, was Mitch lachen ließ. Wie auch gestern schon war Mitchells blasse, sommersprossige Haut gefährlich rot. Und dennoch stand er am Grill, inmitten der untergehenden Sonne, als würde es ihn nicht im Geringsten kümmern. Er war einfach unerbittlich. Mitchell war nicht nur mit Carla zusammen, sondern im vergangenen Jahr auch zu einem ziemlich guten Freund geworden. Es war so was wie eine Bromance auf den ersten Blick zwischen uns gewesen. Seither hingen wir ständig miteinander herum. Zumindest, wann immer es möglich war. Seitdem er bei den Schwimmmeisterschaften abgesahnt hatte und seitdem er und Carla ein Paar waren, war er neben seinem Studium noch beschäftigter als davor. Das schmälerte die Anzahl der gemeinsamen Abende im *Leo's* erheblich.

»Hast du eigentlich diesen Brief schon geöffnet?«, fragte Mitchell mich plötzlich, was mich aus den Gedanken riss.

Ein gequälter Laut entfuhr mir. »Nicht du auch noch. Nein, der Umschlag ist noch geschlossen. Ich lasse mir Zeit.«

Mitch hob die Augenbrauen – selbst die Art und Weise, wie sich seine Stirn runzelte, sah bei der Röte schmerzhaft aus. »Danach geht es dir besser. Ich mein ja nur.«

»Und du solltest wirklich raus aus der Sonne, Hollister. Dann geht es *dir* besser«, spottete ich.

Er grinste. »Von wegen! Ich habe praktisch in Sonnencreme gebadet. Mir geht es blendend.«

»Dann sind wir ja schon zwei, mir geht es auch blendend! Die nehm ich übrigens.« Ich zwinkerte ihm zu und nahm ihm den Teller mit Lennys Grillspießen ab.

Gerade als ich mich damit an den Tisch setzte, quietschte die Fliegengittertür erneut, und Lenny kehrte zurück in den Garten. Sie wirkte noch immer seltsam nervös. Und als sie mich im nächsten Moment direkt ansah, weiteten sich ihre Augen … und sie wurde rot im Gesicht. Für eine halbe Sekunde erstarrte ich, verwirrt, neugierig. Dann siegte die Neugierde. So aufgekratzt hatte ich sie noch nie erlebt. Sonst war Lenny immer so was wie ein Fels in der Brandung gewesen, unerschütterlich und unnahbar. Von diesem Eindruck schien sie nun jedoch meilenweit entfernt.

»Ach, Len«, begann ich. Meine Mundwinkel hoben sich, und ich musterte ihre Gestalt, die in der dunklen Kleidung zu schwimmen schien. »Ich weiß genau, wieso du mich so ansiehst.«

Ihre Miene wurde von einem Moment zum anderen so blass, als hätte sie einen Geist gesehen. »Ach ja?«

»Klar«, erwiderte ich ernst und nickte bedächtig. »Du hattest letzte Nacht einen ziemlich heißen Sextraum von mir. Und jetzt kannst du an nichts anderes mehr denken – nicht dass ich dir das verübeln könnte.«

»*Creed!*«, warnte Carla und hielt Oskar die Ohren zu. Er jedoch lachte, genau wie Ella, Ches und Alma. Selbst Mateo grinste, und der war mit fünfzehn gerade mitten in der Ständig-miese-Laune-Phase.

Vince verdrehte die Augen, was mich ein wenig enttäuschte. Sonst hatte er einen ausgeprägteren Beschützerinstinkt, was seine Nichte anging, was ich nur allzu gerne ausreizte. Aber dafür hatte ich Lenny damit an der Angel. Sie funkelte mich böse an, trat an den Klapptisch und – »Au!«, jaulte ich, ehe sich auf meinem Hals auch schon ein Brennen ausbreitete. Das war ein Nackenklatscher gewesen.

»Träum weiter, du Perversling«, brummte sie und ließ sich in den Stuhl neben mich fallen. »Und das gehört mir.« Sie nahm sich den Teller mit den Spießen und krallte sich gleich darauf auch noch mein Bier.

Ich schnaubte. »Willst du mir noch mehr wegnehmen? Vielleicht meine Jungfräulichkeit? Obwohl du dafür schon ein paar Jahre zu spät dran bist.«

»Wäre ich Ursula aus Arielle, würde ich dir deine Stimme wegnehmen, damit du mich nicht weiter nervst, Parker.«

Grinsend warf ich ihr eine Kusshand zu und holte mir einen eigenen Teller bei Mitchell ab.

»Hier, Creed, probier das«, sagte Alma, als ich mich wieder gesetzt hatte. Mit leuchtenden Augen reichte sie mir eine Schüssel. Alma war Carlas, Mateos und Oskars Tante und hatte volle dunkle Haare, die ihr Gesicht umrahmten. Zudem hatte sie beneidenswert gute Gene, denn niemand wäre je darauf gekommen, dass sie fast vierzehn Jahre älter war als Vince. Auf den ersten Blick sah sie sogar jünger aus. Die beiden hätten unterschiedlicher nicht sein können, und doch passten sie perfekt zusammen.

»Was ist das?«, fragte ich und nahm die Schüssel entgegen. Währenddessen sah ich, wie Ches durch dezente Zeichensprache versuchte, mir zu verstehen zu geben, dass ich die Finger davon lassen sollte. Ella legte sich die Hände an den Hals und streckte die Zunge raus, ehe sie eine Sekunde später auch schon wieder auf ihren Teller blickte, bevor jemand anderes außer mir es sehen konnte, besonders Alma.

Alma lächelte stolz, während sie zusah, wie ich mir ziemlich viel von dem kalten, gelblichen Zeug auf meinen Teller häufte. »Das war gestern Abend noch *Sancocho*, eine Suppe, die meine Großmutter in Kolumbien oft gekocht hat. Aber ich habe eine *Salsa de Sancocho* draus gemacht. Und ich habe Pfirsiche und Safran und Heringe reingetan, um etwas Neues auszuprobieren.« Vince machte ein gequältes Gesicht. »Sie hat diesen Zeichentrickfilm mit der kochenden Ratte in Paris gesehen und experimentiert seitdem in der Küche herum. Wenn man Glück hat, kann man die Kreationen sogar essen.« Im Gegensatz zu Alma war Vincent blass, hatte feuerrote Haare und einen leuchtend roten Bart. Man sah ihn selten in etwas anderem als Flanellhemden und Jeans. Heute hatte er der Hitze wegen das Hemd jedoch weggelassen und sah schon fast so rot aus wie Mitchell.

Alma zuckte mit den Schultern. »Man kann alles essen, was ich koche. Eines Tages werde ich etwas zubereiten, das noch nie jemand gekocht hat, und dann bekomme ich meine eigene Show im Pay-TV!«

Als Alma gerade nicht in meine Richtung blickte, beförderte ich zwei große Löffel zurück in die Schüssel, was Vince, Ches und Ella erleichtert aufatmen ließ.

»Bewirb dich doch mit deinem Laden«, schlug Carla vor. »*Keeping Up With Alma's Saloon*. Ihr wärt so was wie eine Reality-Telenovela. Bei euch gehen Drama und kitschige Romanzen ein und aus.«

»Niemals, das wäre total peinlich«, brummte Mateo und stocherte in seinem Essen herum.

»*Du* bist peinlich«, sagte Oskar und verdrehte die Augen. Mateo funkelte seinen kleinen Bruder an, pickte sich ein Maiskorn von seinem Teller und warf ihn damit ab.

»*Ay, basta ya*!«, rief Oskar empört.

»Mateo«, sagte Alma in ruhigem, jedoch auch warnendem Ton. Mehr brauchte es nicht, damit die Jungs mit der aufkommenden Zankerei aufhörten.

»Hey, Len«, sagte Vince kauend und trank von seinem Bier. »Du siehst fertig aus. Wie war's auf der Arbeit?«

Ich drehte meinen gesamten Oberkörper zu Lenny um. Das interessierte mich ebenfalls brennend. Lenny redete nie über ihren Nebenjob. Wenn ich ehrlich war, wusste ich nach fast vier Jahren noch immer nicht so recht, was sie trieb. Niemand wusste das, da Lenny sich strikt weigerte, darüber zu sprechen, sowie über ein paar andere Themen, die ihre Person direkt betrafen. Deshalb zogen wir sie meistens mit ihrer ständigen Geheimniskrämerei auf.

Ohne von ihrem Teller aufzublicken, zuckte Lenny mit den Schultern. »Ich bin eben müde. Auf der Arbeit war es anstrengend.«

»Du solltest dir das nicht gefallen lassen!«, sagte Alma und schnalzte mit der Zunge. »Dein Boss muss ein Monster sein.«

»Wie man's nimmt«, erwiderte Lenny bloß und warf ein müdes Lächeln in die Runde – Vince hatte recht, ihre Augen sahen tatsächlich so aus, als könnte sie augenblicklich im Sitzen einschlafen.

»Er zwingt mich ja zu nichts. An Wochenenden gibt es außerdem einen Aufschlag, und ich kann das Geld gut gebrauchen, dank dieser Beinahe-Eliteuniversität. Die Fletcher University ist gut, aber teuer. Außerdem müssen wir ja irgendwie unsere Miete bezahlen.«

»Oh, Mann«, sagte Mitchell und setzte sich zu uns an den Tisch. »Du und Carla habt beide dieses Talent, ständig auf Trab zu sein.«

Am ganzen Tisch wurden kollektiv die Augen verdreht.

Ich grinste breit. »Das sagt ausgerechnet der Star der Fletcher University. Du trainierst fünf Tage die Woche.«

»Mittlerweile sind es sogar sechs«, korrigierte Mitch mit einem schiefen Grinsen. »Aber es sind nie mehr als vier Stunden am Tag.«

Carla lachte auf. »Du bist so ein Streber, Hollister.«

Sie setzte sich ihre gigantische Sonnenbrille auf die Nase, nahm sich ihren Eiskaffee und pflanzte sich auf ihre Liege, die sie wie immer mit dem Stand der Sonne durch den halben Garten wandern ließ. Jedes Mal, wenn ich sie und Lenny hier im Sommer besuchte, war es dasselbe. Mittlerweile war sie fast am alten Holzzaun angelangt, um die letzten Strahlen aufzusaugen. Es wunderte mich, dass es noch nicht so was wie Wildwechsel davon auf dem ausgeblichenen, vertrockneten Gras gab. Mitchell beobachtete sie dabei alles andere als unauffällig.

Jedes Mal, wenn er das tat, hätte man meinen können, er sähe sie zum ersten Mal, so fasziniert wirkte er.

Während des restlichen Essens versuchte ich immer wieder, Lenny in ein Gespräch zu verwickeln. Doch sie blockte jeden Versuch ab, was meine Verwunderung nur bestärkte. Heute schien wirklich der Wurm drin zu sein.

Als Ella und Ches aufstanden, um aufzubrechen, schloss ich mich ihnen an. Wir verabschiedeten uns von der Truppe und bedankten uns für das Essen.

Zuletzt stupste ich Lenny in die Seite, was sie zusammenzucken ließ. »Was?«, fragte sie erschrocken und blickte von ihrem Platz zu mir auf – endlich. Sie sah mich richtig an. Jedoch waren ihre grauen Augen aufgerissen und wirkten panisch, ehe sie sofort wieder den Blick senkte.

»Du bist heute komisch drauf«, bemerkte ich, während sie ebenfalls von ihrem Stuhl aufstand. »Vielleicht verrätst du mir ja, was los ist, wenn wir aus Maine zurück sind?«

»Es ist noch nicht mal sieben, und ihr brecht schon auf?«, fragte sie überrascht und wirkte mit einem Mal wieder ganz wie sie selbst.

Ich lächelte entschuldigend. »Ches und Ella wollen gleich noch zu Ellas Mom, und ich habe noch nicht gepackt. Unser Flug geht morgen früh. Versuch mich nicht allzu sehr zu vermissen, bis ich wiederkomme. Und tu dir keinen Zwang an, mir jegliche Details deiner schweinischen Träume per Textnachrichten zu schicken.«

Sie verdrehte die Augen, jedoch sah ich, wie ein halbes Lächeln über ihre Lippen huschte. Zufriedenheit machte sich in mir breit. Es war wirklich nicht einfach, diesem Mädchen ein Lächeln zu entlocken.

»Klar, doch, Parker. Viel Spaß zu Hause, wir sehen uns. Und öffne endlich diesen Umschlag, den du dauernd mit dir herumschleppst.«

Ich verzog das Gesicht. Und noch jemand, der mir ständig wegen des Umschlags in den Ohren lag.

Ich schlang die Arme um meine beste Freundin, zog sie zu mir und drückte einen Kuss auf ihre Wange. »Bis bald, Len.«

Ein seltsamer Laut erklang. War … hatte sie den ausgestoßen? Ich zuckte zurück und blickte auf sie hinab.

»I-Ich …«, stammelte sie.

Ich hörte Carla auflachen und sah im Augenwinkel, wie sie sich von ihrer Liege kämpfte. *»Es ist alles in bester Ordnung!«*, rief sie, und klang dabei, als würde sie Lenny nachäffen.

»Halt die Klappe!«, rief Lenny ihr zu, ehe sie sich wieder mir zuwandte. »I-Ich … Du … Wir sehen uns, Creed.«

Ruckartig löste sie sich von mir, dann verabschiedete sie sich auch von Ches.

Als wir schließlich gingen, nahmen die Fragezeichen in meinem Kopf ziemlich zu. Und sie schienen immer größer zu werden.

KAPITEL 8

DAISY

Ich warf einen Blick auf die Uhr und beeilte mich, mein Make-up fertig aufzutragen. Verflucht, war ich spät dran. Schon vor einer Stunde hätte ich hier sein sollen, doch nach unserem Barbecue und meinem unfassbar peinlichen Auftritt vor Creed und den anderen war ich sofort eingeschlafen. Und dabei hatte ich mich doch bloß in meinem Zimmer verbarrikadiert, um ein, zwei Folgen *Sons of Anarchy* anzusehen, damit ich auf andere Gedanken kam und mental nicht mehr im Erdboden versank. Ich war nicht einmal so weit gekommen, meinen Laptop hochzufahren, und war schon vollkommen hinüber gewesen. Ich hatte geschlafen wie ein Stein.

Immerhin war ich noch pünktlich für meine erste Privatshow. Es würde seltsam sein, Creed in den nächsten Tagen nicht mehr im Club anzutreffen, wegen seines Besuchs in Maine. Und nicht bloß hier. Die ganze Stadt würde sich leerer anfühlen. Es würde mir aber genug Zeit geben, um *Daisy* daran zu gewöhnen, nicht mehr auf Creed zu warten und ihm keine Aufmerksamkeit mehr zu schenken. *Nie. Wieder.* Der heutige Abend hatte mir gezeigt, dass ich dieses Spiel nicht spielen konnte. Auch wenn ich geglaubt hatte, es im Griff zu haben. Das war nicht der Fall. Ich konnte als Daisy nicht so mit ihm tanzen, wie wir gestern getanzt hatten, und dann einen Tag später so tun, als wäre das nicht ich gewesen. Sosehr ich das auch wollte. Ich war die gesamte Zeit während des Barbecues panisch und aufgekratzt gewesen. Mit jeder Sekunde hatte ich geglaubt, gleich von ihm entlarvt zu werden. Irgendwas hätte mich doch verraten müssen! Ich hatte vor Creed noch nie so sehr die Fassung verloren wie heute. Es war furchtbar gewesen, ich hatte mich selbst kaum wiedererkannt. Das durfte nicht so weitergehen. Es konnte alles kaputt machen. *Daisy* kaputt machen.

Ich lehnte mich näher zum beleuchteten Spiegel und trug dunkelroten Lippenstift auf. Dann kämmte ich ein letztes Mal durch meine blonde Perücke und band mir meine Maske aus schwarzer Spitze über die Augen. Vereinzelt waren ein paar Mädchen in der Umkleide, zählten ihre Geldscheine, hingen an Handys oder unterhielten sich.

Ich hatte einen Plan. Ich musste dafür sorgen, dass Creed auch nach seiner Rückkehr nicht mehr ins *Dolly House* kam. Aus den Augen, aus dem Sinn, das würde alles viel einfacher machen. Ich würde in nächster Zeit einfach nicht mehr oben im Club herumlungern und mich auf die Privattänze und die Shows auf der Bühne konzentrieren, zumindest sobald Creed und Ches aus Maine zurückkamen. Wenn die Sache abgekühlt war, würde schon wieder Normalität einkehren, sowohl während meiner Arbeitszeit wie auch in meinem Privatleben. Dann konnte ich bei Barbecues und auch sonst wann wieder einfach nur mein langweiliges Ich sein, ohne so dermaßen aus der Fassung gebracht zu werden wie heute.

Als ich schließlich in meine schwarzen High Heels schlüpfte und vor den Spiegel der Umkleide trat, war *Lenny* wieder einmal verschwunden. Endlich war ich wieder voll und ganz Daisy. Endlich fühlte ich mich wieder wie ich selbst. Ich trug ein smaragdgrünes Dessous-Set aus feiner Wimpernspitze und Strumpfbänder, die mit Halterungen an meinem Slip befestigt waren. Gleich würde noch ein Kleid folgen, welches ich während der Show ausziehen würde, dann war mein Look vollendet.

Neben mir schloss Shelby die quietschende Tür ihres Spindes und fuhr sich schniefend mit dem Handrücken über die Nase.

Ich warf ihr einen abfälligen Blick zu. »Irgendwann wirst du dafür gefeuert, weißt du das?«

Shelby drehte sich mit gigantisch geweiteten Pupillen zu mir um, und sie schniefte ein letztes Mal. Sie versuchte nicht einmal, zu verbergen, was sie eben getan hatte. Ihre Korkenzieherlocken waren silbergrau gefärbt, und sie hatte sich wie meistens stark gepudert, um noch blasser zu wirken, als sie es bereits war. Alles in allem sah Shelby aus wie die aufgetakelte Version einer Porzellanpuppe, vor allem mit den geweiteten Pupillen. Diese Puppen hatte ich schon beängstigend gefunden, noch bevor sie in fast jedem Horrorfilm als Gruselfaktor eingebaut worden waren.

Sie lächelte trocken. »Kümmer dich einfach um deinen eigenen Scheiß, Daisy. Deine Kunden vögeln sich in den Separees nicht von allein, du solltest sie nicht warten lassen.«

Ich verdrehte die Augen. »Die alte Leier? Du hast wirklich nichts Besseres drauf. Besonders wenn du high bist.«

Shelby war längst nicht die einzige Tänzerin im Club, die dann und wann mit dem Kopf im Spind verschwand, um weißes Pulver zu schniefen. Koks war ein Problem im *Dolly House*, das nicht einmal Majid in den Griff bekam, so sehr er sich auch bemühte. In einer Szene wie dieser war es keine Seltenheit, so illegal und widerlich es auch war. Ich hatte nie verstanden, wie man den Mist auch nur anfassen konnte. Es machte mich wütend, wenn ich darüber nachdachte, wie viele Probleme der Club wegen dem Zeug schon hatte durchstehen müssen. Am liebsten hätte ich Shelby auf der Stelle bei Majid angeschwärzt.

Sie funkelte mich an und reckte das Kinn nach vorne. »Im Gegensatz zu dir habe ich so was wie ein Rückgrat. Lieber fahre ich mir das Zeug hier rein, als Blowjobs zu verteilen, um sich beim Chef beliebt zu machen. Ich kann mindestens genauso gut tanzen wie du, wenn nicht sogar viel besser, und ich habe keine eigene Show!«

Ich lachte auf, zog mir mein Kleid über und lief in Richtung Tür der Umkleide. »Das ist mit Abstand das Lächerlichste, was ich seit Langem gehört habe. Pass lieber auf, dass du nichts mehr an der Nase hängen hast, so wie jetzt, wenn du Majid das nächste Mal über den Weg läufst.«

»Lass du dich nicht von irgendeinem Kunden schwängern, Miststück!«, rief Shelby mir hinterher.

Ich verkniff mir eine Antwort und schnaubte leise, ehe ich die Tür fest hinter mir ins Schloss zog.

Dunkelheit umhüllte mich. Die Musik hatte noch nicht eingesetzt, und ich stellte mich in Startposition. Kribbelige Erwartung erfüllte mich, und Adrenalin schoss in mein Blut, als schummrige Lichter im Showroom zu flackern begannen. Dann gingen die Rauchmaschinen an, und mit dem ersten Ton von *The Hills* von The Weeknd leuchtete der rote Scheinwerfer genau hinter mir auf und warf meine Silhouette auf das Tuch, welches wie ein Vorhang vor mir hing. Ich bewegte mich im Takt der Musik. Mit jedem verklingenden Anfangston erlosch das Licht hinter mir, und ich nahm eine neue Pose ein, sobald es wieder ansprang. Dann löste sich das Tuch von der Decke und fiel lautlos zu Boden. Mit langsamen, reizvollen Schritten bewegte ich mich durch die Nebelschwaden, die durch das schummrige rote Licht zu glühen schienen.

Ich schloss die Hände um die kühle Stange, schloss die Augen und begann mit meiner Choreografie.

Die Musik leitete mich durch die Schritte. Es waren rhythmische, betörende Bewegungen. Verführerisch und geheimnisvoll. Glück durchströmte mich, während ich mich um die Stange herum, von ihr weg und wieder zurück bewegte. Die Bühne war mein Reich, und ich kostete all den Platz voll und ganz aus. Hier oben war ich in meinem Element. Jede meiner Shows war wie ein Theaterstück, in welchem ich Hauptrolle, Regie und Drehbuch selbst in der Hand hatte. Es waren wortlose Geschichten voller Sehnsucht, Lust und Geheimnisse.

Gegen Mitte des Songs drehte ich mich mit dem Rücken zu meinem Zuschauer und ließ ihn mit ansehen, wie ich langsam den Reißverschluss des Kleides öffnete. Ich schob die Träger von meinen Schultern, und der leichte Stoff rutschte hinab und floss zu Boden. Ich drehte mich langsam um und ließ meine Hände über meinen Körper wandern. Dann packte ich erneut die Stange, holte Schwung und erhob mich in die Luft. Diesmal konnte ich das Lächeln nicht unterdrücken. Ich hatte genau die richtige Stelle im Song erwischt, auf die Sekunde!

Ich drehte mich schnell, wirbelte im Kreis, als wäre ich nicht mehr als eine Feder in einem Wirbelsturm. Als ich ein wenig langsamer wurde, spannte ich jeden Muskel an und streckte ein Bein hoch über meinen Kopf, um mich an die Stange zu klemmen. Meine Fußzehen waren gestreckt, um der Figur mehr Eleganz zu verleihen. Ein *Sneaky V*. Ha! Wenn Gigi das gesehen hätte. Das war jedoch nicht die einzige Figur, die ich in diese Performance eingebaut hatte. Es folgten ein *Gargoyle*, bei welchem mich nur meine Kniekehle und die Hinterseite meines Oberschenkels an der Stange hielten, ein *Yorkie*, bei welchem ich mich kopfüber an der Stange drehte, und schließlich der *Pin-up Seat*. Mit einer Hand hielt ich mich an der Polestange fest, während ich die ausgestreckten Füße Richtung Po zog und die Innenseiten meiner Knie an die Stange presste. Ich dachte an Juicys Worte und achtete während der verschiedenen Figuren mit einem Schmunzeln darauf, kein Gesicht zu ziehen, als würde mir ein Backstein querliegen.

Es war magisch. Rauch und schummriges Licht umhüllten mich, die feinen Dessous, die sich trotz ihrer dürftigen Menge Stoff anfühlten, als seien sie eine Rüstung; die Maske aus schwarzer Spitze weich auf meinem Gesicht und die blonden Haare meiner Perücke auf meiner nackten Haut. Ich fühlte mich gut. Nein, besser als gut. Ich war glücklich. Unbezwingbar, unverwundbar, unaufhaltsam.

Bis zur Mitte des nächsten Tracks, welcher *Gasoline* von Halsey war, blieb ich an der Stange. Die letzte Minute des Songs tanzte ich wieder am Boden, um meine Atmung und meinen Puls unter Kontrolle zu bekommen. Das war mein liebster Teil der Choreografie. In einer fließenden Bewegung entledigte ich mich des Strapsgürtels und der Strapse. Ich postierte mich mit dem Gesicht zum Vorhang und der Nebelmaschine. Dann, langsam und spielerisch, zog ich auch meinen BH aus. Mit gesenktem Blick warf ich ein herausforderndes Lächeln über meine Schulter und ließ den feinen Stoff von einem Finger baumeln, ehe er auch schon zu Boden segelte. Nichts weiter als glitzernde smaragdgrüne Sticker bedeckte meine Brustwarzen. Anschließend tanzte ich weiter, und die Luft strich kühlend über meine nackte, erhitzte Haut. Meine Bewegungen waren jetzt langsamer, reizvoller, ausgewählter. Bisher hatte ich nicht ein einziges Mal in Richtung des breiten Loungesessels geblickt, wo mein Gast saß. Dieser erste Part der Show beschränkte sich für die Männer auf das Beobachten. Und mir gab es die Chance, während des Tanzens alles um mich herum auszublenden. So kam jeder auf seine Kosten.

Als der Song jedoch seinen letzten Tönen entgegenfieberte, machte ich mich bereit, die Bühne zu verlassen. Zwei Songs auf der Bühne, drei Songs beim Kunden.

Langsam strich ich die blonden Haare über meine Schultern und setzte mich an den Rand der Bühne. Doch gerade als ich den Kopf anhob, um den ersten, vielsagenden Augenkontakt herzustellen, …

… erstarrte ich zu Eis.

Nein. Ich wurde vom Blitz getroffen.

Das konnte unmöglich sein.

Shit. Meine Gesichtszüge entglitten mir, und mein Puls nahm eine tödliche Geschwindigkeit an. Selbst nach mehrmaligem Blinzeln wollte das Bild nicht verschwinden, was meine Hoffnung auf ein Trugbild minderte: Dort vor mir, auf dem breiten Loungesessel hier im Showroom, saß niemand anderes als Creed.

Mein Atem überschlug sich. *Das kann nicht sein!* Doch sooft ich es mir auch sagte, änderte es nichts an der Tatsache, dass er hier war.

Es fühlte sich an, als würden Stunden vergehen, in denen die Welt durch all das Adrenalin in meinem Blut immer mehr ins Wanken geriet, doch in Wahrheit vergingen gerade mal fünfzehn Sekunden. Das wusste ich so genau, weil die Stimme des Sängers von The Woodlands in *Making Love On A Mountain* nach exakt fünfzehn Sekunden einsetzte. Und es rettete mir den Arsch, denn es riss mich aus meiner Starre.

Ich musste das hier durchziehen. Das Spiel gewinnen, wie beim Tanz im Club. Ich war Daisy! Auf keinen Fall würde ich mich verlieren, wie heute beim Barbecue. *Nein, wie Lenny sich beim Barbecue verloren hat. Jetzt existiert Lenny nicht mehr! Nur noch Daisy!*

Panik durchzuckte mich. Diesmal konnte ich unmöglich dafür sorgen, dass er mein Gesicht nicht sah. Ich musste den Tanz abbrechen. Oder? Sollte ich das tun? Was wohl Majid sagen würde, wenn ich einfach aus dem Showroom rannte?

Ich wünschte, das wäre die einzige Frage gewesen, die mir blitzartig durch den Kopf schoss, denn die weitaus schlimmere Frage, die mir ein flüsternder Teil von mir zuraunte, war: *Wollte* ich überhaupt gehen? Wollte Daisy das wirklich?

Die Antwort war viel zu klar.

Und viel zu dumm.

Entschlossen hob ich den Blick erneut und sah Creed an. Die

Maske saß, die Perücke saß, das Make-up war wie immer sehr stark, und ich hatte meine Kontaktlinsen drin. Ich trug süßes Parfum. Und ich hatte die Form meiner Lippen ein wenig übermalt. Wenn ich stets das Gesicht von ihm abwandte, sobald ich ihm nahe kam, musste das hier irgendwie funktionieren.

Es *musste* funktionieren.

Creed saß tief eingesunken im Loungesessel und starrte mich an. Es war nicht einfach ein Mustern oder die Art von Blick, die er mir schenkte, wenn wir oben im Club unser Spiel spielten. Er beobachtete mich wie ein Raubtier seine Beute. Diesen gebannten, trägen Blick auf seinem Gesicht zu sehen, zu sehen, wie seine Augen über meinen Körper glitten …

Das war kein vertrautes Terrain. Es war so was von überhaupt gar nicht verflucht noch mal vertraut!

Ich atmete tief durch und glitt langsam von der Bühne. Glücklicherweise gaben meine Knie nicht nach, sodass ich versuchen konnte, zurück in meine Performance zu finden.

Zieh das durch. Er hat keine Ahnung, wer du bist. Zieh es durch und bitte Majid später darum, ihm Hausverbot zu geben.

Ich hatte schon unzählige Lapdances gegeben. Dieser hier würde sich in keiner Weise von den anderen unterscheiden. Ich setzte einen Schritt vor den anderen, ließ meine Hände langsam meine Seiten hinaufgleiten. Über die smaragdgrüne Spitze meines Slips und meine nackte Haut, bis über meinen Kopf, wo ich eine Hand um meinen Unterarm schloss und die Arme treiben ließ. Es entging mir nicht, wie Creed schluckte, was meinen Puls noch weiter in die Höhe schnellen ließ.

Ich lief dicht am Sessel vorbei und wanderte mit zwei Fingerspitzen an Creeds Knie beginnend seinen Körper hinauf, während ich ihn im Takt einmal umrundete.

Als ich schließlich vor ihm stand, blendete ich alles aus. Ich glitt mit einem Knie auf seinen Oberschenkel und lehnte mich dicht über ihn, sodass ihn die Haare meiner blonden Perücke kitzelten und er mein Parfum riechen konnte. So, dass er mein Gesicht nicht sehen konnte. Es war nicht viel und es war nicht aufdringlich. Aber es war genug.

Ich zog mich wieder zurück und umrundete ihn noch einmal. Diesmal fuhr meine Hand von einer seiner Schultern zur anderen, genau über seine feste Brust. *Großer Gott, was tust du da, Lenny? Hör auf, hör auf, hör auf!*

Aber ich war nicht Lenny. Ich war Daisy. *Daisy* tanzte für Creed.

Und doch, als ich wieder vor ihm stand, mich mit dem Rücken zu ihm drehte, mich hinunter bis zum Boden beugte, wie es die Performance vorsah, war ich mir wohl bewusst, dass ich gerade Creed Parker meinen Hintern ins Gesicht streckte. Ich gab meinem besten Freund verdammt noch mal einen Lapdance.

Die Panik in meinen Adern war heiß, und sosehr ich auch versuchte, mich zu beruhigen, sie kochte immer wieder blubbernd hoch.

Ich richtete mich wieder auf und ließ mich rückwärts auf seinen Schoß sinken. Seine Beine zwischen meinen, lehnte ich mich nach hinten, bis mein Kopf auf seiner Schulter lag, mein Rücken sich an seine Brust presste und ich –

»Wow«, flüsterte Creed genau neben meinem Ohr.

Ich stieß ein Seufzen aus, noch bevor ich es unterdrücken konnte. Das Gefühl seines Atems an meinem Hals breitete sich auf meinem ganzen Körper aus und kroch kribbelnd durch meine Wirbelsäule, von wo aus es durch jegliche Nervenbahnen meinen ganzen Körper einnahm. Ich erschauerte. Es war unvermeidbar.

Das hier war echt. Es passierte wirklich. Ich roch seinen vertrauten, frischen, warmen Duft. Seine Stimme klang belegt, doch nach ihm. Das war Creed, der nur wenige Stunden zuvor mit mir und meiner Familie im Garten gesessen hatte. Und ich lag auf ihm, bewegte mich in langsam rhythmischen Bewegungen zum Takt der Musik.

Reiß dich zusammen. Du bist Daisy. Und er ist nur dein Kunde. Sonst niemand.

Während des restlichen Lapdances konzentrierte ich mich mit all meiner Kraft auf mein neues Mantra: *Er ist niemand. Niemand. Niemand. Niemand.*

Als schließlich das dritte und damit letzte Lied einsetzte (und ich mit den Nerven und meiner Kraft so ziemlich am Ende war), begab ich mich zurück in meine Anfangsposition, auf Creed, den Kopf auf seiner Schulter. Mein Herz raste so laut und schwer und schnell, dass es fast unmöglich schien, nicht auf diesen Takt zu hören anstatt auf die Musik.

Ich ergriff seine Hände, legte sie mir auf die Knie, welche die seinen umschlossen, und führte sie über meine Oberschenkel. Ich wusste, dass ich das nicht tun musste. Ich tat es selten. Und gerade hier hätte ich es ganz bestimmt nicht tun sollen … doch mein Körper sehnte sich so sehr danach, dass ich mich einfach nicht dagegen wehren konnte.

Er ist niemand. Niemand. Niemand!

Creed ließ es ohne Protest geschehen. Die Luft um uns herum war nicht mehr nur in rote Nebelschwaden gehüllt. Es fühlte sich an, als wären wir inmitten einer Gewitterwolke, die sich vor lauter Spannung kaum noch halten konnte. Die Funken knisterten regelrecht durch den Dunst.

Seine Hände fühlten sich verboten gut an. Noch viel besser als letzte Nacht bei unserem Tanz oben im Club – der im Vergleich zu dem hier unschuldiger nicht hätte sein können. Sie waren groß, fest und sicher, ein wenig rau und warm.

Hastig riss ich die Augen auf, als ich spürte, wie sie mir zufielen.

Mit einem plötzlichen, reißerischen Verlangen wünschte ich mir nichts sehnlicher, als diese Hände überall zu spüren. Am liebsten hätte ich … Ich konnte es nicht in Worte fassen. Ich wollte Creed. Mehr als alles andere. Seine Berührung drang tief unter meine Haut und hinterließ eine brennende Spur.

Mit dem Kopf auf seiner Schulter fühlte ich mich überhaupt nicht mehr mächtig und unbezwingbar. Ich war ausgeliefert. Machtlos – nur war es das erste Mal, dass es sich wie eine gute Art der Machtlosigkeit anfühlte.

Der Song war fast vorbei, weshalb ich Creeds Hände von meinen Beinen löste. Nach dem Tanz würde ich augenblicklich abhauen. *Definitiv.*

Ich fuhr mit den Fingerspitzen seinen Haaransatz und seinen Hals entlang. Ich hatte mich schon immer gefragt, wie es wohl sein würde, mit den Fingern über sein kurz geschorenes Haar zu streichen. Es war überraschend weich. Ein wenig stoppelig und …

Ich erntete einen tiefen, wohlwollenden Laut, den ich trotz des wummernden Basses durch unsere eng aneinanderliegenden Körper spüren konnte. Dieses Geräusch reichte aus, um jegliche Gedanken aus meinem Hirn zu radieren, bis nichts mehr blieb, bis auf das Gefühl seiner sich hebenden und senkenden Brust unter mir, Hitze und Musik. Ein Lächeln breitete sich auf meinen Lippen aus. Noch nie war ich mir so überdeutlich bewusst gewesen, so nackt zu sein.

Stopp! Tanz einfach weiter!

... Es hätte mich nicht ansatzweise schockieren sollen, als Creeds Hände nur wenige Takte später wieder zu meinen Beinen wanderten, ganz ohne meine Führung. Die Berührung war zunächst zögernd. Seine Daumen strichen die Außenseite meiner Beine entlang, ehe weitere Finger folgten. Es trieb mir jegliche Luft aus der Lunge, weshalb ich sie mit einem kleinen, überraschten Laut ausstieß. Mein Kopf sank schwerer auf seine Schulter, und ich konnte nichts dagegen tun.

Creeds Hände verharrten. Er schien die Veränderung zu bemerken. Meine Reaktion auf seine Berührung.

Ich konnte spüren, wie er den Kopf drehte, bis sein Atem auf meine geöffneten Lippen traf. Da ich seine Hände nicht wegschlug und ihm auch sonst nicht zu verstehen gab, einen Gang zurückzuschalten – eher genau das Gegenteil, so wie ich mich in die Berührung lehnte, legte er sie nun weitaus selbstsicherer auf meine brennende Haut. Ich konnte nicht aufstehen, obwohl ich es spätestens jetzt hätte tun sollen. Doch ich konnte mich nicht von Creed lösen. Zu sehr sehnte ich mich nach mehr. Ein Keuchen entfuhr mir.

Mit deutlich stärkerem Selbstvertrauen glitten seine Hände über die dünnen Strumpfenden an meinen Oberschenkeln, hoch zu meiner Hüfte und ... er wurde langsamer. Er wartete auf meine Reaktion, erwartungsvoll. Ich schmiegte mich an ihn, ungeduldig und atemlos. Dann veränderte er plötzlich seine Sitzposition unter mir und – *Oh.*

Seine Erektion war selbst durch die Jeans deutlich zwischen meinen Beinen spürbar.

Mein Herzschlag dröhnte mir in den Ohren, und ein schmerzlich süßes Ziehen pochte in meinem Bauch – und ganz besonders zwischen meinen Beinen.

Creeds Hände wanderten weiter, über meine Taille, meinen Bauch hinauf, meine Rippen entlang und wieder herunter.

Ich wusste nicht, welcher Teil von mir es war, doch als der nächste Song auf meiner Playlist einsetzte, welcher schon nicht mehr zur Performance gehörte, packte ich Creeds Handgelenke und führte sie höher. Ich führte sie über meinen Bauch, meine Rippen, hoch zu meinen Brüsten. Ich fühlte mich wie ein neugieriges Kind, das unbedingt die Hand auf die Herdplatte legen wollte, um zu sehen, ob es sich tatsächlich verbrennen würde.

Die Berührung dauerte nicht einmal eine ganze Sekunde, da führte ich seine Hände auch schon wieder zurück zu meinen Beinen. Doch spätestens jetzt wurde mir eines klar:

Ich war nicht mehr *Daisy*, die für irgendeinen Kunden tanzte. Ich war Lenny, und das hier war verdammt noch mal Creed.

Und es gab kein Zurück.

Creed stöhnte auf, drehte den Kopf und glitt mit den Lippen meinen Kiefer entlang. Seine Lippen. An *meinem* Kiefer.

Er schien zu merken, dass der eigentliche Tanz vorbei war – zumindest glaubte ich es, als er die Arme um mich schlang und mich fester an sich zog, was eine weitere Ladung Verlangen wie eine Flutwelle durch meinen Körper rauschen ließ. Ich legte den Kopf in den Nacken und biss mir auf die Unterlippe.

»Du bist wunderschön«, flüsterte er heiser.

Ich konnte nichts darauf erwidern. Stattdessen ließ ich zu, dass seine Hände wieder höher wanderten. Jeder Millimeter ließ mein rasendes Herz noch wilder werden. Seine Finger glitten höher, höher, höher und …

Ein Wimmern entfuhr mir, als seine Hände erneut über meine Brüste strichen. Und das gab mir endgültig den Rest. Mein Körper handelte wie auf Autopilot, denn im nächsten Moment drehte ich meinen Kopf zur Seite und küsste Creed.

Er stöhnte leise und erwiderte den Kuss so augenblicklich, als hätte er nur darauf gewartet. Seine Lippen waren weich, und ihr einladender Schwung versprach nicht zu viel – das Gefühl von Creeds Mund auf meinem war atemberaubend, wortwörtlich. Er küsste mich nicht vorsichtig, sondern genauso feurig, wie ich es gerade brauchte. Ich fuhr mit den Fingern in sein kurz geschorenes Haar und zog ihn näher zu mir. Auch wenn es nicht nahe genug sein konnte.

Es war perfekt. Es gab kein vorsichtiges Herantasten oder irgendeine Form von Zurückhaltung. Die plötzliche Leidenschaft zwischen uns hätte ich mir nicht einmal in meinen kühnsten Träumen ausmalen können, doch sie war da, und ich konnte ihr nicht entkommen. Unsere Lippen schmiegten sich aneinander, als hätten sie noch nie etwas anderes getan. Creed schob mein rechtes Bein auf die andere Seite und drehte mich, bis ich seitlich auf seinem Schoß saß.

Er darf mich nicht sehen! Er darf mich nicht ansehen, er wird mich erkennen! Ich riss die Augen hinter meiner Maske auf – nur um festzustellen, dass seine geschlossen waren. Mein Herz spielte verrückt, wusste nicht, ob Angst, Lust oder irgendetwas dazwischen die Oberhand gewann.

All die Gefühle, die gerade in mir hochkochten, hatten sich fast vier verdammte Jahre aufgestaut. Und dann war da noch all die Energie, die Lust, die sich zwischen Creed und mir in den letzten Wochen hier im Club angebahnt hatte und sich nun entlud. All das sorgte dafür, dass ich mich in diesem Kuss verlor. Mit allem, was ich war.

Im nächsten Moment küsste Creed mich inniger, verlangender. Mit gespreizten Fingern glitt seine Hand meinen Rücken hinauf und wieder hinab, ehe sie sich wieder in meine Hüfte grub.

Im nächsten Moment saß ich plötzlich rittlings auf ihm und grub die Hände in seine breiten Schultern. Es gab keine Pausen, nicht einmal, um nach Atem zu ringen. Mir war glühend heiß. Seine Daumen an meiner Hüfte glitten unter den dünnen Stoff meines Slips, ehe seine Hände mit festen Bewegungen meine Beine auf und ab strichen. Wieder stöhnte ich auf. Als er an meiner Unterlippe saugte und sich seine Hände in meinen Hintern gruben, hatte ich das Gefühl, den Verstand zu verlieren.

»Creed«, stöhnte ich verzweifelt an seinen Lippen und küsste ihn wieder, noch haltloser, noch gieriger.

Ich spürte, wie er lächelte. Seine Arme schlangen sich fester um mich. »Gott, du bist so heiß, Daisy«, raunte er, ehe er mit den Lippen meinen Kiefer entlangfuhr und das Gesicht an meinem Hals vergrub. Ich schnappte nach Luft …

Und erstarrte. Mein Blut fror ein.

Erneut riss ich die Augen auf, doch diesmal waren sie schreckgeweitet. Seine Worte waren wie ein Eimer kaltes Wasser, und sie ließen die Seifenblase mit einem Mal gehörig platzen, ernüchterten mich augenblicklich.

Daisy.

Creed hatte mich *Daisy* genannt. Für ihn war das hier bloß die Tänzerin gewesen. Nicht ich. *Natürlich.*

Nicht. Ich.

Es war so offensichtlich und gleichzeitig so erschütternd. Meine Rückverwandlung von Daisy zu Lenny – er wusste nichts davon. Wie auch? Das alles war schließlich nicht sichtbar geschehen! Was hatte ich nur getan? Wie hatte ich das hier zulassen können? Ich hatte das Gefühl, die gehörigste Ohrfeige meines Lebens zu bekommen, als sich mein Herz zusammenkrampfte. Ich glaubte sogar, den dazugehörigen Knall zu hören.

Doch als im nächsten Moment eine wütende, tiefe Stimme *»Nimm sofort deine Pfoten von ihr!«* brüllte, wusste ich, dass der Knall nicht von der imaginären Backpfeife stammte. Er stammte von der Tür des Showrooms, die mit ordentlich Schwung aufgerissen worden war. Und die Stimme gehörte niemand anderem als Majid.

Erschrocken quiekte ich auf und kletterte so überstürzt von Creeds Schoß, dass ich rücklings auf den Boden plumpste.

Und dann war Majid auch schon da, wütend wie ein Berserker. Er packte Creed am Kragen und riss ihn vom Sessel hoch, um ihn Richtung Tür zu stoßen.

»Verdammt!«, stieß Creed aus, als er einige Schritte nach hinten taumelte. »Was soll denn das?«

Majid bohrte ihm einen Zeigefinger in die Brust und baute sich vor ihm auf. »Wie schwer kann es sein, sich eine einfache Regel zu merken? Finger weg von den Mädchen und ganz besonders von *diesem hier!*«

Creed hob in Kapitulation die Hände. »Hey, immer mit der Ruhe. Es war absolut einvernehmlich. Stimmt doch, Daisy?« Der Moment schien wie in Zeitlupe abzulaufen. Es war, als konnte ich spüren, wie er mir jeden Moment einen Blick zuwerfen würde. Deshalb vergrub ich panisch das Gesicht in den Händen.

Obwohl ich bereits am Boden war, fühlte ich mich, als würde ich erneut fallen.

Schon wieder hatte er mich Daisy genannt. Oh, nein, nein, nein. Ich hatte zwar Creed geküsst. Aber er mich nicht! Er hatte Daisy geküsst! Sein Verlangen, seine Lust galten ihr, nicht seiner verkorksten Freundin!

Offenbar war meine Panik mir deutlich anzumerken, denn Creeds Stimme klang nun mehr als beunruhigt. »Daisy?«, wiederholte er.

»*Raus hier!*«, bellte Majid. Ich wagte einen verstohlenen Blick zwischen den Fingern und sah, wie er Creed zur Tür zerrte. »Wehe, ich sehe dich hier noch ein einziges Mal, du kleiner Mistkerl. Wir sind hier nicht im gottverdammten Rotlichtviertel von Paris!«

Ich konnte mich nicht rühren. Voller Entsetzen saß ich auf dem kühlen Boden im Dunkeln, inmitten von rot glühenden Nebelschwaden und in nichts als Stilettos und den letzten Resten meiner Dessous, während ich dabei zusah, wie mein Boss Creed Parker aus dem *Dolly House* warf.

KAPITEL 9

Vier Jahre zuvor …

CREED

Ich drückte den Mull auf die Platzwunde an Ches' Haaransatz. Er fuhr zusammen und stieß ein schmerzhaftes Zischen aus.

»Tut mir leid«, sagte ich und knirschte mit den Zähnen. »Drück das weiter da drauf. Wenn wir bei mir sind, gibt es etwas Eis.«

»Ich brauche kein Eis«, knurrte mein bester Freund so leise, dass ich ihn kaum verstehen konnte. »Und deine Hilfe brauche ich auch nicht, Creed. Du solltest gehen.«

»Schon wieder diese Leier?« Ich seufzte schwer und rutschte auf der klammen, kalten Betonstufe in eine bequemere Sitzposition. »Chester, das sagst du mir schon, seit wir in dieser Stadt angekommen sind.«

»Und ich werde es dir jeden Tag aufs Neue sagen. Geh zurück nach Topsham.«

»Nope«, erwiderte ich und überließ es ihm, die Hand auf den Mull zu drücken. Das gedämpfte Geräusch einer Menschenmenge und die Rockmusik des Käfigs drangen zu uns herüber und wurden immer wieder ohrenbetäubend laut, wann immer jemand die schwere Metalltür des kalten Treppenhauses unter den stillgelegten Bahnschienen öffnete, in welchem wir saßen. Die Gestalten, die hier ein und aus gingen, waren mir alles andere als geheuer. Mindestens die Hälfte von ihnen löste in mir das Verlangen aus, meine Faust in ihre Gesichter zu schlagen. Diese kranken Bastarde. Aber natürlich hielt ich mich zurück. Auch meine Kommentare verkniff ich mir.

Ches machte ein so trostloses, finsteres Gesicht, wie ich es noch nie bei ihm gesehen hatte. »Ich stecke an diesem Ort fest, Creed. Ich kann es mir nicht aussuchen, zu gehen oder zu bleiben, du aber schon. Du solltest Fletcher verlassen und nach Hause gehen. Das ist mein Ernst. Pack deine Sachen und verschwinde von hier.«

Ich schlug mit der Faust neben ihn auf die Betonstufe. »Verdammt, Chester! Ich habe dir und Maxx etwas versprochen und ich werde mich daran halten, nach allem, was du und deine Familie für mich getan habt. Ich beschütze euch, ganz besonders dich, du Vollidiot. Und wenn ich das schon nicht kann, tue ich eben alles in meiner Macht Stehende, um für dich da zu sein. Hast du das kapiert? Oder ist dein Dickschädel so massiv, dass du so einfache Worte nicht verarbeiten kannst? Ich gehe nirgendwohin!« Mein Herz trommelte fest gegen meine Brust. Nicht nur Ches und seiner Familie hatte ich dieses Versprechen gegeben, sondern vor allem mir selbst. Ich würde es anders machen als meine Eltern. Ich würde anders sein als sie.

Ich atmete tief durch und rieb mir mit den schmutzigen Händen über das Gesicht. »Diese Hölle hier mit dir gemeinsam durchzustehen ist das Mindeste, was ich tun kann. Ich bin dein Verbündeter, Chester. Also behandle mich gefälligst nicht wie ein Kind, das nicht weiß, was es tut. Das weiß ich sehr wohl …«

Ich sah, wie ein Muskel an seinem Kiefer zuckte. Nach dem heutigen Kampf schien ihm das jedoch Schmerzen zu bereiten, denn er fuhr kurz darauf zusammen. Er sah mich nicht an, rührte sich keinen Zentimeter. Ich glaubte schon, Ches würde nichts mehr erwidern, bis seine Schultern jedoch nach unten sackten. »Danke«, ächzte er beinahe lautlos.

Ich kämpfte mich auf die Beine und klopfte Ches sachte auf die Schulter. »Na los, Großer.«

Endlich blickte er zu mir auf, doch seine Augen waren glasig, und tiefe Ringe lagen unter ihnen. Sein T-Shirt war nass vor Schweiß und am Kragen blutig und aufgerissen. All das hatte einen furchtbaren Ursprung, genauso wie die Platzwunde an seiner Stirn, die blutige Lippe, seine Nase, die sich noch immer vom Bruch aus seinem ersten Kampf erholte, und die unzähligen dunkelblauen Flecken auf seinem Körper.

Meinen besten Freund so zerschlagen zu sehen sorgte dafür, dass sich meine Kehle zusammenzog. Ich hatte das Gefühl, nicht mehr atmen zu können.

»Lass uns nach Hause gehen, Babyface«, sagte ich heiser und vergrub die Hände in den Hosentaschen.

Ches schien widersprechen zu wollen, entschied sich aber offenbar dagegen. Ohne ein weiteres Wort zu sagen, stand er auf und folgte mir. Dass er humpelte, nahm ich sehr wohl wahr, versuchte aber, es ihn nicht wissen zu lassen.

Wir verließen den Käfig und betraten durch ein schweres Tor das unbeleuchtete offene Gelände an den Bahnschienen. Nur noch ein paar Meter, und wir wären zurück in der normalen, echten Welt. Weg von Gangs, illegalen Wetten und den brutalsten Untergrundkämpfen, die ich jemals gesehen hatte – nicht dass ich davor jemals Zeuge von so was geworden wäre. Oder Chester. Das hier war die Hölle, und diese kleine verschlafene Stadt namens Fletcher hatte keine Ahnung, was sich in ihren abgelegenen Winkeln abspielte.

Noch immer drang die Rockmusik leise zu uns, als wir über das verkommene, stillgelegte Industriegelände liefen. Die Backsteingebäude waren vollgesprüht mit Graffiti, hatten zugenagelte Türen und eingeschlagene Scheiben.

»Also«, sagte Ches nach einer Weile, als wir das Kassenhäuschen passierten, welches sich an einem der Eingänge des kleinen Szeneclubs weiter vorne auf dem Gelände befand. Es war der einzige Ort auf dem Gelände, der beleuchtet war. Die schrägen Gestalten, die dort feiern gingen, wussten vermutlich nicht, was sich auf der anderen Seite der Schienen abspielte. Dass der Club nur eine Tarnung war.

»Wann siehst du dieses Mädchen wieder?«, fragte Ches. Noch immer hielt er sich den Mull auf die Platzwunde.

Überrascht horchte ich auf. Mir war klar, dass er das Thema nur anschnitt, um von sich abzulenken. Und natürlich wollte ich ihm diesen Gefallen tun, denn der Abend war nicht gerade ein guter gewesen.

»Du musst schon spezifischer werden. Welche meinst du?«

Wir näherten uns der Straße, und im Schein der nächstgelegenen Laterne sah ich Ches' Mundwinkel zucken. Zum ersten Mal seit mindestens vierundzwanzig Stunden. »Hm, ich weiß auch nicht, Creed. Vielleicht dieses Mädchen, von dem du zu jeder Tageszeit ohne Unterbrechung sprichst? Der Grund für die magischste Nacht deines Lebens? Deine Seelenverwandte?«

Mein Grinsen wurde breiter, auch wenn mein Herz einen kleinen Hüpfer machte. »Ah, du meinst Mädchen Nummer vierzehn.«

Ich atmete auf, als wir den Ausgang des Geländes erreichten – ein großes Loch in einem noch größeren rostigen Zaun, welcher mit Plakaten und Flyern behangen war. Wir traten hindurch und liefen den Bürgersteig entlang. Es war ein erleichternder Gedanke, dass wir den Käfig zumindest für die nächsten ein, zwei Tage hinter uns lassen konnten.

»Verrätst du mir auch irgendwann ihren Namen?«

»Wenn wir heiraten«, erwiderte ich schulterzuckend. »Das dürfte nicht mehr lange dauern. Wenn ich sie das nächste Mal sehe, werde ich sie auf ein Date einladen, und weil ich so ein toller Typ bin, wird sie keine andere Wahl haben, als Ja zu sagen und sich in mich zu verlieben. Es ist alles schon geplant.«

Das erschöpfte Lächeln auf Ches' Lippen wurde ein winziges bisschen größer. »Kann es kaum erwarten, sie kennenzulernen.«

»Vielleicht hat sie ja eine heiße Cousine, die Single ist. Eine Doppelhochzeit wäre supercool.«

Ches schnaubte belustigt. »Fahr einen Gang runter, Creed. Ihr habt euch erst ein einziges Mal gesehen, Babybrei in deinem Auto gegessen und über eure Lieblingsfilme gesprochen. Wer weiß, vielleicht steht sie auf Lakritze, hat Bettwanzen oder wählt die Republikaner. Dann wäre es vorbei mit deiner rosaroten Brille.«

»Wenn du sie eines Tages kennenlernst, wirst du verstehen, was ich meine.«

Doch Ches hatte recht. Seit ich Lenny begegnet war, hatte ich ihm schon ein halbes Ohr abgekaut. Die Nacht nach unserem Zusammenstoß im *Leo's* war die wohl schicksalhafteste Nacht der Nächte gewesen. Eine Nacht, die ich wie keine andere verfluchte, denn ich hätte sie definitiv küssen sollen, was ich letztendlich nicht getan hatte. Dieser Moment, als wir uns verabschiedet und bedeutungsvoll in die Augen geblickt hatten, hätte alles verändern können. Doch ich hatte diesen Schritt nicht gewagt. Und ich war so durch den Wind gewesen, dass ich sogar vergessen hatte, sie nach ihrer Nummer zu fragen. Seither hatten Lenny und ich uns nicht mehr gesehen. Doch es war erst eine Woche her, deshalb war ich guter Dinge, ihr schon bald wieder zu begegnen. So groß war Fletcher schließlich nicht.

»Du wirst hoffentlich wissen, was du tust«, bemerkte Ches und sah mich vielsagend an. Dann nickte er in Richtung Käfig.

Ich wusste, was er meinte. Und was sein Kopfnicken zu bedeuten hatte: Der Käfig war nun der Mittelpunkt unseres Lebens. Sollte ich jemand Unbeteiligtes in mein Leben lassen, jemand Unschuldiges, würde ich diese Person unweigerlich einer nicht zu unterschätzenden Gefahr aussetzen. Bedeutungslose Flirts waren kein Problem. Kompliziert würde es erst dann werden, wenn ich zu involviert werden sollte. Und ich hatte das blöde Gefühl, dass es mit Lenny so weit kommen könnte, wenn ich es zuließ.

Seufzend fuhr ich mir mit einer Hand durch die Haare. »Keine Sorge. Ich weiß genau, was ich tue, Babyface.« *Aber man darf ja wohl träumen,* fügte ich in Gedanken hinzu.

»Gut.« Ches machte eine Pause und musterte mich. Vermutlich konnte er irgendetwas in meiner Miene lesen, denn er wechselte das Thema, fast als könne er spüren, dass es dafür der richtige Zeitpunkt war. »Also, ab nach Hause. Ich hoffe, du bist bereit für morgen?«

Morgen würden wir anfangen, bei einem Kerl, den wir im Käfig kennengelernt hatten, in der Autowerkstatt zu arbeiten. Es war überhaupt nicht mein Ding, aber besser als gar kein Job.

»Und ob«, erwiderte ich – und blieb wie angewurzelt stehen. Denn ein Stück vor uns auf dem Bürgersteig stand unser neuer Boss. Vincent, so als hätten wir ihn soeben heraufbeschworen. Und er stritt sich gerade mit dem Mädchen, welches mir seit Tagen schon nicht mehr aus dem Kopf gehen wollte.

Er stritt sich mit Lenny.

KAPITEL 10

CREED

Ein durchdringender Piepton erklang, ehe uns ein Wärter die schwere Metalltür öffnete.

»Bist du bereit?«, fragte ich und atmete tief durch.

»Das fragst du mich?«, murmelte Ches. »Ich werde nie bereit sein, meinen kleinen Bruder im Gefängnis zu besuchen. Augen zu und durch.«

Wir traten in den Besucherraum des *Maine State Prisons*. Er hatte hohe Decken, kleine vergitterte Fenster, viele Tische und eine kalte Deckenbeleuchtung. An den Tischen saßen Häftlinge in kakifarbener, oranger oder blauer Häftlingskleidung mit ihren Besuchern. Mal waren es Frau und Kinder, dann wieder ältere Personen und teils grimmig dreinschauende Kerle.

Ich atmete tief durch. Egal, wie oft ich das hier mitmachte, es wurde nicht einfacher. Alles in mir war verkrampft und angespannt, und jede Faser meines Körpers sagte mir, dass wir nicht hierhergehörten.

Genauso wenig wie die Person, wegen der wir hier waren.

Ich brauchte einen Moment, um den richtigen Tisch zu finden. Am anderen Ende des Raumes saß ein junger Kerl in blauer Hose und blauem Oberteil über einem weißen, langärmligen T-Shirt. Seine braunen Haare waren kürzer als beim letzten Mal, fast schon so kurz wie meine, und sein kantiges Gesicht wirkte ernst.

Ches und ich machten uns auf den Weg zu ihm. Dabei versuchte ich zu ignorieren, wie der Wärter uns folgte. Wenigstens ließ er uns ein wenig Freiraum und stellte sich, wie auch die anderen Wärter, an die Wand.

Ein Grinsen erschien auf Maxx' Gesicht, als er uns entdeckte, was seine ernste Miene in Luft auflöste. Er stand auf und schloss Ches in eine Umarmung. »Du hast so tiefe Augenringe, als hättest du mindestens eine Woche nicht geschlafen, Babyface.«

Ches trat einen Schritt zurück und legte seinem Bruder die Hände auf die Schultern. »Siehst gut aus, Knirps.«

Maxx' Lächeln verrutschte ein wenig, doch er hielt es wacker aufrecht. »So gut, wie man in diesem Drecksloch eben aussehen kann.« Dann landeten seine Augen auf mir und leuchteten auf. »Creed!«

Wir umarmten uns ebenfalls, und ich zwang mich, mich zu entspannen, bevor ich noch einen Krampf bekam. »War deine Kleidung das letzte Mal nicht noch kakifarben?«, fragte ich grinsend.

»Ich bin eben ein Musterknabe.« Maxx klopfte mir auf die Schulter und setzte sich zurück an den Tisch, was Ches und ich ihm nachtaten. Er zupfte an seinem blauen Oberteil. »Dank vorbildlichen Verhaltens haben sie mich als risikoschwach eingestuft. Ich darf jetzt in der Küche arbeiten und mit ein paar anderen Tag für Tag das Futter für neunhundert Insassen zusammenkleistern.«

Bei den Worten wurde mir noch elender zumute. Es waren solche Momente, die das Ausmaß der Situation erst so richtig greifbar machten. Maxx saß im Knast. Und nicht erst seit letztem Herbst, als wir es herausgefunden hatten, sondern schon seit Jahren. *Jahren!*

… So wie Ches und ich Jahre im Käfig verbracht hatten.

Maxx verschränkte die Arme auf dem kühlen Metalltisch. Das Gefängnis hatte ihn ziemlich verändert, aber man sah immer noch auf den ersten Blick, dass er und Ches Geschwister waren. Nur dass Maxx kantigere Gesichtszüge hatte und nicht ganz so breite Schultern besaß. Er wirkte sportlich, seine Arme drahtig und trainiert. Und er war nicht ansatzweise so gebräunt wie Ches. Ich fragte mich unwillkürlich, wie viel Hofgang er bekam. Seine neue Sicherheitseinstufung musste doch bedeuten, dass er sich nicht in Ärger verwickeln ließ, oder? Wie sah es überhaupt mit der Kriminalität in diesem Gefängnis aus? Nahm er Drogen? Verkaufte er wieder welche, so wie früher? War er in einer Gang?

»Wie geht es dir?«, fragte ich betont locker. Meine Hände jedoch waren unter dem Tisch zu Fäusten geballt. Verflucht noch mal.

»Ich zähle die Tage«, erwiderte Maxx lächelnd und lehnte sich zurück. »Noch genug Zeit, um mir eine Träne unter das Auge tätowieren zu lassen, oder?«

Meine Mundwinkel zuckten. Ich sah jedoch, wie Ches augenblicklich das Gesicht verzog. »Noch immer ganz der Alte, was?«

Maxx lachte auf. »Entspann dich, Mann. Das war ein Scherz.«

»Chester ist heute nicht nach Scherzen zumute«, warf ich ein und stieß meinen besten Freund mit dem Ellbogen an. Seine Haltung strahlte pure Anspannung aus. Ich wusste, dass es nicht leicht für ihn war, hier zu sitzen. Ches hatte für Maxx alles geopfert, was ihm wichtig war, und das genauso lange durchgezogen, wie Maxx bereits hier drin war. Jedes Treffen mit seinem Bruder wühlte ihn dermaßen auf, dass er sich anschließend so sehr in sich selbst zurückzog wie früher, nach und vor den Kämpfen. Vielleicht ging es Maxx ja ähnlich. Vielleicht erinnerte ihn jede Begegnung mit Ches daran, was er verloren hatte. Sie beide. Und dass man diese Zeit nie wieder zurückholen konnte.

Für mich war es zwar auch nicht leicht gewesen, doch ich hatte mich immerhin aus freien Stücken dazu entschieden, diese Jahre gemeinsam mit Ches durchzustehen. Und es hatte sich mehr als einmal gezeigt, dass es die richtige Entscheidung gewesen war. Ich wusste, dass er sonst Dinge getan hätte, die ihn zerstört hätten, wäre ich nicht bei ihm geblieben.

Doch ich hatte jederzeit die Wahl gehabt. Ches nicht. Und Maxx ebenso wenig.

Ches sah seinen Bruder an und setzte sich aufrechter hin. »Ich rede nicht lange um den heißen Brei: Mom und Dad möchten wissen, was du nach deiner Freilassung tun möchtest.«

Maxx erstarrte sichtlich. Seine Miene verdüsterte sich, als würde er innerhalb von Sekunden eine gut antrainierte, undurchdringliche Mauer um sich hochziehen. »Wenn Mom und Dad irgendetwas von mir wissen wollen, sollen sie gefälligst selbst herkommen.«

»Maxx«, warnte Ches.

Ich lehnte mich vor und senkte die Stimme, bevor ein Streit ausbrechen konnte. »Susan hat es nicht leicht, das weißt du. Ihr geht es nicht gut, seit wir verschwunden sind.«

»Klar. Meine Mutter hatte es ja noch nie leicht, egal, was ich getan oder nicht getan habe.« Etwas flackerte in Maxx' Augen, das nichts mit dem gelassenen Auftreten zu tun hatte, mit dem er uns eben noch begrüßt hatte. Bitterkeit lag in seiner Stimme.

»Maxx, sag so was nicht«, sagte Ches betont ruhig. »Mom war immer für dich da, und sie hätte alles für uns getan.«

»Vielleicht sollten wir über etwas anderes reden«, schlug ich vor.

Doch Maxx schien nicht lockerlassen zu wollen. »Sie hat mich aufgegeben, Chester. Was glaubst du, wie oft sie mich besucht hat? Richtig. Nur ein einziges Mal. Nach zwanzig Minuten ist Mom heulend aufgestanden, gegangen und hat sich nicht mehr blicken lassen. Danach kam Dad nur noch alleine. Er ruft mich einmal die Woche an, und nie will sie den Hörer haben oder ist angeblich jedes Mal beschäftigt. Klingt das für dich, als wäre sie immer für mich da?« Mit angestrengter Miene starrte er auf den Tisch. »Aber Creed hat recht. Lass uns lieber über etwas anderes reden, bevor es laut wird und sich einer der Wärter das für meine Akte notiert. Kurz vor Schluss kann ich den Scheiß nicht gebrauchen.«

Ich stieß hart den Atem aus und rieb mir über das kurz geschorene Haar. »Komm schon, Maxx.« Ich versuchte, die dicke Luft mit einem kläglichen Lächeln wieder aufzulockern. »Uns interessiert das auch. Was ist dein Plan? Du musst doch bestimmt irgendetwas vorhaben, wenn du hier rauskommst.«

Maxx blinzelte mich an. Mit einem Mal wirkte er nervös. Er blickte ziellos durch den Raum. »Ich … Na ja. Ich hatte überlegt, ob ich nicht vielleicht auf ein Community College gehe.«

»Ein Community College?«, wiederholte ich überrascht.

»Das ist eine gute Idee«, sagte Ches, dessen Miene sich bei den Neuigkeiten aufhellte. »Ich denke, dass es dir guttun wird. Wo willst du dich bewerben? In Auburn? Das müsste von Topsham aus das nächstgelegene Community College sein.«

Maxx fuhr sich mit der Hand über den Nacken. »Äh … Ich möchte eigentlich bei euch auf ein Community College gehen. In Fletcher.« Er blickte auf. »Genauer gesagt, in Frayton. Ich, äh, habe meine Onlinebewerbung schon vor Monaten abgeschickt. Sie haben mich angenommen. Im September geht es los.«

Mein Mund klappte auf.

»Du willst nach Fletcher kommen? Zu uns?«, fragte Ches verblüfft.

Mein Puls beschleunigte sich, und ein breites Lächeln breitete sich auf meinem Gesicht aus. »Meinst du das ernst?«

Maxx grinste.

Chesters Augen weiteten sich. »Du meinst das wirklich ernst.« Es klang nicht wie eine Frage, eher nach einer Feststellung.

Maxx hielt seinem Blick stand, dann blickte er zu mir, dann wieder zu seinem Bruder. »Ich will all das hier hinter mir lassen. Ich brauche einen Neuanfang. Und … ich, äh, hab gehört, Fletcher ist nett.«

»Dann solltest du das tun«, sagte ich, was Maxx erleichtert den Atem ausstoßen ließ. Ich konnte ihn verstehen. Maxx hatte schon früher davon gesprochen, Topsham eines Tages zu verlassen. Er wollte raus aus Maine. Das war schon sein Plan gewesen, als Ches und ich noch Studenten gewesen waren und unser Leben einigermaßen normale Züge gehabt hatte. Alles, was geschehen war, der Unfall und was darauf folgte, war zurückzuführen auf diese ruhelose Sehnsucht in Maxx. Er war seit jeher wild, rastlos und haltlos gewesen, immer auf der Suche nach etwas Neuem, das seinen Drang, auszubrechen, stillen konnte. Bis es so schrecklich schiefgelaufen war. Vielleicht war es also wirklich keine schlechte Idee. Ein Neuanfang, dieser Abstand würde ihm vielleicht auch die Möglichkeit geben, es mit seinen Eltern langsamer angehen zu lassen. Und in Fletcher hätte er gleich ein paar Bezugspersonen. Wir könnten auf ihn achtgeben. Ehrlich gesagt, konnte ich es jetzt schon kaum erwarten.

Ches hatte die Stirn nachdenklich gerunzelt und schwieg. Er machte den Eindruck, als hätte er eine ganze Menge dazu zu sagen, doch so wie ich ihn kannte, sortierte er zunächst seine Gedanken.

Maxx und ich warteten gebannt. Schließlich rieb sich Ches über die Augen. »Ich weiß nicht, ob das die beste Idee ist.«

»Dann wollt ihr mich also nicht dorthaben, ja?« Maxx war mit seiner Antwort so schnell, als hätte er mit genau dieser Reaktion gerechnet. Er blickte von Ches zu mir, und mit jedem Blickwechsel wurde der Ausdruck auf seinem Gesicht verletzter. Verschlossener, härter.

Ich verdrehte die Augen. »Oh, Mann, das fragst du noch? Natürlich wollen wir dich in Fletcher haben. Also, ich finde, es klingt nach einem guten Plan. Und wir haben immerhin einiges nachzuholen.«

Maxx nickte, jedoch sah er dabei nicht mich an, sondern seinen Bruder. Als würde er genau wissen, was dessen Schweigen zu bedeuten hatte.

»Wirst du Mom und Dad am Tag deiner Freilassung überhaupt besuchen oder einfach wieder abhauen und dein Ding machen?«

»Chester.« Warnend legte ich ihm eine Hand auf den Arm. »Tu das nicht.«

»Es war nur eine Frage.« Erwartungsvoll sah Ches seinen Bruder an.

Maxx' Miene verfinsterte sich. »Nach der Entlassung werde ich erst mal ein paar Tage zu Hause verbringen, das habe ich Dad versprochen. Mehrfach. Vielen Dank auch, dass du mir genauso vertraust wie Dad, Bruderherz.«

Es überraschte mich, wie beherrscht seine Stimme klang und dass Maxx nicht zurückschoss, so wie er es früher getan hätte. Er presste die Lippen zusammen. Der Ausdruck in seinen Augen war gequält. »Ich habe mich verändert, okay? Ich bin nicht mehr derselbe wie damals. Ich habe an Kursen mit College-Niveau teilgenommen, bei denen ich verdammt gut abgeschnitten habe, lese jede Woche ein bis zwei Bücher, treibe Sport und bin regelmäßig bei Resozialisierungsstunden. Ich bin ein besserer Maxx Williams geworden. Ich schwör's euch.«

Ches wollte nicht streiten, das konnte ich sehen. Ich wusste, wie ihn das alles hier zerreißen musste. Er gab sich große Mühe und er vermisste seinen Bruder, freute sich auf seine Entlassung. »Okay. Okay, lass uns sehen, wie die Dinge laufen, wenn es so weit ist.«

Mit einem ironischen Lächeln auf den Lippen stand Maxx auf. »Dann hätten wir das ja geklärt.« Er wandte sich an einen der Wärter, die ganz in der Nähe an der Wand positioniert waren, und nickte ihm zu. Kurz darauf trat dieser zu uns an den Tisch.

Noch während der Wärter Maxx Handschellen anlegte – ein Bild, das falsch und deplatziert wirkte –, standen Ches und ich auf.

»Maxx«, sagte Ches noch einmal, lehnte sich nach vorne und legte seinem Bruder eine Hand auf die Schulter. »Ich freue mich, dass du nach Fletcher kommst. Ich hoffe, du weißt das.«

Maxx nickte. Er deutete ein Lächeln an. »Danke, Bruderherz.«

»Ruf mich an, wenn du reden willst.«

Erleichtert stieß ich den Atem aus. Wenigstens jetzt hatten sie noch mal die Kurve bekommen. Es wäre unschön gewesen, wenn sie beide mit hochgekochten Gefühlen aus diesem Gespräch gegangen wären. Dem letzten Gespräch vor Maxx' Entlassung. Ich konnte noch nicht richtig realisieren, was die Worte wirklich bedeuteten. Er würde nach Fletcher kommen! Unser Maxx Williams würde nach Fletcher kommen und bei uns studieren! Dort leben! Allein die Vorstellung sorgte dafür, dass sich meine Brust vor Wehmut und Vorfreude zusammenzog. Die drei Musketiere würden wieder vereint sein. Wir wären wieder ein Team. Maxx würde sich in Fletcher eine Zukunft aufbauen – und vielleicht war es nicht der Rede wert, doch irgendwie fühlte ich mich durch den Gedanken ermutigt, Klarheit über meine eigene Zukunft zu schaffen. Ich sollte diesen Umschlag endlich öffnen. So bald wie möglich.

Als Maxx sich ein letztes Mal zu uns umdrehte, schenkte ich ihm ein aufmunterndes Lächeln. »Von jetzt an geht es nur noch bergauf. Versprochen.«

Maxx erwiderte das Lächeln. Er nickte. Dann ließ er sich in seiner blauen Häftlingskleidung abführen.

KAPITEL 11

LENNY

Regungslos starrte ich hoch in ein leuchtend grünes Blätterdach. Der Wind war zur Abwechslung mal kühl, wofür ich mehr als dankbar war. An diesem Fleck der Fletcher University war das Gras verbrannt und vergilbt. Carla und ich lagen hinter der Bibliothek, wo normalerweise nie jemand war, und besonders jetzt in den Semesterferien war der Campus beinahe ausgestorben. Es war zu Beginn wirklich schwierig gewesen, an der Uni einen Rückzugsort zu finden, an dem nicht viele Studenten herumhingen. Meistens kam ich mit Gigi her. Hier konnte sie ganz in Ruhe rauchen, ohne dass es jemand mitbekam und sie dafür anschwärzen konnte. Zumindest an der Fletcher University spielte Gigi ein ähnliches Versteckspiel wie ich, auch wenn sie vor ihren Freunden und ihrer Familie kein Geheimnis daraus machte, womit sie ihr Geld verdiente. Das hatte uns irgendwie zusammengeschweißt.

Neben mir stieß Carla einen genervten Laut aus. »*Mierda*, wie lange willst du das hier noch machen?«

»Was meinst du?«, erwiderte ich, ohne mich auch nur einen Zentimeter zu bewegen oder meinen Blick von den Blättern der alten Kastanie zu lösen.

»Das Gras pikst mich, und meine Handtasche ist vielleicht hübsch, aber kein gutes Kopfkissen.«

»Nur noch eine Weile.«

Ich stand noch immer unter Schock. Sosehr ich mich auch bemühte, ich konnte einfach nicht verarbeiten, was zwischen Creed und mir passiert war. Es war, als hätte mir eine böse, tückische Fee einen Wunsch gewährt und diesen zwar erfüllt, aber nicht, ohne jede Menge Chaos zu verursachen. Wie ein schöner Traum, der sich als Albtraum entpuppte.

»Ich wandere aus«, verkündete ich schließlich mit roboterhafter Stimme. »Vielleicht nach Korea. Da wollte ich schon immer mal hin.«

Carla sagte eine Weile nichts. Dann gähnte sie. »Bring mir einen Kühlschrankmagneten mit.«

»Du bist ein Arsch.«

»Ich weiß. Und du ein Dummschwätzer.«

Ich drehte den Kopf zur Seite und sah meine Mitbewohnerin an. »Carly. Ich muss dir etwas sagen, und du darfst keine Fragen stellen oder mich unterbrechen. Einfach nur zuhören, okay?«

Das schien ihre Aufmerksamkeit zu wecken. Ihre grünbraunen Augen leuchteten auf. »Ich bin ein Ohr.«

Ich verdrehte die Augen. »Das heißt ›Ich bin *ganz* Ohr‹, Santos.«

»Ist doch egal! Rede endlich!«

»Denk dran, nur zuhören, ja?« Der Moment der Wahrheit war gekommen.

Carla war der einzige Mensch, mit dem ich darüber sprechen konnte, denn wir teilten unsere Geheimnisse miteinander. In der Vergangenheit hatten wir beide es nicht sonderlich leicht mit unseren Familien gehabt, und es hatte uns immer ein wenig Trost gegeben, sich aneinander wenden zu können. Was gesagt wurde, blieb unter uns. Vielleicht war Carla sogar der einzige Mensch auf dem Planeten, dem ich blind vertraute.

Ich atmete tief durch. »Nach unserem Barbecue am Sonntag war ich arbeiten. Und ich …« *Fuck.* Es auszusprechen war schwerer als gedacht, doch ich gab mir einen Ruck. »Es war Creed. Er hat einen Privattanz gebucht.«

Carlas Augen weiteten sich, und sie öffnete den Mund.

»Stopp«, sagte ich sofort und hob die Hand. »Sag ja nichts, ich bin noch nicht fertig. Das ist noch nicht alles.« *Rotes Licht, Nebel, große Hände …* Bei der sehr lebhaften Erinnerung biss ich mir auf die Lippen. »Ich hatte beschlossen, den Tanz durchzuziehen und, na ja, d-dabei wurde es irgendwie ein wenig … Wir … Er …« Ich konnte nicht das richtige Wort finden und stöhnte gequält auf. »Scheiße. Wir haben uns geküsst, und dann hat Majid ihn rausgeworfen, und außerdem wurde mir dabei klar, dass er Daisy geküsst hat, nicht mich, und jetzt bin ich so was von geliefert! Carla, er hat *Daisy geküsst!* Was zum verdammten Teufel soll ich denn jetzt tun?!« Keuchend setzte ich mich auf und grub die Finger in meine Knie. »Ich werde nie wieder ein normales Wort mit ihm wechseln können! Nie wieder!«

Carla setzte sich ebenfalls auf. Ihre Miene war starr. »Darf ich jetzt reden?«

»Ja.«

»Dios mio, Lenny James!«, schrie sie, gefolgt von einer Schimpftirade auf Spanisch, die ich nicht verstand. Sie lehnte sich zu mir und packte mich an den Schultern. »Jetzt reiß dich gefälligst zusammen! Creed hat dich geküsst, du musst ihm von deinem Doppelleben erzählen und ihm Wein eintrichtern. Es ist auch langsam mal an der Zeit!«

Ich schlug ihre Hände weg. »Hast du sie noch alle? Ich werde ihm ganz bestimmt nicht irgendetwas erzählen! Und seit wann ist gerade für dich Alkohol die Lösung aller Probleme? Wenn ich es Creed sagen würde, was nie, niemals passieren wird, dann würde ich ihn davor ganz bestimmt nicht abfüllen.«

»Das sagt man doch nur so! Es ist eine Redewendung. Jemandem Wein eintrichtern, einen sauberen Tisch machen, du weißt schon, was ich meine!«

»Ich bin mir ziemlich sicher, dass man das nicht so …«

»Du musst das wieder geradebiegen!«, fuhr sie mich an und hockte sich in ihrem olivgrünen Sommerkleid auf die Knie. »Lenny, du wirst es dir niemals verzeihen, wenn du es nicht tust. Und ich schwöre, ich werde es dir auch nicht verzeihen, hast du gehört? Marschier als Daisy vor ihm auf und schick ihn zum Teufel. Und dann biege es als du selbst wieder grade!«

Ich blinzelte Carla an. »Grenzt irgendwie an Ironie, dass ausgerechnet du mir Beziehungstipps geben willst, wo der Stock im Arsch doch immer unsere größte Gemeinsamkeit war.«

Sie verschränkte die Arme vor der Brust. »Lenk nicht ab. Jeder weiß, dass ihr zwei zusammengehört. Das sieht man sofort.«

»Du hast für so was kein Gespür, Santos. Du warst ziemlich schwer von Begriff, als es darum ging, zu checken, dass du Mitchell liebst. Ich kenne niemanden mit so einem Brett vor dem Kopf wie dich!«

»Ich habe mich aber wenigstens angestrengt! Und du willst weglaufen. Das wäre ja aber auch nicht das erste Mal.«

Mein Magen wurde steinhart. Er zog sich zusammen, bis er auf die Größe einer Rosine schrumpfte. »Autsch.«

»Tut mir leid«, sagte Carla hastig und sah mich mit reuevollem Blick an – offenbar hatte sie gemerkt, dass sie zu weit gegangen war.

»Touché«, murmelte ich. »Sowohl für den Konter als auch dafür, genauso arschig zu sein wie ich.« Ich ließ mich zurück ins piksende, trockene Gras fallen. »Ich buche einfach morgen einen Flug. Tänzerin kann ich auch anderswo sein. Dann heißt es auf Nimmerwiedersehen, Lenny James, und ab nach Seoul.«

In meiner Hosentasche begann es zu vibrieren. Hastig zog ich mein Handy heraus und starrte auf das Display. Auch das noch. Meine Mutter. Offenbar war mal wieder einer dieser Tage gekommen, wo sie so viel Kohle verspielt hatte, dass sie vergaß, dass wir keinen Kontakt mehr miteinander hatten, weil sie Geld wollte. Oder besser gesagt: Dass sie meine Entscheidung ignorierte, so wie sie schon immer ignoriert hatte, was *ich* wollte. Als hätte meine Laune nicht noch tiefer sinken können.

Ohne einen Hauch von Reue drückte ich den Anruf weg, schaltete das Telefon aus und schob es zurück in meine Hosentasche. Nur ihren Namen auf dem kleinen Bildschirm gesehen zu haben, sorgte dafür, dass ich mit den Zähnen knirschte.

»Steh auf.« Carla packte meine Handgelenke und zog mich, nicht sonderlich sanft, vom Boden hoch. Widerwillig ließ ich es geschehen. Womit ich jedoch nicht rechnete, war, dass sie mich auch dann noch festhielt, als ich auf den Füßen stand, sondern sich unsere Taschen schnappte und losmarschierte.

»Wo gehen wir hin?«, fragte ich, als wir aus dem Schatten in die sengende Hitze der Sonne traten. Wir liefen um das mit Efeu bewachsene Bibliotheksgebäude herum, ehe Carla den Weg über den fast menschenleeren Campus in Richtung der Parkplätze einschlug.

»Wir gehen nach Hause und schmieden einen Plan.«

»Du hattest nur keine Lust mehr, unter einem Baum zu liegen, oder?«

»Das auch«, erwiderte sie brummend. »Aber du hast zwei Möglichkeiten, Lenny. Entweder du vergisst, dass das alles passiert ist, gibst

Creed einen gehörigen Korb, sobald er Daisy wieder begegnet, und lebst dein Leben weiter, oder aber du machst endlich den ersten Schritt.«

Ich rümpfte die Nase. Alles in mir sträubte sich gegen ihre Worte, und zwar so sehr, dass mein Hals eng wurde. Bereits die Vorstellung, Creed wieder unter die Augen zu treten, versetzte mich in Alarmbereitschaft. Ich hätte einfach meine Klappe halten und Carla nichts erzählen sollen. Die Suppe hatte ich mir selbst eingebrockt, und ich wusste, dass Carla nicht lockerlassen würde.

»Ich hasse dich, Santos«, murmelte ich.

»*No*, du liebst mich und könntest mich niemals hassen. Du hasst bloß, dass ich recht habe und du nicht. Und jetzt lass uns gehen.«

Großartig. Sie hatte ihren Große-Schwester-Tonfall ausgepackt, den sie sich sonst nur für ihre kleinen Brüder aufsparte. Jetzt bekam ich die volle Ladung ab.

Als wir den Parkplatz erreichten, gab ich mich missmutig geschlagen und setzte mich auf den Beifahrersitz ihres Wagens.

KAPITEL 12

CREED

Eine Brise wehte durch den knorrigen alten Baum vor dem Fenster. Sie rauschte durch die leuchtend grünen Blätter und ließ sie im Sonnenlicht tanzen. Die Luft flirrte, und der Ruf eines Vogels krächzte durch die Sommerluft. Die Stille war erstaunlich. Nicht einmal die Autos von der Straße waren zu hören, oder ein Flugzeug am wolkenlosen Himmel. Topsham war genauso, wie ich es in Erinnerung behalten hatte. Genauso verschlafen und ruhig. Ein wenig langweilig. Aber wunderschön.

Ich hätte mich anders, besser fühlen sollen, jetzt, da Ches und ich endlich wieder zu Hause waren. Vor allem nach unserem heutigen Besuch bei Maxx. Ich sollte mich leichter fühlen. Doch in der Sekunde, als wir das Gefängnis wieder verlassen hatten, waren meine Gedanken nach Fletcher zurückgekehrt. Genauer gesagt, an einen ganz bestimmten Ort und zu einer ganz bestimmten Person.

Finger, die haltlos über meine Schultern gleiten. Weiche Lippen, laute Musik, gedimmtes rotes Licht, ein perfekter Körper, der sich an meinen schmiegt, sich auf mir bewegt und –

»Du hast nicht ein Wort von dem gehört, was ich gesagt habe, oder?«

Mein Kopf zuckte zur Seite. Ich blinzelte, um die Bilder zu vertreiben, und sah, wie Ches mich mit hochgezogener Augenbraue musterte. Wir saßen auf dem abgewetzten Zweisitzer in seinem Jugendzimmer und harrten im leichten Wind des Ventilators aus.

Ich bekam ein schlechtes Gewissen. »Sorry. Was hast du gesagt?«

»Ich sagte, dass meine Mutter heute Abend vermutlich einen Anfall bekommen wird, wenn sie von der Sache mit Maxx erfährt.«

»Oh. Ja, vermutlich. Wo ist sie überhaupt?«

Ches verzog das Gesicht. »Du hast mir wirklich nicht zugehört, oder? Sie ist mit Ella und Mr Rowdy im Park.« Mr Rowdy war die

Deutsche Dogge, welche Susan und Gerald vor etwa einem Jahr als Welpen adoptiert hatten. Als ich dem jungen Hund zum ersten Mal begegnet war, hatte er mich mit seiner Energie beinahe umgerannt.

Verwirrt runzelte ich die Stirn. »Ich dachte, Ella sei allergisch auf Hunde.«

»Ist sie auch. Aber sie versucht alles, damit meine Mom sie mag. Wie ich eben schon sagte.« Vielsagend hob er die Augenbrauen.

»Tut mir leid.« Ich stieß ein Seufzen aus. Mein schlechtes Gewissen wurde immer stärker. Was war nur los mit mir? Ich sollte nicht so abdriften. Der Vormittag war aufwühlend gewesen, Maxx' Entlassung stand kurz bevor. Ich war ein echter Mistkerl, dass ich mich vom Gedanken an Daisy trotzdem so sehr ablenken ließ.

»Ich stehe etwas neben mir. Das ist die Hitze.«

»Was du nicht sagst«, erwiderte Ches und schnaubte spöttisch. Ich konnte nicht anders, als aufzulachen. Meine Lüge war miserabel, wie immer. Flunkern war einfach nicht mein Ding.

Seit unserer Ankunft in Maine tat ich kaum etwas anderes, als gedankenverloren durch die Gegend zu starren. Daisy ging mir einfach nicht aus dem Kopf, vor allem nicht nach diesem Wahnsinnskuss. Sie hatte mich auch vorher schon um den Finger gewickelt, ohne dass wir uns jemals näher als fünf Meter gekommen waren, aber dann kam unser kleiner Tanz auf dem Dancefloor, und dann schließlich vor zwei Tagen die Privatshow. Ich hatte geglaubt, es gehörte mit zum Spiel, so wie sie mich angesehen hatte, als sie von der Bühne geglitten war. Es war immerhin ihr Job, den Gästen des Clubs den Kopf zu verdrehen. Doch jetzt war ich mir sicher, dass sie sich genauso zu mir hingezogen fühlte wie ich mich zu ihr. Immerhin war sie es gewesen, die mich geküsst hatte. Und dieser Kuss hatte sich unvermeidlich angefühlt, in jeder Hinsicht perfekt. Deshalb musste ich sie einfach wiedersehen.

Allem voran wollte ich aber wissen, weshalb sie so erschüttert gewesen war, als ihr Boss uns unterbrochen hatte. Sie hatte ihr Gesicht in den Händen vergraben und hatte nicht aufgesehen, als ich aus dem Club geschmissen wurde – und das wurmte mich am meisten. Wieso hatte sie mich um den Verstand geküsst, nur um kurz darauf zuzulassen, dass ihr Chef dachte, ich hätte gegen ihren Willen irgendetwas getan? Ich war das Ganze immer und immer wieder in Gedanken durchgegangen. Und doch hatte Daisy nichts gesagt. Ich fühlte mich wie ein mieser Mistkerl, auch wenn ich einfach nicht verstand, wieso.

»Und er ist wieder weg«, sagte Ches seufzend, klopfte auf mein Knie und stand auf. »Ich hole uns was zu trinken.« Damit ging er aus dem kleinen Zimmer, in welchem ich in meiner Jugend so oft geschlafen hatte.

Ich stand ebenfalls auf und folgte ihm. Die Stufen knarzten unter meinen Füßen, und ich übersprang die vorletzte, weil sie noch lockerer geworden war als beim letzten Mal. Das musste ich dringend noch reparieren, bevor wir wieder gingen.

Das Haus von Chesters Eltern löste so viele Erinnerungen in mir aus, dass es mir jedes Mal eng ums Herz wurde. Ich hatte den Großteil meiner Kindheit und Jugend hier verbracht, und an Weihnachten hatte Susan immer darauf bestanden, mir ebenfalls einen kitschigen Pullover zu schenken und mich auf dem Foto für die Postkarten zu platzieren. Mit der überdachten Veranda, die um das ganze Haus ging, und den vielen Blumen, Büschen und Bäumen im Garten war dieser Ort mein ganzes Leben lang die Definition von Geborgenheit gewesen. Besonders an Chesters oder Maxx' Geburtstagen, oder an Feiertagen wie Thanksgiving, wenn es im ganzen Haus nach selbst gekochtem Essen roch, das wir alle gemeinsam zubereitet hatten. Jedes der gerahmten Bilder an den Wänden schien von dieser glücklichen Zeit zu erzählen. Von diesem einst so trauten Heim war jedoch nur noch ein Schatten geblieben. Der Garten war verwuchert, es roch nicht mehr nach selbst gekochtem Essen, sondern nach Staub und Hund und Instant-Käsemakkaroni. Ches' Mom war schlichtweg nicht mehr die Frau, die ich einmal gekannt hatte. Die Ringe unter ihren Augen waren tief und dunkel, Falten zogen sich um ihren Mund, die definitiv nicht von vielem Lachen gekommen waren. Als ich Susan zum ersten Mal nach der langen Zeit wiedergesehen hatte, hatte ihr Anblick mein Herz gebrochen. Es hatte so wehgetan zu sehen, was wir mit unserem Verschwinden angerichtet hatten, dass ich für einige Augenblicke keine Luft mehr bekommen hatte. Und auch Gerald wirkte bei Weitem nicht mehr so offen und herzlich, wie er früher gewesen war. Er war stiller geworden. Nachdenklicher. Und vor allem verschlossener.

Ich war am Fuße der Treppe stehen geblieben und schluckte schwer, doch der Kloß in meiner Kehle blieb bestehen. Ich beobachtete, wie Ches mit zwei Flaschen Bier in der Hand aus der großen Landhausküche kam und durch die offene Verandatür trat, den Blick hinaus auf den Garten gerichtet. Gemächlich folgte ich ihm, ehe wir uns auf die alte Hollywoodschaukel setzten. Sie quietschte protestierend, hielt unser Gewicht jedoch aus. Draußen war die Luft noch wärmer und schwüler als drinnen, doch wenigstens wehte immer noch die leichte Brise in den Baumwipfeln. Ein kleines Windspiel klimperte an einem Holzbalken über uns am Verandadach. Alles an diesem Ort schien so gleich und doch anders. Wann immer ich mir ausgemalt hatte, wie es wohl sein würde, nach Hause zurückzukehren, hatte ich geglaubt, ich würde wieder herziehen, mein Studium an der University of Maine fortsetzen und so weitermachen, als hätten die letzten Jahre nie stattgefunden. Doch jetzt, da sich die Möglichkeit bot, spürte ich jedes Mal, dass ich nicht mehr hierhergehörte. Es fühlte sich nicht richtig an. Die Zeit schien stehen geblieben zu sein, und zugleich war an jeder Ecke zu spüren, dass sie eben doch vorangekrochen war. Nur dass sich jeder Quadratmeter dieses Hauses heftig dagegen gewehrt zu haben schien. So als wollte es um jeden Preis bleiben, wie es war, bis wir alle endlich zurückgekehrt waren. Vermutlich war am Ende vor allem ich es, der sich verändert hatte, nicht mein Zuhause. Ich war es, der nicht mehr nach Topsham gehörte, in dieses verschlafene Städtchen inmitten der idyllischen Natur Neuenglands. Und das zu akzeptieren, war nicht einfach. Ich mochte mein neues Leben, aber auch Fletcher fühlte sich nicht nach einem richtigen Zuhause an. Und genau das war mein Problem. Topsham war kein Zuhause mehr, Fletcher noch nicht. Das ließ mich haltlos zurück. Ruhelos und heimatlos. Ich wusste seit Jahren nicht mehr, wo mein Platz in der Welt war. Und das machte mir schon seit einer ganzen Weile zu schaffen.

Ches blickte nachdenklich auf die vertrockneten Gräser des verwilderten Gartens und seufzte auf. »Ich glaube, ich werde den Garten wieder auf Vordermann bringen. Meine Eltern werden sich freuen.

Und Maxx wird nicht aus allen Wolken fallen, wenn er nach seiner Entlassung hier ankommt.«

»Ich glaube, dass du bei dieser Hitze nach fünf Minuten umfallen wirst«, bemerkte ich.

Ungerührt zuckte er mit den Schultern. »Dann stehe ich morgen eben kurz vor Sonnenaufgang auf, wenn es noch kühl ist. Irgendetwas muss ich tun, während wir hier sind, sonst werde ich noch wahnsinnig. Außerdem bin ich es meinen Eltern schuldig. Gewissermaßen ist es meine Schuld, dass es hier so aussieht.« Seine Miene verdüsterte sich, und er nahm einen Schluck von seinem Bier.

Ich konnte das Gewicht, das auf seinen Schultern lastete, regelrecht spüren. Ich sank tiefer in die alte Hollywoodschaukel und sah meinen besten Freund eindringlich an. »Es ist nicht deine Schuld, Ches.«

»Ja, das sagt meine Seelenklempnerin auch.« Argwöhnisch lehnte er sich im nächsten Moment vor und warf einen Blick ins Haus. »Ein Glück, dass El noch nicht wieder hier ist. Sie mag es nicht, wenn ich Dr. Dreyer so nenne.«

»Wie läuft es denn bei der Therapie? Macht ihr Fortschritte?«

Als Chesters Haltung sich veränderte und er sich anzuspannen schien, bekam ich ein schlechtes Gewissen. Damit hatte ich einen Nerv getroffen. Doch Ches war nie der Typ gewesen, der offen über Gefühle und so was sprach – nicht dass ich ein großer Fan davon war –, aber er war noch einmal ein paar Kaliber zugeknöpfter als die meisten Leute. Deswegen musste ich nachhaken, um etwas aus ihm herauszubekommen. So war er einfach gestrickt. Und vielleicht war die Therapie für ihn auch deshalb so kräftezehrend, weil er zur Abwechslung alles Mögliche aussprechen musste. Ich meinte jedoch, was ich sagte, und nahm es nicht zurück.

»Es geht voran«, sagte er schließlich nach einem Moment. »Ich habe bloß das Gefühl, dass Ella fast noch mehr mit ihren Dämonen zu kämpfen hat als ich.«

»Immer noch die schlechten Träume?«, fragte ich und runzelte die Stirn.

Ches nickte. »Und die verriegelten Türen.«

»Ihr braucht Zeit«, murmelte ich. »Die brauchen wir alle.«

Wir alle waren noch immer dabei, wieder Ordnung in unser Leben zu bringen, und es gestaltete sich langwieriger und schwieriger als gedacht. Doch die beiden hielten zusammen und gaben sich Halt. Das war etwas, was ich ein wenig beneidete. Nicht dass ich meinem besten Freund nicht gönnte, die große Liebe gefunden zu haben. Aus Ches und Creed gegen den Rest der Welt war nur eben Ches und Ella (und Creed) gegen den Rest der Welt geworden.

»Reden wir über etwas anderes«, schlug Ches vor und fuhr sich durch die Haare. »Der Kram wird auch immer noch da sein, wenn wir wieder in Fletcher sind. Hast du den Umschlag endlich geöffnet?«

Wie auf Kommando verzog ich das Gesicht. Mein Blick sagte ihm offenbar alles, was er wissen wollte.

»Creed, mach ihn auf. Was auch immer da drinsteht, wird sich nicht ändern, nur weil du den Umschlag geschlossen lässt.«

Ich seufzte schwer. »Ich will ihn ja auch öffnen. Ich dachte bloß, dass ich es vielleicht erst mache, wenn wir wieder in Fletcher sind …«

»Ich kann ihn gleich jetzt für dich öffnen«, bot Ches an. »Dann musst du das nicht allein machen.«

Ich warf ihm einen Blick zu. Mein Mundwinkel zuckte. »Klingt nach einem Plan. Warte kurz, ich hole ihn.« Ich stand auf und drückte Ches mein Bier in die Hand. Dann lief ich zurück ins Haus und die Treppen hoch, um den Brief zu holen. Als ich schließlich zu Ches zurückkehrte, klopfte mein Herz schnell und fest gegen meine Brust – was nichts mit meinem kurzen Lauf zu tun hatte.

Ich schluckte, obwohl meine Kehle staubtrocken war.

»Bist du bereit?«, fragte Ches und nahm mir den Umschlag aus der Hand.

»Einen Moment noch.« Ich griff in meine Hosentasche und zückte mein Handy. »Ich muss erst« –

»Vorher Lenny anrufen?«, fragte Ches mit einem wissenden Lächeln.

Ich überspielte den plötzlichen Anflug von Verlegenheit mit einem Grinsen. »Ganz genau.« Ich konnte nicht genau sagen, woran es lag. Doch immer wenn ich das Gefühl hatte, von meinen Gefühlen mitgerissen zu werden, bekam ich das Bedürfnis, mit Lenny zu sprechen. Obwohl wir uns bei unserer ersten Begegnung versprochen hatten, nicht über unsere Vergangenheit zu reden, war es jedes Mal sie, die ich nach einem hitzigen Telefonat mit meinem Vater oder den Besuchen in Maine hören wollte. Mit Ches konnte ich immer sprechen. Aber Lenny war so was wie mein Fels in der Brandung. Sie behielt die Ruhe. Sie brachte mich auf andere Gedanken und konnte mich erden.

Und jetzt hoffentlich auch.

Ich entsperrte mein Telefon und rief sie über die Kurzwahl an. Nach dem fünften Piepton nahm sie ab.

»Hallo?«, ächzte sie mit belegter Stimme in den Hörer. Etwas raschelte, was verdächtig nach einer Bettdecke klang. Ich blickte zu Ches. Er starrte in der Gegend herum, so als würde er mich gar nicht beachten.

»Guten Morgen, Sonnenschein«, sagte ich und setzte mich zurück auf die Hollywoodschaukel. »Habe ich dich geweckt?«

»Nein«, murrte sie, was mich lachen ließ.

»Geht es dir besser, oder bist du immer noch so seltsam drauf?«, fragte ich.

»Wieso rufst du an? Ist etwas passiert?«

»Nein, das nicht …« Ich rieb mir nervös mit der freien Hand über den kurz rasierten Kopf. »Ich, äh, wollte nur mit dir reden. Du weißt schon, nach dem Rechten fragen und so was.«

Einen Moment blieb es ruhig auf der anderen Seite der Leitung. »Creed, ist alles in Ordnung?«

»Klar!«

»Okay«, sagte Lenny langsam. Dann wurde sie wieder still.

Ich öffnete und schloss den Mund, ohne etwas zu sagen. Mehrmals. Mein Blick fiel auf den Umschlag in Ches' Händen. Ich wollte Lenny davon erzählen. Doch ich war noch nicht so weit. Das war auch der Grund, weshalb ich noch mit niemandem darüber gesprochen hatte, wieso es diesen Umschlag überhaupt gab. Erst wenn ich wusste, was darin stand, würde ich darüber reden können. Ob das verkorkst war, weil ich so sehr damit haderte, ihn zu öffnen? Definitiv.

Und sogar noch mehr wollte ich mit Lenny über Daisy sprechen. Ich wollte ihre Reaktion hören, ich wollte den Ausdruck auf ihrem Gesicht miterleben, wenn sie das *Dolly House* betreten würde. Ich konnte es beinahe schon vor mir sehen. Erst würde sie mich überrascht ansehen. Dann würde sie versuchen, ein Grinsen zu unterdrücken, um eine empörte Miene aufzusetzen. Nicht nur, dass sie mich für verrückt erklären würde, dass ich sie in einen Stripclub schleppte, sie würde sich ganz bestimmt auch über die Wucherpreise aufregen und mich damit aufziehen, auf eine Tänzerin scharf zu sein. Ich konnte das verschmitzte Funkeln ihrer Augen praktisch vor mir sehen, und wie sie die Nase krauszog, sodass ich am liebsten mit dem Finger draufdrücken wollte. Aber … ich konnte es ihr nicht sagen. Auf keinen Fall. Etwas hatte mich schon immer davon abgehalten, mit ihr über Liebschaften zu sprechen, und ihr von Daisy zu erzählen schien mir gleich aus mehreren Gründen falsch. Sicher, Lenny war meine beste Freundin, aber unsere Freundschaft war … speziell. Zumindest für mich. Es wäre ein Leichtes, genauer darüber nachzudenken, doch damit würde ich ein Fass öffnen, das ich schon vor langer Zeit fest verschlossen hatte.

Ich räusperte mich. »Bist du noch dran?«

»Jepp«, erwiderte Lenny sofort. »Aber ich muss jetzt auflegen. Keine Zeit zum Quatschen. Wir hören uns. Bis dann.«

Und noch bevor ich etwas erwidern konnte, legte sie einfach auf.

Verblüfft blinzelte ich und blickte auf den Screen meines Telefons. Wow. Das war nicht die Art von Gespräch gewesen, die ich mir erhofft hatte.

»Das ging schnell«, bemerkte Ches mit hochgezogenen Augenbrauen.

Ich stieß ein Schnauben aus. »Ich glaube, ich habe sie geweckt. Sie hatte wohl schlechte Laune. Was soll's, ich rufe sie einfach später zurück.«

»Können wir also?« Ches wedelte mit der knittrigen Briefhülle.

Ich setzte mich aufrechter hin, verpasste mir einen Ruck und nickte.

Mit einer schnellen Bewegung riss Ches den Umschlag auf und drückte ihn mir sehr energisch in die Hand.

Kurz und schmerzlos.

Mein Puls beschleunigte sich ins Unermessliche, als ich den Brief herauszog. Mit angehaltenem Atem huschten meine Augen über die gedruckten Zeilen.

Sehr geehrter Mr Parker, …

Meine Augen waren schneller als mein Hirn, weshalb ich einen kurzen Moment brauchte. Ich las die Zeilen immer und immer wieder.

Ein überraschter Ton löste sich von meinen Lippen.

»Heilige Scheiße«, ächzte ich und stierte auf das Stück Papier. Ein ungläubiges Lachen brach aus mir heraus.

Ches nahm mir den Brief aus der Hand und las selbst.

Mit einem Mal war ich so erleichtert, so in Schock, dass sich alles drehte wie in einem Karussell.

Ches' Mund verzog sich ebenfalls zu einem Lächeln, während ich bereits von einem bis zum anderen Ohr grinste.

»Creed!« Er blickte auf, mit nichts als Unglaube in seiner Miene. »Was? Wieso hast du mir nichts davon erzählt?«

Hastig nahm ich ihm den Brief aus der Hand und las die Zeilen noch mal. Ich konnte es nicht fassen. Bestimmt musste ich irgendetwas falsch verstanden haben.

Ches klopfte mir auf den Rücken und grinste mich an, dann lachte auch er auf. »Verdammt, Creed. Glückwunsch.«

Ich umarmte meinen besten Freund. »Du hattest recht! Ich hätte den Umschlag schon viel früher öffnen sollen. Ich wollte nichts sagen, bevor ich selbst nicht wusste, was daraus wird.«

»Erzählst du mir jetzt trotzdem mehr davon?«

»*Jetzt* schon«, erwiderte ich lachend und trat zurück. Mein ganzer Körper kribbelte. Verdammt noch mal. Es war genau das, was ich tun wollte! Es würde mir eine Bestimmung geben. Endlich. Nach allem, was in den letzten Jahren passiert war, fühlte es sich an, als sei ich es mir selbst schuldig. Endlich würde ich irgendwo ankommen.

Die Police Academy von Warden Hill hatte mich angenommen.

Ich würde Polizist werden.

KAPITEL 13

Vier Jahre zuvor …

CREED

Ich blinzelte wiederholt, fest davon überzeugt, so was wie eine optische Täuschung vor mir zu sehen. Es war unmöglich, dass das dort vorne Lenny war. Und dann auch noch mit Chesters und meinem zukünftigen Boss, Vincent.

Ausgeschlossen.

Vielleicht hätte ich mir auch in den Arm kneifen sollen, dann wäre der Spuk mit Sicherheit vorbei gewesen. Aber ich konnte mich nicht bewegen. Denn auch nur die geringste Chance, dass ausgerechnet Lenny hier vor dem Käfig war, ein Ort, der brutaler und illegaler war als alles, was ich bisher gekannt hatte, sorgte dafür, dass mir schlecht wurde. Sie sollte nicht hier sein. Das hier war falsch.

»Alles in Ordnung?«, fragte Ches beunruhigt. Immerhin war ich einfach stehen geblieben.

»Klar«, murmelte ich, ohne den Blick von Lenny James zu lösen. Sie und Vince schienen zu streiten. Wieso stritten sie? Und woher zum Teufel kannten sie sich?

»Warte mal«, sagte Ches und blickte nun in dieselbe Richtung wie ich. »Das da vorne ist doch Vince.«

»Geh jetzt sofort wieder nach Hause!«, hörten wir Vince im selben Moment aufgebracht sagen.

Ich konnte noch immer nicht glauben, dass sie es war, doch da stand sie und schob mit finsterer Miene das Kinn nach vorne. »Leck mich doch, Vincent, ich kann gehen, wohin ich will.«

»Kannst du nicht. Du hast dich dazu entschieden, bei mir zu sein, also befolge gefälligst auch meine Regeln.«

Wachsam huschten meine Augen zwischen den beiden hin und her. Meine Regeln?

»Dann lautet also eine deiner bescheuerten Regeln, dass ich sinnlos und einsam allein zu Hause herumsitzen soll, obwohl ich zu einer verdammten Party eingeladen wurde?«

Zu Hause.

Die Eifersucht kam plötzlich und ohne Vorwarnung. Ich knirschte mit den Zähnen. *Zu Hause. Meine Regeln.* Das sagte alles, was ich zu wissen brauchte. Auch wenn der bloße Gedanke dafür sorgte, dass ich am liebsten irgendwo dagegenschlagen wollte.

Vince fuhr sich mit den Händen über das Gesicht und stöhnte auf. Dann richtete sich sein Blick plötzlich auf uns. Ich wollte schon unbeholfen die Hand heben und ihn grüßen, doch noch bevor ich das tun konnte, folgte Lenny plötzlich Vincents Blick. Was bedeutete, dass sie mir genau in die Augen sah.

Mein Herz machte einen gewaltigen Satz, ehe es mir in die Hose rutschte. Ihr Blick war genauso durchdringend, wie ich ihn in Erinnerung hatte.

»Creed?«, rief sie überrascht.

Ich schluckte meinen Schock hinunter und setzte ein hoffentlich lässig wirkendes Grinsen auf. Dann vergrub ich die Hände in den Hosentaschen und ging auf sie und Vince zu. Ches folgte mir, ohne seine Neugierde kundzutun, von der ich genau wusste, dass sie da war. Er humpelte auch weiterhin und drückte sich den Mull auf die Stirn.

Im schummrigen Licht der nächstgelegenen Straßenlaterne war es schwer auszumachen, doch ich glaubte, eine leichte Röte auf Lennys Wangen zu erkennen. Ihre Augen leuchteten auf, und ihre Lippen verzogen sich zu einem Lächeln, als wir sie und Vince erreichten.

»Hallo, ihr zwei«, sagte ich und zwinkerte Lenny zu. »Was treibt dich denn hierher?«

»Das habe ich sie eben auch gefragt«, sagte Vince grimmig und verschränkte die Arme vor der Brust. Ich spürte, wie mein Lächeln verrutschte, und löste meinen Blick von Lenny, um ihn auf Vince zu richten. Bis vor wenigen Minuten hatte ich den Rotschopf noch gemocht. Mit einem Mal konnte ich diesen Dreckskerl nicht mehr ausstehen.

»Sorry, Jungs«, sagte Vince und lächelte Ches und mich gequält an. »Creed, Ches, das ist meine Nichte Lenny. Meine sehr minderjährige Nichte, die ganz besonders hier nichts zu suchen hat. Und sie hört nicht auf ein einziges Wort, das ich sage!«

Ches' Augen huschten zwischen Lenny und mir hin und her. Dann schien er wohl von selbst drauf zu kommen, denn im nächsten Moment machte er ein überraschtes Gesicht. »Sie ist das?«

Nichte. Diesmal konnte ich nicht anders, als hörbar den Atem auszustoßen. Meine Anspannung klappte wie ein Kartenhaus zusammen. Aber schon im nächsten Moment hätte ich am liebsten aufgestöhnt. Lenny war die Nichte meines neuen Bosses? Ob es ein Segen oder ein schlechter Scherz war, konnte ich noch nicht sagen, dafür herrschte zu viel Chaos hinter meiner Stirn.

Lenny sah aus, als hätte sie in eine Zitrone gebissen. Ihre Augen schienen Vince zu pfählen. »Ich bin ja auch nicht dein beschissener Hund, den du abrichten und ihm Befehle beibringen kannst!«

»Ich behandle dich nicht wie einen Hund, wenn ich dich davon abhalte, in den zwielichtigsten Club der Stadt zu gehen!«

Lenny wandte sich wieder mir zu. »Sorry. Mein Onkel ist ...« Sie verstummte und blickte zwischen Vince und uns hin und her, so als wäre gerade ein Groschen gefallen. Eine Falte erschien zwischen ihren Augenbrauen, ehe ihr Mund aufklappte. »Moment. Vince, wieso hast du mich gerade vorgestellt? Woher zum Teufel kennst du Creed?«

»Du kennst Creed?«, fragte Vince und sah mich verblüfft an. »Woher?«

»Und wieso blutet der?«, fragte Lenny und deutete auf Ches.

Ich wandte mich an Vince. »Lenny und ich haben uns letzte Woche im *Leo's* kennengelernt.«

Lenny machte eine wegwerfende Handbewegung. »Vince ist der jüngere Bruder meiner Mutter. Bin vor ein paar Jahren zu ihm nach Fletcher gezogen.«

»Du warst im *Leo's*?«, fragte Vince empört.

»Oh«, erwiderte ich blinzelnd und räusperte mich. »Das ist mein bester Freund Ches.«

Lenny ignorierte Vince, hob eine Augenbraue und musterte Ches kritisch. »Sieht aus, als hätte man euch rausgeschmissen. Gab es eine Schlägerei?«

»Die Freude ist ganz meinerseits«, erwiderte Ches mit einem ironischen Lächeln.

Dann landeten Lennys Augen wieder auf mir, und für einen Moment hatte ich das Gefühl, als würde ihre Maske verrutschen. Ich konnte ihre Verblüffung sehen. Und Unsicherheit. Oder war es Nervosität?

Vince trat neben Ches und mich und klopfte mir auf die Schulter. »Wie auch immer, Len. Ich kenne die Jungs aus dem Club. Du wirst sie bestimmt noch öfter zu Gesicht bekommen, sie fangen morgen bei mir in der Werkstatt an. Vorausgesetzt, du wirst während deines Hausarrests etwas anderes als meine Wohnung zu Gesicht bekommen, wenn du heute in den Käfig gehst.«

Lennys Augen weiteten sich ein Stück und richteten sich wieder auf mich. Ihr Mund klappte auf. »Du fängst an, für meinen Onkel zu arbeiten?«

Ich nickte mit einem halben Lächeln auf den Lippen und rieb mir mit der Hand über den Nacken. »Scheint ganz so.«

Ihr kleiner, einladender Mund formte ein verblüfftes Oh. Wir starrten uns an. Mit jeder Sekunde, die dabei verging, schien es in meinen Ohren lauter zu rauschen.

»Ist ja alles schön und gut«, erklang Vincents Stimme, »Aber das ändert nichts an der Tatsache, dass du hier nicht sein solltest, Lenny. Geh sofort nach Hause.«

Innerhalb eines Wimpernschlages war die Verbindung zwischen Lenny und mir gekappt, und sie blickte zu ihrem Onkel. Ihre Miene verdüsterte sich erneut. »Ich lasse mir nicht vorschreiben, wo ich sein darf und wo nicht. Deshalb gehe ich jetzt, weil ich keine Lust mehr auf diese sinnlose, bescheuerte Diskussion habe.«

Sie wandte sich ein letztes Mal an mich, trat zu mir, blickte zu mir auf, wodurch mir plötzlich glühend heiß wurde, und …

Klopfte mir auf die Schulter. Alles andere als sanft. »Bis dann, Kumpel. Und Kumpels Kumpel.« Sie salutierte Ches zu, dann wirbelte sie herum, rannte in ihrer übergroßen Jeansjacke zum Loch im

Zaun und verschwand kurz darauf in der Dunkelheit dahinter. Das alles geschah so schnell, dass ich nicht einmal reagieren konnte, sondern starrte ihr nur hinterher.

»Lenny!«, rief Vince wütend in die Nacht und machte sich daran, ihr zu folgen. Im letzten Moment blieb er noch einmal stehen und drehte sich zu uns um. Wieder hatte er diesen erschöpften Ausdruck auf dem Gesicht. »Entschuldigt mich, Jungs. Wir sehen uns dann morgen in der Werkstatt. Sieben Uhr, und seid pünktlich.« Wie auch Lenny zuvor klopfte er Ches und mir auf die Schultern, ehe er seiner Nichte in den Käfig folgte.

Wie erstarrt stand ich da. Meine Schultern sackten nach unten, und ich seufzte auf. *Kumpel.* Sie hatte mich gekumpelt.

Ches schüttelte den Kopf. »Das war schräg.«

»Oder Schicksal«, erwiderte ich und knirschte mit den Zähnen.

»Schicksal«, wiederholte Ches brummend. »Du solltest unbedingt aufhören, Horoskope zu lesen.«

»Ich mein ja nur«, sagte ich und zuckte mit den Schultern. Ches hatte es eben selbst noch gesagt. Wir steckten zu tief in der Scheiße. Waren zu sehr mit dem Käfig verstrickt. Dass ich Lenny ausgerechnet hier wiedergetroffen hatte, musste ein Wink des Universums gewesen sein, lieber die Finger von ihr zu lassen, sosehr ich mich auch zu Lenny James hingezogen fühlte. Mal davon abgesehen, dass sie ausgerechnet Vincents Nichte war, verdammt. Die Nichte meines zukünftigen Bosses.

»Ich weiß, was du gleich sagen wirst, Babyface«, sagte ich und lächelte grimmig. »Tu dir keinen Zwang an.«

Ich erwartete bereits Ches' Widerspruch und seinen nervigen Optimismus, den er, zumindest zu Hause in Maine, immer an den Tag gelegt hatte. Doch er setzte keine beschwichtigende Miene auf. Stattdessen ließ er die Hand mit dem blutigen Mull von seiner Stirn sinken und drehte ihn mit nachdenklicher Miene zwischen den Fingern.

»Falls du dachtest, dass ich dir gerade sagen wollte, dass das eine ganz miese Idee ist, dann ja, du hast recht. Du solltest die Finger von ihr lassen. Das würde nicht gut enden. Und du würdest sie einer Gefahr aussetzen.«

Ich nickte, auch wenn sich alles in mir dagegen sträubte. Er hatte recht. Ich hatte recht. Denn während nichts dagegengesprochen hätte, ein wenig Spaß mit einem hübschen, scharfzüngigen Mädchen zu haben, war Lenny James dafür definitiv die falsche Kandidatin. Ich würde ihr immer wieder begegnen, und vielleicht würde uns das sogar unseren Job kosten, den wir nicht einmal richtig begonnen hatten – Vince hatte in Bezug auf sie ziemlich beschützerisch gewirkt. Und das Schlimmste war: Ich wusste bereits jetzt, dass es nicht bei ein wenig Spaß bleiben würde, wenn ich sie um ein Date bitten würde. Aus meiner Schwärmerei würde mehr werden. Und das wäre eine wirklich dämliche Sache. Schicksal hin oder her, wenn es da oben wirklich Sterne gab, deren Position uns hier unten Unglück bringen konnte, dann standen sie gerade definitiv ziemlich beschissen.

KAPITEL 14

DAISY

Lautes Jubeln erfüllte die Luft, und dann schien es Dollarscheine zu regnen. Die letzten Takte von *Hijo de la Luna* hatten gerade geendet, und mit dem Einsetzen von *Destination Calabria* hatte ich die Schleife meines schillernden Federumhangs gelöst und das Ding abgeworfen – mit nichts weiter darunter als einem grünen Glitzerstring und ananasförmigen, funkelnden Stickern, die auf meinen Brüsten klebten. Strobolicht erfüllte den Club, und die Menge war total angeheizt. Ich tanzte, rekelte mich auf dem Bühnenboden in Geldscheinen und tanzte an der Stange, flirtete mit meinem Publikum und holte mir während der ersten Takte von Gloria Estefans *Conga* einen Kerl von einem Junggesellenabschied auf die Bühne.

Für den heutigen Abend hatte ich mir ein exotisches Flair ausgesucht. Deshalb trug ich eine Vogelmaske mit bunten Federn, Netzstrümpfe und mörderische Plateauschuhe, die vermutlich die höchsten Schuhe waren, die ich besaß. Jeder Platz auf den Chesterfield-Sesseln, den Stehtischen und am Barbereich war besetzt, und wie immer während meiner Shows hier oben im Club hatte ich ein ziemlich großes und gebanntes Publikum. Violettfarbene, grüne und gelbe Lichter blitzten über die Bühne, während ich dem Glückspilz vor mir auf dem Stuhl einen Lapdance verpasste, welcher mein Publikum durchdrehen ließ.

Von den Männern, die kamen, waren die verschiedensten Typen vertreten. Vom schmierigen Schwiegersohntyp mit Hemd, beigefarbenen Hosen und Segelschuhen bis hin zum Shirt-und-Jeans-Träger war alles dabei. Die weiblichen Gäste, von denen es seit diesem Jahr weitaus mehr im Club gab, trugen größtenteils ganz gewöhnliche Ausgehkleidung, aber selbst da war fast alles vertreten.

Später am Abend tanzten Gigi, Angel und ich abwechselnd an den zwei Stangen auf dem Dancefloor. Die Stimmung war noch immer ausgelassen, und wir ließen uns von der Musik treiben.

Ein ganz gewöhnlicher Abend im *Dolly House*.

Und obwohl ich genau wusste, dass ich mir keine Sorgen zu machen brauchte, glitt mein Blick immer wieder durch die Menge an Gesichtern auf der Suche nach einem ganz bestimmten. Doch dieses Gesicht würde ich hier wohl nie wiedersehen. Creed hatte schließlich Hausverbot. *Und außerdem willst du ihn nicht wiedersehen, du Dummkopf! Nicht hier!*

Es würde noch eine Weile dauern, bis Creed, Ches und Ella aus Maine zurück waren. Bis dahin hatte ich Zeit, um über diesen verflixten Kuss hinwegzukommen.

»Daisy.« Jemand tippte mir gegen den Knöchel, ehe ich blinzelte und den Blick vom kleinen Podest mit der Polestange senkte – verdammt, ich hatte absolut regungslos dagestanden. Schon wieder. Schlimmer als das war jedoch: Vor mir stand mein Boss und winkte mich herunter. Majid war ein großer, breit gebauter Kerl mit einer rabenschwarzen Mähne, die von silbernen Haaren durchzogen war. Viele, die Majid zum ersten Mal sahen, hielten ihn für den Türsteher, wegen seiner Größe und der bulligen Figur. Aber ihm gehörte der Club, und er behandelte uns Mädchen mit größter Achtung, beinahe schon mit väterlicher Fürsorge. Letzteres vor allem bei mir, weil wir uns kannten, seit ich fünfzehn war. Bis heute hatte er nie aufgehört, auf mich achtzugeben, was mir in Momenten wie diesen jedes Mal zum Verhängnis wurde. Seit er Creed vor wenigen Tagen rausgeworfen hatte, ging ich ihm schon aus dem Weg. Nicht nur das, ich versteckte mich vor ihm, was mir bisher auch gut gelungen war. Aber offenbar hatte er nun genug davon.

»Kann ich dich kurz sprechen, Kid?«, rief Majid über die laute Musik hinweg. Ohne meine Antwort abzuwarten, drehte er sich um und marschierte los.

Ich beeilte mich, auf meinen Schuhen und in den knappen, mit Dollarscheinen gespickten Dessous meines zweiten Outfits von der Bühne zu klettern, und folgte ihm durch den Club. Mein Magen verknotete sich dabei mit jedem Schritt ein wenig mehr.

Ich biss mir auf die Unterlippe, als wir zwei Minuten später in das Büro im Erdgeschoss traten und Majid die Tür hinter uns schloss.

Er schaltete das schummrige Deckenlicht an, vergrub die Hände in den Stoffhosen und lehnte sich gegen seinen kanariengelben Schreibtisch, auf welchem Dutzende kleine Kakteen standen. Sein Büro war nicht gerade das, was man vom Chef eines Stripclubs erwartete – vor allem nicht beim Rest des Interieurs, welches er ebenfalls selbst ausgesucht hatte. Ein abstraktes Wandgemälde im Bauhausstil zeigte ihn und seinen Ehemann Ray in einem wertvoll aussehenden goldenen Rahmen und bedeckte die gesamte Wandlänge zu meiner Rechten. Ein roter Kinosessel stand in der Ecke, und ein prunkvoller türkiser Perserteppich lag auf dem Boden aus. Einzig schräg (und ein wenig verstörend) waren die unzähligen Hundewackelköpfe auf seiner Fensterbank.

»Wir sollten endlich darüber reden, was passiert ist, Lenny«, sagte Majid und setzte sich auf seinen Schreibtischstuhl, der aussah wie eine Wassermelone, aus welcher man ein Viertel herausgeschnitten hatte.

Die Art und Weise, wie Majid mich ansah, sorgte dafür, dass ich den Kopf einzog. Er musste nicht einmal aussprechen, wovon die Rede war.

Ich zog meine schwarze Maske aus und unterdrückte einen gequälten Laut. »Das war nur ein Ausrutscher, Majid, ich schwör's. Das wird nie wieder passieren und ist davor auch nie passiert, es war eine einmalige Sache. Du weißt, dass ich meinen Job nicht einfach riskieren würde.«

»Ein Ausrutscher«, wiederholte er, alles andere als überzeugt.

»Scheiße«, sagte ich und rieb mir über die Stirn, während mein Gesicht unter der dicken Make-up-Schicht glühend heiß wurde. Und zwar so richtig. »Können wir lieber doch nicht darüber reden?«

Majid schwieg einen Moment, ehe eine Furche auf seiner vom Solarium gebräunten Stirn erschien. »Hast du freiwillig mitgemacht, oder war dieser Scheißkerl genauso mies, wie er aussah?«

Ich presste die Lippen zusammen. Das hier war auf so vielen Ebenen unangenehm. »Freiwillig«, brummte ich schließlich und stakste zu einem der zwei marineblauen Samtstühle vor dem Schreibtisch, um mich hineinfallen zu lassen.

Ein Lächeln zuckte im nächsten Moment in Majids Mundwinkeln. »Kein Grund, so nervös zu sein, Kid. Dann kanntest du den Typen? Ich muss zugeben, dass du die Letzte wärst, von der ich so was erwartet hätte.« Seine dunklen, aufmerksamen Augen schienen mich zu durchbohren.

Ein nervöses Lachen entschlüpfte mir. »Du hast doch bestimmt Wichtigeres zu tun, als mit mir über so was zu reden.«

»Ich fühle mich wirklich geschmeichelt, wie sehr du meine Gegenwart wertschätzt, aber es ist mein Job, dich *genau so was* zu fragen«, erwiderte er trocken. »Ich muss das wissen, damit ich weiß, ob ich zu deinem Schutz Maßnahmen ergreifen muss oder nicht. Und ob ich dich verwarnen muss, weil du plötzlich entschieden hast, dass die Regeln für dich nicht mehr gelten, aus welchem Grund auch immer.«

Ich wich seinem Blick aus und dachte fieberhaft nach. »Na schön. Ich … Ich kenne ihn. Er ist m-mein fester Freund?« Meine Stimme schnellte nach oben, und ich schloss hastig den Mund. Ich hatte keine Ahnung, wieso ich das gerade gesagt hatte. Gott! Bitte was? Allein die Vorstellung wollte mich lachen lassen.

»Sicher?«, erwiderte Majid mit hochgezogener Augenbraue.

Ich nickte heftig. »Das war mein Freund. Wir sind erst seit ein paar Wochen zusammen, aber e-es ist etwas Ernstes! Du kennst mich, ich würde niemals mit einem x-beliebigen Kunden rumknutschen. Ich wollte kein großes Ding draus machen, deshalb habe ich nichts gesagt.«

Majid schwieg. Wir starrten uns an, und meine Lüge stand zwischen uns wie ein Salsa tanzender, gruseliger Clown. Unübersehbar und wirklich dämlich.

»Verdammt, das hättest du mir definitiv früher sagen müssen.« Er seufzte und schüttelte den Kopf.

Mein Mund klappte auf. *Das ist alles? Lässt er mich einfach damit davonkommen?*

»Sorry?«, murmelte ich.

Majid stand auf, lief um den gelben Tisch und ergriff meine Hand. »Ich drücke dieses eine Mal beide Augen zu, Lenny. Weil du es bist. Aber du kennst die Regeln und weißt, dass ich konsequent sein muss. Und wenn es um dich geht, dann gerade deshalb, weil du dir hier einen Status und Ansehen erkämpft hast. Jemand könnte es in den falschen Hals bekommen, und es würde unseren Ruf schädigen.«

»Klar. Danke«, sagte ich und rang mir ein Lächeln ab.

Er zwinkerte mir mit weicherer Miene zu und öffnete seine Bürotür. »Dann wäre das ja geklärt. Mach dir wegen des Hausverbots keine Sorgen, ich werde deinen Freund gleich wieder auf die Gästeliste setzen. Aber Lenny, auch wenn ich froh bin, dass ich dir keine Predigt halten musste, erinnere ich dich noch mal daran, dass ich alles sehe.« Er deutete in eine der Zimmerecken, wo das kleine rote Licht der Überwachungskamera blinkte. »Jederzeit. Ich vertraue auf dein Wort, dass das eine einmalige Sache war. Und ich werde sehr, *sehr* unglücklich sein, wenn mir beim Anschauen der Aufnahmen ein Porno mit dir über den Weg läuft. Ob mit deinem festen Freund oder nicht.«

Ich verdrehte die Augen, stand auf und lief aus seinem Büro. »Danke für dein Vertrauen, Majid.«

In der Sekunde, als ich die Tür hinter mir schloss, stieß ich einen gequälten Laut aus und lehnte mich gegen die kalte Wand des Flurs. Das war gerade noch mal gut gegangen. Aber wirklich erleichtert fühlte ich mich nicht. Und dann auch noch diese dämliche Ausrede. Was war nur in mich gefahren? Andererseits konnte ich wirklich keine Gerüchte gebrauchen – oder eher gesagt nicht noch mehr, als es sie bereits gab, deshalb war das vermutlich tatsächlich der beste Weg, mein Gesicht zu wahren. In ein paar Tagen würde ich einfach behaupten, dass Creed und ich uns getrennt hätten, Majid würde das Hausverbot erneuern, und das Ding wäre erledigt, ganz wie ursprünglich geplant. Creed würde nie wieder ins *Dolly House* kommen. Und selbst wenn er es irgendwie noch einmal schaffen sollte, würde ich ihn ignorieren, damit er diesen dämlichen Kuss so schnell wie möglich vergaß. Immerhin hatte ich dasselbe vor. Aus den Augen, aus dem Sinn. Früher oder später würde ich schon darüber hinwegkommen.

Als ich die Tür zur Umkleide öffnete, schlugen mir der süße Geruch von Parfum und die chemische Note von Haarspray entgegen. Wie immer waren ein paar Mädchen hier, die sich angeregt unterhielten –

diesmal jedoch, anders als sonst, jäh verstummten, als sie mich bemerkten.

Ich hob eine Augenbraue und schloss die Tür hinter mir. »Geht es noch ein wenig auffälliger, dass ihr über mich geredet habt?«

»Wir haben nicht …«, begann Lola, doch Shelby fiel ihr ins Wort – wer auch sonst?

»Ist es wahr?«, fragte sie und lächelte mich an – es wirkte noch künstlicher als ihr gemachtes Gesicht. Aus irgendeinem Grund schoss mir das Bild von Regina George aus *Mean Girls* in den Kopf. Shelby war genau die Art von Mädchen, welche an der Highschool anderen das Leben zur Hölle gemacht hatten. Deshalb juckte es mich jedes Mal in den Fingern, ihr eine zu verpassen, wenn sie, so wie heute zu Schichtbeginn, ihr #feminism-Shirt trug. Von wegen Feministin. Wer als Frau andere Frauen niedermachte, um sich selbst groß zu fühlen, war nie im Leben Feministin. Vielleicht verstand ich ja aber auch alles falsch, und sie hatte *draußen in der echten Welt* auch gute Seiten, war tiefgründig und aufopferungsvoll, und dies war nur ihre Rolle, wie Daisy meine war. Aber selbst wenn es so war, war es mir total egal.

»Du wurdest abgemahnt, oder? Hat Majid dich echt dabei erwischt, wie du und so ein Kerl es bei einem Lapdance getrieben habt?« Ihre Augen leuchteten auf, wie die eines Aasgeiers, der einen verwesenden Kadaver gesichtet hatte.

»Ich hab's mit niemandem getrieben«, erwiderte ich kühl und versuchte, dabei ruhig zu klingen, auch wenn mir das Herz in die Hose rutschte. Shelby hatte es geschafft, sie hatte mich kalt erwischt. Wie und woher konnte sie von der Sache mit Creed wissen?

»Ist klar.« Sie lehnte sich in ihrem Rüschenkleid zum beleuchteten Spiegel und zog ihren Lipgloss nach. »Und ich bin die heilige Jungfrau Maria.«

»Das ist mein Ernst!« Ich ballte die Hände zu Fäusten. »So einen Scheiß mache ich nicht, und ich muss mich ganz bestimmt nicht vor jemandem wie dir rechtfertigen.«

»Shel, wenn Daisy sagt, dass es nicht so war, dann ist es so.« Juicy saß auf einem der Drehstühle am Schminkspiegel, spritzte sich Parfum auf das Dekolleté und warf sich die ewig langen, glatten schwarzen Haare über die Schulter. Mit dem goldenen Fransenkleid, das kurz unter ihrem wohlgeformten Hintern endete, ihrer dunklen Haut und dem Goldstaub auf ihren Armen erschien Juicy an diesem Abend beinahe wie ein mystisches Wesen. Sie sah umwerfend aus. Betont gelassen setzte ich mich ebenfalls auf meinen Drehstuhl und zog meine Make-up-Tasche aus der unteren Schublade. Mir blieben noch etwa zehn Minuten bis zu meiner nächsten Privatshow.

»Willst du gar nicht wissen, woher ich es weiß?«, fragte Shelby unschuldig. Sie konnte einfach nicht lockerlassen. Was war ihr verfluchtes Problem?

»Nein«, erwiderte ich gereizt.

Durch den Spiegel sah ich, wie sie mit den Schultern zuckte. »Majid sah ziemlich angepisst aus, als er den Kerl rausgeschmissen hat. Ich habe es nur zufällig mitbekommen, und Majid war so wütend, dass er nicht besonders gut darin war, das Geheimnis für sich zu behalten. Danach habe ich einfach ein wenig herumgeschnüffelt, und voilà – ich hatte von Anfang an recht gehabt. Auf mein Bauchgefühl ist einfach immer Verlass.«

Ich wirbelte auf dem Drehstuhl herum. »Scheiße, schon mal etwas von Privatsphäre gehört?«

Nun war es Lola, die auflachte und dabei den Kopf schüttelte. Sie stellte sich vor den langen Wandspiegel, um sich in ihrer billigen Hausmädchenverkleidung zu betrachten. »Gib es auf, Daisy, die Katze ist aus dem Sack. Du hast irgendeinen Kerl während deiner Shows gevögelt, und jetzt weiß es der gesamte Club.«

Mit einem Mal brodelten Wut und Empörung heiß in mir auf und drohten überzukochen. Mir wurde schwindelig, und mein Puls beschleunigte sich.

»Es war nicht irgendein Kerl!«, fauchte ich. »Das war mein fester Freund. Ich wollte ihm den Club zeigen. Und wir haben nicht gevögelt, wir haben nur ein wenig geknutscht!«

Shelby verdrehte die Augen. »Ja, sicher. *Dein Freund*. Vermutlich genauso wie dieses reiche Ekel, der dir seit ein paar Wochen schon Hunderte von Dollar zwischen die Schenkel schiebt, damit du alles tust, was er will. Ist das auch dein Freund? Oder vielleicht sogar dein Ehemann?«

Mein Atem stockte, und ich versteifte mich. »Was hast du da gerade gesagt?«

Shelby richtete ihre nächsten Worte nicht nur an mich, sondern auch an alle anderen in der Umkleide. »Komm schon, Daisy, jeder weiß, dass du eine Hure bist. Es wurde auch langsam Zeit, dass die Wahrheit ans Licht kommt. Und wenn Majid das erst mal kapiert hat, schmeißt er dich endlich raus, und wir alle haben unsere Ruhe von dir.«

Ich ließ meinen Pinsel fallen und sprang auf. »Sag das noch mal!«

Sie legte die Hände auf die Hüften. »Du bist eine billige, arrogante …«

Nicht ich, sondern überraschenderweise Juicy war es, die plötzlich zur Stelle war und Shelby zum Schweigen brachte. Sie quetschte mit einer Hand Shelbys Wangen zusammen, bis sie aussah wie ein Fisch, und zog sie zu sich. Der Ruck ließ diese quieken.

»Pass auf, was du sagst, Miststück! Daisy hatte noch nie etwas mit einem der Kerle, und du hast sie eben gehört. Es war ihr *Freund*. Selbst wenn sie ihrem Macker im Showroom ein Happy End bereitet hätte, würde es dich einen feuchten Dreck angehen! Und jetzt beweg deinen anstandslosen Arsch aus der Umkleide, bevor Daisy oder ich dir eine verpassen, bis dir das Botox aus den verdammten Schlauchbootlippen fliegt!«

Shelby schlug Juicys Hand weg. »Leck mich, du billiger Nicki-Minaj-Abklatsch!«

»Die Tür ist dort vorne«, zischte ich und deutete zum Ausgang. Meine Hand zitterte. Verdammt, wieso zitterte meine Hand? »Für den Fall, dass du sie bei dem Vorhang aus verklumpter Wimperntusche nicht mehr sehen kannst.«

Shelby lächelte arrogant. »Du kannst die anderen Mädchen auf mich hetzen, sooft du willst, das wird meiner Beschwerde gegen dich nur noch mehr Gewicht verleihen. Aber wie heißt es so schön? Was aussieht wie eine Ente und klingt wie eine Ente, ist eine Ente. Du bist, was du bist. Steh wenigstens dazu.« Sie wirbelte herum und lief zur Tür, dann verharrte sie jedoch noch einmal. »Oh. Und ich hoffe, meine kleine Überraschung wird dir gefallen.«

Damit ließ sie die Tür hinter sich zuknallen und war verschwunden.

In meinen Ohren rauschte es wie ein Wasserfall, und mein Atem war flach und schnell. Das Blut in meinen Adern brodelte. Sollte mich jemand auch nur schief anschauen, würde ich explodieren. Die Wut in meinem Bauch war so sprudelnd und wild, dass mir schlecht wurde. Ich hasste Shelby so sehr!

»Jesus«, sagte Diamond und riss mich damit aus sehr lebhaften Mordfantasien. Ich drehte mich zu ihr um und sah, wie die tätowierte Rothaarige mit aufgerissenen Augen noch immer zur Tür starrte. »Wie kann man nur so verflucht neidisch sein?«

»Was soll's?«, fauchte ich und ließ mich zurück in meinen Stuhl fallen.

Juicy und Diamond ließen mich in Ruhe, als ich damit fortfuhr, mich zu schminken. Meine Laune war so im Keller, dass ich mir den großen Puderpinsel mit einer Inbrunst ins Gesicht klatschte, dass es hätte wehtun müssen. Und dieses Zittern. Meine Hände wollten nicht aufhören zu beben.

Erst als das Make-up saß und ich meine Maske wieder trug, drehte ich mich zu den anderen um. Juicy ließ ihre Finger mit den langen schwarzen Plastikkrallen so flink über ihr gigantisches iPhone huschen, dass ich mir nicht mal sicher war, ob sie wirklich tippte oder versuchte, es aufzuspießen.

»Kommt ihr mit nach oben?«, fragte ich und lief zur Tür.

Diamond winkte ab, ohne mich anzusehen. »Ich hab noch fünf Minuten … nein, Baby, ich habe mit Daisy gesprochen, meiner Kollegin. Ja, Baby. Tut mir leid, Baby.« Das Telefon klemmte ihr am Ohr, und sie drehte sich eine Haarsträhne um den Finger. Dabei sah sie alles andere als glücklich aus. Offenbar versuchte sie mal wieder, ihren Freund zu beschwichtigen und sich bei ihm zu entschuldigen. Der Typ hasste es, dass sie hier arbeitete, und machte es ihr ständig zum Vorwurf, deshalb trennten sie sich alle paar Wochen und überwachten sich gegenseitig so sehr, dass man allein vom Zusehen die Krise bekam. Diamonds Freund hatte ein Tattoostudio auf der anderen Seite des Flusses, in Coldwater. Nach fast jedem größeren Streit erweiterte er das Kunstwerk auf ihren Armen und Beinen – Tattoos waren wohl so was wie ihr Blumenstraußersatz.

Anders als Diamond packte Juicy ihr Handy weg und stand auf. »Ich komme mit.« In ihrem goldenen Kostüm trat sie zu mir, hakte sich bei mir ein und zog mich zur Tür der Garderobe. Sie schenkte mir ein mitfühlendes Lächeln, was … überraschend kam.

»Auf in den Kampf, Süße«, sagte sie und schloss hinter uns die Tür. »Bevor du heute irgendwem einen Lapdance gibst, solltest du dich dringend abreagieren. Und nichts hilft da mehr als ein Drink und eine Zigarette.«

»Ich rauche nicht«, schnappte ich sofort – und heftiger als beabsichtigt. Vielleicht lag es an meinen aufgewühlten Emotionen oder dem Durcheinander in mir, aber augenblicklich schoss mir ein vertrautes Bild in den Kopf, das ich für eine lange Zeit hinter Schloss und Riegel hatte halten können: meine Mutter, schlafend auf der langen gepolsterten Sitzbank in unserem Trailer. Die brennende Zigarette noch immer im Mundwinkel. Und ich, wie ich sie immer und immer wieder von ihren aufgesprungenen Lippen löste und sie für sie ausdrückte. Eine Aufgabe, der ich schon seit meinem siebten Lebensjahr hatte nachkommen müssen, wenn auch nicht gänzlich erfolgreich, da einige Brandlöcher im Teppichboden entstanden waren. Und dann noch Moms widerlicher, stinkender Freund Rob …

Alles in mir zog sich zusammen, und plötzlich wurde mir eiskalt. *Nicht daran denken. Es ist vorbei. Du bist frei von ihr.*

Ich räusperte mich hastig. »U-Und nach der Sache heute will ich nicht, dass Majid mich während der Schicht beim Trinken erwischt.« Ich konzentrierte mich auf Juicys makellos gezogenen Eyeliner und die aufgezeichneten Augenbrauen, die bei ihr gar nicht mal so furchtbar aussahen. *Nicht an früher denken. Nicht an die Bilder denken. Einfach nicht daran denken.*

Unbeeindruckt zuckte Juicy mit den Schultern und zog mich in Richtung Hinterausgang. »Das Leben ist hart, kleine Daisy. Ich jedenfalls kann gerade einen Drink und eine Zigarette vertragen, und dir wird die frische Luft guttun. Auf geht's!«

KAPITEL 15

DAISY

Die Nacht hatte sich bis zum Feierabend nur schleppend dahingezogen. Meine Laune war nicht signifikant besser geworden, und es hatte mich viel Kraft gekostet, meine Wut daran zu hindern, sich in Traurigkeit oder Verzweiflung zu verwandeln. Einzig und allein das Tanzen half mir, mich wieder in den Griff zu bekommen. Das war schon immer so gewesen. Es war ein Ventil, meine Form der Therapie.

Als ich mir nach meiner Dusche die Perücke wieder anzog, roch die Umkleide nach Deodorant und warmer Föhnluft. Ich stand vor dem Spiegel, dessen Ränder noch immer beschlagen waren, und zupfte meinen schwarzen, übergroßen Pullover zurecht. Vielleicht übertrieb ich ein wenig. Da draußen war um die Zeit niemand unterwegs. Ich brauchte keine Daisy-Verkleidung, wenn ich die Straße runter zu meinem Auto lief, und doch tat ich es immer wieder. Ohne Ausnahme.

Meine Augen, die mir aus dem Spiegel entgegenstarrten, wirkten müde und glasig, und mein Gesicht war von der heißen Dusche noch ein wenig gerötet und glänzte leicht von der Feuchtigkeitscreme. Mit Daisys blonden Haaren wirkten meine kantigen, spitzen Züge irgendwie … weniger streng. Ich sah weicher aus. Liebenswerter, freundlicher.

Langsam glitt ich mit meinen Fingerspitzen über mein Gesicht und beugte mich zum Spiegel vor. Wie konnte nichts weiter als eine Perücke dafür sorgen, dass ich mich so anders fühlte? Oft hatte ich das Gefühl, dass Daisy immer mehr sein würde als Lenny. Im *Dolly House* gab es für mich keine Tabus. Ich musste mich für nichts schämen, mich für nichts rechtfertigen und wurde für das, was ich liebte, nicht verurteilt – das Tanzen. Mein ganzes Leben war ich aufgrund dessen verurteilt worden. Und beurteilt. Hier aber konnte ich furchtlos sein. Daisy zu sein, war mein Rückzugsort. Lenny James hatte so viele Fehler begangen. Hatte eine unschöne Kindheit und unzählige schmerzhafte Erinnerungen. Daisy hatte überhaupt keine Vergangenheit. Wenn ich Daisy war, hatte ich das Gefühl, genau der Mensch zu sein, der ich immer sein wollte. Der ich jedoch niemals sein konnte. Diese Gedanken waren dämlich, doch sie kehrten immer wieder zurück. Meistens dann, wenn ich im Begriff war, den Club zu verlassen und nach Hause zu gehen. Der Feierabend betrübte mich. Jeder Abschied fiel mir schwerer als der letzte, und nur allzu oft hatte ich schon darüber nachgedacht, mein eigentliches Leben, mein Lenny-Leben, aufzugeben. Es einzutauschen. Vielleicht würde es mich glücklicher machen, vielleicht war es das, was ich brauchte. Ich könnte mein Glück in Vegas probieren, oder in New York. Andererseits waren hier Carla und Vince, das *Dolly House*, das Studium und meine Freunde und … Creed.

Erschöpft verließ ich die Umkleide, zupfte meine Perücke zurecht und schulterte meine Tasche. So angeschlagen war ich nach einer Schicht schon lange nicht mehr gewesen.

Ich kramte mein Handy heraus und schaltete es ein. Es war schon fast halb drei.

Dank des Nachtmodus hatte das Display eine ätzende orange Einfärbung bekommen, bei der man kaum etwas erkennen konnte. Aber meine erschöpften Augen erkannten genug. Da war eine neue Nachricht, von einer Nummer, die mir ziemlich vertraut war.

Eine neue Nachricht von Creed.

Mein Herz machte einen Satz, und ich blieb wie erstarrt auf dem Flur stehen. Er hatte mir geschrieben! Er schrieb so gut wie nie. Das war nicht unser Ding. Wir riefen uns an oder starteten Videochats, und selbst das nicht sonderlich oft, weil wir uns fast jeden Tag sahen. Aber wieso wurde mir nur seine Nummer angezeigt, nicht aber sein Name? Hatte mein Telefon ein Update gemacht und vielleicht sogar meine Kontakte gelöscht?

Ein gefährliches Kribbeln breitete sich in meinem Bauch aus, und ich biss mir auf die Lippe, um nicht wie der größte Idiot vor mich hin zu grinsen. Wie es ihm wohl in Maine erging? Was hatte es mit seinem Anruf auf sich gehabt – bei dem er mich um fünf Uhr morgens wach geklingelt hatte? Kam er diese Woche schon zurück? Wollte er vielleicht, dass ich ihn, Ches und Ella in den nächsten Tagen vom Flughafen abholte?

Immer mit der Ruhe. Es ist absolut unbedeutend. Lies die Nachricht, und du findest es schon heraus.

Ich atmete tief durch, unterdrückte mein dämliches Lächeln und öffnete mein Postfach.

> Creed: *Hey Schönheit,*
> *du gehst mir nicht mehr aus dem Kopf. Und ich glaube, dass du mir deine Nummer hast zukommen lassen, ist der Beweis, dass das auf Gegenseitigkeit beruht. ;)*
> *Lass uns doch mal was trinken gehen.*
> *Creed*

Ich starrte auf die Worte.

Blinzelte. Starrte. Blinzelte. Versuchte zu schlucken, aber dafür war mein Hals zu trocken.

Wieder blinzeln, wieder starren.

Oh.

Oh, oh, oh. Das war definitiv Creeds Nummer. Er hatte schließlich auch mit seinem Namen unterschrieben. Aber …

»Scheiße«, wisperte ich und bedeckte meinen Mund mit einer Hand. Die Sporttasche rutschte von meiner Schulter und landete mit einem dumpfen Schlag auf dem Boden des Flurs. Wenn ich geglaubt hatte, der Abend hätte nicht schlimmer kommen können, dann hatte ich falschgelegen – aber so was von total falsch.

Das war vielleicht mein Handy, aber nicht das richtige! Das hier war mein Arbeitshandy. Das, von dem aus ich mit Majid telefonierte, das mit dem Gruppenchat unter uns Tänzerinnen. Das hier war in jeglicher Hinsicht Daisys Handy.

Und Creed hatte mir auf dieser Nummer eine Nachricht geschrieben. Er hatte Daisy geschrieben.

Bevor ich mich selbst vor die Frage stellen konnte, ob ich antworten sollte oder nicht, tippte ich bereits. Meine Finger huschten zittrig über das Display, vibrierten leicht, wann immer ich einen Buchstaben berührte. Das Geräusch der Vibration schien in der Stille wie Schüsse aus einem Maschinengewehr. Mir war schwindelig. Adrenalin und Panik ließen meinen Nacken heiß werden und krochen meinen Rücken hinunter.

Daisy: *Woher hast du meine Nummer?*

Das war das Erstbeste, was mir einfiel. Und vielleicht auch das Wichtigste. Woher zum Teufel hatte Creed Daisys Nummer?

Die Antwort kam zügiger als gedacht. Ich hatte keine Ahnung, wie viel Uhr es gerade in Maine war, aber offenbar war er fit.

Creed: *Deine Freundin hat sie mir heute Abend im Club gegeben. Sie sagte, du hättest sie darum gebeten. Stimmt das nicht?*

Mein Mund klappte auf, ehe auch mein Herz ins Stottern geriet. Bitte was? *Heute* Abend? Meine Freundin? Welche Freundin? Und Moment, Creed war wieder zurück in Fletcher?

Sofort zog ich mein zweites Handy aus der Tasche und entsperrte es. Keine neuen Nachrichten, nur ein überfälliges Update und eine Werbenachricht über Fitnessshakes im Postfach. »Unmöglich«, murmelte ich, ehe ich hitzig nach meinem Chat mit Creed suchte. Da war er. Kurze, knappe Nachrichten, ein verpasster Videoanruf hier, eine dreisekündige Sprachnachricht da. Funktionale Nachrichten wie »Brauche noch 10 Minuten«, »Kannst du Peanutbuttercups von der Tankstelle mitbringen?« oder »Ruf zurück, Dumpfbacke«.

Trotz meiner Aufregung verspürte ich einen Stich in der Brust. Creed hatte Daisy geschrieben. Verdammt noch mal, er war zurück in Fletcher und hatte sich Daisys Nummer besorgt, aber er hatte mir, Lenny, nicht geschrieben, dass er wieder da war. Was zum Teufel sollte das?

Fahrig huschte mein Blick zurück auf meine andere Hand, in welcher ich noch immer mein Arbeitshandy hielt. Der Chat mit Creed leuchtete mir entgegen.

Wer aus dem Club hätte gewusst, wer Creed war? Wer sollte so was Dämliches tun? Wer hätte ihm …

Und da fiel der Groschen.

Ich schloss die Augen und atmete langsam durch die Nase ein. Shelby. Dieses. Miststück.

Das Arbeitshandy vibrierte. Eine neue Nachricht.

Es dauerte ein paar Sekunden, bis ich von meinen erneuten sehr detaillierten Mordfantasien über Shelby abließ und die Augen wieder öffnete.

Creed: *Klärst du mich auf? Keine Ahnung, ob ich gerade gruselig oder anbetungswürdig bin.*

Er flirtete mit mir. Also eigentlich mit *ihr*, weil ich nicht ich war, sondern sie, wobei sie ich war und ich …

Energisch drückte ich bei beiden Telefonen die Tastensperre, hob meine Tasche auf und stampfte los. Auf keinen Fall würde ich auf Creeds Nachrichten eingehen. Da machte ich nicht mit! Shelby hatte Creed nur meine Nummer gegeben, um mir eins reinzuwürgen, da war ich mir sicher. Das hatte sie also gemeint, als sie von ihrer *Überraschung* gesprochen hatte. Aber Daten rausgeben ohne Zustimmung des Besitzers? *Ha. Nicht mit mir.* Sie war ein für alle Mal zu weit gegangen. Wenn Majid davon erfuhr, würde es Shelby vielleicht sogar den Job kosten. Ich hoffte es zumindest. Diese Situation würde noch heute Nacht zurück unter meine Kontrolle fallen. Ich hatte mir geschworen, Creed aus meinem Daisy-Leben zu verbannen, und genau das würde ich auch tun. Er gehörte einfach nicht hierher, ganz besonders nicht seine blöden Textnachrichten. Und gleich morgen, wenn Majid wieder im Club war, würde ich mich um Shelby kümmern.

Die Nacht war kühl und tiefschwarz, als ich den Club durch den Hinterausgang verließ. Der Hinterhof mit den Mülltonnen und den wenigen Parkplätzen war nicht beleuchtet, deshalb kramte ich mein Handy heraus, um es als Taschenlampe zu benutzen und …

»Daisy?«

Ich schrie auf, als im selben Moment die Tür hinter mir mit einem dumpfen Schlag zurück ins Schloss fiel und damit den einzigen Streifen Licht mitnahm, der den Hinterhof erhellt hatte.

Das Herz krachte mir in die Hose, so wie meine Tasche erneut zu Boden. Sofort kramte ich nach meinen Dosen Pfefferspray, bereit, wem-auch-immer mir da aufgelauert hatte, die volle Dröhnung zu verpassen.

»Tut mir leid, ich wollte dich nicht erschrecken!«, rief die Stimme hastig.

Und diesmal horchte ich nicht nur auf – ich erstarrte.

Oh.

Mit einem Schlag schoss mir so viel Adrenalin ins Blut, dass mir schwindelig wurde.

Das war Creeds Stimme. Creed war *hier*. Das konnte nicht sein verfluchter Ernst sein.

Tausend Fragen fluteten mein Hirn im Bruchteil einer Sekunde. Was hatte Creed mitten in der Nacht am Hinterausgang des *Dolly House* zu suchen? Woher wusste er, dass ich hier sein würde? Was passierte hier gerade?

Dann durchspülte mich eine andere Art von Panik. Ich hatte keine Maske an! Kein Make-up, keine Kontaktlinsen, nichts, nur meine Perücke!

Mein Mund wurde staubtrocken.

Das Einzige, was mir Schutz bot, war die Dunkelheit. Aber was, wenn er mich bereits erkannt hatte?

Ich wirbelte herum, sodass ich mit dem Rücken zu ihm stand – oder zumindest zu der Richtung, aus welcher seine Stimme gekommen war.

»Entschuldige«, beeilte sich Creed noch einmal zu sagen. Seine Stimme klang in der Stille der Nacht voller, tiefer, rauer. Ich war hellwach und alle meine Nerven so angespannt, dass sie jeden Moment reißen könnten.

»Deine Freundin ließ mir von dir ausrichten, dass ich gegen halb drei hier hinten auf dich warten soll. Und sie hat mir deine Nummer gegeben. Falls wir uns verpassen.«

»Dieses Miststück«, flüsterte ich und knirschte mit den Zähnen. Mit einem Mal war ich wieder so wütend auf Shelby, dass sich meine Fingernägel in meine Handteller bohrten.

»Was?«, fragte Creed.

Ich winkte ab und ermahnte mich, träger und höher zu sprechen. »Ich habe niemanden um irgendwas gebeten, sie hat sich bloß einen Scherz mit dir erlaubt«, erwiderte ich in einem Singsang. (Gott, war das etwa ein Südstaatenakzent? Wo kam der denn her?)

»Ich wollte dich wirklich nicht erschrecken«, sagte er diesmal sanfter. »Ich bin … Mein Name ist Creed. Creed Parker.« Er räusperte sich. Wenn mich nicht alles täuschte, war er … verlegen? Oh, das war neu. Neu und interessant.

»Tut mir leid, wenn du nichts davon wusstest! Ich wollte dir keine Angst einjagen. Wir … haben uns letzte Woche geküsst, vielleicht klingelt da etwas bei dir.«

Diesmal musste ich meine Stimme nicht verstellen, um beunruhigt und ein wenig perplex zu klingen. »Wieso bist du hier?«

»Ich konnte nicht aufhören, an diesen Kuss zu denken«, gestand er leise. Ein kaum hörbares Lachen entfuhr ihm. »An dich, um genau zu sein. Ich meine … wow.«

Mein Atem wurde flacher. Ich musste mir schleunigst etwas einfallen lassen, sonst war ich geliefert. »Ein Stalker also«, erwiderte ich angespannt, noch immer mit trägem Südstaatenakzent.

Das hier war auf so vielen Ebenen nicht richtig.

»Ich bin kein Stalker!«, sagte Creed empört. »Verdammt, das alles hier kommt falsch rüber, ich schwör's. Ich habe nicht gewusst, dass es nur ein Scherz war. Es würde mir nie in den Sinn kommen, hier, hinter dem Club, auf dich zu warten, ohne dass du davon weißt. Ich lauere keinen Frauen auf. So jemand bin ich nicht. Ich meine, ich werde sogar Polizist.« Er stieß ein kurzes Lachen aus.

Vor Erstaunen klappte mir der Mund auf. Woher kam das denn plötzlich?

»Sicher wirst du das«, erwiderte ich trocken.

»Ich meine es ernst, Daisy. Noch hab ich zwar keine Marke, um es dir zu beweisen, weil ich erst vor ein paar Tagen meine Zusage bekommen habe, aber ich schwöre, ich bin kein Widerling und erst recht kein Stalker. Ich bin ein anständiger Kerl. Deshalb … werde ich jetzt gehen. Tut mir leid, wenn ich dir den Schreck deines Lebens eingejagt habe.« Ganz offenbar meinte er, was er sagte, denn im nächsten Moment hörte ich Schritte.

In meinem Hirn löste sich ein Wirbelsturm, und Wut flackerte in mir auf. Er log mich einfach an. Polizist? Das war mit Sicherheit die dämlichste Lüge, die ich je von ihm gehört hatte, und ich konnte einfach nicht glauben, dass er auf solche Mittel zurückgriff.

»Warte«, sagte mein Mund, bevor ich ihn daran hindern konnte.

Was zum Teufel tat ich da?

Creed stieß erleichtert den Atem aus, fast so, als hätte er gehofft, dass ich ihn am Gehen hindern würde. »Es tut mir wirklich leid, wenn du dich meinetwegen gerade unwohl fühlst.«

»Hör auf, dich zu entschuldigen!« Hoppla, eventuell hatte ich es mit der hohen Stimme etwas zu gut gemeint. Ich räusperte mich. Sprach leiser. »Warum warst du heute Abend wieder im Club?«

Die Frage musste sich in seinen Ohren seltsam anhören, immerhin hatten wir wochenlang unser Spiel gespielt – und ich war es gewesen, die ihn geküsst hatte. Andererseits hatte Majid ihm erst vor ein paar Tagen einen gehörigen Rausschmiss beschert. Also war meine Frage irgendwie auch berechtigt.

Diesmal wagte es Creed, näher zu kommen. Ich konnte hören, wie er ein paar Schritte auf mich zumachte. Er wirkte so vorsichtig, hielt Abstand. Er schien sich der Situation so bewusst zu sein wie ich. Immerhin hatte er sogar gehen wollen, und ich hatte ihn daran gehindert.

Verdammt. Ich sendete ihm definitiv die falschen Signale. Wäre ich einfach dabei geblieben, dass ich ihn für einen Stalker hielt, wäre er vielleicht wirklich gegangen und nicht wiedergekommen.

»Ich möchte bloß wissen, was da zwischen uns passiert ist«, sagte er leise. »Deswegen bin ich wiedergekommen. Du hast mich geküsst, und die letzten Wochen haben du und ich …«

»Das passiert immer«, erwiderte ich ungerührt.

Creed schnaubte. Doch ich glaubte, wenigstens so etwas wie Betroffenheit aus seiner Stimme herauszuhören. »Ich glaube dir kein Wort.«

»Woher willst du das wissen?«

»Sonst wäre dein Boss nicht so ausgerastet.«

Ich kniff die Augen zusammen. Ich sollte hier schleunigst verschwinden. Andererseits schlug mein Herz so schwindelerregend schnell, als wäre mein Körper gerade dabei, sich sehr bildlich zu erinnern, was zwischen Creed und mir geschehen war.

»Vergiss es einfach«, wisperte ich. »Du hast während eines Lapdance mit irgendeiner billigen Stripperin rumgemacht. So was passiert eben.« Meine Worte klangen so dumpf. Ich glaubte mir ja nicht einmal selbst.

»Du bist doch keine billige Stripperin. Du bist *Daisy*«, erwiderte Creed, so als läge es auf der Hand – und bei jedem anderen hätte ich die Augen wegen eines so einfallslosen Spruchs verdreht. Doch so wie Creed die Worte sagte, klang es, als würde er sie ernst meinen. Er klang wie verhext. *Von mir.*

Ich konnte regelrecht vor mir sehen, wie sein schiefes Lächeln auf seinen Lippen erschien. »Um ganz ehrlich zu sein, hast du mir den Atem geraubt. Und das nicht erst seit unserem Kuss.«

Ich zog mir die Kapuze meines Pullovers tief ins Gesicht und biss mir auf die Lippe. Und dann tat ich etwas wirklich, *wirklich* Dummes; ich drehte mich zu ihm um und hob verstohlen den Blick in der pechschwarzen Dunkelheit. Denn ich war schwach und konnte nicht widerstehen, und zumindest fühlte sich die Dunkelheit für den Moment sicher an. Gerade so konnte ich Konturen im Hinterhof ausmachen sowie Creeds Umrisse.

Ich glaubte zu sehen, wie er sich mit der Hand über den Nacken fuhr, vielleicht spielte mein Hirn mir aber auch nur Streiche.

»Vergiss einfach, was zwischen uns passiert ist, das war unprofessionell von mir.« Und trotz meiner Worte, die ich wegen meines Fake-Akzents kaum ernst nehmen konnte, machte ich noch einen Schritt auf ihn zu, was definitiv unvernünftig war. Ich war so ein Idiot – aber ich konnte einfach nicht anders. Alles in mir war in Aufruhr und total durcheinander. In der Stille konnte es unmöglich sein, dass er mein rasendes Herz nicht hörte.

»Sonst noch Fragen?«, flüsterte ich.

Nun war es Creed, der einen Schritt auf mich zumachte. Und diesmal war ich nah genug, dass ich die Konturen seines Kinns ausmachen konnte. Das wiederum bedeutete wohl, dass er auch *meine* Konturen ausmachen konnte, weshalb ich mir die Kapuze tiefer über den Kopf zog und die Haare meiner Perücke mein Gesicht noch stärker umrahmen ließ.

Ich senkte den Kopf noch ein wenig, starrte auf den Boden.

»Vielleicht«, sagte er, nun genau vor mir, was mir das Herz in den Ohren dröhnen ließ. »Das hört sich vielleicht verrückt an, aber ich würde dich gerne kennenlernen, Daisy«, murmelte er. Dann lachte er leise. »Im Sinne von einem Date. Ich würde dich gerne auf ein Date einladen. Ist das schräg?«

Ich hielt die Luft an und biss mir in die Wange, um kein seltsames Quietschen auszustoßen. *Bitte lass es einen Scherz sein.* Creed wollte doch nicht ernsthaft Daisy um ein Date bitten!

Eventuell konnte ich fühlen, wie mein Herz einen kleinen Knacks bekam. »Ich gehe nicht mit Kunden aus, das verstößt gegen meine Prinzipien, und ich …« Meine Stimme versagte, als Creed noch einen Schritt auf mich zumachte. Nun standen wir so nah voreinander, dass ich seinen sauberen Duft riechen und seine Körperwärme spüren konnte. Zumindest bildete ich es mir ein. Und das Gefühl in der Dunkelheit war aufbrausend, elektrisierend und beängstigend zugleich. *Bitte, sieh mich nicht an. Sieh mich an. Sieh mich nicht an.*

Sieh mich an.

Er lehnte sich zu mir runter, was mich nach Luft schnappen ließ. Ich senkte meinen Kopf noch ein Stück. »Und wenn ich kein Kunde mehr wäre?«

Meine Lippen teilten sich. Und vielleicht schwieg ich zu lange, als dass ich das Gefühlschaos vor ihm hätte verbergen können. Man konnte der Stille regelrecht anhören, wie sehr mich seine Worte durch den Wind brachten.

Plötzlich trat er wieder zurück. Ich konnte hören, wie er sich räusperte. »Entschuldige. Ein Nein ist ein Nein. Ich hab schon kapiert.«

»Ich date nicht. Das ist nicht mein Ding.« Meine seltsam helle Stimme sagte eher »Däng« anstatt Ding.

»Und was ist dein Ding?«, fragte Creed.

Ich holte Luft, um zu antworten, als mir plötzlich wieder die Bilder unseres Kusses vor Augen aufblitzten. Das Gefühl, wie sich unser Atem vermischte, wie unsere Lippen sich aneinanderschmiegten. Wie Creeds Arme sich um mich schlangen und mich an ihn pressten …

Doch all das war Daisy widerfahren. Nicht Lenny.

Carlas Rat fiel mir wieder ein, und nun schien der richtige Zeitpunkt. Wenn ich unsere Freundschaft retten wollte, musste Daisy Creed in die Wüste schicken. Nur so würde ich das Schlimmste verhindern können. »Verschwinde von hier, Creed. Vergiss diesen Kuss und mich. Wir werden uns nie wiedersehen.«

Ich wirbelte herum und wollte gehen, da öffnete sich plötzlich die Hintertür des Clubs.

»Oh, du bist es, Daisy!«

Shelby trat nach draußen, und ihr Blick fand mich sofort, genauso wie Lolas, welche hinter ihr stand. Mit einem entsetzten Laut wandte ich mich vom schummrigen Lichtstrahl ab und verbarg das Gesicht in den Händen, glaubte jedoch zuvor ein selbstgefälliges Lächeln auf ihren Lippen gesehen zu haben. »Wusste ich's doch. Was aussieht wie eine Ente, quakt wie eine Ente …« Sie ließ den Rest des Satzes vielsagend in der Luft hängen.

»Verschwinde!«, rief ich aufgebracht, nicht sicher, ob ich Shelby, Creed oder mich selbst meinte. Ich zog die Schultern hoch, trat einen weiteren Schritt in die schützenden Schatten zu Creed, als ich Lola lachen hörte. »Was soll dieser Südstaatenakzent?«

Wut durchströmte mich, jedoch auch Angst, Empörung und der nahezu panische Drang, Shelby zu beweisen, dass ich nicht gelogen hatte. Ich saß so was von in der Scheiße. Der letzte Strohhalm, an den ich mich klammerte, war, dass Creed mein Gesicht nicht hatte sehen können, weil er hinter mir stand. Ich hatte mich doch rechtzeitig umgedreht, bevor Shelby gekommen war. Oder? Gott, ich hoffte es so sehr.

Jetzt musste ich nur noch die Mädchen loswerden und zwei Krisen verhindern: dass sie die Situation falsch verstanden und dass Creed mich erkannte.

Deshalb handelte ich auch, bevor ich groß darüber nachdenken konnte. »Das ist mein Freund und nicht irgendein Kunde!« Ich wirbelte herum, nahm Creeds Gesicht in die Hände und küsste ihn.

Creed stieß einen überraschten Laut aus. Doch er stieß mich nicht weg.

Nein, es war viel schlimmer.

Er erwiderte den Kuss.

Als ich mich etwas näher an ihn heranschob, spürte ich, wie sich seine Arme um mich legten, was eine Gänsehaut meinen Rücken hinunterjagen ließ.

Die Hintertür fiel wieder ins Schloss, und ich hörte Shelbys abfälliges Schnauben in der wieder herrschenden Dunkelheit.

Hastig löste ich mich von Creed und stolperte mit klopfendem Herzen zwei Schritte zurück. Sofort zog ich den Kopf ein und drehte mich wieder um. Dann warf ich Shelby und Lola ein triumphierendes Lächeln zu. »Nun wisst ihr's, auch wenn euch mein Privatleben einen feuchten Dreck angeht. Und jetzt verzieht euch. Schönen Feierabend noch.«

Als nichts aus Shelbys Richtung kam, wurde das Grinsen auf meinem Gesicht breiter. Endlich. Das hatte gesessen! Und hoffentlich würde sie mir nie wieder diese bodenlosen Gerüchte hinterherschmeißen.

Sie und Lola verließen den Hinterhof. Ich glaubte, von Lola ein genuscheltes »Wer's glaubt, wird selig« zu hören, ehe sie miteinander tuschelten.

Mein Lächeln verblasste. Ich rührte mich nicht und lauschte, wie Shelbys und Lolas Schritte leiser wurden, ehe sie nicht mehr vom Rest der dumpfen Geräusche von der Straße zu unterscheiden waren.

»Was war das denn?«, fragte Creed und atmete hörbar ein.

»Nichts«, stieß ich piepsend hervor. Nur eine Lüge. Eine weitere von vielen.

Ich habe ihn geküsst. Schon wieder.

Ungläubig lachte er auf. »Das war nicht nichts.«

»Doch, war es.«

»Du hast mich deinen Freund genannt. Und du hast mich schon wieder geküsst.«

Ich stieß ein Grollen aus. »Notlüge. Sonst glaubt sie, ich sei eine Prostituierte. Das kann mich meinen Job kosten.« Das war die größte Portion Wahrheit, die ich Creed in letzter Zeit entgegengebracht hatte.

»Notlüge also«, murmelte er. Ich spürte, wie er dichter hinter mich trat, sehr viel dichter, was mich nach Luft schnappen ließ.

Ein leiser, verzweifelter Laut entfuhr mir, noch bevor ich es unterdrücken konnte. Plötzlich war ich von so viel Vertrautheit umgeben, dass meine Knie weich wurden. Sein Duft, seine Nähe. Es war überwältigend. Das Kribbeln in meinem Bauch war stärker als je zuvor, und die Sehnsucht nach ihm brachte mich fast um. All meine Sinne waren auf ihn gerichtet.

Langsam stieß Creed den Atem aus.

»Wie soll ich einfach vergessen, was passiert ist, wenn du mich einfach schon wieder küsst? Das ist unfair«, flüsterte er.

»Ist es nicht«, widersprach ich, beinahe tonlos. Mein Verlangen vermischte sich mit meiner Angst. Sie verknotete mir den Magen und wollte dafür sorgen, dass die Schmetterlinge darin zerquetscht wurden.

Für ein paar Sekunden blieb es still. Mein Herz entschloss sich währenddessen, das Tempo zu verdreifachen.

Als Creed wieder sprach, wurde mir glühend heiß. »Dann wird es dir hoffentlich auch nichts ausmachen, wenn ich das hier tue.«

Im nächsten Moment drehte er mich zu sich herum, schloss die Hände um mein Gesicht und küsste mich mit einer Entschlossenheit, die mir den Boden unter den Füßen wegriss. Ein Laut entwich mir – und ich sollte verflucht sein, denn es war pure Sehnsucht. Nach nicht einmal einer halben Sekunde erwiderte ich seinen Kuss. Denn sosehr ich mich auch davor fürchtete, von ihm entlarvt zu werden, so sehr wollte ich das hier, und ich konnte nicht einmal sagen, wie sehr.

Creeds Hand schlüpfte unter meine Kapuze und wanderte in meinen Nacken. Er lenkte meinen Kopf, machte ein kehliges Geräusch. Seine Lippen pressten sich auf eine Art und Weise an meine, die mich …

Verflucht, war das gut.

Ich warf alle meine Vorsätze über Bord, schlang die Arme um Creeds Hals und presste mich an ihn. Und das schien mein Untergang zu sein. Denn anders als das letzte Mal waren wir nicht im Showroom, ich rekelte mich nicht auf ihm und war nicht mitten in meiner Schicht. Wir waren genau auf der Schwelle zwischen Daisy und Lenny. Und das Wichtigste von allem: Mein Herz war schwach und meine Libido noch schwächer.

Was zwischen uns explodierte, war ausgehungert und leidenschaftlich. Seine Hände schlossen sich um meine Hüfte und zogen mich näher an sich. Er drückte mich zur Seite, bis wir die kühle Hauswand berührten, und ich lehnte mich mit dem Rücken dagegen, packte den Saum seines Shirts und zog ihn mit einem Ruck näher zu mir. Noch näher. Es fühlte sich an, als wäre es nie nahe genug.

Er stöhnte an meine Lippen, ehe im nächsten Moment seine Zunge in meinen Mund drang und die meine streifte. Lust schoss brodelnd durch meinen Körper, sammelte sich in meinem Bauch, kroch tiefer – und als hätte er es gespürt, schob er einen seiner Oberschenkel zwischen meine Beine.

Wir waren explosiv und forsch, ich konnte nicht mal sagen, wie lange wir dort standen. Ich hatte das Gefühl, keine Luft mehr zu bekommen, so flach atmete ich. *Mehr*. Ich wollte und brauchte mehr. Jede Berührung schien mich trunken und hellwach zugleich zu machen.

Meine Hände wanderten Creeds feste Brust hinauf und schlangen sich erneut um seinen Hals. Mit den Zähnen fing ich seine Unterlippe ein und saugte an ihr.

»Fuck«, flüsterte er heiser, ehe seine Hände fahrig unter meinen Pullover schlüpften und sein Oberschenkel sich fester zwischen meine Beine drückte. Ein schmerzlich süßes Ziehen breitete sich dort aus.

Ich stöhnte.

Das Gefühl seiner Hände auf meiner nackten Haut war alles, was ich je gewollt hatte. Sie lösten einen Schauder auf mir aus, der mich erzittern ließ, und hinterließen eine brennende Spur, als sie meine Rippen hinauf- und wieder hinabwanderten und – »Creed«, keuchte ich zwischen Küssen, »wir sollten nicht –«

»Ich weiß.« Mit den Lippen wanderte er meinen Kiefer entlang, bis zu meinem Hals. Und verflucht, es fühlte sich an, als würde ich in Lust ertrinken.

»Ich weiß«, wiederholte er noch einmal, beinahe lautlos, was vollkommen entmachtet klang. So, als sagte er es sich selbst und nicht mir.

Eine leise Stimme meldete sich in mir, und sie klang gleichermaßen aufgebracht, hilflos und panisch. Wir sollten aufhören. *Mussten* aufhören! Doch ich konnte nicht. Ich wollte Creed so sehr, aus vollem Herzen, dass es wehtat. Wenn es nach mir gegangen wäre, hätte ich ihm gleich hier, an diesem schmuddeligen, dunklen Ort, die Kleider vom Leib gerissen, nur um ihn endlich überall zu spüren. Alles in mir sprach genau *dafür*; die drängende, hungrige Lust, die meinen ganzen Körper erfüllte, die rohe Leidenschaft, die wie eine Dampfwalze über uns gerollt war. Ich war schon immer der festen Überzeugung gewesen, dass es für mich keinen richtigen Zeitpunkt gab, um Sex zu haben. Wenn es sich richtig anfühlte, war immer der richtige Zeitpunkt. Wie jetzt zum Beispiel. Es war der perfekteste Zeitpunkt überhaupt!

Wenn diese Nacht vorbei ist, wird Creed mit Daisy gevögelt haben. Nicht mit Lenny. Jetzt gerade, in diesem Moment, verschwendet er keinen einzigen Gedanken an Lenny. Das hier ist tausendmal schlimmer als der Kuss während der Privatshow. Das hier ist mehr! Zu viel! Hör auf!

»Stopp«, stöhnte ich, gerade als seine großen Hände, die auf meinem Rücken lagen, mich noch fester an ihn pressten. Seine Zunge berührte die empfindliche Stelle an meinem Hals, genau über meinem Puls, ehe er mich sanft biss. *Gott, ist das gut.*

Hör auf!

Panisch schob ich ihn von mir weg, bis ich wieder Luft bekam, dann zog ich seine Hände unter meinem Pullover fort und riss es energisch herunter.

»Tut mir leid«, keuchte Creed und trat einen Schritt zurück. »Alles in Ordnung, Daisy? Es tut mir leid, ich …«

Plötzlich erfüllten mich blanke Angst und ätzende, furchtbare Panik.

Mit einem Satz sprang ich zur Seite, packte meine Sporttasche und rannte los.

»Daisy!«, rief Creed mir hinterher, doch allein dieser Name scheuchte mich fort, fort, fort. Mir war so schlecht. Wie hatte ich auch nur für eine einzige Sekunde nachgeben können? Schon wieder? Wie hatte ich mich hinreißen lassen können, wo doch das letzte Mal bereits katastrophale Folgen nach sich gezogen hatte? Dieser verdammte Name fühlte sich an wie ein Schlag ins Gesicht. *Daisy.* Und das furchtbare Gefühl brannte mir im Hals, ließ mich schneller laufen, trotz wackeliger Beine. Ich war eine wandelnde Katastrophe. Und ich verabscheute die Tatsache, dass ich ein Herz besaß. Ein für alle Mal.

So schnell ich konnte, rannte ich aus dem Hinterhof und floh die Straße hinunter, bis mich meine Beine nicht mehr tragen konnten.

KAPITEL 16

LENNY

Sonnenlicht weckte mich auf. Es fiel durch die Schlitze in den Jalousien, geradewegs auf mein Gesicht.

Murrend drehte ich mich in meinem Bett herum und vergrub das Gesicht in meinem Kissen. Der Schlaf hing noch immer schwer und träge in meinen Knochen und wollte mich dazu verführen, einfach wieder einzuschlafen. Aber dafür war es zu warm, und mit dem Gesicht im Kissen konnte ich nicht richtig atmen.

Mein Hirn wurde immer wacher, und je mehr es arbeitete – desto schneller kamen die Erinnerungen von letzter Nacht zurück.

Ich riss die Augen auf. Mit einem Mal war sämtliche Müdigkeit verschwunden, und ich drehte mich auf den Rücken, um mir die Bettdecke vom Körper zu strampeln. »Verflucht«, krächzte ich und rieb mir den Schlaf aus den Augen. Wie hatten wir uns nur schon wieder küssen können? Zum allerersten Mal kam es mir tatsächlich so vor, als wären Daisy und Lenny zwei ganz und gar unterschiedliche Personen. Lenny übernahm den vernünftigen Engel-Part auf der einen Schulter und Daisy den Part des Teufels, der mir Sünden ins Ohr flüsterte, auf der anderen.

Dabei war das nicht einmal das Schlimmste an der Sache. Denn selbst jetzt, da ich schon längst nicht mehr Daisy verkörperte, verspürte ich keine Reue. Nur Sehnsucht. Ich vermisste Creed so sehr, wie es vor diesen Küssen nie möglich gewesen wäre. Und je länger ich darüber nachdachte, was zwischen uns passiert war, desto mehr wollte ich es wiederholen.

Ich war ganz offiziell ein doppelmoralisches Desaster. Und ich war so was von geliefert.

Es klopfte an meiner Zimmertür, die sich genau neben meinem Bett befand. Und damit auch genau neben meinem Kopf. Ich gähnte und setzte mich auf. »Ja?«

Knarzend öffnete sich die Tür einen Spaltbreit und …

Ich schrie auf, sprang auf die Beine und knallte die Tür eilig zu – direkt in sein Gesicht.

»Au!«, erklang es dumpf von der anderen Seite.

»Creed! Was zum Teufel willst du hier?«

Ich keuchte. Zittrig lehnte ich mich gegen die Zimmertür und drückte mir meine Faust vor den Mund. Er war hier. Wieso war er hier? *Shit, shit, shit.*

»Äh, dir auch einen guten Morgen, Sonnenschein«, sagte er hinter der Tür. Ich konnte die Belustigung mehr als deutlich aus seiner Stimme heraushören. »Überraschung. Und danke für die Beule.«

Ich erwiderte nichts. Ich konnte nichts erwidern. Denn allein seine Stimme zu hören sorgte dafür, dass mir heiß wurde. Sein Geschmack und sein Geruch und das Gefühl seiner Lippen auf meinen waren noch zu frisch in meiner Erinnerung.

Okay, reiß dich zusammen, Lenny. Du bist wieder du. Nur eine Freundin. Nur Lenny. Ihr seid Freunde. Anders war es nie und wird es nie. Krieg dich wieder ein und reiß dich zusammen!

Ich räusperte mich. »Gib mir eine Minute.«

Hastig sah ich mich in meinem Zimmer um. Es war winzig klein, und es gab darin so gut wie keine Möbel, bis auf den großen Eckschrank, einen Schreibtisch, mein Bett und eine kleine Kommode, über der ein alter Spiegel hing. Als ich letzte Nacht nach Hause gekommen war, hatte ich, so wie jeden Abend, meine Perücke zum Lüften auf Kleiderhaken in den Schrank gehängt, dessen Türen ich offen stehen ließ. Sobald sie trocken war, legte ich sie in eine der abschließbaren Boxen unter meinem Bett, wo sich meine anderen Kostüme, Perücken und Schminkutensilien befanden.

Mein Schrank stand noch immer offen, und meine große Make-up-Tasche lag auf der Kommode, mit allen Pinseln, Paletten und Döschen deutlich sichtbar.

Blitzschnell sammelte ich alles ein, was ich in die Finger bekam, und verstaute es in einer Box, die ich anschließend tief unter mein Bett schob. Als Nächstes schälte ich mich aus den Schlafshorts und dem löchrigen, ausgeleierten T-Shirt, ehe ich in eine schwarze Anzughose und ein schwarzes T-Shirt schlüpfte. Meine Finger zitterten, als ich vor dem Spiegel stand und meine zerzausten braunen Haare zu einem Ballerinadutt zusammenfasste.

Geschafft. So weit, so gut. Ich sah aus wie immer. Bis auf die roten Flecken auf meinen Wangen – die konnten aber ja genauso gut von der Hitze stammen, immerhin hatte ich bis eben noch im Bett gelegen.

Ich riss die Tür auf, ganz in der angespannten Erwartung, Creed genau vor meiner Nase vorzufinden. Er war jedoch nirgendwo zu sehen, was mich überrascht blinzeln ließ. Im nächsten Moment hörte ich die Kaffeemaschine aus der Küche und atmete auf.

Barfuß und argwöhnisch setzte ich einen Fuß vor den anderen. Der bunte Perlenvorhang klimperte, als ich ihn zur Seite schob und in die Küche trat. Creed drehte sich nicht zu mir um, auch wenn er mich definitiv gehört haben musste. Er …

Oh, Mann. Er machte Frühstück. Er hatte Carlas und meinen uralten Sandwichtoaster aus einem der Schränke genommen und eine Packung Toastbrot sowie Käse, Truthahnscheiben und Mayonnaise bereitgestellt. Ich starrte ihn an, ihn und seinen breiten Rücken und seine gebräunten Arme in dem schwarzen Shirt, das an seinen Schultern spannte.

»Was soll das werden?«, fragte ich beinahe tonlos.

Er warf mir einen Blick über die Schulter zu. Sein Mundwinkel hob sich. »Ein Käsetoast für unterwegs. Ich habe grundsätzlich mit mehr Begeisterung gerechnet, aber ich weiß ja, was du von Überraschungen hältst. Trotzdem ist mein Ego angekratzt. Du könntest wenigstens so tun, als würdest du dich freuen, mich zu sehen.«

Ich verschränkte die Arme vor der Brust (weil ich nicht wusste, was ich sonst mit ihnen machen sollte). Genauer gesagt schlang ich sie um mich selbst und ballte die Hände in meinen Achseln zu Fäusten.

»Okay«, erwiderte ich langsam.

Creed lachte auf. Er bestrich die Brotscheiben mit Butter und Mayonnaise – was ehrlich gesagt ein wenig eklig aussah –, legte eine Käsescheibe und eine Scheibe Truthahnaufschnitt drauf und wiederholte das Prozedere mit zwei weiteren Toastscheiben. Wieder warf er mir einen Blick zu und hob eine Augenbraue. »Du siehst aus, als hättest du einen Geist gesehen.«

Kurz durchzuckte mich Panik. Die Angst, er könnte mich erkennen, war so greifbar, so eiskalt, dass ich augenblicklich die Luft anhalten musste.

Hastig schüttelte ich den Kopf. Verflucht. *Zusammenreißen. Jetzt.* »Bin bloß müde und hatte noch keinen Kaffee.«

»Ah, richtig.« Er griff nach der Tasse, die unter der Kaffeemaschine stand, und reichte sie mir.

»Danke?« Irritiert blinzelte ich. Mein Hirn brauchte tatsächlich noch etwas länger, bis es alles verarbeitet hatte. »Warte, hast du gesagt, ein Toast für *unterwegs?*«

Ein Grinsen machte sich auf Creeds Lippen breit. »Du bist heute Morgen ganz schön langsam, Lenny James. Wir machen einen Ausflug.«

»Wieso weiß ich davon nichts?«

»Auch eine Überraschung.«

»Und wo gehen wir hin?« Ich wurde immer nervöser. Was hatte er nur vor? War es nur meine Paranoia, oder verhielt er sich seltsam?

Er verdrehte die Augen und wandte sich dem Sandwichmaker zu. »Das erfährst du schon noch früh genug. Und jetzt sei nicht so neugierig und zieh dir Schuhe an.«

»Ich habe noch nicht mal meine Zähne geputzt, geschweige denn geduscht«, erwiderte ich trocken. »Und ich erinnere dich nur noch mal daran, ich hasse Überraschungen.«

»Dann mach dich fertig, ich warte auf dich. Hopphopp.«

Mit einem schweren Seufzen gab ich mich geschlagen und verließ die Küche. »Ich brauche nicht lange.«

»Ich weiß«, erwiderte er amüsiert, ehe ich im Badezimmer verschwand.

Noch nie hatte ich mich in einer solchen Windeseile fertig gemacht. Ich stand keine fünf Minuten unter der Dusche, trocknete mich ab, zog mich wieder an und putzte mir die Zähne.

Noch während ich mir hastig Deo auftrug (ein Duft, der definitiv ganz anders roch als Daisy, nur für alle Fälle), entriegelte ich die Tür.

Ein Blick auf die Uhr verriet mir, dass es tatsächlich keine zehn Minuten gedauert hatte.

Creed saß auf dem alten Sofa und hantierte mit seinem Handy herum. Er blickte auf, als ich auf einem Bein hüpfend in Socken schlüpfte und mir meine Schuhe anzog.

Gerade als ich mich aufrichtete, um mir mein Handy aus dem Schlafzimmer zu holen, fing ich seinen Blick auf. Er beobachtete mich mit einem belustigten Ausdruck in den Augen.

»Was ist?«, fragte ich argwöhnisch.

Ein schiefes Lächeln erschien auf seinen Lippen. »Du hast mir gefehlt.«

Mein Atem stockte. »Du warst überhaupt nicht lange weg. Werd jetzt bloß nicht sentimental, Parker.«

Lachend stand er auf. »Du weißt doch, ich kann nie lange ohne dich.«

»Ich kotze«, brummte ich und ging in mein Zimmer.

Nach außen machte es den Anschein, als sei alles beim Alten. Creed verhielt sich mir gegenüber wie immer. Und ich war zuversichtlich, dass ich mich ebenfalls wie immer verhielt. Oder nicht? Zumindest setzte ich alles daran.

Hastig schnappte ich mir mein Telefon. Als ich mein Arbeitshandy am Ladekabel auf der Kommode entdeckte, welches ich normalerweise immer einstecken hatte, zögerte ich kurz. Schließlich nahm ich es mir und warf einen Blick auf den Lockscreen …

Erinnerungen von letzter Nacht schossen zurück in mein Hirn. Kurzerhand öffnete ich das Postfach und den letzten Chat. Creeds Nummer. Er hatte nicht noch einmal geschrieben. Doch allein zu sehen, was er Daisy letzte Nacht geschrieben hatte …

All das war Daisy widerfahren. Er hatte Daisy geküsst. Er wollte mit ihr ausgehen. Er schrieb ihr Nachrichten und flirtete mit ihr. Nicht mit Lenny. Nicht mit mir.

Ich bedeutete ihm nichts.

Wütend stopfte ich das Telefon in meine Hosentasche. Was machte das schon? Es hatte zuvor doch auch nichts ausgemacht. Wieso sollte es das jetzt?

Ich stampfte aus meinem Zimmer und zog die Tür mit einem saftigen Schlag hinter mir zu.

Ich sah, wie Creed die Augenbrauen hochzog. »Wow, was auch immer passiert ist, die arme Tür kann nichts dafür.«

Am liebsten hätte ich irgendeine bissige Antwort von mir gegeben. Aber es war nicht nur nicht mein Recht, ich konnte ihm auch unmöglich sagen, was Sache war. So ein verfluchter Mist!

Ich zwang mich, meine Schultern zu entspannen, und setzte ein Lächeln auf. »Alles in bester Ordnung. Lass uns gehen.«

Er nickte, was ich als gutes Zeichen deutete. Dann drehte er sich um und spazierte aus der Wohnung. Ich folgte ihm und befahl mir dabei selbst, die Ruhe zu bewahren. Doch mit jedem Schritt, den ich setzte, schien ich immer tiefer ins Schlamassel zu waten.

In Creeds schwarzem Jeep fuhren wir stadtauswärts. Er hatte das Radio aufgedreht, sang gut gelaunt einen Song von Joe Cocker mit und hatte alle vier Fenster heruntergelassen. Die Sonne strahlte kraftvoll vom Himmel und wurde nur dann und wann von großen weißen Wolken verdeckt. Ich trommelte den Takt der Musik mit den Fingerspitzen auf meine Knie, was die perfekte Ausrede war, um nervös herumzuzappeln. Ich schaffte es nicht einmal, meinen gegrillten Toast zu essen. Dafür fühlte sich mein Hals viel zu eng an. Immer wieder huschte mein Blick verstohlen zu Creed, auf der Suche nach irgendeinem Anzeichen, irgendetwas, das darauf hindeutete, dass er mich entlarvt hatte. Doch da war nichts. Nichts! Er schien vollkommen unbekümmert. Ein Arm lehnte lässig auf dem offenen Fenster, und eine Hand lag am Lenkrad und klopfte ebenfalls den Takt des Songs mit.

Was hatte er vor? Ob er mich letzte Nacht vielleicht doch enttarnt hatte? Meine Stimme! Ja, meine Stimme musste es gewesen sein, die er erkannt hatte. Ich hatte es doch gewusst! Das hier war bestimmt irgendein perfider Rachefeldzug, um die Wahrheit langsam und qualvoll aus mir herauszuquetschen, nur damit er anschließend, diabolisch lachend sagen konnte: *»Ha! Ich wusste, dass du Daisy bist! Ich wollte bloß, dass du es zugibst und dabei zugrunde gehst! Ha, ha, ha!«*

Ich verdrehte die Augen über mich selbst. Seit wann war ich so melodramatisch?

»Creed«, stieß ich hervor. Mein Hals fühlte sich steif an, als ich erneut in seine Richtung blickte. »Sagst du mir jetzt endlich, wo wir hinfahren?«

Er lachte auf. »Vergiss es. Von mir erfährst du kein Sterbenswörtchen, bis wir da sind.«

Ich sank tiefer in den dunklen Sitz. »Na schön, dann hast du eben gewonnen.«

Darauf erwiderte er nichts, doch ich sah, wie sein Grinsen breiter und triumphierender wurde.

Die Mall von Fletcher und ihr riesiger Parkplatz zogen an uns vorbei, ebenso wie eine Raststätte, ein Diner, ein Drive-in von McDoof und direkt daneben ein Fitnessstudio (ich hatte noch nie verstanden, weshalb man das Studio genau daneben aufgebaut hatte). Je weiter man stadtauswärts fuhr, desto dichter wurde der Highway von den für unseren Bundesstaat typischen riesigen Schwarzpappeln in Schatten gehüllt. Jeden Frühsommer wehten durch die ganze Stadt weiße Bälle aus Samenwolle. Es sah immer so aus, als hätte irgendwer eine gigantische Ladung Schnee über Fletcher in die Luft geblasen, der anschließend überall hing.

Creed drehte das Radio ein wenig leiser und warf mir einen kurzen Blick zu. »Du siehst müde aus, Len.«

Wie auf Kommando gähnte ich. »Vermutlich, weil ich eben erst aufgestanden bin.«

»Nein, ich meine die Ringe unter deinen Augen.«

Ich zuckte ich die Schultern. »Ich schätze, ich habe einfach etwas unruhig geschlafen. Wie war es in Maine?«

»Seltsam«, erwiderte er. Dann schwieg er kurz, ehe er das Radio ganz abschaltete.

»Nach deinem Anruf hab ich nichts mehr von dir gehört.«

»Ich weiß. Tut mir leid. Aber genau deswegen sind wir jetzt hier.« Er zwinkerte mir zu, wechselte den Gang und beschleunigte, bis das Sonnenlicht, das durch die Bäume fiel, im Wageninneren zu flackern schien.

»Wie war der Besuch bei Ches' Bruder?«, fragte ich – und bereute die Frage gleich darauf. Ich wusste nicht, ob das ein Thema war, über das er sprechen wollte. Mit *mir* sprechen wollte.

Creed schien es aber offenbar nicht zu stören, dass ich gefragt hatte. »Je näher der Tag von Maxx' Entlassung kommt, desto dicker wird die Luft zwischen ihm und Ches. Ihre Eltern sind auch schon ganz nervös. Vermutlich werden einige alte Geschichten aufgerollt, sobald er draußen ist, bevor sie vieles endlich abhaken können. Alles in allem war es echt seltsam zu Hause. Ich bin ganz froh, wieder hier zu sein.«

Er lächelte, doch es wirkte zu angespannt, als dass ich es ihm abgekauft hätte. Mir war nicht entgangen, dass er kein einziges Wort über sich selbst verloren hatte.

»Und wie war es für dich in Maine?«, fragte ich vorsichtig.

»Hab meine Eltern wieder nicht besucht.« Er zuckte mit den Schultern, so als sei nichts dran. Doch auch wenn ich nicht wusste, was zwischen ihm und seinen Eltern vorgefallen war, kannte ich ihn. Selbst nach fast vier Jahren hielten wir uns noch immer weitestgehend an diese Abmachung. Das gestaltete so manches schwieriger. Und es war schräg. Aber wenn ich ehrlich war, war es so in Ordnung. Alles an unserer Freundschaft war in Ordnung, sogar mehr als das. Ich musste nicht wissen, wo er herkam, um zu wissen, wer er war. Und genauso andersherum. Unsere Vergangenheit definierte uns nicht – das war etwas, was mir besonders wichtig war. Das Hier und Jetzt war es, was zählte.

»Was soll's?«, fragte ich und klopfte ihm auf die Schulter. »Wenn du sie nicht besuchen wolltest, kann dich niemand zwingen.«

»Das ist es ja gerade«, erwiderte er leise. »Diesmal wollte ich sie besuchen.«

Er schien wohl zu bemerken, dass ich überrascht die Augenbrauen hob.

»Und wieso hast du es nicht getan?«, fragte ich zögerlich.

»Ich weiß nicht. Vermutlich hätten sie es gar nicht gewollt. Susan und Gerald haben sich gefreut, mich zu sehen, das sollte mir eigentlich genügen.«

»Aber das tut es nicht?«

Seine Augen blitzten auf, und erneut warf er mir einen kurzen Blick zu. »Nein. Irgendwie nicht. Liegt vermutlich an meinem Alter. Die Phase geht irgendwann auch wieder vorbei.«

Ich verdrehte die Augen. »Bitte tu nicht schon wieder so, als hättest du in den drei Jahren, die du mir voraushast, die Weisheit mit dem Silberlöffel in dich hineingeschaufelt.«

»Ich werde bald fünfundzwanzig, Lenny. Das ist etwas anderes als einundzwanzig. Irgendwie möchte ich meinen Eltern zeigen, dass ich mein Leben in den Griff bekomme. Dass ich klarkomme. Hört sich ausgesprochen dämlicher an als in meinem Kopf, schon klar.«

Ich öffnete den Mund und schloss ihn wieder. Dieses Thema machte mich auf ganz andere Art und Weise unsicher. Er hatte es aufgebracht, also wollte er darüber sprechen, oder?

»Es klingt nicht dämlich, Creed«, sagte ich schließlich. »Vielleicht kannst du den Besuch bei deinem nächsten Trip nach Maine nachholen.«

»Ja. Vielleicht. Auch wenn ich glaube, dass mein Dad mich immer noch nicht sehen will.« Ein schiefes Lächeln erschien auf seinen Lippen. »Ich glaube, er hat mir noch nicht verziehen, dass ich seinen Jeep geklaut habe.«

Ich riss die Augen auf. »Moment. Diesen Jeep?« Ich klopfte auf das Armaturenbrett. »Den hast du deinem Dad *geklaut?*«

»Hab ich das noch nie erwähnt?«, fragte er unschuldig.

»Nein! Du hast mir erzählt, er hätte ihn dir geschenkt!«

Er grinste breit und warf mir einen amüsierten Blick zu. »Hoppla. Dann hab ich das wohl vergessen.«

Ich stieß ein Schnauben aus. »Und das von jemandem, der Polizist werden will.«

Creed versteifte sich. In derselben Sekunde rutschte mir das Herz in die Hose, und ich hielt den Atem an. Verflucht.

Er schwieg lange. Immer wieder huschten seine Augen zu mir, dann wieder zur Straße, um sie im Blick zu behalten. »Woher ...« Er räusperte sich, und auf seine Stirn traten tiefe Furchen. »Woher weißt du das?«

Mein Atem wollte sich beschleunigen, doch ich wagte es nicht, auch nur nach Luft zu schnappen. So viele Fragen schossen mir plötzlich durch den Kopf. Aber nicht nur Fragen. Auch überaus tiefe Kränkung. Dann stimmte es also. Und er hatte mir nichts davon erzählt. Nicht ein Sterbenswörtchen hatte er darüber verloren, er hatte nicht einmal den Eindruck gemacht, als hätte er groß Interesse daran, zur Polizei zu gehen. Und dann erzählte er es ausgerechnet Daisy. Und das noch vor mir! Es fühlte sich an wie Hochverrat.

Es machte mich traurig und wütend.

Und eifersüchtig auf mich selbst.

»Ella hat es mir erzählt«, log ich – und das mehr als lahm. Ganz offenbar fiel das nicht nur mir auf. Creed machte nicht den Anschein, als würde er mir glauben. Und das wiederum ließ meinen Puls in die Höhe schnellen.

Hastig fügte ich hinzu: »Wir haben vor Kurzem gesimst. Da … Da hat sie es erwähnt. Also stimmt es? Du willst zur Polizei?«

Er ließ den Atem entweichen und fuhr sich mit einer Hand über den Nacken – endlich schien er die Lüge zu schlucken. »Ja. Na ja. Das sollte eigentlich die Überraschung sein. Ich wollte es dir heute erzählen. Deshalb dieser Roadtrip. Wir fahren nach Warden Hill, zur Police Academy. Dort wollte ich es dir erzählen. Verdammt, ich kann nicht fassen, dass Ella es dir brühwarm erzählt hat! Das macht alles kaputt.«

Augenblicklich meldete sich mein schlechtes Gewissen. Ich war so ein furchtbarer Mensch. Gott, was machte ich nur? Er sollte nicht sauer auf Ella sein, oder enttäuscht, nur weil ich mich immer tiefer in meinen Lügen verstrickte!

Mein Hals wurde eng und staubtrocken. Ich nestelte an meinen Fingern herum und starrte aus dem Fenster. »Tut mir leid«, flüsterte ich und biss mir auf die Lippe. In meiner Stimme lag nicht nur Reue, sondern vor allem Scham. Die Scham war so heiß und brennend, dass ich mich am liebsten aus meiner Haut geschält hätte. Ich schämte mich für alles, was seit dem ersten Kuss geschehen war. Die Lügen. Die Geheimniskrämerei. Sie fühlten sich an wie Gift, das mir durch die Adern strömte.

»Na ja. Was soll's«, sagte Creed und lächelte schwach. »Du solltest nach Ches und Ella sowieso die Erste sein, die es erfährt. Dann ist die Katze eben aus dem Sack. Ich werde Polizist!«

Sein Stimmungswechsel erwischte mich wie eine Dampfwalze. Natürlich, für ihn waren es große Neuigkeiten. Er hatte sie inszenieren wollen, groß verkünden, wie es seine Art war, deshalb hatte er es bisher für sich behalten. Das war also auch der Grund gewesen, weshalb er mir nicht Bescheid gesagt hatte, dass er wieder in Fletcher war.

Ich zwang mich zu einem Lächeln. »Was zum Teufel hat dich dazu geritten, dich als Polizist zu bewerben? Wieso hast du nie etwas gesagt?«

Creed zuckte die Schultern. »Erst war es nur so ein Gedanke. Ich hab nicht mal mit Ches darüber gesprochen. Du weißt ja, dass ich schon lange überlegt habe, wie es weitergehen soll, jetzt, wo Ches und ich endlich wieder … du weißt schon. Erst habe ich überlegt, mich für ein Studium einzuschreiben, dann habe ich mit dem Gedanken gespielt, der Army beizutreten.«

Meine Augen weiteten sich. »Creed!«

Er winkte ab. »Die Idee hielt nur für ungefähr einen Tag. Dann habe ich darüber nachgedacht, zur Polizei zu gehen, und der Gedanke hat sich so festgesetzt, dass ich praktisch keine Wahl hatte, als mich zu bewerben. Es hat sich einfach richtig angefühlt.«

Ein Lachen löste sich von meinen Lippen, was seine Augenbrauen irritiert in die Höhe schießen ließ. »Tut mir leid«, sagte ich hastig. »Es ist nur … die Vorstellung, dass du Polizist wirst …« Erneut entwich mir ein Lachen, auch wenn es eher meiner Nervosität und den blank liegenden Nerven geschuldet war, als dass ich wirklich irgendetwas lustig fand.

»Was ist daran so abwegig?« Er klang beleidigt.

»Nach allem, was die letzten Jahre war, hätte ich einfach nicht gedacht, dass ausgerechnet du zur Polizei gehst. Deine Weste ist doch schon lange nicht mehr weiß.«

»Du tust fast so, als wäre ich ein Verbrecher«, bemerkte er und verzog das Gesicht. Oh. Mist. Na, das hatte ich wieder toll hinbekommen. Er war ernsthaft gekränkt, und das kam bei Creed wirklich selten vor.

»Creed«, sagte ich eindringlich. »Geheimer Ort im Untergrund? Gangs, und weiß Gott, wer noch alles beteiligt war? Illegaler, als mit dem Käfig verstrickt zu sein, geht es nicht. Wenn das herauskommt, wird dir die Hölle heißgemacht. Deine Polizeikarriere wäre vorbei, bevor sie angefangen hat. Ich freue mich ja für dich, dass du etwas gefunden hast, was dich so interessiert, aber ich mache mir Sorgen, kapiert?«

Seine Lippen pressten sich zu einer dünnen Linie zusammen. Offenbar stimmte ihn meine Ansprache nicht milder. »Das ist mein Neubeginn, Lenny. Ein neues Leben. Wir haben endlich die Chance, noch einmal ganz von vorne anzufangen und unsere Zukunft selbst in die Hand zu nehmen.« Ein Muskel an seinem Kiefer zuckte. »Ich habe nur meinen besten Freund beschützt, so gut ich konnte. Nach allem, was er und seine Familie für mich getan haben, war es das Mindeste, was ich tun konnte. Und das soll mir jetzt für immer zum Verhängnis gemacht werden?«

Creed schwieg und starrte weiter auf die Straße. Nur das leise Geräusch des Motors und das Pfeifen des Windes durch die offenen Fenster waren zu hören. In meinem Kopf jedoch war es sehr laut.

»Du spielst mit dem Feuer«, flüsterte ich und schüttelte langsam den Kopf. »Ich verstehe, wenn du einen Neuanfang brauchst, aber du kannst doch nicht zur Polizei gehen, Creed. Ein falsches Wort, und du kommst in Schwierigkeiten. In große.«

»Das Risiko ist es mir wert«, erwiderte er knapp – und trotzig. Die Entscheidung war längst gefallen. Und nicht eine Sekunde hatte er mich daran teilhaben lassen.

Mit einem Mal wirkte er erschöpft. »Ich hatte gehofft, du würdest dich für mich freuen. Es ist das, was ich machen will, und ich vollbringe dort bestimmt Gutes. Das brauche ich einfach. Irgendwo gehöre ich hin, und vielleicht finde ich dort meinen Platz.«

Verdammt, die Sehnsucht in seiner Stimme sorgte dafür, dass sich mein Herz schmerzlich zusammenzog.

»Ich … Ich freue mich doch für dich«, sagte ich leise, weil ich nicht wusste, was ich sonst erwidern sollte. Er wirkte plötzlich so verloren. Besonders seine letzten Worte hatten etwas von ihm preisgegeben, was ich zuvor noch nicht gesehen hatte. *Irgendwo gehöre ich hin, und vielleicht finde ich dort meinen Platz.* Das klang ganz und gar nicht wie der Creed, den ich kannte. Und irgendwie beschlich mich der Verdacht, dass vielleicht auch er eine Rolle spielte: der unbekümmerte, flirtende, selbstbewusste Creed Parker.

Die Luft im Auto schien wie aufgeladen. Die Stille war erdrückend. Wir passierten das Ortsschild von Warden Hill und einige kleine Häuser. Warden Hill war nicht groß, sehr verschlafen und ein wenig langweilig – ich war drei- oder viermal hier gewesen. Am Ende der Main Street befand sich ein Burgerladen, den Vince und ich mal zu meinem Geburtstag besucht hatten. Als ich noch zur Highschool in Coldwater gegangen war, waren ein paar Leute in meinen Kursen gewesen, die von hier kamen, da der Ort über keine eigene Highschool verfügte.

Creed durchquerte Warden Hill einmal, was nur wenige Minuten dauerte. Die Straße wurde anschließend immer schmaler und holpriger, die Grundstücke dafür immer größer, bis wir einen dichten Wald passierten, dessen Trauerweiden und kränklich aussehenden Laub- und Nadelbäume die Straße säumten.

»Hier ist es«, sagte Creed und bremste ab, als eine gepflasterte Abzweigung zu unserer Rechten in Sichtweite kam. Daneben stand ein großes, in die Jahre gekommenes Schild, auf dem die vergilbten Buchstaben »WARDEN HILL POLICE & CRIMINAL JUSTICE ACADEMY« prangten.

Creed bog ab und beschleunigte den Jeep wieder, wechselte den Gang. Seine Bewegungen wirkten mechanisch, und ich hätte mich dafür ohrfeigen können. Das war meine Schuld. Er hatte mich überraschen wollen, hatte es mir stolz und glücklich erzählen wollen, und ich hatte ihm das verdorben. Beides.

Daisy hätte das bestimmt nicht getan.

Die Straße schien leicht bergauf zu gehen. Obwohl wir nur im Auto saßen, fühlte sich die Luft hier im Wald kühler und feuchter an. Ohne dass ich etwas hätte sagen müssen, ließ Creed die Fenster nach oben fahren.

Ein paar Augenblicke später erschien am Ende der Straße ein steinerner, offener Torbogen. Ein ganzes Stück weiter dahinter lag, aus dem gleichen Stein, ein großer Gebäudekomplex, zugewuchert mit Efeu.

Creed fuhr nicht hinein. Vor dem Torbogen lenkte er den Jeep auf den Seitenstreifen und hielt dort an.

Der Motor erstarb.

»Da wären wir«, sagte er und rieb sich mit den Händen über die Beine. »In zwei Monaten geht es los.«

»Dann freust du dich schon?«, fragte ich, den Blick weiter auf das große Gebäude gerichtet.

»Ja, sehr. Ich glaube, es wird ziemlich hart, aber das ist es mir wert. Den körperlichen Teil dürfte ich auf die Reihe bekommen. Sie bieten auch ein Mentoringprogramm an, aber das ist ziemlich teuer. Deshalb habe ich mir schon mal ein paar Bücher besorgt und versuche, jeden Tag ein paar Seiten zu lesen.«

Ich konnte nicht anders, als zu lächeln. »Das sieht dir ähnlich, Parker.« Ich wusste nicht, woher es kam, doch mit einem Mal schwoll meine Brust vor Stolz an. Auch wenn ich Angst hatte vor dem, was ihn vielleicht erwarten könnte, vor der Möglichkeit, dass sie seiner Vergangenheit auf die Schliche kamen und ihn dafür bestraften, konnte ich nicht anders, als Stolz für ihn zu empfinden. Es war absurd. Sowohl das Gefühl wie auch die Tatsache, dass das alles hier sein Ernst war. Doch irgendwie sagte mir das Leuchten in seinen Augen, dass es das Richtige war. Das Richtige für ihn.

»Creed, wenn ich dir irgendwie helfen kann …«, begann ich, doch meine Stimme versagte. Ich runzelte über mich selbst die Stirn. Auch Creed wirkte erwartungsvoll, so als hätten ihn meine Worte ebenfalls verblüfft.

»Ich stehe jederzeit für ein wenig Ablenkung zur Verfügung. Falls du mal den Kopf frei bekommen willst, oder so.« Noch während ich die Worte aussprach, erschien auf Creeds Lippen die Andeutung eines schiefen Lächelns, und ich bemerkte, wie furchtbar falsch sie klangen.

Ich schnappte nach Luft. »Nein, so meine ich das nicht! Ich rede von Bier. Jeder Menge Bier! Oder wir könnten zusammen lernen.«

»Bier«, wiederholte er und verschränkte die Arme. »Nein, ich glaube, ich weiß genau, was du meinst. Und diesen Gemeinsam-lernen-Trick kenne ich schon seit der Middleschool. Danke, Lenny, ich weiß sehr zu schätzen, was du mir da anbietest.« Er zwinkerte mir zu, was mich nach Luft schnappen ließ – und schon waren wir wieder ganz wir.

»Oh, Mann. Leck mich«, knurrte ich.

Er hob eine Augenbraue. »Ist aus deinem Angebot gerade ein Befehl geworden?«

»Parker!«

Mit einem Mal brach er in schallendes Gelächter aus. Er lehnte sich zu mir, nahm meinen Kopf in die Hände und küsste meine Wange, während ich darum bemüht war, keinen prähistorischen Laut der Qual loszulassen, der mir bereits im Hals kitzelte.

»Danke, Len«, sagte er und startete den Motor wieder. So, als sei es ganz normal, so innige Wangenküsse zu verteilen – für ihn schon. Für mich nicht. Nicht mehr.

»Bier klingt jederzeit gut. Und jede Menge Bier sogar noch besser.« Er lächelte und wendete den Wagen.

»Du willst schon fahren?«, fragte ich überrascht. »Wir sind doch gerade erst gekommen. Willst du nicht … aussteigen und herumlaufen und so was?«

Ich hielt den Atem an, als er mir plötzlich sachte, beinahe sanft, das Knie tätschelte und seine Finger für den Bruchteil einer Sekunde dort liegen ließ. »Nicht nötig. Außerdem würde das bestimmt peinlich werden, wenn uns irgendwer sehen und fragen sollte, was wir dort zu suchen haben.«

»Auch wieder wahr«, gab ich zu.

Auf dem Weg zurück nach Fletcher drehte Creed das Radio wieder auf. Die angespannte Stimmung war, Gott sei Dank, fort. Wir aßen unsere gegrillten Sandwiches, die mittlerweile kalt und alles andere als knusprig waren, und hörten uns die Nachrichten an, ehe er den Sender wechselte und ein langweiliger Sommer-Remix erklang.

Während der gesamten Fahrt zurück zu mir nach Hause grübelte ich vor mich hin. Mittlerweile war ich nicht mehr ganz so nervös, obwohl die Stelle auf meiner Wange, auf welche er mich geküsst hatte, noch immer ein wenig kribbelte, ebenso wie mein Knie. Immer wieder blitzten die Bilder von letzter Nacht vor meinem inneren Auge auf, wie heiß es zwischen uns gewesen war, wie explosiv. Leidenschaftlich. Es war ein überwältigendes Gefühl gewesen, als Creed die trainierten Arme um mich geschlungen hatte, um mich an sich zu pressen, um mich gierig zu küssen und – *nein. Stopp. Das alles ist Daisy widerfahren, nicht dir.*

Mein Schädel brummte. Es war, als hätte ich eine Art Wackelkontakt erlitten, als bewegte ich mich zwischen zwei Welten, die plötzlich so nah beieinander lagen wie die Häute einer Zwiebel. Jetzt waren wir einfach nur Creed und Lenny. Lenny und Creed. Was auch nicht schlecht war, ganz und gar nicht. Aber Daisy war viel weniger weit weg als sonst. Ich durfte nicht zulassen, dass die Grenzen verschwammen. Er hatte mir etwas anvertraut, das ihm sehr am Herzen lag, das er sonst nur mit Ches (und Ella) geteilt hatte. Er hatte mich in sein Innerstes blicken lassen, was er sonst bei fast niemandem erlaubte. Was er bei Daisy niemals tun würde, weil solche Intimität zwischen ihm und ihr nicht existierte; weil sie sich fremd waren.

Vielleicht war diese Art von Nähe genauso viel wert. Vielleicht sogar noch mehr. Das Problem an der Sache war nur, dass ich mich ihm *zu* nahe fühlte. Ich wollte mehr von Creed wissen. Mehr über seiner Kindheit, über seine Eltern. Und ihm mehr geben, von mir. Etwas, was ich mir nie erlaubt hatte zu wollen. Doch offenbar hatte das, was zwischen Daisy und ihm passiert war, noch ganz andere Auswirkungen auf meine Gefühle für ihn.

Nur Lenny und Creed zu sein, reichte mir nicht länger.

Ich wollte *mehr* von allem.

»Wusstest du eigentlich«, begann ich, und sah Creed an, »dass Lenny nur mein Spitzname ist?«

Seine Augenbrauen schossen nach oben, und er warf mir einen Blick zu, während wir in meine Straße einfuhren. Er parkte den Wagen vor Carlas und meinem Wohnkomplex. »Ach ja?«

»Ja. Ist nur ein Spitzname.«

Der Motor erstarb. Er sagte nichts, so als würde er darauf warten, dass ich fortfuhr. Schließlich zuckten seine Mundwinkel amüsiert. »Und wie lautet dann dein voller Name?«

»Wehe, du lachst.«

Sofort legte er sich eine Hand auf die Brust und hob die andere.

»Ich schwöre, dass ich nicht lachen werde, so wahr Gott mein Zeuge ist.«

Ich schnallte mich ab. »Okay. Lenny ist kurz für Eleanor. Eleanor Christa James. Junior. Meine Mom hat mich nach sich selbst benannt, und Christa hieß meine Großmutter.« Ich presste die Lippen zusammen und beobachtete ihn gespannt.

Creed musterte mich, und der Ausdruck in seinen Augen wurde so zärtlich, dass sich mein Herz zusammenzog. »Eleanor«, sagte er langsam, so als würde er den Namen kosten. »Das klingt schön.«

Ein zaghaftes Lächeln machte sich auf meinem Gesicht breit, was ich nicht hätte verhindern können, selbst wenn ich es darauf angelegt hätte. So wie Creed mich ansah, hatte ich den Eindruck, als würde er versuchen, diesen Namen in Verbindung mit mir, mit meinem Äußeren zu bringen – und damit wäre er seit sehr langer Zeit der Erste. Und genau deshalb begann mein Herz, schneller zu schlagen.

»Wieso hast du mir das nie erzählt?«, murmelte er.

Ich senkte den Blick und zuckte mit den Schultern. »Ich weiß nicht. Es war nie der Rede wert, schätze ich.«

»Und wieso erzählst du es mir jetzt?«

Ich zögerte. »Es war nur fair. Du hast mir etwas von dir erzählt, was ich nicht wusste. Den Gefallen wollte ich erwidern.«

Den Gefallen. Ganz bestimmt fiel nicht nur mir meine Wortwahl auf.

Diesmal legte er mir seine Hand nicht auf mein Knie, um darauf zu klopfen. Genau genommen legte er seine Hand auf meinen Oberschenkel und drückte ihn so sanft, dass mein Magen einen Purzelbaum schlug und mir beinahe ein machtloses »Oh« entschlüpft wäre. Sein Blick fing meinen auf. Und irgendetwas schien sich zu verändern. Ich konnte nur nicht sagen, was. Was auch immer es war, es sorgte dafür, dass ich die Luft anhalten musste. Das elektrische Kribbeln zog sich durch meinen ganzen Körper.

»Eleanor James«, sagte er und lächelte schief – und es war, als würde er einen Teil von mir ansprechen, den er gar nicht kennen konnte. Den Teil, den ich vor langer Zeit zurückgelassen hatte. Es war erschreckend und vertraut zugleich.

Doch obwohl es sich gut anfühlte, wenn er mich so nannte, obwohl mir der Klang aus seinem Mund mehr gefiel, als es sollte, beschwor es gegen meinen Willen Bilder herauf, die mein Blut augenblicklich abkühlten. Erinnerungen. Zu viele.

Mein Magen verknotete sich.

Nicht daran denken!

»Danke, dass du mir die Police Academy gezeigt hast, Creed.« Hastig räusperte ich mich. »Und ich freue mich für dich. Tut mir leid, wenn das nicht den Anschein gemacht hat. Ich mache mir nur Sorgen. Weil du … weil du mir viel bedeutest. Das ist alles.«

Meine Kehle wurde staubtrocken, und meine Brust zog sich zusammen. Verflucht. Wann hatten wir zuletzt so offen miteinander gesprochen? Es war, als hätten wir eine unsichtbare Grenze überschritten.

»Ich weiß«, sagte Creed nur und nahm endlich seine Hand von meinem Bein. Hätte er sie länger dort liegen gelassen, hätte ich vermutlich noch einen Herzkasper bekommen.

Ich öffnete die Wagentür und stieg aus. »Wir sehen uns. Schreib mir, falls du und Ches später ins *Leo's* fahren solltet.«

Er lächelte breit und startete den Motor. »Zu Befehl, Eleanor James.«

Und schon war wieder alles beim Alten. Zumindest fast.

Denn als ich ging, konnte ich hören, dass er den laufenden Wagen nicht von der Stelle bewegte. Stattdessen spürte ich, wie mein Nacken zu kribbeln begann, durch den Blick, den er mir hinterherwarf, bis ich im Haus verschwunden war.

KAPITEL 17

Zwölf Jahre zuvor …

LENNY

»Er hat dich nicht gehört, Eleanor.«

Verzweifelt presste ich die Lippen zusammen. Dann sagte ich, diesmal lauter als die beiden Male zuvor: »Es tut mir leid!«

Ma nickte heftig. Ihr Blick war wütend und glasig, ihre Haare zerzaust. Ein Anblick, der mir sehr vertraut war. Und der mir immer wieder Angst einjagte.

Meine Augen wanderten weiter. Zu Rob. Er lächelte mich an, und der Ausdruck auf seinen dünnen Lippen war triumphierend.

Wieder wollten mir Tränen in die Augen steigen, aber ich tat alles, damit sie mir nicht über die Wange strömten. *Du darfst nicht weinen. Du darfst nicht weinen. Du darfst nicht weinen. Du darfst nicht weinen.*

Sonst passiert es schon wieder.

Ein zittriges Schniefen entwich mir, was mich entsetzt nach Luft schnappen ließ. *Nicht weinen!*

»Tut mir leid«, keuchte ich noch einmal. »Das nächste Mal strenge ich mich mehr an. Ich verspreche es!«

Mas Miene wurde ein wenig nachgiebiger. Sie ging vor mir in die Hocke und schloss die Hände um meine Schultern. Dann jedoch drückte sie sie. Sehr, sehr fest. »Ich reiße mir den Arsch für dich auf, Eleanor«, sagte sie mit ruhiger Stimme, die ganz im Kontrast zu dem harten, durchdringenden Blick stand. »Du bist neun Jahre alt, keine fünf. Du weißt, wie deine Chancen im Leben sind. Ich tue alles, um dich zu fördern, um dich zu unterstützen und dir eine Zukunft zu bieten. Aber du wirfst alles in den Dreck!«

Ihr Griff wurde so stark, dass ich nicht anders konnte, als zu wimmern. Sofort huschte mein Blick alarmiert zu Rob. Die Warnung stand ihm regelrecht ins glänzende Gesicht geschrieben. Er machte sich eine Zigarette an, ohne mich aus den Augen zu lassen, blies den Rauch in Richtung meines Gesichts und trat das Streichholz auf dem fleckigen Teppich unseres Trailers aus.

Die Angst ließ mich zittern. Wieder sah ich meine Ma an. Plötzlich schüttelte sie mich. »Scheiße, Eleanor, weißt du, wie sehr ich mich für dich verschuldet habe? Was das bedeutet?«

Ein Kloß saß in meinem Hals. Es fühlte sich an, als würde ich gleich Schluckauf bekommen, so schwer war es, das Schluchzen zurückzuhalten. Ängstlich schüttelte ich den Kopf. *Bitte drück mich nicht so doll, Ma. Es tut weh. Bitte!*

Noch bevor ich die Bewegung beendet hatte, flog mein Kopf auch schon mit voller Wucht zur Seite. Ein schlimmes Brennen breitete sich auf meiner Wange aus, und ich schrie spitz auf vor Schmerz. Und es passierte: Ich schluchzte. Ich weinte. Rob hatte wieder ausgeholt.

»Scheiße, verdammt!«, grollte er, schubste meine Mutter zur Seite, packte mich noch grober an den Schultern und schüttelte mich so sehr, bis mir schwindelig wurde. »Wie oft haben wir dir schon gesagt, dass du nicht weinen sollst wie ein beschissenes kleines Kind? Hör auf zu weinen, Eleanor! HÖR AUF!«

Ich versuchte es wirklich, ich versuchte, tapfer zu sein. Doch ich schaffte es nicht, und zur Bestrafung ließ Rob meinen Kopf noch einmal zur Seite fliegen, wieder brannte meine Wange, diesmal noch mehr als zuvor. Dann die andere. Ich schrie auf.

»Jetzt tu deiner armen Mutter schon den Gefallen und sag, was sie hören will, du kleiner Satansbraten. Siehst du nicht, wie sehr sie wegen dir leidet?«

Er ließ mich los, und ich fiel zu Boden. Der glitzernde Tüll meines Rockes vom heutigen Wettbewerb breitete sich um mich herum auf dem schmutzigen Boden des alten Trailers aus. Ich weinte bitterlich. Ich bekam keine Luft mehr. Mein Ballerinaknoten hatte sich durch das Schütteln gelöst, und meine Haare hingen mir zerzaust ins Gesicht. Hastig rieb ich mir mit den Fäusten über die Augen. »Es tut mir leid!«, weinte ich laut. »Ich verspreche, es wird nie wieder passieren! Ich trainiere mehr, und ich werde nie wieder einen Wettkampf verlieren! Versprochen, versprochen, versprochen, versprochen! Ich werde nur noch gewinnen!«

Ich rollte mich auf dem Boden des Trailers zusammen, machte mich so klein, wie ich nur konnte. So klein, als könnte ich mich auflösen und verschwinden. Denn das war mein größter Wunsch. Mich einfach in Luft aufzulösen. Ich wollte nicht mehr ich sein. Ich sehnte mich so sehr danach, einfach nicht mehr zu sein. Damit Rob mich nie wieder schütteln konnte. Und damit ich nie wieder für Ma gewinnen musste.

KAPITEL 18

DAISY

Daisy: *Hey. Tut mir leid, dass ich dich einfach habe stehen lassen. Ich dachte, das solltest du abschließend noch wissen.*

Creed: *Guten Morgen, schöne Unbekannte. Mach dir nichts draus. Ich hoffe, du hast gut geschlafen und bist bereit, endlich mit mir auszugehen.*

Daisy: *Ich glaube, du hast da was falsch verstanden. Ich habe dir nicht geschrieben, weil ich ein Gespräch anfangen wollte, sondern weil ich ein schlechtes Gewissen habe. Du solltest die Nacht lieber vergessen.*

Creed: *Papperlapapp. Ich bin immerhin dein fester Freund. Hast du selbst gesagt.*

Daisy: *Das war eine Notlüge.*

Creed: *Der Kuss hat sich alles andere als nach einer Lüge angefühlt. Ich glaube, das weißt du genauso gut wie ich.*

Daisy: *Ich bin eine ziemlich gute Schauspielerin. Und außerdem ist es mein Job, Männern dieses Gefühl zu geben. Woher willst du wissen, dass es keine Lüge war?*

Creed: *Gib doch einfach zu, dass du total auf mich stehst. Wir sollten mit offenen Karten spielen.*

Daisy: *Ich stehe überhaupt gar nicht auf dich!*

Creed: *Dann gib mir doch eine Möglichkeit, dich vom Gegenteil zu überzeugen.*

Daisy: *Wieso glaubst du, würde dir das gelingen?*

Creed: *Weil ich einfach unwiderstehlich bin. ;)*

Daisy: *Wow. Du bist vor allem ziemlich eingebildet. Und ein Widerling.*

Creed: *Man hat mich schon Schlimmeres genannt.*

…

Creed: *Hey, guten Abend. Schläfst du schon?*

Daisy: *Tief und fest.*

Creed: *Also, wann sehen wir uns wieder, sweet Daisy?*

Daisy: *Du gibst nicht auf, oder?*

Creed: *Nein, niemals. Eine Beziehung soll man immerhin hegen und pflegen.*

Daisy: *Ganz schön übergriffig für jemanden, der Officer werden will.*

Creed: *Hey, ich bin nur dein unschuldiger fester Freund. Du bist es, die mich in einem dunklen, schmutzigen Hinterhof ganz plötzlich geküsst hat. Und während eines ziemlich heißen Lapdance.*

Daisy: *Und du warst derjenige, der mir hinter dem Club aufgelauert hat.*

Creed: *Ich habe dir nicht aufgelauert! Ich wurde hinters Licht geführt, das weißt du. Ich bin ein total anständiger Kerl, meine Weste ist lupenrein. Du hingegen hast das Überraschungsmoment total ausgenutzt und mich schamlos überfallen. Das solltest du dringend wiedergutmachen. Vielleicht indem wir gleich da weitermachen, wo wir aufgehört haben?*

Daisy: *Ich gehe jetzt ins Bett, du Spinner!*

Creed: *Schlaf gut, Schönheit. Ich hoffe, du träumst von mir.*

»Daisy, was treibst du schon wieder da hinten?«

Ich fuhr zusammen und blickte über die Schulter. Gigi hatte die Arme verschränkt und sah mich ziemlich neugierig an. Ihre kurz rasierten Haare leuchteten frisch giftgrün gefärbt, und sie trug, wie wir anderen auch, knappe Trainingskleidung aus Sport-BH und Yoga-Panties.

Ich ließ mein Handy zurück in meine Tasche gleiten und erhob mich aus der Hocke. Dabei wurde mir mit einem Mal schwarz vor Augen, und ich schwankte für einen kurzen Augenblick zur Seite, ehe ich mich wieder fing. So lange wie heute hatte ich bisher noch nie trainiert, und es machte sich ziemlich bemerkbar. Doch bei all dem Gefühlschaos hatte ich diese Verausgabung dringend gebraucht. »Tut mir leid, musste nur schnell etwas nachsehen«, murmelte ich.

Mit anderen Worten: Ich musste mir den Chatverlauf vom gestrigen Tag das tausendste Mal durchlesen.

Angel stemmte schwer atmend eine Hand in die Hüfte und trank aus ihrer Wasserflasche, ehe sie sich keuchend mit dem Handrücken über den Mund fuhr. »Schon wieder?«

Es war früher Mittag. Außer Gigi, Angel und Juicy waren noch Diamond und vier Mädchen namens Candy, Rainbow, Kitty und Kitty Nummer zwei bei uns im Showroom, die ich allesamt nicht auseinanderhalten konnte – mir war erst klar geworden, wie einfallslos und generisch die meisten Strippernamen waren, als ich selbst angefangen hatte, als eine zu arbeiten. Wie diese lustigen Facebookspiele, bei denen sich der Strippername aus dem Namen des ersten Haustiers und der Sache, die man zuletzt gegessen hatte, zusammensetzte.

Ich war mehr als erleichtert gewesen, als sich die Neuen Gigi, Juicy und mir angeschlossen hatten. Es lieferte mir die perfekte Ausrede, mich stärker auf das Training für unsere Show, das Hier und Jetzt zu konzentrieren. Es verschaffte mir einen freien Kopf – zumindest hätte es so sein sollen. Ich hätte die Ablenkung gut gebrauchen können. Nachdem Creed mich am Vortag zu Hause abgesetzt hatte … es hatte sich anders angefühlt. So als hätte sich etwas zwischen uns verändert – zwischen uns, Lenny und Creed. Tektonische Plattenverschiebung. Und das konnte nichts mit Daisy zu tun haben, oder? Dann waren gestern jedoch die Nachrichten an Daisy eingetrudelt – an denen ich letztendlich selbst schuld war. Ich hatte ihm zuerst geschrieben. Vielleicht hatte ich ihm ja gar nicht nur geschrieben, um mich zu entschuldigen, wie ich es mir selbst einredete. Vielleicht hatte es mich auch einfach in den Fingern gejuckt, es zu tun. Die Neugierde, ob er zurückschreiben würde, und vor allem, was. Und jetzt hatte ich meine Antwort, was mir wieder einmal bestätigte, dass Wissen Fluch und Segen zugleich war. Der Stich war so schmerzhaft gewesen, dass ich eine ganze Weile nur auf die Nachricht hatte starren können. Mein Herz hatte noch immer warm und fest geschlagen, von dem, was zwischen Creed und mir gestern im Auto aufgeblüht war … doch ganz offenbar empfand bloß ich das so. Er nicht. Er konnte es kaum erwarten, Daisy wiederzusehen. Ich war nach wie vor bloß Lenny. *Bloß. Lenny.*

»Ist was mit deiner Familie, Daisy?«, fragte Gigi und bekam im nächsten Moment einen besorgten Ausdruck auf dem Gesicht.

Sofort schüttelte ich den Kopf und band meinen zerzausten Pferdeschwanz neu. Im Hintergrund lief ein Song von Ariana Grande, mindestens schon zum sechsten oder siebten Mal. Lag es an mir und meinem neuerdings dünnen Nervenkostüm, oder war diese Playlist viel zu kurz und viel zu ätzend? »Nein, ich habe nur etwas nachgelesen«, sagte ich noch einmal und zuckte mit den Schultern. »Alles in Ordnung.« Obwohl ich wütend und verletzt und enttäuscht war, konnte ich nicht anders, als mich an diese Nachrichten zu klammern. Immerhin war Daisy ein Teil von mir und den … wollte er. Auch wenn er nicht wusste, dass es ein Teil von *mir* war. (Großer Gott, in was verhedderte ich mich da bloß?)

Gigis Gesichtsausdruck wurde wissend, und ein Grinsen breitete sich auf ihren Lippen aus. »Ah. Es geht um Mr Höschendestroyer.«

Ich verdrehte die Augen. »Ich kann nicht glauben, dass du ihn ernsthaft so nennst.«

»Du bist einfach der letzte Mensch, von dem ich geglaubt hätte, dass er sich einen Kunden krallt. Also muss er ziemlich was draufhaben. Deshalb: Höschendestroyer.« Ein paar der anderen Mädchen stimmten ihr zu und lachten, Diamond und Angel grinsten mich an, dann gaben sie sich ein High Five. »Gern geschehen«, sagte Angel strahlend. »Wir haben reife Arbeit geleistet. Deswegen hat Shelby rein gar nichts in der Hand. Wir sind für eure Liebe verantwortlich und werden das Majid auch sagen, wenn es nötig wird.«

»Reden wir bitte einfach nicht darüber, okay? Lasst uns weitermachen«, sagte ich und hoffte, das Thema damit beendet zu haben.

»Wir warten nur auf dich«, erwiderte Gigi frech und drehte die Musik wieder lauter.

»Und das nicht erst seit eben«, brummte Juicy, die gerade an mir vorbeilief.

Wir gingen die Choreografie immer und immer wieder durch – bis zu dem Punkt, an dem ich den Großteil verwarf und wieder an einer neuen Reihenfolge, an neuen Schritten und Figuren und Abläufen tüftelte. Das bescherte mir zwar die eine oder andere Diskussion, ein paar Augendreher und genervtes Stöhnen, aber das war es mir wert. Es hatte sich noch nicht richtig angefühlt. Doch jetzt hatte ich das Gefühl, dass wir uns endlich auf dem richtigen Weg befanden.

Innerhalb der folgenden Stunde erlaubte ich es mir nur ein einziges Mal, noch einen Blick in meinen Posteingang zu werfen. Und ich wusste nicht, was mich mehr ärgerte, dass er nicht noch einmal geschrieben hatte oder dass ich es mir erhoffte, obwohl ich seine Nummer löschen sollte?

Gerade als ich mit dem Gedanken spielte, erneut an mein Handy zu gehen, entdeckte ich Shelby auf der anderen Seite des Clubs, die den Anschein machte, als wollte sie sich unbemerkt davonstehlen.

Augenblicklich verspannte ich mich und richtete mich vom Boden der Bühne auf. »Was zum Teufel hast du um diese Uhrzeit hier zu suchen?«, rief ich durch den Club.

Shelby blieb stehen, und selbst von der Bühne konnte ich sehen, wie finster sie dreinblickte. »Das geht dich einen feuchten Dreck an, Daisy«, rief sie zurück und kam zur Bühne gelaufen. Sie trug ein dünnes Top und Jeans-Hotpans, und ihre Haare waren hochgesteckt.

Ich spannte mich an, als sie vor der Bühne stehen blieb, und sammelte meine letzte Kraft, um ihr jeden Moment die Stirn zu bieten. »Übrigens werde ich Majid heute noch davon erzählen, dass du meine Nummer rausgegeben hast. Mir egal, was du für ein Problem mit mir hast, aber diese Aktion wirst du noch bereuen.«

Shelby stieß ein verächtliches Schnauben aus. »Mach doch, was du willst, Miststück. Das ist mir jetzt auch egal.«

»Glaube ich eher weniger«, erwiderte ich und verschränkte die Arme. »Du hast persönliche Daten rausgegeben. Dafür könnte Majid dich feuern, und ich hoffe, dass er genau das tut.«

Sie lachte auf, doch es wirkte freudlos. »Scheiße, du hast keine Ahnung, oder? Dieser Bastard hat mich gestern Nacht schon gefeuert. Ich bin nur hier, um meine Sachen zu holen.«

Überrascht hob ich die Augenbrauen. »Ach ja?«

Nun mischte sich auch Juicy ein, die neben mich trat. »Und nicht zu vergessen, dass er Lola, Daria, Renata und Destiny gestern Nacht ebenfalls mit einem lauten Knall gefeuert hat, weil er sie und Shelby mit einer Gruppe Banker und ein paar Tüten Koks im Showroom erwischt hat.«

»Was?«, fragte Gigi entsetzt. »Er hat Renata gefeuert?«

»Juicy!«, rief Diamond empört. »Du wusstest davon und hast es uns nicht erzählt?«

Juicy verzog das Gesicht. »Sehe ich aus wie ein Tratschweib?«

Ich blickte zu Shelby und konnte das triumphierende Lächeln einfach nicht unterdrücken. »Karma ist ’ne Bitch, was? Ich würde ja gerne sagen, dass ich dich hier vermissen werde, aber das wäre eine Lüge.«

»Leckt mich. Alle miteinander. Außerdem war ich sowieso zu gut für diesen Saftladen.« Sie wirbelte herum, stolzierte in Richtung Ausgang und hob die Hand zum Abschied. »Auf Nimmerwiedersehen, ihr verbrauchten Miststücke!«

»Ich hoffe, wir sehen sie wirklich nie wieder«, sagte ich, als das Geräusch der zufallenden Tür des Haupteingangs durch den Club hallte. Ich versuchte, nicht allzu schadenfroh zu sein – aber keine Chance. Ich war *ziemlich* schadenfroh. Karma hatte tatsächlich reife Leistung erbracht. Einzig und allein die Sache mit meiner Nummer und Creed wurmte mich noch. Shelby war zwar nun weg, aber das bedeutete auch, dass ich sie nicht mehr zur Rechenschaft ziehen konnte. Besser noch wäre es natürlich gewesen, sie wäre gefeuert worden, bevor sie Creed meine Nummer zugesteckt hatte, aber vielleicht war das wiederum meine ganz persönliche Portion Karma gewesen.

Und deshalb sollte ich vielleicht versuchen, mein Handy nicht länger zu beachten. Ich würde nicht mehr in den Chat reinlesen, den ich mittlerweile ohnehin auswendig konnte. Ich würde so hart trainieren, wie ich nur konnte, damit wir die beste Show aller Zeiten auf die Beine stellten. Ich würde alles geben, was ich hatte. Für die Choreografie. Für mich. Dafür, Creed zu vergessen.

Und deshalb kehrte ich meiner Tasche den Rücken zu und zeigte den Mädchen die nächsten Figuren und Schritte.

Gegen Ende des Trainings war ich so entkräftet wie nie zuvor. In etwa einer Stunde würde der Club schon öffnen – und zum ersten Mal war ich mir nicht sicher, ob ich es überhaupt schaffen konnte, eine einzige Treppenstufe nach unten in die Umkleide zu bewältigen, geschweige denn auch nur mit den Schultern zu zucken. Ich war vielleicht langes Training gewohnt, aber heute hatte ich definitiv übertrieben, das war selbst mir klar. Vielleicht war es nicht die beste Idee gewesen, Gefühlschaos mit körperlicher Anstrengung zu kompensieren. Doch ich hatte die Ablenkung und das Auspowern nötig gehabt. Mittlerweile waren nur noch Gigi und ich übrig. Die Tür fiel gerade ins Schloss, als schließlich auch Juicy uns verließ. Mein Hirn fühlte sich matschig an. Geröstet. Nein, eher wie eine in Alufolie gewickelte Kartoffel, die man herzlos auf dem Grill vergessen hatte, bis sie zu weich wurde und schließlich kläglich verbrannte. Damit hätte ich wohl mein Ziel erreicht. Ich hatte mich nicht nur verausgabt, sondern auch meinen Kopf in Brei verwandelt – was gut war. Das würde mich hoffentlich davon abhalten, mich heute noch einmal in ein Gedankenwirrwarr zu verstricken.

»Du bist schon wieder viel zu lange hier«, bemerkte auch Gigi streng und schaltete die Musik aus. »Raus mit der Sprache – haben du und Mr Höschendestroyer euch gestritten?« Sie schnappte nach Luft, und ihre Augen blitzten auf. »Uh, hatte er einen fremden Knutschfleck?«

Ich warf ihr einen vernichtenden Blick zu, ehe ich zu meiner Wasserflasche ging und sie zur Hälfte leerte. Meine Muskeln zuckten. »Er hat keine fremden Knutschflecke. Sonst wäre ich ja nicht mit ihm zusammen.«

Gigi grinste. »Das war doch nur ein Spaß, D. Hätte ja sein können, dass das hier nicht der einzige Club ist, in dem er Mädchen aufreißt.«

Verdammt. Ich hätte niemals zulassen dürfen, dass irgendwer aus dem *Dolly House* je von Creed erfuhr. Das hatte ich jetzt also davon.

Hastig rieb ich mir mit meinem Handtuch über das Gesicht.

»Jetzt spuck endlich aus, wieso du heute so mies gelaunt bist, Lenny.«

»Pscht!«, zischte ich und sah mich panisch um, doch wir waren noch immer allein. Das Herz rutschte mir in die Hose. »Scheiße, ich habe dir doch gesagt, dass du mich hier nicht so nennen sollst!«

Gigi stemmte die Hände in die schmalen Hüften und hob eine Augenbraue. »Fahr einen Gang runter, hier ist doch keine andere Menschenseele.«

»Es könnte immer irgendwer hören!«, erwiderte ich aufgebracht. Ich holte Taschentücher und Desinfizierspray aus dem Schrank hinter dem Bühnenvorhang und widmete mich der Polestange. Es kostete mich beinahe meine letzte Kraft, dabei nicht zu torkeln. Alles drehte sich, und mir war kalt. So richtig. Ich begann, nicht einfach nur zu zittern, ich schüttelte mich regelrecht.

»Ich habe einfach einen miesen Tag«, erklärte ich müde, als ich spürte, wie Gigi zu mir trat.

»Ich mach das schon«, sagte sie und nahm mir die Taschentücher und die Sprühflasche aus der Hand. »Du gehst mir auf die Nerven, wenn du so selbstzerstörerisch drauf bist, *Daisy*. Geh endlich nach Hause und ruh dich aus. Außerdem solltest du Majid fragen, ob du heute Abend und morgen freibekommst, damit du dich ausruhen kannst.« Gigi musterte mich aus ihren ungeschminkten dunklen Knopfaugen. »Oder du redest mit mir.«

Ich lachte kraftlos auf. »Sehe ich so aus, als würde ich reden wollen? Du klingst schon wie Stephen.«

Stephen war seit der Nacht, in welcher er mir diese unmögliche Summe für mein Kleidchen gegeben hatte, sozusagen ein fester Bestandteil des *Dolly-House*-Stammpublikums. Auch Gigi oder Angel tanzten manchmal für ihn und ergriffen jede Chance, sich ihm an den Hals zu schmeißen. Er konnte Stunden damit verbringen, uns ein Ohr über seinen schnöseligen, langweiligen Lebensstil abzukauen. Aber er war stinkreich und zahlte unfassbare Mengen Trinkgeld, weshalb wir es stumm erduldeten. Das bisschen Gequatsche für so einen Haufen Kohle? Jederzeit wieder.

Gigi ergab sich seufzend. »Wie du meinst, D. Trotzdem sollst du jetzt verschwinden, sonst werde ich noch ungemütlich.«

»Danke«, ächzte ich und schenkte ihr ein erschöpftes Lächeln. Dann nahm ich mir meine Sachen und machte mich auf den Weg zu den Umkleiden.

Doch ich kam nicht weit. Eigentlich hatte ich vom Bühnenrand nach unten steigen wollen. Am Bühnenrand wurde mir jedoch erneut schwarz vor Augen.

Als ich fiel, riss es mich nicht nur von der Bühne.

Sondern geradewegs in einen tiefschwarzen Abgrund.

KAPITEL 19

CREED

Ich ließ das Teppichmesser über den zugeklebten Schlitz am Karton fahren. Eine Bewegung und eine Aufgabe, der ich schon seit gut einer Stunde nachkam. Ich legte das Messer beiseite, riss den Karton auf und holte die kleinen Tüten mit Schrauben und Muttern heraus, die geradewegs in den Karton zu meiner Linken wanderten.

Neben mir wurde erneut schwer geseufzt.

Ich unterdrückte ein Lachen. »Ich habe dir doch gesagt, du musst mir nicht helfen, Hollister. Die restlichen Teile kann auch Mateo einräumen, wenn er morgen wieder hier ist und aushilft.«

»Ich möchte aber helfen«, sagte Mitchell, wie auch schon die drei Male zuvor, und fuhr damit fort, Schrauben zu sortieren. »Außerdem möchte ich, dass du mir noch mal alle Details erzählst. Andernfalls werde ich glauben, dass ich mir das bei der Hitze bloß eingebildet habe.« Er grinste breit. Die Haut auf seinem sommersprossigen Gesicht und auf den Schultern hatte angefangen, sich zu schälen, doch es schien ihn kaum zu kümmern.

Ich lachte auf, auch wenn ich bereits spürte, wie mir heiß wurde. Neben uns polterte und summte der alte Ventilator auf Höchststufe, und ein Radiosender schnurrte *Sweet Caroline* aus dem alten kleinen Kasten in der Ecke der Werkstatt. »Was genau soll ich wiederholen?«, fragte ich mit einem schiefen Lächeln auf den Lippen. »Dass ich Cop werde oder das mit Daisy?«

»Ah«, sagte Mitchell und nickte. »Beides. Danke.«

Nachdem ich Ches von ihr erzählt hatte, und nachdem Daisy und ich uns ein weiteres Mal geküsst hatten, hatte ich beschlossen, auch Mitchell einzuweihen. Es war mehr geworden als das schmutzige Geheimnis, welches es einmal gewesen war: wie ich Nacht für Nacht in den Club ging, um Daisy beim Tanzen zuzusehen. Jetzt war es *etwas*.

Ich konnte noch nicht genau sagen, was es war, aber ich würde es hoffentlich bald herausfinden. Und wenn ich es nach Ches jemandem erzählte (der nicht unbedingt Lenny war), dann war es Mitchell.

»Oh, Mann«, sagte Mitch und schüttelte den Kopf. »Ich kann einfach nicht glauben, dass du Cop wirst. Und dass du eine Stripperin datest.«

»Ich date sie nicht«, widersprach ich hastig. »Wir flirten nur. Ich würde schon gern mit ihr ausgehen, aber ich weiß nicht, ob ich gerade jemanden richtig kennenlernen möchte.«

Mitchell runzelte die Stirn und blickte von seinem Schreiben auf, als ich mit meinem Teppichmesser einen weiteren Karton öffnete.

»Du meinst, weil sie Stripperin ist, willst du sie nicht daten?«

»Was? Nein! Es stört mich nicht, dass sie in diesem Club arbeitet. Ich habe es generell gemeint. Ich habe nichts gegen einen kleinen Sommerflirt, vor allem mit ihr. Aber daten?« Ich stieß den Atem aus. »Mann, das ist ein ganz anderes Ding.«

»Hm«, machte Mitchell bloß und sah mich einen ganzen, unerträglich langen Moment lang an. Dann widmete er sich wieder seiner Arbeit. Er fügte dem nichts mehr hinzu, ließ das Thema fallen. Und das wiederum frustrierte mich. Irgendwie. Ich konnte nicht einmal sagen, weshalb. Ich hatte gesagt, was ich sagen wollte. Aber er hinterfragte es nicht. Und jetzt, da ich darüber nachdachte … hatte ich irgendwie darauf gehofft.

Ich hatte wohl tatsächlich keine Ahnung, was ich wollte.

Für eine Weile arbeiteten wir stumm weiter und verfielen dabei in einen Rhythmus. Ich ging zu den Ersatzteilen in den größeren Kartons über, und Mitchell schnappte sich ebenfalls ein Teppichmesser und blieb seinen Schrauben treu. Obwohl er mir Gesellschaft leistete, konnte ich nicht gänzlich verhindern, immer wieder in meinen Gedanken zu versinken. Und ich hatte das Gefühl, dass sie einem ziemlichen Chaos ausgesetzt waren. Ich wollte überhaupt nicht darüber nachdenken, aber vielleicht hatte dieses Chaos etwas mit Lenny zu tun. Genau wie meine neueste Entscheidung, niemanden daten zu wollen. Es war dämlich, und genauer wollte ich das alles auch nicht hinterfragen. Oder doch? Ich wusste es nicht. Was auch immer das gestern in meinem Auto zwischen Lenny und mir gewesen war … es ließ mich nicht los. Er sorgte für ziemlich viel Durcheinander. Dabei sollte es das ganz und gar nicht. Vielleicht war es sogar ein klein wenig der Grund, weshalb ich mich so auf den Flirt mit Daisy konzentrierte – es lenkte mich ab, mit Leichtigkeit. Doch immer, wenn ich glaubte, mein Hirn unter Kontrolle gebracht zu haben, tauchte wieder Lenny in meinen Gedanken auf. Auf unserem etwas kurz geratenen Trip nach Warden Hill war sie so anders gewesen. Sie hatte mich zum ersten Mal seit langer Zeit wieder mehr an das Mädchen erinnert, das ich vor vier Jahren kennengelernt hatte. Und das wiederum hatte mir klargemacht, dass Lenny über die Zeit, die wir uns kannten, sehr viel verschlossener geworden war. Ich hatte plötzlich das Gefühl, sie nach all den Jahren unserer Freundschaft gar nicht richtig zu kennen, und diese Vorstellung ging mir gehörig gegen den Strich, da ich es bis gestern völlig anders empfunden hatte. *Eleanor*. Ich hatte nicht einmal gewusst, wie ihr voller Name lautete. Wie konnte das sein? Wie konnten wir uns trotzdem beste Freunde nennen? Und wie konnte ich in den letzten Jahren zufrieden gewesen sein, mit dem bisschen, das sie mir gegenüber von sich preisgegeben hatte? Denn so war es nicht mehr. Ich wollte plötzlich mehr. Ich wollte alles von Lenny erfahren. Und ich hatte keine Ahnung, woher das plötzlich kam.

Nein, Creed. Reiß dich zusammen. Lenny ist deine beste Freundin, und das bleibt sie. Nicht mehr und nicht weniger. Du hast dich von ihr ferngehalten, um sie zu beschützen, und sie hat dich gefriendzoned – gekumpelt. Ende der Geschichte.

Und diese Gedanken wiederum brachten mich zurück zu Daisy, damit ich mich ablenken konnte … Es war ein Teufelskreis. Ein Teufelskreis, aus dem ich einfach nicht schlau werden wollte.

Es half ein wenig, als Mitchell und ich uns etwas über den Collegesport an der Fletcher University unterhielten. Anschließend erzählte er mir ein wenig von seiner eigenen florierenden Sportkarriere und dass er endlich einen Agenten gefunden hatte. Das hellbraune Haar klebte ihm nass am Kopf, und er schob es mit dem Handrücken aus seiner Stirn

»Wer weiß«, sagte er und zuckte mit den Achseln. »Wenn ich hart genug trainiere, wird vielleicht sogar Olympia eines Tages eine Option. Aber noch bin ich davon weit entfernt.«

Ungläubig schüttelte ich den Kopf und grinste ihn an. »Mann, Hollister. Du bist eine verdammte Maschine!«

Mitchell grinste ebenfalls und zuckte amüsiert mit den Schultern. »Ich tu, was ich kann. Wann geht es an der Police Academy los?«

»Gleich zu Beginn des Herbstsemesters.«

»Ah.« Er nickte. »Das ist schlau. Ich meine sogar, dass man die Ausbildung mit einem Studium verbinden kann. Bietet das Community College in Frayton nicht Kurse an?«

»Schon«, erwiderte ich zögerlich und ließ das Cuttermesser sinken. »Aber ich glaube nicht, dass das für mich eine Option wäre.«

»Wieso nicht?«

Weil es zu teuer ist.

Ich zuckte mit den Schultern. »Dafür fehlt mir die Zeit. Immerhin werde ich an den Wochenenden immer noch hier in der Werkstatt arbeiten. Ich kann Vince ja schlecht komplett hängen lassen.«

Mitchell lachte auf, was seine dunklen Augen in Lachfältchen rahmte. »Sag das noch mal, wenn deine Ausbildung angefangen hat.«

Ich stimmte halbherzig in sein Lachen ein. Doch aus irgendeinem Grund bedrückte mich das Thema. Ich hatte noch nicht den Mut gefunden, Vince zu beichten, dass ich aufhören würde. Ich brachte es einfach nicht über das Herz. Immerhin brauchte er mich hier. Und ich fragte mich, wie ich mir mein Leben leisten sollte während der Zeit auf der Academy. Wie sollte das alles funktionieren?

Mein Magen wurde schwer. Das war mein wunder Punkt. Deshalb beeilte ich mich auch, das Thema zu wechseln, bevor Mitchell das Gespräch darüber vertiefen konnte – denn so, wie ich ihn kannte, würde er das tun wollen.

»Weißt du, was ich immer noch nicht verkraftet habe?«, fragte ich, schraubte eine Wasserflasche auf und trank einen tiefen Schluck. »Dass Tom Brady im Frühjahr nach Tampa Bay gewechselt ist! Ich meine, wer zum Teufel hätte das kommen sehen?« Wie erhofft, war der Themenwechsel ein voller Erfolg, denn Mitch sprang sofort drauf an. Über Sport konnte man mit ihm einfach immer reden.

Etwa eine halbe Stunde später lag ich unter einem Honda und wäre dabei am liebsten eingeschlafen. Deshalb zuckte ich auch zusammen, als mein Handy ein Stück von mir entfernt zu vibrieren begann.

»Ich mach schon!«, rief ich und schob mich auf dem kleinen Rollbrett unter dem Wagen hervor. Hastig wischte ich meine Hände an der alten Jeans ab, die ich meistens zum Arbeiten trug und die bereits einige Ölschlieren aufwies. Dann schnappte ich mir mein Telefon. Vincents Name leuchtete mir darauf entgegen.

»Was gibt's, Boss?«, fragte ich und rieb mir mit dem Handrücken über die Stirn – was vermutlich eine weitere Schliere hinterließ.

Auf der anderen Seite rauschte es. Ich hörte Vince fluchen. »Creed?«

»Am Apparat.«

»Ich bin in fünf Minuten in der Werkstatt. Ich muss ins Krankenhaus.«

»Ins Krankenhaus …?«

»Lenny hatte einen Unfall.«

Mein Herz blieb stehen. Beinahe hätte ich das Telefon fallen lassen. »*Was?*«, stieß ich hervor. »Wie? Und wann? Was ist passiert?«

»Mehr weiß ich auch noch nicht. Ich … Ich muss meinen Ausweis holen, der liegt irgendwo in meinem Büro. Danach fahre ich direkt zu ihr.«

»Ich komme mit.« Meine Stimme klang hohl, und mein Hals war staubtrocken.

»Okay.« Vince hörte sich an, als würde er fahren.

»Vincent«, sagte ich vorwurfsvoll. »Fährst du grade Auto?«

»Ja, bin gleich da.«

»Hör sofort auf zu telefonieren!«, herrschte ich ihn streng an.

»Jaja. Bis gleich!«

Er hatte aufgelegt.

Hastig riss ich mir das Telefon vom Ohr und stopfte es mir in die Hosentasche. Dann rieb ich mir mit den Händen über den Kopf und blies meine Wangen auf, als ich den Atem ausstieß. Ein Zittern breitete sich in mir aus, beginnend in meiner Brust, doch es bahnte sich einen Weg überallhin. Fuck.

Fuck!

Mir wollte nur ein Grund einfallen, weshalb Lenny im Krankenhaus gelandet sein konnte. Ein Autounfall.

Sie hatte schon immer einen sehr forschen Fahrstil gehabt. Carla weigerte sich sogar, mit ihr in einem Auto zu sitzen, wenn Lenny fuhr. Selbst wir beide hatten die Vereinbarung, dass ich fuhr, wenn wir zusammen unterwegs waren. Ihr Fahrstil sorgte regelmäßig für Nahtoderfahrungen.

Fuck.

»Was ist los?«, fragte Mitchell beunruhigt. »Du siehst aus, als hättest du einen Geist gesehen.«

»Lenny ist im Krankenhaus«, sagte ich wie betäubt. »Vince ist gleich hier, wir fahren zu ihr.«

Mitchells Augen wurden groß. »Scheiße, was ist passiert?«

»Keine Ahnung.«

»Weiß Carla schon Bescheid?«

»Keine Ahnung.«

»Was hat Lenny –«

»Keine Ahnung, Mitch!«, stieß ich hervor. Mein Magen wurde hart wie Stein.

»Okay«, sagte Mitchell langsam, so als hätte er eingesehen, dass ich gerade zu nichts zu gebrauchen war.

Mein Puls rauschte mir in den Ohren, und ich begann, hin und her zu tigern.

Die Zeit, bis Vince kam, verging quälend langsam. Es kam mir vor, als würde er Stunden brauchen, auch wenn es sich vermutlich nur um Minuten handelte. Dabei spielten sich die furchtbarsten Horrorszenarien vor meinem inneren Auge ab, die alles nur noch schlimmer machten. Ich hatte nicht einmal gewusst, dass ich eine so blühende Fantasie gehabt hatte, jetzt diente sie jedoch bloß dazu, einen grauenhaften Albtraum auszuschmücken.

Dann endlich war Vince da. Mitch und ich stürzten uns regelrecht auf ihn.

»Wie geht es ihr?«, fragte ich sofort. »Was genau weißt du? War es ein Autounfall?«

»Was ist passiert, und wie schlimm ist es?«, fragte Mitchell.

Vince hob die Hände und sah uns hilflos an. »Jungs, ich bin noch genauso ahnungslos wie ihr. Ich weiß nur, dass sie vor etwa einer halben Stunde eingeliefert wurde.«

Ich folgte ihm in sein Büro und beobachtete, wie er die unordentlichen Papiere zwischen den leeren Kaffeetassen auf dem Schreibtisch durchwühlte und Schubladen öffnete, bis er endlich seine Brieftasche gefunden hatte.

»Du hast deine Brieftasche hier liegen lassen?«, fragte ich ungläubig.

»Ich habe aus Versehen die falsche mitgenommen, mit dem Geld aus der Werkstatt. Ist mir erst aufgefallen, als ich meinen Ausweis gesucht habe.«

»Soll ich hier abschließen?«, fragte Mitchell, der sich in das verglaste Büro hineinbeugte. »In der Zwischenzeit kann ich Carla und Alma Bescheid geben, falls du das nicht schon erledigt hast.«

Vince blickte auf und fuhr sich erschöpft durch den Bart. »Ich habe Carla nicht erreichen können, nur Alma. Danke. Das wäre großartig.«

»Dann lass uns gehen«, sagte ich. »Danke, Mitch.« Ich drückte Mitchells Schulter, ehe ich zum Parkplatz der Werkstatt eilte. Ich hatte einen Tunnelblick, und die Angst schnürte mir den Hals zu, raste im Gleichklang mit meinem Puls. Die Fragen wiederholten sich in meinem Kopf in Endlosschleife: *Was ist passiert? Geht es Lenny gut? Wie schlimm ist es? Wie verdammt noch mal geht es ihr?*

Vince schloss zu mir auf. Dann zog er mich zu seinem Wagen, als ich auf meinen Jeep zusteuerte, und öffnete mir die Beifahrertür.

Vermutlich war es gar nicht so dumm, dass ich nicht selbst fuhr. In meinem jetzigen Zustand bekam ich nicht sonderlich viel mit.

Die Fahrt zum Memorial Hospital in Frayton zog sich noch länger als die Zeit, die ich auf Vince gewartet hatte. Frayton war ein kleiner Ort, der genau neben Fletcher lag. Als Ches noch im Käfig gekämpft hatte, war ich so oft dort gewesen, dass ich die Strecke blind hätte fahren können. Nun war es also nicht mehr bloß meine Angst um Lenny, welche mir schwer gegen die Brust drückte. Es waren auch noch Flashbacks aus äußerst dunklen Zeiten, die meinen Tunnelblick verstärkten.

»Atme, Creed.«

Ich musste blinzeln, als Vincents Stimme erklang. Ich drehte mich zum Rotschopf neben mir um und kam seinem Befehl nach. Ich atmete tief durch. Vince hatte den Blick nicht von der Straße genommen. Im Gegensatz zu mir wirkte er gefasst. Verdammt, ich sollte auch gefasst sein. Ich sollte einen kühlen Kopf haben. Wie sollte ich Polizist werden, wenn ich keinen kühlen Kopf bewahren konnte?

Meine Panik erschütterte mich einmal mehr.

Als wir das Krankenhaus erreichten, sprang ich noch in der Sekunde aus dem Wagen, als Vince den Motor verstummen ließ. Er war mir dicht auf den Fersen, als ich zum Eingang eilte. Wir trabten die überdachten Treppenstufen neben der Rollstuhlrampe nach oben, ehe sich auch schon Glastüren aufschoben.

Das Foyer und der Warteraum waren groß. Vince und ich steuerten den Empfangstresen an und –

»Creed! Vince?«

Wir wirbelten gleichzeitig herum. Lenny und ein großes, gertenschlankes Mädchen mit kurz rasierten grünen Haaren standen am anderen Ende des Raumes. Ich hatte das Mädchen schon öfter zusammen mit Lenny gesehen. Vor allem früher, als sie noch im Club des Käfigs gefeiert hatte. Hinter den beiden schloss sich eine automatische Tür aus Milchglas, die sich einen Moment später schon wieder öffnete, als zwei Krankenpfleger hindurchgingen.

Lenny sah nicht gut aus, jedoch tausendmal besser als in meinen Horrorvorstellungen. Sie trug ihre Haare nicht wie sonst zu einem strengen Knoten, sondern in einem zerzausten, sehr lockeren Pferdeschwanz. An der rechten Ecke ihrer Stirn prangte ein breites Pflaster, und tiefe Ringe zeichneten sich unter ihren Augen ab. Ihre ganze Haltung strahlte Erschöpfung aus.

»Was macht ihr denn hier?«, fragte Lenny mit erschütterter Miene.

Meine Schritte wurden immer schneller, bis ich sie erreichte. Wortlos schloss ich sie in die Arme. Sachte. Darauf bedacht, ihr keine Schmerzen zuzufügen. Vorsichtig strich ich ihr über den Kopf und lehnte meinen an ihren. Am liebsten hätte ich sie fester gehalten und das Gesicht in ihren Haaren vergraben.

Sie machte ein seltsames, überrascht klingendes Geräusch.

»Gott, bin ich froh, dass du halbwegs wohlauf bist«, murmelte ich leise und stieß erleichtert den Atem aus.

»Was um alles in der Welt ist passiert, Lenny? Eine Schwester hat mich angerufen, weil ich dein Notfallkontakt bin.«

Ich hatte gar nicht bemerkt, dass Vince ebenfalls zu ihr getreten war. Er legte ihr eine Hand auf den Rücken, doch ich ließ sie nicht los. Meine Arme zitterten.

»Sie ist gestürzt.«

Es war das Mädchen mit den giftgrünen Haaren, das gesprochen hatte. Ich fing ihren besorgten Blick auf, als sie mich musterte. Dann blitzte etwas in ihren Augen auf. »Ah, du bist doch Mr Hös–«

Ein Zischen entfuhr Lenny, was ihre Freundin verstummen ließ.

»Alles in Ordnung?«, fragte ich sofort und ließ sie los. »Hast du Schmerzen?«

Lenny versteifte sich und wedelte mit der Hand, jedoch warf sie ihrer Freundin einen seltsamen, fast schon empörten Blick zu. »Mir geht's gut.« Ihre Miene war mit einem Mal noch blasser als zuvor, weshalb ich ihr kein Wort glaubte.

»Vince, Creed, d-das ist Gioia. Sie geht auch auf die Fletcher University. Wir waren beim Sport, und ich bin gestürzt.«

Ich hob die Augenbrauen.

»Beim Sport. Was für Sport?«, fragte Vince.

Lenny blickte zu Boden. »Wir treffen uns mehrmals die Woche. Mir ist schwarz vor Augen geworden.«

Meine Augenbrauen wanderten noch höher. Mit jedem Tag schienen neue Dinge über Lenny ans Licht zu kommen, die mir vollkommen neu waren. Was für ein Sport? Seit wann machte sie das? Und warum verdammt noch mal hielt sie es geheim?

Aber ich entschied mich, nicht weiter nachzubohren. Meine Erleichterung, dass sie offenbar gesund genug war, um auf beiden Beinen zu stehen und um zu sprechen, war so groß, dass mir schwindelig wurde. Ich musste die Zähne zusammenbeißen, um sie nicht gleich wieder in die Arme zu schließen. Die Gefahr, dass ich sie womöglich nie wieder loslassen würde, war zu groß.

»Was hat der Arzt gesagt?«, fragte ich. »Hast du dir etwas gebrochen?«

Sie runzelte die Stirn, zuckte jedoch gleich darauf zusammen und stieß einen schmerzerfüllten Laut aus. »Siehst du irgendwo einen Gips? Ich sagte doch schon, mir … geht's gut. Woah.« Ihr Gesichtsausdruck schien sich mit einem Mal zu entspannen. Ihr Blick wurde glasiger.

»Woah?«, wiederholte ich argwöhnisch.

»Die Schmerzmittel dürften jetzt reinkicken«, erklärte Gioia und reichte Vince eine große Sporttasche, die sie auf der Schulter getragen hatte. Vermutlich gehörte sie Lenny. »Die haben ihr eine ordentliche Dröhnung verpasst. In etwa fünf bis zehn Minuten ist sie über den Berg und total auf Drogen.«

Vince stieß den Atem aus und rieb sich mit der Hand über die Stirn. »Was ist denn nun die Diagnose?«

Gioia verschränkte die schmalen, muskulösen Arme in dem ärmellosen Top vor der Brust und schenkte Lenny einen besorgten Blick. Etwas an dem Ausdruck in ihren Augen wirkte vorwurfsvoll. »Das schicke Ding auf ihrer Stirn ist eine Platzwunde, die wie blöd alles vollgeblutet hat. Auch meinen Wagen. Außerdem hat sie eine Gehirnerschütterung und sollte unbedingt ein paar Tage Bettruhe halten. Mindestens zwei Wochen sollte sie sich ruhig verhalten und *jegliche* Form von Anstrengung vermeiden.«

Jepp, ich hatte recht. Ihr Blick war so was von vorwurfsvoll.

»Halt die Klappe, Gigi«, stöhnte Lenny und rieb sich über die Augen. »Es ist halb so wild. Mir ist nur etwas schlecht, und mein Schädel brummmmhhh … brummt. Höllisch. Hui. Mann. Ich bin müde.«

»Wieso haben die Ärzte sie so schnell schon wieder entlassen?«, fragte Vince.

Gioia verdrehte die Augen. »Sie wollte nicht bleiben, weil sie darauf besteht, dass es ihr gut geht und sie deshalb kein Vermögen für ein Zimmer ausgeben will. Da hat sie sich einfach selbst entlassen.«

»Bin volljährig«, erwiderte Lenny nur verteidigend. »Es hätte keinen Sinn ergeben, mich nur wegen ein paar Kopfschmerzen hierzubehalten. Das … is' bestimmt nur so eine Ärztemasche, um den Leuten ihr hart verdientes Geld aus den Taschen zu ziehen.«

»Komm her«, sagte ich sanft und legte einen Arm um ihre Mitte. »Bringen wir dich nach Hause, Lenny James.«

Sie stieß ein müdes Keuchen aus, das wohl ein Lachen sein sollte, als wir uns alle gemeinsam auf den Weg nach draußen machten. »Das hast du schon immer gemacht, Creed. Wieso sagst du immer meinen vollen Namen?«

Wir liefen die Rollstuhlrampe nach unten, damit Lenny keine Treppenstufen hinabsteigen musste. Auch wenn es nicht viele waren. Dadurch, dass ich sie stützte, konnte ich genau spüren, wie unsicher ihre Schritte waren, als würde sie jeden Moment das Gleichgewicht verlieren, wenn sie niemand stützte. Diese Schmerzmittel mussten wirklich ziemlich stark sein.

Verdammt, war ich froh, dass es kein Autounfall gewesen war.

Ein Lächeln machte sich auf meinen Lippen breit, als Vince seinen Wagen entriegelte. Gioia half mir, Lenny auf die Rückbank zu verfrachten. »So hast du dich mir vorgestellt«, erwiderte ich, als ich neben sie rutschte. »Den Arm voller Snacks und in dieser viel zu großen Jeansjacke, mitten im Vierundzwanzigstundensupermarkt.« Es war so förmlich gewesen und hatte dabei so wenig zu ihrer Art und zur Situation gepasst, dass sie liebenswerter nicht hatte wirken können. Irgendwie. Deshalb nannte ich sie gerne so.

»Meine gute alte Jeansjacke«, brummte Vince, als er sich auf den Fahrersitz fallen ließ. »Die hätte ich immer noch, wenn Lenny sie nicht auf einem Musikfestival verloren hätte.«

Gioia schloss meine hintere Tür, als ich Lenny und mich gerade angeschnallt hatte, und lehnte sich durch das offen stehende Fenster in den Wagen. »Falls ich gebraucht werde oder helfen kann, ruft mich an. Lenny hat mich unter Giftkröte eingespeichert. Ich muss jetzt zu meiner Nanna fahren und für sie einkaufen gehen, sonst wäre ich länger geblieben.«

Ich nickte und schmunzelte über den Spitznamen. Typisch Lenny. »Danke, Gioia. Ich werde dich anrufen, wenn was sein sollte.«

Sie wandte sich an Lenny, die kaum noch die Augen offen halten konnte. »Falls du nicht schon komplett auf Schmerzmittel bist und mich noch hören kannst: Ich hoffe, das war dir eine Lehre und du gehst es von nun an langsamer an, du dämlicher Trottel. Ich hoffe, dir ist klar, dass du die nächsten Tage Bettruhe einhalten musst. Und wehe, du lässt dich in den nächsten zwei Wochen beim Training blicken. Ich werde den anderen Bescheid geben.«

Als würde sie ihre letzten Kräfte zusammensammeln, warf Lenny ihrer Freundin einen bösen Blick zu. »Wag es ja nicht. Sonst bringe ich dich um.«

Gioia warf ihr eine Kusshand zu, und Vince startete den Motor. »Ich rufe dich an!«

Und damit fuhren wir vom Parkplatz des Krankenhauses.

Ich sank tiefer in den Sitz und atmete schwer aus. »Du machst mich echt fertig, Len.«

»Hm«, erwiderte sie bloß. Ihre Augen waren geschlossen, und ihr Kopf ruhte an meiner Schulter. Dann rümpfte sie die Nase. »Creed, du stinkst.«

»Ich bin direkt aus der Werkstatt gekommen, und es sind seit heute Früh über dreißig Grad.«

»Aber du riechst echt übel. Du solltest duschen gehen.«

Ich lachte kurz auf. »Danke, ich ziehe es in Erwägung. Dabei ist heute gar nicht Dienstag.«

»Das erklärt so einiges.«

Grinsend schüttelte ich den Kopf und blickte aus dem offenen Fenster. Ein paar Augenblicke blieb es still. Dann hörte ich Lenny seufzen. »Tut mir leid. Eigentlich riechst du immer ziemlich gut.«

Ich hob die Augenbrauen und blickte zu ihr hinunter. Meine Mundwinkel zuckten erneut. »Ach ja?«

»Hm«, machte sie wieder, was diesmal jedoch zustimmend klang. »Jepp. Sehr gut.«

Vince warf mir durch den Rückspiegel einen amüsierten Blick zu. Und obwohl er es nicht aussprach, nickte ich zustimmend. Lenny auf Schmerzmitteln würde vermutlich noch zu einer Offenbarung werden.

Etwa fünfzehn Minuten später kamen wir in Lennys und Carlas Wohnung an und verfrachteten Lenny auf das abgewetzte Sofa im Wohnzimmer. Carla war mindestens so erschrocken über Lennys Verfassung wie wir, konnte sich jedoch viel besser zusammenreißen, als ich es geschafft hatte. Der Gedanke daran, wie ich ausgerastet war, frustrierte mich noch immer.

Carla verschwand in die Küche und kehrte mit Eis und einem Küchentuch zurück. »*Idiota*«, brummte sie und reichte es Lenny. »Verpass mir nie wieder so einen Schrecken, kapiert?«

»Nich' du auch noch.« Lenny stöhnte und nahm das Eis entgegen. »Hab dich echt lieben gelernt, Santos. Mach das jetzt nicht kaputt, indem du mich verhätschelst.«

»Das sind ananasförmige Eiswürfel in einem angebrannten Küchentuch«, erwiderte Carla trocken. »Das ist das Gegenteil von verhätscheln.«

»Ihr zwei«, brummte Vince. »Manchmal verhaltet ihr euch wirklich wie Schwestern.«

»Wir lieben uns«, sagte Carla zustimmend und zwinkerte ihrer angeschlagenen Mitbewohnerin zu, ehe sie ihr einen Kuss auf die Stirn verpasste.

Lenny sah mich gequält an, als ich mich neben sie setzte. »Nein.«

»Nein?«, wiederholte ich ihr Nuscheln.

»Creed, geh bitte endlich duschen. Mir is' schon schlecht.«

Meine Schultern zitterten. Dann konnte ich es nicht länger in mir behalten, und ein lautes Lachen brach aus mir heraus. Carla und Vince stimmten mit ein, was jedoch regelrecht in ein Auslachen ausartete, als ich mich erhob.

»Schon gut, schon gut. Gib mir fünf Minuten, dann bin ich wieder voll und ganz für dich da.«

Auf dem Weg ins Badezimmer zog ich mir mein schmutziges T-Shirt über den Kopf.

»Heilige Hölle«, erklang es vom Sofa. »Bitte sag mir, dass er jetzt anfängt zu tanzen wie bei Magic Mike.«

»Lenny …«, begann Carla, wurde jedoch von Lennys Kichern unterbrochen. Ich erstarrte. Lenny James *kicherte?*

Ich drehte mich um und sah, wie ihr glasiger Blick auf mir klebte. Nein, nicht nur klebte. Es war, als würde mich dieser Blick … regelrecht in Flammen aufgehen lassen.

Ich schluckte schwer. Das war nicht gut.

»Was denn?«, fragte Lenny Carla, ohne die Augen von mir zu lösen. Sie schien sich gar nicht bewusst zu sein, dass ich mit angehaltenem Atem und in gespannter Erwartung ihren Blick erwiderte – oder dass ihr Onkel genau neben ihr stand. »Ich meine, sieh ihn dir an. Wow.«

Nur die Schmerzmittel. Das sind nur die Schmerzmittel. Schlag. Dir. Das. Sofort. Wieder. Aus. Dem. Kopf.

Wortlos drehte ich mich um und ging ins winzige Bad, schloss die Tür hinter mir und verriegelte sie. Stille. Fahles Licht, das durch das kleine, schmutzige Fenster in den Raum drang.

Ich musste mich zusammenreißen. Lenny war gestürzt, kam gerade aus dem Krankenhaus, hatte eine Gehirnerschütterung und war jetzt high von den Schmerzmitteln. Nichts anderes war der Grund für diesen durchdringenden Blick gewesen. Aufmerksam, neugierig, verschlingend – und glasig und trüb und verschleiert. Sie war nicht bei klarem Verstand. Deshalb hatte ich nicht das Recht, hatte keinen plausiblen Grund, weshalb mein Herz rasen sollte.

Und doch tat es das.

Erst die brausende, kühle Dusche schaffte wieder Klarheit in meinem Kopf. Sicherheitshalber duschte ich noch ein wenig länger. Aber schon als ich mir eines der zusammengelegten kanariengelben Handtücher nahm, die wohl nur durch große Gewalteinwirkung ins Regal gequetscht worden waren, breitete sich Nervosität in mir aus. Dumpf hörte ich Lennys, Carlas und Vincents Stimmen durch die geschlossene Tür. Ich mahnte mich noch einmal selbst, zu ignorieren, wie Lenny mich angesehen hatte, was sie gesagt hatte, und mich stattdessen darauf zu konzentrieren, wie wichtig es nun war, mich um sie zu kümmern. *Du bist darüber hinweg. Es ist Jahre her. Sie ist deine beste Freundin. Konzentrier dich auf Daisy. Du stehst total auf sie. Führ sie zum Essen aus. Lern sie kennen. Und verwirf diese dämlichen Gedanken über deine beste Freundin, für die du nichts anderes bist als Creed. Ein Freund. Ihr Kumpel.*

»Da bis' du ja wieder.« Lenny lächelte selig, als ich das Badezimmer verließ.

Ich grinste und zwinkerte ihr zu. »Und wie ich das bin.«

Vince klatschte in die Hände und erhob sich von der Sofalehne. »Alma hat eben angerufen. Sie und die Jungs bleiben zu Hause und kommen Lenny erst morgen besuchen, damit sie ihre Ruhe hat und etwas schlafen kann.«

Carla warf einen Blick auf ihre Armbanduhr. Dann fluchte sie auf Spanisch. »Meine Schicht fängt gleich an. Ich könnte Brigham anrufen und ihn fragen, ob er vielleicht für mich übernehmen könnte. Ich will Lenny nicht allein lassen.«

»Ich bin auch noch hier, Carly«, sagte ich und setzte mich neben Lenny aufs Sofa. Sie musterte mich so ungeniert, dass ich abermals grinsen musste.

Carla biss sich auf die Lippe. »*No*. Mach dir keine Umstände. Gib mir eine Sekunde, ich rufe Brig sofort an.«

»Carla.« Ich ergriff ihre Hand, als sie aufstehen wollte, um ihr Handy zu holen. »Das ist mein Ernst. Ich werde mich schon um sie kümmern. Wenn ihr wegen der Gehirnerschütterung übel wird, hole ich den Eimer, der im Schrank unter eurer Spüle steht. Früher oder später schläft sie sowieso ein, und ich hänge dann einfach hier rum, bis du wieder da bist. Du kannst ganz entspannt auf die Arbeit fahren. Ich bleibe hier, mache *Netflix* an und hab ein Auge auf sie.«

Lenny schnalzte mit der Zunge. »Hört auf, über mich zu reden, als sei ich nich' da.«

»Bist du ja auch nicht. Nicht wirklich«, sagte Vince ungerührt. Dann lachte er auf. »Na schön, ich mache mich auf den Weg, Leute. Und du, Len«, sagte er, als er die Tür öffnete, »jagst mir gefälligst nie wieder so einen Schrecken ein. Sonst bekomme ich noch vor Alma graue Haare, und das wäre ziemlich unfair. Ein Unfall beim Sporttraining. Grundgütiger.«

»Jaja«, nuschelte Lenny und schloss die Augen.

»Danke, Creed«, sagte Vince und nickte mir zu.

»Jederzeit.« Ich hob die Hand, als er ging und die Tür ins Schloss fallen ließ.

Carla seufzte und fuhr sich durch die dunklen Haare. »Na schön. Und du bist sicher, dass ich nicht bleiben soll?«

»Total«, erwiderte ich und zwinkerte ihr zu. »Wenn es etwas gibt, das ich beherrsche, dann mit Lenny auf dem Sofa sitzen und Serien schauen. Nur das Bier werde ich heute lieber weglassen. Verträgt sich nicht gut mit Schmerzmitteln.«

Sie lächelte zaghaft. »*Gracias*, Creed. Ich bin heute Nacht gegen eins wieder da. Wenn ich früher kommen soll, sag Bescheid.«

»Jetzt verzieh dich schon, du alte Nervensäge.«

Carla verschwand noch einmal kurz im Bad, kehrte wie immer auf hohen Schuhen, in Jeans und einer gepunkteten Bluse zurück und schnappte sich ihre Handtasche. »Pass ja gut auf meine Mitbewohnerin auf, sonst tue ich dir weh.« Sie warf mir eine Kusshand zu, dann war auch sie verschwunden.

Mit gerunzelter Stirn starrte ich noch einen Moment auf die geschlossene Wohnungstür. Woran lag das nur, dass Lenny und Carla ihre Zuneigung immer auf eine so mordlustige Art und Weise ausdrücken mussten?

Ich betrachtete Lenny. Sie schlief, saß jedoch noch immer aufrecht auf dem Sofa. Ihr Kopf war nach hinten auf die Lehne gesunken, und ihr Mund stand weit offen. Normalerweise hätte ich von diesem Traum von einem Anblick ein Foto geschossen, aber sie wirkte dabei so erschöpft, dass ich es sein ließ. Ich erhob mich, schnappte mir mein schmutziges T-Shirt und warf es in die Waschmaschine. Ich packte noch ein paar Kleidungsstücke aus dem Wäschekorb hinzu und startete einen Waschgang.

Als ich schließlich zu Lenny zurückkehrte, saß sie noch immer aufrecht – doch diesmal waren ihre Augen offen und mit einem verschlafenen Blinzeln auf mich gerichtet.

»Was machst du da?«, fragte sie. Gedankenverloren fasste sie sich an den Kopf, dorthin, wo das Pflaster prangte. Sie fuhr heftig zusammen und ließ die Hand schnell wieder sinken. »Autsch. Ich fühl mich furchtbar.«

Ich schlenderte zu ihr. »Ich hab mein Shirt in die Wäsche geworfen. Nicht dass dir von dem Geruch wieder schlecht wird.«

»Wieso sollte mir davon schlecht werden? Und wieso hast du es nicht mehr an?« Offensichtlich verwirrt zog sie die Augenbrauen zusammen, so als würde sie die Welt nicht mehr verstehen, nur weil ich oberkörperfrei war.

Ich lachte auf. Dann setzte ich mich neben sie und versuchte, mir nicht allzu sehr anmerken zu lassen, wie amüsiert ich war. »Ich glaube, ich liebe es, wenn du auf Schmerzmitteln bist.«

Und sie tat es schon wieder. Lennys graue Augen glitten langsam und überaus bedächtig über meinen Körper. Sie öffnete den Mund, so als würde sie etwas sagen wollen.

Hör auf damit. Sieh mich nicht so an, Len. Bitte. Verflucht.

»Du …« Sie sah mich an, noch immer mit verschleiertem Blick.

»Du solltest dir etwas anziehen, Parker.« Im nächsten Moment gähnte sie herzhaft und riss dabei den Mund auf wie ein Löwe, der gerade ein Nickerchen halten wollte.

Wieder lachte ich auf. Doch diesmal war es nervös. Machtlos. Die verschiedenen Emotionen, die mir plötzlich den Magen verknoteten, hatte ich schon vor langer, langer Zeit weggesperrt … Und ich durfte sie nicht wieder freilassen.

Ich durfte nicht.

Ich musste mich ablenken. Unbedingt und sehr bald. Ich konnte nicht riskieren, sie zu verlieren, nur weil sich etwas an meinen Gefühlen änderte. Sie war meine beste Freundin. Wir funktionierten einwandfrei im Doppelpack, nein, besser noch, wir waren ein unschlagbares Team. Ich würde das hier ganz einfach durchstehen, wie einen Zahnarztbesuch, und dann würde ich es ganz einfach vergessen.

Klang ganz einfach. Oder?

Daisy, meldete sich wieder eine Stimme in meinem Kopf. In jeder Hinsicht war Daisy die perfekte Ablenkung für mich. Sie hatte mir den Kopf so verdreht, wie es nach Lenny keine andere Frau mehr geschafft hatte – auch wenn man Daisy und Lenny kaum miteinander vergleichen konnte. Lenny hatte sich schon immer nach dem einen passenden Puzzlestück angefühlt. In ihrer Nähe fühlte ich mich zu Hause, ein Gefühl, welches sonst kein Ort und keine Person auf der Welt in mir auslösen konnten. Daisy hingegen schien mich verhext zu haben. Ich wusste nichts über sie. Weder wer sie war, wie sie war, noch wie ihr echter Name lautete. Alles, was ich wusste, war: Sie hatte mir die besten Küsse meines Lebens beschert. *Daisy* war ein aufregendes Abenteuer genau zum richtigen Zeitpunkt.

Diese geheimnisvolle, heiße Tänzerin schien die ultimative Lösung meiner gerade entstehenden Probleme zu sein.

Lenny atmete schwer aus, was meine Aufmerksamkeit mit einem Schlag zurück zu ihr beförderte. Sie rutschte näher zu mir, zog die Beine auf das Sofa und kuschelte sich an mich. Ich zog scharf die Luft ein und rührte mich nicht. Vor allem nicht, als ihr Kopf meine nackte Schulter berührte und ihre Hand auf meinem Bauch zum Liegen kam.

Und als hätten sich meine Arme selbstständig gemacht, legten sie sich um sie.

»Wie geht es dir, Len?« Meine Stimme war so rau, dass selbst ich sie kaum verstehen konnte.

Lennys Augen waren wieder geschlossen, ganz so, als würde sie einschlafen. Ihre Gesichtszüge wirkten weicher, aber auch erschöpfter. So zerbrechlich hatte ich sie noch nie erlebt, und der Anblick weckte einen Beschützerinstinkt in mir, der sich zuvor tief verborgen gehalten hatte.

»Gut. Mir geht's gut«, murmelte sie, so leise und schlaftrunken, dass ich es fast noch weniger hören konnte als zuvor meine eigene Stimme. »Gut, weil du hier bist.« Das Gefühl, wie sich ihr Gesicht an mein Schlüsselbein schmiegte, das Gefühl ihrer Taille unter meiner Hand brannte sich regelrecht in meine Haut, so tief, dass ich das Knistern bis in meine Knochen spüren konnte.

»Lenny James«, flüsterte ich und blickte zu ihr hinab. Ich hob meine Hand und streichelte vorsichtig mit den Fingerknöcheln über ihre Wange. »Was machst du nur mit mir?«

Ich wiederholte die Bewegung, strich federleicht über die Kontur ihres Wangenknochens, ihren Kiefer entlang. Mein Herz klopfte laut.

Ich streichelte ihr Gesicht so lange, bis ihre Atemzüge langsamer und gleichmäßiger wurden. Schließlich schloss ich selbst die Augen, erschöpft von meiner Angst um sie, der Erleichterung, dass sie einigermaßen wohlauf war, und meinem langen Tag in der Werkstatt. Ich sank tiefer in das Sofa, so als sei es nicht nur mein und Lennys Gewicht, das mich dort hineindrückte. Eher, als drückte all der Ärger, der mich wegen dem hier noch erwartete, mit all seinem Gewicht auf meine Brust.

Ich war kein Idiot, natürlich war ich mir mehr als deutlich bewusst, dass dieser Ärger kommen *würde*, wenn ich mich nicht rechtzeitig zurückzog. Und dennoch rührte ich mich nicht, ließ Lenny James an mich gekuschelt ihre Erschöpfung und die Schmerzmittel ausschlafen. Ich hatte nicht mal den Anstand, meine Hand von ihrer Wange zu nehmen.

Und das machte mich vielleicht doch zu einem ziemlich großen Idioten. Denn das konnte nichts Gutes bedeuten.

KAPITEL 20

LENNY

Der Laut, der mir entwich, war ungefähr so sanft wie der des wütenden Stiers hinter meiner Stirn.

Nämlich gar nicht.

»Ich hab dir ja gesagt, dass du im Bett bleiben sollst«, murmelte Carla und schlug die Fahrertür ihres Wagens zu.

»Au«, krächzte ich und schloss meine Tür ebenfalls, nur vorsichtiger. »Geht es eigentlich noch lauter, Santos? Du hättest die verfluchte Tür nicht so zuknallen müssen.« Ich schirmte meine Augen vor dem grellen Sonnenlicht ab. Ehrlich gesagt war es so hell, dass mir davon schlecht wurde. So richtig. Und der Schmerz in meinem Schädel pulsierte dadurch noch schärfer. Wieder stöhnte ich gequält auf.

»*Dios mio!* Du gehörst ins Bett, Lenny!«

»Jetzt gönn mir doch mal ein wenig Auszeit. Bei der Hitze halte ich es keine Sekunde länger zu Hause aus. Wir haben nicht mal eine Klimaanlage, und der Ventilator ist ziemlich ätzend und laut.«

Uuuuund wieder wurde mir schwindelig. Ich verfluchte meinen Körper dafür, dass er so schwach war. Ein kleiner Schlag auf den Boden, und schon wusste er nicht mehr, wie man funktionieren sollte.

Wir standen auf dem Parkplatz der Fletcher University. Meine Haare konnte ich nicht mehr im strengen Dutt tragen, da die Spannung meine Kopfschmerzen nur verstärkte, weshalb ich mir einen lockeren Zopf geflochten hatte, der mir über den Rücken fiel. Fünf Tage lang hatte ich nichts anderes getan, als mich von der einen Seite meines Bettes auf die andere zu wälzen, zu schwitzen und zu leiden. Die Schmerzmittel, die ich im Krankenhaus erhalten hatte, waren mir alles andere als gut bekommen. Zwar konnte ich mich nicht erinnern, wie genau ich überhaupt nach Hause gekommen war und wer mich dorthin gebracht hatte, aber ich war mitten in der Nacht in meinem Bett aufgewacht und hatte mich kurzerhand in den Eimer übergeben, der genau daneben gestanden hatte. Erst am nächsten Abend, als ich wieder wach geworden war (mit den schlimmsten Kopfschmerzen meines Lebens), hatten mir Carla, Alma und Vince erzählt, dass es Creed gewesen war, der auf mich aufgepasst hatte. Er hatte mich wohl auch ins Bett gebracht. Creed hatte mich einen Tag später besucht. Doch da hatte ich bereits zwei ziemlich hoch dosierte Schmerztabletten eingeworfen. Wir hatten nicht groß miteinander gesprochen, sondern nur auf dem Sofa gesessen und *Sons of Anarchy* geschaut. Danach war Creed auch schon wieder gefahren. Seitdem machte ich mir Sorgen – große sogar. Denn er verhielt sich seltsam. So distanziert hatte er sich mir gegenüber noch nie verhalten. Und er war nicht wie sonst immer für Witzeleien aufgelegt gewesen. Er hatte angespannt und seltsam nervös gewirkt, mich immer wieder verstohlen gemustert und hastig den Blick abgewandt, sobald ich ihn erwidern wollte.

Vielleicht wusste er etwas.

Und allein der Gedanke sorgte dafür, dass mir noch schlechter wurde. Er musste etwas wissen! Andererseits schrieb er Daisy plötzlich eine Nachricht nach der anderen. Ich hatte einfach keine Ahnung. Und das ging mir gehörig gegen den Strich.

Carla und ich machten uns auf den Weg zur Bibliothek. Wenigstens dieser war in Schatten gehüllt, dank der uralten Bäume, die die Wege säumten. Der Campus war wie ausgestorben. Die Holzbänke unter tief hängenden Ästen waren allesamt leer. Selbst auf den Grünflächen war keine Menschenseele zu sehen. Es war jedes Mal wieder seltsam, in den Semesterferien hier zu sein. Viele waren bei ihren Familien oder im Urlaub, und weit weniger als die Hälfte aller Studenten verbrachte ihre Zeit wirklich noch in Fletcher, um sich Studentenjobs, Sommerkursen und Praktika zu widmen.

Jeder Schritt, den wir die Steinstufen zur Bibliothek erklommen, brannte in meinen Beinen. Zu meinen höllischen Kopfschmerzen hatte sich natürlich noch genauso höllischer Muskelkater gesellt. Allmählich rang ich mich dazu durch, Gigi recht zu geben; ich hätte mit dem Training nicht so übertreiben dürfen. Und ich musste grundsätzlich etwas an meiner Trainingsroutine ändern. Immerhin hatte ich *das* jetzt davon.

Die kühle, trockene Luft in der Bibliothek war eine Wohltat. Und die Dunkelheit. Nicht dass es wirklich dunkel war, aber doch dunkler als das Sonnenlicht, das draußen wütete. Ich verfluchte mich, dass ich meine Sonnenbrille nicht mitgenommen hatte. Ich hätte sie mehr als gut gebrauchen können. Und vielleicht hätte ich mir für den Notfall noch eine Schmerztablette einpacken sollen. *Selbst schuld!*

Ich folgte Carla in den hinteren Teil der Bibliothek, wo sich die Lernräume befanden. Ella, Summer und Savannah wollten an ihren Zusammenfassungen und Aufgaben arbeiten, die sie für ihre Sommerkurse anfertigen und bearbeiten mussten. Ich besuchte zwar keinen dieser Kurse, hatte mir jedoch vorgenommen, ein Buch zu lesen, welches mir mein Professor in Politikwissenschaften schon vor Monaten empfohlen hatte. Ich hatte es sogar dabei. Aber ich würde es vermutlich keine zwei Sekunden schaffen, mich auch nur auf eine Seite zu konzentrieren.

Carla öffnete die schwere Holztür zum Lernraum – und die wohltuende Stille fand mit einem Mal ein Ende. Die Mädchen redeten angeregt miteinander. Die Laptops und Unterlagen, die über den riesigen Tisch verteilt waren, dienten wohl nur zur Tarnung oder zur Dekoration, denn Ella hatte die Füße auf dem Tisch abgelegt, Savannah saß, dank ihrer kurzen Beine, im Schneidersitz auf ihrem Stuhl, Summer hatte vor sich eine Schale mit Erdbeeren, und neben Savannah saß ein Mädchen, das ich nicht kannte, welches ich jedoch schon öfter in ihrer Nähe auf dem Campus gesehen hatte.

»Da seid ihr ja!«, rief Savannah, was mich augenblicklich zusammenzucken ließ, Gott, dieser verfluchte Schmerz! »Lenny, du bist ja auch dabei!«

»Pscht!«, machte Carla und legte einen Finger an die Lippen, während sie meine und ihre Tasche ablegte. »Wir müssen heute alle sehr leise sein, weil Lenny Kopfschmerzen hat.« Trotz ihrer Worte sah ich das spöttische Aufblitzen in ihren Augen. Sie ließ sich in einen Stuhl neben Summer fallen und nahm sich eine Erdbeere.

Ella stand auf, als ich an den Tisch trat, und schloss mich in die Arme. »Ich hab es schon gehört, wie geht es dir? Wieso liegst du nicht im Bett, wenn du eine Gehirnerschütterung hast?«

Ich stieß ein Murren aus. Unbeholfen tätschelte ich ihr den Rücken, fast so, als würde ich sie trösten und nicht andersherum. Umarmungen waren einfach nicht mein Fall.

»Ich hab es einfach nicht mehr ausgehalten«, wiederholte ich, was ich auch schon zu Carla gesagt hatte. »Versuch du mal, mehrere Tage hintereinander im Bett zu liegen und nichts zu machen. Und das bei der Hitze. Da dreht man durch. Ich habe einen Tapetenwechsel gebraucht.«

Summer runzelte die Stirn. »Und dafür kommst du ernsthaft in die Bibliothek?«

Ich setzte mich ihr gegenüber, neben Savannah. »Ist ja nicht so, als würdet ihr tatsächlich arbeiten.«

»Also, ich habe schon …«, begann Sav und schielte auf den mit Stickern vollgeklebten Laptop, der vor ihr stand, »zweihundert Wörter geschrieben. Das ist schon ziemlich viel, finde ich.« Sie lächelte und rückte ihre Brille auf der Nase zurecht.

Ich erwiderte nichts, sank tiefer in den ungemütlichen Stuhl und schloss die Augen. Dabei versuchte ich, mich einzig und allein auf die staubige, kühle Luft zu konzentrieren. Das Fenster des Arbeitsraumes zeigte nach Norden und war verdeckt von der großen Kastanie, unter der ich schon so oft mit Carla oder Gigi gelegen hatte. Wenn ich einfach so sitzen blieb und mich nicht rührte, würden die Schmerzen doch bestimmt verschwinden, oder nicht?

Die Mädchen waren längst nicht mehr so laut, wie als Carla und ich den Raum betreten hatten, doch jedes Geräusch dröhnte mir noch immer in den Ohren. Ob es wohl an ihren Stimmen lag oder daran, dass selbst das Geräusch einer fallenden Stecknadel wie ein Schuss in einer leeren Gasse durch meinen Kopf pfiff?

»Das hier ist übrigens Julie.«

Widerwillig öffnete ich die Augen und blinzelte Savannah verschlafen an. »Was?«

»Meine neue Mitbewohnerin«, wiederholte Savannah und deutete auf das Mädchen neben sich, das kurz die Hand hob und Carla und mir ein Lächeln zuwarf. »Freut mich, euch kennenzulernen.«

Savannah lächelte ebenfalls. »Zu Semesterbeginn müssen Arden und ich raus aus *Parcell House*, um es den nächsten Freshmen zu überlassen, und wir ziehen nach *Jefferson House!* Arden wollte aber nicht mehr mit mir in einem Zimmer wohnen, wegen der Sache mit Carla und Mitchell. Julie und ich haben uns letztes Jahr in ihrem Literaturclub kennengelernt, und wir haben über die Wohnheimverwaltung herausgefunden, dass wir uns zukünftig zusammen mit noch einem Mädchen eine kleine Wohnung teilen werden!« Sie strahlte über das ganze Gesicht und warf ihrer Freundin ein breites Grinsen zu. »Wir können unsere Bücherregale zusammenlegen und eine eigene Bibliothek daraus machen! Das wird toll!« Sie gaben sich ein High Five.

»Wir haben Julie schon vorgewarnt«, sagte Summer grinsend. »Unsere Spieleabende sind nichts für schwache Nerven.«

Ich sah mit hochgezogenen Augenbrauen durch die Runde, dann lächelte ich ebenfalls. »Das stimmt. Man braucht *Nerven aus Stehl* und jede Menge Alkohol, um die zu überstehen.«

»Hör nicht auf Lenny.« Ella winkte ab. »Sie spielt immer mit und kommt jedes Mal wieder.«

»Ich freue mich schon«, sage Julie und lächelte die Mädchen an. Sie wirkte selbstbewusst und entspannt. Ihre Haare waren dunkelblond und voll und reichten ihr bis zur Brust, und irgendwie erinnerte sie mich an Savannah – auch wenn sie selbst im Sitzen ziemlich groß wirkte, keine Brille trug oder Sommersprossen besaß. Vielleicht lag es an dem Elan, mit welchem sie sich dem Buch vor sich widmete, nachdem das Gespräch wieder abebbte.

Selbst Carla kramte ihren Laptop hervor. Sie schloss ihn an eine Steckdose an und verließ das Zimmer. Fünf Minuten später kam sie mit zwei Büchern zurück, die wohl irgendetwas mit Marketing und jeder Menge Zahlen zu tun hatten.

Während die Mädchen sich wieder ihrer Arbeit zuwandten, lehnte ich mich zurück und schloss erneut die Augen. Ich konzentrierte mich auf meine Atmung und verschränkte dabei die Arme über dem Bauch.

Ein Vibrieren in meiner Hosentasche ließ mich zusammenfahren. Schlagartig war ich wach und setzte mich so hastig aufrecht hin, dass mir ein Stöhnen entwich. »Shit«, flüsterte ich und fasste mir an die Stirn, wo noch immer ein Pflaster über der heilenden Wunde lag.

»Alles in Ordnung?«, fragte Ella, als ich mir den Schlaf aus den Augen rieb.

»Hm«, machte ich bloß und sank wieder tiefer in meinen Stuhl. »Ich hab mich nur erschreckt.«

Ohne von ihrem Laptop aufzublicken, tippte Carla weiter. »Du hast geschnarcht wie ein alter Seemann.«

Savannah lachte auf, unterdrückte es aber rasch wieder. Mittlerweile saß sie nicht mehr neben mir auf dem Stuhl, sondern ... ah. Sie lag halb unter dem Tisch und markierte sich mit Post-its Dinge in einem dicken Buch. Ihre nussbraunen Haare waren zu einem unordentlichen Knoten hochgesteckt, und die filigrane Brille saß so tief auf ihrer Nase, dass sie jeden Moment herunterzufallen drohte.

»Was soll's«, sagte ich und gähnte. »Ich fluche schließlich auch wie ein alter Seemann, dann passt das ja.«

Zu meinem Glück hatte sich nun auch noch mein Nacken verspannt.

Ich erinnerte mich wieder daran, wieso ich wach geworden war, griff in meine Hosentasche und zog mein Arbeitstelefon hervor. Auf meinem privaten Handy hatte ich jegliche Form von Vibration und Geräuschen abgestellt, damit ich sicher sein konnte, wann mich jemand im *Dolly House* brauchte.

Eine neue Textnachricht.

Ich entsperrte das Telefon, als ich sah, dass sie von Creed stammte, und war mit einem Schlag hellwach.

Er hatte Daisy geschrieben. Schon wieder.

Creed: *Hallo, Schönheit. Ich hoffe, du vermisst mich auch.*

Ich starrte auf die Nachricht. Lange. Blinzelnd. Ich wollte ihn in meiner Rolle als Daisy anfauchen und ihm schreiben, dass er mich gefälligst nie wieder kontaktieren sollte. Doch ich brachte es nicht übers Herz.

Schlimmer noch: Da war wieder diese kleine, aufgeregte Stimme in meinem angeschlagenen Hirn, die immer wieder die Worte aus seiner Nachricht wiederholte. *Hallo, Schönheit. Ich hoffe, du vermisst mich auch.*

Schönheit!

Vermissen!

Ein Kribbeln schoss mir durch den Bauch, wie ein aufgescheuchter Haufen Glühwürmchen. Und noch ehe ich darüber nachdenken konnte, tippte ich auch schon eine Antwort.

Daisy: *Wieso glaubst du, dass ich dich vermisse?*

Creed: *So was spürt man. Du hast meine Frage nicht beantwortet. :)*

Daisy: *Du hast keine gestellt.*

Ich knirschte mit den Zähnen. Nein. Ich konnte nicht zulassen, dass er weiter mit mir – mit Daisy – flirtete. Und sie mit ihm. Das war verlogen und falsch. Sehr, sehr falsch.

Daisy: *Du solltest mir nicht mehr schreiben.*

Ich biss mir auf die Lippe, ehe ich eine weitere Nachricht hinterherfeuerte.

Daisy: *Das, was zwischen uns passiert ist, war ein Fehler. Bitte vergiss es einfach.*

Creed: …

Creed: *Okay.*

Okay. Meine Augen lasen das Wort immer wieder. Und obwohl ich ihn eben noch selbst darum gebeten hatte, versetzte mir seine Antwort einen Stich. Wollte er nicht wissen, wieso ich das …

Creed: *Darf ich fragen, wieso?*

Ha. Wir dachten zu ähnlich (nicht, dass das gut wäre). Doch ich durfte nicht …

Carlas Worte fielen mir wieder ein. Creed musste von Daisy in die Wüste geschickt werden. So richtig. Ich hatte doch auch sonst nie ein Problem mit einem harschen Tonfall. Dann sollte ich das jetzt erst recht nicht haben.

Daisy: *Was ist eigentlich dein blödes Problem?*

Creed: …

Ich starrte auf mein Telefon. Und je länger ich das tat, je länger ich versuchte, mich auf diesen kleinen Bildschirm zu konzentrieren, desto verschwommener wurden die Buchstaben. Ich kniff die Augen zusammen. Das war keine gute Idee. Weder auf mein Handy zu starren, noch mit Creed zu chatten. Und meine Nachricht? Sie klang zickig und wahllos. Hätte ich seine Nummer doch längst blockiert.

Ella tippte ebenfalls auf ihrem Telefon herum und nahm leise eine Sprachnachricht auf, während Savannah schokoüberzogene Reiscracker herumreichte. Gedankenverloren nahm ich mir einen.

»Es ist bald so weit!«, sagte Ella kurz darauf und strahlte über das ganze Gesicht. »Nicht mehr lange, und Chesters Bruder wird nach Fletcher kommen!«

Ich hob die Augenbrauen. »Maxx kommt nach Fletcher?« Das hatte mir Creed gar nicht erzählt. Kam er nur zu Besuch? Oder würde er bleiben?

»Ches hat einen Bruder?«, fragte Summer überrascht. »Wieso weiß ich davon nichts?«

»Ich wusste das auch nicht«, sagte Savannah und sah von Ella zu mir. »Und du wusstest es, Lenny?«

»Klar«, erwiderte ich und knabberte ein wenig am Reiscracker.

Es vibrierte wieder in meinen Händen, was augenblicklich meine Aufmerksamkeit beanspruchte, während Ella von Maxx erzählte.

Creed: *Mein größtes Problem ist, dass ich dich wiedersehen will, du dich aber in Luft aufgelöst hast.*

Ich zögerte mit meiner Antwort. Ehrlich gesagt war ich hin- und hergerissen, ob ich antworten sollte oder nicht.

Da kam gleich die nächste Nachricht.

Creed: *Ich habe die letzten Tage Ausschau nach dir gehalten, aber jedes Mal, wenn ich nach dir gefragt habe, hieß es, dass du nicht da bist.*

Daisy: *Tja, das war ich auch nicht.*

Creed: *Du bist doch hoffentlich nicht krank?*

Daisy: *Doch. Todkrank. Deshalb werden wir uns wohl nie wiedersehen.*

Wieder dauerte seine Antwort einen kurzen Moment. Dann schickte er mir jedoch keine Nachricht, sondern das GIF einer traurigen Katze mit vor Tränen glänzenden Augen.

Creed: *Du brichst mir das Herz.*

Daisy: *Wieso fragst du nicht einfach eine der anderen Tänzerinnen, ob sie mit dir ausgeht?*

Creed: *Weil ich kein anderes Mädchen will. Sondern dich.*

Mein Herz blieb stehen. Nein, es blieb nicht einfach nur stehen, es war, als hätte mir jemand ein Messer zwischen die Rippen gerammt.

Ich atmete hörbar aus und biss die Zähne zusammen. *Weil ich kein anderes Mädchen will. Sondern dich.*

Trotz meiner verschwommenen Sicht, trotz meiner Schmerzen und der Schwierigkeit, mich zu konzentrieren, erschien mir nichts klarer als diese Worte. Sie brannten sich ein. So tief, dass sie für immer bleiben würden. *Nur dich. Kein anderes Mädchen. Nur dich.*

Mein Hals zog sich so schmerzvoll zusammen, dass ich kaum mehr richtig Luft bekam. Und mir wurde schlecht. Nein, schlechter als schlecht. Mir war kotzübel.

Da hatte ich es. Creed Parker hatte sich verdammt noch mal in Daisy verliebt. Verliebt! In mein Alter Ego. In eine fiktive Person. Eine Person, die ich *geschaffen* hatte. Gott, ich war ein furchtbarer Mensch! Und ich hatte es zugelassen, denn ich hatte ihn geküsst, verdammte zwei Mal, und ich hatte die Reißleine nicht gezogen, obwohl ich mehrfach die Chance dazu gehabt hatte. Ich war dumm und schwach und viel zu verliebt in ihn, als dass ich auch nur eine Sekunde hatte verpassen wollen von der Aufmerksamkeit, die er mir geschenkt hatte, sobald ich Daisy war!

»Lenny?«

Ich hob den Kopf und sah zu Carla. Ihr Blick wechselte zwischen meinem und dem Telefon hin und her, so als wüsste sie genau, mit wem ich da schrieb. Dass Creed und ich gerade miteinander chatteten. Dass er mir das Herz aus der Brust gerissen und es in Stücke zerfetzt hatte. Sie musste es an meinem Gesicht ablesen.

»Alles in bester Ordnung«, erwiderte ich, was überraschend ruhig klang. Dann schielte ich wieder auf mein Handy.

Eine letzte Nachricht. Die allerletzte.

> Daisy: *Tut mir leid, ich bin WIRKLICH nicht an dir interessiert, Creed, und ich möchte dich nicht wiedersehen. Ich möchte in Zukunft nicht mehr von dir belästigt werden, sonst werde ich wohl oder übel Anzeige erstatten müssen.*

Heilige Hölle.

Und abgeschickt. Adrenalin schoss durch meine Adern.

Im nächsten Moment löschte ich den Chat, bevor ich es mir anders überlegen konnte, blockierte Creeds Nummer und löschte sie vom Telefon.

Ich hätte mich erleichtert fühlen sollen. Ich hätte froh darüber sein sollen, stolz auf mich, dass ich endlich diesen Schritt gegangen war.

Aber wieso fühlte es sich trotzdem so furchtbar an?

»Das war's«, sagte Summer, klappte ihr MacBook zu und raufte sich die ewig langen blonden Haare. »Ich kann nicht mehr denken.«

»Geht mir genauso«, sagte Ella seufzend. »Mein Hirn fühlt sich an wie Matsch. Savy, können wir zum Haus deiner Eltern fahren und in den Pool gehen?«

»Klar!«, sagte Savannah und rappelte sich vom Boden auf. »Ich rufe gleich meinen Dad an und sage ihm Bescheid, dass wir kommen.«

Julie schloss sich den Mädchen an, als sie ihre Sachen zusammenpackten und sich auf dem Parkplatz verabredeten, damit Savannah und Julie ihre Badesachen aus den Wohnheimzimmern holen konnten.

Carla war die Einzige, die in ihre Tasche griff und Kopfhörer herausholte. »Also, ich mache weiter.«

»Wir sollten alle mehr wie Carly sein«, sagte Summer und schielte wieder auf ihren Laptop. »Aber … nope. Heute nicht mehr. Morgen wieder.«

Noch immer saß ich stumm da und tat nichts anderes, als Löcher in die Luft zu starren und den Mädchen zuzuhören, wie sie über den Pool sprachen und sich freuten und allmählich aufbruchbereit wurden. Ihnen zuzuhören, sie zusammen zu sehen, machte mir wieder bewusst, dass ich in der anwesenden Konstellation nicht mehr war als jetzt gerade. Nur eine Beobachterin. Ein passiver Teil. Sie hatten mich nicht einmal gefragt, ob ich mitkommen wollte (auch wenn das an meiner Gehirnerschütterung liegen konnte). Es hatte mich nie gestört, ich hatte es genau so gewollt. Deshalb standen wir uns nicht nahe, das hatten wir nie. Allein die Vorstellung, ihnen von Dingen wie dem Chaos mit Creed zu erzählen, war meilenweit entfernt von der Realität.

Vielleicht lag es an meinem seltsamen Zustand, doch je länger ich darüber nachdachte, desto … größer wurde mein Bedauern darüber. Ich fühlte mich plötzlich furchtbar einsam.

Was war nur los mit mir?

Weil ich kein anderes Mädchen will. Sondern dich.

Verflucht, ich wollte tanzen. Jetzt sofort.

Der Drang war mit einem Mal so groß, dass ich glaubte, keine Luft mehr zu bekommen.

Ich unterdrückte den Impuls, aufzuspringen. Zumal ich es nicht gut verkraften würde. Das wiederum bedeutete bloß, dass Tanzen gerade eine noch viel schlechtere Idee war.

Meine Knie waren weich, als ich mich erhob und meine Tasche schulterte.

»Du gehst auch?«, fragte Carla, blickte zu mir auf und nahm die Kopfhörer aus den Ohren. »Ich dachte, wir planen gleich noch Almas und Vincents Verlobungsfeier.«

»Es … geht mir nicht gut«, murmelte ich. Das war wenigstens nicht gelogen. »Ich hätte wohl doch besser im Bett bleiben sollen.«

»Ich bringe dich nach Hause.« Carla schnappte sich ihre Tasche, ehe sie aufstand und mir die Tür aufhielt.

Wie ferngesteuert hob ich zum Abschied die Hand. Ella, Sav und die anderen wünschten mir allesamt eine gute Besserung, doch ich nahm die Worte gar nicht richtig wahr.

Carla und ich machten uns auf den Weg. Ich hatte keine Kontrolle darüber, meine Beine trugen mich einfach. Und gegen die plötzliche Enge in meiner Brust konnte ich auch nichts tun. Erst der Kuss, dann mein Sturz, und jetzt dieses Schlamassel. *Weil ich kein anderes Mädchen will. Sondern dich.* Meine Hände zitterten vor Wut und Empörung, waren eiskalt, als ich sie zu Fäusten ballte und das Bibliotheksgebäude verließ. Wieder ließ mich das gleißend helle Sonnenlicht ächzen, doch ich biss die Zähne zusammen. Das hatte mir gerade noch gefehlt. Carla und ich liefen stumm nebeneinanderher zum Parkplatz.

Zu viel. Es waren zu viele Gefühle, und ich hatte keine Ahnung, was ich mit ihnen anstellen sollte.

Vielleicht hatte ich keine andere Wahl. Nun war es nicht mehr bloß so, dass ich tanzen wollte.

Ich *musste* tanzen. Vielleicht nicht heute. Aber bald. So bald wie möglich.

Sonst würde ich in mich zusammenfallen wie ein Kartenhaus. Und um das zu verhindern, nahm ich jede Schmerztablette und jede Sekunde meines rasenden Schädels in Kauf.

KAPITEL 21

DAISY

Ich hing mit dem Kopf über der Kloschüssel, während ich hustete und mich mit den Fingern an der Klobrille festkrallte. Mein Herz donnerte gegen meine Rippen, und das Blut rauschte mir in den Ohren. Gigi hatte mir sogar die Perücke abgenommen, um das scharfe Pulsieren in meinem Schädel zu lindern. Sie und Angel strichen mir beruhigend über den Rücken, was das alles jedoch nicht besser machte. Jedes Mal, wenn ich japsend nach Luft schnappte, fluchte ich deshalb. Am meisten jedoch über mich selbst. Und dann würgte ich wieder.

Als es endlich vorbei war, sackte ich kraftlos zu Boden und lehnte mich gegen die Wand der Klokabine.

Angel ging neben mir in der Hocke und schlug sich eine Hand mit glitzernden Krallen vor den Mund. »Du bist schwanger, oder? Ist es bei einer deiner Shows passiert? Mit deinem Freund?« Ihre Augen blitzten auf, und ich konnte sehen, wie sie hinter ihrer vorgehaltenen Hand strahlte.

Gigi machte ein so böses Gesicht, dass Angel den Kopf einzog.

»Halt die Klappe, Angel!«, bellte sie. Über den kurz geschorenen Haaren trug Gigi eine pechschwarze Perücke mit Bobschnitt und ein funkelndes, sehr durchsichtiges Ganzkörperkostüm. Sie hatte heute Abend wieder die Rolle der französischen Clementine angenommen. Doch jetzt gerade, hier mit uns im pinkfarbenen Neonlicht der Damentoilette, war sie wieder einfach nur Gigi. »Daisy ist nicht schwanger! Sie hat eine verdammte Gehirnerschütterung und sollte noch gar nicht wieder hier sein.«

»Ist ja gut, du brauchst mich nicht gleich anzuschreien!«, keifte Angel zurück und verschränkte die Arme. »Ich mache mir auch nur Sorgen! Und es hätte ja sein können!«

»Mein Kopf«, stöhnte ich und schob meine Hände den Nacken

hinauf, um ihn zu massieren. Ich hatte das Gefühl, als könnte mein Schädel jeden Moment platzen.

Mit einem gequälten Laut setzte ich mich auf, während Gigi sich (wohlgemerkt, in mörderischen Stilettos) mit einer fließenden Bewegung erhob und Angel aus der Klokabine schob. »Verzieh dich und gönn D mal eine kleine Pause.«

Nachdem Angel die Damentoilette verlassen hatte und wir endlich allein waren, wandte sich Gigi mir wieder zu. »Scheiße, Lenny. Ich habe dir doch gesagt, dass es zu früh ist, um wieder arbeiten zu gehen. Dein Unfall ist gerade mal sechs Tage her! Der Arzt hat gesagt, dass du mindestens zwei Wochen Bettruhe halten sollst!«

Ich putzte mir die Nase. Wieder saß mir ein Zittern in den Knochen, und es schien vom Kopf ausgehend über meine Wirbelsäule in jede Faser meines Körpers zu gelangen. Mir war elend zumute. »Es geht gleich wieder. Mir ist nichts passiert. Es ist alles in Ordnung, das siehst du doch.«

»Du sitzt auf dem Boden einer Klokabine. Auch wenn die Toiletten im *Dolly House* reinlicher sind als so mancher Fastfoodladen, bleibt es ein Scheißhaus, in dem du dich gerade sehr ausgiebig übergeben hast. Ich bin mir sicher, dass ich da gerade sogar ein Festtagsmenü vom letzten Jahr Thanksgiving aus dir herauskommen sehen habe.«

Ich lachte auf, ehe ich all meine Kraft zusammennahm und versuchte, aufzustehen. Sofort war Gigi zur Stelle und half mir. Meine Knie fühlten sich an wie Wackelpudding.

»Schon klar, dass ihr euch alle Sorgen macht. Aber es hätte schlimmer kommen können, und das ist nicht passiert. Es geht immer schlimmer, G. Was ist schon eine kleine Gehirnerschütterung?«

Ungläubig starrte sie mich an, während ich mich an ihr vorbei aus der Kabine quetschte. »Du willst mich verarschen, oder?«

»Wo ist meine Maske?«

»Wieso willst du das wissen?«

»Meine Schicht endet erst in fünf Stunden.«

»Deine Schicht endet hier und jetzt! Wenn ich erst mal Majid erzählt habe, dass du gerade über der Kloschüssel hingst, wird er dich schon allein aus dem Grund hinauswerfen, weil er nicht will, dass seine Lieblingstänzerin nach Erbrochenem riechend arbeitet! Gott, wieso habe ich es ihm nicht schon früher erzählt?«

»Weil ich dich darum gebeten habe.«

»Und das hast du nun davon! Das ändern wir schleunigst, du dummer Dickkopf.«

Ich sah sie finster an. »Wag es ja nicht, Majid auch nur ein Wort zu erzählen. Ich putze mir einfach die Zähne und schmeiß mir ein Pfefferminzbonbon ein. Und vielleicht nehme ich noch ein paar Ibuprofen.«

Sie hob eine Augenbraue. »Schon mal darüber nachgedacht, dass die Dinger nicht dazu bestimmt sind, sie wie Tic Tacs einzuschmeißen?«

»Witzig.«

Ein Klopfen an der Damentoilettentür erklang. Gigi und ich drehten uns gleichzeitig um.

»Daisy?«, rief eine tiefe Stimme auf der anderen Seite. »Bist du da drin? Ich habe gehört, dass es dir nicht gut geht.«

Meine Schultern sackten nach unten. »Das kann doch verdammt noch mal nicht wahr sein!«

Zufrieden lächelte meine Kollegin und stemmte die Hände in die Hüften, was ihr enges Ganzkörperkostüm klimpern ließ. »Wenn sie nicht gerade eine Nervensäge ist, liebe ich Angel.«

Bevor ich mich in einer der Klokabinen verstecken konnte, setzte Gigi sich auch schon in Bewegung und öffnete schwungvoll die Tür. »Kommst genau richtig, Boss. Daisy wollte nämlich weiterarbeiten, und das, obwohl sie eine Gehirnerschütterung hat.«

Majid stand im Türrahmen und füllte ihn praktisch aus. Ich konnte sehen, wie es in seinem Kopf arbeitete und er plötzlich eine strenge Miene bekam. »Eine *Gehirnerschütterung?* Bist du von der Stange gefallen und mit dem Kopf aufgekommen?«

»So in etwa«, erwiderte ich verdrossen, während Gigi im selben Moment sagte: »Sie ist von der Bühne gefallen, weil ihr vor Überarbeitung schwarz vor Augen geworden ist.«

Wütend stieß ich ihr mit dem Ellbogen in die Rippen, doch sie gab sich bloß unbeeindruckt.

Majids Blick schoss zwischen uns hin und her. Dann kam er in das Mädchenklo mit den pinkfarbenen Neonlichtern in Form von Kronleuchtern und den marineblauen Wänden und trat vor mich.

»Ich warte dann mal draußen. Deine Maske und deine Perücke liegen am Waschbecken.« Gigi warf mir einen Kuss zu, ehe sie die Tür mit einem gehörigen Laut ins Schloss fallen ließ.

Erbost und mit deutlicher Sorge in den Augen, inspizierte Majid mein Gesicht.

»Wieso bist du hier, Kid?«

Demonstrativ verschränkte ich die Arme. »Um zu arbeiten. Ich brauche das, Majid, sonst drehe ich durch.«

Ich lief zum Waschtisch, um mir meine Perücke und die Maske wieder anzuziehen.

»Geht es dir gut, Lenny? Und wehe, du sagst mir nicht die Wahrheit.«

Durch den Spiegel warf ich ihm einen Blick zu. »Es hört sich schlimmer an, als es ist. Ich schwör's.«

»Lass mich das selbst entscheiden.«

Nachdem ich meine (sehr schmerzhafte) Rüstung wieder angelegt hatte, drehte ich mich erneut zu meinem Chef um und schlang die Arme um mich. Dann beeilte ich mich, ihm vom Unfall zu erzählen – so unspektakulär wie möglich. Den ganzen Tag schon hatte ich versucht, mich davor zu drücken, aber wie gewöhnlich durchschaute er mich sofort.

Erschöpft rieb er sich mit der Hand über das Gesicht. »Verdammt noch mal, Lenny. Ich wusste, dass bei deinem Arbeitspensum eines Tages was schiefgehen wird.«

Ich verzog das Gesicht. »Was habt ihr bloß alle? Ich bin eben engagiert! Da könnten sich ein paar Leute ruhig eine Scheibe von abschneiden.«

»Du hast offiziell Urlaub. Geh nach Hause und ruh dich aus.«

»Nein«, keuchte ich so schnell, dass selbst ich überrascht blinzeln musste. »Ich … bitte, Majid. Lass mich arbeiten. Was ist mit meinen privaten Shows? Die Kunden verlassen sich auf mich, ich bin schließlich ausgebucht!«

Er schüttelte den Kopf und bekam wieder diese strenge Miene. »Du brauchst Ruhe, Lenny. Ich will dich hier frühestens in zwei Wochen wiedersehen, und das auch nur im Training, damit ich mir selbst ein Bild davon machen kann, wie gut es dir wirklich geht. Ich würde es dir sogar zutrauen, dass du versuchst, eine gebrochene Rippe zu vertuschen.«

Ich klopfte mir fest gegen die Rippen. »Siehst du? Da ist nichts gebrochen. Mein voller Ernst. Ich könnte morgen Abend schon wiederkommen, und ich –«

Er trat zu mir, legte mir die Hände auf die Schultern und dirigierte mich aus dem Damen-WC. »Wenn du es wagst, etwas anderes zu tun als das, was ich dir eben geraten habe, werde ich dich ganz einfach feuern.«

Ich lachte erschrocken auf. » Das wäre so was wie Verrat!«

Erst als wir das Erdgeschoss und die Umkleiden erreichten, ließ er mich los. Den gesamten Weg über hatte ich mich schwer konzentrieren müssen, um nicht gleich wieder zu reihern. Meine Knie fühlten sich zittrig an – und die High Heels waren dabei keine große Hilfe.

»Warte hier, bis das Taxi angekommen ist. Gigi oder eines der anderen Mädchen wird dich anschließend nach draußen begleiten.«

»Großartig, du traust mir nicht einmal mehr zu, allein rauszufinden.«

»Ganz genau«, erwiderte Majid ungerührt. Dann wurde seine Miene wieder besorgt. »Bitte ruf mich an, wenn es dir schlechter gehen sollte. Ich bringe dich ins Krankenhaus, falls das nötig ist. Und wenn du irgendetwas brauchst, melde dich.« Er schüttelte den Kopf. »Eine verdammte Gehirnerschütterung. Wenn Ray das hört, wird er durchdrehen vor Sorge. Pass bitte besser auf dich auf und mach uns allen nicht noch mehr Sorgen, okay?«

Mit einem Mal erfüllte mich das Bedürfnis, von ihm in den Arm genommen zu werden. Solche Gefühle kamen nicht oft in mir auf, aber manchmal fehlte es mir plötzlich doch so sehr, dass sich alles in mir zusammenzog. Es war nicht das erste Mal, dass es sich anfühlte, als wären wir Familie. Oder dass ich es mir wünschte. Vielleicht kam es daher, weil ich außer Vince keine Familie besaß (zumindest niemanden, zu dem ich noch Kontakt hatte) und Majid, so schräg es auch war, so was wie eine Vaterfigur für mich war. Er und Ray hatten mich damals aufgefangen, mich vor mir selbst gerettet. Und sie hatten mich schon immer so akzeptiert, wie ich war. Manchmal schnürte mir der Wunsch die Brust zu. Majid drängte mich nie dazu, zu tanzen. Er achtete auf mich. Er setzte mich nicht unter Druck und erwartete nicht von mir, Dinge zu tun, die ich nicht wollte. Er behandelte mich und meine Arbeit, wie meine Mutter es nie gekonnt hatte. Und er würde vermutlich nie erfahren, wie viel es mir in Wirklichkeit bedeutete.

Ich biss mir in die Wange. »Tut mir leid, Majid. Und danke. Ich melde mich, wenn ich etwas brauche. Und Ray schreibe ich später eine SMS.«

»Gut so. Wehe, wenn nicht.« Er machte ein ernstes Gesicht. Dann zwinkerte er mir jedoch zu, drückte meinen Arm und ging wieder nach oben in den Club.

Endlich erlaubte ich es mir, tief durchzuatmen, und verschwand in der Umkleide. Erschöpft zog ich mir die falschen Wimpern von den Augenlidern, löste die glitzernden Steinchen von meinen Wangen (zumindest die, die noch übrig waren) und schlüpfte aus meinen Schuhen.

Ich wusste, er meinte es nur gut mit mir, aber Majid hatte keine Ahnung, was er mir mit dem Zwangsurlaub antat. Zwei Wochen lang nicht tanzen. Das war, als würde er von mir verlangen, zwei Wochen lang die Luft anzuhalten. Was sollte ich in dieser Zeit machen? Zu Hause herumsitzen? Ehrlich, ich hatte nicht den leisteten Schimmer. Ohne Daisy war ich nur Lenny.

Und ich wusste nicht, wie lange ich das aushalten konnte, ohne daran zugrunde zu gehen.

KAPITEL 22

CREED

Die Bar war brechend voll.

Es war nichts Ungewöhnliches, das *Leo's* an einem Freitagabend so zu erleben, aber heute kam es mir besonders laut und besonders eng vor. Ich saß zusammen mit Ches, Todrick und Vince in einer Sitznische der Bar. Mitchell stand noch immer vor der Tür und telefonierte, vermutlich mal wieder mit seinem Coach, wie meistens in den letzten Wochen. Jeder Billardtisch und jede Dartscheibe waren besetzt, ebenso die Tische und die Hocker an der abgenutzten Bartheke. Wir warteten schon seit gut einer Stunde darauf, dass der Billardtisch frei wurde und wir an der Reihe waren, aber vermutlich würde es noch dauern, bis es so weit war. Die Luft erfüllt von Stimmen und *Ace of Spades* von Motörhead. Das *Leo's* wirkte rustikal und voller Charakter. Seit Ches und ich nach Fletcher gekommen waren, kamen wir regelmäßig her. Vielleicht war die Bar damals aber auch nur zu so etwas Besonderem für mich geworden, weil ich Lenny dort kennengelernt hatte.

Der Gedanke an sie ließ mich seufzen. Seit ihrem Unfall fühlte ich mich, als wäre alles, was ich mir die letzten Jahre mit sehr viel Mühe eingeredet hatte, mit einem Mal nichtig. Ich stand wieder bei null. Meine Gedanken kreisten um sie, ständig. Und ich ärgerte mich über mich selbst, dass ich es so weit hatte kommen lassen. Es war alles eine Sache der Perspektive, oder? Unsere Freundschaft war einfach mit vielen ziemlich besonderen Momenten gespickt. Momente, deren natürliche Reaktion nun mal eben ein laut klopfendes Herz war.

Der heutige Tag hatte sich besonders lang gezogen. Vielleicht hatte es daran gelegen, dass Ches und ich Carlas fünfzehnjährigen Bruder Mateo in einen weiteren Aufgabenbereich der Werkstatt eingearbeitet hatten, vielleicht aber auch daran, dass ich immer wieder auf mein Handy gelugt hatte, wie schon die letzten Tage. Aber nichts. Meine

Nachrichten waren nicht an Daisy zugestellt worden. Sie hatte mir einen Korb gegeben, meine Nummer blockiert, einfach so, aus dem Nichts heraus. Hatte ich etwas dermaßen falsch verstanden? Hatte sie sich von mir bedrängt gefühlt? Ich kratzte am Etikett meines Flaschenbiers und schürzte die Lippen. Gott, hoffentlich war es nicht so. Ich wollte jedoch auch nicht noch mal in den Club gehen und mich entschuldigen, weil sie nicht mehr von mir kontaktiert werden wollte und ich ihre Entscheidung respektierte. Trotzdem war es ein kleiner Schlag in die Magengrube. Gerade jetzt, da die Ablenkung durch sie für mich so wichtig geworden war.

»Creedy!«, flötete eine laute, tiefe Stimme.

Ich blickte auf. Brigham kam auf unseren Tisch zugesteuert und hielt ein Bartablett voller gefüllter Bierkrüge auf dem erhobenen muskulösen Arm. Er grinste mir zu. »Wenn du nicht vorhast, uns allen ein Küsschen zu verpassen, solltest du nicht so eine Schnute ziehen!«

Ich lachte auf. »Du bist so ein Trottel.«

»Hätte ich dir auch vorher sagen können«, sagte Todrick, der mir gegenübersaß. Er leerte sein Bier, um das nächste von Brigham entgegenzunehmen. Todrick besuchte ebenfalls die Fletcher University, teilte sich mit Mitchell ein Zimmer im Wohnheim und war ein riesiger, massiger Kerl – *Defensive End* im Footballteam der Universität. Er hatte kurz geschorene, krause Haare und meistens ein breites, ansteckendes Grinsen auf den vollen Lippen. Genau wie jetzt zum Beispiel.

»Ist die Katze schon aus dem Sack?«, fragte Brigham, schob das volle Tablett auf den Tisch, nahm das Geschirrtuch von seiner Schulter und ließ sich neben Vince auf die Bank unserer Sitznische fallen. Dabei wurde er von Vince so ungläubig angesehen, dass meine Mundwinkel zuckten.

»Nope«, sagte Todrick und zuckte mit den Schultern. Sein Blick landete auf mir, und seine dunklen Augen blitzten auf. »Creed und Ches halten dicht und machen ein ziemlich dickes Geheimnis daraus.«

»Jetzt spann uns nicht so auf die Folter!«, maulte Brigham und verschränkte die sehnigen Arme vor der Brust. Seine grünen Augen leuchteten regelrecht vor Neugierde, und wie meistens war sein lockiges, blondes Haar akribisch gestylt. »Du kannst uns doch nicht alle hierherbestellen und dann nichts sagen. Das ist grausam.«

»Ganz meine Rede«, stimmte überraschenderweise auch Vince mit ein und nickte schmunzelnd.

Ich lehnte mich auf der gepolsterten Bank zurück und breitete grinsend den Arm über der Rückenlehne aus.

Nun rührte sich selbst Ches neben mir. Mein bester Freund verdrehte die Augen und trank einen Schluck von seinem Bier. »Das ist typisch.«

»Was genau meinst du?«, fragte ich herausfordernd, auch wenn ich genau wusste, was er meinte.

»Diese Wichtigtuerei.«

»Ach das. Nein, das liebst du. Ihr alle. Ich bringe den nötigen Pfiff in euer Leben. Ihr werdet schon sehen, es sind große Neuigkeiten.«

»Ich hoffe, es ist das, wovon ich denke, dass es das ist.« Brigham lächelte selbstgefällig. »Wir haben schon vor einer Ewigkeit Wetten abgeschlossen. Bitte sag, was ich hören will, damit ich endlich meine hundert Mäuse von Toddybär bekomme.«

»Auf keinen Fall!«, widersprach Todrick. »Es ist so was von klar, dass ich die Mäuse bekomme.«

»Wovon redet ihr da?«, fragte ich verwirrt und sah Ches an. »Wovon reden diese Schwachmaten?«

Ein Grinsen huschte über Chesters Gesicht, ehe er es unterdrückte – aber ich hatte es ganz genau gesehen. »Nicht so wichtig. Ignorier sie einfach.«

»Ach ja, Babyface?«, fragte Brigham und lehnte sich verschwörerisch über den Tisch. »Wenn ich mich richtig erinnere, hast du doch die gleiche Wette mit deinem Zuckerbonbon Ella am Laufen.«

»Mann!«, sagte ich und sah Ches vorwurfsvoll an. »Uncool. Sag mir endlich, worum es geht!«

Erst rührte Ches sich nicht, dann griff er in die Schale mit den gesalzenen Erdnüssen – und warf Brigham mit ihnen ab.

Brig reagierte so erschrocken, als hätte man einen Eimer mit Eiswasser über ihm ausgeschüttet. Er schüttelte sich Nüsse aus den blonden Locken und machte ein seltsames, angewidertes Geräusch, was dem Krächzen eines Vogels glich. »Vielen Dank auch!«

»Du hast angefangen«, erwiderte Ches ungerührt.

Mit unglücklicher Miene rieb Brig sich den nicht vorhandenen Dreck von seinem eng anliegenden Poloshirt. Ich kannte keinen Kerl, der so penibel auf sein Äußeres achtete, wie Brigham Bugley. Sein Äußeres war vollkommen berechnet, jede Strähne seiner Lockenpracht genau dort, wo er sie haben wollte. Und er wusste genau, was er tun musste, um das Interesse ziemlich vieler Frauen zu wecken. Obwohl Brigham erst seit ein paar Monaten in Fletcher war, war er vermutlich schon jetzt der verrufenste Schürzenjäger der Stadt. Aber irgendwie mochte ich ihn. Vielleicht weil er eine Schraube locker hatte.

»Von uns erfährst du kein Sterbenswort, Creed«, sagte Todrick entschieden und hob grinsend die breiten Schultern. »Irgendwann wirst du es wissen. Und wenn wir Glück haben, ist heute dieser Tag, und einer von uns Dreckskerlen wird um hundert Dollar reicher. Aber falls nicht, dann nicht.«

Vince lachte leise, schüttelte den Kopf und nahm sich ein Bier vom Tablett. »Er hat tatsächlich keinen blassen Schimmer. Und das muss ich mir schon seit Jahren ansehen.«

»Ihr seid furchtbare Menschen. Ihr alle«, brummte ich mit finsterer Miene.

Ich entdeckte Mitchell, wie er sich suchend einen Weg durch die volle Bar bahnte. Er entdeckte uns und steuerte auf unsere Sitznische zu. Er trug ein T-Shirt mit dem Schriftzug der Fletcher University und einer Abbildung ihres Wappentieres, dem Greifen.

Ich rutschte tiefer in die Nische, um ihm Platz zu machen.

»Tut mir leid«, sagte Mitchell und rieb sich über den Nacken. »Der Anruf war wichtig.«

Todrick verdrehte die Augen. »Sehen du und Carla euch nicht alle zwei Sekunden?«

Mitchell lachte auf. »Nein, meine Mutter war am Telefon. Außerdem steht Carla hinter der Bar. Sonst wäre Brig ja nicht bei uns.«

»Also«, sagte Vince und wandte sich mir aufmerksam zu. »Wir sind ganz Ohr, Creed.«

Ein Lächeln machte sich auf meinen Lippen breit, und ich spürte, wie sich mein Puls beschleunigte. »Okay, ich sag es einfach geradeheraus. Ich habe lange überlegt, was ich jetzt mit meinem Leben anfangen soll, und ich habe mich dazu entschlossen, Polizist zu werden. Ich wurde an der Police Academy in Warden Hill angenommen.« Ich räusperte mich, schloss den Mund und faltete meine Hände im Schoß. Das ging doch schneller als gedacht. Gebannt beobachtete ich die Gesichter der Jungs. Vermutlich vergingen kaum ein paar Sekunden, doch mir kam es vor wie Minuten, die ich damit verbrachte, auf die Reaktionen zu warten. Ich musste daran denken, wie ich es Lenny erzählt hatte. Oder vielmehr, wie sie es bereits gewusst hatte. Ihre erste Reaktion war nicht so positiv ausgefallen, wie ich es mir erhofft hatte. Sie war nicht erleichtert gewesen, sie hatte nicht über das ganze Gesicht gestrahlt, so wie ich oder Ches und Ella. Es war Zweifel gewesen, allem voran aber Sorge. Um mich und meine Sicherheit.

Bei den Jungs aber bekam ich so was nicht zu sehen.

»Verdammt, damit habe ich nicht gerechnet!«, sagte Todd und lachte auf. »Scheiße, du wirst ein Cop!«

Brigham seufzte. »Eben noch ein cooler Typ, im nächsten Moment ein Bulle. Dann werden wir den ganzen illegalen Scheiß wohl bleiben lassen müssen.«

Ich grinste. »Was für illegaler Scheiß?«

»Was?«, wiederholte Brig, so als hätte er mich nicht gehört, und sah mich unschuldig an, was Todrick, Ches und Mitchell lachen ließ.

Schließlich wanderte mein Blick zu Vince, und ich wappnete mich vor dem, was wohl kommen mochte. Sein Urteil war mir wichtig. Immerhin bedeutete es, dass ich nicht mehr für ihn in der Werkstatt arbeiten konnte und ich wusste, dass das Geld, auch in Hinblick auf die Hochzeit, besonders knapp war. Ich hatte immer noch das Gefühl, ihm in den Rücken zu fallen. Und das nach allem, was er damals für Ches und mich getan hatte. Wir waren Fremde für ihn gewesen, und dennoch hatte er sich unserer angenommen.

Der Anflug eines Lächelns erschien auf Vincents Lippen. Dann atmete er in einem Stoß aus. »Es passt zu dir. Du hast schon immer versucht, jeden um dich herum zu beschützen, da macht es nur Sinn, dass du es zu deinem Beruf machen willst. Herzlichen Glückwunsch, Creed! Ich bin stolz auf dich.«

Erleichtert stieß ich den Atem aus. »Danke, Vince.«

»Stoßen wir an!«, sagte Mitchell und erhob seinen Bierkrug. »Auf Officer Creed Parker!«

Ich lachte laut auf. »Noch bin ich kein Officer.«

»Klappe halten«, befahl Vince und hob sein Getränk ebenfalls. »Auf dich.«

Wir alle stießen an. Danach taten wir es gleich noch einmal, ehe Ches eine neue Runde Drinks bestellte.

»Wir sollten losziehen!«, rief Brigham aus und klatschte in die Hände. »Wie wäre es mit einem Stripclub?«

»Bin dabei«, sagte Todrick sofort und grinste.

»Dann ist es also beschlossene Sache. Gegen Mitternacht ist auch der Eintritt zwei Dollar günstiger.«

Die Jungs gaben sich ein High Five.

Mitchell warf mir einen Blick zu und unterdrückte ganz offensichtlich ein Lachen. »Tolle Idee. Oder, Creed?«

Ich lachte auf und verdrehte die Augen. Dennoch spürte ich, wie mir Hitze den Hals hinaufkroch. »Total.«

»Hey«, sagte Todrick vorwurfsvoll. »Tu nicht so. Als wir das eine Mal zusammen dort waren, hat es dir im *Dolly House* ziemlich gut gefallen.«

»Ernsthaft?«, fragte Vince und sah uns der Reihe nach belustigt an. »Ihr seid wirklich in diesen Stripclub gegangen?«

Neben Vince unterdrückte nun auch Ches ein Lachen. Ich warf ihm einen warnenden Blick zu, ehe er sich darum bemühte, sein Grinsen unter Bierschaum zu vergraben.

»Das ist …«, begann ich. Dann verstummte ich jedoch. Ich würde nicht mehr ins *Dolly House* gehen. Auch nicht mit den Jungs. Ich war kein Arsch.

Brigham wackelte mit den Augenbrauen. »Was wolltest du gerade sagen, Creedy?«

»Nein, danke«, erwiderte ich und lächelte ihn schief an. »Stripclubs sind eigentlich nicht so mein Ding, das war eine einmalige Sache. Ich würde lieber den restlichen Abend mit euch hier verbringen.«

Er wirkte überrascht. Dann wechselten er und Todrick einen vielsagenden Blick, und er zuckte mit den Schultern. »War nur ein Angebot. Toddy und ich sollten aber in etwa«, er warf einen Blick auf seine protzige Armbanduhr, »einer Stunde aufbrechen. Juicy Minaj hat es Mr Defensive End nämlich ganz schön angetan, und er kann es kaum abwarten, ihr bei einem Lapdance ein paar Scheinchen in den Glitzerstring zu schieben.«

Vince rieb sich stöhnend mit der Hand über das Gesicht. »Ich frage mich zwar, warum, aber ich kann dich leiden, Brigham. Hin und wieder verspüre ich allerdings den starken Drang, dir eine runterzuhauen. Einfach so.«

Ein Zittern breitete sich in meinen Schultern aus, dann, als Mitchells und mein Blick sich trafen, brachen wir in so lautes Gelächter aus, dass ich den Kopf in den Nacken legen musste. Die anderen am Tisch stimmten augenblicklich mit ein.

Ches schnaubte belustigt. »Ist das in Fletcher so ein Ding? Ich hatte noch nie einen Lapdance.«

»Ich hatte auch noch keinen«, sagte Mitchell und zuckte mit den Schultern. »Das ist in Fletcher kein Ding. Brig und Todrick haben einfach keine anderen Hobbys als Sex, über Sex zu reden und an Sex zu denken.«

»Hollister«, sagte Brigham, lehnte sich über den Tisch und legte ihm eine Hand auf den Arm. »Nur weil du jetzt Carla flachlegst, heißt das nicht, dass du große Töne spucken musst.«

Mitch verdrehte die Augen. »Aus deinem Mund klingt selbst die romantischste Beziehung nach einer Affäre.«

»Ist doch so ziemlich dasselbe.«

»Hattest du überhaupt schon mal eine Beziehung?«

Brigham grinste. »Aber klar. Seit letzter Woche waren es wieder vier Stück.«

»Kinder, immer mit der Ruhe«, sagte Todrick und klopfte mit seinem halb vollen Krug auf den Tisch. »Fragen wir Leo, ob wir unser Bargeld mit allen Eindollarscheinen aus seiner Kasse austauschen dürfen, und dann gehen wir alle gemeinsam los!«

»Auf keinen Fall. Ich bin raus«, sagte ich.

»Vergesst es.« Ches hob die Hände. »Ich werde ganz bestimmt nicht mit euch in einen Stripclub gehen. Das eine Mal an meinem einundzwanzigsten Geburtstag hat mir gelangt, und ich werde keinen halb nackten Frauen beim Tanzen zusehen, wenn meine Freundin zu Hause sitzt und ich stattdessen bei ihr sein könnte.«

Brig machte ein angewidertes Gesicht. »Wieso sind verknallte Kerle bloß so? Hollister, was ist mit dir? Bist du dabei?«

Mitchell lachte und warf einen Blick in Richtung Bar. »Ich zeige euch, was passiert, wenn ich meine Freundin frage, was sie davon hält.« Wir beobachteten, wie er auf sich aufmerksam machte und Carla zum Tisch winkte. Carla gab uns zu verstehen, einen Moment zu warten, bis sie zwei Gäste bedient hatte. Dann kam sie mit schnellen Schritten zu uns geeilt. »Wollt ihr noch eine Runde bestellen?«

»Nein, Prinzessin«, sagte Mitchell und lehnte sich schief grinsend auf der Sitzbank zurück. »Ich wollte dich fragen, was du davon halten würdest, wenn ich heute Abend mit den Jungs in einen Stripclub gehe.«

Carla blinzelte Mitchell ungläubig an. Dann lachte sie auf. Sie lachte erneut, wuschelte ihm durch die Haare, drehte sich um und ging zurück zur Bar.

»Das hat irgendwie einen passiv-aggressiven Eindruck gemacht«, bemerkte ich.

»Oh ja«, sagte Mitchell, was beinahe stolz klang.

»Na schön, Jungs.« Brig verschränkte die Arme vor der Brust. »Das heißt, Babyface, Creed und Mitchy sind für heute draußen. Dann bleiben nur noch ich und Todrick. Vince …«

»… wird bald heiraten«, vervollständigte Vince den Satz.

Wir lachten wieder, ehe Brigham aufstand, um uns noch eine Runde zu holen. Die Stimmung war ausgelassen, und ich entspannte mich. Und für eine Weile genoss ich es einfach nur, mit meinen Freunden zusammen zu sein.

KAPITEL 23

LENNY

Carla und ich stießen unsere Gläser aneinander. Wie auch die letzten zwei Male leckte ich das Salz von meinem Handrücken, leerte das Shotglas und biss in die Zitronenscheibe. Carla tat es mir nach und knallte anschließend das Glas auf das Holzbrett mit den aufgeschnittenen Zitronen.

Seit über einer Woche schon hatte ich nicht mehr getanzt. Meinem Kopf ging es zwar viel besser, sodass ich die grässliche Clubmusik hier einigermaßen ertragen konnte, aber ich war körperlich nicht ausgelastet, und das machte mich wahnsinnig.

Wir saßen auf Hockern der Frühstückstheke von Austin Fullers Verbindungshaus – welches mit so vielen Studenten der Fletcher University vollgestopft war, dass es eigentlich hätte platzen müssen. Und dabei hatte ich gedacht, dass kaum mehr einer auf dem Campus war. Aber nichts da. Wie die Kakerlaken, die nach und nach wieder aus ihren Löchern gekrochen kamen.

Und nichts an dieser Party war so legendär, wie es alle immer behaupteten. Es war einfach nur voll.

Carla machte ein finsteres Gesicht und wischte sich mit dem Handrücken über den Mund. Sie trug ein gelbes Kleid, darunter einen Bikini und hohe Schuhe. Ihre Haare waren noch immer ein wenig nass, weil sie im Pool gewesen war. Eigentlich hatten wir bloß darauf anstoßen wollen, dass sie es trotz ihrer Angst vor Wasser, gegen die sie seit einigen Monaten tapfer ankämpfte, tatsächlich geschafft hatte, auf einer Party dort hineinzugehen, wo sie jeder sehen konnte. Aber aus einem Drink waren ein paar geworden, und ihre Laune wirkte nicht gerade wie Feierlaune.

»Was ist dir denn über die Leber gelaufen?«, fragte ich und hob eine Augenbraue. Die Welt hatte begonnen, sich zu drehen, aber es war ein angenehmes Gefühl.

»*Ay*, was glaubst du wohl?«, erwiderte sie und bekam eine noch grimmigere Miene. »Ich bin auf einer Party von einem Kerl, mit dem ich nicht nur geschlafen habe, sondern der auch noch einer der ältesten Freunde meines Freundes ist. Und der Bruder der größten Schnepfe der Welt.«

»Wieso bist du überhaupt hier, wenn du das eigentlich nicht willst?«

»Weil Mateo und Oskar heute Abend bei Alma und Vince sind und Mitchell eingeladen wurde.«

»Hollister wird doch immer auf jede Party eingeladen.«

»Aber er versucht gerade, die Dinge zwischen Ardens Familie und seiner wieder geradezubiegen, weil sie doch befreundet sind. Oder waren. Keine Ahnung. *Mierda*, wieso muss dieser Typ immer versuchen, Dinge in Ordnung zu bringen? Und wenn ich noch ein Abendessen mit seiner hochnäsigen Mutter ertragen muss, explodiere ich!«

Carla und Mitchells Mutter standen miteinander auf Kriegsfuß. Bei ihrem ersten gemeinsamen Abendessen war es besonders aus dem Ruder gelaufen. Seither hatte Carla ein Problem mit Mitchells Familie und Mitchells Familie ein Problem mit Carla, und weder sie noch Mitchells Mutter waren offenbar bereit, klein beizugeben. Ich hatte mich schon öfter gefragt, wie Carla und Mitch es schafften, sich deswegen nicht an die Kehle zu gehen. Aber bei Mitchell war man damit wohl einfach an der falschen Adresse.

Wir stießen wieder an und kippten den Shot hinunter. Da sah ich, wie Creed die Küche des Verbindungshauses betrat. Hastig wandte ich den Blick ab und hoffte, dass er mich nicht bemerken würde. Ich wusste nicht, wie ich mich ihm gegenüber verhalten sollte. Seit ich seine Nummer auf meinem Arbeitshandy blockiert hatte … mied ich ihn. Schon klar, das war dämlich, aber ich konnte nicht anders. Ich brauchte Zeit.

Kurz und knapp – und leise – erzählte ich Carla vom zweiten Kuss, von Shelby und von den Textnachrichten. Anschließend erntete ich …

Eine Schelle. Auf den Nacken.

»Au!«, jaulte ich und rieb mir über die kribbelige Haut. »Was zum Teufel soll das, Santos?«

»Du bist der größte Esel auf der ganzen Welt!«, herrschte sie mich wütend an. »Du hättest seine Nummer gleich blockieren sollen! Dann wäre alles andere nicht passiert!«

»Pscht!«, machte ich erschrocken und sah mich in alle Richtungen um. Das Herz rutschte mir in die Hose. »Halt die Klappe, sonst hört dich noch jemand!«. Ganz besonders Creed, der hier immerhin irgendwo war.

Wieder sah ich mich panisch um, doch ich konnte ihn nicht mehr entdecken. Vielleicht war er ja durch die offene Verandatür nach draußen in den großen Garten gegangen, wo sich der Pool befand.

»Jedenfalls«, sagte ich nachdrücklich, »ist es, wie es ist. Ich habe es in Ordnung gebracht. Das wird schon.«

»Wenn du meinst.«

»Das ist mein Ernst! Hast du nicht gesagt, dass alles wieder wird wie früher, wenn ich ihn nur in die Wüste schicke?«

»*Ay no*, weißt du was, ich mische mich da nicht weiter ein. Du weißt schon, was du tust, Len. Bei dir rede ich mir noch den Mund fusselig, dann kann ich genauso gut mit einer Wand reden.« Carla kletterte vom Hocker der Frühstückstheke und drückte meine Hand. »Ich gehe jetzt tanzen. Und du kommst mit.«

Ich stieß ein Schnauben aus. Tanzen gehen. Welch Ironie, dass sie ausgerechnet das vorschlug.

Aber vielleicht war es ja gar keine schlechte Idee. Vielleicht sogar die beste, die ich seit Langem gehört hatte.

Ich kämpfte mich ebenfalls vom Hocker und blickte mich verstohlen in der großen Küche des Verbindungshauses um. Noch immer kein Creed in Sicht.

»Ich gehe noch mal schnell aufs Klo!«, rief ich Carla zu, als sie begann, sich zwischen Körpern hindurch zu drängeln.

»Okay!«, rief sie zurück und war im nächsten Moment auch schon in Richtung Wohnzimmer verschwunden, wo sich die Tanzfläche gebildet hatte.

Ich schaffte es irgendwie in den ersten Stock, ohne jemandem mit meinen Ellbogen ein blaues Auge zu verpassen. Anschließend verbrachte ich länger als nötig im Badezimmer und ließ eiskaltes Wasser über meine Hände laufen, um mich abzukühlen. Es war so heiß, dass ich das Gefühl hatte, jeden Moment einen Hitzschlag zu bekommen, dabei hatte mein schwarzes T-Shirt heute sogar einen so dünnen Stoff, dass man die Umrisse meines BHs erkennen konnte.

Ich klatschte mir kaltes Wasser ins Gesicht und seufzte erleichtert auf. Es wunderte mich, dass kein Zischen erklang, als es auf meine überhitzte Haut traf. Die Kälte war eine Wohltat.

… Zumindest bis sie einen dumpfen Schmerz hinter meiner Stirn auslöste.

Wieder seufzte ich, als ich mir die nächste Ladung überschwappte. Wieso quälte ich mich bloß so mit diesen blöden weiten Klamotten? Ich könnte, wie jeder andere hier auch, ganz einfach Badekleidung anziehen und in den Pool hüpfen. Wieso stand ich mir selbst so sehr im Weg? Wieso kam ich nicht gegen die absurde Angst an, jemand könnte Daisy in mir erkennen, sobald ich keine schwarze Kleidung trug? Obwohl ich mir bewusst war, dass es sich dabei um reine Paranoia handelte; obwohl ich wusste, dass Daisy vielleicht bekannt, aber nun auch nicht *so* bekannt war, schaffte ich es einfach nicht, dagegen anzugehen.

Wieso war ich *ich?*

Als ich meinen Blick im Spiegel erhaschte, schrak ich zurück. Meine Haut fühlte sich nicht nur empfindlich an, sondern war gerötet. Meine Lippen sahen dunkel aus, so als würde ich Lippenstift tragen – obwohl ich wie immer vollkommen ungeschminkt war –, und meine grauen Augen waren glasig. Der Zopf, der mir locker den Rücken hinunterhing, war zerzaust, und einige Strähnen klebten nass um mein Gesicht. Wenigstens verdeckten sie die kleine Stelle oben an meiner Stirn, die noch immer unschön aussah.

Ich fuhr mir mit den Fingerspitzen über die geröteten Wangen. Eine Stimme erklang in meinem Kopf, die ich schon lange nicht mehr so durchdringend gehört hatte. *Ob du liebenswerter wärst, wenn du liebenswerter aussehen würdest? Ob es an deinen kantigen Gesichtszügen liegt? Ob Ma recht hatte? Hättest du dich bloß weiter anstrengen sollen? Wärst du ein besserer Mensch geworden, wenn du nicht aufgegeben hättest und abgehauen wärst?*

Hastig wandte ich den Blick von meinem Spiegelbild ab und holte zittrig Luft.

Verdammt, was heulte ich so rum? Wo waren die Tage hin, als ich ein cooler, harter Brocken gewesen war?

Ich wischte meine Hände an meiner lockeren Stoffhose trocken, öffnete die Badezimmertür – und stieß mit jemandem zusammen.

»Sorry!«, sagte ich – ehe ich bemerkte, dass es Ella war.

Ein überraschtes Lächeln breitete sich auf ihrem Gesicht aus, und sie rieb sich ein paar zerzauste blonde Strähnen aus dem Gesicht. »Lenny! Ich hätte nicht gedacht, dass du noch kommst. Ich dachte, dass du heute arbeiten musst. Gott, es ist so heiß.« Sie fächerte sich mit den Händen Luft zu. Der blaue, knappe Einteiler klebte ihr regelrecht am Körper, und sie war barfuß. Seltsamerweise zog Ella andauernd ihre Schuhe aus, sobald sie auf einer Party etwas getrunken hatte.

»Ich darf noch nicht arbeiten«, erklärte ich. »Mein Kopf, du weißt schon.«

»Oh, ja, richtig. Tut mir leid. Wie geht es dir mittlerweile?«

Ich zuckte mit den Schultern und rümpfte die Nase. »Wenn es nach mir ginge, hätte ich schon nach drei Tagen wieder arbeiten können, aber es wollte ja niemand auf mich hören. Mein Chef hat mir befohlen, zwei Wochen zu Hause zu bleiben, und ich hasse es. Ich meine, welcher Mensch hat so viel Freizeit? Das ist furchtbar. Dabei will ich doch einfach nur tanzen.«

Ich verschluckte mich beinahe an meiner eigenen Spucke, als ich nach Luft schnappte. Meine Augen weiteten sich. Keine Ahnung, woher dieser Redefluss kam, aber … ich hatte mich versprochen. Ich hatte das Tanzen erwähnt!

Wir standen noch immer zwischen Tür und Angel des Badezimmers. Hinter Ellas Schulter sah ich, wie sich eine der Türen öffnete und ein Mädchen mit zerzausten Haaren und roten Wangen betont unauffällig aus dem Zimmer huschte, gefolgt von Todrick, der äußerst entspannt wirkte und sein T-Shirt über dem Footballerkörper glättete.

»Was?«, fragte Ella verblüfft.

Hastig packte ich sie an der Hand. »Ich wollte sagen: Komm, gehen wir tanzen!«

»Meinst du das ernst?«, fragte sie, als ich sie in Richtung Treppe zerrte.

»Aber so was von. Lass uns das Tanzbein schwingen.«

Die laute Musik dröhnte mir in den Ohren, und der Bass wummerte durch meinen Körper. Ein alter Song von den Black Eyed Peas schallte durch das ganze Haus, was die Feiernden ziemlich abgehen ließ.

Wir traten an den Rand der Tanzfläche, und Ella begann wie wild herumzuspringen. Ich bewegte mich ein wenig zum Beat, doch es war so stickig im Raum, trotz offener Fenster, dass ich mich nicht traute, mich noch mehr zu bewegen. Sonst würde ich mit beduseltem Kopf am Ende noch mein Shirt ausziehen.

Der Song endete. Der nächste kam. Und dann noch einer. Irgendwann tauchte Carla bei uns auf und zog uns tiefer hinein in die Masse aus Hitze abstrahlenden Studenten.

Vielleicht hätte ich wirklich weniger trinken sollen, denn dann hätte ich schneller reagiert, als sich ein Körper von hinten an mich schmiegte und sich Arme um meine Schultern schlangen.

Empört schnappte ich nach Luft. »Was zum …?!«

Ich wirbelte herum – und blickte geradewegs in Creeds Gesicht.

Wieder wollte ich nach Luft schnappen, aber plötzlich wusste ich nicht mehr, wie das funktionierte.

»Was soll das denn?«, fragte ich, was vor Aufregung erschreckend harsch klang. Ich musste den Kopf in den Nacken legen, um ihn anzusehen. Das schiefe Lächeln, das breite Kinn, die markante Nase, die bernsteinfarbenen Augen. Ich gab mir Mühe, nicht auf seine geschwungenen Lippen zu starren. Unglücklicherweise wusste ich ja nun ziemlich genau, wie sie sich auf meinen anfühlten.

»Was soll schon sein?«, fragte er und begann, sich zu bewegen. »Ich tanze ein bisschen mit meiner besten Freundin.«

Beste Freundin. Ich hasste es, wenn er das sagte. Das machte die ganze Friendzone-Sache noch um einiges schmerzhafter.

Ich will kein anderes Mädchen. Nur dich.

Ich schüttelte den Kopf und versuchte, dabei zu ignorieren, wie seine Arme noch immer locker um meine Schultern lagen. Er hatte offenbar ebenfalls ein paar Drinks intus. Wann immer er Alkohol trank, wurde Creed noch körperlicher als sonst schon. Es war nichts Neues, dass er auf einer Party herumalberte oder mit mir tanzte, doch diesmal hatte ich das Gefühl, dass mir das zum Verhängnis werden konnte.

Nur Daisy. Er will nur Daisy. Kein anderes Mädchen. Schon gar nicht mich.

Er beugte sich nach unten, bis seine Lippen an meinem Ohr lagen. »Du siehst ein wenig betrunken aus, Lenny James. Und dein Shirt ist nass.«

Er hatte recht. Das musste wohl passiert sein, als ich mir Wasser ins Gesicht geschüttet hatte.

Aus einem mir unerfindlichen Grund landeten meine Hände auf seiner Brust. Einfach so.

Und dann, weil ich genau wusste, wie elektrisierend es sich anfühlte, und weil er so nah war, so gut roch und die ganze Welt sich drehte …

Machte ich mit. Ich tanzte mit ihm. Hier. Und jetzt. Ich stieß ihn nicht von mir wie sonst, um einen scharfzüngigen oder spöttischen Spruch loszulassen. Wir bewegten uns gemeinsam zur pulsierenden Musik. Und keine einzige Sekunde lösten sich dabei meine Augen von seinen. Ich ließ mich von der Musik treiben, was ich mir außerhalb des Clubs sonst nie erlaubte. Ich verlor mich. Verlor mich in *ihm*. Es war, als würde das Verbindungshaus nicht mehr existieren, ebenso wenig wie all die Leute um uns herum.

Creeds Finger berührten meine Taille, und er zog mich näher zu sich. Seine glatt rasierte Wange streifte die meine, und meine Hände wanderten über seinen Rücken. Mein T-Shirt war wohl hochgerutscht, denn plötzlich spürte ich, wie seine Fingerspitzen über einen schmalen Streifen Haut zwischen Hosenbund und Saum strichen. Ich keuchte auf und lehnte mich zurück. Creed sah mich eindringlich an, anders als sonst. Ein Blick, mit dem er mich, Lenny, nie bedacht hatte. Ich konnte sehen, wie ein Muskel an seinem Kiefer zuckte.

Was passierte hier? Was war los mit ihm? War er etwa *so* betrunken?

Vielleicht trübte mich mein Wahrnehmungsvermögen, doch etwas sagte mir, dass Creed nicht mehr nur herumalberte. Und ich hatte plötzlich das Gefühl, ihm ausgeliefert zu sein.

Schon wieder.

Erst jetzt, da ich all meine Konzentration darauf richten musste, meine Knie an Ort und Stelle zu behalten, realisierte ich auch, dass wir aufgehört hatten, uns zu bewegen. Wir tanzten nicht mehr. Offenbar schon seit einer ganzen Weile. Wir standen einfach nur da, während die Welt sanft umherschaukelte.

Nein, nicht die Welt. Mein Hirn. Das war mein Hirn, das umherschaukelte.

Ich stolperte über meine eigenen Füße, als ich mich blitzartig von ihm löste und zwei Schritte zurückwich.

»Sorry!«, rief ich über die Musik hinweg. »Vielleicht habe ich wirklich etwas zu viel getrunken.« Ich lächelte, doch vermutlich sah es eher aus wie eine Grimasse. Nein, nicht ganz. In Verbindung mit meinen brennenden Wangen musste ich vermutlich aussehen wie ein Clown.

Creed zog die Stirn in Falten. Er blinzelte mich an und erneut – da zuckte erneut ein Muskel an seinem Kiefer. Was war los? Was hatte er für ein …?

Plötzlich wusste ich es. Gewissheit erfüllte mich.

Und saure, bittere Angst.

Er weiß es. Er wusste, dass ich gelogen hatte, dass ich es war, die er geküsst hatte, dass ich diese Stripperin war, die sich halb nackt auf ihm herumgerekelt hatte. Vielleicht hatte er mich jetzt, gerade jetzt und hier bei diesem Tanz, als Daisy erkannt. Es musste so sein. Er wusste es. Er wusste es. Er wusste es.

Blanke Panik erfasste mich, und mit einem Mal wurde mir so schlecht, dass mir noch viel schwindeliger wurde.

»Lenny?«, fragte Creed und griff nach meinem Arm. »Was ist los? Musst du dich übergeben? Ist dir schlecht?«

Mein Herz klopfte so fest und schnell gegen meine Brust, dass mein ganzer Körper darunter zu vibrieren begann.

»Mir ist nicht schlecht«, stieß ich hervor und riss meinen Arm aus seinem sanften Griff. Ich konnte das Blut in meinen Ohren rauschen hören.

Ich wusste nicht, was das für ein Ausdruck war, der da über seine Miene huschte. Für einen Moment hätte ich fast geglaubt, dass es Schmerz wäre, doch der Augenblick war zu schnell wieder vorbei, und ich konnte … Ich konnte nicht denken. Nicht mit dieser Angst.

»Komm mit«, sagte Creed und zog mich mit sich. » Wir sollten reden. Ich glaube, das ist schon lange überfällig.«

Wieder entzog ich ihm meinen Arm und blieb stehen. Jegliche Farbe wich mir aus dem Gesicht. »Nein!« Ich war noch nicht bereit. Ich konnte das Gespräch noch nicht führen. Vor allem nicht jetzt. Oh, Gott, ich konnte das hier nicht!

»Da seid ihr ja!«

Ich wirbelte herum und blickte geradewegs in Carlas Gesicht. Noch nie war meine Erleichterung so groß gewesen, sie zu sehen. Ich wäre ihr am liebsten um den Hals gefallen, doch ihr Blick war alarmiert, warnend.

»Ich brauche dich«, sagte sie und packte meine Hand.

Ich drehte mich noch einmal zu Creed um und sah ihn mit aufgerissenen Augen an … nur um zu sehen, dass seine Miene ausdruckslos geworden war. Seine Lippen waren nichts weiter als eine dünne Linie. Er sah mir nicht in die Augen.

»Schon in Ordnung«, sagte er. »Vergessen wir es einfach. Sprich es einfach nicht aus, ja? Dann bleibt alles wie immer.«

»Creed, ich …«, begann ich erneut, verzweifelt. Doch da zog Carla mich auch schon mit sich.

Sie zerrte mich nach draußen. Als wir unter dem wolkenfreien Nachthimmel auf dem vertrockneten Rasen standen, ließ sie mich los und warf die Arme in die Luft.

»Dios mio!«, herrschte Carla mich an. »Was ist in dich gefahren, Lenny?«

»Was meinst du?«, herrschte ich zurück. »Nichts ist in mich gefahren!«

Hastig dirigierte sie mich in eine etwas ruhigere Ecke des großen Gartens. Die meisten Leute hatten sich um den Pool herum versammelt oder befanden sich darin. »*Mierda*, du hast da drin vollkommen die Kontrolle verloren. Und du hast ausgesehen, als wärst du jeden Moment total ausgerastet. So hab ich dich noch nie erlebt!«

Ich wusste nicht, wieso, doch plötzlich wollten mir Tränen in die Augen steigen. *Nicht weinen. Du wirst jetzt auf keinen Fall weinen!*

»Es … ist einfach schwer, okay? Ich weiß nicht, wie lange ich das noch mitmachen kann, Carla. Ich weiß nicht, ob ich noch mit Creed befreundet sein kann.«

Carla hob mein Kinn mit einem Finger an, damit ich ihr in die Augen sah. »Du wirst dich jetzt zusammenreißen, Lenny. Hast du verstanden? Am besten du gehst nach Hause, schläfst aus und überlegst dir erst dann, was du als Nächstes tun wirst. Alles, was du jetzt grade machst, wird dich nur noch weiter in Schwierigkeiten bringen.«

Ein widerwilliger Laut entwich mir, und ich verzog das Gesicht. Ich hasste es, wenn sie recht hatte! Mit einem Drink zu viel intus traf man nie gute Entscheidungen.

Obwohl mir eben noch so heiß gewesen war und die Nachtluft noch immer ziemlich mild war, fröstelte ich.

»Na gut«, gab ich mich geschlagen und schob ihre Hand weg. »Ich gehe nach Hause. Bist du jetzt zufrieden?«

Tatsächlich sah es aus, als würden sich Carlas Schultern entspannen. Sie schenkte mir diesen strengen Blick, den sie sich sonst nur für ihre Brüder aufhob, und huschte mich fort. »*Claro*. Sehr zufrieden. Mach die Biene.«

»Eigentlich heißt das, mach die …«

»Husch jetzt!«

Ich verdrehte die Augen und drehte mich um. Dann stampfte ich über den Rasen zurück ins Haus und machte mich auf den Heimweg.

KAPITEL 24

CREED

Ein schmutziger Lappen traf mich mit erstaunlicher Geschwindigkeit mitten im Gesicht.

Ich stieß ein angewidertes Ächzen aus. Mit finsterer Miene warf ich den Lappen zu Ches zurück, was einen öligen Film auf meinen Händen hinterließ. »Vielen Dank auch, Mann!«

Mein bester Freund fing den Lappen in der Luft und steckte ihn in die hintere Tasche seiner Jeans, die ebenfalls mit schwarzen Schlieren verschmiert war. »Selbst schuld. Du bist fast zwei Stunden zu spät.«

Es war Montagmorgen, und ich hatte verschlafen. Heute war außerdem der erste Tag seit einer Ewigkeit, an dem es mal wieder regnete. Und nicht nur ein bisschen. Es goss in Strömen, weshalb ich pitschnass war, obwohl mein Jeep im Hof stand. Der Himmel war so dunkel wie schon lange nicht mehr. Ein kühler Wind blies den kalten Regen durch die Stadt und wusch den Staub fort.

Vince warf mir einen belustigten Blick zu. »Will ich wissen, was du gestern Nacht getrieben hast? Du kommst nie zu spät.«

Ich warf meinen Rucksack auf die vergilbte Sitzbank neben dem verglasten Büro und schlenderte durch die Halle. »Ich habe gelesen.«

Ches lachte leise. »Du und lesen?«

Erneut verzog ich das Gesicht und funkelte ihn an. »Ja, Chester, man will es kaum glauben, dass ich das kann. Ich bereite mich auf die Ausbildung vor.«

»Wow, was ist dir denn über die Leber gelaufen?«, fragte Vince, als ich die Coffee-to-go-Becher, die ich mitgebracht hatte, etwas zu fest auf dem Dach des Honda abstellte.

»Überhaupt gar nichts«, antwortete ich – auch wenn selbst ich heraushören konnte, wie mies gelaunt ich war.

Ches lief zurück zum Wagen auf der Hebebühne, an welchem er

offenbar gerade zugange war. »Hat also nichts mit der Party von Samstag zu tun?«

»Wieso sollte das etwas mit einer Party zu tun haben?«

»Du und Lenny habt es auf der Tanzfläche ziemlich krachen lassen.«

»Oho«, sagte Vince grinsend, wischte sich die Hände an einem Lappen ab und nahm sich einen Kaffeebecher. »Jetzt wird es interessant. Gebt mir Details.«

Hitze schoss meinen Nacken hinauf, und ich presste die Lippen zusammen. Dann zwang ich mich jedoch zu einem schiefen Lächeln. »Ich tanze dauernd mit Lenny. Ich tanze mit jedem. Das ist doch nichts Neues.«

Das war nicht mal gelogen. Ich tanzte wirklich dauernd mit Lenny, alberte regelmäßig vor ihr herum und versuchte, sie aufzuziehen. Ich flirtete sogar mit ihr, wenn auch nur, um sie damit aus dem Konzept zu bringen. Der einzige Unterschied war gewesen, dass Lenny diesmal mitgemacht hatte.

Und zwar so was von. So hatte ich noch nie mit ihr getanzt. Oder sie mit mir. Und es hatte mir die Sprache verschlagen, weil ich nicht einmal gewusst hatte, dass sie so tanzen konnte. Wie hatte ich das nicht wissen können? Auf seltsame Art und Weise hatte ich dabei an meinen Tanz mit Daisy denken müssen. Doch der Gedanke hätte mich beinahe selbst auflachen lassen. Sie waren so verschieden. Doch sie hatten eines gemeinsam: Sie gingen mir unter die Haut. Ein Gefühl, das kaum in Worte zu fassen war.

Dann jedoch hatte sie die Reißleine gezogen. Ich hatte genau gesehen, wie die Erkenntnis in ihre grauen Augen getreten war. Lenny war drauf und dran gewesen, mir eine Abfuhr zu verpassen. Sie hatte mich darüber aufklären wollen, dass wir nie mehr als Freunde sein würden und dass ich mit dem Tanz, und wie ich sie berührt hatte, zu weit gegangen war.

Ches hatte recht. Ich war wirklich ein Idiot. Ich hätte es niemals so weit kommen lassen dürfen.

»Wie auch immer«, sagte ich, bevor sie das Thema weiter breittreten konnten, und machte mich an die Arbeit. Ich schnappte mir ein Teppichmesser und widmete mich einem Stapel neu eingetroffener Pakete mit Teilen, die in einer Ecke der Halle auf mich warteten.

Für eine Weile arbeiteten wir drei stumm, jeder für sich. Meine Laune war im Keller, mehr noch als an jedem anderen Montagmorgen. Ich hatte keine Zeit gefunden, in Ruhe meinen Kaffee zu trinken, und ich hatte mir die ganze Nacht und den ganzen vergangenen Sonntag Gesetzbücher um die Ohren geschlagen. Zusätzlich fragte ich mich, wie ich das mit Lenny wieder geradebiegen konnte. Sie antwortete mir auf keine meiner Nachrichten. Und sie hatte mich weggedrückt, als ich versucht hatte, sie anzurufen. Demnach hatte ich mich also nicht getäuscht.

Die Müdigkeit und meine wirren Gedanken sorgten dafür, dass ich voll und ganz dabei versank, Teile auszupacken, sie durchzuzählen und zu verräumen. Deshalb zuckte ich auch heftig zusammen, als Vincents Handy mit einem schrillen Ton zu klingeln begann.

Er kam unter dem Wagen hervor, verschwitzt und mit öligen dunklen Fingern und hastete durch die Halle in sein Büro, dessen Tür er hinter sich schloss.

Ches ließ einen silbernen Ford Fiesta auf der Hebebühne nach oben fahren und drehte sich zu mir um, als er fertig war. Eine tiefe Furche erschien auf seiner Stirn. »Du solltest mit ihr reden, Creed.«

Ich ließ das Cuttermesser auf den Stapel mit den Kartons fallen und blickte auf. »Wieso reitest du so auf dem Thema herum?«

Verblüfft hob er die Augenbrauen. »Das ist das erste Mal, dass ich dir das sage.«

»Was auch immer du glaubst zu wissen, es ist falsch. Wir sind nur Freunde, Ches, und das war schon immer so.«

Seine Mundwinkel zuckten verräterisch. »Selbst als du dich letztes Jahr für längere Zeit mit dieser Valerie aus Coldwater und das Jahr davor mit der kleinen Krankenschwester getroffen hast, hast du nie so von ihnen gesprochen wie von Len. Oder von Daisy.«

»Ches!«, zischte ich und warf einen nervösen Blick in Richtung Büro. »Schrei nicht so.« Ich senkte die Stimme. »Das mit Lenny ist Jahre her. Und damals kannte ich sie noch nicht gut. Sie ist eben meine beste Freundin geworden.«

»Ich kenne dich schon mehr als mein halbes Leben. Und ich kenne den Unterschied, ob du ein Mädchen ansiehst, weil du zwischen ihre Beine willst – so wie es zum Beispiel bei unserer Summer der Fall ist – oder weil du nicht anders kannst, weil sie jeden Zentimeter in deinem Kopf für sich beansprucht. Du hast immer gesagt, Len sei deine Seelenverwandte.«

»Was soll's? Du bist auch mein Seelenverwandter. Mitchell ist mein Seelenverwandter. Vielleicht bin ich ja so was wie eine Seelenschlampe.«

»Ich glaube dir kein Wort. Irgendwas ist anders. Zwischen euch beiden. Das kann jeder sehen, der Augen im Kopf hat.«

»Komm schon, Babyface.« Mein Puls beschleunigte sich. Ich lächelte gequält und verschränkte die Arme vor der Brust. »Glaubst du ernsthaft, was du da sagst? Zwischen Lenny und mir ist nichts. Da war nie etwas.« Die Lüge fühlte sich fad an, vor allem weil Ches es besser wusste – und es eben sogar ausgesprochen hatte. Wieso sagte ich ihm nicht die Wahrheit? Ich hatte immer offen mit ihm reden können. Wieso nicht jetzt? Wieso gab ich nicht einfach zu, dass er recht hatte und dass mir allein der Gedanke eine ziemliche Angst einjagte? Dass ich jetzt, da sich mein ganzes Leben erneut ändern würde, nicht ertragen könnte, meinen Fels in der Brandung zu verlieren? Meine beste Freundin. Mein Mädchen.

Nein. Nicht mein Mädchen. Das würde sie niemals sein, und auf Austin Fullers Party war sie kurz davor gewesen, mir genau das mitzuteilen.

Die Augen meines besten Freundes wurden groß. In diesem Augenblick kam Vince zurück aus seinem Büro. Ches winkte ihn zu uns, ohne den Blick von mir zu lösen. »Hey, Vince. Würdest du sagen, dass Creed schon mal verknallt war? So richtig heftig?«

»Aber so was von«, sagte Vince, während er auf seinem Telefon herumtippte. Er blickte nicht mal auf und fuhr sich mit dem Handrücken über die Stirn.

Ein triumphierender Ausdruck trat auf Chesters Gesicht. Dann sagte er, noch immer, ohne den Blick von mir zu lösen: »Und weißt du auch, in wen?«

»Wer weiß das nicht?« Vince wandte sich wieder seinem Honda zu und ließ das Telefon zurück in die Tasche seiner Jeans gleiten. »In Lenny natürlich. Hey, kann einer von euch heute Abend die Werkstatt für mich schließen? Ich muss Alma mit den Vorbereitungen für die Verlobungsfeier am Freitag helfen.«

Mein Mund klappte auf. Chesters Grinsen wurde breiter, und er wandte sich endlich von mir ab. »Kein Problem, Vince. Ich mache zu.«

»Danke, Kumpel.«

»Hey, Moment mal!«, sagte ich und baute mich neben den beiden und dem Honda auf, unter dem Vince schon wieder verschwunden war. »Was soll das heißen?«

Ich hörte Vince auflachen. »Jetzt stell dich nicht so an, Creed. Als du und Ches nach Fletcher gekommen seid und ich dich und Lenny zum ersten Mal zusammen vor dem Käfig gesehen habe, war sofort klar, was Sache ist.«

Mein Herz schlug einen Salto, und mein Magen drehte sich einmal im Kreis. War das sein Ernst? Und hatte Lenny es auch von Anfang an gewusst? War das vielleicht einer der Gründe, weshalb sie mich nie zu nah an sich herangelassen hatte? Um mir keine falschen Hoffnungen zu machen? Um eine klare Grenze zwischen uns zu ziehen?

»Creed …«, sagte Ches eindringlich. Dann presste er die Lippen zusammen und hob kapitulierend die Hände. »Nein, weißt du was? Ich werde mich da nicht einmischen. Das ist nicht mein Bier. Aber länger mit ansehen kann ich es mir auch nicht.«

Mit anderen Worten: *Komm endlich über sie hinweg und mach dich nicht lächerlich, Kumpel.*

Ich konnte spüren, wie mir Schamesröte meinen Hals hinaufkroch und meine Ohren vermutlich ziemlich dunkel anliefen. Ich knirschte mit den Zähnen und wandte mich wieder an Vince. »Ich würde dir nie so in den Rücken fallen, Vince. Was auch immer mal gewesen ist, sie ist deine Nichte. So lieb ich sie habe, sie ist nur Lenny. Nur eine Freundin. Außerdem ist sie einfach nicht mein Typ. Hundertprozentiger Friendzone-Alarm!« Ich lachte nervös auf. Nicht einmal ich selbst kaufte mir diesen Quatsch ab. Und Lenny war so was von mein Typ, dass ich mich schon lange mit Frauen ablenkte, die es nicht waren.

Ein seltsames Geräusch erklang vom anderen Ende der Halle.

Ches und ich drehten uns gleichzeitig um und …

Lenny. Sie stand am Seiteneingang der Halle, war pitschnass vom Regen und starrte zu uns, mit aufgerissenen Augen. Nein, nicht zu uns, sie starrte zu *mir.*

Mein Herz machte einen erschrockenen Satz. Verdammt, wie lange stand sie da schon? Hatte sie …? Natürlich.

Sie musste mich gehört haben.

Ihre grauen Augen bohrten sich in meine, so intensiv, so unerbittlich, dass ich keine Luft mehr bekam. Und was auch immer das für ein Ausdruck in ihnen war – er tat weh. Mein Magen krampfte sich zusammen, und ich hatte das Gefühl, als würde das Atmen schwerer werden. Genauer gesagt, hatte es sich noch nie so schwer angefühlt.

Verfluchter Mist. Was hatte das zu bedeuten? Mein Schmerz? Und ihr Blick?

Sie räusperte sich, und es brauchte einige Sekunden, bis sie meinen Blick freigab und endlich wieder Sauerstoff in meine Lunge gelangte. »Hi. Ich … ich wollte nur … ich …« Ihr Blick wirkte hilflos und huschte umher, landete überall, nur nicht wieder auf mir. »Ehrlich gesagt, vergesst es. Ich habe einen Schlüssel für oben. Ich wollte nur bei den Vorbereitungen für die Verlobungsfeier helfen und deshalb Bescheid sagen, dass ich jetzt hier bin.« Und noch bevor Vince sich aufgerichtet hatte, drehte Lenny sich um und ging ohne ein letztes Wort.

Mein Blick klebte noch lange am Seiteneingang. Auf den nassen Schuhabdrücken auf dem staubigen Boden. Der Kloß in meinem Hals wollte nicht verschwinden.

Etwas sauste neben meinem Ohr, und dann – erneut traf mich Chesters schmieriger Lappen mit voller Wucht auf der rechten Gesichtshälfte.

»Verdammt, Ches!«, herrschte ich und fuhr mir mit dem Handrücken über die Wange. »Was zum Teufel soll das schon wieder?«

Er schüttelte bloß den Kopf und kehrte zu seiner Hebebühne zurück. »Du bist ein noch viel größerer Dummkopf, als ich dachte.«

»Jepp«, stimmte Vince ihm zu und verschwand wieder unter dem Wagen. »Der größte, dem ich je begegnet bin.«

»Arschlöcher«, sagte ich und ging zurück zu meinen Kartons. Wer solche Freunde hatte, brauchte keine Feinde mehr.

Aber dennoch: War es vielleicht nicht sogar gut, dass Lenny mich gehört hatte? Vielleicht war das der Schlussstrich, den wir beide gebraucht hatten. So musste sie mir keine Abfuhr geben, und ich musste keine erhalten. Es drehte mir zwar den Magen um, aber es war besser so. Vernünftiger. Anständiger. Sicherer.

Erneut ließ ich mein Cuttermesser über den Rand eines Kartons fahren. *Besser. Vernünftiger. Anständiger. Sicherer.* Die nächsten Stunden verbrachte ich damit, mir mein neues Mantra einzureden, während ich schweigend weiterarbeitete und mich anschließend an Vincents Honda zu schaffen machte, als er in den Feierabend ging.

Besser. Vernünftiger. Anständiger. Sicherer.

Und vielleicht würde ich die Worte auch eines Tages selbst glauben.

KAPITEL 25

LENNY

Ich drehte mich im Kreis. Dann drehte ich mich in die entgegengesetzte Richtung und musterte mich mit kritischem Blick. Das war zu gewagt. Das konnte ich niemals tragen.

Oder doch? Doch. Das konnte ich so was von tragen. Ehrlich gesagt, sah ich sogar fantastisch aus, auch wenn es ungewohnt war, meine Haare ganz ohne Haargummi offen über meinen Rücken fallen zu lassen. Irgendwie mochte ich es aber. Es irritierte mich bloß, ein Kleid zu tragen und dabei von braunen Wellen umrahmt zu werden, nicht von blonden. Und meine Maske war auch nicht an Ort und Stelle. Ich fühlte mich nicht wie Daisy, und doch fühlte ich mich auch nicht wie Lenny. Das Mädchen in dem eng anliegenden schwarzen Kleid mit dem sehr gewagten Rückenausschnitt und dem kritischen, argwöhnischen Blick …

Keine Ahnung, wer das war.

Ich entriegelte die Badezimmertür, tapste barfuß hinüber zu Almas und Vincents Schlafzimmer und huschte hinein.

Carla war gerade dabei, meine Make-up-Tasche zu durchwühlen, die ich normalerweise nur mit in den Club nahm. Für den heutigen Abend hatte ich ihr aber erlaubt, sich daran zu bedienen. Und sie schöpfte mein Angebot voll und ganz aus. Sie saß vor dem schmalen Ganzkörperspiegel auf dem Boden neben dem Bett und war umgeben von Pinseln, Paletten, Döschen und mehr. Bis auf Lockenwickler und rote Unterwäsche trug sie nichts. Im Raum war es fast so heiß wie draußen, und es roch nach Carlas süßem Lieblingsparfum.

»Wo ist dein Eyeliner?«, fragte sie, ohne aufzublicken, während ich die Tür hinter mir wieder verriegelte. »Ich kann ihn nicht finden, und ich …« Unsere Blicke begegneten sich im Spiegel, und meine Mitbewohnerin verstummte. Ihre Augen wurden groß, und sie wirbelte im Sitzen zu mir herum. »Was soll das werden?«

Ungerührt hielt ich ihrem Blick stand, auch wenn ich spürte, wie für einen Moment mein Herz aus dem Takt geriet. Ich lächelte. »Keine Ahnung, was du meinst, Santos.« Ich schlenderte zu ihr, sank neben dem Spiegel langsam auf die Knie (etwas anderes war in dem Kleid auch nicht möglich) und bereitete meine Make-up-Routine vor mir auf dem Boden vor, wie eine kleine Straße: Gesichtscreme, Primer, Concealer, Make-up, Puder, Bronzer, Rouge, Settingspray.

»*No me jodas*, du weißt genau, was ich meine.«

»Was machst du für einen Aufstand?«, fragte ich unschuldig. »Das ist eine Verlobungsfeier. Wonach sieht es denn aus? Ich mache mich zurecht.«

»Lenny James macht sich aber nie auf diese Art und Weise zurecht. Spiel mir nichts vor.«

»Ich spiele dir nichts vor. Ich hatte einfach nur Lust, mal etwas anderes auszuprobieren.«

»Len, das hier ist Make-up.« Sie rüttelte meine Schulter, ihr Blick wirkte verstört. »Bitte sag mir nicht, dass das etwas mit Creed zu tun hat.«

Ich versteifte mich. Allein seinen Namen zu hören, sorgte dafür, dass sich alles in mir verkrampfte. Meine Haut fühlte sich zu eng an. Obwohl es jetzt schon vier Tage her war, dass ich ihn die Worte hatte sagen hören, tat es noch immer genauso weh wie in dem Moment, als ich am Seiteneingang der Werkstatt gestanden hatte. *So lieb ich sie habe, sie ist nur Lenny. Nur eine Freundin. Außerdem ist sie einfach nicht mein Typ. Hundertprozentiger Friendzone-Alarm.*

Es war genauso, wie ich es befürchtet hatte.

Ich biss mir auf Zunge, bis sich ein spitzer Schmerz in meinem Mund ausbreitete. *Friendzone*. Ich hasste dieses Wort, nun mehr als je zuvor. Und ich hasste Creed dafür. Wieso schlug ich mich überhaupt mit ihm rum? Ich brauchte ihn nicht. Nicht als Schwarm und erst recht nicht als Freund. So nah hatten wir uns nun auch wieder nie gestanden. Genau genommen kannten wir uns doch kaum, obwohl wir so lange miteinander abgehangen hatten. Es war schon immer oberflächlich gewesen. Ich hatte bloß zu viel hineininterpretiert. Es war so, wie er es gesagt hatte. Nur Freunde. Ich war *nur Lenny*.

»Es hat überhaupt nichts mit Creed zu tun«, sagte ich betont ruhig. Mit steifen, kalten Fingern fing ich an, mich zu schminken. »Der Eyeliner ist übrigens im hinteren Fach, wo auch die Pinzette und die Nagelfeile liegen.«

Wir schwiegen uns an, während wir uns fertig machten. Nachdem Carla ihren Eyeliner gezogen hatte, pfefferte sie ihn zurück in die Tasche. Dann drehte sie sich zu mir um. »Seit wann sind wir so unehrlich zueinander, Lenny?«

Ich war gerade dabei gewesen, das Make-up mit einem kleinen Schwamm auf meinem Gesicht zu verteilen, als meine Hand verharrte. Im Augenwinkel konnte ich sehen, wie Carla versuchte, meinen Blick aufzufangen. Doch ich sah sie nicht an. Mit angespannter Haltung sah ich mir im Spiegel selbst in die Augen. »Weißt du eigentlich, was du da sagst? Ich bin verlogen und rückgratlos, seit wir uns kennen. Seit wann ist es was Neues, dass ich mal nicht ehrlich bin?«

»Hör auf, Lenny! Mir egal, was du da für eine Schiene fährst, aber wir zwei! Wir zwei waren immer ehrlich zueinander. Weißt du noch? *Mierda*, wir haben über jeden Mist geredet. Über alles. Du weißt alles von mir, Dinge, die kein anderer Mensch von mir weiß. Und ich weiß alles von dir, alles von deiner Ma und Rob und was sie dir damals angetan haben. Wieso bist du plötzlich so? Wieso redest du nicht mit mir?«

Mein Puls beschleunigte sich. Ich holte bereits Luft, um mich zu verteidigen … Als ich ihren Blick im Spiegel sah. Er war nicht aufgebracht.

Er war verletzt.

Verdammt. Der Ausdruck versetzte mir einen Schlag in die Magengegend.

Langsam ließ ich den kleinen Schwamm sinken und drehte mich zu Carla um. Ich war hin- und hergerissen. »Ich … ich weiß auch nicht. Es tut mir leid.« Und vielleicht war das eine Wahrheit, der ich mich zu stellen selbst noch nicht bereit war. »Ich weiß es wirklich nicht, Carly. Ich weiß nicht, was in letzter Zeit mit mir los ist. Irgendwie bin ich … ich fühle mich …« Ein Stöhnen entfuhr mir, und ich fluchte leise. »Tut mir leid.«

»Ich erkenne dich in letzter Zeit kaum wieder, Len. Du machst dauernd irgendwelche Sachen, die dir gar nicht ähnlich sehen. Und das alles hat angefangen, als Creed anfing, dauernd ins *Dolly House* zu kommen.«

Ich schnaubte leise. »Ich weiß. Ich habe ein wenig die Beherrschung verloren. Aber ich bin ja gerade dabei, sie wieder zurückzugewinnen.«

»Und das willst du mit diesem Kleid schaffen, ja?«

»Definitiv.« Ich fuhr damit fort, mich zu schminken.

»*Bitte* sag mir nicht, dass du vorhast, auf der Verlobungsfeier meiner Tante und deines Onkels jemanden aufzureißen.«

Ich zuckte mit den Schultern. »Vielleicht. Ich hatte schon länger keinen Sex mehr, und irgendwie habe ich heute Lust drauf.«

Im Spiegel sah ich, wie sie die Augen verengte. »Lenny, ich bringe dich um, wenn du mit einem von Vincents komischen Bikerfreunden oder irgendeinem kolumbianischen Verwandten von Almas Freundinnen im Bett landest, nur weil du sauer auf Creed bist.«

»Wer hat denn gesagt, dass ich sauer auf Creed bin? Wieso muss verdammt noch mal alles mit ihm zu tun haben?«

»Weil es bei dir schon immer so war.«

Empört schnappte ich nach Luft. »Ich kann ein verfluchtes Kleid tragen, wann ich will, und das heißt noch lange nicht, dass irgendein Mann involviert sein muss!«

»Das kauf ich dir aber nicht ab, Len. Ich versteh es nicht. Also, ich tue es wirklich nicht. Erklär es mir.«

»Ich möchte einfach etwas anderes ausprobieren. Ich weiß, dass ich immer nur Schlabbersachen trage. Aber ich … bin mehr. Ich weiß das. Und ich habe keine Lust mehr, mich zu verstecken.«

»Aha!«

Erschrocken zuckte ich zusammen, als Carla sich aufsetzte und mir ihren manikürten Finger gegen die Brust drückte. »Ich hab es immer gesagt! Und du hast es nie zugegeben! Du bist so ein bockiger sturer Stier, Lenny James!«

Verwirrt und erschrocken blinzelte ich sie an. »Scheiße, wovon redest du da eigentlich, Santos?«

»Du hast immer versucht, mir weiszumachen, dass du dich in diesen Klamotten nicht versteckst. Du hast gesagt, dass du sie trägst, weil du sie gemütlich findest und weil sie einen Kontrast zwischen dir und Daisy schaffen sollen!«

»Pscht!«, zischte ich und verspannte mich.

Sie funkelte mich an. »Du hast meine Frage nicht beantwortet.«

»Du hast keine gestellt.«

»Lenny!«

»Mir war einfach danach, ein Kleid zu tragen, okay? Da ist nichts weiter dabei! Und ich bin es leid, dass *Daisy* alles tun und lassen kann, was sie will, und *Lenny* nicht!«

Carla blinzelte mich an. Einmal, zweimal, dreimal, während mein Hals sich zusammenschnürte. Diese Worte auszusprechen, diese erschreckende, furchtbare Wahrheit … Es wollte mich plötzlich aufschluchzen lassen.

Panisch hielt ich die Luft an und versteifte mich. Ein Zittern breitete sich in meiner Brust aus, und hinter meinen Augen kitzelte es. *Nein, du wirst jetzt auf keinen Fall weinen wie ein verdammtes Baby! Nicht weinen. Nicht. Weinen!*

»Okay«, sagte Carla langsam. »Es ist so weit. Ich habe nur auf den Tag gewartet.«

»Was ist so weit?«

»Du bist gaga geworden. Übergeschnappt.«

Ich funkelte sie wütend an. »Sehr witzig.«

»Du hörst dir selber nicht zu, oder? Hast du gehört, was du da gerade gesagt hast?« Ihr Tonfall war nicht aufziehend. Eher eindringlich und … er sorgte dafür, dass sich mein Magen verknotete. *Ich bin es leid, dass Daisy alles tun und lassen kann, was sie will, und Lenny nicht. Daisy darf … und Lenny nicht.*

Carla seufzte leise. »*Dios mio,* Lenny. Das ist so verkorkst. Du bist du. Egal, ob du dich Lenny oder Daisy, Eleanor oder sonst wie nennst. Alles andere ist nur Schingsching.«

Schmerz schoss mir in die Unterlippe, als ich meine Zähne in ihr vergrub. Ich ertrug Carlas Worte nicht. Es war nicht wahr. Das war es nicht! Es spielte sehr wohl eine Rolle, wie ich mich nannte. Wen ich verkörperte. Daisy hatte keine Vergangenheit. Sie war einfach nur … da. Sie war da und trug kein Päckchen mit sich. Sie tanzte bloß und war vollkommen frei. Sie tanzte und sie wurde dafür geliebt. Nicht geschüttelt, nicht geschlagen oder angeschrien. Sie hatte keine Altlasten, sie war nicht unsichtbar. Sie war wichtig. Sie zu sein war so viel mehr, als ich zu sein. Ich war verkorkst, ich war unehrlich, ich stieß jeden von mir, ich verurteilte Menschen, bevor ich sie richtig kannte. Ich war zynisch und schwierig und ich mochte keine Tomaten. Ich hatte eine Mutter, zu der ich vor Jahren schon den Kontakt abgebrochen hatte, und einen Vater, den ich nie kennengelernt hatte, weil er nur ein One-Night-Stand von Eleanor senior gewesen war. *Lenny* hätte mein Neustart sein sollen, als ich nach Fletcher kam, auch wenn es nicht so gekommen war, wie ich es mir erhofft hatte. *Eleanor* war das kleine hilflose Mädchen gewesen, das alles getan hätte, um meine Mutter und Rob glücklich zu machen. Um endlich genug zu sein. Um endlich liebenswert zu sein. Lenny war nicht so. Lenny würde sich niemals erlauben, um die Liebe von jemandem zu buhlen. Und Daisy? Daisy erst recht nicht.

… Wenn nur Creed nicht wäre. Er hatte alles, was ich mir so mühsam aufgebaut hatte, einfach niedergerissen. Und dessen war er sich nicht einmal bewusst. Er war wie ein Virus, der mich befallen hatte. Es war seine Schuld, dass …

Nein. Stop. Nicht seine Schuld. Meine. Ich war es, die zugelassen hatte, dass er sich in Daisy verguckt hatte. Ich hätte ihn nach dem ersten Tag schon wegschicken sollen. Aber hatte ich das getan? Nein, natürlich nicht. Ich hatte mitgemacht. *Weitergemacht.* Ich hatte es zugelassen. Es war nicht Creeds Schuld, dass mein Sicherheitsnetz wie ein Kartenhaus in sich zusammengefallen war, sondern allein meine.

Ich strich über den weichen, engen Stoff meines Kleides und schluckte schwer, auch wenn dadurch der Kloß in meinem Hals nicht verschwand. *Nicht weinen. Du weinst nicht. Du. Darfst. Nicht. Weinen.*

»Es hing seit über einem Jahr in meinem Schrank«, wisperte ich und blinzelte angestrengt. »Ich hatte einfach keine Gelegenheit, es zu tragen. Für den Club ist es ungeeignet, und ich … ich weiß auch nicht. Ich wollte es einfach haben, weil es mir unglaublich gut gefiel.

Und jetzt wollte ich es endlich tragen.« Ich konnte spüren, wie meine Wangen heiß wurden. Vor Scham. Ich fühlte mich entblößt.

Hastig räusperte ich mich und straffte die Schultern. *Genug davon. Konzentrier dich. Du hast alles im Griff. Du brauchst nur ein bisschen Zeit, und alles läuft wieder wie immer.*

Carla berührte mich am Arm. Die Berührung war sanft, vorsichtig, doch sie fühlte sich schmerzhafter an als ein Schlag. Ich hatte Carla nicht als Freundin verdient. Wieso schlug sie sich überhaupt mit mir herum?

Ihre Miene war weich, fast so, als könnte sie in meinem Gesicht lesen wie in einem Buch. »Lenny …«

»Kannst du …« Ich räusperte mich erneut. »Kannst du mir bitte den großen Kabukipinsel reichen? Der fluffige mit dem Griff in Metallicrosa.«

Wir starrten uns an. Mir war heiß und kalt zugleich. Ich konnte sehen, wie es hinter Carlas Stirn arbeitete. Sie öffnete den Mund, fast so, als wolle sie wieder etwas einwerfen, dann schien sie es sich jedoch anders zu überlegen, gab meinen Blick frei und suchte nach dem Pinsel. Sie reichte ihn mir, und ich nahm ihn wortlos entgegen.

»Mach, wie du denkst. Es ist dein Leben. Aber wenn du reden möchtest … ich bin für dich da, Len. Vergiss das nicht.«

Mein Herz zog sich zusammen, und ich wollte nichts weiter, als mich zu einer kleinen Kugel zusammenrollen, als ich mich leise bedankte. Stattdessen raufte ich mich zusammen, atmete tief durch und zwang mich, mich auf mein Make-up zu konzentrieren.

Wir machten uns weiter fertig.

Als mein Make-up schließlich fertig war, erkannte ich mich selbst kaum wieder. Meine Wangenknochen traten stärker hervor, wirkten jedoch weicher und rosiger durch das Rouge und den goldenen Highlighter. Meine Augen hatte ich bloß dezent geschminkt; Wimpern getuscht, mit braunen und roten Tönen meine Augenwinkel vertieft und einen hauchdünnen Eyeliner gezogen. Auf meinen Lippen saß etwas pfirsichfarbener Lipgloss. Doch alles in allem schien mein Gesicht zu strahlen. Es wirkte golden. Frisch. Und meine braunen Haare umrahmten es.

»Wow, Lenny«, sagte Carla neben mir, als ich mich erhob und in ein schwarzes Paar Stilettos schlüpfte. Ich blickte auf, als ich spürte, wie sie mich musterte. Ihr Mund stand offen. »Du siehst wunderschön aus.« Ihr Blick richtete sich wieder auf meinen, und sie lächelte breit. »Viel heißer als deine Daisy-Montur.«

Mein Mund erwiderte ihr Lächeln, bevor ich irgendetwas dagegen unternehmen konnte. Ich fühlte mich komisch. Wohl und unwohl zugleich. »Danke. Dein Auftritt ist aber auch nicht von schlechten Eltern, Santos.«

Carla hatte sich die Lockenwickler aus den Haaren genommen, trug wie meistens High Heels und dazu ein rotes Kleid. Ein Kleid, von dem ich wusste, dass Mitchell es besonders mochte. Ihre Haut hatte durch den Sommer einen noch dunkleren Teint bekommen, und sie hatte sich goldene Armreife angezogen.

Sie drehte sich um und betrachtete sich im Spiegel. »Ich weiß. Ich sehe toll aus.«

Ich verdrehte die Augen. »Komm, lass uns runtergehen. Die Feier hat bestimmt schon angefangen.«

»Warte.« Carla ergriff mein Handgelenk, als ich die Tür von Vincents und Almas Schlafzimmer entriegeln wollte.

Erwartungsvoll hob ich die Augenbrauen. »Was ist?«

»Was ich vorhin gesagt habe, war mein Ernst. Schlaf nicht mit irgendeinem Mann, nur weil du sauer auf Creed bist. Und bei Gott, bitte schlaf unter keinen Umständen mit jemandem aus der kolumbianischen Verwandtschaft. Die meisten sind nämlich verheiratet, und einigen von denen ist es egal. Das würde bei allen Familienfeiern oder Besuchen in Almas Salon für böses Blut sorgen.«

Ich schnaubte spöttisch. »Ich werde mit niemandem schlafen. Und ich bin nicht sauer auf Creed, zum letzten Mal. Jetzt lass uns endlich zu dieser lahmen Party gehen.«

Sie taten es schon wieder.

Summers Hand landete wie beiläufig auf Creeds Brust, ehe sie die Köpfe zusammensteckten und über den Rand ihrer Getränke zu tuscheln begannen. Dann lachte er laut auf, und sie stimmte mit ein.

Ich legte den Kopf in den Nacken und trank den letzten Tropfen, ehe mir auch schon zwei Eiswürfel vom Glasboden entgegenkamen und mir gegen die Schneidezähne stießen. Und das wäre dann wohl mein drittes Glas gewesen. Ich gab einen unzufriedenen Laut von mir, leckte mir über die Lippen, die vom Gin Tonic kühl geworden waren, und machte mich auf den Weg zur Bar. Meine Beine fühlten sich ein wenig kribbelig an.

Die Bar bestand aus Klapptischen, Bänken und einem kleinen Kühlschrank, der über ein Verlängerungskabel mit dem Strom aus der Werkstatt verbunden war. Über uns waren Sonnensegel aufgehängt, an denen Lichterketten befestigt waren. Es war nicht viel Deko, aber sie war hübsch. Und jetzt, da die Sonne längst untergegangen war und nichts als wolkenbehangene Schwärze den Himmel bedeckte, glitzerten und strahlten die Lichterketten umso mehr.

Leo stand hinter der provisorischen Bar und gab Getränke an die Gäste der Verlobungsfeier heraus. Die meisten von ihnen waren Gäste von Alma. Sie hatte nicht nur ihre Mitarbeiterinnen aus dem Salon eingeladen, sondern auch deren Familien und Freunde und deren Familien. Carlas jüngster Bruder Oskar tobte mit ein paar anderen Kindern durch den Hof, zwischen voll besetzten Klapptischen hindurch und über die Tanzfläche, die mit zwei offenen weißen Pavillons und noch mehr Lichterketten überdacht war.

»Dasselbe noch mal?«, frage Leo, als ich ihm mein leeres Glas reichte.

Ich schüttelte den Kopf. »Nein, Wasser, bitte.«

Überrascht hob er die Augenbrauen, dann zuckte er mit den Schultern. »So viel Vernunft habe ich gar nicht von dir erwartet.«

»Du kennst mich eben schlecht«, erwiderte ich bloß mit einem Schulterzucken, was Leo lachen ließ.

Während er mir neue Eiswürfel ins Glas füllte und eine Wasserflasche aus dem Kühlschrank holte, plauderte er weiter. »Ich weiß noch genau, wie du zum ersten Mal in meine Bar gestolpert bist. Und jetzt sieh dich an. Wie die Zeit vergeht.«

»Wohl wahr«, erklang eine Stimme hinter mir, die mich herumwirbeln ließ.

»Woah«, stieß ich hervor, als die ganze Welt plötzlich gefährlich schwankte. Ich blickte auf, in das Gesicht meines Onkels. Vince hatte sich den Bart gestutzt, der nun viel ordentlicher wirkte, und er hatte sich die roten Haare nach hinten gegelt. Er trug ein schwarzes Hemd, das er sorgfältig in eine Stoffhose gesteckt hatte. Nur die Ärmel des Hemdes hatte er mittlerweile fast bis zu den Ellbogen hochgekrempelt.

»Ich kann Leo nur zustimmen«, sagte er mit einem belustigten Funkeln in den Augen. »Die Zeit vergeht rasend schnell. Eben noch ist meine minderjährige, vorlaute Nichte bei mir eingezogen, und plötzlich taucht diese Fremde auf, die keiner der Anwesenden jemals gesehen hat. Wer zum Teufel sind Sie, junge Frau?«

»Ha, ha.« Ich lächelte und nahm mit einem knappen Danke das Wasser von Leo entgegen. »Ihr seid alle so witzig. Du glaubst gar nicht, wie oft ich mir diesen Satz heute Abend schon anhören musste. Und es ist gerade mal zwölf Uhr.«

Vince bestellte bei Leo ein Bier, ehe er sich neben mich stellte und die Arme vor der Brust verschränkte. »Jetzt mal ernsthaft, Len. Ich kenne dich schon fast dein ganzes Leben, und in einem solchen Aufzug habe ich dich noch nie gesehen.«

»Ich kann auch gerne hochgehen und mich umziehen, wenn dich das glücklicher macht.«

»Ich glaube, du weißt, dass ich das nicht so gemeint habe.«

Ich zuckte mit den Schultern. Meine Augen huschten durch die Menge an Gästen – es waren wirklich viele. Ich sah, wie Ella, Carla und Savannah zusammen auf der Tanzfläche standen und tanzten. Und wie Ches und Mitchell sie von dem kleinen Büfett aus beobachteten. Und dann war da noch dieser blöde Drecksack, der mit Summer am Rande des Ganzen stand und wie wahnsinnig mit ihr flirtete.

Als ich zu ihnen blickte, sah ich, wie Summer auf ihrem Handy herumtippte – und wie Creed meinen Blick geradewegs erwiderte. Als hätte er mich beobachtet.

Es durchfuhr mich wie ein Schlag, und ich hielt die Luft an. Doch wie auch die Male zuvor wandte er den Blick so hastig von mir ab, dass das alles keine fünf Sekunden anhielt. Wieder rückte er näher zu Summer. Und wieder begannen sie zu flirten.

Diesmal landete sogar seine Hand auf ihrem Rücken.

Arschloch!

Nein. Er hat nichts falsch gemacht. Er ist ein freier Mann. Er kann tun und lassen, was er will und mit wem er will. Ich bin nicht eifersüchtig und ich koche überhaupt nicht vor Wut.

Allein diese Worte zu denken, ließ mein linkes Augenlid nervös zucken. Ich blickte wieder zu Vince. So schick ich mich auch gemacht hatte, vermutlich war meine Miene nie finsterer gewesen.

»Die Party ist toll«, brummte ich und nahm einen so tiefen Schluck vom Wasser, als hätte mein Körper schon wieder vergessen, dass sich darin nichts anderes befand.

Vince lachte. »Findest du, ja? Den Anschein hast du bis jetzt nicht auf mich gemacht.«

»Ich mache nie den Anschein, als würde mir irgendetwas Spaß machen. Schon vergessen? Ich bin die pampige Lenny James, die zum Lachen in den Keller geht.«

»Meine Güte, Mädel«, sagte Leo hinter uns. »Was ist dir denn über die Leber gelaufen? Irre ich mich, oder war sie noch nie so schlecht drauf wie heute?«

»Dafür hast du dir echt den besten Tag ausgesucht«, murmelte Vince.

»Ein Glück, heute und nicht auf eurer Hochzeit«, erwiderte ich. Wieder ein Schluck. Wieder knallte mir ein Eiswürfel gegen die Schneidezähne. Ich drehte mich zu Leo um und sah ihn missmutig an.

Er erwiderte meinen Blick sofort und hob die Augenbrauen. »Lass mich raten. Diesmal kein Wasser?«

»O doch«, sagte Vince, bevor ich auch nur den Mund aufmachen konnte. »Gib ihr noch ein Wasser. Was auch immer mit ihr los ist, Alkohol wird es sicher nicht besser machen. Und ganz offensichtlich ist sie bereits betrunken.«

»Ich hasse dich«, flüsterte ich in meinen nicht vorhandenen Bart und reichte Leo mein Glas.

»Ich weiß doch, meine süße, kleine Nichte«, erwiderte Vince ironisch und tätschelte mir die Schulter. »Vielleicht solltest du mit deinen Freundinnen das Tanzbein schwingen. Ich verstehe sowieso nicht, wieso du nicht mehr tanzt.«

Ich zwang mich, keine Miene zu verziehen. Vince wusste, wie wichtig mir das Tanzen war, trotz allem, was meine Mutter mir angetan hatte. Damals, als ich nach Fletcher gekommen war, hatte ich keine andere Wahl gehabt, als ihm von den Dingen zu erzählen, die zu Hause geschehen waren, sonst hätte er mich gleich wieder zurückgeschickt. Ich würde Vince für immer dankbar sein, dass er mich aufgenommen hatte. Er würde für immer Familie sein, und ich liebte ihn. Aber wirklich nahe standen wir uns nicht. Unser Verhältnis war freundschaftlich, aber nicht sonderlich tief. Als ich angefangen hatte, im *Dolly House* zu arbeiten, war ich nie wieder zum Tanzen ins Gemeindezentrum gegangen. Auf Vince musste es den Eindruck gemacht haben, als hätte ich von heute auf morgen einfach aufgegeben.

Ich stieß ein Seufzen aus und betrachtete all die Menschen im Hof. »Danke noch mal, dass du Ma nicht eingeladen hast.«

Vincents Blick wurde weicher. »Das hätte nur für Ärger gesorgt. Ich habe es allen zuliebe sein lassen. Und Alma und deine Mutter haben sich sowieso noch nie leiden können. Na los jetzt, Len. Schnapp dir dein Wasser und versuch, etwas anderes zu tun, als vor dich hin zu schmollen. Dafür ist der Abend zu schön.«

»Und du geh wieder zu deiner Verlobten und trink nicht so viel Bier«, erwiderte ich und lächelte trocken.

Vince lachte. »Versuch, Spaß zu haben, Lenny. Wir sehen uns später.«

Ich beobachtete, wie er sich an zweien seiner Bikerfreunde vorbeischob und zu Alma trat. Sie sah wunderschön aus in ihrem kanariengelben Jumpsuit und mit den offenen, vollen Haaren.

Ich drehte mich wieder zu Leo, trank das Wasserglas in einem Zug aus und stellte es auf die provisorische Theke.

Er tauschte es mit einem tieferen Kristallglas aus. »Whiskey?«

»Aber so was von Whiskey.«

Bewaffnet mit meinem neuen Drink bahnte ich mir einen Weg zu

Ella, Sav und Carla. Die Mädchen hatten sich ganz schön in Schale geworfen. Ella trug ein blaues Kleid mit großen Schleifen an den Schultern und einem Schlitz am Saum, der ihr bis auf die Mitte der Oberschenkel reichte. Savannah hatte ich im ersten Moment kaum erkannt, als sie zusammen mit den anderen beiden hier eingetroffen war. Sie musste wohl Kontaktlinsen tragen, denn ihre Brille fehlte, und sie hatte sich die braunen Augen mit fliederfarbenem, glitzerndem Lidschatten bemalt, die Wimpern getuscht und trug ein so aufwendiges Make-up, dass nicht eine Sommersprosse zu sehen war. Ihre Haare waren offen, sie hatte sich einen Kranz aus Wildblumen auf den Kopf gesetzt, und ihr Kleid hatte die gleiche Farbe wie ihr Lidschatten, glitzerte und war voller kitschigem Tüll – mit anderen Worten: Sie sah aus wie eine Elfe, die geradewegs einem Disneyfilm entsprungen war.

Savannah lächelte, als ich zu ihnen trat, und fasste sich an die Brust. »Sobald ich dich sehe, möchte ich dich betatschen. Du siehst toll aus.«

Meine Mundwinkel zuckten. »Tu dir keinen Zwang an.«

Ein Strahlen breitete sich auf ihrem Gesicht aus, dann hopste sie auf ihren flachen Ballerinas zu mir und fuhr mit ihren Fingern durch meine Haare. »Wow. Sie sind so weich! Ich kann gar nicht verstehen, wieso du sie nicht öfter offen trägst. Und sie glänzen und sind so voll und gesund.«

»Ehrlich, Lenny«, sagte Ella und sah mich mit dem gleichen verwunderten Blick an wie Sav. »Du bist so was von eine Granate. Also sonst natürlich auch. Aber irgendwie muss ich an diesen Film mit Anne Hathaway denken, die zur Prinzessin wird.«

Sav schnappte nach Luft. »Oh, du meinst *Plötzlich Prinzessin!* Den Film hab ich schon seit Ewigkeiten nicht mehr gesehen. Wir sollten ihn alle gemeinsam im Poolhaus schauen! Vielleicht morgen? Das Wetter soll nicht so gut werden. Ich könnte Julie fragen, ob sie Lust hat, auch zu kommen. Ich glaube, es würde ihr guttun, wenn sie ein wenig Anschluss bekommt. Ihre beste Freundin ist den Sommer über bei ihrer Verwandtschaft in Florida.«

Ella grinste. »Ja, bring sie mit! Carly, Lenny, kommt ihr auch?«

»Claro«, sagte Carla, während ich bloß nickte. Die Vorstellung gefiel mir. Vielleicht hatte Vince recht, und ich sollte einfach ein wenig feiern. Zeit mit meinen Freundinnen verbringen. Spaß haben.

Ich blickte auf das Kristallglas in meinen Händen. Dann kippte ich den Whiskey in einem Zug hinunter, wie zuvor bereits das Wasser. Diesmal breitete sich jedoch ein Brennen in meinem Rachen aus, und Wärme begann meine Brust zu erfüllen. Ich stellte das Glas auf dem Stehtisch neben uns ab, dann packte ich Sav und Ella an den Händen. »Gehen wir tanzen!«

KAPITEL 26

LENNY

Vielleicht hatte ich es mir zu schwer gemacht. Denn es war ziemlich einfach, mit den Mädchen Spaß zu haben. Wieso machten wir so was nicht öfter? Okay, vielleicht hätte ich nach dem Whiskey nicht unbedingt den Rest aus Ellas Sektglas trinken sollen, aber was machte das schon? Dann war ich eben sehr betrunken. Wenigstens hatte ich wieder gute Laune. Ich war endlich wieder gut drauf! Ich hatte Spaß, und zum ersten Mal, seit ich in diese Truppe hineingestolpert war, wurde mir bewusst, wie oft ich mir Abende wie diese durch die Lappen hatte gehen lassen, nur weil ich mir gesagt hatte, dass es bestimmt nervig sein würde, mit Ella, Sav und Carla auf Partys zu gehen. Aber allem voran: Das Kleid machte den Unterschied. Äußerlich schon klar, aber vor allem in meinem Kopf, und das war der entscheidende Punkt. Denn niemand auf der Party, weder Vince, die Mädchen noch sonst wer, behandelte mich anders als sonst. Irgendwie fühlte ich mich freier. Es war, als hätte ich für diesen Abend die Ausnahme gemacht und ein wenig Daisy in mein Leben gelassen. Endlich stand ich wieder auf hohen Schuhen, etwas, das mir ständig fehlte. Und endlich war der Druck fort; der von meiner strengen Frisur, und der in meiner Brust. Wieso war mir nie aufgefallen, wie sehr ich mich selbst mit allem zurückgehalten hatte? Wie viel ich mir selbst verboten hatte?

Die Erkenntnis machte mir ziemlich zu schaffen, weshalb ich mich daran hindern musste, nicht noch mehr zu trinken. Sicherheitshalber hatte ich Leo Bescheid gegeben, dass er mich für den Rest der Nacht nicht mehr mit Drinks versorgen sollte.

Allmählich wurde es spät. Ich hatte jedoch das Gefühl, dass das die Feier erst so richtig losgehen ließ. Almas Musikwünsche hatten gewonnen, und Partyhits aus den Achtzigern und Neunzigern erfüllten den Hof. Ich sah, wie Carla und Alma mit Oskar und Mateo tanzten.

Sav und Mitchell tanzten gemeinsam, ebenso wie Ella und Ches. Ich hatte sogar mit Vince und Leo getanzt und mit dem Cousin der Freundin von Almas Angestellter Luciana. Sein Name war Claudio. Vielleicht trug er ein wenig zu viel Parfum, aber er hatte ein attraktives Lächeln. Und nicht zu verachtende Arme. Er sprach kein Wort Englisch, und mein Spanisch war nicht sonderlich gut, weshalb wir es nur bei den Tänzen beließen. Aber die waren dafür heiß. Und wie in Watte gepackt, da sich die ganze Welt gefährlich schnell drehte. Meinem Job sei Dank konnte ich mich trotz des Alkohols noch immer ziemlich gut auf den hohen Schuhen bewegen.

Ich entfernte mich von der Tanzfläche für eine kleine Verschnaufpause. Ich brauchte einen ruhigen Moment für mich – weshalb ich wenige Augenblicke später wieder bei Leo an der Bar stand. Er unterhielt sich mit einer von Almas Freundinnen, Maria, und offenbar … verstanden sie sich ziemlich gut. Zumindest saß Maria auf dem Klapptisch, der als Theke diente, streckte Leo ihr Dekolleté entgegen und lachte über scheinbar alles, was er sagte. Ich war mir nicht mal sicher, ob sie überhaupt alles verstand. Doch als ich näher trat, konnte ich hören, dass Leo Spanisch sprach. Das überraschte mich. Wieso konnte verflucht noch mal jeder Mensch hier Spanisch sprechen? Leo reagierte kaum, als ich mich zu ihnen stellte, so sehr hingen seine Augen an Marias Lippen. Der Anblick der beiden, wie sie so sehr aufeinander konzentriert waren, trieb ein Grinsen auf mein Gesicht. Anstatt ihn anzusprechen, stellte ich mich daher einfach ein Stück von ihnen entfernt an die Klapptischbar und beobachtete, sanft hin und her schwankend, die Gäste der Feier. Mein Blick glitt immer wieder suchend durch den Hof, argwöhnisch und angespannt. Creed und ich hatten an diesem Abend noch kein einziges Wort miteinander gesprochen, dafür hatte ich gesorgt. Wann immer er auch nur ansatzweise in meine Richtung gekommen war, hatte ich sofort die Beine in die Hand genommen. Welch Ironie, dass wir dieses Spiel erneut spielten, nur in einem ganz anderen Kontext. Ich ging ihm aus dem Weg, und das war vielleicht das Vernünftigste, was ich an diesem Abend zustande gebracht hatte. Alles andere, wie ihn anzukeifen oder aus purem

Groll und hässlicher Eifersucht heraus Summer die Augen auszukratzen (denn die beiden klebten noch immer total aneinander), wäre bei den Partygästen wohl nicht so gut angekommen.

»Lenny!«

Ich drehte mich um, als eine helle Stimme meinen Namen rief, und …

… versteifte mich. Wenn man vom Teufel sprach. Oder in meinem Fall an ihn dachte. Summer kam in einem bunten Paillettenkleid auf mich zugeeilt. Und zur Abwechslung klebte ihr Creed mal nicht am Hintern. Ihre langen blonden Haare waren voll und glänzten selbst in der Partybeleuchtung.

»Was willst du, Andrews?«, fragte ich, als sie kurzatmig auf ihren breiten Blockabsätzen neben mir zum Stehen kam. Mein Hirn schwappte hin und her, als ich den Blick auf ihre unendlich langen Beine senkte. Sie war genau Creeds Typ. Sie war jedermanns Typ, selbst meiner. Mit über eins achtzig war Summer bereits sehr groß, und durch die Absatzschuhe hatte sie das noch einmal verstärkt. Mein Blick glitt wieder nach oben und landete auf ihrem Gesicht. Ihr leuchtend roter Lippenstift saß perfekt und war nicht verschmiert. Kein Anzeichen, dass sie und Creed bereits wild herumgeknutscht hatten.

Summer grinste mich an, stieß den Atem aus und strich sich die Haare über die Schulter. »Verrückter Abend, was? Die Party ist toll.«

Ich drehte mich zur Bar um und wagte es, Leo und Maria zu stören. »Leo«, sagte ich knapp. »Ich brauche Nachschub. Egal, was.«

»Wieso bist du nicht bei den anderen?«, fragte Summer und drehte sich ebenfalls zur Bar um. »Hey, Leo, richtig? Bekomme ich ein Wasser?«

»Wasser?«, wiederholte ich und hob eine Augenbraue. So betrunken sah die Partyqueen noch gar nicht aus.

Summer zuckte mit den Schultern. »Ich hatte schon zwei Drinks. Die Dinger haben echt viele Kalorien, und ich will meine Ernährungsumstellung nicht noch mehr durcheinanderbringen. Gott, *detoxing* ist so verdammt anstrengend. Eigentlich hätte ich gar nichts trinken dürfen.«

Ob ich wohl mein Hirn sehen konnte, wenn ich die Augen weit

genug verdrehte? Ich probierte es zumindest aus. »Als ob du eine Diät nötig hättest.«

»Danke«, sagte sie und lächelte mich verlegen an, nahm es einfach als Kompliment, obwohl es nichts weiter gewesen war als ein Aussprechen der Tatsachen. »Es geht mir gar nicht darum, abzunehmen. Ich möchte fit werden und straffer und stärker. Die letzten zwei Jahre hat mein Körper mehr frittiertes Essen, Sprühkäse und Tequila zu sehen bekommen, als er vermutlich wollte. Deshalb tue ich jetzt so, als sei ich vernünftig. Auch wenn ich gerade für ein Oreo-Eis töten würde.«

Leo hatte die Getränke fertig gemacht und reichte sie uns. Ein Wasser für *Miss Perfect* und … verdammt, ebenfalls ein Wasser für mich. Ich hatte ganz vergessen, dass ich ihn bei meinem letzten Besuch an der Bar gebeten hatte, *mir unter keinen Umständen noch mehr Drinks zu geben.*

Der Blick, den Leo mir schenkte, war sehr eindeutig.

»Übrigens siehst du wirklich toll aus«, sagte Summer und trank einen Schluck. »Ich hätte dich beinahe nicht wiedererkannt. Nein, streich das beinahe, ich hab dich nicht wiedererkannt. Wieso versteckst du dich immer unter diesen Schlabbersachen, wenn du so einen heißen Körper zu bieten hast? Ich meine, wow! Wäre ich du, würde ich nur noch nackt sein wollen.«

Ich atmete tief durch und nahm einen Schluck von meinem Wasser. Doch Summer ließ nicht von mir ab. Sie quatschte einfach weiter. Und am liebsten hätte ich das Wasser auf den Boden gepfeffert, denn die Wut, die ich verspürte, war nicht nur brodelnd heiß, sie war auch von der hilflosen, machtlosen Sorte.

Summer kann nichts dafür. Sie kann machen, was sie will. Creed kann machen, was er will. Mir ist das egal. Mir sind sie alle beide schnurzpiepegal. Du hast kein Recht, wütend zu sein.

Wieder blitzte vor meinem inneren Auge das Bild auf, wie seine Arme sich um sie schlangen und er ihr irgendetwas ins Ohr flüsterte, das sie zum Lachen brachte.

Ob mein jetziger Zustand irgendetwas überdramatisierte? Was machte das schon!

Und noch mehr Bilder. Wie Summer sich zu ihm beugte und ihre roten Lippen an sein Ohr legte. Wie er sie noch enger an sich zog.

Es ist egal. Egal.

Den ganzen Abend hatten die beiden gelacht und gekichert und die Köpfe zusammengesteckt, als wüssten sie etwas, was alle anderen nicht wussten, ein kleines Geheimnis, nur unter sich. Vielleicht hatten sie doch schon herumgefummelt, irgendwo hinter einer Hausecke, während ich getanzt hatte. Summer konnte ihren Lippenstift sicher blitzschnell wieder in Form bringen.

Und sie wollte einfach nicht aufhören, mit mir zu reden.

»Halt endlich die Klappe!«, entfuhr es mir, und ich knallte das leere Glas auf die Klapptischtheke.

Summer verstummte schlagartig, und mein Herz rutschte mir in die Hose. Mein Mund klappte auf – und schloss sich wieder. Sie zog die Augenbrauen zusammen. »Was ist denn mit dir los?«

Ich schnappte nach Luft. »Scheiße, was ist mit *dir* los? Was willst du hier und was willst du von mir? Wieso zum Teufel stehst du hier und redest mit mir, als wäre die Welt ein kunterbuntes Wunderland? Geh und vögel, wen auch immer du heute Nacht in die Finger bekommst!«

Sie wirkte sprachlos, getroffen. Sie wich einen Schritt zurück. »Was zum Teufel, Lenny?«

»Was geht hier vor sich?«, erklang Ellas Stimme hinter mir. Ich musste mich nicht umdrehen, um zu sehen, dass sie vermutlich auch noch Carla und Savannah im Schlepptau hatte. Summer funkelte mich an, dann wandte sie sich an ihre Freundinnen und erklärte: »Lenny ist total betrunken und hat schlechte Laune, die sie ausgerechnet an mir auslassen muss.«

Schlechte Laune? Ich schüttelte den Kopf. »Du bist so ein Miststück!«

»Lenny«, hörte ich Carla warnend sagen.

»Was denn, ist doch wahr!« Ich drehte mich zu Carla und den anderen um. »Passt nur auf. Ehe ihr euchs verseht, vögelt sie mit Ches oder Mitch.«

Meine Freundinnen starrten mich mit aufgerissenen Augen an.

Nein, nicht meine Freundinnen. *Ihre* Freundinnen. Alles gehörte *ihr*. Die Freundschaften, Creed, einfach alles. Ich war schließlich nur ich – die, die alles von außen betrachtete und abfällige Kommentare vor sich hin murmelte, weil sie niemals dazugehören würde.

Savannah bedeckte ihren Mund mit einer Hand und starrte von mir zu Summer.

Ich sah Summer ebenfalls an, pfählte sie mit meinem wütenden Blick. Meine Brust war eng, mein Puls raste, und ich zitterte. Was machte ich eigentlich noch hier? Ich hasste sie doch sowieso alle. Nicht nur sie, sondern *alles und jeden!* Diese ganze Stadt konnte mir so was von gestohlen bleiben. Ich war besser dran ohne sie. Ich hätte mich von Anfang an von jedem hier fernhalten sollen.

Summers Blick wurde erst verletzt, dann abweisend, hart. Mit ihren blauen Augen funkelte sie mich mindestens genauso wütend an wie ich sie. »Weißt du was, Lenny? Du hast recht! Natürlich hast du recht! Ich bin nur eine hohle Barbie, springe durch die Gegend und halte nach Lust und Laune allen Leuten meine Vagina ins Gesicht, ganz besonders den Freunden meiner besten Freundinnen! El, Carla. Nehmt euch in Acht, sonst werde ich einen heißen Dreier mit Ches und Mitchell schieben.« Ihre Miene wurde noch finsterer, doch … ich sah auch Tränen in ihren Augen aufsteigen. Sie blinzelte angestrengt. »Weißt du, was das Bescheuertste an allem ist? Ich dachte, wir sind auch Freundinnen. Mir war es immer egal, dass du ein Griesgram bist und zynisch und dich nie um irgendeinen von uns bemühst. Aber weißt du was? Du bist ein Arschloch! Tu mir den Gefallen und halt dich von mir fern. Ich hab es nicht nötig, Zeit mit Leuten zu verbringen, die mich für eine gewissenlose Schlampe halten, von denen gibt es ja sowieso schon genug.«

Ich war wie betäubt. Und eine plötzliche Verzweiflung schnürte mir den Hals zu. Jetzt gab es kein Zurück mehr. Ich konnte nicht mehr zurückrudern. Deshalb tat ich das, was ich am besten konnte: Ich schnappte zurück. »Ach ja? Das Problem an der Sache ist nur, dass es die Wahrheit ist und ich –«

Carla packte mich am Arm und wirbelte mich zu sich herum. »Halt die Klappe! Du führst dich auf wie das letzte Miststück!«

»Sie *ist* das letzte Miststück!«, fauchte Summer und wandte sich an Ella und Sav. »Kommt, Mädels. Gehen wir tanzen.«

»Was soll das, Lenny?«, fragte Sav wütend, in deren Augen sich Tränen sammelten. Ella funkelte mich an. »Summer hat recht. Was auch immer dein verdammtes Problem ist, bekomm das besser auf die Reihe. Wusstest du eigentlich, dass Worte verletzen können? Das hast du gerade nämlich ziemlich gut zur Schau gestellt.«

»Lass gut sein, Ella«, sagte Summer und zerrte ihre Freundinnen mit sich. »Menschen, die so ein großes Problem mit sich haben, dass sie andere niedermachen müssen, sind einfach nur traurig.«

Ich schluckte. Ihre Worte trafen mich wie eine Faust in den Magen. Insbesondere, weil sie recht hatte.

Gott, und alles drehte sich so sehr. Konnte die Welt nicht für eine einzige Sekunde anhalten?

Als sie weg waren, knöpfte Carla sich mich vor. »Du hast den Verstand verloren!«

»Lass mich einfach in Frieden, Santos.«

»*No*. Mit mir kannst du das nicht machen. Ich kann nicht fassen, dass du so ausgerastet bist, du dämlicher Idiot!« Sie wandte sich an die Bar. »Leo, ich bringe dich um, wenn du Lenny heute noch etwas anderes als Leitungswasser auftischst.«

Ich hörte Leo hinter mir brummen. »Keine Sorge, Kid. Die Show war nicht zu übersehen.«

Erschrocken blickte ich auf und sah mich um. Erst da bemerkte ich, dass einige Augenpaare auf mir klebten. Gott, sie alle hatten gehört und gesehen, was eben geschehen war.

Mit einem Mal spürte ich, wie mir Tränen in die Augen steigen wollten. Ich schnappte stockend nach Luft, vollkommen erschüttert über meine Reaktion. Über meine Worte. Über mich. Hatte ich das gerade wirklich alles …

Wieso war ich so? Was stimmte nicht mit mir? Und wieso schwankte der Boden unter mir, wie ein Schiff inmitten eines Sturms?

… tanzen.

Ich musste hier weg. Ich musste tanzen, um den Kopf und das Herz frei zu bekommen. Sofort.

Ohne noch ein Wort an Carla zu richten, drehte ich mich um und lief los. Einen Fuß vor den anderen. *Nicht umknicken. Immer weitergehen. Roll deine Füße einfach ab, wie immer.* Die Nacht war kühler geworden, und die Luft roch, als könnte es jeden Moment anfangen zu regnen. Meine Haut fühlte sich kribbelig und taub an, und mir war so furchtbar schlecht, dass ich am liebsten meine Arme um mich geschlungen hätte.

Was hatte ich nur angerichtet?

Eine leise, böse Stimme erklang in meinem Kopf. *Summer hat es doch verdient. Blöde Kuh. Sollen sie und Creed glücklich werden. Ich brauche niemanden. Nur mich. Und Daisy. Nein, streich Ersteres. Ich brauche ausschließlich Daisy. Das war's mit Lenny James. Ich werde sie hinter mir lassen, genau wie ich* Eleanor *und Ma und Rob hinter mir gelassen habe. Ich werde nur noch Daisy sein und ich werde mir die Haare blond färben … nein. Auf keinen Fall. Dann würde ich aussehen wie Summer. Wieso ist mir nicht schon früher aufgefallen, wie ähnlich sich Summer und Daisy sehen? Lange blonde Haare und – oh, das war's. Es sind nur die blonden Haare. Dann wird Daisy eben von nun an brünett sein. Schluss mit den Perücken. Raus aus Fletcher. Hier gibt es nichts mehr für mich. Nichts mehr für Daisy. Ich werde nie wieder zurückblicken. Einfach weitergehen.*

Ein Schluchzen entfuhr mir, als ich den Bürgersteig hinunterlief. Der Lärm der Party lag hinter mir, und die Straße war nur von schummrigen Straßenlaternen beleuchtet, ansonsten jedoch wie ausgestorben.

Es begann zu regnen. Die Tropfen waren hart und eisig kalt.

Wieder schluchzte ich, und ich spürte, wie meine Sicht unscharf wurde.

Das … das waren Tränen. Tränen sammelten sich in meinen Augen.

»O nein«, flüsterte ich und blinzelte so angestrengt, wie ich nur konnte. »Nicht weinen, nicht weinen, nicht weinen.« Ich flüsterte die Worte immer wieder, atmete immer wieder tief durch. Unter keinen Umständen durfte ich weinen.

Meine Brust zog sich zusammen, und mein Herz tat so weh, dass ich am liebsten hier und jetzt zusammengebrochen wäre.

Ich blieb stehen. Meine Füße weigerten sich, auch nur einen weiteren Schritt zu machen. Ich wollte mich bloß noch zusammenrollen und mich klein machen, immer kleiner und kleiner, bis ich endlich verschwand. Denn ich hielt es nicht mehr in meiner Haut aus.

Hastig tastete ich nach meinem Handy. Doch natürlich hatte mein Kleid keine Tasche, und ich war so überstürzt gegangen, dass ich meine Sachen nicht eingesteckt hatte.

»Fuck«, wisperte ich und presste die Augen zusammen. Die Strecke von hier bis zum *Dolly House* war lang. Aber ich würde es schaffen. Ich hatte keine Ahnung, wie spät es war, aber der Club hatte bestimmt noch offen. Und selbst wenn nicht, Majid würde mit Sicherheit noch in seinem Büro sitzen. Ich würde ganz einfach anklopfen und ihn fragen, ob er mich hineinließ. Ich musste tanzen. Ich musste fliehen. Ich brauchte so laute Musik, dass ich meine Gedanken nicht mehr hören konnte, und ich brauchte *Daisy*. Ich brauchte sie so sehr, als sei sie der Rettungsring, der mich daran hinderte, zu ertrinken.

Wieder entwich mir ein Schluchzen. Und diesmal wäre ich beinahe drauf und dran gewesen, es zuzulassen, doch …

Hinter mir erklangen schnelle Schritte.

Ich versteifte mich und riss die Augen auf. Gott, hoffentlich war es nicht Summer. Schon klar, ich war selbst dran schuld, hatte mir den Mist selbst eingebrockt, aber ich konnte nicht mehr. Ich konnte einfach nicht noch mehr ertragen, *mich* nicht ertragen.

Doch als ich mich umdrehte, kam es noch viel schlimmer als Summer Andrews. Als ich mich umdrehte, wünschte ich mir, dass es Summer gewesen wäre, die mit zügigen Schritten und eiserner, entschlossener Miene auf mich zukam.

Es war Creed. Und sein Anblick im einsetzenden Regen, in diesem weißen Hemd mit den offenen oberen Knöpfen und den hochgekrempelten Ärmeln, mit den kurz rasierten Haaren und dem glatt rasierten Gesicht … Alles in mir geriet bei seinem Anblick in Aufruhr.

Ich schnappte nach Luft und biss mir fest auf die Zunge. »Was zum Teufel willst du?«, fragte mein Mund, auch wenn mein Herz es kaum ertrug, dass ich ihn so anfuhr. Doch offenbar war Lenny James zu nichts anderem in der Lage, als zu zerstören. Dinge kaputt zu machen und Leute zu verletzen.

Ich konnte den Ausdruck auf Creeds Gesicht nicht lesen. Als er vor mir stehen blieb, zog sich mein Magen zusammen.

»Wo glaubst du, gehst du hin?«

Der Regen, der allmählich stärker wurde, ließ mich erzittern. Doch der Klang seiner Stimme war es, der mir eine Gänsehaut den Rücken hinunterjagen ließ.

Ich schluckte. »Geht dich nichts an, Parker.«

»Oh doch. Ich lasse meine beste Freundin nicht betrunken und allein durch die Straßen ziehen.«

»Erstens bin ich nicht deine beste Freundin, und zweitens kann ich gut auf mich selbst aufpassen! Das habe ich schon den ganzen Abend getan. Du hast es ja nicht mal für nötig gehalten, auch nur ein Wort mit mir zu wechseln!«

Er hob die Augenbrauen. »Ich soll das gewesen sein? Wann immer ich dich gesucht habe oder mir einen Weg zu dir bahnen wollte, bist du einfach verschwunden.«

»Ganz genau. Und diesmal bleibe ich bei diesem Spiel standhaft. Das wird nie weder so aus dem Ruder laufen wie das letzte …« Blitzartig verstummte ich. Was sagte ich denn da?

»Vergiss es!«, schnappte ich. »Ich bin es leid zu streiten, Creed. Lass mich einfach in Ruhe und geh zurück zur Feier!«

Ich wollte mich umdrehen und gehen, als er mich am Arm packte. Er wirbelte mich zu sich herum, und diesmal sah ich einen Sturm in seinen bernsteinfarbenen Augen wüten, der mich augenblicklich die Luft anhalten ließ. »Ich weiß, dass es gerade irgendwie schräg zwischen uns ist, aber das spielt jetzt keine Rolle, Lenny. Ich lasse nicht zu, dass du alleine durch die Straßen ziehst. Nicht in deinem Zustand.«

Ich lachte auf. »Ist das der Polizist, der da aus dir spricht?«

»Ganz genau. Und jetzt halt deine verfluchten Füße still und warte, bis das Taxi da ist.«

»Das Taxi«, wiederholte ich. »Was ist aus deinem heiligen Automobil geworden?«

»Das steht am Straßenrand. Ich fahre nicht, wenn ich getrunken habe.«

»Du hast getrunken.«

»Ganz offensichtlich. Und jetzt«, sagte Creed und drückte mit beiden Händen meine Schultern, »warte mit mir auf dein Taxi.«

Ich konnte ihn riechen. Den Alkohol in seinem Atem. Und je länger ich Creed betrachtete (denn das tat ich, als wir uns ein kämpferisches Blickduell lieferten), sah ich auch, dass seine Augen glasig waren.

»Na schön«, knurrte ich und schüttelte seine Hände ab. »Dann warten wir eben auf dieses blöde Taxi.«

Wir schwiegen uns an, während wir warteten und still den Regen aushielten. Währenddessen fiel mir ein, dass ich überhaupt keinen Schlüssel dabeihatte. Ich hatte gar nichts dabei. Meine Tasche war ja nicht hier.

Als hätte Creed meine Gedanken gelesen, sagte er: »Wo ist deine Tasche, Len?«

Mit der Spitze meines Stilettoschuhs schabte ich über den Boden und machte ein finsteres Gesicht. Einem Teil von mir war bewusst, dass ich mich gerade wie ein bockiges Kind benahm, aber das war mir egal.

»Lass mich raten, du bist einfach losgestürmt, ohne auch nur darüber nachzudenken, etwas mitzunehmen. Du hast nicht mal dein Handy dabei.« Ich schwieg. Dann hörte ich, wie er tief durch die Nase einatmete. »Was, wenn dir auf dem Weg irgendetwas zugestoßen wäre? Und du hättest nicht mal dein Handy dabei, um jemanden anzurufen!«

»Was kümmert es dich überhaupt? Wieso lässt du mich nicht einfach in Frieden?«

»Bleib hier stehen und warte auf mich. Ich hole deine Sachen.« Plötzlich trat er dicht vor mich, legte einen Finger unter mein Kinn und zwang mich, ihn anzusehen. »Und wehe, du rührst dich auch nur einen Zentimeter, Lenny James. Sonst werde ich die ganze Stadt auf den Kopf stellen, bis ich dich gefunden und sicher nach Hause gebracht habe. Und dann werde ich dir die Hölle heißmachen, das verspreche ich dir.«

Mit aufgerissenen Augen starrte ich ihn an. Mein Herz bewegte sich abwärts, und da ich keine Hose trug, landete es krachend auf dem nassen Asphalt. Plötzlich wurde mir heiß, und meine Lippen begannen zu kribbeln.

Obwohl ich noch immer vor den verschiedensten Gefühlen überkochte, legte sich etwas in mir. So als hätte er mir den Wind aus den Segeln genommen.

»Na gut«, flüsterte ich. Meine Hand legte sich wie automatisch auf seine Brust. Eine Bewegung, an welcher definitiv der Alkohol Schuld hatte. Doch ich nutzte sie, um ihn von mir wegzudrücken.

»Na gut«, wiederholte ich mit festerer Stimme und straffte die Schultern. »Du hast fünf Minuten.«

Er lachte belustigt auf und schüttelte den Kopf. »Zwing mich nicht, meine Drohung wahr zu machen. Das willst du nicht.« Und damit drehte er sich um und lief mit langen, zielsicheren Schritten zurück in Richtung Feier.

Meine Augen folgten ihm. In der Sekunde, als Creed nicht mehr zu sehen war, entwich mir ein gequältes Wimmern. Ich bedeckte mein Gesicht, zuckte mit jedem kalten Regentropfen, der vom schwarzen Himmel fiel, zusammen. Alles drehte sich. Die Musik der Feier war noch immer deutlich zu hören. Vince und Alma hatten die Nachbarn allesamt vorgewarnt und sie sogar eingeladen, auch wenn keiner von ihnen gekommen war, bis auf einen alten Mann mit Gehstock, der sich reichlich an der Bar bedient hatte und zur Musik hin und her gewippt war.

Ich hätte einfach gehen können. Creed würde diese Drohung nicht wahr machen, egal, was er sagte. Und im *Dolly House* würde er mich nicht suchen. Besser noch, dort würde er mich nicht finden. Und das war gerade der einzige Ort, an dem ich sein wollte. Vermutlich der einzige Ort, der mich überhaupt haben wollte.

Der Regen wurde stärker. Glücklicherweise leuchteten ein paar Minuten später bereits Lichter auf, und das Brummen eines Motors erklang. Als das Licht der Scheinwerfer mich nicht mehr länger blendete, konnte ich sehen, dass es das Taxi war, welches Creed für mich bestellt hatte.

Es wäre ein Leichtes gewesen, nun einfach einzusteigen und wegzufahren. Andererseits hatte ich kein Geld dabei, also wäre mein Plan sowieso nicht aufgegangen.

Der Scheibenwischer des Taxis fuhr träge hin und her, und das Fenster auf der Beifahrerseite ging ein Stück herunter. »Haben Sie ein Taxi bestellt?«, fragte eine ältere Dame hinter dem Steuer.

Ich nickte irritiert und wischte mir feuchte Haarsträhnen aus dem Gesicht. In dem Moment nahm ich wieder den Klang von Schritten hinter mir wahr. Dann war da plötzlich eine warme, trockene Jacke, die sich um meine Schultern legte. Nein, keine Jacke. Das war ein Jackett.

Wortlos öffnete Creed die Tür der Beifahrerseite und ließ meine Tasche in den Fußraum fallen. Dann schob er mich zur Seite und öffnete die hintere Tür. »Rein mit dir«, sagte er, was trotz seiner zügigen und forschen Bewegungen erstaunlich sanft klang.

Bevor ich einstieg, drehte ich mich ein letztes Mal zu ihm um. Wütend und trotzig sah ich ihn an. Seine Brust hob und senkte sich in flachen Atemzügen, so als hätte er sich beeilt. Als hätte er tatsächlich befürchtet, ich könnte verschwinden, während er meine Sachen holte. Nicht dass diese Sorge nicht berechtigt gewesen wäre, immerhin hatte ich selbst nicht gewusst, ob ich letztendlich bleiben würde oder nicht.

»Na dann«, sagte ich und reckte das Kinn nach vorne. »Gute Nacht, Creed.« Ich wandte den Blick ab und stieg auf die Rückbank des Taxis.

Womit ich allerdings nicht gerechnet hatte, war, dass Creed plötzlich ebenfalls auf die Rückbank glitt, die Tür schloss und der Fahrerin die Adresse durchgab.

KAPITEL 27

CREED

Der leise schnurrende Motor des Taxis und das Trommeln des Regens, gefolgt vom Quietschen der Scheibenwischer, waren das Einzige, was die Stille durchbrach.

Was zum Teufel hatte ich mir nur gedacht, mit ihr mitzufahren?

Lenny und ich schwiegen uns an. Und vielleicht war das ganz gut so, denn ich glaubte nicht, dass irgendetwas Sinnvolles meinen Mund verlassen hätte. Mein Kopf fühlte sich ein wenig zu leicht und gleichzeitig ein wenig zu schwer an. Und meine Zunge war ausgesprochen locker. Aber nicht nur das. Obwohl ich mich immer wieder ermahnte, landeten meine Augen immer wieder auf Lennys Beinen. Ich gaffte sie gewissermaßen an, ungefähr so wie bereits den ganzen Abend. Es war, als wollte sie mich absichtlich leiden lassen. Sie sah heute Abend atemberaubend aus.

Ich schluckte schwer und zwang mich, aus dem Fenster zu starren. Eigentlich hatte ich vorgehabt, mich heute mit Lenny auszusprechen. Ich hatte nämlich das Gefühl, dass es zwischen uns noch komischer geworden war, seit sie in der Werkstatt mit angehört hatte, was ich über sie gesagt hatte. Und nach unserem Tanz auf der Verbindungsparty. Dieser verfluchte Tanz ließ mich einfach nicht mehr los!

Am darauffolgenden Tag hatten wir uns kurz im *Leo's* gesehen, doch wir hatten kein einziges Wort miteinander gesprochen. Und diese Tatsache ging mir gehörig auf die Nerven. Ich hasste es. Es war ätzend, nicht mit Lenny zu reden, nicht mit ihr herumzualbern oder sie zu necken. Obwohl es nur ein paar Tage waren, fehlte sie mir. Ehrlich gesagt, fehlte sie mir schon länger. Das machte es ja so ärgerlich. Ich ärgerte mich über mich selbst. Deshalb hatte ich mir auch vorgenommen, auf der Feier mit ihr zu sprechen; ich wollte geradebiegen, was auch immer sich da verbogen hatte. Ob das erfolgreich gewesen wäre, war die andere Frage, denn wie sollte man etwas reparieren, wenn man nicht wusste, wo es hing? Was genau defekt war? … Und wieso ging ich an dieses Problem heran, als wäre es ein altes Auto, dem ich gerade unter die Haube schaute?

Ich verdrehte die Augen und … ah. Schon wieder. Sie landeten auf ihren Beinen.

Als Lenny auf der Feier aufgetaucht war, waren mir beinahe die Augen aus dem Kopf gefallen. Ich hatte zwei Mal hinsehen müssen, um sicherzugehen, dass sie es auch wirklich war. Denn so hatte ich sie noch nie gesehen. Verdammt, nicht mal mit geöffneten Haaren hatte ich sie je zu Gesicht bekommen, und das in vier Jahren! Und dann tauchte sie dort auf, in einem Kleid, das jeden Mann in die Knie zwingen wollte, und mit langen, gebräunten Beinen in Stilettoschuhen. Und dann diese Haare. *Diese Haare*. Ich hatte nie ein großes Ding in Haaren gesehen. Doch bei ihr plötzlich schon. Jedes Mal, wenn mein Blick auf ihre Mähne fiel, hatte ich mir vorgestellt, wie es sein würde, meine Finger hindurchgleiten zu lassen, es um meine Hand zu wickeln, es zu packen, wenn ich – jepp. Diese Art von Gedanken geisterten mir dabei durch den Kopf. Ein Wunder, dass ich nicht augenblicklich steinhart geworden war, als ich sie auf der Feier zum ersten Mal in diesem Aufzug gesehen hatte. Das hätte dem Ganzen nämlich noch den Rest gegeben.

Dann aber hatte Lenny mich wie Luft behandelt, war mir definitiv aus dem Weg gegangen, den ganzen verfluchten Abend. Hätte ich mich nicht geradezu zwanghaft abgelenkt, wäre ich ihr wohl hirnlos und wie in Trance hinterhergesprungen wie ein Entenküken. Seit wann zog Lenny Kleider und solche Schuhe an, seit wann konnte sie sich so mühelos und elegant darin bewegen, und seit wann tanzte und flirtete sie mit irgendwelchen dahergelaufenen Typen? Wie mit diesem Kerl, mit dem sie für kurze Zeit getanzt hatte. Seit wann flirtete sie überhaupt? Und wer hätte gedacht, dass ich dermaßen eifersüchtig werden konnte?

Selbst Summer hatte gemerkt, wie meine Laune immer schlechter geworden war, wenn auch nicht, weshalb.

Ich seufzte. Wieder riss ich mich von Lennys umwerfenden, nackten Beinen los. Doch als ich den Blick diesmal abwandte, begegnete ich prompt dem ihren.

Trotzig und noch immer aufgebracht hob sie eine Augenbraue. »Ist was?«

Großartig. Deinen Humor hast du wenigstens nicht verloren.

Hastig räusperte ich mich … und erlaubte mir ein letztes Mal, meinen Blick im dunklen Taxi über ihre Beine wandern zu lassen. Ein allerletztes Mal. »Wieso verstellst du dich so, Len?«

Ich hörte, wie sie scharf den Atem einzog. Und natürlich sorgte das dafür, dass ich mir ganz andere Situationen vorstellte, die dieses Geräusch bei ihr hervorrufen würden.

Reiß dich zusammen, Mann. Das ist absolut unangebracht.

»Was meinst du?« Die Angst in ihrem Tonfall war es schließlich, die mich aufblicken ließ und mir für einen kurzen Augenblick vollkommen klare Nüchternheit schenkte.

»Dein ganzer Aufzug heute – das bist nicht du, Lenny.«

»Du hast doch keine Ahnung, wer ich bin«, sagte sie schroff und schlang die Arme um sich.

Und damit war das Gespräch vorbei. Für den Rest der Fahrt schwiegen wir uns an.

Wir erreichten Lennys und Carlas Wohnung. Das Taxi hielt am Straßenrand und schaltete den Scheibenwischer auf eine höhere Stufe, ehe die Fahrerin das Licht im Wageninneren einschaltete.

Ich bezahlte, ehe ich ausstieg, mir Lennys Sachen vom Beifahrersitz schnappte und anschließend um den Wagen herumging, um ihr die Tür zu öffnen. Das jedoch war gar nicht nötig, denn mit einem Knall ließ Lenny bereits ihre Tür zufallen und marschierte los. Selbst im Dunkeln konnte ich sehen, dass sie dabei leicht taumelte.

Das Taxi fuhr davon, und ich eilte Lenny mit schnellen Schritten hinterher … ehe ich auch ein wenig taumelte. Verdammt, die Welt drehte sich ziemlich schnell.

Jeder energische Schritt, den sie machte, sprach Bände und gab laut und deutlich zu verstehen, dass sie wütend war. Aber das war mir jetzt egal. Ich wollte Antworten.

Der Klang ihrer Schuhe erfüllte den schmalen, stickigen Flur, als wir ins Haus traten. Ich fischte ihren Wohnungsschlüssel aus ihrer Tasche, die ich mir über die Schulter gehängt hatte, und entriegelte die Tür. Wortlos ging Lenny an mir vorbei und verschwand in ihrem Zimmer.

Ich ließ die Haustür ins Schloss fallen, legte ihre Tasche auf dem Boden ab und folgte ihr. Ein schummriger Lichtkegel erschien in der dunklen Wohnung und fiel aus ihrer offen stehenden Zimmertür. Wie eine Motte folgte ich dem Licht.

Lennys Zimmer war ein Ort, den ich erst wenige Male betreten hatte. Wir hielten uns zwar oft hier in ihrer Wohnung auf, doch ihr Zimmer war für mich immer etwas wie ein Tabu gewesen. Sperrzone. Ein Ort, an dem ich nichts zu suchen hatte. Das Bett nahm den meisten Platz im Raum ein, dann war da noch ein klobiger Schrank, eine Kommode, auf welcher die kleine Lampe mit dem schummrigen Licht leuchtete, und ein schmaler Schreibtisch, auf dem stapelweise Ordner, Papiere und Bücher aus der Bibliothek lagen. Lenny sprach kaum über ihr Studium, dabei waren Politikwissenschaften etwas, worüber man sicher Stunden sprechen konnte. Wenn ich es genau nahm, sprach sie fast gar nicht über sich. Und je länger ich darüber nachdachte, desto eindeutiger wurde das Signal. Sie hielt mich auf Abstand. Wollte mir keine falschen Hoffnungen machen.

Mein Körper war zum Zerreißen angespannt, als ich die Zimmertür hinter mir schloss und beobachtete, wie Lenny im Raum herumwütete.

»Was machst du noch hier?«, fragte sie, ohne mich anzusehen, und hob ein Bein, um die dünne Schnalle ihres Schuhs zu lösen. Dabei schwankte sie gefährlich.

Hastig setzte ich mich in Bewegung. Im letzten Moment hielt ich sie fest, als sie sich die mörderischen High Heels von den Füßen kickte. Erst den einen, dann den anderen. Zumindest stand sie nun ein wenig stabiler, auch wenn wir nun nicht mehr auf Augenhöhe waren.

So gefiel mir das schon besser. *Auch wenn es mir nicht gefallen sollte.*

»Ich kann selbst stehen, Parker«, sagte Lenny, als ich sie noch immer nicht losgelassen hatte. Doch anstatt mich wegzuschubsen, umfasste sie mit ihren schlanken Fingern meine Unterarme und hielt sich an mir fest.

»Ist klar. Das hast du mir auf dem Weg hierher schon genug bewiesen. Seit wann betrinkst du dich so? Das ist das allererste Mal, dass ich dich so sehe.«

Ihr Finger bohrte sich in meine Brust. »Das musst du gerade sagen. Du hast doch selbst einen über den Durst getrunken!«

»Ich hatte auch meine Gründe!«

»Du hast meine Frage nicht beantwortet, was du noch hier willst, Creed. Ich bin jetzt sicher zu Hause angekommen. Du kannst also gehen und dich weiterhin auf der Feier *vergnügen*.«

Ich stieß ein Schnauben aus. »Glaubst du echt, ich gehe zur Party zurück? Dass mir ohne dich überhaupt zum Feiern zumute ist?« *Okay, Parker. Halt die Klappe, du hast schon genug gesagt. Und das nächste Mal trinkst du gefälligst weniger.*

»Oh, bitte.« Sie verdrehte die Augen. »Du hast ziemlich gut bewiesen, dass du das ganz hervorragend ohne mich kannst.«

»Was ist dein Problem?«, fragte ich aufgebracht. »Wieso behandelst du mich so?«

»Weil du ein Arschloch bist!« Sie löste sich von mir, schwankte kurz, doch fing sich wieder. Sie verrenkte sich den Arm, um den Verschluss ihres Kleides zu öffnen. Doch das schien keinen Erfolg zu haben, da er offenbar klemmte. »Du bist ein Arschloch«, wiederholte sie nuschelnd und drehte sich einmal im Kreis, als könne sie so besser an den Verschluss herankommen. Er saß tief unten auf ihrem sehr nackten Rücken und hatte sich noch keinen Zentimeter bewegen lassen. Ein Lächeln stahl sich auf meine Lippen, was in dieser Situation vermutlich nicht hilfreich war, aber ich musste unweigerlich an einen Hundewelpen denken, der seinen eigenen Schwanz jagte. »Du hast mich schon Schlimmeres genannt, dich dabei aber nie abgeschossen. Also, wieso heute?«

Grollend drehte Lenny sich wieder zu mir um. »Du bist so verdammt neugierig! Außerdem bin ich nicht betrunken. Ich habe noch die volle Kontrolle, über … alles, was ich tue. Und jetzt verschwinde, Summer vermisst dich bestimmt schon wie wahnsinnig!«

Blinzelnd starrte ich sie an. Meine Augenbrauen schossen so hoch, dass sie eigentlich einen Salto über meinen Schädel hätten schlagen müssen. *Summer?*

Mit zwei Schritten stand ich vor ihr. Mein Herz dröhnte mir gefährlich laut in den Ohren. »Das klingt beinahe so, als wärst du eifersüchtig«, flüsterte ich.

Sie blickte durch lange Wimpern zu mir auf, trotzig, wütend und vollkommen offen, und trat ebenfalls näher, bis sich unsere Knie berührten. »Scheiße, ich würde nie und nimmer auf irgendeine Tussi eifersüchtig sein, die du anflirtest, und schon gar nicht auf verflucht noch mal Summer Andrews!«

Sie wandte sich ab und riss die Türen ihres Schrankes auf. Meine Kinnlade klappte nach unten. Für einen Moment konnte ich nichts weiter tun, als sie anzustarren, während sie noch immer versuchte, den Reißverschluss an ihrem Kleid zu öffnen.

Eifersüchtig …

»Oh, *seht mich an*!«, rief Lenny mit tiefer Stimme, noch immer mit dem Rücken zu mir. »Mein Name ist Creed Kevin Parker, und ich bin ja so unglaublich heiß und toll und ich …« Sie gab ein Krächzen von sich und grollte frustriert. »Fuck! Wieso geht das nicht auf?« Im nächsten Moment verharrte sie. Dann warf sie einen Blick über die Schulter und sah mich an. »Hilf mir mal.«

Ein ungläubiges Lachen entfuhr mir. »Nein.«

»Nein?«

»Erst will ich hören, wie der Satz endet.«

Sie verzog das Gesicht und trat wieder vor mich. »Na schön, dann hilf mir, während ich rede!«

Meine Fingerspitzen kribbelten, so bereit war ich, ihrem Wunsch nachzukommen, doch ich hielt mich zurück. *Ball flach halten. Behalt deine Hände gefälligst bei dir, du Idiot!*

»Zauberwort?«, raunte ich leise. Es hatte aufziehend klingen sollen, doch das tat es nicht. Natürlich nicht. Ich war ihr vollkommen ausgeliefert.

Ohne den Protestrufen aus meinem Kopf Beachtung zu schenken oder auf ihre Antwort zu warten, legten sich meine Hände an ihre Taille. Mein Mund wurde dabei staubtrocken – aber auch das ignorierte ich geflissentlich. Gemächlich ließ ich meine Hände ihren Rücken hinabgleiten. Und wäre mein Gehirn nicht so schwammig gewesen, hätte ich Lenny bestimmt nicht zu mir gezogen. Nie und nimmer.

Doch das war es.

Und das hatte ich.

Sie zog hörbar den Atem ein, und ich spürte, wie sie erschauderte, als meine Knöchel die nackte, glatte Haut über dem Verschluss ihres Kleides kitzelten. Ein Stück Stoff hatte sich darin verklemmt, wie ich nach nur wenigen Sekunden feststellte. Kein Wunder, dass er sich nicht hatte öffnen lassen.

»Also?«, hakte ich mit rauer Stimme nach und senkte den Kopf. Sah sie an. »Was wolltest du gerade sagen, Lenny James? Abgesehen davon, dass du mich unglaublich heiß und toll findest?«

Etwas flackerte in ihren grauen Augen auf, etwas, das … nicht ihre typische Reaktion war. Sekunden später war es jedoch fort. Ich zerrte und nestelte inzwischen am Reißverschluss ihres Kleides, der sich tatsächlich nicht so einfach öffnen ließ, was ihren Körper immer näher an meinen brachte. Und das sorgte nicht gerade dafür, dass ich klarer denken konnte.

»Das ist so was von typisch!«, herrschte sie mich an. »Wie kann man nur so verdammt oberflächlich sein? Ich – huch!« Sie stolperte gegen mich, als ich ein wenig zu inbrünstig am Reißverschluss zerrte und sie deshalb das Gleichgewicht verlor. Das wiederum ließ mich einen Schritt nach hinten stolpern, doch ich fing mich sofort.

Sie keuchte. »Gott, du mit deinen dämlichen Friendzones und Tussis und Flirts und den bescheuerten … Au! Verdammt, ist es wirklich so schwer, diesen Reißverschluss zu öffnen? Ist ja nicht so, als hättest du einem Mädchen noch nie die Kleider vom Leib gerissen!«

Meine Hände verharrten in der Bewegung, und ich starrte sie an. Hatte sie gerade wirklich …?

»Was?«, flüsterte ich so atemlos, dass es kaum zu verstehen war.

»Du bist unmöglich! Du kannst nicht einfach herumlaufen und so einen Mist machen und dann so tun, als wäre nichts gewesen! Ich gebe mir so eine Mühe und du … du«, sie presste die Lippen aufeinander und drückte mir im nächsten Moment erneut den Finger gegen die Brust. »Weißt du was? Ich bin es leid. Und zwar total. Ich habe keine Lust mehr. Und ich …«

»Ja?«, krächzte ich, als sie nicht weitersprach, und hob die Augenbrauen. Mein Herz raste, und mir wurde heiß. Ich hatte absolut keinen Schimmer, was hier gerade passierte, war zu benebelt, um klar zu denken. Ich sah den Kampf in Lennys Augen, sah, wie sich ihre Brust unter dem engem Kleid in schnellen Zügen hob und senkte, sah, wie zerzaust sie wirkte.

Aufgebracht warf sie die Arme in die Luft. »Liegt es daran, dass ich gerne Bier trinke? Dass ich so viel fluche? Dass ich kein Rosa und Glitzer trage und mich nicht in Parfumwolken hülle, bis sich einem der Magen umdreht, und keine Ausschnitte trage, die so tief sind, dass einem fast die Nippel herausrutschen?«

Nun war ich gänzlich verwirrt. »Ich …«

Sie lachte auf und schob mich von sich. »Nein, weißt du was? Vergiss einfach, was ich gesagt habe. Ich fühl mich wohl, da, wo ich bin, Creed. Ich meine, ich bin immerhin nur ich! Nur die dämliche, langweilige Lenny James. Du kannst mit Summer machen, was du willst, ganz ehrlich, es interessiert mich nicht die Bohne. Das ist mir alles so was von scheißegal. Nein, *du* bist mir egal! Du interessierst mich nicht! Ich kann dich nicht mal leiden, das konnte ich noch nie! Also wag es ja nicht, mir in meinen eigenen vier Wänden auch nur für eine einzige mickrige Sekunde das Gefühl zu geben, als wäre ich, oder wir« –

Ich senkte den Kopf und verschloss ihre Lippen mit meinen. Einfach so.

Sie erstarrte. Und sie atmete nicht mal mehr, genauso wenig wie ich.

Langsam bewegte ich meine Lippen auf ihren. Sie waren so viel weicher, als sie aussahen. So viel einladender. So viel perfekter. Und ich konnte nicht sagen, weshalb, doch es fühlte sich fast schon vertraut an.

Mein Herz zog sich süß und schmerzend zugleich zusammen. Es kostete mich große Kraft, mich von ihr zu lösen und die Hände von ihren Wangen zu nehmen. Ich hatte nicht einmal bemerkt, dass mir die Augen zugefallen waren, weshalb ich ihre erstarrte Miene erst bemerkte, als ich sie wieder öffnete.

Shit. Du betrunkener, dämlicher Idiot. »Ich … verdammt, Lenny, es tut mir …« Tat es mir leid? Keine Ahnung.

»Was … was war das?«, flüsterte sie mit rot brennenden Wangen. Ihre Augen waren geweitet – und ihre Worte klangen nach exakt der Art von Abfuhr, mit der ich gerechnet hatte. Doch plötzlich schlang Lenny ihre Hände um meinen Hals und verband unsere Lippen erneut miteinander. Sie küsste mich mit einem solchen Verlangen, dass es mir fast den Boden unter den Füßen fortriss. Ich erwiderte den Kuss augenblicklich. Mein Mund presste sich auf ihren, meine Hände glitten ihren glatten, geschwungenen Rücken entlang, ehe ich sie auch schon gegen die Tür ihres Kleiderschranks drückte.

Ein Keuchen entfuhr ihr. Sie krallte sich an mir fest. Ihre Finger glitten haltlos über meine Brust, meine Schultern, meinen Kopf. Ein verzweifelter Laut entwich mir, ehe meine Hand in ihre umwerfend weichen Haare glitt – und eine Faust voll davon an ihrem Hinterkopf packte. Ich lenkte ihren Kopf, öffnete ihre Lippen mit meinen. Meine Zunge drang in ihren Mund und umspielte die ihre, was augenblicklich belohnt wurde: Ihre kurzen Fingernägel glitten von meinem Hinterkopf bis zum Hemdkragen hinunter, und das darauffolgende Gefühl zuckte wie ein wütender Blitz durch meinen ganzen Körper, bis mir schwindelig wurde.

Wir waren so fiebrig, dass ich sogar meinen eigenen Namen vergaß. Und der Alkohol in meinem Blut machte es nicht besser.

Überhaupt gar nicht.

Denn ich hatte nicht die Kraft, mich zu zügeln und wieder zurückzufahren. War zu erregt, zu berauscht. Jegliches Blut schoss mir in die Lendengegend und sorgte dafür, dass es unerträglich eng in meiner Hose wurde. Alles geschah so schnell, dass mich die Bilder trübten, wurde fiebrig und unübersichtlich und gierig. Ein tiefes Stöhnen entfuhr mir, als Lenny mein Hemd aufriss und ihre Lippen meine nackte Brust küssten. Ich packte sie am Oberschenkel und schlang ihr Bein um meine Hüfte. Ein erstickter Laut erklang an meinen Lippen, als sich unsere Körper plötzlich noch näher waren und aneinanderpressten.

Ich schob den Saum des Kleides über ihren Hintern und schließlich über ihren Oberkörper. Es landete auf dem Boden. Sie trug keinen BH, dafür jedoch ein aufreizendes, leuchtend pinkes Höschen und –

»Fuck«, flüsterte ich atemlos, als ihre Hand über die harte Beule in meiner Hose fuhr. Meine Hüfte zuckte nach vorne.

Das Nächste, was ich wusste, war, wie ich Lenny zu ihrem Bett trug.

Und von diesem Moment an war keiner von uns mehr zu stoppen.

Da war eine Stimme in mir, die mir etwas zurief. Die mich warnte. Die mich dazu bringen wollte, aufzuhören. Doch sie war zu leise. Zu schwach.

Wir waren wie ein entgleister Zug. Die Katastrophe war nicht aufzuhalten, und bremsen war absolut unmöglich.

Deshalb gab ich voll und ganz auf.

Und ich gab mich Lenny James voll und ganz hin.

KAPITEL 28

LENNY

Seufzend kuschelte ich mich enger an eine Brust. So tief und ruhig hatte ich schon lange nicht mehr geschlafen.

Die Brust, an die ich mich gekuschelt hatte … war von der nackten Sorte. Eine nackte, glatte Brust, die sich gleichmäßig hob und senkte. Seit wann gab es in meinem Bett …

Schlagartig wurde ich wach und riss die Augen auf. Sonnenlicht fiel in Streifen durch die Jalousien und blendete mich, ehe die Erinnerungen von letzter Nacht auch schon mit erbarmungsloser Geschwindigkeit zurück in mein Gedächtnis schossen. Die Party. Der Alkohol. Viel, viel Alkohol.

Creed.

Das war Creed!

Er lag halb unter mir, mit meiner Hand auf seinem nackten Oberschenkel. Unsere Beine waren ineinander verschlungen. Und wir …

Oh, Gott. Oh, mein Gott.

Meine Hormone erwachten zum Leben, zusammen mit einer gehörigen Portion Adrenalin, und ein gefährliches Kribbeln kroch mir in den Bauch. Wanderte in tiefere Regionen. Regionen, die …

Oh. Die waren auch nackt. Ich war vollkommen splitterfasernackt. Genau wie Creed, der in meinem Bett lag. Mit mir. Auch nackt. Beide nackt.

Heilige Scheiße! Wie war das hier passiert? Ich hatte keine Erinnerungslücken, wie ich beruhigt feststellte. Beziehungsweise beruhigte es mich nicht. Es machte alles nur noch schlimmer, weil ich genau wusste, was passiert war. *Jedes. Einzelne. Detail.* Jeder Kuss und … und alles andere. Selbst jetzt konnte ich noch das leichte Ziehen zwischen meinen Beinen spüren.

Ich schloss die Augen. Kniff sie zusammen. Wieso war das passiert? Nicht dass ich mir je etwas mehr gewünscht hatte. Aber ich war betrunken gewesen. Und nicht nur ich. Creed war auch betrunken gewesen. Ich hatte es genau gesehen. An seinem Blick, an der Art und Weise, wie gezogen er geredet, und wie er immer wieder gezögert hatte, bevor er etwas sagte.

Das Sonnenlicht auf meiner Haut schien noch sengender zu werden, und ich zwang mich, meinen gleichmäßigen Atem beizubehalten. Am liebsten wäre ich diese Bettdecke losgeworden, bevor ich noch schmolz. Die Hitze war die reine Qual.

Creed rührte sich unter mir, und ich erstarrte. Erst jetzt fiel mir auf, dass sein Arm um mich geschlungen war – und seine große, unerträglich warme Hand auf meinem Po lag.

Ich biss fest die Zähne zusammen, als mein Herz an Tempo gewann. Theoretisch hätte ich mich im siebten Himmel befinden müssen. Ich lag eng umschlungen mit dem Kerl in meinem Bett, in den ich seit Jahren verliebt war. Aber so hatte ich mir das nicht vorgestellt. Nicht nach der letzten Nacht.

Erschrocken hielt ich die Luft an. Creeds Atem veränderte sich, und seine Finger strichen hoch zu meiner Hüfte, bis zu meiner Taille.

Ich unterdrückte ein Stöhnen und schlang meinen Arm fester um ihn. Er reagierte sofort darauf. Er drehte sich auf die Seite, und ich spürte an meinem Bauch …

Mein Mund wurde trocken.

Oh. *Oh, oh, oh.* Mit *diesem* Teil von ihm hatte ich letzte Nacht ebenfalls eine sehr intensive Bekanntschaft gemacht.

Seine Arme pressten mich an ihn, und ein Seufzen entfuhr mir.

Erschrocken über meinen eigenen Laut riss ich den Kopf nach oben und blickte geradewegs in bernsteinfarbene Augen. Sie schienen im Licht der Morgensonne zu glühen. Und er sah umwerfend aus.

Creeds Kiefermuskeln waren angespannt. Er sagte nichts, also sagte ich auch nichts. Wieso um alles in der Welt sagte ich nichts? Wieso sagte *er* nichts?

Vielleicht … vielleicht hatte er letzte Nacht ja sogar mehr getrunken, als ich dachte. Vielleicht brach er gerade innerlich in Panik aus, weil er das hier mehr als alles andere bereute. Und wenn ich ehrlich sein sollte … Ich bereute es auch. Ich hatte mir schon oft vorgestellt, wie es wohl sein würde, mit Creed zu schlafen. Auch wenn es letzte Nacht trotz allem magisch gewesen war, in meiner Vorstellung waren wir beide immer nüchtern gewesen. Und obwohl meine Erinnerung an die Nacht so neu, so frisch war, fühlte sie sich an wie in Watte gepackt. Wie ein vager Traum, der mir im Laufe des Tages immer mehr entgleiten würde.

Ich wagte es nicht, zu atmen, geschweige denn, den Blick von seinem zu lösen.

Er bewegte sich, und ich spürte, wie sein Becken kaum merklich zuckte. Er schluckte. Meine Wangen glühten noch mehr, und das Pochen zwischen meinen Beinen kehrte zurück. Schmerzlich süß und einladend. Verführerisch. Sehnend. Ein Kribbeln schoss durch meinen Bauch, und ich teilte die Lippen, atmete langsam aus. Das hier war falsch. Es war so unfassbar falsch, doch zugleich war es so richtig. Es hätte nie passieren dürfen, nicht so. Nicht nach meinem Auftritt letzte Nacht. Nicht nachdem ich mich so furchtbar verhalten und all diese furchtbaren Dinge gesagt hatte. *O nein, Summer.* Was hatte ich nur getan?

Mein Blut kühlte sich schlagartig ab, und meine Brust zog sich schmerzlich zusammen.

Angst. Das war kalte, ernüchternde Angst.

Creed hatte mehr als deutlich gemacht, dass ich für ihn nur eine Freundin war. Ich hatte es mit eigenen Ohren gehört, an diesem verregneten Tag in der Werkstatt. Und ich war nicht so naiv zu glauben, dass sich das durch mein Aussehen vom vergangenen Abend irgendwie geändert haben könnte. Er hatte getrunken und Lust auf Sex gehabt. Und ich ebenfalls. Deshalb hatten wir, Lenny und Creed, einen One-Night-Stand gehabt.

Meine Angst wurde mit einem Mal so beißend, dass es in meinem Gehirn eine Kurzschlussreaktion gab. So schnell ich konnte und ohne Creed einen letzten Blick zuzuwerfen, löste ich mich von ihm, kletterte aus dem Bett und floh. Ich verschwand so schnell im Badezimmer, dass mir für einen Moment schwarz vor Augen wurde.

Keuchend glitt ich an der verriegelten Tür herab, blieb in der Hocke sitzen und raufte mir die Haare.

»Verdammt«, wisperte ich mit aufgerissenen Augen. »Verdammt, verdammt, verdammt.« Ein Zittern durchfuhr mich. Es kostete mich Mühe, das Wort nicht in Dauerschleife vor mich hin zu murmeln, doch als ich die aufgerissene Folie eines Kondoms neben dem kleinen Mülleimer am Waschtisch erspähte, begann die Dauerschleife erneut.

Verdammt, verdammt, verdammt, verdammt, verdammt.

Ich könnte abhauen. Jetzt gleich. Ich könnte mir einfach ein paar Sachen aus dem Wäschekorb nehmen, sie überziehen und in den Club fahren. Einfach verschwinden.

Ja, vielleicht war sogar jetzt sofort genau der richtige Zeitpunkt dafür. Dann müsste ich mich dem Gespräch mit ihm, das nun unausweichlich wirkte, nicht mehr stellen. Ein Wimmern entfuhr mir, und ich ließ mit einem dumpfen Schlag meinen Kopf samt Vogelnestfrisur gegen die Badezimmertür fallen. Ich war so ein Feigling. Nach all den Jahren, die ich es so gut auf die Reihe bekommen hatte, hatte ich die Bombe ein für alle Mal platzen lassen. Und dann hatte ich Sex mit ihm gehabt. Ich hatte Creed mehr als deutlich gemacht, wie sehr ich ihn wollte, und anschließend mit ihm gevögelt. Gerammelt, geschlafen, Liebe gemacht, die Blüte bestäubt – gab es dafür überhaupt einen guten Ausdruck? Alles klang dämlich.

Da fiel mir doch die richtige Beschreibung ein: Ich hatte mit Creed *einen Fehler gemacht.*

Ich klopfte mir mit den Fingerknöcheln an die Stirn und fühlte mich dabei wie Dobby aus *Harry Potter*, der sich Dinge gegen den Kopf schlug, um sich selbst zu bestrafen. »Jetzt reiß dich zusammen«, flüsterte ich mir zu. Ein Teil von mir wollte über mich lachen. Dass ich mich hier im Bad vor Creed versteckte, nackt und zusammengekauert.

Mühsam rappelte ich mich auf und schnappte mir vom Wäschehaufen das oberste Shirt, von dem ich wusste, dass ich es gestern erst getragen hatte, ehe ich hineinschlüpfte.

Anschließend wusch ich mein Gesicht und putzte meine Zähne. Gerade als ich mir erneut mit meinem Handtuch über das Gesicht fuhr und mit dem Gedanken spielte, noch schnell unter die Dusche zu springen, hörte ich, wie die Wohnungstür zufiel.

Ich erstarrte.

Ich traute mich kaum, die Badezimmertür zu entriegeln. Als ich es schließlich tat und einen Blick in mein Zimmer wagte, knotete sich mein Magen zusammen. Es war nicht überraschend. Ich hatte damit gerechnet, nein, war davon ausgegangen. Doch es nun selbst zu sehen, traf mich. Es traf mich so sehr, dass ich für einen kurzen Augenblick vor Schmerz kaum atmen konnte.

Creed war gegangen. Er hatte sich aus dem Staub gemacht, so als sei es für ihn tatsächlich nichts weiter als ein One-Night-Stand gewesen.

Ich bohrte meine Finger in meine Brust, so als könnte ich dadurch das dumpfe Stechen lindern, das mich erfüllte. Nützen tat es aber nichts.

Ein Rascheln erklang hinter mir, was mich mit einem Aufschrei herumwirbeln ließ. War Creed vielleicht doch …?

Carla stand inmitten des bunten Perlenvorhangs zwischen Küche und Wohnzimmer. Und der Blick, mit dem sie mich ansah, wollte dafür sorgen, dass ich augenblicklich im Erdboden versank.

Sie trug ihren Pyjama und hatte zerzauste Haare. »Das war Creed.« Mehr sagte sie nicht. Und es klang nicht wie eine Frage.

Ich starrte meine Mitbewohnerin an. Mehr als ein Nicken brachte ich nicht zustande.

Carlas Mund klappte noch weiter auf – und noch schlimmer: Hinter ihr entdeckte ich Mitchell, in nichts als T-Shirt und Boxershorts.

Das ist doch jetzt ein Witz.

Carlas Blick wanderte erneut von meiner offen stehenden Zimmertür, aus der gleißendes Sonnenlicht fiel, zur geschlossenen Wohnungstür. Dann wieder zu mir, in nichts weiter als einem übergroßen schwarzen Shirt, das mir bis auf die Oberschenkel reichte.

»Er ist gerade aus deinem Zimmer gekommen, Lenny.«

Wieder nickte ich. Bewegte mich nicht. Mitchells Miene war fast so erschrocken wie die von Carla.

»Es ist sieben Uhr morgens«, sage Carla langsam, und ihre Augen weiteten sich. »*Ay*, sag mir nicht, dass passiert ist, was ich denke, das passiert ist.«

Ein freudloses Lächeln machte sich auf meinen trockenen Lippen breit, und ich atmete tief durch. »Und niemand auf diesem Planeten bereut es so sehr wie ich.«

KAPITEL 29

CREED

Wieder daneben.

Ich knirschte mit den Zähnen, ging zur Dartscheibe, um mir meine Pfeile zurückzuholen, und wartete, bis Ches geworfen hatte. Dann war ich wieder an der Reihe.

»Fünf Punkte, immerhin«, sagte Ches und klopfte mir auf den Rücken. »So einfach hast du mir das Gewinnen noch nie gemacht.«

Ich verzog bloß verdrossen das Gesicht und holte erneut die Pfeile. So ging das schon eine ganze Weile. Und ein ganzes weiteres Spiel ging es auch genauso weiter. Währenddessen zwang ich mich, mich nicht zur Sitznische umzudrehen, wo die anderen saßen. Fast alle. Summer war nicht da, wie immer, da sie das *Leo's* nicht mochte.

Und *sie* war ebenfalls nicht da.

Ich machte einfach weiter und versemmelte einen Wurf nach dem anderen, was meine Laune immer mehr und mehr verschlechterte.

»Okay, stopp«, sagte Ches, als ich wortlos eine neue Runde beginnen wollte.

Ich begegnete seinem Blick und runzelte die Stirn. »Ist was?«

Ches runzelte ebenfalls die Stirn, worin er mich definitiv schlug. Diesen Blick hatte er schon immer am besten draufgehabt.

»Das fragst du mich?«

Ich war drauf und dran, die Augen zu verdrehen. Stattdessen zuckte ich mit den Schultern, legte meine Pfeile ab und griff nach meinem Bier. Das *Leo's* war wie meistens gut besucht. Die Tische waren alle besetzt, ebenso wie die Dartscheiben und Billardtische.

Ches musterte mich, dann bedeutete er mir, ihm zu folgen. Wir setzten uns an die Bar, und ich griff nach der Schüssel mit den Nüssen, nahm mir eine Handvoll und schob sie mir in den Mund.

»Willst du darüber reden?«

»Nicht wirklich.« Ich kaute angestrengt und klopfte mir das Salz von den Fingern.

»Sicher?«

»Es gibt nichts zu bereden.«

»Dann ist zwischen Lenny und dir also rein gar nichts …?« Erwartungsvoll sah er mich an.

Ich hörte auf zu kauen. Dann verzog ich das Gesicht. »Wer hat es dir gesagt?«

»Mitch.«

»Dieser Mistkerl!«

»Eigentlich hat er nur erzählt, dass du still und heimlich am Morgen nach Vince' und Almas Verlobungsfeier Lennys Zimmer verlassen und dich aus dem Staub gemacht hast.«

Sehnsüchtig blickte ich in Richtung des Stehtischs bei der Dartscheibe und wünschte mir nichts mehr, als mein Bier mit hierhergenommen zu haben.

»Du hast mit ihr geschlafen.«

»Müssen wir darüber reden, Babyface?« Ich versuchte, Brighams Aufmerksamkeit auf mich zu ziehen. Er war auf der anderen Seite der Bar, hatte die trainierten Arme auf der Theke abgelegt und flirtete mit einer Blondine, was das Zeug hielt.

Ich nahm zwei Finger in den Mund und pfiff einmal laut, was Brig zusammenzucken ließ. Er blickte sich suchend um, bis er Ches und mich entdeckt hatte. Dann sagte er etwas zu dem Mädchen, ehe er zu uns geschlendert kam. Ein verschmitztes Grinsen lag auf seinem Gesicht, und er warf sich lässig ein Geschirrtuch über die Schulter. »Was darf's sein, Gentlemen?«

Ich lehnte mich vor. »Ein kaltes Bier und –«

»Creed und Lenny, Brig«, fiel Ches mir ins Wort. »Es ist passiert.«

Brighams grüne Augen leuchteten auf. »Na endlich. Glückwunsch, Kumpel! Wie war's? Gib mir alle schmutzigen Details.«

Wütend funkelte ich Ches an. »Verdammt, was zum Teufel soll das?«

Ungerührt zuckte er mit den Schultern, jedoch konnte ich das unterdrückte Lächeln genau sehen. »Ich wollte nur verdeutlichen, dass diese Neuigkeiten niemanden vom Hocker hauen.«

Aufgebracht warf ich ihn mit Nüssen ab. »Aber musstest du es unbedingt Brigham sagen? Er ist das größte Tratschmaul in der ganzen Stadt!«

»Hey!«, sagte Brig empört. »Das ist überhaupt nicht … Doch ja, stimmt. Bin ich.«

Ich verdrehte die Augen. »Es ist nicht so, wie ihr denkt. Es war ein riesengroßer Fehler.«

»Was war ein Fehler?«, erklang es plötzlich hinter uns. Bevor ich mich umdrehen konnte, setzte sich auch schon Vincent neben mich auf den freien Barhocker.

Ich schluckte schwer. Verdammt. Vince. Lennys Onkel. Vermutlich würde er mich umbringen, wenn er herausfand, dass –

»Creed hat Lenny flachgelegt. Bier gefällig?« Brigham begann zu pfeifen, öffnete eines der Kühlfächer und holte drei Flaschen heraus, bevor irgendwer antworten konnte.

Mein Herz rutschte mir in die Hose. Ich sah Vince mit großen Augen an. Verfluchter Brigham! Vince würde meine Eier mit Sicherheit in Stücke reißen und sie anschließend –

»Wusste ich's doch, dass das eines Tages passiert.«

»Scheiße noch mal!«, stieß ich hervor und schlug auf die Theke, während mein Puls wie verrückt in die Höhe schoss. »Wollt ihr mich eigentlich alle auf den Arm nehmen? Und du, Brig«, ich warf ihm einen erbosten Blick zu. »Du bist wirklich ein Dreckskerl!«

Verteidigend hob Brigham die Hände. »Hey, ich habe nie das Gegenteil behauptet.«

»Also«, sagte Ches. »Jetzt, da wir das geklärt haben – willst du wirklich nicht darüber reden?«

Ich vergrub das Gesicht in den Händen. Die Katze war so was von aus dem Sack. Und Vince … Gott, nicht einmal er wirkte sonderlich überrascht. Was sollte das?

Ich seufzte schwer und sackte auf meinem Hocker zusammen. »Wir waren betrunken. Dann haben wir uns gestritten, und dann ist es irgendwie passiert. Aber am Morgen danach habe ich Panik bekommen, und ich …« Meine Stimme versagte. Ich hatte nicht einmal den Mumm, die Worte auszusprechen.

»… du bist abgehauen«, vervollständigte Vince meinen Satz und runzelte die Stirn. »Ein One-Night-Stand. Wow. Das hab ich jetzt nicht erwartet.«

Ich sah zu meinem besten Freund, doch er wirkte bloß nachdenklich. »Lässt sich Lenny deshalb nicht mehr blicken?«

»Vermutlich«, brummte ich und nahm mein frisch geöffnetes Bier. Es war eiskalt, was bei der stickigen Luft eine Wohltat hätte sein sollen, wäre mein Frösteln nicht gewesen. »Ich weiß ehrlich gesagt wirklich nicht, wie es passieren konnte. Ich weiß, was sie von mir denkt. Das hätte niemals passieren *dürfen.*«

Plötzlich lachte Ches auf. Es war kein kurzes Lachen. Es schien irgendetwas in ihm zu lösen, denn plötzlich legte er den Kopf in den Nacken und lachte richtig los. Selbst Vincent fiel mit ein und Brigham natürlich auch, einfach so. Vermutlich wusste er aber nicht mal, um was es ging, so ging es mir zumindest.

Beleidigt verschränkte ich die Arme vor der Brust. »Ich bin ja normalerweise für jeden Spaß zu haben, aber was zum Teufel findet ihr daran so lustig?«

»Weißt du«, sagte Vince und legte mir einen Arm um die Schultern, »das mit dir und Lenny wird in die Geschichte eingehen. Ich habe noch nie gesehen, wie zwei Menschen so umeinander herumschleichen, wie ihr es tut.«

»Sie steht total auf dich, Creedylein«, sagte Brigham und wackelte mit den Augenbrauen. »Ich bin seit Neujahr in Fletcher, und das war gleich das Erste, was mir aufgefallen ist, als ich euch zwei kennengelernt habe.«

»Das hätte ich ja wohl bemerkt!«, widersprach ich, heftiger als beabsichtigt.

»Hast du aber nicht«, sagte Ches. »Und das geht schon seit Jahren so. Ich habe nie verstanden, wieso ihr nicht einfach miteinander ausgeht. Ihr scheint wie füreinander gemacht.«

Mit einem Mal beschleunigte sich mein Puls. Mein Mund wurde staubtrocken. Das war absolut unmöglich. Mir wäre doch aufgefallen, wenn Lenny irgendetwas für mich empfinden würde. Ich … hätte es gemerkt. Schließlich war ich derjenige, der sich an jedes noch so kleine bisschen klammerte, das sie mir gab. Doch plötzlich schossen mir Worte in den Kopf. Worte, die sie nach der Party gesagt hatte. Über Summer. Und Friendzones. Und Eifersucht.

»Das ist unmöglich«, wiederholte ich meine Gedanken mit hohler Stimme.

»Tja«, sagte Vince. »Es ist, wie es ist. Und jetzt kannst du ihr hoffentlich endlich sagen, dass du genauso verknallt in sie bist wie sie in dich.«

Ich nahm wieder eine aufrechte Haltung an – genauer gesagt, versteifte ich mich. »Vielleicht habt ihr einfach nur den falschen Eindruck gewonnen. Was auch immer sie in dieser Nacht zu mir gesagt hat, sie war betrunken.«

Brig lachte. »Betrunkene sagen immer die Wahrheit.«

»Wieso wehrst du dich so gegen den Gedanken, Creed?«, fragte Ches.

Ich wusste nicht, woher es kam, doch ich wurde wütend. Aber nicht nur das – Angst stieg in mir auf, was mich mehr als alles andere erschreckte. »Ich wehre mich gegen den Gedanken, weil ich mir nichts vormachen will. Ich kenne Lenny nach all der Zeit nicht mal richtig, weil sie mich auf Abstand hält, genau wie jeden anderen. Ich habe gerade mal vor ein paar Wochen erfahren, wie ihr voller Name lautet, und ich habe keine Ahnung, woher sie kommt, wie ihre Eltern sind, nicht mal, wieso sie als Teenager alleine nach Fletcher gekommen ist. Wenn man es genau nimmt, habe ich nach fast vier verdammten Jahren immer noch keine Ahnung, wer sie eigentlich ist!«

»Wenn ich mich recht erinnere«, überlegte Ches, »bist du doch derjenige gewesen, der den Rückzieher gemacht hat. Du hast für dich entschieden, die Finger von ihr zu lassen. *Wink des Schicksals, Sterne stehen beschissen*, weißt du noch? *Du* hast immer gesagt, dass du sie damit vor dir selbst schützen wolltest. Wieso schiebst du es jetzt auf sie?«

Meine Brust hob und senkte sich schnell, meine Atemzüge waren flach. Und mein Herz raste.

Vince kratzte sich am Bart. »Wenn ihr zwei nichts weiter als Freunde seid, was genau ist dann noch mal nach der Party passiert? Hilf mir noch mal auf die Sprünge, ich glaube, ich habe es schon wieder vergessen.«

»Deshalb bin ich ja am Morgen gegangen«, stieß ich hervor. »Weil es ein Fehler war. Wir waren betrunken. Und wenn man betrunken und irgendwie scharf ist, hat man meistens Sex. Mit irgendwem, der gerade da ist.«

»Weißt du eigentlich, was auf der Feier deinetwegen passiert ist?«, fragte Ches. »Bis auf Carla reden die Mädchen nicht mehr mit Lenny. Sie hat Summer ziemlich hart angemacht.«

»Angemacht?«, wiederholte ich irritiert.

Ches nickte. »Sie war total wütend. Weil Summer offenbar den ganzen Abend mit einem Kerl geflirtet hat, der ihr nicht von der Seite gewichen ist und auf den Lenny ziemlich steht – das war ein ziemlich mieser Schachzug. Ich habe dich schon mal darum gebeten, die Finger von Ellas Freundinnen zu lassen, so heiß Du Summer auch findest, und jetzt weißt du vielleicht auch endlich, weshalb.«

»Heiß?«, wiederholte Brigham, so als hätte das Wort seine Aufmerksamkeit geweckt, wie ein Leckerli einen schlafenden Hund. Seine Augen leuchteten auf. »Wer ist Summer?«

Wieder schob sich diese eine Erinnerung in den Vordergrund: *»Und jetzt verschwinde, Summer vermisst dich bestimmt schon wie wahnsinnig!«*

Mehr Erinnerungen des Abends tauchten vor meinem inneren Auge auf. Die Art und Weise, wie Lenny mich geküsst hatte. Wie sie mich angesehen hatte …

»Fuck«, murmelte ich und schloss die Augen. Stöhnend rieb ich mir mit den Händen über das Gesicht. Das konnte nicht sein, oder?

Vielleicht … verflucht, vielleicht hatten sie recht. Sie alle. Ich traute mich kaum, diesen Gedanken zuzulassen, so trainiert war ich darauf, alles, was in diese Richtung ging, zu verdrängen, um mich selbst, nein, um meine Freundschaft mit Lenny zu schützen. Und die Erinnerungen an meine Nacht mit ihr waren durch den Alkohol so verschleiert, dass sie weit entfernt wirkten.

»Na endlich«, sagte Vince und begann zu klatschen. »Der Groschen ist gefallen!«

Ches fiel mit ein. »Hat auch lange genug gedauert.«

»Wer ist Summer?«, fragte Brig erneut.

»Brig!«, bellte Leos tiefe, verärgerte Stimme quer durch die Bar. »Hör auf zu schwatzen, es ist die Hölle los!«

Obwohl ich definitiv bei dem One-Night-Stand mit Lenny dabei gewesen war – zumindest körperlich –, war es, als würde die Tatsache erst jetzt so wirklich zu mir durchdringen.

Ich hatte Sex mit Lenny James gehabt.

Lenny James, die möglicherweise in mich verliebt war.

Lenny James, die mein Herz bereits im allerersten Moment gestohlen hatte – sosehr ich in den letzten Jahren auch versucht hatte, diese Tatsache zu leugnen.

Mir wurde schwindelig. Ein seltsames Gefühl erfüllte meinen Bauch, sorgte dafür, dass er sich zusammenzog und … ich wusste, nicht was es war. Erleichterung? Angst? Adrenalin? Es fühlte sich an, als wäre ich gerade spontan und ohne Fallschirm aus einem Flugzeug gesprungen.

Wie mechanisch nahm ich mir mein Bier und trank die Hälfte in einem Zug. Dann fluchte ich und stellte es wieder ab. »Sie hasst mich, jede Wette. Ich bin einfach abgehauen.«

»Ja, ziemlich miese Aktion von dir«, stimmte Ches mir zu.

Ich warf ihm einen verdrossenen Blick zu. »Nicht hilfreich, Chester.«

»Was willst du von mir hören? Du kennst Lenny doch. Du selbst hast erst vor zwei Sekunden erraten, dass sie vermutlich ziemlich wütend auf dich ist.«

»Nein, das ist ja das Problem«, sagte ich. »Ich kenne Lenny eben nicht. Ich weiß nicht mal, ob Vince ihr Onkel väterlicher- oder mütterlicherseits ist. Eigentlich weiß ich gar nichts.«

»Ihre Mutter ist meine ältere Halbschwester«, schaltete sich Vince unerwartet ein. »Eleanor und ich liegen elf Jahre auseinander und haben dieselbe Mutter.«

Verblüfft blinzelte ich. »Lennys Mom heißt auch Eleanor?«

»Auch?«, fragte Ches neben mir. »Lennys richtiger Name ist Eleanor?«

Vince lehnte sich nach vorne. »Lenny ist nur ihr Spitzname. Aber nenn sie niemals beim vollen Namen. Sie kann da sehr nachtragend sein.« Dann wandte er sich wieder an mich. »Meine Schwester Elly – also Lennys Ma – ist schwierig. Das hat sie von unserer Mutter. Als kleines Kind hat Elly an unfassbar vielen Schönheitswettbewerben teilgenommen und war dabei ziemlich erfolgreich. Als Teenager hatte sie dann allerdings eine ganz schön wilde Phase, weil ihr der Erfolg zu Kopf gestiegen ist, und sie hat es mit dem Feiern übertrieben. Dabei hat sie sich von irgendeinem Kerl schwängern lassen, von dem sie vermutlich bis heute nicht weiß, wer es war, und musste von dem Augenblick an ihre »Karriere« an den Nagel hängen. Das hat sie nie verkraftet. Lenny war erst zwei, da hat Elly angefangen, sie ebenfalls zu Schönheitswettbewerben zu schleppen, weil sie selbst dazu nicht mehr in der Lage war. Sie hat unfassbar viel Geld für Kindertanzkurse, Stylisten und Klamotten und so was ausgegeben – sehr viel mehr, als sie hatte. Ob Lenny bei dem Zirkus mitmachen wollte, war ihr egal. Meine Schwester hat einfach alles in ihrer Macht Stehende getan, um Lenny zu dem zu machen, was sie selbst nie sein konnte.« Vince seufzte schwer und schüttelte den Kopf. »Lenny hat von klein auf das Tanzen geliebt. Aber die Wettbewerbe hat sie immer gehasst. Sie war furchtbar unglücklich damit. Deshalb ist sie irgendwann abgehauen und hierher zu mir nach Fletcher gekommen, obwohl wir uns davor vielleicht erst vier- oder fünfmal gesehen hatten. Da war sie gerade vierzehn.«

Ich starrte Vince an. Mein Mund stand offen. Das … wow. So viel hatte ich in all den Jahren nicht aus Lenny herausbekommen. Und mit einem Mal fühlte ich mich schuldig. Und ziemlich furchtbar, dass ich all das von jemandem erfahren hatte, der nicht Lenny war.

Ich wollte etwas sagen, irgendetwas. Doch ein winziges Detail verdrängte alles andere und ließ mich aufhorchen.

»Tanzen?«, wiederholte ich. »Hast du tanzen gesagt?«

»Ja, du solltest dir mal die Videos ansehen. Meine Schwester hat sie mir damals noch auf Videokassetten geschickt. Lenny war eine richtige Primaballerina, und sie hat ordentlich Preise abgesahnt. Ich meine aber, Showtanz oder Jazzdance oder so was ist dann Lennys große Leidenschaft geworden.« Er zuckte mit den Schultern. »Vielleicht auch beides. Deswegen habe ich auch nie verstanden, wieso sie von einem auf den anderen Tag so urplötzlich mit allem aufgehört hat.«

Verblüfft blinzelnd sackte ich wieder auf meinem Barstuhl zusammen. Ich starrte ins Nichts. *Tanz.* Lenny liebte es zu *tanzen?* Deshalb hatte sie also so umwerfend auf der Verbindungsparty getanzt.

Aber nicht einmal das hatte sie mir verraten.

Ich spannte den Kiefer an. Es fühlte sich an, als würde Vince von einer fremden Person reden und nicht von meiner besten Freundin. Schon klar, damals, als Lenny und ich uns kennengelernt hatten, hatten wir uns versprochen, nicht über den *»Mist aus der Vergangenheit«* zu sprechen. Aber wenn sie das Tanzen so geliebt hatte … nicht einmal das. Sie hatte mir verdammt noch mal nicht einmal das verraten. Ich kletterte vom Barhocker. »Ich bin müde. Ich glaube, ich gehe jetzt nach Hause.«

Vince wirkte überrascht. »Jetzt schon? Tut mir leid, liegt es an dem, was ich erzählt habe?«

»Nein«, erwiderte ich wahrheitsgemäß. »Liegt es nicht.« Vielmehr lag es daran, dass ich all diese Dinge hätte wissen müssen. Und dass ich mich betrogen fühlte, auch wenn ich kein Recht dazu hatte.

Ich griff in meine Hosentasche, um ein paar Dollarscheine herauszufischen … und erstarrte.

Verdammt. Da war nur noch ein einziger Schein. Und wenn ich mich recht erinnerte …

Ich zog ihn hervor. Das waren nur fünf Dollar. Oh, richtig, ich hatte viel für die Gesetzestexte ausgegeben. Aber mir war nicht klar gewesen, dass so wenig übrig geblieben war.

Das Taxi.

Verdammt. Stimmt. Das hatte mich zwanzig Dollar gekostet. Deshalb waren nur noch fünf übrig. Und der nächste Monat war noch zwei Tage entfernt.

»Ich mach schon.«

Mein Kopf zuckte nach oben. Ches nickte mir zu. »Das nächste Mal bist du wieder dran.«

Ich wusste, dass er das sagte, damit ich mich besser fühlte. Wir wussten es beide. Auch, dass es vermutlich noch eine Weile dauern würde, bis ich tatsächlich wieder eine Runde übernehmen konnte. Immerhin war erneut ein großer Haufen Geld dafür draufgegangen, damit wir in Kürze wieder nach Maine fliegen konnten. Um Maxx zu holen.

Doch wir taten beide so, als hätte er recht.

Ich verabschiedete mich von den Jungs und machte mich auf den Heimweg. Ich hatte ein so schweres Gewicht auf meiner Brust, als hätte jemand dort einen Felsbrocken abgelegt. Selbst als ich zu Hause ankam, war es noch da.

Das Gefühl blieb. Und mich beschlich der Verdacht, dass es nicht allzu schnell verschwinden würde.

KAPITEL 30

LENNY

»Stopp!«, rief Gigi laut, was mich am Boden zusammenbrechen ließ. Ich ließ die Gewichte los, keuchte schwer und bohrte meine Finger in die weiche Sportmatte.

Als ich mich zwang aufzublicken, sah ich Gigis Kopf über mir. Sie ging neben mir in die Hocke und lächelte. »Siehst du? Das war doch gar nicht so schwer. Und das machst du am Ende unserer Stunde gleich noch mal.«

»Warum musst du mich so quälen, Giftkröte?«, jammerte ich.

»Weil du sowohl an deiner Ausdauer und ganz besonders an deiner Kraft arbeiten musst, damit du nie wieder so stürzt wie das letzte Mal!« Ihr Blick wurde streng, und eine Falte erschien zwischen ihren Augenbrauen. »Das hat mir nämlich eine Scheißangst eingejagt. Also los. Fünfzehn Sumo-Squats, dann fünfzehn normale Squats.«

Wir waren im Fitnessstudio und standen vor einer der vielen verspiegelten Wände. Einzig und allein der Bereich, der nur für Frauen zugänglich war, war noch aushaltbar. Alles andere war ein Affenzirkus unter Studenten aus »gesehen und gesehen werden«.

Ich ächzte, als ich mich vom Boden hochkämpfte. Alles tat mir weh – dafür hatte Gigi gesorgt. »Ich hasse dich«, stieß ich hervor, als ich mich in Position begab. »Und wie oft soll ich das jetzt machen?«

»Das hab ich dir doch eben gesagt. Beide Übungen fünfzehn Mal.«

»Nein, ich meine, zu wie vielen Stunden mit dir hat Majid mich verdonnert?«

Sie zuckte mit den Schultern, drückte mir wieder zwei Gewichte in die Hände und korrigierte meine Haltung. Ich ging in die Knie und …

Heiliger Strohsack. Mein Hintern brannte wie Feuer.

Aber wenn ich geglaubt hatte, dass es bei einem Sumo-Squat bereits die Hölle war, in die Knie zu gehen, hatte ich noch nie versucht, mich wieder aufzurichten. Denn das war genau das, was ich gerade tat.

»Heul nicht rum«, sagte Gigi, als ich mich fluchend wieder aufgerichtet hatte. »Das war erst einer. Hopp, hopp. Noch vierzehn Stück!«

»Ich hasse dich.« Wimmernd machte ich die nächste Kniebeuge.

Und innerhalb der nächsten Stunde sagte ich diese Worte noch sehr oft.

Als wir endlich mit dem Training fertig waren und wieder auf den Matten saßen, um uns zu dehnen, musste ich zugeben … ich war zwar ziemlich ausgepowert, aber ich fühlte mich besser. Die »Sache« mit Creed war nun bereits eine Woche her. Und mit jedem Tag war es mir mieser gegangen. Ich hätte nicht gedacht, dass er mich mit seinem Verschwinden so verletzen könnte. Und nun war er *weg*; er und Ches waren wieder in Maine, da Maxx aus dem Gefängnis entlassen wurde. Seit der »Sache« hatte ich kein einziges Wort mehr mit ihm gewechselt – oder mit den Mädchen. Ich steckte all meine Energie ins Training, verbrachte fast jeden Tag von morgens bis abends im *Dolly House* – und dennoch lag ich jedes Mal wieder schlaflos im Bett und quälte mich mit meinen eigenen Gedanken. Ich hasste Gigi zwar für diese Folter, aber ich war ihr auch ziemlich dankbar, dass sie mich tatsächlich dazu hatte überreden können, mich ihr beim Training anzuschließen.

»Alles in Ordnung, Lenny?«

Überrascht blickte ich auf. Es war das erste Mal, seit wir heute hierhergekommen waren, dass Gigi mir diese Frage stellte. Sie wirkte besorgt.

»Passt schon«, murmelte ich, während ich meine Zehen mit den Händen umschloss und meine Stirn auf den Beinen ablegte. *Abgesehen natürlich von der Tatsache, dass ich meine Freundinnen mit ziemlich hässlichen Worten vergrault und mit dem Mann geschlafen habe, in den ich schon seit Jahren verliebt bin (auf die schlechte Art und Weise), ist alles so was von in Ordnung.*

»Hm«, machte Gigi, als hätte sie meinen Wink mit dem Zaunpfahl verstanden. Das Training gerade hatte so gutgetan, und ich wollte mir meine Hochphase nicht so schnell wieder versauen.

Aber als wir auf dem Weg zu den Duschen waren, ergriff mich mit einem Mal ein Gefühl von Einsamkeit. Es war so stark und so tief, dass es mir den Hals zuschnürte.

»Warte«, krächzte ich und hielt Gigi am Handgelenk fest.

Überrascht warf sie mir einen Blick über die Schulter zu. »Was ist?«

»Ich …« Meine Stimme versagte. Ich biss mir auf die Unterlippe und ließ Gigi langsam los. »Können wir … vielleicht doch? Reden?«

Verblüfft sah sie mich an. Dann lächelte sie, jedoch nicht breit und aufziehend wie sonst. Es war ein weiches Lächeln. »Klar, doch. Gehen wir zu *Dew's* und schlagen uns die Bäuche voll. Dann können wir reden, bis die Sonne aufgeht.«

»Du willst jetzt ernsthaft ins *Waffle House* fahren?«, fragte ich ungläubig. Nichtsdestotrotz lösten ihre Worte eine Welle der Erleichterung in mir aus, die mich erschaudern ließ.

Gigi schnalzte mit der Zunge, was beinahe schon empört klang. »Ich verstehe die Frage nicht. Und falls es dein Gewissen beruhigt: Im Diner gibt es auch Fitnesswaffeln. Ganz ohne Zucker und Kohlenhydrate. Ich weiß zwar nicht, was für chemischer Kram da drin ist, aber das Zeug schmeckt wie fluffiger Cheesecake. Und dazu diese zucker- und kalorienfreie Schokosoße.« Sie legte den Kopf in den Nacken und machte ein lautes Schmatzgeräusch, ehe sie mich angrinste. »Ein verdammter Traum!«

Ein Lachen entfuhr mir, ehe ich die Augen verdrehte und Gigi folgte.

Eine halbe Stunde später trafen wir uns mit unseren Autos auf dem Parkplatz des Diners. Meine Beine wären beinahe zu schwach gewesen, um anständig auf die Pedale zu drücken. Doch ich hatte es geschafft und war sicher angekommen.

Wir betraten *Dew's Waffle House* und setzten uns in eine der gelben gepolsterten Sitznischen. Der Laden sah aus wie der klassische American Diner aus den Fünfzigerjahren. Mein letzter Besuch war Jahre her – und natürlich war ich mit niemand anderem als Creed zuletzt hier gewesen.

Ein wehmütiger Schmerz grub sich in meine Brust, als mein Blick auf einer Sitznische am anderen Ende des Raumes hängen blieb, direkt an einem großen Fenster, durch welches die goldenen Strahlen der Abendsonne fielen. Ich konnte die Milkshakes und die Waffeln von damals praktisch vor mir sehen.

Mit einem Klirren stießen wir unsere Gläser aneinander. Diesmal probierte Creed von meinem und ich von seinem Shake. Meine Augen beobachteten wie gebannt, wie er den Strohhalm zwischen seine Lippen nahm, und beinahe wäre mir dabei ein sehnsuchtsvolles Seufzen entwichen. Er stellte das Glas vor sich ab. »Ziemlich guter Milkshake. Darf ich ihn behalten?« Mit einem frechen Grinsen leckte er sich über die Lippen.

Ich nickte sofort. »Klar. Ich finde deinen Shake sowieso besser als meinen.«

»Ach ja?« Creeds Augen blitzten auf. »Wie willst du das denn beurteilen, wenn du noch gar nicht probiert hast?«

Vor Schreck erstarrte ich. Dann sah ich ihn trotzig an. »Na ganz einfach, ich hab ihn eben schon mal getrunken!«

Er streckte die Hand über den Tisch aus und drückte seinen Finger auf meine Nase. »Bup.«

Ich versuchte, ein böses Gesicht zu machen, auch wenn mir das nicht so recht gelingen wollte, da ein warmes Kribbeln durch meine Brust flatterte.

Ich biss mir auf die Lippe und verdrehte die Augen. »Hör endlich auf, das jedes Mal zu machen!«

»Aber es ist so süß, wie du deine Nase krausziehst, wenn du dich ärgerst, Lenny James.« Er drückte sie gleich noch mal. »Bup!«

»Arschloch«, murmelte ich, was ihn wieder lachen ließ. Er zwinkerte mir zu, nahm dann einen erneuten Schluck von meinem Milkshake und rieb sich genüsslich und mit einem viel zu lauten Stöhnen den Bauch …

»Lenny?«

Erschrocken zuckte ich zusammen und erwiderte Gigis Blick. »Tut mir leid. Was hast du gesagt?«

Sie lehnte sich zurück und legte den Kopf schief. »Über was wolltest du mit mir reden?«

Ich setzte mich aufrechter hin und strich mir die zerzausten Strähnen hinter die Ohren, die mir aus dem Pferdeschwanz gerutscht waren. Meine Finger knoteten sich nervös ineinander. »Ich … ich habe mit meinem besten Freund geschlafen.«

Gigis Augen weiteten sich. »Holla, Lenny. Und das, obwohl dein Freund so heiß ist? Möchte ich wissen, wie heiß dein bester Freund ist? Oder ist es ein Fall von ›Er ist gestolpert und in mich reingerutscht … circa dreihundertvierzig Mal‹? *All Night Long*?« Sie summte die Melodie des Lionel-Richie-Songs.

Ich lachte verzweifelt auf und schüttelte den Kopf. »Es gibt keinen festen Freund, G. Der Kerl aus dem Club und aus dem Krankenhaus, Creed, das ist mein bester Freund. Ich habe mir die Geschichte um ihn und mich nur ausgedacht, damit ihr nichts Falsches von mir denkt oder ich Ärger mit Majid riskiere. Creed ist … er ist einfach im *Dolly House* aufgetaucht, um Daisy zu sehen, aber er hat keine Ahnung, dass *ich* Daisy bin, deshalb musste ich mir etwas einfallen lassen, und dann …« Stöhnend rieb ich mir über das Gesicht. »Scheiße. Gigi, ich hab Mist gebaut.« Und mit einem Mal hatte ich das Bedürfnis, all die beklemmenden Gefühle loszulassen. Ich wollte alles loswerden, darüber reden, mit jemandem, der mich verstand, der genau wusste, wie es war, das Privatleben vom Arbeitsleben auf diese spezielle Art und Weise zu trennen. Und auch wenn es mir schwerfiel, das zuzugeben: Ich vertraute Gigi. Ich mochte sie. Und vielleicht, wenn ich es zuließ, wenn ich mich aufrichtig darum bemühte, könnten wir richtige Freundinnen werden.

Gigi schwieg einen Moment und betrachtete mich nachdenklich. Dann rutschte sie aus der Sitznische. »Klingt auf jeden Fall danach.«

»Wo gehst du hin?«

»Erst bestell ich uns etwas zu essen, und dann gehe ich rauchen. Und du begleitest mich nach draußen. Vielleicht fängst du mit deiner Geschichte ganz am Anfang an, denn ich habe keine Ahnung, wovon du da sprichst, Lenny.«

Zwanzig Minuten und drei E-Zigaretten später saßen wir wieder am Tisch, vor uns zwei Teller mit himmlisch duftenden Waffeln voller Schokosoße und frischen Erdbeeren.

»Okay«, sagte Gigi und zog ihren Teller näher zu sich. »Das ist echt verkorkst.«

»Ich weiß. Ich habe den Vogel abgeschossen. Ich hätte gar nicht erst auf die Verlobungsfeier gehen sollen. Dann wäre ich nie in diesem dämlichen Kleid dort aufgetaucht, hätte Summer nicht so angefahren und wäre nicht mit Creed nach Hause gegangen. Das alles wäre nicht passiert!«

Ich konnte das flüchtige Auftauchen der Falte zwischen Gigis Augenbrauen genau sehen, ehe sie sich ihre Gabel vollschaufelte und sie sich in den Mund schob.

»Was ist?«, fragte ich argwöhnisch.

Sie ließ sich Zeit zu kauen, ehe sie einen Schluck Wasser hinterherspülte.

»Du willst meine Meinung dazu hören, oder? Du hast dir die Suppe eingebrockt, also löffle sie auch wieder aus, anstatt in Selbstmitleid zu baden. Das ist nämlich grauenhaft mit anzusehen.«

Ihre Worte fühlten sich an wie eine gehörige Backpfeife. Ich schob mir eine Gabel voll Waffeln in den Mund, doch mir war der Appetit so vergangen, dass ich sie am liebsten gleich wieder ausgespuckt hätte (abgesehen davon schmeckten sie genauso chemisch, wie Gigi vorhergesagt hatte, und das war überhaupt nicht mein Fall). Ich wusste nicht, was ich sagen sollte. Ich traute mich nicht mal mehr, Gigi in die Augen zu blicken.

Das schien sie aber nicht im Entferntesten zu stören. Sie fuhr mit vollem Mund fort. »Weißt du, was dein Problem ist, Len? Du versuchst so sehr, jeden um dich herum auf Abstand zu halten, dass es niemanden mehr gibt, der dir ab und zu in den Arsch tritt.«

»Stimmt nicht. Carla macht das regelmäßig. Sie weiß alles über mich und ist der einzige Mensch, der mich richtig kennt.«

»Und hasst sie dich?«

Ihre Frage ließ mich irritiert blinzeln. »Äh … nein?«

Gigi zuckte mit den Schultern und schob sich die nächste Gabel in den Mund. »Dann hast du doch deine Antwort. Wovor hast du noch Schiss? Zeig den Leuten, wer du bist. Wenn sie sich von dir abwenden, haben sie dich ohnehin nicht verdient. Abgesehen davon finden Menschen immer einen Grund, sich von dir abzuwenden. Und niemand muss dich in- und auswendig kennen, um dich nicht leiden zu können. Also kannst du genauso gut ehrlich sein und ihnen zeigen, wer du wirklich bist.«

Mir wurde glühend heiß. »Das ist … das ist nicht …«

Doch offenbar war Gigi erst jetzt so richtig in Fahrt gekommen. »Weißt du, Lenny, jeder Trottel redet mittlerweile von Authentizität. Vom *wahren Selbst*. Aber was ist schon authentisch? Was zum Teufel soll das überhaupt sein? Du bist immer du! Ob du dich nun Daisy oder Lenny oder Gertrud nennst. Du kannst dich an Stangen rekeln und Kerlen deine Möpse ins Gesicht drücken, bis sie das Bewusstsein verlieren. Eine Sache ändert sich aber nie – du bist und bleibst *ein und derselbe Mensch*. Dass das Sozialverhalten verschiedene Färbungen im Verhalten hervorbringen kann, je nachdem, mit wem man gerade spricht oder wo man sich gerade befindet, ist stinknormal. Dieser dämliche Begriff ›Authentizität‹ wurde doch nur geschaffen, um Menschen in den Wahnsinn zu treiben und Instagram auf Vordermann zu bringen.«

Mit aufgeklapptem Mund starrte ich Gigi an. Sie beendete ihre Rede, indem sie sich wieder eine Gabel voller Waffeln in den Mund schob.

»Scheiße«, stieß ich hervor. Blinzelte ein Mal. Zwei Mal. »Was zum Teufel, Gee? Woher kommt das denn?«

Sie wackelte mit den Augenbrauen. »Podcasts, Baby. Den Scheiß ziehe ich mir jeden Abend vor dem Schlafengehen rein.«

Ich stieß hart den Atem aus, schob meinen Teller von mir weg und lehnte mich zurück. Ich fühlte mich regelrecht von ihren Worten erschlagen. Sie erinnerten mich an etwas, was Carla mir immer und immer wieder gesagt hatte.

»Er hat dich geküsst, Lenny!«

»Aber du bist *Daisy!«*

Obwohl ich nicht auf den Kopf gefallen war (witzig, da genau das passiert war), begann ich erst jetzt … erst jetzt begannen sich die Zahnräder hinter meinem Dickschädel zu drehen. Quietschend und stotternd.

»Ich … i-ich.« Ich öffnete und schloss den Mund, so als sei ich ein Fisch, der auf dem Trockenen lag. Mein Hals schnürte sich zusammen, bis ich das Gefühl hatte, keine Luft mehr zu bekommen.

Sie hatte recht. Gigi hatte recht. Wieso machte es erst jetzt klick? Wieso hatte es nicht schon klick gemacht, als Carla mir diese Worte gesagt hatte?

Wieso? Weil du übermütig geworden bist. Weil du arrogant warst. Zu selbstsicher. Zu blind. Zu tief eingemauert in deinem Schutzwall und deinen jahrelangen Mantras. Aber Daisy ist nicht ansatzweise so unverwundbar, wie du es gerne gehabt hättest.

»Hey«, sagte Gigi, diesmal erstaunlich sanfter, und beugte sich über den Tisch, um meinen Arm zu berühren. »Verdammt, tut mir leid. Manchmal rede ich mich in Rage.«

Ich schüttelte den Kopf. »Nein. Du hast recht. Das ist es ja.«

»Ich hätte aber nicht so harsch werden müssen. Diese Podcasts haben mich zur schlimmsten Hobbypsychologin aller Zeiten werden lassen.«

»Ich bin so ein Trottel«, murmelte ich und öffnete die Augen wieder. Mit einem Mal begannen sie gefährlich zu brennen. *Nicht weinen. Auf keinen Fall weinst du jetzt. Nicht. Weinen!*

Gigis Worte jedoch hatten eine andere Stimme in mir erweckt. Eine, die versuchte, lauter zu werden als das uralte Mantra, das ich mir schon immer aufgesagt hatte. *Aber wieso darf ich nicht weinen? Wieso darf ich nicht endlich und nur ein einziges Mal loslassen?*

Ein müdes, mechanisches Lächeln machte sich auf meinen Lippen breit. Mein Mantra hatte gesiegt. Es war zu durchdringend, zu stark. Ich konnte verdammt noch mal nicht loslassen. Zumindest für jetzt. »Ich bin ein ängstlicher, riesengroßer Vollidiot«, sagte ich und nickte langsam. »Das ist wohl nichts Neues, aber meine Erkenntnis des Tages.«

»Uhh«, sagte Gigi und lächelte breit. »Ich steh total drauf, wenn du selbstreflektiert bist, Daisy D. Isst du das noch?«

Ich verzog das Gesicht und zog meinen Teller zu mir. »Darauf kannst du Gift nehmen, Giftkröte.«

Sie zuckte mit den Schultern, ehe ihre dunklen Rehaugen verschwörerisch aufblitzten, sie über den Resopaltisch langte und mir eine Erdbeere klaute. »Übrigens ist es nicht schlimm, Angst zu haben. Jeder hat Angst. Ich hatte auch Angst davor, was meine Eltern sagen würden, als ich mir die Haare abrasiert habe oder als ich mich geoutet habe. Nein, wirklich, ich hatte so eine Scheißangst, dass ich Schweißausbrüche bekam und mich sogar übergeben musste. Und als ich meinen Eltern und meinen Geschwistern auch noch gesteckt habe, dass ich Stripperin bin, hat mein Vater geweint, und meine Mutter hat fast ein Jahr lang nicht mehr mit mir gesprochen. Ich bin in Tränen ausgebrochen, hab mich in den Schlaf geheult und so viel stressgeraucht, dass meine Stimme jetzt eigentlich so kratzig sein müsste wie die eines achtzigjährigen ehemaligen Countrysängers, der in seinem Leben zu viel gefeiert hat.« Sie sah mich eindringlich an, griff erneut über den Tisch, nahm diesmal jedoch meine Hand. »Wir alle haben Angst. Das Entscheidende ist, was wir daraus machen.«

Das Beben in meiner Brust war schmerzhaft. Es war so schmerzhaft, dass ich scharf nach Luft schnappen musste. Meine Augen brannten, mein Mund war staubtrocken und meine Hände eiskalt. Mit einem Mal erfasste mich etwas, was mich nie erfasste:

Ich wollte Gigi umarmen. Ich wollte sie fest in die Arme schließen und erst wieder loslassen, wenn sich der Sturm in mir gelegt hatte.

Doch ich rührte mich nicht. Stattdessen lauschte ich dem Echo ihrer Worte in meinem Kopf, die sich nach und nach, Buchstabe für Buchstabe, in meine Gedanken einbrannten. *Wir alle haben Angst. Das Entscheidende ist, was wir daraus machen.*

Mein Atem war stockend, als ich tief durchatmete. Bebend. »Danke, Gee«, flüsterte ich.

»Nichts zu danken.« Sie lächelte mich breit an und ließ meine Hand los, jedoch nicht, ohne sie davor noch ein letztes Mal zu drücken. »Das macht dann vierhundertfünfzig Dollar. Eine so gute Psychologin wie ich ist schweineteuer. Du könntest mich aber auch in Waffeln bezahlen, insbesondere mit denen auf deinem Teller, die mittlerweile bestimmt schon kalt geworden sind. Und morgen nach dem Training für unsere Show musst du das Ganze hier wiederholen. Alles auf deine Kosten, natürlich.«

Ich verdrehte die Augen und spürte, wie meine Mundwinkel sich hoben. »Deal. Und jetzt nimm sie schon. Ich bestelle mir etwas anderes. Einen Spezialmilkshake mit Oreo-Keksen.«

KAPITEL 31

LENNY

Carla schaltete unter dem tief herunterhängenden Blätterdach einer Trauerweide den Motor ihres Wagens ab. Ein Stück weiter vor uns befand sich der kleine Park am Coldwater River, und hinter uns ragte ein großer Gebäudekomplex in den Himmel.

Ich fühlte mich seltsam. Und das hatte nichts damit zu tun, dass ich anstelle meiner Schlabberklamotten eine Jeans zu meinem schwarzen T-Shirt trug (na schön, vielleicht ein wenig.). Wenn schon eine Veränderung, dann zunächst nur eine kleine. Babyschritte. Selbst meine Haare trug ich nicht in meinem strengen Dutt, sondern wieder in einem losen Pferdeschwanz, durch den Wind zerzaust. Denn ich, Lenny, durfte das alles. Ich durfte tragen, was immer mir gefiel, und mit meinen Haaren anstellen, was auch immer ich wollte. Zumindest versuchte ich, genau das zu lernen. Dass ich *durfte*.

Ich drehte eine Haarsträhne um meinen Finger und klemmte sie mir hinter das Ohr. Wenige Sekunden später sprang sie wieder hervor, und ich wiederholte die Bewegung. Genauer gesagt, machte ich das schon den ganzen Tag lang. Ehrlich gesagt, war ich ein kleines Nervenbündel.

Carla schnallte sich ab und stieß hart den Atem aus. »Dein nervöses Herumfuchteln macht mich wahnsinnig.«

»Weißt du, Carly, normalerweise wäre es jetzt dein Part, mich aufzubauen und mir irgendetwas zu sagen, was mich wieder durchatmen lässt.«

Ungerührt sah sie mich an. »Aha. Und was soll das sein? Seit wann sagst du so seltsame Sachen? Wer bist du, und was hast du mit meiner Mitbewohnerin gemacht?«

»Du hast heute fast noch bessere Laune als ich.«

»Das hier war deine Idee, vergiss das nicht.«

Sie hatte recht. Das hier war definitiv meine Idee gewesen. Wir waren hergekommen, weil ich mich bei Summer entschuldigen wollte. Seit ich mit Gigi essen gewesen war, brummte mir der Schädel, ganz unabhängig von meinen immer wiederkehrenden Kopfschmerzen. Es war nicht gerade einfach, sich dem zu stellen. Also hatte ich die letzten Tage damit verbracht, nachzudenken. Deshalb war ich hier. Ich musste mich aber nicht nur bei Summer entschuldigen, sondern auch bei Sav und Ella. Carla hatte ich mir schon vorgeknöpft – mehr oder weniger.

Und ich hätte nicht gedacht, dass es mir tatsächlich so schwerfallen würde, meinen Stolz abzulegen. Dass es so schwer sein konnte, einfach nur »Es tut mir leid« zu sagen. Es war unerträglich gewesen. Gleichzeitig jedoch auch unendlich befreiend. Deshalb musste ich so weitermachen. Eigentlich hätte Creed der Nächste sein müssen, mit dem ich redete. Doch ich war noch zu wütend, dass er nach unserem One-Night-Stand abgehauen war. Zu verletzt. Und ganz abgesehen davon waren er und Ches noch nicht wieder in der Stadt. Also blieb mir noch genug Zeit, um mir zu überlegen, wie ich bei ihm vorgehen sollte. Und was ich überhaupt sagen sollte. Was ich *wollte*. Denn ich hatte keine Ahnung. Alles, was mir im Moment einfiel, waren verschiedene, sehr kreative Varianten davon, wie ich meiner Wut Luft machte.

Ich atmete tief durch, ehe ich Carla zum Wohnhaus folgte. Es hatte absolut nichts gemeinsam mit dem Wohnkomplex, in dem wir lebten. Es war moderner und wirkte nicht gerade wie ein Gebäude, in dem Studenten lebten. Die Fassade war aus hellem Stein und die Fenster groß. Ich war schon öfter hier gewesen, da wir viele der Spieleabende bei Ella hatten stattfinden lassen, die im vergangenen Jahr ebenfalls hier eingezogen war. Und dennoch hatte ich Summers Wohnung noch nie betreten.

Die Tür zum Eingangsbereich war geöffnet, und im Haus empfing uns trockene, kühle Luft, die Carla und mich gleichzeitig erleichtert aufatmen ließ. Es war ein heller, unauffälliger Raum mit einer Wand voller Briefkästen, die etwas in die Jahre gekommen waren. Außerdem gab es noch einen Treppenaufgang, neben welchem sich silberne Aufzugtüren befanden, und drei weitere Türen.

Carla schien zu wissen, wohin wir gehen mussten, denn sie lief zielsicher auf die Holztreppe zu.

»Vielleicht ist Summer ja auch gar nicht zu Hause«, warf ich ein.

»*No*, sie ist da. Ich habe ihr Auto draußen gesehen.«

Das war's. Mein letzter Fluchtversuch war flöten gegangen.

Wir liefen die wenigen Holzstufen hoch zu den Wohnungen des Hochparterre. Dort lagen zwei Türen fast schon Eck an Eck. Carla hob die Hand, um an einer von ihnen zu klopfen, da flog die zweite Tür neben uns auf. Jemand lief geradewegs in mich hinein und – »Woah, was macht ihr denn hier?« Grüne Augen blinzelten uns überrascht an. Sie waren umrahmt von perfekt sitzenden blonden Locken.

»Brigham?«, fragte ich verblüfft. »Was machst *du* denn hier?«

»Hm. Ich war mir sicher, dass Summer hier wohnt, nicht in der anderen Wohnung«, murmelte Carla.

Brigham, der Barkeeper aus dem *Leo's*, stand in voller Sportmontur vor uns. Er trug ein ausgeleiertes Muskelshirt, das nicht den Anschein machte, als diente es dazu, seinen lächerlich gut trainierten Oberkörper zu verstecken. Seine gebräunte, glatte Brust und eineinhalb Nippel waren deutlich zu sehen. Er trug Shorts, Sportschuhe und hatte eine große Sporttasche um die Schulter hängen.

Er schien sich gefangen zu haben und grinste uns breit an. »Ein Überraschungsbesuch? Woher wisst ihr, dass ich hier wohne?«

»Du wohnst hier?«, fragte ich und hob die Augenbrauen bis zum Haaransatz. Es war irgendwie schräg, Brig außerhalb der Bar zu sehen. »Summer und du seid Nachbarn?«

»*Dios mio.* Tatsache!«, sagte Carla, die sich zum Namensschild an der Klingel heruntergebeugt hatte. »Auf dieser Klingel steht Andrews und auf der anderen Bugley.«

»Na dann, Ladys. Diese Muskeln hier brauchen ein wenig Zuwendung und trainieren sich nicht von selbst. Ihr könnt aber später gerne noch mal vorbeikommen, wenn ihr auch ein wenig Zuwendung braucht.« Er wackelte mit den Augenbrauen, was mich lachen ließ, bevor ich es verhindern konnte. »Du bist widerlich.«

Er schloss die Wohnungstür hinter sich und sprang die Treppenstufen mit einem Satz nach unten. »Oh, übrigens«, er drehte sich noch einmal zu Carla und mir um. Dann blieb sein Blick mit einem amüsierten Funkeln auf mir hängen. »Dein neuer Look gefällt mir wirklich gut, Lenny. Ziemlich scharf. Bis dann!«

Er drehte sich um und war auch schon verschwunden, bevor er den empörten Laserstrahl aus meinen Augen zu spüren bekommen konnte.

»Gott, dieser Spinner hat sie nicht mehr alle«, sagte ich und schüttelte den Kopf.

Carla zuckte mit den Schultern. »Brig ist ein Sprücheklopfer und ein Casanova, aber er ist ein anständiger Kerl, so schräg er auch ist. Seit er bei Leo arbeitet, macht es viel mehr Spaß. Er hat immer verrückte Geschichten auf Lager.«

»Wie auch immer.« Ich drehte mich wieder zu Summers Tür um. Ein schweres Seufzen entfuhr mir. »Bringen wir es hinter uns.«

Carla klingelte. Von drinnen erklang kurz darauf ein Poltern, gefolgt von einem dumpf wahrnehmbaren »Ich komme!«.

Dann wurde die Tür auch schon aufgerissen. Summers blaue Augen wurden kaum merklich größer, und ihr kirschroter Mund, der heute die gleiche Farbe trug wie ihr Haarreif, machte ein überraschtes *Oh*.

»Hi«, sagte sie und runzelte die Stirn. Dann blieb ihr Blick an mir hängen. Es war deutlich sichtbar, wie sich ihre Schultern in dem weißen Einteiler anspannten. Ihre Miene wurde undurchdringlich. »Was macht ihr denn hier?«

»Können wir reden?«, fragte ich steif und presste die Lippen zusammen, als mein Magen in Richtung Erdboden rutschte.

»Sicher«, sagte Summer langsam. »Kommt doch …«

Carla quetschte sich an ihr vorbei und betrat die Wohnung. »Hübsch.«

»… rein.«

Ich folgte Carla, ehe Summer die Tür hinter uns schloss. Summers Wohnung war nicht sonderlich groß und ehrlich gesagt nicht gerade das, was ich mir vorgestellt hatte. Ich hatte mit mehr Schnickschnack, Doppeltüren und einer offenen Küche gerechnet, doch es wirkte überraschend gemütlich und überhaupt nicht protzig. Wohin ich auch sah, ich konnte weder Pink noch Glitzer entdecken, obwohl ich vermutet hätte, dass ihre Wohnung davon nur so strotzen würde. Aber es sah eher aus wie das Set-up eines Möbelkatalogs; ein babyblaues Sofa, ein Esstisch aus Glas, ein beiger Langflorteppich auf den abgenutzten Dielen und jede Menge Bilder an den Wänden. Links von uns ging eine Tür zu einer Küche ab, wo …

Ah. Wusste ich es doch. Alles pink. *Großer Gott.* Die Küchengeräte und sogar die Wände strahlten im Barbie-Look!

Summer ließ sich auf ihr Sofa fallen und setzte sich in den Schneidersitz. »Also?«

Alles in mir wollte schreien: *»Das ist doch lächerlich!«*, und direkt wieder gehen, aber ich wusste, dass es weder lächerlich war noch dass es eine gute Idee gewesen wäre, ausgerechnet jetzt zu gehen, wo ich doch so weit gekommen war.

Ich seufzte und setzte mich neben sie. »Es tut mir leid, was ich auf der Verlobungsfeier zu dir gesagt habe. Das war unfair und fies und ziemlich beschissen. Ich war betrunken und ein Idiot und streitlustig und …« Ich rang nach Worten, versuchte, die richtigen zu finden.

»Eifersüchtig?«, half Summer mir auf die Sprünge.

Ich erstarrte. »Wieso sollte ich …«

»Mir tut es auch leid, Len«, sagte sie und ließ sich nach hinten gegen die Lehne sinken. »Eigentlich hätte ich auch von selbst draufkommen können. Als deine Freundin hätte ich nicht nur merken sollen, dass du schon die ganze Zeit was für Creed übrighattest, ich hätte mich ihm auch nicht an den Hals schmeißen dürfen. Das war unfair. Aber manchmal habe ich ein Brett vor dem Kopf. Hätten Ella und Carla mich nicht gleich darauf aufgeklärt, wäre ich wahrscheinlich tausendmal verletzter gewesen. Aber hey, Eifersucht und Alkohol waren schon immer eine fiese Kombi. Und wir alle haben schon krumme Sachen gesagt, wenn wir zu tief einen sitzen hatten.«

Mir wurde heiß. »Ich hab nicht … ich bin nicht …«

Carla wedelte mit der Hand. »Ignorier ihr Gestotter einfach.«

Ich bedachte sie mit einem bösen Blick. Dann blickte ich zu Summer. *Sei ehrlich. Sei endlich verdammt noch mal ehrlich.* »Du musst dich nicht entschuldigen, Summer. Du kannst tun und lassen, was du willst, genau wie Creed. Es spielt keine Rolle, was ich fühle. Es war nicht mein Recht, dich deswegen so anzufahren und zu beleidigen. Ich habe nicht gemeint, was ich gesagt habe. Ich hoffe, das glaubst du mir. Und ich halte echt nichts von Slutshaming.« *Vor allem nicht bei dem Beruf.*

Ein Lächeln erschien auf Summers roten Lippen, und die Spannung in ihren Schultern schien zu verschwinden. »Danke, dass du das sagst, das bedeutet mir viel, Len. Lass uns die Sache einfach vergessen, ja? Und übrigens spielt es sehr wohl eine Rolle, was du fühlst. Freunde hintergehen einander nicht, und ich hätte ihn nie angebaggert, hätte ich von deinen Gefühlen gewusst. Aber falls es dich beruhigt: Auf der Verlobungsfeier haben wir uns die ganze Zeit bloß Zitate aus *Brooklyn Nine-Nine* erzählt und über seine Polizeiausbildung gesprochen. Mehr ist nicht passiert. Ich schwör's.«

Erleichterung durchströmte mich und löste endlich den festen Knoten, der meinen Bauch hart im Griff gehabt hatte. Ich atmete auf. Ich lächelte sogar. Und die Erleichterung sorgte dafür, dass mir schwindelig wurde.

»Großer Gott«, sagte Summer und grinste. Sie lehnte sich vor, beugte sich zu mir und musterte mich. »Lenny James ist rot geworden. Verflucht, wie konnte mir entgehen, wie heftig du auf Creed stehst? Normalerweise habe ich einen Sender für so was! Wieso hat er diesmal nicht funktioniert?«

Carla lachte auf. Sie hatte sich nicht zu uns gesetzt, sondern betrachtete die eingerahmten Schwarz-Weiß-Fotografien an den Wänden. »Keine Sorge. Du bist nicht die Einzige, an der das vorbeigegangen ist. Bei Creed ist es auch noch nicht angekommen. Aber vielleicht hat der Sex ihm ja endlich die Augen geöffnet.«

»Carla!« Ich keuchte. »Scheiße, was zum Teufel soll das?«

Summer lächelte wissend. Mehr nicht. Und überraschenderweise sah ich in ihrem Ausdruck keinen Neid oder Eifersucht. Vielleicht ein wenig Bedauern, aber sie war definitiv nicht verletzt. Sie schien wirklich keine Gefühle für Creed zu haben. Und diese Tatsache erleichterte mich so sehr, dass ich ihr am liebsten um den Hals gefallen wäre – *ich,* der Mensch, der absolut nichts für Geknuddel übrighatte. Erst bei Gigi und nun bei ihr. Was geschah nur mit mir?

»Also haken wir das ab.« Summer klatschte in die Hände. »Habt ihr Lust auf Erdbeerbowle? Ich habe heute Morgen welche gemacht.«

Ein erstickter Laut erklang. Jedoch stammte er weder von Summer noch von Carla oder mir. Er kam aus der Tür, gleich angrenzend zum Wohnzimmer.

»Was war das?«, fragte ich.

»Oh. Savy ist hier.« Summer kämpfte sich wieder auf die Beine. »Alles in Ordnung da drin?«, rief sie. Vom Sofa aus konnte man die geschlossene Tür nicht sehen. Nur die Tür zur Küche und die zum Badezimmer. Dann musste der Laut wohl aus Summers Schlafzimmer gekommen sein.

»Ich sehe lächerlich aus!«, erklang Savannahs Stimme, ehe die Tür sich öffnete und Schritte erklangen. »Oh, Gott, ich schaffe das niemals, Summer. Ich sehe aus wie ein Kind, das am Kleiderschrank ihrer Mutter Verkleiden spielt. Sieht das dämlich aus? Das sieht dämlich aus, oder? Ich kann doch nicht –«

Sie verstummte schlagartig, als sie Carla und mich erblickte. Und meine Augenbrauen schossen mindestens so schnell in die Höhe, wie Sav brauchte, um knallrot wie eine Tomate zu werden. Ihre braunen Haare steckten wie immer in einem zerzausten Knoten auf ihrem Kopf, und sie trug ihre filigrane goldene Brille auf der Nase. Jedoch war es das Kleid, das mich verblüffte. Es passte alles andere als zur schüchternen, verspielten Savannah Moore. Es war hauteng, schwarz und besaß einen ziemlich tiefen Ausschnitt, der ein Dekolleté voller Sommersprossen freigab.

»Hi!«, piepste sie. »W-Was macht ihr denn hier?«

»Sie sind spontan gekommen, um sich wegen der Sache auf der Verlobungsfeier zu entschuldigen«, erklärte Summer, stand auf und begann damit, Savannah mit kritischem Blick zu umrunden. »Ich mag es. Du siehst heiß aus. Aber ich glaube, das rote könnte dir noch besser stehen.«

Trotz Savannahs sehr offensichtlicher Scham lächelte sie Carla und mich an und legte sich die Hände auf die Brust. »Ich bin so froh, zu hören, dass alles wieder gut ist.«

»Tut mir leid, was ich gesagt habe«, sagte ich und presste die Lippen zusammen. Nun fehlte nur noch Ella, bei der ich mich entschuldigen musste. Aber vermutlich war sie gar nicht zu Hause. Vermutlich war sie bereits am Flughafen, um Creed, Ches und Maxx abzuholen. Sie mussten jeden Moment landen, wenn ich mich nicht irrte.

»Was wird das, Savy?«, fragte Carla und deutete auf Savannahs Kleid. Das sorgte dafür, dass Savannahs Gesicht eine noch dunklere Färbung bekam und ihre nackten Füße unruhig hin und her tappten. Summer warf Sav einen Arm um die Schulter und drückte sie an sich, was bei ihrem immensen Größenunterschied von Weitem hätte wirken können wie ein Bild von Mutter und Tochter.

»Savy hat ein Date!«, verkündete Summer stolz und hüpfte aufgeregt. »Und zwar noch heute Nacht!«

»*Ay*, na endlich.« Carla grinste breit. »Ich wusste, dass du es irgendwann schaffst, über deinen Schatten zu springen. Wer hat dich gefragt?«

Meine Mundwinkel zuckten. »Ich wette, es war Todrick.«

Carla nickte heftig. »Wenn Mitchell das erfährt, wird er ihn umbringen.«

»Nein!«, quiekte Sav. »Und wieso sollte mein Bruder das tun? Wieso sollte *Todrick* das tun?«

Ich lachte auf. »Weil Todrick fast ein so schlimmer Playboy ist wie Brigham.«

»Wer ist Brigham?«, fragte Summer und legte den Kopf schief.

»Und außerdem«, fuhr Carla fort, »hat auf Austins Party jeder gesehen, dass er dir an die Wäsche wollte. Ihr habt miteinander getanzt. Und dann noch die Sache im Pool.«

»Tatsächlich?«, fragte ich verblüfft. »Das habe ich gar nicht mitbekommen.«

Savannah bedeckte das Gesicht mit den Händen. »Ich kenne Todrick schon mein ganzes Leben, und er würde niemals irgendetwas versuchen!«

Summer hob eine Augenbraue. »So sah es aber nicht aus.«

»Da ist nichts dabei, wirklich. Er hat mich sogar nach Hause gebracht, weil er selbst nichts getrunken hat. Toddy ist ein anständiger

Kerl. Für ihn bin ich wie eine Schwester, und er würde nie versuchen, mich anzubaggern.«

»Ist schon gut, Savy«, sagte Summer, und ich schwieg dazu, auch wenn ich am liebsten angemerkt hätte, was dieser *anständige Kerl* schon so alles im *Dolly House* getrieben hatte.

Dann wandte Summer sich an uns. »Wie auch immer, es ist nicht Todrick. Ehrlich gesagt wissen wir gar nicht, wer da genau kommen wird. Sie hat sich *SuperCrush* heruntergeladen und wird heute Nacht von irgendeinem heißen Kerl flachgelegt, der sein Sixpack als Profilbild hat. Ein *Blind One-Night-Stand!*«

Ich konnte nicht anders und lachte überrascht auf, ehe Carla mit einfiel. *SuperCrush* war eine lokale Dating-App. Die meisten Leute kamen entweder aus der Stadt oder aus einem Umkreis von zwanzig Meilen. Eine Gruppe von weiblichen IT-Studenten hatte sie vor ein paar Jahren erschaffen, und sie waren damit regelrecht in die Geschichte von Fletcher eingegangen, hatten sogar einen Preis dafür gewonnen. Eigentlich war die App aus einer Initiative gegen sexuellen Missbrauch durch Dating-Apps entstanden. Dass sie jedoch so durch die Decke gehen und sich gegen *Tinder* durchsetzen würde, hätte niemand gedacht. An der Fletcher University benutzte so gut wie jeder die App.

»Bitte, was?«, stieß ich grinsend hervor. »Savannah Moore und *SuperCrush?*«

Carla nahm Sav in den Arm und drückte ihr einen Kuss auf die Schläfe. »Wir lachen dich nicht aus, Savy. Es ist einfach so unerwartet. Aber Len hat recht. Wieso zum Teufel diese App?«

Sav lachte nervös auf und blinzelte mehrfach. Die Scham stand ihr ins Gesicht geschrieben. »Na ja. Ich wollte einfach … Ich wollte einfach einen One-Night-Stand haben! Das ist doch kein Verbrechen! Oder? Ich hatte noch nie einen One-Night-Stand und ich bin schon einundzwanzig. Ich möchte einfach nichts verpassen und ich möchte … I-Ich habe keine Lust mehr, Angst zu haben.«

Hastig zog sie sich ihre Brille ab und rieb sich über die Augen. »Ich geh mich besser umziehen.«

Ich bekam erneut ein schlechtes Gewissen, als Savannah mit niedergeschlagener Miene zurück in Summers Schlafzimmer flüchtete und die Tür hinter sich schloss. Dieses Gefühl schien mich in letzter Zeit zu verfolgen, als sei ich verflucht.

»Oh, Mann«, sagte Summer und seufzte schwer. »Mission Selbstliebe scheint gerade ziemlich nach hinten loszugehen. Ich glaube, ich werde Sav ein wenig unter die Arme greifen müssen, bevor sie noch beschließt, das Date heute Abend abzusagen.«

»Wir wollten auch gar nicht lange bleiben«, sagte ich und stand auf. »Ehrlich gesagt muss ich bald zur Arbeit.«

»Okay.« Summer lächelte Carla und mich an. »Danke, dass du gekommen bist, Lenny, das bedeutet mir viel.«

Und so als wüsste sie, dass ich es wirklich nicht zu einer Umarmung kommen lassen wollte, warf sie mir eine Kusshand zu, während Carla und ich zur Tür gingen. »Wir sehen uns doch morgen Abend auf der Willkommensparty für Ches' Bruder?«

Carla nickte. »*Claro.* Wünsch Savy von uns viel Spaß für heute Abend.«

Wir verabschiedeten uns voneinander. Dann verließen Carla und ich Summers Wohnung und liefen zurück zu ihrem Wagen.

Die Sommerhitze vor dem Gebäude war unerträglich.

»Siehst du?«, sagte Carla und entriegelte das Auto. Irgendwo zwitscherten Vögel, und vom Coldwater River drang ein süßlicher, frischer Duft zu uns.

»Was meinst du?«, fragte ich.

»War doch gar nicht so schlimm.«

»Das habe ich auch nicht behauptet, Carly.«

»Du hast dir fast in die Hose gemacht.« Sie grinste hämisch.

Ich verdrehte die Augen und stieg auf der Beifahrerseite ein. »Halt die Klappe.«

Doch auch wenn ich es nicht zugeben wollte, wusste ich, dass Carla recht hatte. Es war mir wirklich schwergefallen. Das alles hier. Die Entschuldigung. Doch ich fühlte mich besser. Erleichterter. Befreiter. Als würde eine Last weniger auf meinen Schultern liegen. Es war ein seltsames Gefühl. Es war so verwoben mit Widerwillen, dass ich es kaum als eine positive Empfindung verbuchen konnte. Doch es war eine. Und zum ersten Mal seit sehr langer Zeit … war ich irgendwie stolz auf mich. Auch wenn das nur der Anfang gewesen war. Eine Probe.

Creed würde der Nächste sein, morgen auf Maxx' Willkommensparty. Das schwor ich mir selbst. Ich würde nicht den Schwanz einziehen. Ich würde über meinen Schatten springen und mit ihm reden. Über alles. Über uns.

Creed würde mein Endgegner sein.

KAPITEL 32

CREED

Ich starrte wieder auf mein Handy. Diesmal war ich wenigstens so weit, dass ich nicht mehr versuchte, meine Nachricht im Chat zu verfassen. Ich war auf das Notizicon übergegangen. Aber bisher bestand die Nachricht noch immer aus genau zwei Wörtern. Seit gut vier Stunden.

Hey, Lenny,

Das war's. Mehr gab es nicht. Wieso fiel es mir so schwer, die richtigen Worte zu finden? Ich fand ja nicht einmal die falschen. Nein, vielleicht stimmte das auch nicht so ganz. Ich könnte schließlich schreiben:

Hey, Lenny,
weißt du noch, als wir betrunken Sex hatten? Wir sollten das noch mal machen. Aber davor sollten wir essen gehen und reden und so was.

Sehr elegant. Oder aber ich könnte schreiben:

Hey, Lenny,
sorry, dass wir Sex hatten und ich danach abgehauen bin. Es lag nicht an dir, und der Sex war auch gut, glaube ich.

(*Glaube ich?* Wieso sollte ich das schreiben?)

Gehst du mit mir aus?

Das war nicht mein Favorit. Es kam nicht mal in die engere Auswahl. Die beste Nachricht wäre wohl gewesen:

Hey, Lenny,
ich bin total in dich verknallt. Hätte ich dir schon früher sagen sollen. Wir sollten reden und essen gehen. Hab ich übrigens schon erwähnt, dass du fantastisch küsst und wirklich gut riechst? Letzteres weiß ich natürlich schon länger, und ich –

Seufzend rieb ich mir über die Stirn. Noch immer standen dort auf meinem Handy nur die beiden Worte: *Hey, Lenny.*

Ich hätte nicht abhauen dürfen. Ich hätte schon viel früher die Eier in der Hose haben und ehrlich mit ihr sein sollen.

Ich sank tiefer in Ellas mintgrünes Sofa und starrte aus dem Fenster. Ellas neue Wohnung war größer als die alte, und ein paar Möbel hatten den Umzug sogar überstanden, obwohl das Sofa nach dem Einbruch und allem im letzten Jahr einen neuen Bezug verpasst bekommen hatte. Auch die Haustür sah ähnlich aus wie in ihrer letzten Wohnung – nur dass mindestens zwei weitere Schlösser hinzugekommen waren. Ich wusste, dass es die stille Alarmanlage auch noch gab und dass irgendwo eine kleine Sicherheitskamera auf die Wohnungstür gerichtet war, die jede Nacht eingeschaltet wurde. *Fort Knox.* Vor allem jetzt im Sommer, wo unten im Haus die Tür oft offen stand, war Ellas Paranoia stärker geworden. Hoffentlich würde ich als Polizist Menschen wie ihr genug Sicherheit vermitteln, damit auf solche Maßnahmen verzichtet werden konnte.

Du hast es bald geschafft. Noch einen Monat, und die Ausbildung beginnt. Vier mickrige Wochen. Dann bist du Rekrut.

»Spielst du schon wieder Candy Crush?«

Ich blickte auf, da meine Augen natürlich zurück zu meinem Handy gekehrt waren. Ella balancierte zwei volle Papiertüten auf dem Arm, während sie die Wohnung durch die offen stehende Tür betrat und sie hinter sich mit dem Fuß zuschob. Sie stellte die Tüten auf der Kücheninsel ab. »Du tippst doch bestimmt seit Stunden auf dem Ding herum.«

»Schon wieder?«, fragte Ches von der Küchenzeile aus und hob die Augenbrauen. Er war gerade dabei, Bier für später kalt zu stellen. »Und ich dachte, du hast die Sucht überwunden.«

Hastig steckte ich mein Telefon weg. »Leute, ich spiele kein Candy Crush mehr. Ich habe nur versucht, Lenny eine Nachricht zu schicken.«

»Uh«, erklang es neben mir. »Lenny also. Ist sie nicht deine beste Freundin oder so?«

Ich drehte den Kopf zur Seite und sah zu Maxx, der breitbeinig und tief eingesunken neben mir saß. Seine Augen wirkten erheitert und neugierig, als sie meinen Blick erwiderten. Die Schatten unter ihnen zeugten jedoch von einer tiefen Erschöpfung, was vermutlich an den letzten Tagen und seiner Entlassung lag.

Er ist hier. In Fletcher.

Ich konnte noch immer nicht glauben, dass er tatsächlich bei uns war. Er sah so vertraut aus und zugleich so anders. Besonders die Tattoos auf seinen Armen.

Mein Mundwinkel zuckte nach oben. »Ja. So ungefähr.«

»Oh, Mann«, sagte Ella. »Wieso rufst du sie nicht einfach an?«

»So einfach ist das nicht. Außerdem sehe ich sie später sowieso.«

»Du hättest sie aber auch schon in den letzten Tagen anrufen können, wenn es dich so beschäftigt.«

»Ich möchte persönlich mit ihr sprechen. Nicht am Telefon. Und ich habe Zeit zum Nachdenken gebraucht.« Nicht dass mir diese Zeit, oder das Nachdenken, irgendeinen Nutzen gebracht hatte.

Ella seufzte. »Na schön. Mein Angebot steht noch. Wenn du darüber reden willst, was passiert ist, meine ich.«

»Na ja«, sagte ich, klatschte in die Hände und stand auf. »Was soll's. Ich muss ihr nicht schreiben. Jetzt helfe ich erst mal noch ein wenig bei den Vorbereitungen.«

Ches schnaubte. »Welche Vorbereitungen? Wir haben alles hier, was wir brauchen, und es wird nicht gerade eine richtige Party.«

»Hey, für mich schon!«, sagte Maxx. »Ich weiß nicht, wann ich mich zuletzt so sehr auf Nachos und Brettspiele gefreut habe.«

Ella erstarrte. »Oh, mein Gott. Nachos. Ich hab keine Nachos gekauft.«

Maxx machte eine wegwerfende Handbewegung. »Ist überhaupt kein –«

»Savy«, sagte Ella, ohne auf seine Worte zu achten, und schnappte nach Luft. »Wenn wir Glück haben, ist sie noch einkaufen. Sie kann welche mitbringen!«

»Mach dir keine Umstände, Ella.« Mit einem Mal wirkte Maxx verlegen, was ich schon lange nicht mehr bei ihm gesehen hatte. Andererseits war es auch schon lange her, dass wir uns überhaupt unter normalen Umständen gesehen hatten. »So wichtig sind mir Nachos nicht. Chips tun es auch, und von denen haben wir verdammt viele hier.«

Ella wirkte so gestresst, als wäre sie zu einer wichtigen Prüfung nur in Unterwäsche aufgetaucht. Sie presste die Lippen zusammen und nickte. Die eben noch so amüsierte, unbekümmerte Miene war wie weggeblasen. »Okay«, sagte sie und räusperte sich hastig. »Okay. Tut mir leid.«

Mein Blick wanderte besorgt zu Ches. Er zuckte jedoch nur hilflos mit den Schultern. Ich fragte mich, woran es lag. An Maxx? Was es auch war, sie war so nervös, dass es sogar mich nervös machte. Und ich war so gut wie nie …

Okay, das stimmte nicht. Ich war in letzter Zeit ziemlich oft nervös. Erst wegen des Umschlags der Police Academy, dann wegen Daisy und schließlich wegen Lenny. Immer wieder wegen Lenny.

Maxx streckte sich und stand ebenfalls auf. »Ich gehe mal vor die Tür. Frische Luft schnappen.«

Ches gab ein Brummen von sich und verzog das Gesicht. »Du willst doch nur wieder rauchen.«

Ich konnte mir einen Kommentar ebenfalls nicht verkneifen und schüttelte stirnrunzelnd den Kopf. »Ich kann immer noch nicht glauben, dass du mit dem Mist angefangen hast, Mann.«

Maxx grinste schelmisch und hob die Schultern. »Der Knast ist schuld. Da waren Zigaretten das wertvollste Gut. Aber wenigstens ist nur das an mir hängen geblieben, da waren nämlich noch ein paar viel schlimmere Dinge im Umlauf.«

Wie jedes Mal, wenn Maxx so nebensächlich über das Gefängnis sprach, spürte ich, wie ich mich verspannte, und sah fast zeitgleich, wie Ches zusammenzuckte. Maxx schien es jedoch nicht zu bemerken. Er begann zu pfeifen, holte ein rotes, kleines Päckchen aus seiner Hosentasche und verließ schlendernd die Wohnung.

Als die Tür hinter ihm zufiel, hörte ich Ches leise fluchen.

Mit gerunzelter Stirn drehte ich mich zu ihm um. »Was ist?«

»Er sollte diesen Scheiß nicht machen! Ich fasse es immer noch nicht!« Mit finsterer Miene stopfte er Verpackungsmüll in den Mülleimer. »Es stinkt und ist ungesund und macht gelbe Zähne.«

»Du hast nicht unrecht«, stimmte ich ihm zu und verschränkte die Arme vor der Brust. »Sicher, dass du wirklich deshalb wütend bist?«

Er wischte die Arbeitsfläche mit einem Lappen ab und sah mich nicht an. »Ich will jetzt nicht darüber reden, Creed. Wir wissen beide, was er gestern gesagt hat. Und vermutlich hat er sogar recht. Aber gerade will ich nicht darüber nachdenken.«

Ich lehnte mich gegen die kleine Kücheninsel und nickte. Bevor Maxx am vergangenen Abend aufgebrochen war, um alleine einen draufzumachen – und das an seinem ersten Abend in der Stadt –, waren nicht gerade schöne Worte gefallen. Ich betete, dass er und Ches einen Weg finden würden, sich zusammenzuraufen. Es war alles nicht gerade einfach. Ganz besonders unser Besuch in Maine war dieses Mal anstrengend gewesen.

»Ist gut, Großer«, sagte ich, öffnete den Kühlschrank und stibitzte mir eine der Sandwichecken, die Ella für später gemacht hatte. Dann setzte ich mich wieder und klinkte mich aus. Masochistisch, wie ich war, ging ich wieder dazu über, auf mein Handy zu starren. Diesmal jedoch wollte ich es kurz und schmerzlos machen. Lenny und Carla würden in der nächsten Stunde hier eintrudeln. Ich sollte endlich loswerden, was ich loswerden wollte. Also schrieb ich ihr:

Hey, Lenny,
wir sollten reden.

Die Stimmung später am Abend war ausgelassen. Selbst Vince und Todrick waren gekommen, um Maxx kennenzulernen, und hatten für seine Willkommensparty Getränke mitgebracht. Es war seltsam, eine Willkommensparty für jemanden an einem Ort zu geben, wo ihn niemand kannte. Doch Maxx machte nicht den Anschein, als würde er sich unwohl fühlen. Genauer gesagt, kam er prima mit allen aus. Ich freute mich ehrlich für ihn. Dies war sein Abend, und ich war froh, dass er ihn genießen konnte.

In der Sekunde jedoch, als Lenny und Carla die Wohnung betreten hatten … war mir das Herz für ein paar Sekunden in die Hose gerutscht.

Vermutlich war niemandem entgangen, dass Lenny mich nach wie vor wie Luft behandelte. Und ich konnte es ihr nicht einmal verübeln. Ich schaffte es jedoch einfach nicht, die Augen von ihr zu nehmen. Und diesmal zwang ich mich nicht, es sein zu lassen. Ich war es leid.

»Hey, wo ist eigentlich Sav?«, fragte Summer, was mich aus meiner Starre riss. Sie tippte auf ihrem Handy herum und saß zwischen Mitchell und Ella auf dem Sofa. »Sie kommt nie zu spät.«

»Das ist meine Schuld«, sagte Ella und lächelte verlegen. »Ich habe sie gebeten, mir noch etwas vom Einkaufen mitzubringen.«

Maxx, der neben mir auf dem Teppich saß und gerade dabei war, die Verpackung von *Trivial Pursuit* zu öffnen, blickte auf und warf Ella ein schiefes Lächeln zu. »Ernsthaft?«

Ella wurde rot. »Ich konnte mich nicht zurückhalten.«

»Danke«, sagte er und grinste sie an.

Wir hatten uns allesamt ins Wohnzimmer gequetscht, saßen verteilt auf dem Sofa, auf dem Boden oder auf Sitzkissen. Vor uns lagen unordentliche Stapel Karten und ein paar Kartons mit Gesellschaftsspielen. Abgesehen davon hatte Summer bereits Platz gemacht, da jeden Moment die bestellten Pizzen ankommen würden. Im Hintergrund lief Musik, es wurde wild durcheinandergeredet und gelacht. Es war schön zu sehen, dass Maxx nicht weniger selbstbewusst war als früher. Er schien sich nahtlos in die Gruppe zu integrieren.

Nur Lenny saß nicht bei uns. Sie stand an der Küchenzeile, die Arme um sich geschlungen, und nippte immer wieder an ihrer Wasserflasche, als sei es so was wie ihr Rettungsanker. Mir war außerdem nicht entgangen, was sie trug – nicht dass mir je etwas an ihr entgehen würde. Aber sie trug Bluejeans. Von ihrer losen schwarzen Kleidung keine Spur. Die Jeans war eng, betonte ihre Beine, ihre

Kurven und saß so perfekt, dass ich eigentlich keine andere Wahl hatte, als immer wieder hinzustarren. Das war jedoch nicht alles. Sie trug außerdem ein Shirt. Es war zwar locker an ihren Schultern, jedoch versank sie nicht darin. Und es war nicht schwarz. Ihr Haar steckte auch nicht wie sonst in einem ihrer typischen strengen Knoten, sondern war zu einem Zopf geflochten, der ihr den Rücken hinunterfiel.

Plötzlich richteten sich ihre Augen auf mich, fast so, als hätte sie nur einen verstohlenen Blick wagen wollen. Doch so kurz er auch währte – er traf direkt auf meinen. Und er ging mir durch Mark und Knochen.

Ruhig bleiben.

Ich kämpfte mich vom Boden auf und lief um die Kücheninsel herum, um neben sie zu treten.

»Hey«, sagte ich leise.

Schweigend standen wir ein paar Augenblicke so da. Man hätte meinen können, wir würden einfach nur den Gesprächen oder der Musik lauschen – doch zum einen war es Taylor Swift, und zum anderen nahm ich es kaum wahr. Jede Faser in mir war auf das Mädchen neben mir gerichtet. Und ich war es dermaßen leid, dieses Gefühl zu unterdrücken. Ich wollte genau spüren, was es mit mir machte, wenn sie nichts weiter tat, als einfach nur neben mir zu stehen. Ich wollte alles. Ich wollte Lenny.

»Hast du meine Nachricht bekommen?«, fragte ich, fast noch leiser als zuvor. Ich musste mich jedoch nicht fragen, ob sie mich überhaupt gehört hatte, denn sie zuckte zusammen, als hätte ich sie angeschrien. Ihr Blick klebte auf der Wasserflasche, an deren Etikett sie herumspielte.

»Jepp«, erwiderte sie mit überraschend fester Stimme.

»Len«, sagte ich sanft und legte eine Hand neben sie auf die Küchentheke. »Kannst du mich wenigstens ansehen, während du mit mir sprichst?«

Fast machte sie den Eindruck, als würde sie, jetzt, da ich sie darum gebeten hatte, es erst recht nicht tun. Doch sie hob ihren Kopf und und richtete ihre grauen Augen auf meine.

Der plötzliche Ausdruck von Härte und Schmerz auf ihrem Gesicht sorgte dafür, dass meine Brust eng wurde.

Wie auch immer das hier enden mochte, ich wollte endlich ehrlich zu ihr sein. Nach all den Jahren wollte ich nicht mehr länger vor ihr verheimlichen, was ich fühlte. Ich wollte es nicht mehr leugnen. Und ich war bereit, ihr mehr als deutlich zu zeigen, wie sehr ich sie wollte.

Ich sammelte meinen Mut und trat näher an sie heran. »Es tut mir leid, Lenny. Alles. Aber vor allem tut es mir leid, dass ich …« –

»Du musst dich nicht entschuldigen, Creed«, fiel sie mir ins Wort. Verstohlen wanderte ihr Blick durch den Raum, zu unseren Freunden. Dann wandte sie sich wieder mir zu. »Wenn sich jemand entschuldigen muss, dann bin ich das. Ich hätte mich dir nicht an den Hals werfen sollen. Ich war betrunken und hatte Lust auf Sex, und es war ein riesiger Fehler, dass ausgerechnet wir beide … wir beide miteinander im Bett gelandet sind.«

Ich öffnete den Mund, dann schloss ich ihn wieder. Sie hielt meinem Blick stand, presste die Lippen zusammen und … zog die Nase kraus.

Ein Schnauben entfuhr mir. Ich streckte die Hand aus und drückte einen Finger auf ihre Nasenspitze. »Beinahe hätte ich es dir abgekauft. Bup.«

Verblüfft blinzelte sie, was ihre eiserne Maske ziemlich verrutschen ließ. »I-Ich … Was?«

»Und jetzt erst recht. Du bist eine miserable Lügnerin, weißt du das?« Auch wenn ihre Worte wie ein Schlag ins Gesicht waren, fühlte ich plötzlich, wie sich mein Puls beschleunigte. Ich kannte Lenny. Und ich wusste, wie sie aussah, wenn sie sich ertappt fühlte – zumindest glaubte ich, das zu wissen.

Als sie schließlich rote Wangen bekam, verblasste mein triumphierendes Lächeln, und mein Herz zog sich zusammen.

Allmählich wurde mir erst bewusst, was es überhaupt bedeutete. Sie hatte gelogen.

Langsam trat ich noch näher vor sie, wobei ich meinen Puls rasen fühlte. »Also noch mal, Lenny James«, sagte ich leise. »Wie war gleich deine Entschuldigung?«

Sie verzog das Gesicht – eine Reaktion, die ich gut von ihr kannte. Doch bevor sie einen ihrer Verteidigungsmechanismen auffahren konnte, nutzte ich den Moment, um ihr die Flasche aus der Hand zu nehmen, sie auf der Küchentheke abzustellen und mich vor ihr aufzubauen, sodass ich das Wohnzimmer im Rücken hatte. Damit wir zumindest so tun konnten, als wären wir für uns allein.

»Es tut mir leid, Len«, wiederholte ich sanft. Ich hoffte so sehr, dass sie sehen konnte, wie ernst ich es meinte. »Und damit meine ich nicht, dass wir miteinander geschlafen haben. Ich rede davon, dass ich einfach abgehauen bin, ohne ein Wort zu sagen. Das war total daneben und arschig, und ich hätte es als dein bester Freund erst recht nicht tun sollen.« Ohne darüber nachzudenken, hob ich die Hand und strich ihr eine Haarsträhne hinter das Ohr. »Es tut mir leid, wenn ich den Eindruck vermittelt hatte, dass zwischen Summer und mir etwas laufen würde, und es deshalb zum Streit zwischen euch kam. Und es tut mir leid, dass ich … dass ich …« *Verflucht.* Meine Stimme versagte. Wieso zum Teufel, schaffte ich es einfach nicht, die Worte auszusprechen?

Ich stieß hart den Atem aus, dabei entging mir jedoch nicht, wie Lenny schluckte. Erst da bemerkte ich, dass ich meine Hand nicht wieder gesenkt hatte. Meine Finger waren weiter, bis zu ihrem Hals gewandert. Und dort liegen geblieben. Etwas, das ich nie zuvor gewagt hatte.

Lenny schien es ebenfalls die Sprache verschlagen zu haben – was auch immer sie hatte sagen wollen, aus ihren Lippen drang kein Laut. Sie starrte mich einfach nur mit großen Augen an. Das konnte ich mir unmöglich einbilden. Da war etwas. Zwischen uns.

»Lenny …«, sagte ich leise. »Es tut mir wirklich leid. Und ich hoffe, dass du meine Entschuldigung annimmst.«

Ich hatte gar nicht gemerkt, dass ich mich weiter zu ihr nach unten gebeugt hatte. Doch das hatte ich. Unsere Gesichter waren sich plötzlich gefährlich nahe, und die Luft um uns herum schien zu knistern. Ich sehnte mich so sehr danach, sie zu küssen, dass es beinahe körperlich wehtat.

Fast hätte ich damit gerechnet, dass sie mir nicht mehr antworten würde, da öffnete sie ihren hübschen, einladenden Mund.

»Okay.«

»Okay?«, wiederholte ich verblüfft und blinzelte sie an.

Sie nickte. »Ich nehme deine Entschuldigung an. Und mir tut es auch leid, Creed. Auch das, was ich gesagt habe.«

»Gehen wir was essen.«

Nun war sie es, die irritiert blinzelte. »Jetzt?«

Ein Lächeln machte sich auf meinen Lippen breit, klein und nervös, so wie der gesamte Rest meines Körpers. »Nein. Ich meine, geh mal mit mir essen. Lass uns reden. Die ganze Nacht. Und essen. Essen und reden. Reden und essen. Und …«

»Essen?«, beendete sie meinen Satz und hob eine Augenbraue. Dann jedoch weiteten sich ihre Augen, so als hätte ich sie geradewegs kalt erwischt. »Ein … Date?«

Ich lächelte, auch wenn mein Mund staubtrocken war. Gott, was machte ich hier? Ein Teil von mir schrie lauthals *Rückzug! Rückzug!* Doch ich versuchte, diesen Teil zu ignorieren. Diesmal musste ich ins kalte Wasser springen. Ich musste.

»Geh mit mir aus. Lass uns einfach nur essen gehen und reden. Dann können wir was essen und einfach etwas …« Ich verdrehte die Augen. Gott, war ich ein Idiot. Wie oft wollte ich das noch sagen? »Wir könnten auch einfach Burger beim Drive-in holen und danach durch die Gegend fahren.«

Mit angehaltenem Atem wartete ich auf ihre Reaktion. Jede Sekunde kam mir vor wie eine Ewigkeit. So lange dauerte es, bis Lenny reagierte. Und dann … dann tat sie etwas, was mir die Sprache verschlug.

Sie lächelte. Und vielleicht bildete ich es mir nur ein, doch ich glaubte zu spüren, dass sie sich ebenfalls zu mir lehnte. »Und das soll ein Date sein, Parker?«

Und bevor ich meinen Mund daran hindern konnte, sagte er: »Unser erstes Date ist doch genauso gelaufen. In meinem Auto mit Unmengen an Junkfood.«

Lennys Miene entgleiste. »Das war doch kein … ich meine, wir haben nicht … Was …?«

Am liebsten hätte ich mir die Hand vor die Stirn geschlagen.

»War es nicht!«, sage ich hastig, auch wenn meine Brust sich dabei zusammenzog. Ich biss die Zähne zusammen. »Vergiss, was ich gesagt habe. Das war kein Date. Natürlich nicht. Ich ... Ach verdammt. Vielleicht sollten wir nicht hier und jetzt darüber reden.«

Auch wenn meine Aufmerksamkeit allein ihr galt, war mir noch immer durchaus bewusst, dass hinter mir die anderen saßen. Und die Musik war zwar laut, aber so laut nun auch wieder nicht. Hoffentlich wirkte mein Blick nicht so flehend und verzweifelt, wie er sich anfühlte. »Also noch mal ein neuer Versuch. Geh mit mir auf ein Date, Lenny James. Morgen Abend zum Beispiel.«

»Hoppla, Sorry!«

Ich fuhr zusammen, als sich ein Körper zwischen meinem Rücken und der Kücheninsel hindurchdrängte. »Redet ruhig weiter. Ich will euch gar nicht stören und hole mir nur ein paar Streichhölzer.« Maxx grinste Lenny und mich spitzbübisch an.

In dem Moment klopfte es wie wild an der Wohnungstür.

Ella sprang auf, öffnete sie und –

»Es tut mir so unendlich leid!« Savannah stürmte atemlos ins Apartment. »Die Schlangen im Supermarkt waren total lang, und dann stand ich ewig an dieser Ampel, und dann hat mich auch noch meine Mom angerufen! Bitte entschuldige, ich komme sonst nie zu spät!« Sie fiel Ella um den Hals, trotz der vollen Einkaufstüte, die sie auf dem Arm hielt. »Ich habe auch noch Orangen mitgebracht, damit Summer wieder diesen leckeren Cocktail machen kann!« Sie lächelte schwer atmend. Ihre Brille saß schief, genauso wie die Träger ihres Latzhosenkleides, und der Knoten auf ihrem Kopf wirkte noch zerzauster als sonst.

Ella grinste ihre Freundin an. »Danke. Oh, und bevor du ihn verpasst, weil er schon wieder ›frische Luft schnappen gehen möchte‹, das ist Chesters Bruder. Maxx.«

Ella deutete auf Maxx, der sich gerade eine Zigarette hinter das Ohr geklemmt hatte und in Richtung Tür laufen wollte. Savannahs Blick richtete sich auf ihn, in der Sekunde, als Maxx stehen blieb. Dann weiteten sich ihre Augen. Die Papiertüte landete mit einem dumpfen Geräusch auf dem Boden, und Orangen rollten über die Dielen.

»Fuck«, sagte Maxx, genau in dem Moment, als ein Song endete und für ein paar Sekunden Stille einkehrte. Ich runzelte die Stirn, als ich sah, wie er und Savannah sich anstarrten. Sav sah aus, als würde sie jeden Moment umkippen, so blass wurde sie. Dann, wenige Augenblicke später, wurde sie knallrot im Gesicht. »I-Ich …«

»Ich mach das.« Maxx bückte sich und hob die heruntergefallene Tüte auf. Ella half ihm dabei, die Orangen einzusammeln. Doch Savannah bewegte sich nicht vom Fleck.

»Alles in Ordnung, Savy?«, fragte Mitchell besorgt.

»Soll ich die Tüte in die Küche stellen?«, frage Maxx, was Ella eilig bejahte. Mit überraschend angespannter Miene stellte er die Einkäufe auf der Theke neben Lenny und mir ab und drehte sich wieder um – und diesmal erkannte ich Schock auf seinem Gesicht.

Dann plötzlich weiteten sich Ellas Augen, während die Anzahl der Fragezeichen in meinem Kopf nur weiter zunahm. Ihr Mund klappte in der Sekunde auf, als Summer lauthals sagte: »Heilige Scheiße!«

Und wie ein Schuss in einer schmalen Gasse schien das irgendetwas in Savannah ausgelöst zu haben. Mit einem Mal wirbelte sie herum und rannte aus der Wohnung.

Und was mich noch viel mehr irritierte, war, dass nicht Ella oder Summer ihr hinterherstürmten.

Sondern Maxx. Was zum Teufel passierte hier gerade?

Die Tür fiel hinter ihnen ins Schloss. Und in der ganzen Wohnung kehrte verwirrtes Schweigen ein. Nein, ehrlich gesagt war ich mir nicht sicher, ob das stimmte. Denn zumindest Ella, Summer und Carla machten den Anschein, als wüssten sie genau, was da gerade passiert war. Und als ich Lenny einen Blick zuwarf, wirkte sie ebenfalls nicht verwirrt. Oder doch? Ich konnte es nicht genau sagen.

»Äh«, sagte ich und kratzte mich am Kopf, »sollten wir darüber reden?«

»No«, sagte Carla sofort und langte ziemlich energisch in eine Schüssel mit Chips. »Wollen wir Twister spielen?«

»Was zum Teufel war das eben?«, fragte Ches. Seine Augenbrauen zogen sich zusammen, als Ella den Kopf zu schütteln begann. »Du, äh, weißt doch, dass Sav nicht gut mit fremden Männern kann.«

Nun mischte sich auch Mitchell ein. »Für mich hat es irgendwie den Anschein gemacht –«

»*Twister!*«, schrie Summer und strahlte in die Runde, auch wenn es ein wenig überdreht aussah. »Oh ja, Carly, das ist eine geniale Idee! Spielen wir Twister!«

Ein gequälter Laut entfuhr mir sowie auch Lenny, als Summer plötzlich ziemlich laut einen koreanisch klingenden Popsong aufdrehte.

Ich wandte mich wieder an Lenny, die gerade einen Blick auf die Wanduhr geworfen hatte.

»Verflucht. Ich muss zur Arbeit.«

»Jetzt schon?«

»Tut mir leid«, sagte sie und warf mir einen entschuldigenden und irgendwie nervösen Blick zu.

Ich lächelte schief. »Denk an morgen Abend. Ich hole dich um sieben ab.«

»Äh, klar. Morgen Abend. Sieben Uhr.«

Ich nickte. »Ganz genau.« Einen Moment lang schwiegen wir uns an, so als wüsste keiner von uns, wie wir uns jetzt verhalten sollten. Wie wir uns verabschieden sollten. Und irgendwie ließ mich diese seltsam neue, plötzliche Verlegenheit auflachen.

Lenny fischte ihre Autoschlüssel aus der Hosentasche und beeilte sich, sich von den anderen zu verabschieden.

Ella schnappte sich Summers Telefon und drehte die Musik leiser. »Du willst schon gehen, Lenny? Aber der Abend hat doch gerade erst angefangen, und die Pizza ist noch nicht da.« Sie machte ein enttäuschtes Gesicht.

Lenny lächelte, doch es wirkte nervös. »Tut mir leid, die Arbeit ruft.«

Summer verdrehte die Augen. »Lenny wieder und ihr mysteriöser Job.«

»Diesmal hab ich's«, sagte Ella und klatschte in die Hände. »Der Hubschrauber landet gleich, und du musst los, um einen Banküberfall zu verhindern.«

Lenny schnaubte belustigt. »Creed ist der werdende Polizist, ich nicht.«

»Vielleicht ist sie ja diejenige, die Banken ausraubt, und wird irgendwann Creeds Erzfeindin«, überlegte Mitchell laut. »Das wäre irgendwie cool. Und echt guter Stoff für eine Graphic Novel.«

Todrick schüttelte den Kopf und grinste breit. »Es ist irgendetwas ultralangweiliges, und Lenny macht nur ein Geheimnis darum, weil es so banal ist. Es ist der Tankstellenjob, oder? Tellerwäscherin? Reinigst du Kinos?«

»Wisst ihr noch, als Savy früher unbedingt im Kino in der Mall arbeiten wollte?«, fragte Summer lächelnd. »Schade, dass sie sich nie beworben hat.«

»Ich werde jetzt trotzdem gehen«, sagte Lenny, verdrehte die Augen und lief zur Tür. »Viel Spaß noch beim Herumrätseln. Habt einen schönen Abend.« Sie hob die Hand zum Abschied. Dann landete ihr Blick ein letztes Mal auf mir, und ihr Lächeln wurde gehemmter, vorsichtiger, was mein Herz instinktiv stottern ließ. Das Gefühl konnte mich jedoch nicht trügen.

Schließlich öffnete sie die Haustür und war Augenblicke später fort.

»Wo bleiben Sav und Maxx?«, hörte ich Mitchell fragen, doch seine Stimme kam mir seltsam fern vor. Ich rieb mir mit den Händen über das Gesicht, schnappte mir Lennys Wasserflasche und trank sie in einem Zug aus.

»Ganz schön durstig.«

Ich wischte mir mit dem Handrücken über den Mund und drehte mich um. Ella stellte eine leere Schüssel zwischen uns auf der Küchentheke ab und schnappte sich eine Tüte Erdnussflips, um den Inhalt hineinzuschütten.

Ich lächelte schief, blickte auf die leere Flasche und stellte sie ab. »Vielleicht ein klein wenig.«

»Alles okay zwischen Lenny und dir?«

Ich zuckte mit den Schultern. »Ich weiß selber nicht so genau. Aber ich habe sie gefragt, ob sie mit mir ausgeht.«

Ella schnappte nach Luft. »Was? Oh, endlich! Creed, das ist toll!«

Ich lachte kurz auf. Nach den Reaktionen der Jungs im *Leo's* wunderte es mich kaum, dass Ella nicht allzu verblüfft wirkte. Ich blickte auf meine Füße und stieß den Atem aus. »Tu mir nur bitte den

Gefallen und sag den anderen noch nichts davon. Ich möchte nicht, dass Lenny es mitbekommt.«

Ella grinste. »Ha! Nichts leichter als das. Du kennst mich doch, Geheimnisse sind bei mir sicher.«

Ich hob eine Augenbraue. »Na ja. Das Geheimnis um meine Ausbildung war bei dir keine drei Tage sicher.«

Sie runzelte die Stirn. »Was redest du da? Natürlich war es das, ich habe keiner Menschenseele davon erzählt.«

»Doch. Lenny. Du hast es ihr geschrieben«, widersprach ich und spürte, wie mein Herz schwer wurde. Konnte sie sich vielleicht einfach nicht mehr dran erinnern?

Nun erschien eine Falte zwischen Ellas Augenbrauen. »Creed, das ist mein Ernst. Ich schwör's dir, ich habe nicht ein Wort darüber verloren und ganz bestimmt nicht gegenüber Lenny. Du hast Ches und mir doch erzählt, dass du sie mit den Neuigkeiten überraschen wolltest, wieso hätten wir dir das kaputt machen sollen?«

Jetzt war ich gänzlich verwirrt. »Aber woher konnte sie es dann wissen? Sie wusste davon, bevor ich es ihr erzählt habe. Die einzigen Menschen, die vor Lenny davon wussten, waren du und Chester.«

»Bist du dir sicher? Vielleicht hast du es ja doch noch jemandem erzählt.«

Ich schnaubte. »Nein, ganz sicher nicht, ich …« Meine Stimme versagte. Dann verblasste mein Lächeln.

Doch. Ich hatte es noch jemandem erzählt. Ich hatte es Daisy erzählt, gleich an dem Abend, als wir aus Maine zurückgekommen waren. Aber Daisy und Lenny konnten sich unmöglich kennen. Daisy war Tänzerin eines Nachtclubs und Lenny – ich blinzelte. Lenny hatte getanzt. Ihre gesamte Kindheit über.

Das ist lächerlich. Nur ein blöder Zufall.

Plötzlich spürte ich, wie mein Puls schneller wurde. Nein, sie waren so unterschiedlich. Und ich war nicht blind. Ich hätte ja wohl gemerkt, wenn Lenny …

Oder nicht? War es wirklich so lächerlich? Lenny sprach nicht über ihren Job, das wusste jeder. Niemand wusste, was sie trieb, sodass es sogar zu einer Art Running Gag geworden war, darüber zu rätseln.

Und Daisy … Daisy machte ein Geheimnis aus ihrem Privatleben, war bekannt für ihre schwarze Maske, die ihr Gesicht bedeckte. Sie beide tanzten – oder hatten das einmal getan. Als wir hinter dem Club gewesen waren, hatte sie fast panisch ihr Gesicht vor mir verborgen, so wie auch nach unserem Tanz …

Nein. Das war unmöglich. Definitiv. Allein die Vorstellung war verrückt.

»Creed? Wo gehst du hin?«

Erst als Ches mir die Worte hinterherrief, wurde mir bewusst, dass ich meine Autoschlüssel in der Hand hielt und die Wohnungstür geöffnet hatte.

Blinzelnd drehte ich mich um. Fragende Blicke waren auf mich gerichtet.

Ich schluckte, auch wenn es durch den Kloß in meinem Hals kaum möglich schien. »Ich muss etwas überprüfen.«

Und noch bevor jemand etwas dazu sagen konnte, war ich auch schon in den Flur getreten und schloss die Tür hinter mir.

Ein Lachen entfuhr mir, als ich die Treppenstufen hinuntertrabte. Es war absolut hirnrissig. Vermutlich würde ich später lauthals über mich selbst lachen. Doch eine Sache trieb mich trotz dieser Gedanken unerbittlich voran. Es war mein Bauchgefühl.

Und für gewöhnlich täuschte es mich nie.

KAPITEL 33

DAISY

Ich parkte meinen Wagen zwei Querstraßen vom Hintereingang des *Dolly House* entfernt, wie immer. Mein kurzer Abstecher nach Hause hatte länger gedauert als geplant. Und trotzdem fühlte ich mich nicht weniger aufgekratzt als in dem Moment, als ich Ellas Wohnung verlassen hatte.

Ich zerrte die Sporttasche aus dem Fußraum des Beifahrersitzes, holte meine blonde Perücke heraus und setzte sie auf, nur für den Fall der Fälle – wie immer. Die Sonne war längst untergegangen, und die schummrigen Straßenlaternen lockten Schwärme aus Motten und kleinen Fliegen an. In diesem Teil von Fletcher waren die Bürgersteige alt, schmal und voller Schlaglöcher.

Als ich in die kleine Straße abbog, die mich zum Hinterausgang des *Dolly House* führte, wurde es dunkel. Sie war nur kurz und gesäumt von Gebäuderückseiten, weshalb es hier stockfinster war.

Ich positionierte den Gurt meiner Tasche neu und zog meinen Zip-Hoodie enger um mich. Noch immer hätte ich mich dafür ohrfeigen können, einfach gegangen zu sein, doch ich konnte nicht denken. Meine Gedanken spielten verrückt. Ich brauchte eine kleine Atempause, um mich zu sortieren, und dann würde ich meinen Mut wieder zusammenkratzen. Ein Date. Creed wollte mit mir auf ein Date gehen! Mit mir!

Lächelnd bog in den Hinterhof des Clubs und biss mir auf die Lippe. Gerade als ich in meiner Hosentasche nach dem Schlüssel für die Hintertür fischte, ließ ein Geräusch mich erstarren.

Ich versteifte mich. Verdammt, ich hatte mein Pfefferspray nicht griffbereit.

Schritte erklangen in der Dunkelheit. Und als plötzlich eine Gestalt vor mir auftauchte, die, je näher sie kam, immer vertrauter wirkte, setzte mein Herz aus.

Ein erschrockener Schrei entfuhr mir. Es war Creed.

»Hallo, *Daisy*.«

Mit klopfendem Herzen wirbelte ich herum, stellte mich mit dem Rücken zu ihm, und presste mir eine Hand auf den Mund. Was war hier los? Was machte Creed hier? Das konnte unmöglich sein, er war doch eben noch auf Maxx' Willkommensfeier gewesen!

Er blieb genau hinter mir stehen. So nah, dass ich glaubte, seine Körperwärme spüren zu können. »Erinnerst du dich an mich?«

Mir wurde heiß. Und kalt. Heiß und kalt zugleich, und Adrenalin spülte so rasend schnell durch mein Blut, als wäre es tödliches Gift, das auf dem Weg zu meinem Herzen war, um es zum Stillstand zu bringen.

Ich antwortete nicht, sondern stand immer noch da, mit geweiteten Augen und der Hand auf dem Mund. Er hatte mich so kalt erwischt – zum zweiten Mal an diesem Abend –, dass ich nichts anderes tun konnte, als regungslos dazustehen.

»Willst du mir nicht antworten?«, fragte er weiter, herausfordernd. Fast so, als wüsste er …

Nein. Außerdem hatte er Daisy seit Wochen nicht gesehen. Oder versucht, sie zu kontaktieren. Er konnte es nicht wissen, er *durfte* es nicht wissen.

»Was willst du hier?«, krächzte ich mit verstellter Stimme zwischen meinen Fingern. Es war meinem falschen Südstaatenakzent vom letzten Mal nicht einmal annähernd ähnlich. Ich musste hier weg. Creed war zu nah und ich zu sehr durch den Wind. Er musste sofort verschwinden! »Hab ich mich nicht klar ausgedrückt, als ich deine Nummer blockiert habe?«

»Diese Stimme …«, murmelte Creed leise, was mir vor Schreck das Blut in den Adern gefrieren ließ. Er hatte mich doch nicht … Er konnte doch nicht etwa …

Ich spürte, wie er noch dichter hinter mich trat. »*Daisy*. Ich habe mich immer gefragt, ob das wohl dein echter Name ist oder bloß so was wie ein Pseudonym. Heute Nacht möchte ich das herausfinden. Und ich bin gekommen, um dir zu sagen, dass ich dir auf der Spur bin. Vielleicht sogar mehr als das.«

In meinen Ohren rauschte es wie ein Wasserfall, und ein Zittern breitete sich in meinen Knochen aus. Panik. Das war kalte, echte Panik.

Bevor ich noch weiter darüber nachdenken konnte, begannen meine Füße sich zu bewegen – bereit, zu flüchten, so schnell sie konnten. Doch als ich losrennen wollte, wurde ich am Handgelenk gepackt. Dann ging alles ganz schnell. Creed wirbelte mich herum, und bevor ich wusste, was eigentlich geschah, packte er plötzlich meine Kapuze samt Perücke und zog sie mir herunter.

Ein Schrei entfuhr mir, und ich sprang zurück.

Wir starrten uns an, mit flachem Atem. Meine Perücke … Meine Kapuze … Sie waren fort. Ich war … Er hatte …

Die Welt schien für einen Moment stillzustehen.

»Also«, sagte Creed leise. »Ich denke, jetzt sollten wir wirklich reden, Lenny.«

KAPITEL 34

CREED

Es wurde so still in diesem dunklen Hinterhof, dass ich nichts weiter hörte als meinen dröhnenden Puls. Ich war sprachlos. So sprachlos, wie ich in meinem ganzen Leben noch nie gewesen war.

Ich starrte das Mädchen vor mir an. Lenny. Daisy. Oder wie auch immer. Ich konnte nicht richtig denken.

»Du … weißt es.« Ihre wispernde Stimme schien in der Stille lauter als ein startendes Flugzeug zu sein und echote in meinem Kopf wieder, als hätte sie die Worte in eine Schlucht hinabgeschrien. Ich biss die Zähne zusammen, konnte nicht mehr tun, als noch immer sprachlos den Kopf zu schütteln.

»Bitte«, flüsterte sie, trat einen Schritt zurück. Weg von mir. Nicht auf mich zu. »Sag etwas.«

»Was zum Teufel geht hier vor?« Meine Stimme klang hohl. Lenny zuckte sichtlich zusammen, was mir einen Stich verpasste.

Es war Lenny. Das hier war Lenny.

Daisy war Lenny.

Ich machte einen Schritt auf sie zu, auch wenn meine Beine sich weich anfühlten. Und trotz allem verspürte ich plötzlich den Drang, sie zu besänftigen. »Ich bin nicht wütend auf dich. Ich will es nur verstehen«, stieß ich hervor. Ich war mir allerdings nicht sicher, ob ich auch meinte, was ich da sagte. Mein Hirn war wie betäubt.

»Ich hab nicht … Ich wollte nur … Es tut mir leid. Creed, ich … Du … Es tut mir so leid. I-Ich wusste nicht, wie ich es dir sagen soll. Ich wollte es nicht. A-Also das hier und ich – *Shit.*« Sie vergrub das Gesicht in den Händen. Dann sah sie mich wieder an.

»Das alles ist aus dem Ruder gelaufen. Du … Du hättest Daisy nie begegnen dürfen. Ich wollte das hier nicht. Alles.«

Ich fühlte mich betrogen. Von dem Menschen, dem ich blind vertraut hatte. Sie hatte mich auf eine Art und Weise getroffen, die mir das Herz in der Brust zerquetschte. Doch noch viel wichtiger war: Es gehörte ihr. Verdammt. Mit jeder verfluchten Faser gehörte mein Herz ihr, auch wenn sie mir, ganz offensichtlich, von vorn bis hinten etwas vorgemacht hatte. Mein Verdacht war nichts weiter als eine Schnapsidee gewesen, ein komisches Bauchgefühl. Doch offenbar konnte ich diesem Gefühl nach wie vor ungetrübt vertrauen.

Es war, als hätte mir das Universum gehörig eine verpasst. Ich hatte so sehr versucht, mich von Lenny abzulenken, meine Gefühle für sie auszumerzen –, und mich gleichzeitig von Daisy um den Finger wickeln lassen. Ich hatte mich schon wieder in ihr verloren, sosehr ich mich auch bemüht hatte, mich von ihr fernzuhalten. Ich konnte nichts dagegen ausrichten, dass ich Lenny James liebte. Ich hatte es versucht und war gescheitert. Und genau deshalb … wurde ich mit einem Mal so wütend, dass mir der Atem wegblieb.

»Creed, bitte. Es tut mir leid.«

Ich nickte steif. »War das alles? Mehr hast du nicht zu sagen?«

Sie machte ein hilfloses Gesicht.

»Na dann … danke fürs Reden.« Damit drehte ich mich um und ging.

KAPITEL 35

LENNY

Ich stolperte durch meine Wohnungstür, schloss sie hinter mir und ließ mich auf das Sofa fallen, ohne das Licht anzuschalten. Ich war allein. Carla war noch auf der Party, ihre Brüder bei Alma und Vince.

Mein Atem war flach. Ich zitterte, und mir war eiskalt.

»Fuck«, keuchte ich und raufte mir die Haare. Das konnte nicht wahr sein. Das war ein böser Traum, weiter nichts! Er konnte es nicht wissen. Das konnte nicht sein. Das eben war nie passiert.

Ich erstickte. Ich bekam keine Luft!

Nicht weinen. Du wirst jetzt unter keinen verfluchten Umständen verdammt noch mal weinen, Lenny James!

Schmerz schoss durch meine Handteller, als ich die Fingernägel in ihnen vergrub. Ein Schluchzen entfuhr mir, kurz und erschrocken und voller Angst.

Nein, nein, nein!

Ich musste Carla anrufen. Oder Gigi. Ich musste irgendetwas tun. Ich musste …

Weg.

Ich musste weg. Diesmal wirklich. Es war mir egal, dass es mich zum Feigling machen würde. Ich wollte nichts anderes tun, als einfach zu verschwinden und nie wieder hierher zurückzukehren.

Wir alle haben Angst. Das Entscheidende ist, was wir daraus machen.

Ich war eine Enttäuschung, für alle, die sich bemüht hatten, in mir etwas zu suchen, etwas zu sehen, das nicht vorhanden war.

Ein Lachen entfuhr mir, kurz und erschreckend laut. Schrill. Verdammt, meine Mutter hatte recht gehabt. Mit allem, was sie je über mich gesagt hatte.

Meine Haut fühlte sich zu eng an, zu heiß, zu furchtbar, sodass ich sie mir am liebsten abgezogen hätte. Erneut entfuhr mir ein Schluchzen, was mich wiederum so in Panik versetzte, wegen all der Male, die mich dieses Schluchzen schon Backpfeifen gekostet hatte. Ich zerbrach. Ich durfte jetzt nicht zerbrechen.

Wie ferngesteuert stand ich auf und lief in mein Zimmer. Immer wieder blinzelte ich. Mein Kopf war im nächsten Moment still. Fast. Nur eine Endlosschleife drehte sich immer weiter, die ich einfach nicht abstellen konnte. *Nicht weinen. Nicht weinen. Nicht weinen.*

Mein Schrank stand offen, und ich legte meine größte Sporttasche auf mein Bett. Blindlings und wahllos warf ich Kleidungsstücke hinein. So schlecht war mir noch nie in meinem Leben gewesen. Nicht einmal, als ich nach Fletcher geflohen war.

Plötzlich erklang ein lautes, energisches Klopfen von der Wohnungstür.

Erschrocken schrie ich auf. Dann eilte ich ins Wohnzimmer, öffnete die Tür und …

»Ich habe gelogen. Vergiss, was ich gesagt habe. Ich bin wütend auf dich, und wir diskutieren das jetzt aus.«

Creed rauschte an mir vorbei in die Wohnung.

Ich stolperte zwei Schritte zurück, als er das Deckenlicht einschaltete, und schnappte nach Luft. Sein zorniger Gesichtsausdruck verschlug mir die Sprache.

»Erzähl mir alles und lass nicht ein Detail aus«, sagte er mit harter Stimme – und es war keine Bitte, sondern ein sehr klarer Befehl. »Hinsetzen.« Creed zog einen der bunt bemalten Stühle am Esstisch zurück. Dann setzte er sich auf den gegenüberliegenden Platz.

Gott. Er … wirkte wie ein verdammter Cop, der einen Tatverdächtigen in die Mangel nehmen wollte. Deshalb atmete ich tief durch und tat das Einzige, was mir noch übrig blieb: Mit klopfendem Herzen kam ich seinem Befehl nach.

»Also?«

Ich musste ihm sagen, was Sache war. Kurz und schmerzlos. Dieser Ausdruck auf seinem Gesicht … Er zerquetschte mir die Brust. Ich wollte diesen Ausdruck nie wiedersehen. Ich war es ihm schuldig, ehrlich zu sein. Wenigstens dieses eine Mal. Bevor ich für immer ging und ihn vermutlich nie wiedersehen würde.

»Du darfst mich nicht unterbrechen«, sagte ich leise, ohne den Blick zu heben. Ich wartete seine Antwort ab. Und die Stille, die dabei entstand, war beinahe unerträglich.

»Okay«, sagte er schließlich.

»Ich wollte nie, dass irgendwer davon erfährt, weder du noch irgendjemand anderes. Es … es war immer meine größte Angst, dass es jemand herausfinden könnte. Deshalb war ich vorsichtig. Als Majid mich eingestellt hat, habe ich mir ein Alter Ego zugelegt, das nichts mit mir zu tun hat. Ich wollte nicht für meine Arbeit verurteilt werden, weil ich mein ganzes Leben für das Tanzen ver- und beurteilt wurde. Ich habe mir eine Perücke und eine Maske angezogen und mich Daisy genannt. Und ich habe so viele Kontraste zwischen ihr und mir geschaffen, wie ich konnte. Vielleicht ist es über die Jahre auch zu einer Art Zwang geworden, ich habe keine Ahnung. Mir war und ist es jedenfalls wichtiger als alles andere, diese beiden Welten zu trennen. Irgendwann wurde es nämlich mehr als nur ein Job, es wurde mein Rückzugsort, mein Safeplace. Wenn es mir schlecht geht, fängt mich das *Dolly House* auf, und ich kann einfach Daisy sein. Ich hatte alles im Griff. Meine beiden Leben haben wunderbar koexistiert. Und dann … dann kamst du und hast alles durcheinandergebracht.« Der Schwall an Worten überraschte mich selbst. Mit flachem Atem schloss ich den Mund und hob den Blick. Erstaunt stellte ich fest, dass Creeds Miene nicht mehr wütend wirkte. Eher abwartend, neugierig.

»Ich wusste nicht, was ich machen soll, als du eines Tages einfach im Club aufgetaucht bist«, fuhr ich widerwillig fort. »Und du bist immer wiedergekommen.«

Er hob eine Augenbraue. »Du hast nicht gerade versucht, mich loszuwerden.«

»Natürlich hab ich das! Ich habe deine Nummer gelöscht und dir gesagt, dass du mich in Ruhe lassen sollst!«

»Aber vorher hast du mich auf die Gästeliste gesetzt.«

»Das waren meine Kolleginnen, weil sie uns verkuppeln wollten, ich hatte damit rein gar nichts zu tun.«

»Und was ist mit dem Rest? Was ist mit all den Wochen, in denen wir … Ich weiß nicht, was das war. Du hast mit mir geflirtet und mit mir gespielt, Lenny. Du hast mir überhaupt nicht zu verstehen gegeben, dass ich gehen soll. Und du hast mich geküsst. *Zwei Mal.* Und die ganze Zeit, wann immer wir *wir* waren, du und ich, hast du so getan, als wüsstest du von nichts. Ist dir eigentlich klar, wie dumm ich mir vorkomme?«

Mir wurde schlecht. Ich biss mir auf die Lippe, als mein Hals gefährlich eng wurde. »Creed, es tut mir leid.«

»Wieso hast du das getan, Lenny? Wie konntest du das tun? Ist das alles immer noch ein Spiel für dich?«

»Nein! Nein, natürlich nicht!«

»Dann erklär es mir. Das bist du mir schuldig.«

»Verdammt, ich konnte dich nicht gehen lassen!«

Er lehnte sich zurück, ohne den Blick von mir abzuwenden. Mein Herz rutschte in die Hose, während Creeds Augenbrauen nach oben schossen.

»Was?«, fragte er leise.

Es gibt kein Zurück mehr. Du musst es ihm sagen.

»Ich konnte dich nicht gehen lassen«, wiederholte ich wispernd. »Du hast mich wahrgenommen, Creed. *Mich.* Zum ersten Mal. Und das … das konnte ich nicht …« Meine Stimme versagte, mein Mut verließ mich. Tränen schossen mir in die Augen, und ich konnte nichts dagegen ausrichten. »Das konnte ich nicht aufgeben. Ich wollte es nicht aufgeben. Nur für eine kurze Weile wollte ich wissen, wie es ist, so von dir angesehen zu werden, so von dir beachtet zu werden. Nur flüchtig. Das habe ich mir geschworen. Aber d-du bist immer wieder gekommen. Und dann kamen auch schon unser Tanz und der Kuss, und schon war das Desaster angerichtet.« Ich wagte es nicht, ihn anzusehen. Mein Blick war auf den Tisch gerichtet, und ich …

Gott. Das waren richtige Tränen. Und als ich versuchte, sie fortzublinzeln, rollte eine von ihnen meine Wange hinab.

Ein Schluchzen entfuhr mir. Dann folgte die nächsten Träne. Und noch eine. Ein Zittern breitete sich in meiner Brust aus, ehe es meine Schultern unkontrolliert beben ließ.

Ich weinte. Zum ersten Mal seit sehr, sehr langer Zeit.

Meine Stimme war so belegt, so von Schluchzern gelenkt, dass ich sie selbst kaum wiedererkannte. Jetzt, da die Tränen erst einmal da waren, konnte ich sie nicht mehr aufhalten. Wie ein Damm, der gebrochen war.

»Ich wollte dich nicht verletzen, Creed. Und ich wollte dich nicht hinters Licht führen. Das h-habe ich nicht gewollt, das schwöre ich!«

Ein Stuhl schabte knarrend über den Boden, als Creed aufstand. Er kam um den Tisch herum … und er kniete sich neben mich auf den Boden. Er streckte die Hand aus und wischte mir eine Träne von der Wange, was mich erneut aufschluchzen ließ. Sanft schloss er die Hände um mein Gesicht. »Hey. Sieh mich an. Ich … Lenny, ich brauche Zeit. Und ich hätte nicht so wütend sein sollen. Es tut mir leid. Ich bin einfach verletzt. Gott, dich weinen zu sehen, bricht mir das Herz.« Wieder strich er mir die Tränen fort, als mein Weinen durch seine Worte plötzlich heftiger wurde. »Ich kann gar nicht sagen, was mir mehr wehtut.«

Ich schüttelte den Kopf. »Du hast jedes Recht, wütend zu sein.« Ich rang nach Luft. »A-An deiner Stelle wäre ich es auch.«

Er schloss mich in die Arme, und für einen Moment hielt er mich. Ich klammerte mich an Creed, so als würde mein Leben davon abhängen. Es fühlte sich an, als würde ich jeden Moment zerbrechen. Doch ich sammelte jegliche Kraft, die ich übrig hatte, um mich zu beruhigen.

Als Creed spürte, dass ich mich wieder einigermaßen im Griff hatte, löste er sich von mir und stand wieder auf. Er sah mich nicht an, und es war, als könnte ich die tiefe Schlucht zwischen uns geradezu sehen. Sie war unüberwindbar.

»Ich sollte gehen. Ich kann grade einfach nicht denken.«

Ich nickte heftig und verknotete meine Finger ineinander.

Erst als Creed zur Wohnungstür trat und sie öffnete, wagte ich es, aufzublicken. »Es tut mir so leid, Creed«, wisperte ich erstickt.

»Mir auch«, erwiderte er leise. Dann war er weg.

Und diesmal kehrte er nicht zurück.

KAPITEL 36

~~DAISY~~
LENNY

Seit einer Woche tat ich nichts anderes, als meine Tasche zu packen und die Sachen zurück in den Schrank zu räumen. Immer wieder. Seit Creed herausgefunden hatte, dass ich Daisy war, hatte ich nichts mehr von ihm gehört. Und ehrlich gesagt, wusste ich nicht, wie ich damit umgehen sollte. Ich hatte nicht nur Angst davor, dass er mich verraten würde, ich hatte auch Angst … vor mir selbst. Ich traute mir selbst nicht mehr über den Weg. Würde ich hierbleiben und mit der Angst weiterleben? Würde ich weglaufen, wie schon so oft, und mir einfach ein neues Alter Ego erschaffen, um zu verleumden, was ich für Mist verzapfte und wer ich eigentlich war? Ein Teil von mir wollte bleiben, bei meinem Leben, dem Club, Gigi, Majid, Juicy und den anderen, den Vorbereitungen für unsere Show – *Daisy.* Dem dämlichen Studium, das eigentlich gar nicht so dämlich war. Meinen Freunden. Vince und Alma und Carla – meiner Familie.

Und Creed.

Der andere Teil aber wollte einfach nicht mehr fühlen. Er war müde. Er wollte einfach nur ein riesengroßes Nichts. Das Auge des Hurrikans, nicht das Chaos im Sturm.

Je lauter die Gedanken in meinem Kopf wurden, desto enger wurde meine Brust. Ausgerechnet jetzt war niemand mehr in der Stadt, mit dem ich hätte reden können, nicht mal Carla. Die ganze Truppe, inklusive Maxx, war zu einem Campingausflug aufgebrochen, den wir schon vor eine Weile zusammen geplant hatten. Ich hatte abgesagt, hatte den Job als Ausrede genommen, was ja nicht einmal allzu weit hergeholt war. Doch der wahre Grund bestand darin, dass ich es nicht ausgehalten hätte. Nach allem, was zwischen Creed und mir war. Und ich hatte meinen Freunden ihren Trip nicht vermiesen wollen. Morgen würden sie zurück sein, und ich war mir noch nicht sicher, ob ich mich darauf freute oder nicht.

Und ob ich dann noch in der Stadt sein wollte oder nicht.

Wieder öffnete ich meine Tasche und stopfte Sachen hinein, diesmal hatte ich jedoch einen anderen Grund dazu. Ich saß in der Umkleidekabine des *Dolly House* und machte Feierabend. Noch immer trug ich das Set aus paillettenbesetzter Spitze, schwarze Strümpfe und eine klimpernde goldene Kette. Die Perücke hatte ich jedoch schon ausgezogen, und ich würde sie auch nicht wieder aufsetzen für meinen Weg zum Auto. Ich hielt es nicht mehr aus, sie länger als nötig zu tragen. Ich steckte sozusagen fest. Sowohl als Lenny wie auch als Daisy hatte ich das Gefühl zu ersticken. Ich wusste nicht mehr, wohin mit mir. Ich … wusste einfach nicht mehr weiter.

»Hey, Daisy D.«

Ich blickte auf, als Gigi neben mir auftauchte. Mit einem Plumps ließ sie sich auf den Stuhl neben meinem fallen und streckte die schlanken Beine in den feuerroten High Heels aus. Sie trug noch immer ihre Perücke mit dem kurzen, strengen Bob und steckte in einem ziemlich freizügigen Latex-Outfit, das nur mit Klettverschlüssen angebracht war, sodass sie es sich bei einem Striptease einfach herunterreißen konnte, wenn ihr danach war. Unser Training hatte Gigi dazu inspiriert, selbst eine kleine Show auf die Beine zu stellen, auch wenn sie dabei viel mehr an der Stange arbeitete als ich. Sie war der Wahnsinn, und *Dirrty* von Christina Aguilera hatte noch nie besser zu einer Show gepasst.

»Du siehst aus, als könntest du einen Drink vertragen, du alter Trauerkloß.«

Ich rieb mir über die Augen. Mein Gesicht fühlte sich durch den Make-up-Entferner noch immer gereizt und empfindlich an, und meine Haut brannte um die Augen herum. »Ja. Irgendwie schon«, erwiderte ich.

»Wow, gar keine Wiederrede?« Ihre Augen blitzten erheitert auf. »Du schaffst es immer wieder, mich zu überraschen. Wollen wir uns hoch in den Club setzen oder woandershin gehen?«

Ratlos zuckte ich mit den Schultern. »Such dir was aus, Gee. Ist mir egal, wo wir hingehen.«

»Ach wirklich? Dann könnten wir ja vielleicht endlich mal wieder in den Käfig. Wir waren schon echt lange nicht mehr dort.«

Ich verspannte mich. *Der Käfig.* Seit fast einem Jahr mied ich ihn und hatte auch nicht vor, etwas daran zu ändern. Doch ich hatte Gigi nie verraten, weshalb. Ich wusste nicht, wie viel sie von dem wusste, was sich auf der anderen Seite der Schienen abspielte.

»Du willst doch nur etwas trinken«, sagte ich ausweichend. »Wieso gehen wir nicht lieber in eine Bar?«

Sie schien von meiner Anspannung keine Notiz zu nehmen und zuckte mit den Schultern. »Meinetwegen. Springen wir unter die Dusche, und dann kann's losgehen. Wenn du willst, könnte ich dich einseifen, damit du bessere Laune bekommst.« Sie wackelte mit den Augenbrauen und grinste breit, was mich nur kopfschüttelnd die Augen verdrehen ließ. Ein Lächeln zupfte an meinen Mundwinkeln. »Träum weiter. Na los, und jetzt beweg deinen Hintern, damit wir endlich hier wegkönnen.«

Etwa zwanzig Minuten später steckte ich endlich wieder in einem meiner frisch gewaschenen übergroßen Hoodies und einer schwarzen Anzughose, die ich an den Beinen hochgekrempelt hatte, damit sie nicht auf dem Boden schleiften. Heute war der Hoodie ausnahmsweise mal angebracht, denn es war den ganzen Tag schon kalt und regnerisch gewesen.

Ich schulterte meine Tasche, erhaschte einen Blick auf mein Spiegelbild, als ich die Umkleide verlassen wollte … und wurde langsamer. Vielleicht würde eines Tages der Tag kommen, an dem ich mir in die Augen sehen und mir selbst verzeihen konnte. Jetzt war das allerdings noch nicht der Fall.

Gigi erschien neben mir, nun ebenfalls umgezogen, mit all ihren Piercings im Gesicht und mit den kurz rasierten grünen Haaren. Sie trug einen grauen Pullover der Fletcher University, Leggins und blitzblanke rot-schwarze Air Jordans. Durch den Spiegel sah ich, wie sie die Hand ausstreckte und mir über den Rücken streichelte. »Alles klar?«

Räuspernd drehte ich mich zu ihr um. »Wärst du mir böse, wenn wir doch nichts trinken gehen? Irgendwie … irgendwie bin ich müde.«

Ihre Augen blitzten auf, doch sie wirkte nicht enttäuscht. »Klar, kein Problem. Aber falls du reden willst … gib mir Bescheid.«

Ich nickte. »Danke, Gigi. Ich bin dir was schuldig.«

»Ich weiß doch. Übrigens ist die Choreografie mittlerweile ziemlich genial, Daisy D. Vor allem heute Morgen hat sie noch mal einen ziemlich scharfen Touch bekommen. Hey, nur noch ein paar Wochen, dann ist endlich unser großer Auftritt. Und du hast schon echt Fortschritte als Polerina gemacht.«

Mein Herz zog sich zusammen. Ich rang mir ein erschöpftes Lächeln ab. »Du hast recht. Danke für den Aufmunterungsversuch.«

»Und du bist dir ganz sicher, dass du keinen Drink vertragen kannst?«

Wir verließen die Umkleide, und ich schüttelte den Kopf, auch wenn eine leise Stimme in mir rief: *»Ja, verdammt! Her mit dem Alkohol!«* Doch mein Verlangen danach, allein zu sein, war größer.

»Na gut.« Sie drückte meine Hand, ehe wir uns verabschiedeten.

Wieder machte ich mir nicht die Mühe, meine Kapuze aufzuziehen, als ich durch die kühle Nacht zu meinem Auto spazierte.

Und wieder lag ich so lange in meinem Bett wach, bis ich die Vögel zwitschern hören konnte.

»Was ist los mit dir, Daisy?«, rief Angel mir über die laute Musik hinweg zu. »Sonst bist du während der Arbeit nie so mies drauf! Ich glaube, du brauchst Urlaub!«

Ich stieg von dem Podest mit den zwei Stangen, auf welchem Angel und ich getanzt hatten. Aber erst als ich mich davon abhalten musste, auf ihren Kommentar hin die Augen zu verdrehen … wurde mir klar, dass sie recht hatte. Ich brachte eine Pause. Eine richtige.

Ich ließ die Schultern hängen. »Tut mir leid. Ich weiß, ich bin momentan ziemlich ätzend.«

»Bist du nicht!«, rief Angel und kletterte ebenfalls von der Bühne. »Ich habe einfach sofort bemerkt, dass etwas nicht stimmt!«

Ich bekam das seltsame Bedürfnis, ihr den Kopf zu tätscheln und ihr für diese detektivische Glanzleistung einen Cookie zu geben.

Wir bahnten uns einen Weg zur Bar. Gigi und Juicy waren auf der Bühne, twerkten zu ziemlich aggressivem Hip-Hop und lieferten dem

Publikum eine ziemlich heiße Show. Ihre Slips waren mit Dutzenden Dollarscheinen versehen, welches ihr Publikum ihnen hineingeklemmt hatte.

Wir traten an die Bar, und ich lehnte mich mit dem Rücken dagegen, so wie ich es meistens getan hatte, wenn ich hier stand. Nur, dass das jetzt ein für alle Mal vorbei war. Vielleicht war ich einfach aus reiner Gewohnheit wieder hergekommen und …

Beinahe hätte ich einen Schrei losgelassen und stierte ungläubig in die Richtung, in welche ich schon so oft, Abend für Abend, geblickt hatte. Allerdings hatte dort schon seit einer ganzen Weile niemand mehr gestanden und mich beobachtet.

Er war hier. So als sei er nie fort gewesen.

Ich blinzelte erneut, für den Fall, dass es nur eine optische Täuschung war. Aber er verschwand nicht. Creed lehnte an der Wand, die Hände in den Hosentaschen vergraben, und blickte ganz unverhohlen zu mir. Unausweichlich.

Mit einem Mal war mir heiß, und mein Herz trommelte gefährlich schnell gegen meine Rippen. Ohne zu atmen, erwiderte ich seinen Blick, und für einen winzigen Moment war es, als hätte sich nie etwas geändert. Als wäre das hier noch immer dieses kleine, aufregende Spiel, das wir, Daisy und Creed, Abend für Abend gespielt hatten, ohne uns jemals zu begegnen.

Und doch hatte sich zugleich alles geändert. Creed wusste jetzt Bescheid. Und er war enttäuscht von mir und wütend auf mich, wozu er absolut berechtigt war.

Deshalb konnte ich mir nicht erklären, weshalb er mich erneut mit diesem Blick bedachte. Einem Blick, von dem ich geglaubt hatte, ihn nie wieder zu sehen.

Ein erschrockener Laut entfuhr mir, welcher jedoch in der Musik unterging, als Creed sich von der Wand abstieß und sich einen Weg zu mir bahnte.

»Daisy? Ist es okay, wenn ich …«

Ich riss meinen Blick von ihm los, um ihn Angel zuzuwerfen. Sie lächelte mich vielsagend an. Neben uns an der Bar stand ein Kerl, der sie soeben angesprochen hatte.

Ich zwang mich dazu, zu lächeln. »Klar. Wir sehen uns später.«

Angel ließ sich das nicht zweimal sagen. Einen Augenblick später lenkte sie ihre Aufmerksamkeit ganz und gar auf ihren neuen Kunden, ergriff seine Hand und zog ihn mit sich zu den Separees.

Kaum dass sie verschwunden waren, wanderte mein Blick zurück zu Creed, fast so, als hätte ich keine andere Wahl. Meine Finger, die das kalte Glas der Bar umklammerten, wurden allmählich taub.

Dann hatte Creed mich endlich erreicht. Er blieb vor mir stehen, und die Art und Weise, wie seine bernsteinfarbenen Augen mich musterten, langsam, aufmerksam und Zentimeter für Zentimeter, sorgte dafür, dass mir glühend heiß wurde.

»Hi«, wisperte ich. Es war so leise, dass ich meine Stimme bei der herrschenden Lautstärke im Club selbst nicht hören konnte.

Ich konnte sehen, wie ein Muskel an seinem Kiefer zuckte. Wie seine Brust sich in dem marineblauen Shirt hob und senkte.

Seine weichen, geschwungenen Lippen öffneten sich und schlossen sich wieder, fast so, als hätte er ebenfalls etwas gesagt, was man selbst ohne Musik kaum verstanden hätte.

Eine Gänsehaut zog sich über meinen Körper, besonders als Creed sich näher zu mir beugte, um seine Lippen an mein Ohr zu legen.

»Du hast keine Ahnung, wie oft ich mir ausgemalt habe, wie es wohl sein würde, hier auf dich zu treffen. Dich endlich an dieser Bar zu erwischen und mit dir zu sprechen.«

Ich schluckte. Creed war so nah. Sein Duft so vertraut … Und gleichzeitig schien er so fern. Als sei zwischen uns eine tiefe, unüberwindbare Schlucht.

Erneut beugte er sich zu mir, und erneut verblüfften mich seine Worte.

»Können wir reden?«

Die Sekunden, bis er sich wieder aufrecht hingestellt hatte und mich nachdenklich ansah, schienen Stunden ins Land streichen zu lassen, auch wenn es vermutlich nur den Bruchteil eines Augenblicks dauerte.

Ich nickte und griff nach seiner Hand – etwas, was ich noch nie zuvor getan hatte. Seinen sich weitenden Augen nach zu urteilen, war ihm das wohl ebenfalls bewusst. Dann lief ich los und zog ihn hinter mir her. Für jeden anderen musste es so aussehen, als würde ich bloß irgendeinen Kerl nach unten in meinen Showroom bringen. Aber diese Tür ließ ich hinter uns, als wir das Erdgeschoss erreichten und den kühlen Gang durchquerten. Hier unten war die Musik nicht mehr so schallend, sondern bloß noch dumpf, was das hallende Klackern meiner High Heels auf dem Boden umso lauter erscheinen ließ.

Ich führte Creed in die Umkleide und ließ ihn los. Zu meinem Glück war niemand dort, als wir eintraten.

Nervös beobachtete ich, wie er die Umkleide in Augenschein nahm. Er hatte die Hände wieder in den Taschen seiner dunklen Jeans vergraben und pfiff durch die Zähne. »Hier passiert also die ganze Magie.«

»Jepp«, murmelte ich und griff um meinen Kopf, um meine Maske abzunehmen. Es fühlte sich ein wenig dämlich an, sie aufzubehalten.

Doch als Creed sah, was ich vorhatte, stoppte er seine Entdeckungstour und trat zu mir.

»Lass mich das machen.« Er stellte sich vor mich, was mich mit aufgeklapptem Mund dastehen ließ. Erstaunlich sanft zog er meine Hände von meinem Kopf. Dann löste er den Knoten an den beiden Schlaufen und nahm mir die schwarze Maske vom Gesicht.

»Besser?«, fragte ich atemlos, weil ich nicht wusste, was ich sonst sagen sollte. Mein Magen schlug einen Purzelbaum.

Zu meiner Verblüffung schüttelte Creed jedoch den Kopf. »Noch die Perücke.«

Ich nickte und trat zur langen Tischzeile mit dem beleuchteten Spiegel.

Creed hatte sich in den Stuhl neben meinem gesetzt und sah mir zu, wie ich die Perücke abnahm, die vielen Pins von meinem Kopf löste und schließlich meine Haare aus dem strengen Knoten darunter befreite und sie durchkämmte. Der fehlende Druck, das ausbleibende Ziepen, war eine dermaßen große Erleichterung, dass ich es sofort bereute, die Perücke ausgezogen zu haben. Meine Schicht ging noch mindestens eine Stunde. Ich würde sie wieder anziehen müssen. Schlimmer wäre es nur geworden, wenn ich meine Schuhe ausgezogen hätte. Denn es gab kaum etwas Schlimmeres, als die Füße aus High Heels zu befreien, nur um sie kurz darauf wieder hineinzuzwängen, wenn sie bereits angeschwollen waren.

Als ich fertig war, fuhr ich mir mit den Händen durch die Haare und drehte mich auf meinem Drehstuhl zu Creed um. Er war jeder einzelnen meiner Bewegungen mit den Augen gefolgt, und so, wie er meinen Blick erwiderte, versuchte er nicht mal, das zu leugnen. Er sah mich völlig offen an. Nicht abweisend. Nicht getroffen, wie das letzte Mal, als ich ihn gesehen hatte. Er drehte seinen Stuhl ebenfalls.

»Wieso bist du hier?«, fragte ich vorsichtig.

Creed seufzte, lehnte sich vor und stützte die Unterarme auf seinen Knien ab, was ihn gefährlich nahe brachte. Ich versuchte, nicht nach Luft zu schnappen und zu ignorieren, dass ich schon wieder nichts bis auf einen String und Sticker auf den Brüsten trug. Das war ein so was von unpassendes Outfit für ein ernstes Gespräch.

Er seufzte. »Du willst wissen, was ich hier will? Die Antwort ist einfach. Ich habe dich vermisst. Die Woche war ziemlich ätzend ohne dich.«

Erschrocken sah ich ihn an. »Ist das dein Ernst?«

»Wieso sollte es nicht mein Ernst sein?«

»Na ja …« Ich ließ den Satz in der Luft hängen und zuckte mit den Schultern.

Er runzelte die Stirn. Ich ebenfalls, auch wenn ich mir fast sicher war, dass wir es beide aus unterschiedlichen Gründen taten. »Lenny, du hast mich zwar verletzt wie niemand anderes und dafür gesorgt, dass ich mir wie ein Trottel vorkomme, aber das ändert nichts an den Tatsachen.«

»Den Tatsachen?«, wisperte ich.

»Ich möchte endlich wissen, wer du bist«, erwiderte Creed ernst. Ich konnte sehen, wie er schluckte, und ich …

Gott. Mein Magen verknotete sich, was sich auf seltsam schmerzlich süße Art und Weise jedoch gut anfühlte. Gleichzeitig wollte ich zurückweichen, so als hätte er mir gerade damit gedroht, eine Tarantel auf mich zu werfen.

»Deshalb wollte ich auch mit Daisy sprechen, weil ich sie noch nicht kenne.« Ein Lächeln umspielte seine Mundwinkel. »Du musst mir nicht erzählen, was in deiner Kindheit aus dem Ruder gelaufen ist. Ich würde das nie von dir verlangen. Wenn du drüber reden möchtest, bin ich da und höre dir zu, aber ich werde nicht nachfragen. Was ich aber wissen möchte, ist, wer Daisy ist. Sie ist ein Teil von dir. Und wenn wir weiterhin wir bleiben wollen, muss ich alle Facetten von dir kennen, nicht nur die, die du mir ausgewählt präsentierst … Das ist meine Bedingung. Keine Tabus mehr. Und keine Regeln, die uns zwingen, nicht über die Vergangenheit reden zu dürfen.«

»Okay«, sagte ich sofort, bevor mein Hirn sich zu etwas anderem entscheiden konnte. Ich musste es einfach versuchen, auch wenn es schwer werden würde. Was er gerade gesagt hatte, war mehr, als ich mir erhofft hatte. Er gab mir so was wie eine neue Chance. Und ich würde alles dafür tun, um mir diese zu Herzen zu nehmen. Also schluckte ich und nickte noch einmal nachdrücklich. Auch wenn sich mein Puls trotz allem beschleunigte. »Hast du Fragen?«

Er lachte auf. »Mindestens tausend.«

»Ich weiß nicht, ob ich alle innerhalb eines Gesprächs beantworten kann.«

»Das brauchst du auch nicht. Mir ist gerade total nach Cheeseburgern und labbrigen Pommes. Fahren wir ins Drive-in.«

Ich runzelte die Stirn. »Äh, ich bin mitten in meiner Schicht, Creed.«

»Wann hast du Feierabend?«

»In ungefähr einer Stunde.«

Er zuckte mit den Schultern. »Okay. Dann warte ich so lange.«

Ich sank tiefer in meinen Stuhl. »Dann immer raus mit der Sprache.«

»Wo bist du aufgewachsen?«

»In einem kleinen Nest in der Nähe von Lorville. Das ist etwa drei Stunden von hier mit dem Auto.«

Creed nickte. »Und da hast du mit deiner Mom gelebt?«

Ich verspannte mich. »Ich rede nicht gerne über meine Mutter. Vor etwa vier Jahren habe ich den Kontakt zu ihr abgebrochen, und seit ich vierzehn bin, lebe ich in Fletcher, dank Vince. Meine Mutter hat mich, glaube ich, verkorkst, aber sie hat mir auch das Tanzen ermöglicht. Nur habe ich die Wettbewerbe abgrundtief gehasst. Wenn ich getanzt habe, habe ich mich frei gefühlt. Stark. Und es war viel hilfreicher, als ins Kissen zu schreien. Wenn ich aber an Wettbewerben teilgenommen habe, wurde ich für alles Mögliche bestraft. Selbst wenn ich den ersten Platz gemacht hatte. Aber ich konnte das Tanzen nicht aufgeben. Es ist alles, was ich immer wollte, und alles, was mir geblieben ist.«

Ich schloss den Mund. Wir schwiegen für eine Weile, und ich wagte es nicht, aufzublicken und nachzusehen, welche Gefühle sich auf Creeds Gesicht widerspiegelten.

Es war ein seltsames Gefühl, zu wissen, dass ich Creed soeben all das über mich erzählt hatte. Einerseits war es erschreckend … andererseits fühlte es sich auch natürlich an. Seltsam richtig. In meinem Kopf herrschte Chaos. Und in meiner Brust, denn mein Herz war gehörig aus dem Takt geraten.

»Aber eines verstehe ich nicht«, sagte er nach einer Weile. Überrascht blickte ich auf. Seine Stirn lag in Falten, und er starrte gedankenverloren in die Luft. »Wieso bist du in einem Laden wie diesem? Wieso hast du nicht angefangen, woanders zu tanzen?«

»Ich wollte nicht irgendwo anfangen zu tanzen und wieder an Wettbewerben oder so was teilnehmen. Ich wollte nur für mich sein, alleine tanzen, mit niemand anderem. Also habe ich jeden zweiten Abend in einem der Proberäume im Gemeindezentrum getanzt. Irgendwann hat mich Ray dabei entdeckt, einer der Tanzlehrer. Er hat mich dort weitertanzen lassen, obwohl ich keinen Kurs besuchte, und ich habe mich mit ihm angefreundet. Irgendwann hat er mir von seinem Mann erzählt, der einen Club besaß. So habe ich vom *Dolly House* erfahren und Majid kennengelernt.

Es macht mir Spaß, hier zu arbeiten und es hat mich selbstbewusster gemacht. Vielleicht war es anfangs auch eine pubertäre Trotzreaktion, aber das hat keine Woche angehalten. Ich wollte das hier und will es immer noch. Es ist der beste Job, den ich mir vorstellen kann.«

»Der beste?« Ich konnte genau sehen, wie sein Mundwinkel zuckte, als er ungläubig eine Augenbraue hob.

Ich spürte, wie mir heiß wurde und mir Hitze in die Wangen stieg – was eigentlich vollkommen dämlich war, da ich bereits so gut wie entblößt vor ihm saß.

»Der allerbeste«, erwiderte ich und nickte. »Ich mag den Club, meinen Boss und meine Kolleginnen. Das *Dolly House* ist so was wie ein zweites Zuhause für mich. Ich werde fürs Tanzen bezahlt, und das neben dem Studium. Das kann nicht jeder von sich behaupten.«

Nachdenklich kratzte er sich wieder am Kinn. Dabei stieß er langsam den Atem aus. »Versteh mich jetzt bitte nicht falsch, ich versuche nur, dich zu begreifen, und fasse noch mal zusammen: Du stehst auf einen Job, bei dem Begrapschen an der Tagesordnung steht. Und das geht spurlos an dir vorbei? Damit kommst du klar?«

Wir starrten uns an. Was er da sagte, hörte ich nicht zum ersten Mal. Nach den meisten Privatshows im Showroom unterhielt ich mich mit den Männern, und diese Fragen kamen meistens: *Wieso arbeitest du hier? Willst du nicht mehr vom Leben? Würdest du dich selbst als so was wie eine Prostituierte bezeichnen? Immerhin verkaufst du deinen Körper.* Ich hatte diese Fragen schon x-mal gehört. Und es würde wohl eine Weile dauern, bis Creed es wirklich verstand. Ich musste geduldig sein. Und es nicht zu nah an mich heranlassen.

Ich straffte die Schultern. »Begrapschen ist *nicht* an der Tagesordnung. Majid ist unheimlich streng, falls du das schon wieder vergessen hast. Kein Kerl, der einmal grapscht, kommt hier noch mal rein. Und ja, ich stehe drauf, vor fremden Menschen zu *tanzen*«, sagte ich, ohne eine Miene zu verziehen. »Das ist meine größte Leidenschaft. Und wenn ich während einer Perfomance eben halb nackt bin, so wie jetzt gerade, und mich an Stangen rekle – was soll's? Es ist ein Teil der Show. Stripper verkaufen ihre Freizügigkeit so wie Verkäufer oder Kellner ihre Freundlichkeit. Ich würde durchdrehen, wenn ich jeden Tag Warmherzigkeit und Geduld vorheucheln müsste wie so viele Menschen in so vielen Jobs. Ich habe mich eben dazu entschieden, mit meinem Körper Geld zu verdienen, und daran sollte nichts Verwerfliches sein. Ich mag meinen Körper und finde es nicht schlimm, Haut zu zeigen, wenn ich hier bin. Wieso zum Teufel sollte ich mich also schlecht fühlen?«

»Aber ist deine Arbeit nicht ziemlich …«

»Ziemlich was?«, fragte ich herausfordernd.

Creed machte ein schuldiges Gesicht. »Na ja. Es wirkt ziemlich herabwürdigend.«

»Witzig. Dabei bist du selbst einer von diesen Kerlen gewesen, die jede Nacht herkommen, wegen mir.«

»Das war etwas anderes …«

»Wieso? Das war überhaupt nichts anderes. Weißt du, Creed, viele der Mädchen, und auch ich, finden die Arbeit hier inspirierend und motivierend, was Weiblichkeit *und* Feminismus angeht. Wir bekommen ein anständiges Festgehalt. Die Trinkgelder sind nur Bonus, und kein Gast der Welt könnte uns maßgeblichen Schaden zufügen, indem er uns mal kein Trinkgeld gibt oder einen Lapdance ablehnt. Wir müssen Lapdances auch nicht annehmen, wenn wir keine Lust darauf haben. Wir haben die absolute Kontrolle.« Ich biss mir auf die Lippe. »Creed, was auch immer hier geschieht, es geht nur nach unserem Tempo, niemals nach dem Tempo des Kunden. Wir entscheiden, ob man uns berühren darf oder nicht. Wir werden fair behandelt und nicht wie Dreck. Ausnahmen bestätigen nur die Regeln. Und ja, vermutlich gibt es da draußen etliche andere Clubs, in denen es überhaupt nicht so läuft wie hier. Aber mir geht es genau hier nicht schlecht. Und ich habe nicht eine Sekunde das Gefühl, ausgebeutet oder ausgenutzt zu werden.«

Noch immer starrte er Löcher in die Luft. »Okay. Okay. Du … Ich meine, was machst du, wenn … Bist du …« Er verstummte und sah mich an. Nicht einfach nur mein Gesicht. Auch meinen Körper. Meine nackten Brüste mit den Aufklebern, das kleine Höschen, die Schuhe, die alles andere als dezent waren. All das nahm er in sich auf. Zum ersten Mal in Verbindung mit mir, Lenny, nicht mit Daisy. *Das hier war ich. Egal, welchen Namen ich trug.*

Mir wurde heiß. Ich fühlte mich … entblößt.

»Dann machst du das nur, weil du das Tanzen liebst?«, fragte er leise.

»Und weil ich das *Dolly House* liebe. Alles daran. Das hier ist mein Zuhause.«

Er nickte, starrte wieder Löcher in die Luft.

Ein zerknirschtes Lächeln trat auf meine Lippen. »Vielleicht verstehst du jetzt einen meiner Gründe, wieso ich nicht möchte, dass irgendwer davon erfährt. Ich bin es leid, für das, was ich liebe, verurteilt zu werden.«

»Ich verstehe das«, sagte er nach einem furchtbar langen Moment. »Und das macht das alles noch komplizierter.«

Meine Beine fühlten sich weich an, als ich mich vom Stuhl erhob. Außerdem fiel es mir plötzlich schwer, Creed anzusehen. Ich war verwirrt. Und vor den Kopf gestoßen. Ich brauchte Zeit, um meine Gedanken zu sortieren.

»Ich sollte wieder hochgehen. Meine letzte Show für heute fängt bald an«, sagte ich und rieb mir über die Arme.

Was auch immer in Creeds Kopf vorging, ich konnte es mir nicht erklären. Besonders nicht, als er ebenfalls aufstand. Überrascht blickte ich auf und sah zu, wie er vor mich trat. Ich wagte es nicht, zurückzuweichen, als er schwer seufzte und ich die Wärme seines Atems auf meinen Lippen spüren konnte. »Bevor du gehst, muss ich eine Sache wissen, Len.«

»Und das wäre?«, ächzte ich.

»Das alles ist überraschend. Und unerwartet. Ich muss herausfinden, wie ich damit umgehen soll. Und wegen all dem muss ich wissen, ob du das willst, was ich auch will.«

Mein Puls beschleunigte sich. Ich traute mich nicht, mich auch nur einen Zentimeter zu bewegen. »Was willst du denn, Creed?«, flüsterte ich.

Creeds Mundwinkel zuckte nach oben, bis ein träges, atemberaubendes Lächeln auf seinen Lippen erschien. Dann schnappte ich nach Luft, als ich spürte, wie seine Hand sich auf meine Taille legte. Das Gefühl durchzuckte mich wie ein Stromschlag. Ohne etwas dagegen tun zu können, lehnte ich mich in die Berührung.

»Wie viel offensichtlicher soll ich es denn noch machen, Lenny James? Ich bin verrückt nach dir.«

Jegliche Gedanken verpufften, als er sich nach vorne beugte und seine Nase an meiner entlangstrich. Wie von selbst wanderten meine Hände auf seine Schultern. Er zog mich an sich, bis mein Körper an seinem lag.

»Sag es mir«, verlangte er mit heiserer Stimme. Meine Lippen kribbelten, so nah waren sie den seinen. »Was willst du, Len?«

Ich schloss die Augen, glitt mit einer Hand durch sein millimeterkurzes Haar. »Du Idiot«, flüsterte ich, drückte das Kreuz durch. »Was glaubst du? Es ging mir nie anders als dir.« Ich öffnete die Augen wieder. Meine Wangen brannten. Nein, mein ganzes Gesicht tat es. »Nie«, wiederholte ich, diesmal mit festerer Stimme. Ich beobachtete ihn, achtete auf jede Regung seines markanten Gesichts.

Er lehnte seine Stirn an meine. Ein lautloses, erleichtertes Lachen löste sich von seinen Lippen. »Das ist alles, was ich wissen musste. Und bevor ich jetzt etwas Unüberlegtes tue, werde ich nach oben gehen, mir deine Show ansehen und erst dann wieder mit dir reden, wenn du mehr trägst als das. Weil ich kaum geradeaus denken kann. Vor allem deshalb.« Seine Hand glitt meine Seite hinauf und ... seine Finger glitten über die Quaste an meinem Bruststicker. Ich zog scharf den Atem ein.

Er lachte auf, auch wenn es eher wie ein Keuchen klang. »Nein. Die heutige Show lasse ich ausfallen, sonst werde ich vermutlich wirklich etwas Unüberlegtes tun. Ich gehe heim. Und morgen hole ich dich ab, und wir fahren zum Drive-in. Date, schon vergessen? Du und ich.« Er küsste meine Stirn und –

Oh, Mann. Creed küsste meine Stirn.

Wir lösten uns voneinander, und ich räusperte mich, um zu überspielen, dass mir gerade ziemlich schwindelig geworden war. Er sah mir so tief in die Augen, dass sich ein heißes, süßes Ziehen in meinem Bauch ausbreitete. Ein verführerisches Lächeln erschien auf seinem Gesicht.

Dann drehte er sich um und setzte sich in Bewegung. Und ich konnte nichts anderes tun, als ihm mit offenem Mund hinterherzustarren, bis er die Umkleide verlassen hatte.

KAPITEL 37

LENNY

Ich lag auf meinem Bett, bewaffnet mit einem Eiskaffee und meinem Laptop vor mir.

Es war der nächste Tag. Den ganzen Morgen hatte ich damit verbracht, mit Gigi und den anderen Mädchen zu trainieren. Dann hatte ich bis zum frühen Abend versucht, mich an ein paar Unterlagen für das bald startende Semester zu setzen. Doch nichts da. Mein Kopf hatte sich sehr erfolgreich dagegen gewehrt. Ich war nicht ein Körnchen aufnahmefähig. Deshalb hatte ich mich auch dazu entschlossen, mich von einer Folge *Sons of Anarchy* berieseln zu lassen.

Es knisterte, als ich in die Tüte Nachos neben mir griff. Wenn ich lange genug hierlag, würde ich vielleicht festwachsen und mit Netflix verschmelzen. Dann würde ich nicht einen weiteren Gedanken mehr an letzte Nacht verschwenden oder an meine Nervosität, dass Creed jeden Moment hier auftauchen konnte.

Vom offen stehenden Fenster neben meinem Bett erklang das Prasseln von Regen, wie auch schon den ganzen Tag und, laut Wetterbericht, auch den Rest der Woche.

Beinahe verschluckte ich mich an meinem Eiskaffee, als es an meiner Tür klopfte. Ich lag auf dem Bauch, meine Zehen berührten die Wand über meinem Kopfteil, und ich hatte meine Arme um mein Kopfkissen geschlungen. Umständlich warf ich einen Blick über die Schulter, und genau neben meinem rechten Fuß öffnete sich die Tür, und Carla steckte den Kopf ins Zimmer. »Ich bin wieder da.«

»Warst du weg?«, fragte ich aufziehend und streckte ihr die Zunge raus. Wie so oft war Carla bei Mitchell gewesen, doch wegen ihrer Brüder und dem noch immer sehr schleichend vonstattengehenden Umzug zu Alma und Vince war sie heute hergekommen. Weil Mateo und Oskar heute ebenfalls kommen würden. Wir alle waren erleichtert, dass die Jungs endlich ganz offiziell bei Alma und Vince wohnen konnten. Vor allem Carla war erleichtert, doch sie konnte auf der anderen Seite auch nicht gut loslassen. Jeder konnte sehen, wie sehr sie ihre Brüder liebte, auch wenn sie einen in den Wahnsinn treiben konnten – selbst ich mochte sie, und ich konnte Kindern normalerweise gar nichts abgewinnen.

»Du Witzwicht«, sagte Carla, trat in mein Zimmer und schloss die Tür hinter sich.

Ich verdrehte die Augen. »Das heißt ›Witzbold‹, Santos.«

»Mir egal, du bist ein sturer, stolzer Esel!«

»Wow, heute gibt es die Komplimente wohl kostenlos zum Mitnehmen.«

»Du solltest Creed anrufen.«

»Wieso sollte ich das tun?«, fragte ich und wandte mich wieder meinem Laptop zu, drückte jedoch auf Pause. »Wir gehen heute immerhin miteinander aus.«

Das schien Carla ganz offensichtlich kalt zu erwischen. »Was?«

Ich wollte triumphierend grinsen, aber vermutlich war es nur eine ziemlich nervöse Grimasse.

»Wann ist das passiert? Ich dachte, ihr würdet nicht miteinander reden! Weil er erfahren hat, wer du …« Sie senkte die Stimme. Dann zischte sie: »*Ay*, wegen Daisy!«

»Creed war gestern im Club, wir haben geredet, ich habe ihm erklärt, wieso ich tanze, und habe ihm sogar von meiner Ma erzählt. Er hat mich auf ein Date eingeladen, und ich habe Ja gesagt.« Ich zuckte mit den Schultern, auch wenn ich spüren konnte, dass sich meine Brust vor Aufregung und Dutzender unklarer Gefühle zusammenzog. Ich hatte Angst. Doch ich war auch erleichtert und freute mich. Vielleicht konnte man es als *panisch-verunsicherte Euphorie* bezeichnen.

Carlas grünbraune Augen stierten mich noch immer an. »*Mierda*, wieso hast du mir das nicht erzählt?«

»Hab ich doch. Eben gerade.«

Sie setzte sich auf meine Bettkante, was mich dazu bewegte, mich ebenfalls aufzusetzen.

»Hast du ihm wenigstens endlich gesagt, was du fühlst?«

Ich lachte erschrocken auf. »Was, hast du auf dem Campingtrip irgendwelche komischen Pflanzen gegessen, von denen du jetzt halluzinierst? Ich … oh«, sagte ich und hob erschrocken die Augenbrauen. Erinnerungen von letzter Nacht schossen mir durch den Kopf. »Vielleicht doch.«

»Was?«

»Ich glaube, er hat mir gesagt, dass er mich will. Und dann habe ich es erwidert, irgendwie.«

Carla seufzte auf und schüttelte den Kopf. »Endlich. *Dios mio*, das war die schwerste Geburt in der Geschichte der Menschheit!«

Ich bedeckte das Gesicht mit den Händen. »Hör auf damit, Carly. Außerdem weiß ich noch nicht … Ich weiß noch nicht, was das alles zu bedeuten hat. Ich habe ihm etwas vorgemacht und ich glaube einfach nicht, dass er mir das einfach so verzeiht.«

Ich linste durch die Finger und sah, wie Carla die Augen verdrehte. »Ihr zwei seid gleichermaßen Trottel. Kaum liegen keine Steine mehr auf eurem Weg, rollt ihr im Teamwork gemeinsam wieder welche drauf. Jetzt warte doch erst mal das Date ab. Rede mit Creed. Du kannst das Denken nämlich nicht einfach für ihn übernehmen.«

Carla erhob sich wieder von meiner Bettkante, und ich setzte mich aufrechter hin. »Das war auch schon mein Ted Talk. Wir sehen uns später, ich muss wieder los. Viel Spaß bei eurem Date, und erzähl mir danach jedes Detail.« Sie küsste meine Wange, und das wissende Funkeln in ihren Augen machte es nicht besser. Dann verließ Carla mein Zimmer, ehe ich mich grollend wieder auf den Bauch legte.

Doch in der Sekunde, als ich auf Play klickte, öffnete sich meine Zimmertür erneut.

»Übrigens«, sagte Carla, »Creed hat gerade seinen Wagen vor dem Haus geparkt, ich hab es durch das Fenster in Oskars und Mateos Zimmer gesehen.«

Hastig setzte ich mich auf. »Was?!«

Carla grinste breit und schloss die Zimmertür wieder. Mein Herz machte einen gehörigen Satz. Ganz offenbar hatte Carla es nicht bloß gesagt, um mich aufzuziehen. Ein paar Augenblicke später hörte ich nämlich, wie sich die Haustür öffnete, und dumpf das Murmeln von

Stimmen. Ich wollte mich davor wappnen, hielt jedoch trotzdem die Luft an, als es kurz und knapp erneut an meiner Tür klopfte.

Mit großen Augen sah ich zu, wie Creed sie öffnete.

»Hi«, sagte ich. Wieso um alles in der Welt war er schon da? Hatten wir nicht …

Ah. Da lag das Problem. Wir hatten keine Uhrzeit ausgemacht.

Er betrachtete mich, und seine Miene wurde sanfter. »Selber hi.«

Für eine ganze Weile traute ich mich gar nicht, mich zu rühren. Wir sahen uns einfach nur an, und dabei schlug mein Magen Purzelbäume. Creed öffnete die Tür noch ein Stück weiter und befeuchtete seine Lippen. Wie die Motte vom Licht wurde mein Blick davon angezogen, auch wenn ich mich einen Sekundenbruchteil später ermahnte, es nicht zu tun.

»Können wir schon los?«, fragte er.

Ich blinzelte überrascht. »Äh … klar.«

»Na dann, ich warte im Wohnzimmer auf dich.« Er zwinkerte mir zu, ehe er die Tür wieder schloss und sich Schritte entfernten. Verblüfft stierte ich in die Luft. Dann machte mein Herz einen Satz, und ich setzte mich in Bewegung.

Ich klappte meinen Laptop zu, schlüpfte in Sneaker, schnappte mir mein Telefon und meine Schlüssel und stopfte sie in die Hose meiner kurzen Jeans. Dann erhaschte ich den Anblick meines Spiegelbildes im kleinen Spiegel über meiner Kommode.

Ein leiser Fluch entfuhr mir, und ich versuchte hastig, mich ein wenig zurechtzumachen.

Ein paar Minuten später riss ich meine Zimmertür auf und trat ins Wohnzimmer.

Creed blickte vom Sofa auf. Es entging mir nicht, wie seine Augen für einen Augenblick auf meinen Beinen hängen blieben. Es sollte mir nichts ausmachen, er hatte mich schließlich schon in viel freizügigeren Sachen gesehen, wie gestern Nacht zum Beispiel. Trotzdem wurde mir glühend heiß.

»Los geht's«, sagte er, klatschte in die Hände und bedeutete mir, ihm zu folgen.

Wie zu erwarten, war es nass und kühl draußen. Kleine Haarsträhnen lösten sich aus meinem Pferdeschwanz und peitschten mir ins Gesicht.

Ich schlang die Arme um mich und stieg auf den Beifahrersitz von Creeds Jeep. Das Wageninnere war angenehm warm und windstill, und ich seufzte auf.

Creed stieg ebenfalls ein, und ohne ein Wort zu sagen, startete er den Motor und lenkte das Monstrum vom Parkplatz. Die Wolken am Himmel waren pechschwarz, und der Nieselregen setzte wieder ein. Es dämmerte bereits.

Ich war so nervös, wie schon lange nicht mehr, und ich hatte keine Ahnung, was ich sagen sollte. Obwohl Creed und ich schon so oft gemeinsam in seinem Wagen gesessen hatten.

Nur waren wir noch nie auf einem Date gewesen.

Er räusperte sich, schwieg ansonsten jedoch auch. Fast als ginge es ihm wie mir. Ich fragte mich, was in seinem Kopf vorging. Er schien hin- und hergerissen, was ich von ihm nicht kannte.

Erst als wir auf die Mainstreet abbogen, durchbrach Creed endlich die Stille. »Bist du gestern gut nach Hause gekommen?«

Ein Schmunzeln machte sich auf meinen Lippen breit. »Ganz offensichtlich, sonst wäre ich wohl nicht hier.«

Wieder Stille.

»Und du?«, fragte ich. »Bist du gestern gut nach Hause gekommen?«

Er lachte auf, worin ich kurzerhand einstieg. Wir hielten nie Small Talk.

»Ja. Total«, erwiderte er. »Ehrlich gesagt war ich sogar kurz hinter dem Club. Dann bin ich aber gegangen, weil das keine gute Idee gewesen ist.«

Ich hob die Augenbrauen. »Ach ja?«

»Ganz offensichtlich«, sagte er lächelnd. »Aber jetzt sind wir ja beide hier. Das ist gut. Und ich habe einen riesigen Hunger.«

»Was genau ist der Plan?«, fragte ich vorsichtig.

»Das sagte ich doch gestern schon. Wir fahren zum Drive-in. Das bin ich dir schuldig.«

»Du bist mir gar nichts schuldig, Creed«, sagte ich leise und sah ihn an. Sein Blick war auf die Straße gerichtet, doch ich konnte sehen, wie sich sein Griff um das Lenkrad verstärkte und sein Lächeln Risse bekam.

»Ich denke, wir sind uns gegenseitig eine Menge schuldig.«

Ich hob eine Augenbraue. »Denkst du?«

»Ich habe dir zum Beispiel nie erzählt, wieso ich Ches nach Fletcher begleitet habe. Oder wieso ich geblieben bin. Ich … Ich habe kein Recht, wütend auf dich zu sein, dass du nicht ehrlich zu mir warst, Lenny. Du hattest deine Gründe, und es sind allesamt welche, die ich jetzt verstehen kann. Ich war auch nicht ehrlich zu dir, und der einzige Grund dafür ist, dass ich nicht mal ehrlich zu mir selbst war. Deshalb darf ich dir nicht mehr böse sein. Wir sind quasi quitt.«

Ich spannte mich an. »Creed, das hier ist kein Spiel, bei dem man Gleiches mit Gleichem neutralisieren kann. Du bist mir nichts schuldig, und es ist dein gutes Recht, wütend auf mich zu sein. Ich habe dich angelogen und dir etwas vorgemacht.«

Er ging nicht darauf ein. Erneut runzelte ich die Stirn und betrachtete ihn. Er verhielt sich absolut sonderbar.

Nachdem er einen Truck überholt hatte, warf er mir einen kurzen Blick zu. Er wirkte ernster als zuvor. »Ich sage nicht, dass ich nicht verletzt bin, Len. Oder mich nicht betrogen fühle. Aber ich möchte lernen, mit alldem umzugehen. Ich bin noch lange nicht so weit, aber ich bin bereit, mich darauf einzulassen, dir irgendwann zu verzeihen.«

Ein nervöses Kitzeln erfüllte meinen Bauch, und mein Magen zog sich zusammen. »Okay«, sagte ich leise. Und es war alles, was ich erwiderte. Ich war beschämt und betroffen. Doch ich war auch überwältigt von seinen Worten, dass er … dass er so offen und ehrlich war. Es war alles andere als eine Selbstverständlichkeit, ein solches Entgegenkommen zu erhalten.

Den Rest des Weges schwiegen wir wieder. Creed nahm die Ausfahrt, die zur kleinen Tankstelle und zum Drive-in führte.

Wir bestellten am Schalter etwas zu essen, ehe Creed zahlte und eine große Papiertüte sowie zwei Softdrinks entgegennahm. Ich nahm sie ihm ab, dann parkte er auf dem leeren Parkplatz, der von tief liegenden Trauerweiden umgeben war. Er ließ den Motor verstummen und schaltete das Licht im Wageninneren an. Stille erfüllte im nächsten Moment die nach Burgern und warmer Pappe riechende Luft, welche nur vom prasselnden Regen und vom leisen Pfeifen des Windes außerhalb des Wagens unterbrochen wurde.

Noch immer schwiegen wir uns an, doch es fühlte sich nicht mehr angespannt an. Das hier war etwas, was wir kannten, vertrautes Terrain. Wir waren unzählige Male in diesem Drive-in gewesen.

Als Erstes reichte ich Creed die Fritten, weil ich wusste, dass er sie am liebsten zuerst aß, wenn sie noch warm und knusprig waren. Er mochte keine Kartoffeln, und frische, heiße Fritten waren die absolute Ausnahme, die er überraschenderweise aber ziemlich liebte. Ohne Ketchup, ohne alles.

Ich packte meinen dreifachen Cheeseburger aus und nahm einen großen Bissen.

»Verdammt, der ist gut. Wir waren lange nicht mehr hier«, stieß ich hervor.

Er nuschelte irgendetwas, was wie »Ich weiß« klang, doch wie viele Fritten er auch immer im Mund hatte, es waren zu viele, um ihn noch zu verstehen.

Unsere Blicke begegneten sich und … mit einem Mal fühlte sich das hier an wie das Natürlichste der Welt. Etwas, was wir schon etliche Male getan hatten. So seltsam die letzten Wochen auch gewesen waren, Das hier war etwas, was wir draufhatten. Und es fühlte sich unheimlich gut an.

»Na gut«, sagte er und klopfte sich das Salz von den Fingern. »Lasset das Date beginnen. Wechseln wir uns am besten mit den Fragen ab. Jeder darf aber immer nur eine stellen.«

Seufzend rutschte ich tiefer in den Beifahrersitz. »Fang du an«, sagte ich. »Mir fällt grade keine gute Frage ein.«

»Okay«, sagte er, so als hätte er nur auf den Moment gewartet. »Tun wir so, als wäre das wieder unser erster gemeinsamer Abend.«

Ich hob die Augenbrauen. »Meinst du den Abend in deinem Auto mit dem Junkfood und dem Babybrei?«

»Genau der. Spulen wir zurück. Willst du wissen, was ich gedacht habe, als ich dich zum ersten Mal gesehen habe?«

»Keine Ahnung«, sagte ich und runzelte die Stirn. »Du hast mir die Tür einer Bar ins Gesicht geschlagen. Vermutlich hattest du Mitleid und ein schlechtes Gewissen.«

Er schob sich wieder Fritten in den Mund, kaute und nickte. Dann griff er nach seinem Softdrink, setzte den Strohhalm an und spülte die Fritten hinunter. Ich tat es ihm nach und gab mir große Mühe, meinen Burger nicht zu verschlingen. Das würde nur zu Stressschluckauf führen. Aber er war wirklich gut.

»Nachdem das passiert ist, dachte ich, es sei die ideale Ausrede, um dich anzusprechen und dir einen Drink auszugeben.«

Ich schnaubte und biss wieder in meinen Burger. »Ja klar«, nuschelte ich. Dann erstarrte ich. Oh, oh. Das Wachspapier war voller Burgersoße und drohte, zusammen mit einer Tomatenscheibe, zu fallen.

Fieberhaft überlegte ich, wie ich mich und Creeds geliebten Wagen schnellstmöglich retten konnte, da begegnete ich seinem Blick. Ohne etwas sagen zu müssen, verstand er, griff in die Tüte, die auf meinen Knien balancierte, holte Servietten heraus und wickelte sie von unten an mein Burgerpapier. Dann wischte er mir erstaunlich sanft und erstaunlich sorgfältig Krümel vom Schoß. Er tat es, als sei es eine Selbstverständlichkeit, doch mein ganzer Körper geriet in Aufruhr, wurde elektrisch aufgeladen.

Ich starrte ihn an und rang nach Luft. »Danke.«

»Keine Ursache.« Er erwiderte meinen Blick. Dann sah er auf die Papierserviette in seiner Hand, ehe er den Arm ausstreckte und Soße von meinem Mundwinkel wischte. »Ich kann nicht fassen, dass du immer noch nicht weißt, wie man Burger isst.«

Ich zuckte mit den Schultern, auch wenn ich am liebsten aufgeseufzt hätte. »Jeder hat sein Päckchen zu tragen.«

»Wir waren gerade dabei, über unseren ersten Abend zu reden«, sagte er mit aufblitzenden Augen. »Wieso glaubst du mir nicht, dass ich dich angraben wollte?«

Wieder schnaubte ich. »Weil du mich nie angegraben hast.«

»Oh, Len. Ich habe sogar behauptet, dass Leo mich rausgeschmissen hätte, um nicht wie ein Weirdo zu wirken, der dir in den Supermarkt folgt.«

»Leo hat dich gar nicht rausgeschmissen?« Ich hob die Augenbrauen und ließ meinen Burger sinken.

Ohne mich aus den Augen zu lassen, schüttelte er den Kopf. »Nope. Ich war schon öfter in der Bar gewesen, Leo kannte mich über Vince. Ich wollte aber den Abend mit dir verbringen, und dass er dich rausgeworfen hat, hat mir die ideale Ausrede gegeben, um dich anzusprechen. Nach unserem Abend habe ich Ches erzählt, dass ich meine Seelenverwandte gefunden hätte.«

Ich spürte, wie mir glühend heiß wurde. »Creed, hör auf, so was zu sagen.«

»Aber es ist wahr!« Er wirkte nicht spöttisch, sondern verblüffend ernst. »Ich habe gar nicht mehr aufgehört, von dir zu reden. Bis zu dem Abend, als ich herausfand, dass du Vincents Nichte bist und du den Käfig kennst – und du mich gefriendzoned hast.«

»Bitte was?«, fragte ich und sah ihn ungläubig an.

Er zuckte nur mit den Schultern und schob sich wieder Fritten in den Mund. »Es ist, wie es ist. Ich wurde volle Kanne *gekumpelt.* Mehrfach über die letzten Jahre.«

»Ich habe dich noch nie gefriendzoned!« Ich packte den Burger zusammen, wickelte ihn in die Servietten und verstaute ihn wieder in der Tüte, die ich anschließend in meinen Fußraum stellte. Ich war viel zu nervös, um weiterzuessen.

Er verdrehte die Augen und lachte auf. »Klar hast du das. Andauernd. Zusammen mit den anderen offensichtlichen Gründen habe ich dann jedenfalls beschlossen, dass es wohl besser ist, wenn ich dir nicht länger hinterherrenne.«

»Welche offensichtlichen Gründe?«

»Ches hatte gerade erst im Käfig angefangen, wir hatten den Job bei Vince bekommen, und ich dachte, dass ich etwas Gutes tue, wenn ich Abstand zwischen uns bringe. Ich wollte dich beschützen, vor mir und allem, womit Ches und ich zu tun hatten.«

»Deshalb habe ich dich nach unseren ersten zwei Begegnungen für bestimmt zwei Monate kaum zu Gesicht bekommen?«, fragte ich ungläubig.

Zur Antwort lächelte er schief, dann stopfte er die leere Packung seiner Fritten ebenfalls in die Tüte im Fußraum, reichte mir ein Erfrischungstuch und nahm sich selbst eins. Kurz darauf erfüllte der beißend zitrusartige Alkoholduft das Wageninnere, während wir unsere Hände säuberten.

»Hättest du mich gefragt, hätte ich Ja gesagt.«

Creed blickte auf. »Was meinst du?«

Diesmal ließ ich meine Angst nicht gewinnen. Diesmal hielt ich seinem Blick stand. »Hättest du mich damals nach einem Date gefragt. Ich hätte Ja gesagt.«

Einen unerträglichen Augenblick lang hingen unausgesprochene Worte zwischen uns in der Luft, die ich nicht benennen konnte. Doch sie jagten mir Angst ein und verknoteten mir den Hals.

Langsam stieß Creed den Atem aus und ließ den Kopf gegen das Kopfteil sinken. »Verflucht noch mal«, flüsterte er.

Wir starrten hinaus in das verregnete, wolkenbehangene Zwielicht. So sehr wie in diesem Moment hatte mein Herz noch nie geglüht. Das Gefühl strahlte durch meinen ganzen Körper und ließ mich erschaudern.

Ich räusperte mich. »Ich bin dran. Wieso hast du Ches nach Fletcher begleitet?«

Creed schwieg einen Moment und blickte weiter in die Dämmerung. »Ich bin bei ihm, Maxx und ihren Eltern aufgewachsen. Sozusagen. Wir kennen uns schon, seit wir kleine Jungs waren, weil ich mit Maxx im gleichen Jahrgang war. Er hat mitbekommen, dass ich manche Nächte im Park geschlafen habe und nicht zu Hause – und zum Glück hat es nur Maxx mitbekommen und nicht die Polizei. Susan und Gerald, seine und Chesters Eltern, haben mich daraufhin ein paar Nächte bei ihnen schlafen lassen. Sie haben mit meinem Dad und meiner Mom gesprochen, dann wurde es eine Zeit lang besser. Aber es hielt nicht lange an. Bis zur Scheidung meiner Eltern habe ich so oft bei Ches und Maxx übernachtet, dass ich mich dort zu Hause gefühlt habe. Ich war wie der dritte Bruder, sowohl in meinen Augen als auch in denen der Jungs und ihrer Eltern. Wir haben sogar die Feiertage zusammen verbracht. Ches, Maxx und ich waren die besten Freunde und haben alles zusammen gemacht. Als mein Dad das Sorgerecht bekam, weil meine Mutter high von Aufputschmitteln ihren Wagen zu Schrott gefahren hatte, haben Susan und Gerald mir unter dem Dach ein eigenes Zimmer eingerichtet. Mein Dad hat schräg gegenüber gewohnt, deshalb ist es ihm gar nicht aufgefallen, dass ich ausgezogen bin. Er hat ganze drei Jahre gebraucht, um es zu bemerken.« Er zog die Stirn in Falten. Dann lächelte er müde. »Meine Eltern waren nie gewalttätig. Ich war ihnen einfach vollkommen egal. Sie wollten nie ein Kind, und das hat sich nach meiner Geburt vermutlich eher verschlimmert als verbessert. Sie haben meine Geburtstage vergessen oder mir nichts bis auf Schrott oder ungeliebte Geschenke von Verwandten zu Weihnachten geschenkt. Mein Vater hatte manchmal bessere Phasen, in denen er sich kurzzeitig um mich bemüht hat. Aber es war nie echt. Nicht ehrlich. Dann hat er innerhalb von fünf Jahren vier Mal geheiratet und jedes Mal wieder dafür gesorgt, dass ich Hoffnung auf eine richtige Familie bekam. Ich weiß nicht, wieso sie mich nicht geliebt haben oder wieso ich ihnen so gleichermaßen egal war, aber es war, wie es war. Man kann sich seine Eltern schließlich nicht aussuchen. Mit meiner Mutter habe ich seit meinem siebzehnten Lebensjahr nicht mehr gesprochen, und als ich aufs College ging, hatte mein Dad plötzlich den magischen Sinneswandel und wollte eine Beziehung zu mir aufbauen. Lag vermutlich an Ehefrau Nummer sechs. Aber da hatte ich schon kein Interesse mehr. Ich hatte Gerald und Susan. Und Ches und Maxx. Sie waren meine Familie und sind es immer noch.«

»Tut mir leid«, murmelte ich.

Creed warf mir einen Blick zu, und die Wärme darin ließ mich den Atem anhalten. »Das muss es nicht, Lenny.«

»Deshalb fiel es dir so leicht, einfach zu gehen?« Allein die Vorstellung, wie ein kleiner Creed irgendwo auf der Parkbank übernachtete, sorgte dafür, dass meine Brust eng wurde.

»Ja. Na ja. Eventuell hat Ches mich ein- oder zweimal davor bewahrt, ziemlichen Mist zu bauen oder die eine oder andere Schlägerei zu weit gehen zu lassen. Sie hatten etwas gut bei mir.«

Ich schnaubte. »Ein- oder zweimal?«

Er grinste breit. »Eine Zeit lang habe ich mich dauernd prügeln wollen, weil ich eine ziemliche Wut auf die Welt hatte. Mit fünfzehn habe ich sogar schwarzen Kajal getragen.«

»Halt die Klappe«, sagte ich und lachte auf. »Ich glaub dir kein Wort. Du als Schläger? Das kann ich mir gar nicht vorstellen. Du bist viel zu anständig für so was.«

Creed lachte und zuckte mit den Schultern. »Ob du mir glaubst oder nicht, bleibt dir überlassen. Ich war sogar sehr tiefgründig und hatte einen Hang zur Melodramatik. Zum Glück hatte ich mein Skateboard und den MP3-Player von Ehefrau Nummer drei, auf dem ich sehr laut Blink-182 hören konnte.« Nachdenklich wanderte sein Blick über mein Gesicht, aus so verschleierten Augen, dass ich mir nicht sicher war, ob er sich dessen überhaupt bewusst war. Doch mir war es nur allzu deutlich bewusst.

»Ich werde bei Ches, Maxx und ihren Eltern für immer in der Schuld stehen. Mit meinem besten Freund nach Fletcher zu kommen, als er mich gebraucht hat, war das Mindeste, was ich tun konnte.«

Ich runzelte die Stirn. »Aber hast du nicht sogar dein Studium abgebrochen?« Das war eines der wenigen Details, die Creed einmal erwähnt hatte.

Er zuckte mit den Schultern. »Es hat sich sowieso nicht richtig angefühlt. Wenn ich ehrlich bin, hat sich nichts so wirklich richtig angefühlt. Ich wusste nicht, wo ich hingehöre. Ich hatte keine Ahnung, was ich werden wollte. Ich wusste also nicht nur nicht, wohin ich gehörte, sondern auch nicht, wohin ich wollte. Ich … Ich war verloren. Und das für eine ziemlich lange Zeit.«

Ich sah, wie er schluckte. Er schien es verstecken zu wollen, doch ich konnte die Traurigkeit in Creeds Augen sehen. Ein Ausdruck, der auf seinem schönen Gesicht fremd wirkte.

Bevor ich darüber nachdenken konnte, streckte ich die Hand aus und legte sie an seine Wange. Er blickte überrascht auf, doch ich zog meine Hand nicht fort, und Creed wich nicht zurück. Im Gegenteil – er legte seine Hand über meine. Und schmiegte seine glatt rasierte Wange in meine Handfläche.

Die Wärme, die sich mit einem Mal in mir ausbreitete, drang bis in meine Knochen.

Er drehte den Kopf zur Seite, küsste meine Handfläche, flüchtig und kurz, so als würde er so was andauernd bei mir machen, und fuhr fort. So als sei es nichts gewesen. So als würde die Haut, dort wo er sie geküsst hatte, nicht augenblicklich zu brennen beginnen.

»Als Ches nach Fletcher ging, wusste ich, dass ich auf ihn achtgeben musste. Nicht nur, weil ich es ihm schuldig war, sondern auch, weil es mein Ding war. Ich habe mich immer für die eingesetzt, die mir wichtig waren.«

Ich nickte langsam, zwang mich dazu, normal weiterzuatmen, auch wenn meine Hand noch immer an seiner Wange lag. »Deshalb deine Ausbildung.«

»Deshalb meine Ausbildung«, wiederholte er und nickte. Ein Lächeln umspielte seine Lippen. »Ich habe das Gefühl, endlich meinen Platz gefunden zu haben. Die Polizeischule ist genau das, was ich brauche. Ich kann das Beschützen anderer zu meinem Beruf machen, meiner Berufung.«

Wieder nickte ich. Dann spürte ich, wie sich ein schlechtes Gewissen in mir meldete. »Tut mir leid, dass ich so mies reagiert habe, als du mir davon erzählt hast. Ich …« Vielleicht war es an der Zeit, wirklich ehrlich mit ihm zu sein. Auch wenn sich bei den Worten, die sich auf meiner Zunge vorformten, alles in mir sträubte. Ich zog meine Hand zurück und biss mir auf die Unterlippe. »Ich war sauer auf dich, weil du Daisy geküsst und du es ihr vor mir erzählt hast. Meine ganze Welt ist sozusagen in Flammen aufgegangen.«

Er hob die Augenbrauen. »Oh. Ich … tut mir leid.«

»Was? Nein, mir tut es leid.« Ich spürte, wie mein Gesicht zu glühen begann. »Ich bin diejenige, die alles und jeden angelogen hat.«

Wir schwiegen eine Weile. Vermutlich, weil Creed bewusst war, dass ich recht hatte. Deshalb war ich bei seinen nächsten Worten erst recht verblüfft.

»Ich glaube, das stimmt so nicht ganz.«

Ich blickte auf. »Was meinst du?«

»Du hast mit den anderen nie über deinen Job gesprochen. Du hast sehr deutlich gemacht, dass du nicht drüber reden willst, aber gelogen hast du nicht. Bis auf Carla hast du so ziemlich jeden auf Abstand gehalten. Du hast niemandem etwas vorgemacht. Nur mir. Du warst immer echt, Lenny.«

Vermutlich sollte ich mich dadurch besser fühlen, aber das Gegenteil war der Fall. Ich verzog das Gesicht. »Das macht es nicht besser, Creed.«

»Doch.« Sein Mundwinkel zuckte. »Du denkst, dass du allen etwas vorgemacht hast, aber eigentlich hast du nur mir etwas vorgemacht. Und vielleicht dir selbst. Aber dadurch, dass du niemanden an dich heranlässt, kam es nie weit genug, dass du andere belügen konntest.«

Auf eine seltsam verstörende Art und Weise wurde mir klar, dass Creed recht hatte. Doch so wirklich besser fühlte ich mich dadurch noch immer nicht.

Ich seufzte. »Es tut mir trotzdem leid. Vielleicht … hätte ich sofort ehrlich zu dir sein sollen. Dann wäre das alles nicht passiert.«

Er zuckte mit den Schultern. »Wer weiß das schon. Ich meine, klar. Das hättest du. Aber ich kann verstehen, dass du es nicht warst, Lenny. Dinge sind nicht immer schwarz und weiß, und vermutlich hätte ich ähnlich gehandelt.« Sein Blick wurde nachdenklich. Er betrachtete mich. »Das macht es ja so schwer für mich.«

»Was meinst du?«, fragte ich leise.

»Ich weiß nicht, ob ich wütend sein soll oder nicht. Ich bin einfach von Grund auf verwirrt. Ich denke, ich muss einfach … Ich weiß nicht, wie ich …« Er fuhr sich mit den Händen über das Gesicht. Dann sah er mich wieder an. Diesmal konnte ich einen angespannten Zug um seinen Mund herum erkennen.

»Deine Arbeit im Club ist der Wahnsinn. Du tanzt wie eine Göttin und hast all den Erfolg in jeder Hinsicht verdient. Ich habe also kein Recht, auf irgendwelche Kerle loszugehen, nur weil sie dich tanzen sehen wollen. Ich habe kein Recht, wütend oder empört oder eifersüchtig zu sein, wenn das passiert. Oder wenn du ihnen einen … Scheiße noch mal, wenn du ihnen einen Lapdance gibst. Das ist dein Job, und du hast gesagt, du liebst ihn. Und … das muss ich irgendwie akzeptieren. Aber verdammt, Lenny. Du bist …«

Ich lächelte verkniffen und senkte den Blick. »Ich weiß«, murmelte ich.

Dann starrten wir beide wieder aus dem Fenster.

Ich wusste nicht, wieso, aber plötzlich war mir zum Heulen zumute. Ich liebte das *Dolly House* ... aber mit einem Mal, zum ersten Mal, schämte ich mich dafür. Mit einem Mal wünschte ich mir, dass es kein Stripclub wäre. Obwohl ich es mochte. Obwohl es mir Spaß machte. Dieses verfluchte Gefühlschaos wollte mich umbringen.

»Creed«, flüsterte ich flehend. »Es tut mir ...« –

»Bitte«, sagte er heiser. »Nicht. Entschuldige dich nicht dafür. Du hast ja recht. Aber ich weiß noch nicht, ob ich damit klarkomme. Ich weiß es einfach nicht.«

Ich nickte, weil mir nichts anderes übrig blieb. Wenn ich vor wenigen Augenblicken noch geglaubt hatte, ihm wieder näher zu sein, dann war das jetzt vorbei. Ich hatte das Gefühl, als wäre die Kluft zwischen uns beiden nie größer gewesen.

»Hilft es dir, wenn ich dir mehr davon erzähle?«, fragte ich vorsichtig und wagte einen Blick zu ihm.

Er schien wirklich den Eindruck zu machen, als würde er darüber nachdenken. Schließlich nickte er. Gut. Das war gut. Ein Anfang. Er stürmte nicht wütend davon, er schrieb mich nicht einfach ab (abgesehen davon, dass wir in seinem Wagen saßen und er das sowieso nicht machen konnte). Aber er jagte mich nicht zum Teufel, und dafür war ich ihm unendlich dankbar.

Ich sammelte mich, sammelte meine Gedanken und atmete tief durch. Dann setzte ich mich aufrechter hin. »Okay. Es gibt ein paar Regeln im *Dolly House,* die jeder befolgen muss, nicht nur unsere Gäste, sondern auch wir. Majid kommt aus schwierigen Verhältnissen, und wenn es um den Ruf seines Clubs geht, ist er sehr empfindlich. Er möchte ein seriöses Bild wahren, und er möchte, dass es uns Mädchen gut geht. Deshalb auch die strikte Kleiderordnung für die Gäste, die vielen Sicherheitsleute, die Kameras und so was. Wenn Gäste zu viel trinken, fliegen sie raus, genauso wenn sie Fotos machen oder sich danebenbenehmen. Dazu gehört auch der Umgang mit uns. Wenn uns jemand blöd anmacht oder begrapscht, hat Majid eine sehr niedrige Toleranzschwelle. Was die Regeln für uns Mädchen angeht, ist er auch ziemlich strikt. Keine Drogen, kein Alkohol, kein Sex mit den Kunden, kein Geknutsche oder Gefummel. Deshalb ist er auch so ausgetickt, als er uns beide zusammen gesehen hat.« Ein verlegenes Lächeln machte sich auf meinen Lippen breit, und ich versuchte, es zu kaschieren, indem ich so tat, als würde ich gähnen. So wie Creed mich ansah, schien er mich jedoch durchschaut zu haben. Sein Blick verdunkelte sich … fast so, als würde er, genau wie ich, für einen kurzen Moment an diesen Kuss denken. Unseren. Unseren ersten Kuss. An die Art und Weise, wie seine Hände über meinen Körper gefahren waren. Wie hungrig unsere Lippen sich aneinandergeschmiegt hatten. Das Gefühl, wie …

Ich räusperte mich. Schon wieder. Denn die Luft im Wageninneren schien plötzlich zu dick, um sie noch atmen zu können.

»Jedenfalls … läuft das bei meinen Shows sonst nicht so. Das war das erste Mal. Ich bin absolut kein Fan davon, von Kerlen auch nur angefasst zu werden, wenn ich für sie tanze. Ich hatte noch nie etwas mit einem Kunden am Laufen, und es haben sich in den Jahren vielleicht erst zehn oder fünfzehn Männer bei meinen Shows danebenbenommen. Ich finde, das ist eine gute Zahl. In anderen Clubs ist es fast schon an der Tagesordnung, dass irgendein Arschloch seinen Schwanz rausholt oder den Mädchen zwischen die Beine greift. Angel war zuerst für drei Monate in einem Club in Southdel, bevor sie zu uns gekommen ist. Da lief es ganz anders ab. Dauernd war die Polizei vor Ort. Vielleicht ist das *Dolly House* auch einfach eine Ausnahme, und wir haben mit Majid Glück gehabt.«

Creed nickte. Dann wurde es wieder still, und ich bemühte mich, nicht zu aufgekratzt zu wirken, während ich darauf wartete, dass er etwas sagte.

»Es tut …«

»Hör auf, dich zu entschuldigen, Lenny.«

Ich lachte auf. »Ich weiß, dass es schwer zu verstehen und schwer zu akzeptieren ist, was ich mache. Aber es gehört zu mir. Und … verdammt, ich bin eben, wie ich bin. Der Job ist viel mehr, als bloß zu strippen. Das ist nur ein Teil davon, ein Teil der Show. Der Job gibt mir Halt, er macht mir Spaß und ist meine Zuflucht. Ich kann nicht in die Zukunft sehen, aber vielleicht wird es dir mit der Police Academy ähnlich gehen, wenn du erst mal angefangen hast. Vielleicht wird sie dein Halt und deine Zuflucht. Und das würdest du dir auch nicht nehmen lassen wollen. Deswegen …« Ich stieß hart den Atem aus und drückte die Schultern durch. »Entweder akzeptierst du mich, wie ich bin, oder gar nicht.«

Da war es, ich hatte die Angst einflößenden Worte gesagt.

Ein aufgeregtes Beben breitete sich in mir aus. Oh, mein Gott. Ich hatte das getan, was ich mich zuvor nie getraut hatte. Und als ich Creed so betrachtete … merkte ich, dass es nicht halb so schlimm war wie angenommen – der Teil würde vermutlich noch folgen, je nachdem, wie Creed sich entscheiden würde. Doch die Worte auszusprechen, für mich selbst einzustehen, war einfacher, als ich erwartet hatte.

Verdammt, hatte ich zu viel Angst davor gehabt?

Creed lächelte. Es wirkte vorsichtig, doch gleichzeitig auch so sanft, dass ich schlucken musste. »So kenne ich dich.«

Ein Donnergrollen erklang in der Ferne, und der Regen wurde stärker, das Prasseln auf dem Autodach und der Windschutzscheibe lauter.

»Was meinst du?«, fragte ich und runzelte die Stirn.

Er betrachtete mich. Dann streckte er die Hand aus und strich mir eine Haarsträhne von der Wange.

»Selbstsicher und selbstbewusst«, sagte er, ohne seine Hand zurückzuziehen. »Du hast immer den Eindruck gemacht, als wüsstest du genau, was du willst. Das habe ich an dir schon immer anziehend gefunden. Und ich habe dich darum beneidet. Und bewundert.«

Ein erschrockenes Lachen entfuhr mir. »Ich bin nicht selbstsicher und selbstbewusst.«

»Nichts da. Du bist vielleicht sogar der selbstbewussteste Mensch, den ich kenne. Du bewegst dich mit einer Anmut, die ich noch nie zuvor erlebt habe. Du weißt mit Körpersprache umzugehen und wie du mit Blicken spielen kannst.«

Meine Schultern sackten nach unten. Meine Mundwinkel wanderten gleich mit. Ich senkte den Blick und wich zurück, bis seine Finger meine Wange nicht mehr berührten. Ein unerträgliches Gefühl beschlich mich. Ein Gefühl, das mich auch überkommen hatte, als Creed Daisy geschrieben hatte, als er sie geküsst hatte. »Was du da aufzählst, sind alles Dinge, die ich als Daisy tue. Das bin nicht *ich*, Creed.«

»Natürlich bist du das.«

»Nein. Es ist nur eine Rolle, die ich spiele.« Ich lachte auf, diesmal klang es jedoch weder erschrocken noch erfreut. Es klang enttäuscht. »Du hast ja nun mitbekommen, wie ich wirklich bin. Verängstigt und zurückgezogen und jederzeit bereit zur Flucht.«

»Lenny …«

Ein dunkler Teil von mir kochte hoch, den ich stets zu unterdrücken versuchte. Diesmal konnte ich jedoch nichts dagegen tun. Ich schloss die Augen. »Creed, ich weiß nicht, was ich ohne Daisy tun soll. Das mag für dich seltsam klingen, aber ohne diese Rolle … ohne diese Rolle bin ich nur Lenny.«

Wieder Donnergrollen. Der Regen wütete gegen das Auto.

»Verdammt«, flüsterte Creed, was ich durch das Prasseln beinahe nicht gehört hätte. »Du hast keine Ahnung, wie du auf andere Menschen wirkst, oder?«

Verblüfft blickte ich auf. Er verdrehte allen Ernstes die Augen.

»Len. Ich glaube, dir ist gar nicht klar, wie beeindruckend du bist. Und wie unglaublich und einnehmend deine Persönlichkeit ist. Ich habe Jahre gebraucht, um über meine Verknalltheit hinwegzukommen, und wie man sieht, habe ich …« Er schluckte. »Wie man sieht, waren meine Bemühungen vollkommen umsonst. Ich habe es nie geschafft, diese Verknalltheit zu überwinden. Bis heute nicht.«

Ich erstarrte.

Er sah mich so eindringlich und gleichzeitig liebevoll an, dass ich mich nicht einen Zentimeter bewegen konnte. »Wieso hast du nie …« Mein Puls wurde so laut, so schnell, dass ich meine eigenen Gedanken nicht mehr hören konnte. »D-Du hast nie etwas gesagt.«

Das Lächeln, das sich auf seinen Lippen ausbreitete, wirkte traurig. »Du weißt ja jetzt, wieso.«

»Du bist so ein Idiot, Parker«, flüsterte ich. »Schon seit unserer ersten Begegnung bist du für mich … bin ich in dich …« Wieso zum Teufel war es so verdammt schwer, über Gefühle zu sprechen? Wie machte das der Rest der Welt bloß?

Creed drängte mich nicht, den Satz zu vollenden. Der Ausdruck auf seinem markanten Gesicht, in seinen bernsteinfarbenen Augen ließ mich wissen, dass er verstand. Und das veränderte seine gesamte Haltung.

Er lachte auf. Erst kurz. Dann lachte er so sehr, dass er die Augen schloss und den Kopf aufs Lenkrad sinken ließ.

»Was ist so witzig?«, fragte ich und lächelte unsicher.

Er drehte den Kopf zur Seite und sah mich an, seine Augen funkelten amüsiert. »Wir sind beide seit Jahren ineinander verliebt und standen uns nur selbst im Weg. Wir hätten einfach nur ehrlich zueinander sein müssen. Oder zu uns selbst.«

Ich lachte auf. Dann dachte ich an all die Male, in denen ich mich von Creed in die Friendzone gedrängt gefühlt hatte. Ich dachte an die vielen Male, wenn wir zusammen im Dunkeln auf dem Sofa saßen und *Sons of Anarchy* gesehen hatten und ich geglaubt hatte, mir einzubilden, die Luft zwischen uns würde pulsieren. Wie ich geglaubt hatte, ich würde mir nur einbilden, dass der Abstand zwischen uns regelrecht knisterte, dass es nur meiner eigenen Verliebtheit geschuldet war.

Stöhnend fuhr ich mir durch den halb aufgelösten Pferdeschwanz und blickte hinaus in die schummrige Dämmerung.

Der Knoten in meiner Brust … es fühlte sich an, als hätte er sich gelöst. Und es fühlte sich an, als sei mein Herz auf doppelte Größe angeschwollen.

Ich schnappte nach Luft, als Creed an meinen Hinterkopf griff. Er zog, bis sich das Haargummi löste. Hastig drehte ich meinen Kopf herum und sah zu, wie er das Haargummi in seine Hosentasche steckte.

»So mag ich es lieber«, flüsterte er. Wie gebannt ließ er seine Hand in meine Haare gleiten. Eine Gänsehaut schoss meinen Rücken hinab, als seine Fingerspitzen meinen Haaransatz, genau hinter dem Ohr, entlangfuhren.

»Ich glaube, du hast keine Ahnung, wie sexy du gerade aussiehst, Lenny James«, sagte Creed mit heiserer Stimme. Und ohne jede Hemmung glitt sein Blick erst über das schwarze Shirt und dann über meine nackten Beine. Die Art und Weise, wie er mich betrachtete …

Ich atmete leise aus. Tief in meinem Bauch zog es sich zusammen, als ich sah, wie er sich gedankenverloren über die Lippen leckte.

»Ich wünschte, ich könnte die Zeit zurückdrehen«, murmelte er.

»Was würdest du anders machen?«, wisperte ich.

Er lächelte wieder. Erneut strich er mit den Fingern durch mein Haar, und jedes Mal, wenn er dabei meinen Hals, meine Schulter oder die Seite meiner Brust mit den Knöcheln streifte, rang ich nach Atem.

»Es gibt so vieles, was ich anders machen würde. Zunächst einmal aber unser erster Abend. Ich hätte dich nicht einfach gehen lassen sollen.«

»Das klingt fast schon gruselig«, bedachte ich und verkniff mir ein Lächeln. Creeds Grinsen wurde breiter. »Ich würde nichts daran ändern wollen, wie unser Abend bei mir im Wagen verlaufen ist. Aber als du dabei warst zu gehen, hätte ich es anders gemacht. Ich hätte deine Hand genommen.« Während er die Worte sprach, ergriff er mit der linken meine rechte Hand.

»Dann hätte ich dich zu mir gezogen.« Mit einem Ruck zog er mich zu sich, was mir einen erschrockenen Laut entlockte. Die plötzliche Nähe unserer Gesichter brachte meinen Puls gehörig aus dem Takt. Erneut schnappte ich nach Luft, und ich konnte sehen, dass er es ebenfalls tat. Der Griff an meiner Hand wurde sanfter. Federleicht strich sein Daumen über meinen Handrücken.

Seine Augen blitzten auf. »Na gut. Vielleicht nicht ganz so forsch. Aber ich hätte dich gebeten, noch nicht zu gehen.«

Ich schluckte schwer. »Und dann?«

Langsam richteten sich seine Augen auf meine Lippen, was mich die Luft anhalten ließ.

Deshalb blieb mir kaum etwas anderes übrig, als meinen Blick auf seine Lippen zu richten.

»Dann«, flüsterte er mit rauer Stimme, »hätte ich meine Hand genau hierhin gelegt.« Seine Finger lösten sich von meiner Hand und legten sich stattdessen auf meine Wange, mit dem Daumen an meinem Wangenknochen und den Fingerspitzen an meinem Haaransatz.

Ein machtloser, winziger Laut entfuhr mir, als die Wärme seiner Berührung bis tief unter meine Haut drang. So tief, dass ich mich nach mehr sehnte. So sehr, dass es schmerzte.

Wie in Zeitlupe bewegten wir uns aufeinander zu.

»Und dann?«, hauchte ich.

»Dann …« Unsere Nasenspitzen strichen aneinander, seine Stirn berührte meine. Er seufzte an meinen Lippen, so nah, dass ich die seinen an meinen spüren konnte. »Dann hätte ich dafür gesorgt, dass du nicht eine verdammte Sekunde lang die falsche Idee davon bekommst, wohin das mit uns beiden führt.«

Und mit diesen Worten küsste er mich. Sanft, langsam, bestimmt. Unsere Lippen schmiegten sich weich aneinander, und Creeds Hand legte sich vorsichtig an meinen Hinterkopf.

Ich erwiderte den Kuss. Meine Hände berührten seine Schultern, wanderten über seine Brust, schlangen sich um seinen Hals. Der Kuss war alles, was ich je gewollt hatte. Alles, was ich je gebraucht hatte. Leise seufzte Creed auf und zog mich näher zu sich. Unsere Lippen wurden mit jedem Atemzug begieriger. Fiebriger. Seine Zunge drang in meinen Mund, was ein heißes Ziehen meinen Bauch hinunterschießen ließ. Er knabberte an meiner Unterlippe, saugte an ihr und sorgte dafür, dass mir Hören und Sehen verging. Die plötzliche Lust in meinen Adern breitete sich rasend schnell aus. Ich sehnte mich danach, Creed überall zu spüren. Augenblicklich. Doch das geschah nicht. So leidenschaftlich Creed mich auch küsste – es war nur ein Kuss. Und er war schneller vorbei, als mir lieb war.

Ich seufzte, als wir uns voneinander lösten. Der dunkle, hungrige Blick, den Creed mir schenkte, sorgte dafür, dass sich ein süßer Schmerz zwischen meinen Beinen ausbreitete, der vor Hitze nur so pochte. Ich wollte ihn. Mehr als alles andere.

»Und jetzt?«, fragte ich und biss mir auf die Lippe. Mein Atem war flach, genau wie seiner.

Langsam breitete sich ein Grinsen auf seinen Lippen aus. »Jetzt bringe ich dich nach Hause, und morgen bitte ich dich um ein weiteres Date.«

Mit großen Augen sah ich ihn an. »Ernsthaft?«

»Wieso klingst du enttäuscht?« Seine Augenbraue hob sich, und um seinen Mund herum zuckte es verdächtig.

»Na ja …«, murmelte ich und fuhr mir gedankenverloren mit dem Daumen über die Unterlippe.

Creed lachte leise. Dann startete er den Motor und schaltete das Licht im Wageninneren aus.

Das schien es jedoch nur schlimmer zu machen. Der Himmel war mittlerweile schwarz. Die Dunkelheit sorgte dafür, dass mir jedes Geräusch lauter, jedes Empfinden stärker vorkam.

Creed bewegte den Jeep nicht einen Millimeter vom Parkplatz. Nur durch das Licht des Armaturenbretts und des Standlichts konnte ich sehen, wie seine Brust sich hob und senkte. Flach. Schnell.

»Willst du nicht fahren?«, flüsterte ich.

Der Scheibenwischer wanderte über die Windschutzscheibe. Ich konnte hören, wie Creed ausatmete. Dann sah er mich an.

Ohne darüber nachzudenken, lehnte ich mich zu ihm, legte meine Hand auf sein Knie. Ließ sie höher wandern.

Er schloss die Augen und fluchte beinahe tonlos. Und ich wünschte mir nichts sehnlicher, als mehr davon zu sehen. Mehr von ihm.

»Creed«, flüsterte ich. »Lass uns morgen auf ein Date gehen. Aber jetzt …« Ich biss mir auf die Lippe. »Fahren wir zu dir.«

KAPITEL 38

CREED

Ich konnte mich nicht daran erinnern, wie wir in meine Wohnung gekommen waren. Das Nächste, was ich wusste, war, wie ich Lenny neben der Tür gegen die Wand meines Wohnzimmers drückte und sie so ausgehungert küsste, als würde mein Leben davon abhängen. Ein leises Stöhnen entfuhr ihren Lippen, dessen Vibration geradewegs bis in meinen Schwanz schoss. Ich war so hart, dass ich kaum denken konnte. Alles, was ich konnte, war fühlen.

Ich presste meine Lippen an ihren Hals, genau über ihrem rasenden Puls, was augenblicklich belohnt wurde. Wieder ein Laut von ihr. Ihre Hände wanderten haltlos und fiebrig über meinen Rücken. Alles in mir zog sich schmerzlich süß zusammen, und ich stöhnte auf, als sie ihre Fingernägel in meinen Rücken grub. Dann packte ich sie an ihren Pobacken, schlang ihre Beine um meine Hüften und lief los in mein Schlafzimmer. Meine Wohnung war winzig. Wir waren nicht oft hier, dafür war sie zu weit ab vom Schlag und lud nicht gerade zum Abhängen ein.

Ich wusste nicht, wie Lenny es schaffte, sich in dieser Position groß zu bewegen, doch im nächsten Moment spürte ich die Hitze zwischen ihren Beinen trotz des Jeansstoffes unserer Hosen genau an der richtigen Stelle. Dann bewegte sie ihre Hüfte, rieb mit der Naht ihrer Jeans genau über die harte Wölbung in meiner Hose.

Großer verdammter Gott.

»Creed«, keuchte sie zwischen Küssen an meine Lippen. »Geh weiter.«

Ich konnte nicht anders, als zu lächeln. Nicht mal das hatte ich bemerkt. Dass ich stehen geblieben war. Und trotz allem war sie genauso herrisch wie sonst. Gott, ich …

Ich liebte sie.

Mit jeder Faser meines Seins.

Ich liebe sie. Allein die Worte in der hallenden Leere meines Kopfes zu hören, reichte aus, um meinen Herzschlag noch schneller werden zu lassen, so schnell, dass es vermutlich schon gefährlich wurde.

Ich hatte es schon immer gewusst. Doch nie hatte ich es gewagt, mir diese Wahrheit einzugestehen.

Wir fielen auf mein Bett. Lennys Lippen waren weicher, süßer und verführerischer als alles andere auf der Welt. Und sie passten so was von perfekt auf meine.

Ich liebte dieses Mädchen unter mir. Verdammt.

Mit der Zungenspitze erkundete ich ihren Mund. Ich saugte an ihrer Lippe und bewegte meine Hüfte reflexartig nach vorn.

Offenbar war ich nicht der Einzige, der ungeduldig wurde, denn im nächsten Moment spürte ich, wie Lenny zwischen unsere Körper griff und an meiner Jeans zu nesteln begann.

Noch nie war ich so bereit gewesen, meine Hilfe anzubieten.

Ich setzte mich auf, kniete mich zwischen ihre Beine und zog ihr mit wenigen Bewegungen die Jeansshorts aus.

Dann schnappte ich nach Luft. Mein Kopf schoss noch oben, und ich starrte sie an.

»Ist das dein Ernst?« Ich beugte mich zur Seite und knipste die Nachttischlampe an. Lennys Lächeln war alles andere als unschuldig.

»Es war sauber und erfüllt seinen Zweck«, erwiderte sie bloß, doch ihr Grinsen wurde breiter.

Ein gequälter Laut entfuhr mir. Mein Blick wanderte zurück zu ihrem Höschen. Es war nicht einfach nur ein Höschen, es war voller Bänder und Spitze und kleiner Details, die meine Fantasie ins Unermessliche anregten. Und ich hatte geglaubt, es könnte nicht noch mehr Blut in meine Lendengegend schießen. Da hatte ich mich wohl getäuscht.

Wie ferngesteuert glitten meine Hände ihre glatten, straffen Oberschenkel hinauf. Mit einem Finger fuhr ich den Rand des Stoffes entlang und hörte, wie Lenny scharf einatmete. Sie drückte den Rücken durch und wand sich, ungeduldig und sehnsuchtsvoll. Ich betrachtete sie, registrierte jede noch so kleine Bewegung. Dann glitt ich mit dem Finger zwischen ihre Beine und – sie stöhnte laut auf, streckte sich mir entgegen. Und ich war wie hypnotisiert. Ihre Lust setzte mich unter Strom. Also rieb ich mit dem Finger über den heißen, dünnen Stoff, glitt tiefer – und schob dann meinen Finger samt Stoff in sie hinein.

Plötzlich setzte sie sich ruckartig auf, packte ihr Shirt und zog es sich über den Kopf. Sie hatte keinen BH angehabt. Und ihre Brüste sahen ganz ohne Sticker oder irgendetwas anderes so perfekt aus, dass mein Hals staubtrocken wurde.

Ich hielt inne, befreite mich selbst aus meinem Shirt und stand auf, um meine Hose auszuziehen. Ganz ohne Scham ließ ich meine Boxershorts folgen und legte mich wieder auf Lenny, schob meine Hand in ihren Nacken und küsste sie beinahe grob.

Sie schlang die Beine um mich, stöhnte an meinen Lippen auf und erwiderte den Kuss, genauso fiebrig, genauso hitzig. Mein Becken zuckte nach vorn. Bis auf ihr kleines verspieltes Höschen trennte uns nichts mehr. Deshalb packte ich es mit beiden Händen.

Und riss es ihr vom Körper.

KAPITEL 39

LENNY

Creeds Körper auf meinem zu spüren, war das beste Gefühl auf der ganzen Welt. Noch besser war es jedoch, zu spüren, wie seine Lippen versuchten, jeden Zentimeter von mir zu erkunden.

Ich grub die Hände in seine Schultern und drückte das Kreuz durch, als er mit einer Hand meine Brust umfasste und sie anschließend küsste. Ein feiner, kitzelnder Schmerz schoss mir durch den Körper, als er sanft zubiss. Creed Parker sorgte dafür, dass mir Hören und Sehen verging. Es gab keine Geheimnisse mehr, nur noch uns. Nur noch das Hier und Jetzt.

Er ließ sich Zeit, war geradezu hingebungsvoll. Ich drehte uns herum, bis ich auf ihm lag. Mit festen und gleichzeitig sanften, beinahe schon ehrfürchtigen Bewegungen wanderten seine Hände meinen Rücken hinauf und wieder hinab, umfassten meinen Hintern, kneteten ihn und lenkten mich. Seine Erektion lag genau zwischen meinen Beinen, was mich fast schon in den Wahnsinn trieb. Doch Creed schien alle Zeit der Welt zu haben – oder aber er genoss es, mich zappeln zu sehen.

»Komm her«, flüsterte ich und zog seinen Kopf zu mir hoch. Dann küsste ich ihn wieder, bewegte meinen Körper im Einklang mit seinem. Er keuchte an meinen Lippen. Und als er meinen Namen flüsterte, hörte es sich an, als würde er ein Gebet sprechen. Schwer atmend öffnete ich die Augen. Wärme breitete sich in meinem Bauch aus, die zur Abwechslung nichts mit sexueller Lust zu tun hatte. Sie verknotete mir gehörig den Bauch und verwandelte ihn in Glühwürmchen.

Das hier war echt. Es war vielleicht impulsiv und plötzlich und lustvoll – doch es war echt. Es war richtig. Und ich wusste mit jeder Faser meines Körpers, dass ich nie genug von ihm bekommen würde.

»Lenny«, flüsterte er erneut und hob die Hand. Sein Daumen glitt meinen Kiefer entlang, und unsere Lippen, geschwollen und empfindlich vom Küssen, strichen hauchzart aneinander entlang. »Ich will dich so sehr«, flüsterte er kaum hörbar. »Nicht nur den Sex. Dich. Alles an dir.«

Mein Herz blieb stehen. Dann schlug es weiter, fester, hitziger, wackliger. »Creed, ich …« Hastig verstummte ich. *Ich liebe dich.* Das hatte ich sagen wollen? So was konnte man nicht einfach so sagen. Und vermutlich war das hier der unpassendste Zeitpunkt überhaupt – sowohl um es zu sagen als auch zu realisieren. Oder?

Aber heilige Hölle! Ich liebte Creed. Von tiefstem Herzen liebte ich ihn. Und das Gefühl kochte grade so intensiv auf, dass es regelrecht wehtat, die Worte zurückzuhalten.

Das Gefühl, wie seine Augen in meine Seele blickten, schien die Welt anzuhalten. *Ich liebe dich, Creed. Und ich werde es dir sagen. Bald. Das verspreche ich.*

Sanft strich ich mit meiner Nase an seiner entlang. Dann küsste ich ihn, lange, vorsichtig und innig. Zwischen meinen Beinen zuckte seine Erektion, was wiederum einen Funkenregen an Hitze und Lust durch meinen Unterleib schickte.

Creed schien das Gleiche zu denken wie ich, als ich von ihm herunterkletterte. Denn einen Moment später richtete er sich auf und holte ein Kondom aus dem Nachttisch, öffnete das raschelnde Folienpäckchen und zog es sich über. Meine Augen saugten seinen Anblick dabei geradewegs in sich auf. Seine Oberschenkel waren kräftig, und die Muskeln auf seinem Oberkörper … gütiger Gott. Sie waren genau richtig. Nicht zu viel und nicht zu wenig. Dasselbe galt auch für die Muskeln an seinen Armen, seinen Schultern und dem Rücken. Creed Parker war nackt noch umwerfender als in Kleidung. Und ich konnte kaum glauben, dass das hier gerade kein Traum war. Dass ich es war, Lenny James, die für seine Erregung verantwortlich war. Dass er *mich* wollte. Dass er verflucht noch mal in mich verliebt war. Ich konnte noch immer nicht glauben, dass er diese Worte gesagt hatte. Und so wirklich angekommen waren sie ebenfalls noch nicht. Und doch passierte das hier wirklich.

Creeds Mundwinkel wanderte nach oben, als er meinem Blick begegnete. »Was ist?«

Ich grinste und zuckte mit den Schultern. Doch meine Augen wanderten nach unten und blieben zwischen seinen Schenkeln hängen, was ihm wohl zu verstehen gab, was ich dachte. Er lachte leise und krabbelte wieder aufs Bett. Sanft schob er seine Hände auf die Unterseite meiner Knie, legte sie sich um die Hüfte und sah mich an.

Etwas in seiner Miene veränderte sich. Es war nicht nur Lust. Es war so viel, dass sich meine Kehle zuschnürte und ich nicht mehr atmen konnte.

»Du bist wunderschön, Len«, flüsterte er heiser. Sein Blick richtete sich auf meinen, und seine Finger strichen sanft über meine Beine. »Das schönste Mädchen, das mir je begegnet ist.« Er schien noch mehr sagen zu wollen, doch seine Lippen schlossen sich wieder. Er schluckte.

Die Hitze in meiner Brust sorgte dafür, dass ich mich leicht und schwerelos fühlte. Gleichzeitig setzte mich Creeds Blick auch in Flammen. So hätte er mich nicht einmal angesehen, als *Daisy* für ihn getanzt hatte. So … hatte er mich noch nie angesehen. Ein vernebelter, fast schon glasiger Blick, mit einem Ausdruck darin, den ich nicht einmal beschreiben könnte, wenn mir alle Worte in allen Sprachen der Welt zur Verfügung ständen. Doch es war auch das leise Lächeln auf seinen Lippen. Ich glaubte nicht, dass er sich dessen überhaupt bewusst war. Doch es war da, und es ließ ihn aussehen wie den glücklichsten Kerl auf dem ganzen Planeten. Deshalb konnte ich nicht anders, als es zu erwidern, und fühlte mich dabei wie das glücklichste Mädchen auf dem ganzen Planeten. *Ich liebe dich, Creed Parker. So sehr, dass es wehtut.*

Der Kuss, den er mir kurz darauf gab, war hingebungsvoll und endlos und sorgte dafür, dass meine ganze Welt aus den Angeln gehoben wurde. Wie sich seine Lippen bewegten, wie sie sich an meine schmiegten, wie seine Zunge in meinen Mund glitt und … heilige Hölle. Dieser Kerl konnte verdammt noch mal gut küssen, und mit großer Wahrscheinlichkeit war er sich dessen absolut bewusst.

Ich erwiderte den Kuss; ein wenig dringlicher, ein wenig begieriger. Meine Hände glitten haltlos über die glatte Haut seines Rückens, über Muskeln, die sich noch besser anfühlten, als sie aussahen. Dann ließ ich meine Hände tiefer gleiten, zwischen unsere Körper, bis ich seinen Schaft umfasste. Und langsam meine Hand bewegte.

Das Gefühl, wie Creed an meinen Lippen aufstöhnte und sich dabei sein heißer Atem mit meinem vermischte, berauschte mich. Es sorgte dafür, dass sich mein Atem zusammen mit seinem beschleunigte. Ich bewegte meine Hand weiter, kostete aus, wie ungeduldig seine Hüfte dabei zuckte. Dann jedoch schien Creed keine Lust mehr auf dieses kleine Spiel zu haben. Plötzlich wirbelte er uns herum, bis ich auf ihm lag, packte meine Hüfte, presste seine Lippen auf meine – und drang tief in mich hinein.

Ein lautes Stöhnen entfuhr mir. Ich erstarrte auf ihm, schloss die Augen und konzentrierte mich darauf, das Gefühl, von ihm ausgefüllt zu werden, nicht als Schmerz zu empfinden, aber …

Es tat weh. Irgendwie aber auf eine gute Weise. Der Schmerz war süß und vermischte sich mit meiner Lust.

»Alles in Ordnung?«, flüsterte Creed atemlos, strich mir das Haar aus dem Gesicht und küsste mich.

Ich nickte, erwiderte seinen Kuss und grub die Finger in seine Schultern. Dann war ich es, die sich auf ihm bewegte. Und das schien einen Schalter bei uns beiden umzulegen. Creeds Hände wanderten über meinen Körper, umfassten meine Brüste und packten anschließend meine Hüfte. Er zog mich tiefer zu sich, presste seine Lippen auf meine, und dann bewegte er sich unter mir, übernahm das Kommando.

Mit Creed zu schlafen fühlte sich an, als wären wir einzig und allein füreinander geschaffen. Es fühlte sich an, als gehörten wir mit jeder Faser unseres Seins zusammen. Ich ertrank in all den Empfindungen, in uns, in dem Nach-Atem-Ringen. Ich verlor mich in jedem Kuss, in jedem lustvollen Stoß, jedem Schauer, den er in mir auslöste, und dem Kribbeln, wenn er immer wieder diesen einen Punkt in mir berührte, der mich an den Rand des Möglichen treiben wollte. Es war, als würde Strom durch meine Adern jagen. Mein rasendes Herz dröhnte mir in den Ohren, und ich atmete flach. Hitze sammelte sich zwischen meinen Beinen, rohe Energie.

Er rollte uns wieder herum, vergrub meinen Körper regelrecht unter seinem in der Matratze. Ich schnappte nach Luft, fuhr mit meinen Fingernägeln über seinen Rücken und …

Ich kam. Laut und überwältigend.

Kurz darauf spürte ich, wie Creed an meinem Hals zu keuchen begann und zwei-, drei-, viermal hart in mich stieß. Dann stöhnte er atemlos und presste die Lippen auf meine, erzitterte und zuckte ein letztes Mal mit der Hüfte. Er brach auf mir zusammen. Ich hätte sein Gewicht wohl als zu schwer empfunden, doch … ich mochte das Gefühl.

Ich liebte das Gefühl.

Ein Lächeln breitete sich auf meinen Lippen aus. Bis auf das Geräusch unseres keuchenden Atems war nichts zu hören. Mein Herz klopfte fest gegen meine Brust, und ich fragte mich, ob er es wohl spüren konnte.

Er stützte sich auf den Ellbogen ab und sah mich an. Noch immer atmete er schwer. Doch das träge Lächeln auf seinen Lippen wirkte entspannt. Und sorglos. »Alles in Ordnung?«

Ich nickte und biss mir auf die Lippe. Doch es nützte nichts. Das Lächeln wollte nicht verschwinden. »Und bei dir?«

»Oh, mehr als das.« Grinsend beugte er sich nach unten und küsste mich. Dann setzte er sich auf und verschwand kurz im Badezimmer.

Keuchend drehte ich mich auf die Seite und vergrub das Gesicht in seinem Kissen.

Dieser Geruch … Ich seufzte auf.

Ich war wirklich hier. Bei Creed. Es war kein Traum. Das alles. Und der Gedanke war mehr als überwältigend.

Ich schloss die Augen und schmiegte meine Wange in den kühlen Stoff.

Die Tür wurde sanft zurück ins Schloss gedrückt. Ich hörte Schritte und wie der Holzfußboden knarzte. Dann senkte sich hinter mir die Matratze – und plötzlich war ich wieder von Wärme umgeben.

Erschrocken riss ich die Augen auf, als sie plötzlich zu brennen begannen, und blinzelte angestrengt.

Oh, oh. Nicht weinen. Wieso willst du jetzt weinen?

Creed schien von alldem nichts zu bemerken. Er schlang seinen Arm fester um mich, zog meinen Rücken an seine Brust und –

Löffelchen. Ich … war Creeds kleiner Löffel.

Diesmal konnte ich nichts dagegen tun. Die Gefühle, die plötzlich in mir hochkochten, überwältigten mich.

Still und heimlich ließ ich zu, dass eine Träne auf Creeds Kopfkissen fiel. Dann schaffte ich es, den Rest zurückzuhalten, wegzublinzeln, runterzuschlucken.

Ich schmiegte mich an ihn und biss die Zähne zusammen. Ich verschränkte unsere Finger ineinander.

»Danke«, flüsterte ich und atmete tief und zittrig ein.

Ich spürte, wie es an meinem Rücken zu beben begann.

… Moment, lachte er etwa?

Creed strich mir eine Haarsträhne vom Hals, beugte sich nach unten und küsste ihn auf eine Art und Weise, dass ich ihm für das Lachen … irgendwie überhaupt nicht mehr böse sein konnte. »Für den Sex? Kein Problem. Jederzeit gerne wieder.«

»Idiot«, brummte ich, hob seine Hand an meine Lippen und biss ihm in den Zeigefinger. »Ich meine für alles. Danke … und hierfür natürlich«, fügte ich hinzu und spürte selbst, wie meine Mundwinkel zu zucken begannen.

Er lachte erneut. Dann schmiegte er sich enger an mich und verteilte Dutzende Küsse auf meiner nackten Schulter. »Wie ich schon sagte, Lenny James«, murmelte er mit tiefer Stimme. »Jederzeit wieder.«

Ich lächelte und verdrehte die Augen.

Er war noch immer Creed, und ich war noch immer Lenny. Das wurde mir in diesem Moment klar. Wir waren noch immer wir. Nur waren wir besser als je zuvor.

Ich schloss die Augen und gab mich ganz dem Gefühl hin, in Creed Parkers Armen zu liegen.

Denn das hier war alles, was ich je gewollt hatte.

Und mehr, als ich je zu träumen gewagt hatte.

KAPITEL 40

CREED

Ich hatte eine neue Lieblingsbeschäftigung gefunden: daliegen und zusehen, wie die Morgensonne auf Lennys Gesicht scheint. Das tat ich bereits seit einer ganzen Weile, da ihr elegantes und äußerst feines Schnarchen mich aus dem Schlaf gerissen hatte. Das, und zu viel Hitze, durch die Sonne und ihren Körper. Das Nachtlicht hatte noch immer gebrannt, als ich wach geworden war. Wir waren eingeschlafen, und das ziemlich schnell. Genauer gesagt maximal fünf Minuten nachdem wir angefangen hatten, nach Runde zwei zu kuscheln.

Ein Grinsen breitete sich auf meinem Gesicht aus. Jetzt war ich nicht nur ausgeschlafen, ich war neben ihr erwacht und kam nun in den Genuss, ihrem baustellenwürdigen Röhren lauschen zu dürfen.

Ich sah zu, wie ein paar Staubpartikel im Strahl der Morgensonne tanzten. Und wie sich ihre nackte Brust darin gleichmäßig hob und senkte.

Es war also kein Traum gewesen. Was als Wir-sollten-alles-klären-Essen geplant gewesen war … Nie im Leben hätte ich damit gerechnet, dass es hier enden würde. Oder mit dem plötzlichen Wissen, dass Lenny genauso empfand wie ich – was irgendwie unfair war, da wir so viel mehr gemeinsame Zeit hätten haben können. Es ärgerte mich, je länger ich darüber nachdachte. Wie viel früher wir uns schon hätten näherkommen können. Doch andererseits schien alles genau richtig. Vielleicht wäre es damals wirklich schwierig geworden. Vielleicht hätte es nicht funktioniert. Vielleicht hatten wir ja die ganze Zeit genau richtig gehandelt und waren jetzt genau dort, wo wir sein sollten. Vermutlich konnte das niemand sagen, und vermutlich war das Leben nicht fair. Aber um genau jetzt, genau hier zu sein, hätte ich nichts anders gemacht.

Meine kurz geschorenen Haare fühlten sich nach der schnellen Dusche noch immer ein wenig feucht an, und die Sonne war gerade dabei, die Kühle des kalten Wasserstrahls wieder wegzubrennen, aber das war es mir wert. Ich legte mich wieder aufs Bett.

Plötzlich grunzte Lenny dreimal hintereinander, was mich so erschreckte, dass ich lauthals in Gelächter ausbrach.

»Hey, was soll das?« Ihre Stimme klang rau und verschlafen, was mich seltsamerweise antörnte – nur dass ich immer noch mit lachen beschäftigt war.

»Tut mir leid.« Ich lehnte mich vor und küsste ihre Stirn. »Aber dein Grunzen hat mich ziemlich kalt erwischt.«

Sie murrte irgendetwas Unverständliches, schirmte mit einer Hand das Sonnenlicht ab und drehte sich dann auf die Seite, mit dem Gesicht zu mir. Mein Lachen wich einem sanften Lächeln. Ich rückte näher zu ihr, hob mit einem Finger ihr Kinn an und küsste sie behutsam. »Guten Morgen, Baby.«

Lenny wich zurück und blinzelte mich verschlafen an. »Hast du mich gerade Baby genannt?«

»Jepp.« Ich ließ meine Hand ihren Rücken hinabgleiten, bis sie ihren Hintern umfasste. Ihr Mund klappte auf, und ich küsste sie erneut, bevor sie empört nach Luft schnappen konnte.

»Mhm!«, machte sie an meinen Lippen und lehnte sich zurück. »Auf keinen Fall wirst du mich Baby nennen!«

»Babe?«

»Nein.«

»Schatz?«

»Auf keinen Fall.«

»Hase?«

Sie bedachte mich mit einem Blick, der mir ein breites, stolzes Grinsen ins Gesicht trieb, ganz so, als sei ich wieder ein kleiner Junge, der ein armes Mädchen ständig vom Klettergerüst schubste, nur um ihr damit zu zeigen, dass er sie mochte.

Ich rollte mich auf sie und bedeckte ihren Hals mit Küssen. Als ich die Stelle unter ihrem Ohr traf, spürte ich, wie sie aufseufzte. Ah. Dort war sie wohl besonders empfindlich.

Ich biss ihr ins Ohrläppchen. »Kaffee?«

Diesmal gab Lenny ein wohlwollendes Geräusch von sich. Ich stützte mich auf einem Ellbogen ab, um ihr müdes Lächeln betrachten zu können.

Verdammt. Sie war atemberaubend schön. Vor allem in meinem Bett und mit den offenen, zerzausten Haaren. Ganz ohne Schutzmauern oder Abwehrmechanismen. Einfach nur sie selbst.

»Kaffee klingt gut«, sagte sie und bedeckte ihren Mund mit einer Hand, um herzhaft zu gähnen.

Ich nickte. Dann kämpfte ich mich vom Bett und spazierte aus meinem Schlafzimmer.

Ich pfiff ein altes Lied von Frank Sinatra, *Fly Me To The Moon*, als ich die Kaffeemaschine in meiner winzigen Küchenecke anschmiss, und holte zwei Tassen aus dem Schrank neben der Frühstückstheke. Alles in dieser Wohnung war klein. Und ein wenig heruntergekommen. Vielleicht sogar auch nicht nur ein wenig, sondern ziemlich. Dafür war sie sauber – da hatte ich einen klitzekleinen Tick. Mit Unordnung kam ich für eine gewisse Zeit klar, doch wenn es nicht sauber war, bekam ich regelrecht die Krise. Deshalb juckte es mir bereits in den Fingern, meine vielen Unterlagen für die Ausbildung von der Frühstückstheke zu räumen. Sobald der Kaffee fertig war, würde ich …

Jeder einzelne Gedanke löste sich in Luft auf, als Lenny aus meinem Schlafzimmer spaziert kam. Sie fuhr sich durch die Haare, streckte sich reckend die Arme in die Luft – und war noch immer splitterfasernackt.

»Wow, seit wann ist es bei dir so unordentlich, Parker?« Sie wanderte mit den Fingerspitzen über die Frühstückstheke, die sie von mir trennte, und las die Titel auf den Buchrücken. Dann lachte sie auf. »Ernsthaft? Du büffelst jetzt schon? Ich dachte, das sei nur ein Scherz gewesen. Seit wann bist du so ein Streber?«

Ihr Hintern sah so perfekt aus, dass ich mich nicht entscheiden konnte, ob ich lieber hineinkneifen oder draufhauen wollte. Und es war erschütternd, dass es mir wirklich schwerfiel, meine Neugierde nicht augenblicklich zu stillen. Ihr Bauch war flach, ihre Taille schmal, und ihre Brüste … Ich wollte nichts anderes tun, als sie einfach nur anzustarren. Mehr würde ich vermutlich nicht benötigen, um ein glückliches Leben zu führen.

Sie fing meinen Blick auf und runzelte die Stirn. »Wieso starrst du mich so an?«

»Was glaubst du wohl?«, fragte ich und stützte meinen Kopf auf einer Hand ab. »Du bist nackt und umwerfend, Baby.«

Wieder verzog sie das Gesicht. »Da war es schon wieder«, knurrte sie und kam um die Küchentheke herum. »Gib mir keinen dämlichen Spitznamen, Creed.«

»Bup.« Ich drückte meinen Finger auf ihre gekräuselte Nase. »Viel zu viel Rumgemoser am frühen Morgen. Milch und Zucker in deinem Kaffee?«

Sie stöhnte auf und verdrehte die Augen. Dann drehte sie sich um, um die Kaffeemaschine zu starten. »Gott, und ausgerechnet so einen Idioten liebe ich.«

Mein Mund klappte auf. Für einen Moment hörte die Welt auf, sich zu drehen. Hatte sie gerade wirklich …?

Sie erstarrte zur Salzsäule und schnappte plötzlich nach Luft.

»Was?«, stieß ich tonlos hervor. Ich starrte sie an. Trat einen Schritt auf sie zu. Sie machte einen zurück. »Was hast du gerade gesagt?«, flüsterte ich.

Dann passierte etwas, was ich nie zuvor gesehen hatte. Ihr Gesicht wurde nahezu dunkelrot. Ich hatte nicht einmal gewusst, dass das möglich war.

»I-Ich … ich habe gesagt, du …«

»Ich liebe dich auch«, fiel ich ihr leise ins Wort. Sanft strich ich durch ihr zerzaustes Haar. »Na ja«, sagte ich und schmunzelte. »Ich hatte zwar vor, es noch eine Weile für mich zu behalten, bis wir auf ein paar Dates waren, weil es die letzten Jahre immerhin auch ganz gut geklappt hat, aber jetzt, da du es schon mal so beiläufig erwähnt hast …«

»Das war ein Versehen!«, stieß sie hervor, dann schnappte sie schon wieder nach Luft. Sie so panisch und unbeholfen zu erleben, war fremd. Doch irgendwie war es auch liebenswert. »Ich meine, es war nur ein Versehen, dass ich es dir gesagt habe.«

Ich stützte meine Hände links und rechts von ihr an der Küchentheke ab. Mein Herz raste so laut, dass sie es eigentlich hören musste. »Aber hast du es auch ernst gemeint, Lenny James?«, fragte ich mit belegter Stimme.

Eine gefühlte Ewigkeit sagte sie kein Wort. Sie sah mich einfach nur an. Und mit einem Mal bereute ich es, ihr einfach an den Kopf geknallt zu haben, dass ich sie auch liebte. Verdammt, ich bereute es, ich hätte sie nicht überfallen sollen, ich hätte abwarten sollen und –

»Ja«, wisperte Lenny. Ich sah, wie sie schluckte. Ihre grauen Augen richteten sich auf meine, und … ein herzzerreißend sanfter Ausdruck trat in sie. »Ich liebe dich, Creed. Ich … Es tut mir leid, dass es mir so dämlich rausgerutscht ist.«

Plötzlich kochten so viele Emotionen in mir hoch, dass meine Knie weich wurden. Ich schlang die Arme um sie, vergrub das Gesicht an ihrem Hals und atmete hart aus. Meine Erleichterung, die Sorge, meine Nervosität, die Angst, all die Zuneigung, die ich empfand … sie wollte mich regelrecht niederringen. Für ein paar Sekunden wurde mir sogar schwindelig.

»Danke, Len«, flüsterte ich ächzend.

Lenny erwiderte meine Umarmung und vergrub das Gesicht an meiner Schulter, legte ihre Hände auf meinen Rücken.

So standen wir für einen Moment da. Und erneut hatte ich das Gefühl, dass die Welt einfach stehen blieb.

Sie liebt mich. Gott, es fühlte sich an wie ein Traum, es beschlich mich sogar die Angst, dass er jeden Moment enden könnte. Meine Hände fuhren ihren Rücken hinab, legten sich um ihren Hintern, und ich hob sie mit einem Ruck hoch, als sie auch schon auf der Küchentheke saß. Ein erschrockener Laut entfuhr ihr, dann noch einer, als ich sie mit einem weiteren Ruck bis vor an die Kante zog.

»Was machst du da?«, fragte sie keuchend. Doch ihr Körper schien bereits zu wissen, was ich da tat. Denn intuitiv machte sie mit. Ihre Arme legten sich um meine Schultern, und ihre Beine schlangen sich um meine Hüfte, zogen mich näher zu sich …

Grinsend lehnte ich mich vor und küsste sie. »Ich werde jetzt *Liebe* mit dir machen, Baby.«

Als die Sonne unterging, lagen wir noch immer ineinander verschlungen auf meinem Bett. Ihre Wange lehnte auf meiner Brust, und mein Kinn ruhte auf ihrem Kopf. Träge zeichneten meine Fingerspitzen Kreise auf ihren Schulterblättern, die sie ab und an erschaudern ließen.

»Wie fühlst du dich?«, fragte ich und strich mit dem Daumen hinter ihren Ohren entlang. Ich fühlte mich erschöpft. Aber glücklich. Glücklicher als je zuvor. Und ich hatte noch immer das Gefühl, als würde ich träumen.

»Hm«, machte Lenny leise. Dann spürte ich, wie sie den Kopf drehte und ihre warmen, weichen Lippen meine Brust küssten. »Es ging mir nie besser.«

»Dann fühlst du dich nicht mehr schlecht, dass ich dein Geheimnis kenne?«

Ich hatte Angst, dass ich mich damit zu weit aus dem Fenster lehnte. Dass sie dichtmachen und sich wieder zurückziehen würde. Doch sie tat es nicht. Stattdessen überlegte sie einen Moment lang. »Nein«, sagte sie schließlich, was ehrlich klang. Sie legte ihre Wange wieder auf meiner Brust ab, ehe ich einen Kuss auf ihren Scheitel drückte.

Ein Lächeln kitzelte an meinen Mundwinkeln. »Das ist gut, oder?«

»Wieso fragst du so komische Fragen?« Sie lachte auf, doch es klang nervös.

Ich zuckte mit den Schultern. »Ich dachte nur … na ja. Jetzt, da ich es weiß und du merkst, dass die Welt dadurch nicht vollständig in Flammen aufgegangen ist, könntest du es … den anderen erzählen.«

Sie spannte sich an, schnappte scharf nach Luft, ganz so, wie wenn sie gleich darauf voller Empörung etwas zurückschoss. Doch Lenny erwiderte nichts.

Schließlich seufzte sie schwer, was auf meiner Haut kitzelte. »Ich … ich weiß nicht. Nein, das ist keine gute Idee. Das würde so was von nach hinten losgehen, Creed.«

Ich hatte mit vielem gerechnet, aber nicht damit. Mit Unsicherheit. Ich hätte auf strikte Ablehnung getippt. Ihre Panik, als ich es herausgefunden hatte, war so groß gewesen, dass ich auch hier wieder damit gerechnet hatte. Doch Unsicherheit bedeutete, dass sie die Möglichkeit in Betracht zog. Sie lehnte sie nicht vollkommen ab.

Sie hob den Kopf und stützte ihn auf dem Handteller ab, um mich anzusehen. »Keine Ahnung. Darüber will ich gerade nicht nachdenken.«

»Dann ein andermal, Baby.«

»Du verlierst dein rechtes Ei, wenn du so weitermachst.«

»Was meinst du, Babe?« Ich grinste breit.

Lenny legte ihre Hand auf meine Brust. Dann ließ sie sie nach unten wandern, bohrte dabei jedoch ihre Fingernägel in meinen Bauch.

Ich zog scharf den Atem ein und packte ihr Handgelenk, ehe ich sie mit einer schnellen Bewegung herumdrehte, bis ich über ihr schwebte und ihre Hände mit festem Griff über ihrem Kopf in das Kissen drückte.

»Sorry, *Baby*«, sagte ich und grinste selbstgefällig auf sie hinab. »Aber irgendetwas sagt mir, dass du keine Chance hast, deine Drohung wahr zu machen.«

Sie gab sich Mühe, sich aus meinem Griff zu befreien, kam jedoch nicht sonderlich weit, besonders nicht, als sie es mit ihrem ganzen Körper versuchte und sich unter mir wand.

Lächelnd beugte ich mich nach unten und küsste ihren Hals, dort, wo ich ihren Puls deutlich spüren konnte. »Ich glaube, das wird nichts. *Baby*.«

»Ich verpasse dir gleich die härteste Kopfnuss deines Lebens, *Baby*«, erwiderte sie und funkelte mich herausfordernd an.

Ich konnte nichts dagegen tun und begann zu lachen. Dann küsste ich sie. »Ich werde dich schon noch zähmen und erziehen, Weib.«

Diesmal schnappte sie empört nach Luft. »Ich kotze! Creed, ich schwöre bei Gott, ich werde dir für diesen Spruch so sehr wehtun, dass nur noch Hunde die hohe Frequenz deines Winselns wahrnehmen können!«

Diesmal lachte ich noch lauter, ließ ihre Handgelenke los, schob eine Hand an ihren Hinterkopf und küsste sie lang und innig. »Ich liebe dich, Lenny James«, flüsterte ich an ihren Lippen. »Und ich kann es kaum erwarten, dich auf ein richtiges Date auszuführen.«

Sie seufzte. Dann schob sie das Kinn nach vorne, hob den Kopf an und küsste mich ebenfalls. »Ich …« Sie räusperte sich. Wieder sah ich, wie sie rot wurde. Es machte sie irgendwie noch liebenswerter, zu sehen, wie schwer es ihr fiel, über ihre Gefühle zu sprechen. »Ich liebe dich auch. Und ich freue mich auch. Sehr sogar.«

Lächelnd küsste ich ihre Stirn, dann legte ich mich wieder auf den Rücken und zog sie in meine Armbeuge, so wie ich es zuvor bereits getan hatte. Erneut schmiegte sie ihre Wange an meine Brust, fast so, als würde sie meinem Herzschlag lauschen. Und erneut legte ich mein Kinn an ihrem Kopf ab.

Vermutlich schliefen wir beide ein, denn als ich die Augen wieder öffnete, war kein Sonnenstrahl mehr im Raum zu sehen. Im Zimmer stand nicht viel, bis auf mein Bett, ein Nachttisch, der Kleiderschrank und ein alter Sessel, den Vince mir mal überlassen hatte. Vor dem Fenster waren gelbe Vorhänge – ebenfalls von Alma und Vince.

Ich sah mich um, betrachtete das leere Zimmer, dann wanderte mein Blick auf das Bett, auf Lennys Körper, der sich unter der dünnen Decke an meinen schmiegte. Ich konnte mich gar nicht daran erinnern, die Decke über uns geworfen zu haben. Vielleicht hatte sie ja diesen Teil erledigt.

Ich seufzte. Mir war klar, dass wir nicht ewig hierbleiben würden. Dass das alltägliche Leben bald wieder begann. Und dass das Mädchen, das ich liebte – diese Frau in meinen Armen –, bald schon wieder … tanzen würde. Für andere Männer. Halb nackt. Auf ihren Schößen.

Ich wusste nicht, wieso mir diese Tatsache plötzlich durch den Kopf schoss, doch in dem Augenblick, wo ich den Gedanken zuließ, wollte er nicht mehr verschwinden.

Lenny hob den Kopf an, um mich anzusehen. »Was ist?«

Überrascht blinzelte ich sie an. Ich hatte nicht einmal bemerkt, dass sie wach war. »Was soll sein?«, fragte ich und gab mir alle Mühe, die Bilder zu vertreiben. Das hinderte meinen Puls jedoch nicht daran, sich zu beschleunigen.

»Du hast dich angespannt und mit den Zähnen geknirscht.« Sie brauchte nicht mehr als einen kurzen Blick, um mich zu durchschauen.

Ich schüttelte den Kopf. »Es ist nichts. Ich …« *… sollte ehrlich sein, damit das hier funktioniert. Verdammt.* »Ich habe nur darüber nachgedacht, dass du bald wieder tanzen wirst. Inklusive der Lapdances.«

Diesmal spannte Lenny sich ebenfalls an. Es war beinahe, als hätte man die Seifenblase, in der wir uns für heute befunden hatten, platzen hören können.

Sie rückte von mir weg und setzte sich auf. Ihr Mund öffnete sich. Dann schloss er sich wieder, und eine Falte erschien zwischen ihren Augenbrauen.

»Tut mir leid«, sagte ich in die Stille hinein. »Ich werde versuchen, mich irgendwie damit zu arrangieren.«

Lenny seufzte schwer, rieb sich mit den Händen über das Gesicht. »Willst du, dass ich mit dem Tanzen aufhöre? Das geht nicht.«

Ich setzte mich ebenfalls auf und legte gedankenverloren eine Hand auf ihr Knie. »Ich würde nie von dir verlangen, dass du das Tanzen aufgibst. Vor allem nicht meinetwegen.«

Sie wirkte nicht gerade, als würde sie mir glauben. Ich konnte regelrecht sehen, wie der Qualm aus ihren Ohren stieg, wie sie sich Fragen stellte, auf die wir höchstwahrscheinlich beide noch keine Antworten hatten.

Sie zog eine Grimasse. »Vielleicht … vielleicht kann ich zumindest die Privattänze …«

»Len, das war mein Ernst. Ich möchte nicht, dass du das Gefühl hast, du müsstest es mir recht machen. Ich werde irgendwie damit klarkommen müssen. Es ist nur ein Job. Mehr nicht.« Jetzt hätte ich mich selbst fast ausgelacht. Die Worte klangen wie ein schlechter Witz.

»Du klingst nicht sehr überzeugt«, bemerkte sie ebenfalls.

»Ich bin auch noch nicht überzeugt. Ich sagte doch, dass ich Zeit brauche. Es … wird einfach ungewöhnlich. Anders. Aber wir finden einen Weg, gemeinsam.«

Der Ausdruck auf ihrem Gesicht wurde weicher. Sie nahm meine Hand von ihrem Knie, um sie anzuheben und einen sanften Kuss auf der Innenfläche zu platzieren. »Es ist mir nicht wichtig, Lapdances zu geben, Creed. Der Club ist mir wichtig. Das Tanzen. Vor allem das Tanzen. Ich werde mir etwas überlegen. Außerdem haben wir gerade sowieso eine neue Nummer gestartet und wir …« Sie verstummte schlagartig und blinzelte. Dann wurde sie blass. »Creed, wie viel Uhr haben wir?«

Ich runzelte die Stirn, lehnte mich zur Seite und warf einen Blick auf die neongrün leuchtenden Ziffern meines Radioweckers. »Gleich acht. Wieso?«

»Verflucht!« Plötzlich sprang sie auf, schnappte sich ihren Slip, der noch immer auf dem Fußboden lag, und ... warf ihn wieder zurück. Oh, richtig. Den hatte ich kaputt gemacht.

»Lenny, was ist los? Musst du zur Arbeit? Ich dachte, heute müsstest du nicht ...«

»Training!«

»Was für Training?«

Ich sah zu, wie sie in ihr T-Shirt und die Jeansshorts schlüpfte, wohl wissend, dass sie keine Unterwäsche trug.

Fieberhaft entsperrte sie ihr Telefon und scrollte durch. »Wir proben für eine Show. Eine eigene richtige große Show im *Dolly House*. Und das Training hat vor einer Stunde angefangen.«

»Oh«, sagte ich und setzte mich auf. Dann zog ich mich ebenfalls an. »Ich fahre dich.«

»Ich rufe Gigi an und sage ihr, dass ich auf dem Weg bin.« Sie huschte aus dem Zimmer und schloss die Tür hinter sich.

Hastig schlüpfte ich in Kleidung und zog mir meine Schuhe an.

»Okay, Gigi weiß Bescheid«, sagte Lenny, als ich kurz darauf aus dem Schlafzimmer kam und mir meine Schlüssel schnappte. »Shit«, murmelte sie dann und fuhr sich durch die Haare. »Wie konnte ich nur vergessen, dass heute Training ist?«

»Ich kann es mir auch nicht erklären«, erwiderte ich grinsend und zwinkerte ihr zu, als wir die Wohnung verließen.

Sie verdrehte die Augen und verpasste mir einen Klaps gegen den Arm. »Halt die Klappe, Parker.«

»Warte. Nur eins noch.« Ich hielt sie am Handgelenk fest, wirbelte sie zu mir herum und küsste sie. Erneut zog sich mein Herz dabei sehnsuchtsvoll zusammen. Fast so, als glaubte es, dieses Recht jeden Moment wieder bei ihr zu verspielen.

Ich würde nie genug davon bekommen, Lenny zu küssen.

KAPITEL 41

~~DAISY~~
LENNY

Ich schluckte schwer und betrachtete mich in dem kleinen, staubigen Spiegel in meinem Zimmer. *Du schaffst das. Du kannst das hier. Zieh es einfach durch. Wie ein Pflaster, das man schnell abreißt, damit es nicht so wehtut. Du musst es nur einfach ganz schnell hinter dich bringen – und dann ist es ein für alle Mal vorbei.*

Du. Kannst. Das.

Die schwarze Maske auf meinem Gesicht zu sehen, hier, fühlte sich fremd an. Falsch. Die Maske gehörte nicht zu Lenny …

Doch. Die Maske gehörte sehr wohl zu mir. Ich musste mir unbedingt abgewöhnen, darin zu unterscheiden, wenn ich an mein Alter Ego dachte und an mich selbst. Es gab keine Daisy. Nur mich, die sich manchmal anders nannte. Und diese Maske gehörte genauso zu mir wie die blonde Perücke, die auf meinem Kopf saß.

»Fuck, fuck, fuck«, flüsterte ich und trat von einem Fuß auf den anderen. »Du kannst das. Du kannst das. Du kannst das.«

Falsch, ich konnte das nicht. Ich würde es nicht durchziehen können! Noch konnte ich einen Rückzieher machen.

Ein Klopfen an meiner Zimmertür erschreckte mich so sehr, dass ich aufschrie und herumwirbelte. »Nicht reinkommen, ich bin nackt!«

Die Tür öffnete sich trotzdem einen Spaltbreit, und Carla huschte herein. »Früher oder später werde ich dich sowieso nackt sehen.«

»Das klingt seltsam, Santos«, bemerkte ich und drehte mich wieder zum Spiegel um.

»Was soll's. Wieso brauchst du so lange? Die anderen warten schon.«

»Hast du ihnen irgendetwas gesagt?«

»Ay, *no*. Habe ich nicht. Und Creed auch nicht. Weder das mit deinem Job noch das mit euch beiden.«

Erleichtert atmete ich auf. »Ein Glück.«

»Lenny!« Sie klatschte in die Hände. »Konzentration. Jetzt reiß dich zusammen, du kannst das! Und es wird die beste Entscheidung deines Lebens sein.«

Ich verzog das Gesicht und rieb mir über den Arm. Wieso war ihre Motivationsrede so viel eindrucksvoller als die, die ich mir in meinem Kopf selbst gehalten hatte?

»Ist ja gut«, murrte ich. »Gib mir eine Minute, dann komme ich raus in den Garten.«

»Du musst nicht in den Garten kommen, sie sind mittlerweile alle drin.«

Erschrocken drehte ich mich zu Carla um, doch sie betrachtete bloß unschuldig ihre Fingernägel und inspizierte sie nach Dreck.

»Ich hasse dich«, murmelte ich.

Ich sah, wie ihre Augen aufblitzten. Sie beugte sich vor und küsste meine Wange. »Hass ist bekanntermaßen deine Form von Liebe. Du liebst mich. *Daisy*.«

Bei dem Klang meines Namens zuckte ich zusammen. Nein, nicht meines Namens. Dem meines Alter Egos.

Ich musste meine verkorkste Denkweise in den Griff bekommen. Und ich würde jetzt gleich damit anfangen.

»Na los«, brummte ich und scheuchte meine Mitbewohnerin aus dem Zimmer. »Gib mir meine gottverdammte Minute.«

»Schon gut.« Mit einem zufriedenen Lächeln verschwand sie wieder im Wohnzimmer.

»Was machst du da drin, Lenny?«, rief Summer von der anderen Seite. »Bitte sag mir nicht, dass du eine Zaubershow vorbereitet hast!«

»Aber Zaubershows sind cool«, hörte ich Savannah widersprechen – was mich absolut nicht wunderte.

»Komm schon, Lenny!«, rief nun auch Ella und jubelte, ehe auch Mitchell meinen Namen rief, gefolgt von Savannah – und Creed. Natürlich Creed.

Ein letztes Mal blickte ich in den Spiegel. Dann straffte ich die Schulten, legte die Hand auf den Türknauf – und trat nach draußen.

Creeds Augen waren das Erste, was ich sah. Fast so, als sei mein Blick wie magisch von seinem angezogen worden.

»Was …«, sagte Ella, blinzelte mich an und legte dann verwirrt den Kopf schief.

Mein Herz schlug so schnell, dass es mir in den Ohren dröhnte. Meine Hände zitterten, bebten regelrecht, als ich sie zu Fäusten ballte. Das weiße Trägershirt und die helle, enge Jeanshose fühlten sich vor meinen Freunden bereits fremdartig genug an, da kamen mir Maske und Perücke geradezu wie Alien-Artefakte vor.

Aber es waren meine Freunde. Und ich hatte sehr lange und ausgiebig darüber nachgedacht. Je mehr Zeit ich mit Creed in den letzten zwei Wochen verbracht hatte … desto mehr Mut hatte ich gefasst. In mich. Und er half mir dabei so sehr, dass ich nicht wusste, wie ich es je wiedergutmachen sollte.

»Das hier«, sagte ich und deutete mit einer Hand auf die Perücke und die Maske auf meinem Kopf, »ist mein Job. Ihr habt mich immer wieder gefragt, was es ist. Und ich … ich habe mich dazu entschieden, es euch endlich zu sagen.«

Der Reihe nach sah ich in ihre Gesichter. Ches war der Erste, bei dem der Groschen fiel, denn seine Augen wurden so groß, wie ich es bei ihm noch nie gesehen hatte. »Niemals.«

»Oh«, sagte Mitchell. Sein Mund war aufgeklappt. »Lenny, du … du bist …«

Summer schnappte nach Luft, dann schlug sie sich erschrocken eine Hand vor den rot geschminkten Mund. »Daisy! Halt die Klappe! Ehrlich jetzt?«

Ich lächelte. Erst vorsichtig. Dann breiter.

»Was?«, fragte Savannah und blickte verwirrt von einem zum anderen. »Was passiert hier? Was wissen alle, was ich nicht weiß? Was ist denn nun dein Job?«

»Savy«, sagte ich und lächelte sie an. »Ich bin Stripperin und nenne mich Daisy.«

Sie blinzelte mich ungläubig an, ehe ihre Augen hinter der Brille groß wurden. »Oh!«

Sie und Ella warfen sich einen Blick zu, und Savannahs Gesicht wurde dunkelrot. Sie schnappte nach Luft. »Oh, oh, oh! Heilige Hölle!«

»Carly, wusstest du davon?«, fragte Ella erschrocken. Carla nutzte die Gelegenheit, um sich absolut cool und unbekümmert zu geben. Sie zuckte lässig mit den Schultern und verzog dabei keine Miene. »*Claro.* Was glaubt ihr, wem sie immer ihre ganzen heißen Kostüme präsentiert hat?«

»Heilige. Scheiße«, sagte Summer, trat zu mir und umrundete mich, als wären das auf meinem Kopf tatsächlich Alien-Artefakte, die es zu erkunden galt. »Ich … wow. Verdammt, Lenny, wieso hast du das niemandem erzählt? Wieso hast du das für dich behalten? Das ist so verdammt cool! Ich wollte schon immer mal zu einer Show von dir! Verdammt, ich hatte sogar einen kleinen Crush auf dich und wollte selbst einen Poledancing-Kurs besuchen!« Sie stellte sich wieder vor mich und strahlte mich an. Und ich konnte nicht einmal den Hauch von Verurteilung in ihrer Miene erkennen. Summer wirkte fast schon stolz und ehrfürchtig, und … ihre Reaktion sorgte dafür, dass meine Brust eng wurde.

Sie wurde sogar besonders eng, als Ella und Sav es ihr gleichtaten und mich drückten. Keine von ihnen machte auch nur ansatzweise den Anschein, als würden sie mich deshalb verurteilen. Im Gegenteil. Sie wirkten begeistert. Beeindruckt.

Sie verurteilten mich nicht für das, was ich liebte.

Und das bedeutete mir mehr, als ich womöglich zugeben konnte.

»O nein«, erklang eine Stimme von der Tür. Ich blickte auf und sah Todrick und Maxx dort stehen, die wohl gerade aus dem Garten gekommen waren. Maxx zeigte kaum eine Regung, vermutlich weil er neu war und weder mich noch die anderen so wirklich kannte. Todrick jedoch, der zusammen mit Brigham ein ziemlicher Stammgast im *Dolly House* war, reagierte da ganz anders. Der massige Defensive End des Footballteams der Fletcher University starrte mich an, als hätte er einen Geist gesehen.

»Was zum Teufel passiert hier?«, fragte er, machte jedoch ein Gesicht, als würde er die Antwort bereits kennen. Hilflos glitt sein Blick zu Mitchell.

Ich zuckte mit den Schultern. Diesmal mutiger und selbstsicherer. Wenn auch nur ein bisschen. »Ich bin Daisy«, sagte ich geradeheraus.

Ungläubig blinzelte er. Dann machte sich ein Lächeln auf seinen vollen Lippen breit. »Gott, das sind die coolsten Neuigkeiten, seit … na ja, mindestens einer Woche!«

»Wow, ich stehe ja weit oben auf deiner Liste«, erwiderte ich spöttisch.

Summer jedoch zuckte nur mit den Schultern. »Du kannst nichts dafür. Savy hat, was einschneidende Ereignisse angeht, einfach den Vogel abgeschossen. Da kann selbst Daisy nicht mithalten.«

»Summer!«, zischte Ella warnend und stieß ihrer besten Freundin mit dem Ellbogen in die Seite.

»Was denn?«

»Halt die Klappe! Das ist jetzt der falsche Zeitpunkt!«

Sav machte einen gequälten Laut und zog den Kopf ein, beinahe so, als hätte sie ihn am liebsten in den Fußboden gesteckt.

In diesem Augenblick wurde Todricks Miene tatsächlich blank, als hätte er gerade erst begriffen, was meine Enthüllung wirklich bedeutete. Und was ich alles von ihm *wusste.* »Oh. *Fuck.* Ich glaube, ich war schon mindestens tausendmal im *Dolly House*, um dich tanzen zu sehen.«

Ich lachte auf, teils aus Belustigung, teils aus Verlegenheit. »Dann hoffe ich, dass du jedes verdammte Mal einen Haufen Trinkgeld dagelassen hast.«

»Das ist noch nicht alles«, erklang Creeds Stimme, die die Aufmerksamkeit von uns auf sich lenkte.

Er setzte sich in Bewegung, stellte sich vor mich und schenkte mir ein so hinreißendes Lächeln, dass mir glatt der Atem im Hals stecken blieb. Mein Magen schlug einen Purzelbaum.

»Die Geschichte geht nämlich noch viel weiter«, sagte er und begann damit, den Knoten meiner Maske zu lösen – die ich aus Nervosität eventuell ein winzig kleines bisschen enger als nötig geschnürt hatte.

»Als Ches und ich nach Fletcher gekommen sind, habe ich Lenny kurz darauf kennengelernt. Am selben Abend noch habe ich verkündet, dass wir Seelenverwandte sind. Und vermutlich wurde einem Teil von mir da schon klar, dass ich mich in sie verlieben würde. Und so war es dann auch. Es schien aber die vernünftigste Entscheidung, wenn wir nur Freunde blieben, weshalb ich auch genau das versucht habe.« Er schaffte es, den Knoten an meiner Maske zu lösen, und zog sie mir aus. »Es hat eine Weile gedauert, vielleicht auch länger als eine Weile, aber irgendwann hatte ich es geschafft, dass ich tatsächlich über sie hinweggekommen bin. Dann bin ich vor einer Weile aber auf diese Tänzerin, Daisy, aufmerksam geworden. Und ich hatte keine Ahnung, dass Lenny dahintersteckt. Ich bin immer wieder ins *Dolly House* gegangen und ich …« Er lachte leise auf, was beinahe verlegen klang. »Eine Zeit lang war ich fast jede Nacht dort, ich bin ganz ehrlich. Aber ich war verrückt nach Daisy. Und ich konnte mir wirklich nicht erklären, wie das passieren konnte, aber dann, als ich endlich einen privaten Tanz von ihr bekommen habe, haben wir uns geküsst. Von dem Augenblick an war ich absolut geliefert. Und ich konnte kaum glauben, dass ich nach Lenny zum ersten Mal wieder auf eine Frau getroffen war, nach der ich auch nur ansatzweise so verrückt war.« Ich spürte, wie seine Hände über meine Perücke glitten. Sanft, liebevoll. Dann zog er sie mir ebenfalls aus, bis meine hochgedrehten dunklen Haare nach unten fielen, über meine Schultern. Offen.

»Mit anderen Worten«, fuhr Creed fort, »hab ich mich zweimal in ein und dasselbe Mädchen verliebt. Ohne es zu wissen. Und noch schlimmer: Was ich nicht wusste, war, dass sie genauso fühlt wie ich.« Dann beugte Creed sich nach unten, legte eine Hand an meine Wange und küsste mich. Und obwohl wir Publikum hatten, obwohl ich wegen dieser öffentlichen Liebesbekundung am liebsten im Erdboden versunken wäre, fühlte ich, wie mir warm ums Herz wurde. Ohne darüber nachzudenken, erwiderte ich den Kuss. So als sei es etwas, das ich schon immer getan hatte, das nie anders gewesen war.

Von Ella, Sav und Summer erklang ein kollektives Aufseufzen. Als Creed und ich uns voneinander lösten, sah ich, wie Savy ihre Brille abnahm und sich über das Auge rieb. »Das ist so schön.«

Ella lächelte uns an. Dann tauschte sie mit Ches einen Blick, trat zu ihm und …

Sie gaben sich ein High Five.

Todrick trat zu Mitchell, dem er mit finsterer Miene Dollarscheine überreichte. »Ich hasse es, zu verlieren. Doppelt. Jetzt schulde ich selbst Brigham Geld.«

Ich verzog das Gesicht. »Was zum Teufel?«

»Was geht hier vor sich?«, fragte Creed und sah unsere Freunde mit finsterer Miene an. Ches war es schließlich, der ihn breit angrinste. »Was glaubst du denn? Wir haben Wetten abgeschlossen, wann es wohl endlich passiert.«

Ella grinste ebenfalls. »Mir ist es gleich bei unserem ersten gemeinsamen Spieleabend aufgefallen. Gott, ich kann nicht glauben, dass ihr ernsthaft knapp vier Jahre gebraucht habt, um darauf zu kommen. Und ich dachte, ich mache mir mit meiner seltsamen Logik das Leben schwer.«

»El, du *machst* dir das Leben schwer«, sagte Summer und verdrehte die Augen, dann wandte sie sich an mich, trat zu mir und legte mir einen Arm um die Schultern. »Mach dir nichts draus, Len. Ich habe es überhaupt gar nicht gecheckt, bis ihr es mir quasi ins Gesicht gehalten habt. Entschuldige noch mal das … du weißt schon.«

Ich lächelte ein wenig angestrengt. Dann tätschelte ich ihr unbeholfen den Rücken. Selbst wenn sich herausstellen würde, dass die Erde eine Scheibe war, würde ich niemals dazu übergehen, dieses ständige Gedrücke und Gekuschel zu mögen. Gleich nach heute würde ich wohl harte Maßnahmen ergreifen müssen, um das wieder zu unterbinden. Ich war vielleicht weich geworden, aber so weich nun auch wieder nicht.

»Ich hasse euch alle«, sagte ich und lächelte in die Runde. »Ihr seid allesamt furchtbare Menschen, und ich kann keinen von euch ausstehen. Wer schließt schon Wetten über seine Freunde ab?«

»Ganz genau«, pflichtete Creed mir bei und verschränkte die Arme vor der Brust.

Prustend verkniff Mitchell sich ein Lachen. Carla verkniff es sich aber nicht und lachte los. »Ihr könnt uns gar nichts vormachen! Wir alle wissen von eurem seltsamen Spiel, das ihr immer spielt, wenn wir irgendwo als Gruppe sind!«

Verblüfft blinzelte ich. »Was meinst du?«

»Oh«, sagte Creed und kratzte sich am Kinn. Er warf mir einen Blick zu und lächelte schief. »Ich habe Ches davon erzählt. Von unserem Spiel.«

Ich ließ die Schultern hängen und verzog das Gesicht. »Ernsthaft? Du hast ihnen von ›Wo wärst du jetzt lieber‹ erzählt?«

»Also, ganz ehrlich«, sagte Ella und verschränkte mit einem spöttischen Funkeln in den blauen Augen die Arme. »Dieses Spiel ist viel schlimmer, als Wetten über seine Freunde abzuschließen.«

Ich zuckte mit den Schultern. »Na gut. Dann sind wir eben quitt.«

Summer schnappte nach Luft. »Wie geheim ist diese Daisy-Sache noch, Lenny?«

»Geheim«, erwiderte ich scharf und spannte mich an. »Zumindest … noch. Wieso?«

»Oh.« Sie senkte ihr Handy und wirkte ein wenig enttäuscht. »Ich wollte es twittern.«

»Untersteh dich«, sagte ich und schnappte erschrocken nach Luft. »Ich … Moment.« Ich schloss meinen Mund wieder. Dann musterte ich Summer.

Mir kam eine Idee. »Vielleicht brauche ich dich und dein Handy doch noch.«

Sie wirkte überrascht und verzog die kirschroten Lippen im nächsten Moment wieder zu einem Lächeln. »Ich bin für jede Schandtat zu haben, *Daisy*.«

Maxx, der bis eben noch stumm neben der Wohnungstür gestanden hatte, regte sich. Er vergrub die Hände in den Taschen seiner verwaschenen Jeans und kam zu uns geschlendert. »Ich verstehe zwar noch nicht so ganz, was hier abläuft, aber … ich nehme an, es ist etwas Gutes? Ich freue mich für euch zwei.« Dabei sah er Creed an und lächelte ein breites Lächeln, das Ches' irgendwie ähnlich war, gleichzeitig aber auch nicht. Auf den allerersten Blick sah man sofort, dass sie verwandt waren. Wenn man sie nebeneinanderstehen sah, konnte man jedoch kaum noch glauben, dass sie Brüder waren.

Bis auf die Augen.

Ich musterte Maxx. Seine Frisur sah aus wie frisch aus der Army, oben kurz und an den Seiten noch kürzer. Und ich konnte Tattoos auf seinen Armen erkennen, die im Ärmel verschwanden.

Was mir außerdem nicht entgangen war, war, dass er ziemlich dicht hinter Savannah stehen geblieben war und dass keiner von beiden sich rührte. Vor allem Savannah nicht, die angestrengt in die Luft starrte.

Ich starrte meine Freunde an, beobachtete sie, während sie sich in Gesprächen aufhängten, so wie immer, wenn ein neues Thema angerissen wurde. Ich beobachtete, wie Mitchell und Todrick zu Creed und mir traten und ein ziemlich angeregtes Gespräch starteten, bei dem Mitchell größtenteils einfach nur dastand, breit grinste und sich amüsierte, während Todrick sich sehr ernsthaft und eindringlich bei Creed zu entschuldigen versuchte. Ich beobachtete sie alle. Selbst Carla, die kurz auf ihrem Telefon herumtippte, anschließend aufblickte, mich ansah und mir ein Grinsen zuwarf.

Und während ich so dastand und den Moment auf mich wirken ließ … spürte ich, wie sich etwas in mir löste, irgendetwas … was eine Flut aus Gefühlen in mir auslöste.

Mit einem Mal stiegen mir Tränen in die Augen, und ich schnappte erschrocken nach Luft. Sie … das alles hier …

Ich war gerührt. Ich war so gerührt, dass sie mich – so banal das auch klang – einfach akzeptierten, so wie ich war, ohne einen Hehl daraus zu machen, ohne mich bloßzustellen oder für eine einzige unerträgliche Sekunde zu sorgen, in der ich mich unwohl fühlte. Sie hatten es einfach akzeptiert. Fast so, als hätte ich ihnen eine neue Haarfarbe oder ein erstes Tattoo präsentiert. Sie wirkten begeistert, interessiert, hatten es angenommen … und machten weiter. Mit was auch immer sie taten. Sie unterhielten sich wieder. Sie ließen sich ablenken, wechselten das Thema oder brachen in Diskussionen über das Strippen aus.

Und ihnen bei alledem zuzuschauen, sorgte dafür … Ich konnte nicht … Es war einfach unmöglich, sie jetzt noch zurückzu…

Du darfst nicht weinen. Du …

Doch. Und wie ich das durfte.

Ich weinte.

Ein Schluchzer entfuhr mir, den ich jedoch hastig mit einem Räuspern kaschierte. Nur die Tränen konnte ich nicht kaschieren.

Doch, es war okay. Ich durfte weinen, und ich musste mich deshalb nicht schlecht fühlen. Ich *durfte* es. Für nichts musste ich mich schlecht fühlen. Gigi hatte recht gehabt, ich war immer ich, egal, ob ich mich Lenny, Eleanor oder Daisy nannte. Und ich würde immer ich bleiben. Jetzt musste ich nur noch anfangen, das zu akzeptieren. Es war ein weiter Weg, aber die Bereitschaft war eine gute Grundlage, mit der man arbeiten konnte.

Ich spürte, wie sich eine Hand in meine schob, und blickte auf. Creed sah mich an. Drückte sanft zu. »Alles okay, Len?«

Ich lächelte. Dann wischte ich die Tränen fort, streckte mich nach oben und küsste ihn. »Es ist sogar mehr als okay.«

EPILOG

CREED

Ich beobachtete, wie sie sich gegen die gläserne Bar lehnte. Suchend glitt ihr Blick durch den gut besuchten Club. Die Maske aus schwarzer Spitze saß wie immer auf ihrem Gesicht, versteckte ihr wahres Ich vor der Welt. Ihre blonde Perücke fiel in langen Wellen bis unterhalb ihrer Brüste und umspielte ihre weitestgehend nackte Haut. Das heutige Kostüm war gewagt, aber nichts, was ich nicht schon kannte – immerhin hatte sie sich letzte Nacht mehr als genug Zeit genommen, um es mir, zusammen mit einer Handvoll anderer Kostüme, genauestens zu präsentieren. – Ich liebte diese kleinen Modenschauen. Roter Samt, rote seidene Handschuhe, die bis zu den Ellbogen reichten, und falsche Diamanten.

Ein Mann sprach sie an, doch sie würgte das Gespräch bereits nach wenigen Augenblicken ab.

Ich musste mein Grinsen hinter meinem Whiskeyglas verstecken. Vermutlich war es nichts weiter als ein dämlicher Höhlenmenschinstinkt, der sich über die schnelle und knappe Abfuhr freute, mit welcher sie den Kerl bedacht hatte. Aber sei's drum. Das würde sich vermutlich nie ändern.

Mein Blick huschte verstohlen zur Uhr an der Wand über dem Eingang zum Dance Floor. Das Licht war schummrig, wie meistens hier im schicken Ambiente des *Dolly House*.

Schick. Jepp. Alles war ziemlich schick.

Noch eine Minute, dann ist es endlich so weit.

Es kam mir wie eine Ewigkeit vor, bis endlich der Moment kam, als sie sich in ihrem atemberaubenden Outfit von der Bar abstieß und zur Bühne bewegte. Sie war jedoch nicht die Einzige. Und auch nicht das einzige Mädchen in diesem Kostüm. Weitere Mädchen im gleichen Aufzug wie sie begaben sich zur Bühne.

Gemächlich machte ich mich ebenfalls auf den Weg und schob

mich durch bis zur ersten Reihe. Die Protestrufe, die dabei erklangen, ignorierte ich. Ich blieb, wo ich war.

Majid betrat die Bühne, und er hielt ein Mikrofon in der Hand. Er tippte dagegen, um herauszufinden, ob es schon eingeschaltet war. Durch die Lautsprecher erklang ein lautes, durchdringendes Klopfen, was einen ohrenbetäubenden Ton zur Folge hatte, der einige Leute ächzend die Köpfe einziehen ließ.

»Ladys und Gentlemen«, sagte Majid. Die Musik im Club wurde ausgeschaltet, was letztendlich jegliche Aufmerksamkeit auf die Bühne lenkte. Er sah nicht aus wie der Besitzer eines Stripclubs, als er so vor uns stand, in seinem weißen Anzug und mit den ordentlich zurückgekämmten Haaren. »Ich darf euch heute zu einem ganz besonderen Abend begrüßen, denn einige meiner Mädchen haben eine Wahnsinnsshow auf die Beine gestellt.«

Majid begann, eine Rede über die Mädchen zu halten. Was sie ausmachte, weshalb sie Familie waren und wie großartig er jede Einzelne von ihnen fand. »Und deshalb freut es mich erst recht, dass eine von ihnen, genauer gesagt unsere begehrteste Tänzerin des Hauses, sich nicht nur dazu entschlossen hat, diesen Abend zu planen und zu organisieren, sondern auch endlich ein Geheimnis zu lüften, das sie schon mit sich herumträgt, seit sie angefangen hat, für mich zu arbeiten.« Er winkte in Richtung des Bühnenaufgangs. Und endlich … da war sie.

Daisy.

Lenny.

Majid übergab das Mikrofon an sie, verabschiedete sich und wünschte allen Anwesenden noch einen schönen Abend. Es wurde geklatscht und vereinzelt gepfiffen. Irgendwer warf einen zusammengeknüllten Geldschein auf die Bühne und schrie »Ausziehen!«, was einige Leute lachen ließ.

Aber sie ließ sich davon nicht aus der Ruhe bringen. Und sorgte wieder einmal dafür, dass ich unfassbar stolz auf sie war. Die größte Hürde kam jedoch noch.

»Einen schönen guten Abend«, sagte Lenny ins Mikro und lächelte, was geheimnisvoll und verführerisch aussah. »Ich freue mich, dass so viele von euch gekommen sind. Wow, so viele Studenten. Ich glaube, ich habe den Club noch nie, nicht ein einziges Mal, so voll erlebt. Und ich kann gar nicht glauben, dass ihr alle nur wegen dieses dämlichen Tweets von Summer Andrews angetanzt seid.«

Diesmal lachten mehr als nur ein paar Leute. Es lachten einige. Summer hatte auf Lennys Bitte hin nämlich getwittert, dass an diesem Abend nicht nur die große Show stattfinden würde, sondern auch, dass endlich das große Geheimnis um Daisy gelüftet wurde.

»Aber Summer hat recht«, fuhr Lenny fort, noch immer mit dem Mikro in der Hand. Sie spazierte über die Bühne, als hätte sie nie etwas anderes getan, als zu so einer großen Masse an Menschen zu sprechen. »Heute Abend wird ein Geheimnis gelüftet. Um mich.« Endlich war der Moment gekommen. Der ganze Raum schien die Luft anzuhalten, als sie sich erst die Maske und anschließend die lose sitzende Perücke vom Kopf nahm. »Mein Name ist Eleanor, und tagsüber bin ich Studentin an der Fletcher University und Daisy bei Nacht. Sagt meiner Mutter, dass es mir nicht leidtut und dass ich verdammt noch mal stolz auf mich bin!«

Ein Lächeln breitete sich auf meinen Lippen aus, als ich Lenny so beobachtete. Als ich hörte, wie einige Leute zu applaudieren begannen und die meisten anderen einfach mit einstiegen, bis jeder am Klatschen war.

Ihr Blick glitt suchend durch die Menge. So lange, bis sie mich gefunden hatte. Dann lächelte sie breit. So breit, dass ihre wunderschönen Augen winzig klein wurden.

Das Klatschen verstummte, und es wurde wieder leiser. So lange, bis – »Ausziehen!«, grölte wieder jemand. »Whooo! Zieh dich aus, du sexy Beast!«

Als Lenny »Arschloch« ins Mikrofon murmelte, fingen einige aus ihrem Publikum zu lachen an.

»Wie auch immer!«, rief sie. »Ich wünsche euch viel Spaß bei unserer Show. Und wenn ihr mehr davon sehen wollt, dann solltet ihr Majid die Hölle heißmachen, damit er uns mehr bezahlt!«

Sie klatschte, was das Publikum ebenfalls zum Applaudieren brachte – und Majid am Bühnenrand zum Augenverdrehen.

Dann ging Lenny von der Bühne. Ihre Hand hatte nicht ein einziges Mal gezittert, und ich war deshalb so stolz, dass ich am liebsten augenblicklich zur Bühne gegangen wäre, um sie zu küssen. Das hob ich mir jedoch auf. Denn als die Show begann und ich sie tanzen sah, fielen mir mindestens hundert neue Gründe ein, weshalb ich sie küssen wollte. Besser noch, mir fielen tausend Gründe ein, für die ich sie noch liebte … diese Spagatfigur zum Beispiel, die sie gerade … oder diese Figur. Oder diese. Dafür liebte ich sie. Und vielleicht trieb sie mich damit auch in den Wahnsinn, denn mit jedem Pfeifen und jedem Jubeln wurde mir immer wieder aufs Neue bewusst, dass ich nicht der Einzige war, der ihr gerade in diesem Moment zusah. Doch daran arbeitete ich. Das würde ich noch in den Griff bekommen. Wir gaben uns Mühe. Lenny vor allem. Immerhin hatte sie bereits ihre Privatshows aufgegeben – beziehungsweise hatte sie angepasst, hatte mich sogar einmal zuschauen lassen, da einer ihrer Kunden nichts dagegen gehabt hatte. Deshalb gab ich mir Mühe, mich ebenfalls zu bemühen. Ich wollte ihr zeigen, dass sie es mir wert war. Mit jeder Faser. Sie würde mir alles wert sein. Denn ich liebte Lenny James, und jemanden wie sie im Leben noch einmal zu finden war nahezu unmöglich.

Als die Show vorbei war, fühlte ich mich wie in Trance. Ich wartete an der Bar auf sie, so wie wir es vereinbart hatten.

Es war der Wahnsinn gewesen. Noch besser, als ich es mir vorgestellt hatte. Lenny und die anderen Mädchen konnten so was von stolz auf sich sein. Ich war mir sicher, dass das hier der Anfang von etwas ganz Großem sein würde.

Ich bestellte mir diesmal ein Wasser, wohl darauf bedacht, dass ich nicht mehr so viel Alkohol trank. Der Sommer und die Semesterferien waren vorbei – zumindest für Studenten, ich hatte sowieso keine Ferien. Mein letzter Tag in Vincents Werkstatt war nun bereits eine Woche her. Und heute war Tag Nummer vier der wohl besten Ausbildung überhaupt gewesen: an der Police Academy in Warden Hill. Meine Oberschenkel und meine Schultern brannten bei jeder Bewegung noch immer von Muskelkater, und das, obwohl ich zuvor bereits recht gut in Form gewesen war. Obwohl ich noch so weit am Anfang stand, konnte ich spüren, dass das endlich der richtige Weg war. *Mein* richtiger Weg.

»Gewonnen«, erklang eine Stimme hinter mir, dicht an meinem Ohr. Ich spürte, wie sich Arme um mich schlangen. Lächelnd drehte ich mich zu Lenny um, dann schlang ich ebenfalls die Arme um sie und wirbelte sie kurzerhand im Kreis. Ein spitzer Schrei entfuhr ihr, der mich jedoch bloß grinsen ließ. Als ich sie wieder absetzte, schnappte sie erneut nach Luft und stützte sich mit den Händen an meinen Oberarmen ab. »Was sollte das denn?«

Ich grinste noch breiter. Dann streckte ich den Finger aus und drückte ihn auf ihre Nase. »Bup. Ich wollte dich eben herumwirbeln, weil ich den Hut vor euch ziehe und vor all der Arbeit, die ihr geleistet habt.« Ich beugte mich nach unten und drückte einen festen Kuss auf ihre Lippen. »Ich liebe dich, Len. Und ich bin so stolz auf dich.«

Sie lächelte, was fast schon verlegen wirkte, ehe sie mich erneut küsste. »Wie oft willst du diese Worte noch sagen?«

»Was, dass ich stolz bin oder dich liebe? Leider wirst du dir das jeden Tag von mir anhören müssen. Bis in alle Ewigkeit.« Ich zwinkerte ihr zu.

Sie senkte verlegen den Blick und lehnte sich an mich. Wir beobachteten das rege Treiben im Club und wie Gigi zurück auf die Bühne kehrte.

»Wo wärst du jetzt lieber?«, fragte Lenny mit einem breiten Grinsen. »Hier oder kurz vor Thanksgiving für einen Großeinkauf im Supermarkt?«

Ich legte den Kopf in den Nacken und lachte auf. Dann schloss ich meine Arme fester um sie und küsste sanft ihre Nasenspitze. »Es gibt keinen Ort auf der Welt, an dem ich lieber wäre als bei dir, Lenny Daisy James.«

Sie sah mich an. Und für einen kurzen Moment schien die ganze Welt um uns herum zu verblassen. Das Lächeln auf ihren Lippen war umwerfend. Und ein wohliges Gefühl breitete sich in meiner Brust aus. Ich war endlich angekommen. Ich war endlich zu Hause. Und zwar bei ihr.

»Lenny!«

Wir fuhren gleichermaßen zusammen und drehten uns um.

Im nächsten Moment sprangen Ella, Summer und Savannah in Lennys Arme, hüpften und jubelten weiter. »Das war der absolute Oberwahnsinn!«

»Oh, mein Gott, du bist eine Göttin!«

»Ich bin stolz auf dich wie eine Mama-Henne!«

Amüsiert beobachtete ich, wie Lenny sich wegen der Umarmungen wand und zugleich versuchte, dankbar und erfreut zu wirken. Alles in allem schien sie jedoch eher überfordert zu sein.

»Wie geht es jetzt weiter?«, fragte Savannah und klatschte in die Hände. »Jetzt, da alle Bescheid wissen? Das ist so aufregend!«

Lenny löste sich von den Mädchen und nutzte mich dafür ganz schamlos als Ausrede.

»Keine Ahnung, wie es jetzt weitergeht.« Mit gerunzelter Stirn betrachtete sie mich. Als sie die nächsten Worte sprach, hatte ich das Gefühl, dass sich ihre Worte nur noch an mich richteten. Denn sie lehnte sich nach vorne und strich mit den Lippen an meinen entlang. Ich spürte, wie sie lächelte – und dieses Gefühl war mehr als einfach nur unbeschreiblich. Es war alles, was ich wollte. Und mehr als ich mir je zu erhoffen gewagt hatte.

»Ich habe nicht den blassesten Schimmer, was jetzt passiert«, sagte sie und lehnte ihre Stirn an meine. »Aber ich bin bereit für alles, was noch kommt.«

Ich gab ihr einen zarten Kuss. Dann legte ich meine Lippen an ihr Ohr und schlang die Arme fest um sie. »Ganz recht, *Baby*. Unsere Geschichte fängt nämlich gerade erst an.«

DANKSAGUNG

Als ich die ersten Worte von Lennys und Creeds Geschichte geschrieben habe, hätte ich niemals gedacht, dass es eine so aufregende Herausforderung und eine so abenteuerliche Reise wird. Ich bin stolz auf die Geschichte, auf mich und darauf, während des Prozesses gewachsen zu sein. *Hiding Hurricanes* ist ein echtes Herzensbuch geworden und ich vermisse Lenny und Creed jetzt schon.

Ein riesiges Danke geht zuallererst wie immer an meine wundervolle Lektorin Anika Beer. Mit dir zusammenzuarbeiten ist immer wieder eine Ehre, und ich bin sehr froh, dass wir ein so tolles Team sind!

Auch gilt mein Dank dem großartigen Team bei Droemer Knaur. Was ihr so alles auf die Beine stellt und ermöglicht, ist der Wahnsinn, und ich danke jedem Einzelnen von euch für all die harte Arbeit.

Danke an meine großartigen Testleser: Janika, Jessi, Vicci, Anna, Monja, Jacky, Vanni, Sophie, Cassia und Mayra. Durch euren Einblick und eure Kritik konnten *Hiding Hurricanes* und auch ich wachsen und dazulernen. Es war mir eine Ehre und eine riesige Freude mit euch!

Danke an die PJS. Euch ist das Buch gewidmet, und ich bin so froh, euch in meinem Leben zu haben. Ohne den täglichen Austausch und eure Freundschaft wüsste ich gar nicht, was ich machen soll. Ganz viel Kartoffel-Liebe!

Auch vielen Dank an alle, die bei der #gemeinsamarbeiten-Aktion auf Instagram teilgenommen haben!

Danke an meinen Eskalationsbuddy Ava. Nie mehr Nachtschichten ohne dich und Figo! Mit dir Textschnipsel und WhatsApp-Sticker austauschen ist einfach das Beste im Schreibwahnsinn.

Danke an meine Familie, die mir aus der Ferne immer Kraft gibt. Ich vermisse euch jeden Tag und bin glücklich, dass ich euch habe!

Danke, Michi. Danke, dass es dich gibt, dass du mich während der verrückten letzten Monate ertragen hast und für mich da warst. Du bist wundervoll.

Und zu guter Letzt danke ich euch, meinen Leser*innen!

Danke für den tollen täglichen Austausch auf Instagram. Danke, dass ihr Fletcher und die Clique so sehr liebt wie ich, und danke für eure Begeisterung, all die schönen Fotos und die mühevollen Rezensionen. Ihr macht es mir erst möglich, dass ich mein Leben dem Schreiben von Büchern widmen darf. Vielen Dank und eine ganz große Umarmung.

Ich freue mich schon sehr darauf, euch bald wieder am Campus der Fletcher University begrüßen zu dürfen!

In Liebe

eure Tami xx

PLAYLIST

Chemical Love – Cameron Hayes
Iris – Kina Grannis
Nothing Breaks Like a Heart (Acoustic Version) –
Mark Ronson feat. Miley Cyrus
Don't Stop Me Now – Queen
Rocket Man – Elton John
Glitter & Gold – Barns Courtney
Sleeping on the Blacktop – Colter Wall
The Devil Wears Suit and Tie – Colter Wall
Fire – Barns Courtney
River – Bishop Briggs
BREAKFAST – half alive
Power Over Me (Acoustic) – Dermot Kennedy
Play With Fire (feat. Yacht Money) – Sam Tinnesz
Me, Myself & I – G-Eazy, Bebe Rexha
The Hills – The Weeknd
Gasoline – Halsey
Making Love on the Mountain – The Woodlands
Elephant – JMR
So High – Doja Cat
Found My Religion – JMR
Pauken – LOTTE
No Right To Love You – Rhys Lewis
Afterglow (Acoustic) – Wilkinson, Becky Hill
Situationship – Snoh Aalegra
Conga – Gloria Estefan
Destination Calabria – Alex Gaudino
Girls on Film – Duran Duran
Some People – Nick Murphy
Fly Me To The Moon – Frank Sinatra

INHALTSWARNUNG

Dieser Roman enthält Darstellungen von Gewalt gegen Kinder.